# Himmelstiefe

Zauber der Elemente
Band 1

Daphne Unruh

# Himmelstiefe

Zauber der Elemente

Band 1

Daphne Unruh

Roman

LAGO

**Bibliografische Information der Deutschen Nationalbibliothek:**
Die Deutsche Nationalbibliothek verzeichnet diese Publikation in der Deutschen Nationalbibliografie; detaillierte bibliografische Daten sind im Internet über http://d-nb.de abrufbar.

**Für Fragen und Anregungen:**
himmelstiefe@lago-verlag.de

1. Auflage 2014


Nymphenburger Straße 86
D-80636 München
Tel.: 089 651285-0
Fax: 089 652096



Lektorat: Karla Schmidt, Michael Wehran
Umschlaggestaltung: Mike Beuke, Anton Großmann
Satz: ebokks, Braunschweig
Druck: CPI – Ebner & Spiegel, Ulm
Printed in Germany

ISBN Print 978-3-95761-005-8
ISBN E-Book (PDF) 978-3-95762-015-6
ISBN E-Book (EPUB) 978-3-95762-014-9

# Prolog

Wie ein Pfeil schieße ich dicht unter der Wasseroberfläche dahin. Das Wasser ist eine glitzernde Decke, die sich über mir ausbreitet. Ich sehe die Strahlen der Sonne wie aus einer anderen Welt. Ich fühle mich wunderbar. Ich bin so leicht. Ich bin frei. Im Augenwinkel nehme ich einen Schatten wahr, der sich lautlos auf mich zubewegt – ein wendiger Schwimmer, groß und anmutig, mit meergrünen Augen.

Er schenkt mir ein bezauberndes Lächeln. Seine Seite schmiegt sich an meine. Ich spüre, wie mein Herz freudig erregt gegen meine Brust schlägt. Unsere Hände finden sich. Gemeinsam gleiten wir noch schneller dahin, lachen, trudeln umeinander und küssen uns. Ich weiß nicht, wie lange ich schon nicht mehr an der Oberfläche war. Habe ich jemals Lungen besessen? Ich bin verliebt in diesen Fremden, irrsinnig glücklich.

Plötzlich verdüstert sich das Wasser, als wenn sich eine kleine Wolke vor die Sonne geschoben hat. Ich warte, dass sie vorüber zieht. Doch das Glitzern der Sonne kehrt nicht wieder. Stattdessen werden wir von einer mächtigen Strömung in die Tiefe gezogen. Ich kralle mich an seiner Hand fest. Aber es nützt nichts. Wir werden auseinandergerissen. Der letzte Eindruck ist das Entsetzen in seinen Augen. Dann verschwindet er in der Schwärze unter mir. Ich strecke hilflos die Arme aus. Mein Herz hämmert gegen meine Rippen, jetzt aus Furcht. Alles um mich herum verwandelt sich in diffuses, kaltes Grau. Das Wasser drückt auf meine Lungen wie Blei. Ich muss an die Oberfläche, muss atmen. Doch wo ist oben? …

# Teil I

# 1

Hätte ich gewusst, was für ein Tag heute vor mir lag, wäre ich im Bett geblieben, auch wenn das auf längere Sicht nichts an meinem Schicksal geändert hätte.

Der Wecker klingelte. Ich schlug die Augen auf und blinzelte in das Morgenlicht. Ich hatte die Jalousien nicht heruntergezogen, um besser aufzuwachen. Der erste Schultag nach den Sommerferien war mühselig. Ich hatte vergessen, wie die Welt früh um sieben aussah. Immer war die Luft kühler als all die Wochen davor. Immer zog gerade ein Schwarm Vögel über den rosa verfärbten Himmel. Immer klangen ihre Schreie nach Arbeit und Ernst des Lebens. Allerdings, diesmal würde es der letzte erste Schultag nach den Sommerferien sein. Ich war in der zwölften Klasse. Ein Ende abzusehen. Der Gedanke gab mir die nötige Energie, die Bettdecke zurückzuschlagen und aufzustehen.

Ich zog mir meine schwarze Jeans und mein schwarzes Kapuzenshirt über, ging in mein Bad und rieb mir etwas Wasser ins Gesicht, schenkte mir ein Zahnputzglas davon ein und setzte mich auf meinen Balkon. Ich schaute hinüber zum alten Wasserturm. Mein Zimmer überragte ihn noch. Mir war es peinlich, in der größten Protzwohnung am Platz zu wohnen. Gleichzeitig war ich froh, hier oben meine Ruhe zu haben, selbst vor meinen Eltern, die die untere Etage bewohnten. Bestimmt saßen sie längst am Frühstückstisch und warteten auf mich.

Meine Mutter, Delia, würde versuchen, mich für das Abschlussjahr zu ermuntern. Wahrscheinlich war ihr nicht klar, dass sie als jemand ohne Abitur, der den Tag mit Shoppingtouren oder Friseurterminen verbrachte, keinen überzeugenden Trost spenden konnte. Und mein Vater Gregor suchte garantiert in der Zeitung nach Nachrichten über sein Unternehmen H2Optimal als Mitglied der Berlinwasser Gruppe. Wenn alles gut ging, würde sein revolutionäres High-Tech-Wasseraufbereitungsverfahren nicht nur die Kläranlagen in Berlin, Deutschland oder Europa revolutionieren, sondern ihn bald zu den Multimilliardären des Planeten gehören lassen. Das war sein Ziel. Er kannte kein anderes Thema. H2Optimal stand kurz davor, mit der ersten neuen Kläranlage im Norden Berlins an den Start zu gehen. Wenn alles lief wie erwartet, würden sie eine Villa am Wannsee kaufen und der größte Traum meiner Mutter in Erfüllung gehen.

Ich hoffte, dass ich vorher meine letzten 250 Schultage hinter mich bringen könnte, um mich an meinem achtzehnten Geburtstag, also am 1. Juli, auf und davon zu machen. Ich hatte ein paar Tage London mit meiner Freundin Luisa geplant. Meine Eltern ahnten nicht, dass ich danach nicht nach Hause kommen würde, um eine Au Pair-Stelle bei reichen Leuten in Amerika (Der Wunsch meiner Mutter) oder ein Jurastudium anzutreten (der Plan meines Vaters). Ich würde von Heathrow weiterreisen, vielleicht nach Asien Delphine retten, nach Indien Tee anbauen oder nach Afrika und in die Entwicklungshilfe gehen. Ich wusste es noch nicht so genau. Nur, dass ich weg sein würde. Weit weg. Und etwas Sinnvolles tun würde, statt Dinge zu lernen, die man im Leben nie wieder brauchte und seine Tage mit Leuten zu verbringen, von denen man mindestens neunzig Prozent nicht mal kennen wollte. Ich würde nicht im Hosenanzug durch gestylte Büros stöckeln, sondern würde die Sprache der Eingeborenen studieren und den Ort in der Welt finden, wo ich hingehörte. Davon träumte ich und diese Tagträume hielten mich aufrecht.

Von der Straße drangen die aufgeregten Stimmen kleiner Kinder herauf, die mit ihren Schulranzen bereits die Bürgersteige bevölkerten. Ich nahm ein paar Schluck Wasser und spürte, wie Übelkeit in mir aufstieg. Ich sah die Gesichter meines Jahrgangs vor mir und presste die Lippen zusammen. Am liebsten wollte ich sofort abheben und mit den Vögeln eine Runde am Himmel drehen. Zwischen dem heutigen Tag und dem Beginn meines Lebens lagen jedoch diese 250 Tage. Immerhin, es gab Luisa, die ich den ganzen Sommer nicht gesehen hatte. Das tröstete mich ein wenig. Ich tat einen langen Seufzer, als würde mir jemand mitleidig zuhören und schaute auf die Uhr. Kurz vor acht, spät genug, um sich nicht mehr zu Delia und Gregor setzen zu müssen. Ich nahm meine Tasche und ging die Treppe hinunter.

Durch die lange Glasfront, die den Treppenbereich von der amerikanischen Küche abtrennte, sah ich meine Eltern vor dem Panoramafenster sitzen. Sie waren wie ein Bild aus einer Hochglanzzeitschrift. Delia, das alternde, aber immer noch sehr gut aussehende Exmodel und Gregor, der erfolgreiche Unternehmer im makellosen weißen Hemd, beide eine teure Designertasse in der Hand. Wie so oft staunte ich, dass ich von ihrer Attraktivität und Ausstrahlung überhaupt nichts abbekommen hatte. Jetzt kam ich mir tatsächlich wie ein Vogel vor, nur nicht am Himmel, sondern verirrt in einem Treppenhaus, der durch eine Glasscheibe auf ein fremdes und unverständliches Leben starrte. Die Vorstellung erzeugte einen dumpfen Schmerz und Leere in mir. Das war mein Zuhause, das waren meine Eltern, die es mir an nichts fehlen ließen, das war mein Leben, nur ich war nicht richtig da.

„Morgen, Kira, Liebes!“, rief Delia, als sie mich sah. „Soll ich dir dein Croissant noch mal aufbacken?“

„Danke, nein, ich bin spät dran.“

Mein Vater warf mir einen kurzen stechenden Blick zu, der mich einmal vom Scheitel bis zur Sohle scannte, verzog keine Miene und vertiefte sich wieder in seine Zeitung. Er mochte meinen Aufzug nicht, ausgewaschene Klamotten und im Haar nur ein Einweckgummi. So trat die Tochter eines Konzernchefs nicht öffentlich in Erscheinung. Und er hasste Trägheit und Unpünktlichkeit. Ein Tag begann mit zehn Kniebeugen und einem ordentlichen Frühstück. Erfolg war nicht einfach Glück, man brauchte dafür Fitness, Energie und Selbstdisziplin. Seine Signale waren immer klar und deutlich. Machte man etwas richtig oder brachte Leistung, war er aufmerksam und zugewandt. Benahm man sich in seinen Augen falsch oder ließ sich gehen, wurde man nicht beachtet. Ich schlüpfte in meine schnürsenkelfreien Chucks und ließ die Tür hinter mir ins Schloss fallen.

Einige Minuten später erhob sich vor mir das graue und massive Schulgebäude, unverwüstlich und wie gebaut für die Ewigkeit. Ich schritt durch das große steinerne Tor. Der Schulhof war bereits verdächtig leer. Ich lungerte nicht gern eng gedrängt und tatenlos in Grüppchen zwischen kahlen Mauern herum, während die Siebtklässler um einen herumflitzten, als wären sie auf einem Spielplatz. Ins Klassenzimmer reinschneien, wenn alle schon saßen und einen anstarrten, war genauso blöd. Deshalb kam ich gern fünf bis drei Minuten vor Unterrichtsbeginn, während alle ihr Zeug für die Stunde aus ihren Rucksäcken zogen und auf den Platz vor sich schmissen oder sortierten. Ich zückte mein Handy, tatsächlich, Punkt acht. Heute war ich zu spät. Der Weg schien sich während der knapp sieben Ferienwochen verlängert zu haben. Ich nahm zwei Stufen auf einmal. Es war ein dummes Gefühl, sich zu beeilen, obwohl man das Ziel gar nicht erreichen wollte.

Die letzten Klassentüren auf den langen Fluren schlossen sich, auch die Tür zu meinem Raum. Ich rannte die letzten paar Meter und bekam die Klinke zu fassen, bevor sie einschnappte. Irgendjemand zog wie besessen an der anderen Seite. Er musste mich doch bemerken! Dann gab er plötzlich nach. Fast hätte ich mir jetzt das Türblatt gegen den Kopf gehauen. Mein Fuß war zum Glück weiter vorn und federte es ab. Ich trat ein, zischte: „Idiot!“ … und blickte in das Gesicht eines Typen, den ich nicht kannte.

Mein Gehirn unternahm mehrere Operationen gleichzeitig. Doch, das war mein Raum. Alle, die da saßen, gehörten zu meiner Klassestufe. Am Lehrertisch stand unsere Tutorin, Frau Zuleit. Ich war richtig. Alles war korrekt. Aber vor mir dieser Fremde, groß aufragend, blonde Haare, braungebrannt, lächelnd, beschämend gut aussehend, grüne Augen, die mich mit einem Zauberbann zu belegen schienen. Ich konnte mich nicht von der Stelle rühren und starrte ihn an.

„Hi“, sagte er. Endlich entschied sich mein Blut, weiter durch meine Adern zu fließen. Trotzdem, die Stimmbänder blieben gelähmt. Ohne seinen Gruß zu erwidern, versuchte ich, die volle Kontrolle über die Motorik meiner Beine wiederzuerlangen, drückte mich an ihm vorbei und stolperte so weit weg wie möglich, in die letzte Reihe. Aber da war kein Platz mehr frei. Von Ferne hörte ich Frau Zuleits Stimme lauter werden: „… zu spät kommen würde ich im Abschlussjahr also nicht empfehlen.“ Den Anfang hatte ich verpasst. Mein Gehör war wohl vorübergehend ausgefallen.

Am Rand meines Blickfeldes bewegte sich etwas. Endlich entdeckte ich Luisa. Sie winkte aus einer mittleren Bank am Fenster. Sie hatte einen Platz neben sich freigehalten. Was für ein Glück. Ich machte kehrt und ließ mich auf den Stuhl fallen. Schweiß stand mir auf der Stirn. Ich wischte ihn beiläufig mit dem Ärmel ab und kramte in meiner Tasche. Meine Hand zitterte. Ganz ruhig, Kira, verhalte dich normal! Ich ließ meine Tasche in Ruhe und versuchte, Luisa anzulächeln. „Hallo, wie geht’s … danke für den Platz.“ Luisa sah mich misstrauisch an: „Alles in Ordnung mit dir?“

„Äh, ja, mir war irgendwie nur kurz schwindlig, glaub ich …“

Vorne stellte sich der Typ vor. Er hieß Tim und würde das Abi an unserer Schule machen. Er war Halbitaliener. Sein Vater hatte wegen seines Jobs von Regensburg nach Berlin gewechselt. Ich tat so, als würde ich nach vorne schauen, sah aber an ihm vorbei, aus Angst noch mal von seinem hypnotisierenden Blick eingefangen zu werden. Aus dem Augenwinkel beobachtete ich, wie die Tussenfraktion, bestehend aus Katja, Isabell und Charleen, kicherte. Bestimmt hatten sie schon Wetten aufgestellt, wer den Neuen abgreifen würde. Ich spürte etwas Warmes auf meiner linken Hand und zuckte erschrocken zurück, sodass meine Tasche geräuschvoll zu Boden ging. Es war nur Luisa. Sie griff nach meinen Handgelenken, weil meine Hände immer noch zitterten, als hätte ich ein offenes Stromkabel angefasst.

„Die sind ja eiskalt." Das stimmte. Meine Wangen dagegen glühten. Auf meiner Stirn hatten sich erneut kleine Schweißperlen gebildet.

„Kira, ich glaub, du bist krank …" Ich konnte nur nicken. Inzwischen lag alle Aufmerksamkeit auf uns. Frau Zuleit, die erst meckern wollte, weil wir Tims Auftritt boykottierten, stand vor mir und begriff, dass ich nicht in Ordnung war.

„Ich bring sie ins Lehrerzimmer", sagte Luisa, erhob sich, zwängte sich an meinem Stuhl vorbei und nahm mich am Arm. Ich wehrte mich. Ich wollte nicht noch einmal in Tims Nähe. Doch Luisa zog mich energisch aus dem Raum. Tim stand etwas verloren vor der Tafel, als wir uns an ihm vorbeidrängten. In dem Moment rutschte Luisa meine Tasche, die sie für mich trug, von der Schulter. Tim fing sie auf: „Lass nur, ich bring sie hinterher." Unbeherrscht riss ich sie ihm aus der Hand, als wollte er sie klauen.

„Nein!", schrie ich, presste die Tasche an mich und zog jetzt Luisa aus der Tür. Ich warf sie hinter mir zu und lehnte mich dagegen, als würde uns ein Ungeheuer verfolgen. „Kira!" rief Luisa, hielt mich an den Armen fest und versuchte, meinen Blick zu finden. Ich sah sie an und fühlte mich furchtbar schwach …

„Mir geht's nicht gut …" hauchte ich. Luisa nickte und legte mir ihren Arm um die Schulter. Auf Luisa gestützt, kam ich im Lehrerzimmer an und wurde auf die Liege im Krankenzimmer verfrachtet. Irgendeine Studentin steckte mir ein Fieberthermometer unter den Arm. Ich beruhigte mich langsam. Meine Temperatur war auf knapp 38, das war nicht so dramatisch. Ich hatte das Gefühl, ziemlich schnell wieder abzukühlen. „Mir geht's besser."

„Wirklich?", fragte die Studentin.

„Ja."

„Schaffst du es allein zum Arzt?"

„Ich denke schon."

Luisa beobachtete mich. „Soll ich dich bringen?"

„Wenn du keine Lust auf Schule hast …?!" Ich versuchte ein Lächeln.

Luisa brachte mich bis zum Hoftor. Die frische Luft tat gut. Das Glühen in meinem Gesicht war verschwunden. Ich würde allein zurechtkommen, Luisa konnte wieder zurückgehen und den neuen Stundenplan einsammeln. „Komischer Fieberanfall", überlegte ich. Luisa ließ ihre typische Grübelfalte auf der Stirn sehen, die sie immer bekam, wenn sie anfing, irgendwelche Theorien zu bilden.

„Sag mal, kennst du den Neuen irgendwoher?", fragte sie.

„Den Neuen? Wieso … nee. Wieso sollte ich den kennen?"

„Kam mir fast so vor, als würde dein Anfall mit ihm zusammenhängen."

„Quatsch!" Ich verdrehte die Augen. Luisa spielte schon wieder Psychodoktor. Sie wollte unbedingt Psychologie studieren.

„Ich mein ja nur, kann was total Unbewusstes sein … Vielleicht erinnert er dich an jemanden?"

Im Klassenzimmer war ich mir sicher gewesen, dass Tim schuld an meiner Übelkeit war. Aber mit Abstand und an der frischen Luft erschien mir das jetzt blödsinnig. Wahrscheinlich hatte ich mich nur total erschrocken wegen des Rucks mit der Tür und gleichzeitig hatte ein Virus in mir die Oberhand gewonnen. Mir war schon nach dem Glas Wasser heute früh übel gewesen. Dieser Tim konnte also gar nichts dafür. Wie sollte ein nichtssagender Sunnyboy und dummer Schönling das auch können? Hätte da Robbie Williams gestanden, wär's was anderes gewesen. Ich sah Luisa mit einem bedeutungsschweren Gesichtsausdruck an.

„Ja, er erinnert mich an jemanden …" Ich ließ eine kleine Pause. Luisa sah mich erwartungsvoll an. Dann sagte ich: „… an Barbie-Ken!"

Sie gab ein enttäuschtes Prusten von sich. Für einen Moment hatte sie gehofft, auf einer heißen Spur zu sein, aber ich kam nur wieder mit Albernheiten.

„Okay, dann geh mal zum Arzt. Ich hoffe, du bist gegen einen Schulmediziner nicht genauso resistent", stichelte sie. Ich war definitiv ihr schwierigster Fall.

„Ich streng mich an."

„Tust du nicht", gab sie zurück. Ich umarmte Luisa kurz. Sie wünschte mir gute Besserung und ich machte mich auf den Weg.

Es war ein sonniger Tag. Mit jedem Schritt fühlte ich mich besser. Meine Hände wurden wieder warm, meine Stirn kühl und trocken. Trotzdem machte ich mir Sorgen. So begann keine Grippe und so schnell war auch keine Grippe vorüber. Tim ging mir nicht aus dem Kopf. Die Augen … Hing doch alles mit ihm zusammen? Aber was konnte es sein? Dann kam mir eine Idee: Vielleicht war er auf Koks und ich hatte es gemerkt. Solche Leute konnten eine verwirrende Ausstrahlung haben.

Ich kam vor unserer Haustür an und zögerte. Würde ich hochgehen, würde Delia sofort unseren Hausarzt Dr. Pötsch anrufen und mich aufs Sofa zwingen. Ich fühlte mich aber wieder gesund. Ich würde als Simulantin dastehen. Vielleicht sollte ich einfach zurück in die Schule gehen? Aber wie sah das aus? Ich gestand mir ein, Angst davor zu haben, erneut vor Tim zu stehen und dann plötzlich wieder Fieber zu bekommen. Eine irrationale Angst, aber sie beherrschte mich. Ich beschloss, an der frischen Luft zu bleiben und bis zur Erschöpfung durch die Stadt zu spazieren. So wie ich es immer tat, wenn ich mich innerlich von etwas befreien musste.

Ich lief eine Weile ziellos durch die Straßen. Links und rechts sanierte Altbauten, eine Kneipe neben der anderen. Ich kam am „Al Hamra“ vorbei und sofort fiel mir meine Chatfreundin Atropa ein. Mit Atropa chatten wäre jetzt genau das Richtige.

Das „Al Hamra“ war eine Kneipe, die auch bei hellstem Tageslicht schummrig blieb und mit einigen Kerzenstummeln auf den alten Holztischen und drei bis vier blau flackernden Bildschirmen ein wenig wirkte, als wäre sie der Vorraum zu einer anderen Welt. Hier flüchtete ich öfter hin, wenn Delia fand, ich würde zu viel vorm Computer hocken und sie mir meinen Laptop bis zum nächsten Tag abnahm. Sie hielt nichts davon, dass ich stundenlang mit einer Person chattete, die ich noch nie im Leben gesehen hatte und von der ich noch nicht mal wusste, wie alt sie war und wo sie wohnte. Das hatte man davon, wenn man Delia aus Versehen etwas aus seinem Leben erzählte.

„Im Gegensatz zu dir kann ich mit ihr dafür über alles reden“, hatte ich Delia einmal wütend entgegengeschleudert, als Atropa und ich uns gerade über ein spannendes Thema austauschten und Delia dazwischenfunkte. Da war sie verstummt und mir tat es leid. Trotzdem stimmte es. Ich verstand nichts von Delias Welt und sie nichts von meiner. Ich war nicht hübsch, so wie Delia, also musste mein Leben einen anderen

Inhalt erhalten. Wir redeten seitdem nicht mehr darüber, was ich am Computer tat. Sie nahm ihn mir einfach nur hin und wieder weg, wenn ich mich zu wenig in unserer überdimensionierten Küche mit Wohnlandschaft blicken ließ.

Ich ließ mir eine Apfelschorle bringen und loggte mich ein. Der Besitzer der Kneipe stellte nie komische Fragen oder machte blöde Sprüche von wegen, ob die Schule schon aus sei oder so was. Er verstand, dass jeder sein Leben alleine leben musste. Er war in Ordnung.

Atropa war „on". Sie war so gut wie immer „on". Wie machte sie das bloß? Ich nahm an, dass sie etwas älter war als ich und einen Job am PC hatte oder sie arbeitete von Zuhause aus und ließ das Ding immer laufen. Jedenfalls musste sie über achtzehn sein, denn ihr stellte nie einer den Hahn ab. Manchmal wirkte sie sogar wie 40, weil sie so alte 80er Jahre Sprache benutzte, aber vielleicht war sie auch nur „retro". Über so was redeten wir jedenfalls nicht.

**Atropa:** kira! so früh schon on?!
**Kira:** mir ist was abartiges passiert …
**Atropa:** schieß los …

Ich erzählte Atropa, was sich ereignet hatte, bis ins Detail. Sie wollte alles genau wissen. Mit Atropa konnte ich mich wunderbar über irrationale Dinge auslassen, anders als mit Luisa. Luisa war immer so analytisch. Sie war sich zum Beispiel sicher, dass jemand, der sich Atropa nannte, Drogen nahm. Denn wie sollte er sonst auf so einen Namen kommen? Ich glaubte das nicht. Atropa hatte ziemlich viel Fantasie, das stimmte, aber was sie schrieb, klang trotzdem immer nach klarem Verstand. Darauf war Luisa wahrscheinlich eifersüchtig. Atropa klang nie nach Freud, fällte nicht so schnell Urteile, gab keine Diagnosen raus, wie Luisa. Außer diesmal und das verwirrte mich.

**Atropa:** du bist verknallt

**Kira:** na toll, von dir hab ich eigentlich eine komplexere antwort erwartet

**Atropa:** die thematik ist komplex genug, warte mal ab! aber das ist auch nicht alles

**Kira:** was noch?

**Atropa:** ha, okay … du hast das mit dem verknalltsein schon mal nicht abgestritten …

**Kira:** ich verknall mich nicht in barbie-kens!

**Atropa:** schmoll :)

**Kira:** du bist blöd …

**Atropa:** du musst das beobachten …

**Kira:** was

**Atropa:** das mit tim und wie du auf ihn reagierst

**Kira:** du denkst also doch, dass ich seinetwegen hochgekocht bin, ohne dass es was mit verknalltheit zu tun hat!

**Atropa:** naja, der typ lässt dich definitiv nicht kalt. aber was es genau zu bedeuten hat …

**Kira:** gruselig. ich muss den typen ab jetzt jeden tag sehen und kann nicht dauernd fieber davon bekommen!

**Atropa:** ruhig bleiben. erst mal beobachten, ob es überhaupt noch mal vorkommt

**Kira:** du klingst so, als wäre dir auch schon mal sowas passiert …

**Atropa:** ja … so ähnlich … erzähl ich dir später … muss jetzt weg … halt mich unbedingt auf dem laufenden!

Und schon war Atropa „off". Das war immer so, wenn es spannend wurde. Atropa betrieb eine ziemliche Geheimniskrämerei um ihre Person, obwohl sie mir schon so viel aus der Nase gezogen hatte. Sie versprach mir, irgendwas „beim nächsten Mal" zu erzählen, aber ließ es dann ganz unter den Tisch fallen. Ich wusste kaum was über sie. Meist hörte sie mir zu. So gesehen war sie Luisa doch nicht so unähnlich. Sie verhielt sich wie eine Therapeutin. Viel mehr als Luisa, die zwar bis zum Erbrechen analysieren konnte, aber einem ihre Analysen nur so um die Ohren schlug. Atropa dagegen schien ihre Analysen für sich zu behalten. Vielleicht konnte ich genau deshalb so unbefangen mit ihr „reden".

Ich legte das Geld fürs Surfen und die Apfelschorle auf den Tisch und machte mich auf den Heimweg. Die anderen hatten gerade Schluss. Delia würde also keinen Verdacht schöpfen. Ich war nicht gerade beruhigt, dass Atropa sicher war, mein Anfall würde definitiv im Zusammenhang mit Tim stehen. Insgeheim überlegte ich jetzt auch, ob das so was wie „Liebe auf den ersten Blick" sein konnte – was mich gleichzeitig krank machen MUSSTE, wenn ich mir den Typen dazu anschaute, bei dem mir das passiert war. Maus verliebt sich in Löwen, Mücke in Schmetterling, Fiat in Mercedes, lächerlich, verfehlt, peinlich. Aber die Theorie ergab den meisten Sinn. Liebe auf den ersten Blick plus gleichzeitige Ablehnung der Person gleich Schwindel, Übelkeit und Fieber. Wenn ich das inzwischen so klar sah, würde morgen vielleicht der „zweite Blick" helfen. Ich schüttelte mich, als ich merkte, wie sehr ich bereits mit Luisas analytischem Denken operierte. Wahrscheinlich war ich genauso, auch wenn ich mich lustig darüber machte. Manchmal konnte es ja auch wirklich helfen.

Ich stahl mir ein paar Beruhigungstabletten aus Delias Tablettensammlung, beschloss, früh schlafen zu gehen und morgen wieder alles unter Kontrolle zu haben. Tim war ein völlig belangloser Typ, der mich nicht interessierte und auch nicht zu mir passte. Ich würde das Schuljahr einfach morgen noch mal neu beginnen, ganz normal und ohne Überraschungen.

# 2

In den ersten zwei Stunden hatten wir Sport, der Tag fing gut an. Luisa hatte den neuen Stundenplan per Mail geschickt. Sie hatte auch angerufen, aber ich schlief bereits tief und fest, obwohl es erst sieben Uhr abends gewesen war. Zum Glück hatte sie meiner Mutter gegenüber kein Wort verloren, dass man mich von der Schule nach Hause geschickt hatte. Luisa kannte mich zu gut. Sie ahnte, dass ich mich um den Arzt gedrückt hatte und sie wusste, dass meine Eltern von mir nur das erfuhren, was unumgänglich war. Mein Vater wollte keinen Zugang zu meiner Welt, er wollte, dass ich ein Glanzstern in seiner Welt wurde, und meine Mutter fand keinen.

Ich war früh losgegangen und eine der Ersten in der Turnhalle. Mein Sportzeug hatte ich bereits zu Hause angezogen. Ich mied die Umkleideräume, wann es ging. Irgendwie verleitete die dort herrschende besondere Intimität immer zu den überflüssigsten Gesprächen über Kondome, das erste Mal und was man gegen Cellulitis machen konnte. Allesamt Themen, die die Menschheit in keinster Weise weiterbrachten oder überhaupt für Gruppengespräche taugten. Ich brachte nur meine Tasche nach oben, hängte sie gleich an den ersten Haken neben der Tür, ging wieder nach unten in die Halle und setzte mich auf die Holzbank. Zuerst da zu sein, wo auch immer, beruhigte mich. So konnte man alle und alles aus sicherer Beobachterposition auf sich zukommen lassen.

Nach und nach füllten sich die Bänke. Jeder, der die Halle betrat und nicht Tim war, verschaffte mir flüchtige Erleichterung. Luisa sah mich und erdrängelte sich noch einen Platz zwischen mir und einem Mädchen, das ich nur vom Sehen kannte.

„Ein Glück, dass dein Fieberanfall nichts Ernstes war. Wär' ja auch blöd, jetzt zum Schulbeginn …“ Ich wusste nicht, was ich auf diese vernünftige Aussage antworten sollte und nickte.

Luisa fuhr fort: „Ich konnte dich noch nicht mal fragen, wie dein Sommer so war?!"

„Ruhig, wirklich ruhig", antwortete ich wahrheitsgemäß.

„Im Dom von Orvieto?"

Ich lächelte. Meine Eltern hatten in Umbrien ein großes Haus mit einem riesigen Stück Land voller Kakteen und Olivenbäume. Dort verbrachte ich die meiste Zeit im Sommer. In der Nähe war ein kleiner alter Ort namens Orvieto mit einem herrlichen Dom, dessen glitzerndes und prächtiges Eingangsportal ein einmaliges Kunstwerk war. Hier konnte ich stundenlang in der angenehmen Kühle sitzen und lesen, während die Welt da draußen wieder in einen normalen Rhythmus zu finden schien. In der siebten Klasse war Luisa einmal mitgekommen. Danach kauften ihre Eltern eine kleine Laube an der Ostsee, in der Nähe von Luisas Großeltern und Cousinen. Seitdem fuhr ich allein. Mein Vater kam für ein paar Tage, Delia meist zwei oder drei Wochen, aber am schönsten war es, wenn ich und die Italienerin, die unten im Haus eine kleine Wohnung hatte und sich das Jahr über um alles kümmerte, das Haus für uns allein hatten.

Während ich mit Luisa weiter Belanglosigkeiten austauschte, sah ich im Augenwinkel, wie die angesagteste Jungs-Clique unseres Jahrgangs die Halle betrat. Vier große, gut aussehende Typen, um deren Gunst jeder buhlte. Sie waren die Besonderen, die Tollen, die Senkrechtstarter, von allen geachtet, allseits beliebt. Sie gehörten zu den Besten und sie waren auch noch okay. Ich hatte nichts gegen sie oder vielleicht war es auch anders: Sie hatten nichts „für mich". Menschen aus einer anderen Welt, an die man nicht heranreichen konnte.

Warum sie mir jetzt auffielen, war nur, weil sie Tim bei sich hatten und sich unterhielten, als würden sie sich schon ewig kennen. Zum ersten Mal kam mir der Gedanke, dass er vielleicht doch kein Blender war und sein schöner Kopf zu mehr taugte, als nur zum Mützen tragen. Jedenfalls, da war er also wieder und sofort begann ich, meine Körperfunktionen zu beobachten. Ich sah ihn nur von der Seite und von hinten. Er trug ganz schlicht eine kurze schwarze Hose und ein schwarzes T-Shirt. Seine bis zu den Ohren reichenden blonden Haare hatte er mit einem Stirnband gebändigt. Er war braun und er hatte ein Grübchen, wenn er lachte. Ich plapperte weiter auf Luisa ein, beobachtete dabei Tim und registrierte mit Erleichterung, dass nichts geschah: keine Hitzewallungen, keine feuchte Stirn, keine Hände, die zitterten. Dann unterbrach mich Luisa: „Vielleicht solltest du ja doch mal zum Arzt gehen?!" Sie zog eine Augenbraue hoch.

„Wieso?", fragte ich verwirrt und versuchte, mich auf sie zu konzentrieren.

„Du hast eben fünfmal hintereinander den gleichen Satz gesagt."

„Wieso? Was denn?"

„Es war ruhig, wirklich ruhig", äffte Luisa mich nach und schien sich prächtig zu amüsieren. Sie sah in die Richtung, in die ich die ganze Zeit an ihr vorbeigesehen hatte und grinste. „Ich dachte es mir …"

„Was?"

„… dass es keine Krankheit war und dich der Neue ziemlich beeindruckt …" Sie hörte nicht mehr auf mit ihrem dämlichen Grinsen.

„Du spinnst ja." Ich zeigte ihr einen Vogel und überlegte, wie ich ihre Anschuldigung mit einem machtvollen Spruch ein für alle Mal plattmachen konnte, aber da tauchte unser erbarmungsloser Sportlehrer Herr Falke auf. Er trieb uns lautstark aus der Halle, damit wir draußen auf dem Sportplatz drei große Aufwärmrunden à 800 Meter drehten. Gerade im letzten Jahr müssten wir sehen, dass wir in Form kämen und er würde schon dafür sorgen, brüllte er und klatschte dazu in die Hände.

Luisa und ich ließen den anderen den Vortritt und trotteten zuletzt aus der Halle. Ich nahm meinen langen dünnen Zopf und knotete ihn mit dem Haargummi hoch, damit er mich beim Laufen nicht störte. Natürlich ließ Luisa mich bereits nach den ersten Metern hinter sich. Sie war sportlicher, kräftiger, während ich wie immer besondere Anstrengungen unternehmen musste, meine Füße der Schwerkraft zu entreißen und nicht ganz so auszusehen, als wären meine Beine chinesische Stäbchen, mit denen ich nicht umgehen konnte. Der Vorteil war immerhin, dass ich in der Tat nicht wusste, wie Cellulitis überhaupt aussah.

… Und dann ragte ER neben mir auf, verlangsamte sogar seinen Schritt und richtete das Wort an mich: „Na, geht's dir wieder besser?" Ich spürte seinen Blick auf mir und begann mich sofort intensiv für den Schotter unter meinen Füßen zu interessieren. Mein Herz ruckte und das beim Laufen. Ein Stich … noch ein Stich. Fing so ein Herzinfarkt an? Verhalte dich einfach ganz normal, Kira. Los! Ich riss meinen Blick vom Boden, fixierte Luisas Rücken vor mir und rief laut und deutlich: „Klar! Ich …"

Mehr konnte ich nicht sagen, ich war zu sehr außer Atem. Also drehte ich mich zu ihm und versuchte ein unverfängliches Lächeln. Aber das war ein Fehler. Ich hatte es geahnt. Seine Augen … Wie er mich ansah! Ich blieb stehen und er auch und wir erforschten uns gegenseitig, als müssten wir uns irgendwie wiedererkennen, während alle anderen wie Statisten an uns vorbeirauschten. Zumindest war das meine Fassung von der Situation. Oh Mann, dabei war er sicher nur nett. Diese ganz fiese Nummer von „Nett", wenn Stars Autogramme verteilten und Fans dachten, sie wären persönlich gemeint, wenn charismatische Männer Mauerblümchen zuvorkommend behandelten, weil das unverfänglich war, oder wenn Supermodels Behinderte besuchten …

„Ich hatte mir schon Sorgen gemacht …“, flüsterte er fast und sah mich jetzt ernst an. Ich hielt es nicht aus. Ich rannte einfach los, weg von ihm. Ich hoffte, wir hatten nicht zu lange dagestanden. Wenn auch sonst niemand der Situation Bedeutung beigemessen hatte, Luisa war bestimmt im Bilde. Ich rannte, rannte und war schon in der vierten Runde, bis ich einige lachen hörte und Herr Falke mich erstaunt zurückrief: „Ich glaub's ja nicht, Kira, hast du in den Ferien etwa trainiert?“

Blöder Affe. Jetzt nur nicht die Blöße geben. Ich winkte ab und tat so, als wäre ich weiter gerannt, weil ich dringend in die Halle aufs Klo musste. Ich stürmte in den Waschraum, beugte mich über die Waschrinne und versuchte, zu Atem zu kommen. Ich trank ein paar Schluck aus dem Wasserhahn und vermied es, in den Spiegel zu schauen. Ich wollte auf keinen Fall das blasse Mädchen mit dem rostfarbenen, strähnigen Haar und dem spitzen Gesicht sehen, das sich schon wieder in eine peinliche Situation mit dem neuen Macho der Schule begeben hatte. Am liebsten wäre ich jetzt einfach hiergeblieben oder hätte meine Sachen geschnappt und wär abgehauen. Aber das ging nicht. Das hatte ich gestern schon durch. Ich musste wieder runter, mich ganz normal verhalten.

Wütend hieb ich mit meinen schwachen Fäusten gegen die geflieste Wand hinter mir. Dieser Typ sollte dahin verschwinden, wo er herkam. Es war auch so schon ätzend genug, das letzte Schuljahr noch durchstehen zu müssen. Ich versuchte, ruhig zu atmen. Tief einatmen und langsam wieder aus. Die gekachelte Wand kühlte, als ich mich dagegenlehnte. Zum Glück bekam ich diesmal nicht gleich Fieber. Ich hielt die Hände vor das Gesicht, um mich zu beruhigen, und bekam den nächsten Schreck. Ich hatte die Augen offen, starrte durch meine Handflächen, als wären sie transparent, und erblickte mich schemenhaft im Spiegel gegenüber. Oh Gott, nahm meine Spiegelphobie etwa neue Formen an? Ich drehte mich weg und verließ fluchtartig den Raum. Ein schauriger Gedanke ergriff von mir Besitz, während ich die Treppen hinunterrannte. Das konnten auch alles die ersten Zeichen von Paranoia und Wahnsinn sein. Über diese Krankheiten hatte mich Luisa mit ihrer Leidenschaft für das Thema bereits ausführlich ins Bild gesetzt.

„Kira!", rief Luisa aus der Halle in den Flur und durchbrach meine Angstgedanken, die wie bösartige Schlingpflanzen Besitz von mir ergreifen wollten. „Wir sind jetzt drinnen. Komm."

In der Halle wartete immerhin eine gute Nachricht. Die Jungs mussten sich auf der linken Seite mit Stangenklettern befassen, während die Mädchen auf der rechten Seite Kopfstand übten. Ich schnappte mir sofort eine Matte. Kopfstand war eines der wenigen Dinge, die mich im Sportunterricht nicht in Schwierigkeiten brachten. Immerhin. Der Druck gegen die Stirn tat irgendwie gut.

„Mann, Kira, ich glaub, der steht auf dich", sagte Luisa und biss von ihrem Käsebrötchen ab. So ein Blödsinn. Ich antwortete nicht.

„Naja, oder findet dich zumindest irgendwie interessant."

„Interessant, ich? Ich bin höchstens so interessant wie eine Scheuche für ein paar Vögel, die nicht an die Kirschen gehen sollen." Luisa hörte auf zu kauen und sah mich überrascht an: „Was ist denn mit dir los?! So redest du doch sonst nie." Ich seufzte und setzte mich auf die Lehne der Bank, die wir in der großen Pause immer aufsuchten. Sie stand etwas abseits in der Nähe der Mülltonnen.

„Das ist es ja gerade. Dieser Tim nervt mich, weil er mir das Gefühl gibt, der letzte Dreck zu sein. Ich fühle mich schlecht durch ihn und deshalb bin ich auch nicht verknallt in ihn."

„Er verwirrt dich. Das ist eine Herausforderung." Luisa schmunzelte und kaute. Ich starrte auf meine Milchschnitte, die ich mir heute Morgen eingesteckt hatte, aber ich hatte keinen Appetit.

„Ha, der ist ein Fall für unsere Beautyköniginnen, aber doch nicht für mich." Das hatte ich jetzt selbstbewusst gemeint. Luisa drehte sich zu mir, drückte ihr Kreuz durch und holte tief Luft. Ein sicheres Zeichen, dass wieder eine ihrer ehrlichen, aber gut gemeinten Ansprachen kam.

„Naja, ein bisschen was machen könntest du ja wirklich aus dir. Ich meine, deine totale Antihaltung gegen jedes etwas gepflegtere Auftreten ist doch auch übertrieben. Nur weil du deine Mutter für ihren Beruf verachtest."

„Model sein ist kein Beruf, sondern rumstehen, aussehen und blöd grinsen."

„Siehst du, genau das meine ich. Deshalb musst du aber nicht ins Gegenextrem einer Kanalratte verfallen."

„Ach, danke, so siehst du mich also! Na, ist ja interessant!" Ein Bild schob sich vor mein inneres Auge, wie Luisa später als Therapeutin in ihrem penibel sauberen und furchtbar angenehmen, mit hellen Holzmöbeln und Sonnenschein ausgestatteten Behandlungszimmer saß, eine Brille aufhatte, während sie eine zweite pausenlos putzte.

„Niemals fang ich an, wegen eines Kerls was aus mir zu machen". Ich wollte mich von der Bank erheben und Luisa mit ihrer misslungenen Rede alleinlassen, aber sie hatte mich schon am Arm gepackt.

„Mann, Kira, das ist doch gar nicht wegen eines Kerls und auch nicht wegen Tim, aber dein Trotz kann einen manchmal echt zur Weißglut bringen und im Wechsel zur totalen Selbsterniedrigung sowieso. Ich will nicht, dass du das mit dir machst. Und denk auch mal an die anderen. Wie wenig hältst du dann eigentlich von mir, wenn ICH es nicht vermag, dein Selbstbewusstsein anzukratzen?!"

Ich blieb sitzen und brütete vor mich hin. Die Milchschnitte hatte ich in der Verpackung inzwischen zu Brei verarbeitet. „Du hast ja recht … Du weißt, du bist die Einzige, mit der ich es hier überhaupt aushalte“, gab ich nach einiger Überlegung zu. Luisa lächelte. Luisa hatte ein kleines hübsches Gesicht, umrahmt von braunen Locken. Mit ihren 1,60 Meter war sie fast winzig. Sie war wirklich in Ordnung, auch wenn sie nach außen sehr brav, diszipliniert und wenig aufregend wirkte. Besonders das Normale liebte ich so an ihr, sie wohnte mit ihren Eltern in einer gemütlichen Dreizimmerwohnung und man spürte, wie die kleine Familie zusammenhielt und sich nah war. Es war, als hoffte ich, je öfter ich mit ihr Zeit verbrachte, desto mehr würde diese Harmonie und Wärme auf mich abstrahlen.

„Aber mit diesem Neuen will ich trotzdem nichts zu tun haben, ob er nun auf mich steht oder nicht, okay?!“

„Okay“, sagte Luisa und wir folgten der Klingel, die uns zur nächsten Stunde rief.

## 3

„Und wenn du es doch mal mit ein bisschen Eyeliner versuchst?“, fragte Delia vorsichtig und hielt mir ihren Stift hin, aber sie bekam von mir wie immer ein resolutes „Nein!“ Die schwarze Stoffhose war okay, auch wenn ich sie niemals in der Schule tragen würde. Dazu hatte Delia eine silbrige Bluse mit raffiniertem Ausschnitt mitgebracht. Sie gab einfach nicht auf. Ich ließ sie in der Verpackung und zog ein weißes langärmeliges T-Shirt an. Weiß war eigentlich nicht meine Farbe, aber für einen festlichen Anlass war es okay und tausend Mal besser als all die fürchterlichen Festkleider, die Frauen zu besonderen Anlässen glaubten, anziehen zu müssen. Dabei waren die meisten

Modelle eine Strafe für die Augen, selbst bei den Stars in Hollywood. Ich würde nie begreifen, dass die das nicht merkten!

Ganz schwarz wäre mir natürlich lieber gewesen. Doch das hätte ich nicht durchgebracht, das war Trauerkleidung. Außerdem wäre Gregor enttäuscht gewesen und das wollte ich nicht. Ich hatte sogar versucht, etwas mit meinen Haaren anzustellen, weil mir Luisas Ansprache doch nicht aus dem Kopf ging. Delia strahlte über das ganze Gesicht, als sie die zwei schwarzbraun glänzenden Haarspangen an meiner linken Schläfe entdeckte. Und ich gab nach, als sie mir die Haarspitzen abschneiden wollte. Gregor kam in seinem Armani-Anzug aus dem Bad stolziert und musterte mich von oben bis unten. Er sagte nichts, aber er schien zufrieden, dass alles in seinem Sinne lief.

Heute war sein großer Tag. Es gab einen Presseempfang für seine neu gebaute Kläranlage, die in den nächsten Wochen die Aufbereitung des Berliner Wassers im Norden übernehmen würde. Das Besondere war, dass er dafür ein Prinzip entwickelt hatte, welches als Weltneuheit galt und in aller Munde war. Nach dem Klärprozess würde es keinerlei Rückstände von Phosphor oder Ammoniumstickstoff mehr im gereinigten Wasser geben. Das hieß, das geklärte Wasser, was in die Spree und die Havel zurückgeleitet wurde, würde klar und sauber wie aus einem Schweizer Bergsee sein. Bisher wurde das Prinzip im kleineren Rahmen – erst ein Dorf, dann eine Ortschaft – erfolgreich getestet. Mit der Wasserreinigung des Berliner Nordens verwirklichte H2Optimal das erste große Projekt. ‚Bald würde man in Spree und Havel baden gehen können wie in einem Pool und auf dem Grund eine Artenvielfalt von Fischen beobachten können wie in einem Aquarium', lautete Gregors Lieblingsspruch.

Bis heute hatte mich das alles nicht wirklich interessiert. Ich schaltete ab, wenn jemand zu viel Gewese um etwas machte. Doch als ich jetzt in diesem gigantischen Konferenzraum stand, mit Panoramafenstern bis zum Himmel und dahinter ein abenteuerliches Gewirr von in der Sonne silbern glänzenden Rohren, die sich wie ein Netz um zwölf sechzig Meter hohe stählerne Aufbereitungstürme wanden, ergriff mich Ehrfurcht. Das alles hatte mein Vater erschaffen! Und es war nicht nur die wie aus einem Science-Fiction anmutende Anlage, sondern auch, was sie bedeutete.

Im Alltag nahm ich meinen Vater als einen mit einer äußerst starken Eigendrehung versehenen, egoistischen und machthungrigen Menschen wahr, der sich für nichts interessierte, was nicht mit ihm selbst zu tun hatte. Doch jetzt hatte ich das Gefühl, dass das, was so ein Mensch erschuf, den Charakter rechtfertigte, der wohl nötig war, um sich durchzusetzen. Eine Welle von Stolz und euphorischen Gefühlen erfasste mich. Mein Vater hatte nicht nur einen Apfelgriepsch in eine Biomülltonne geworfen und sich dabei als umweltbewusst erwiesen. Mein Vater gab der Welt das, was sie am meisten brauchte: sauberes Wasser!

Meine Mutter stand in ihrem engen roten Kleid am Rand der Tribüne und hoffte wahrscheinlich, auf eins der Fotos zu kommen, die von diversen Zeitungsfotografen geschossen wurden. Ich stand abseits auf einem Podest, das im Kreis um den Saal führte, damit die Gäste in den hinteren Reihen auch etwas sehen konnten. Mein Vater wirkte klein in diesem riesigen Raum und doch stark und groß, als seine Worte tief und voll durch das Mikrofon kamen. In einfachen Sätzen versuchte er das komplexe Prinzip der quantenmechanisch-kaskadischen Wasseraufbereitung zu erläutern, redete von der Robotik des Systems und dass man das gesamte Wasser durch die Anlage schleusen und hundertprozentig reinigen konnte, ohne Rückstände, ohne Nachteile, ohne die Umwelt damit im Geringsten zu behelligen. Dann lenkte er die Blicke auf die Rohrlandschaft vor den Fenstern und entlockte der Menge ein bewunderndes „Oh“, als er die Zahl von tausend Kilometern nannte, die die Rohre maßen, würde man sie in einer Linie aneinanderreihen. Irgendein Spaßvogel gab den Einwurf, wann denn die „Enterprise“ abheben würde und alle lachten.

Auf dem Gesicht meiner Mutter war ein Dauerstrahlen festgefroren. Mein Vater beschloss seine Rede mit dem leidenschaftlichen Wunsch, unseren Nachkommen eine lebenswerte Welt zu hinterlassen und bedankte sich besonders bei seiner Frau und seiner Tochter, die all den Stress der letzten drei Jahre, in denen er dieses Projekt gestemmt hatte, mit ihm durchgestanden hatten. Delia ergriff die Gelegenheit, drängelte sich an dem Regierenden Bürgermeister vorbei und warf sich in die Arme von Gregor, während das Blitzlichtgewitter noch einmal losfeuerte.

Ich sah unbeteiligt aus dem Fenster, während ich spürte, dass einige Reporter nervös ihre Köpfe reckten, um ‚die Tochter‘ ausfindig zu machen. In mir kribbelte eine unerträgliche Aufregung und mein Herz schlug wild. Ich hasste öffentliche Auftritte und hoffte inständig, dass kein Idiot, der mich irgendwie kannte, gleich mit dem Finger auf mich zeigte. Aber zum Glück geschah das nicht. Es folgte ein rauschender Applaus. Ein großer roter Schalter, der auf der Bühne installiert war, wurde symbolisch von null auf eins gestellt und danach wurden Hände geschüttelt. Auch ich klatschte und konnte mich der allgemeinen Euphorie nicht entziehen. Dabei nahm ich mir fest vor, meinen Vater noch einmal genau nach seinem neuen Prinzip auszufragen. Das würde ihn glücklich machen, besonders, weil er davon träumte, dass ich eine durchsetzungsstarke Anwältin in seinem Unternehmen werden würde. Für diesen Moment fand ich die Vorstellung zum ersten Mal reizvoll, obwohl ich mir bisher nichts Schlimmeres vorstellen konnte, als Jura zu studieren.

Der Saal beruhigte sich wieder etwas. Jetzt durfte die Presse Fragen stellen. Ich sah mich nach einem Glas Wasser oder vielleicht sogar Sekt um, da traf mich eine wohlbekannte Stimme aus dem Mikrofon wie ein Blitz. „Schon rein philosophisch gibt es doch bei jedem Prozess einer Umwandlung Rückstände oder Abfall. Sie haben das Prinzip sehr allgemein erklärt. Könnten Sie bitte noch einmal nachvollziehbar machen, warum in Ihrem Verfahren am Ende hundertprozentig reines Wasser steht?"

Mein Vater atmete hörbar durch. Das machte er immer, wenn er genervt war, weil ihn etwas langweilte. Dann setzte er zu einer Antwort an. Ich suchte nach der Herkunft der Stimme. Eine Frau neben mir erhob sich von einem Stuhl. Ich musste so dringend herausfinden, ob ich mit der Vermutung über den Besitzer der Stimme richtig lag, dass ich meine Schüchternheit vergaß und mich kurz auf den frei gewordenen Stuhl stellte, um einen Überblick zu haben. Die Frau sah mich entgeistert an. Hinter mir murmelten Leute. Ich wich allen Blicken aus, als ich wieder hinunterstieg. Ich hatte ihn entdeckt, die blonden Haare und größer als die meisten, in der ersten Reihe mit einer Kamera um den Hals und neben einem Typen, der mit einem Mikrophon hantierte. Was um alles in der Welt hatte Tim hier zu suchen? Noch dazu mit einer Zeitung? Ich kapierte überhaupt nichts. Ich versuchte, dem zu folgen, was mein Vater als Antwort gab und musste feststellen, dass er irgendwie nicht auf den Punkt kam. Zwischendurch kam von Tim der unverkennbar aggressive Einwurf: „Herr Wende, Sie beantworten meine Frage nicht!"

Was bildete er sich nur ein? Ein Ingenieur sprang meinem Vater zur Seite. Dann ergriff ein zweiter das Wort. Ich spürte eine ungeheure Wut in mir aufsteigen. Wie konnte ein dahergelaufener und extrem aufgeblasener Abiturient hierherkommen und den Ehrentag meines Vaters stören?! Ich war fassungslos.

Mein Vater und sein Team schienen die Frage irgendwie beantwortet zu haben. Gregor strahlte nach wie vor Souveränität und Gelassenheit aus. Tim schien ihn mit seiner provokanten Art nicht wirklich aus dem Konzept gebracht zu haben.

Im weiteren Verlauf merkte ich, dass auch andere Journalisten sehr provokant in ihrer Art wirkten, auch wenn die Fragen belanglos waren. Alles normal. Schließlich brauchten sie Konflikte und Probleme für ihre Sendungen und Blätter. Sonst kaufte keiner mehr Zeitungen. Trotzdem, das waren Profis, während so einer wie Tim sich nur aufspielte. In mir rasten die Gedanken. Was hatte er hier zu suchen? Wusste er, dass Gregor mein Vater war? Hatte er mich deshalb etwa beim Dauerlauf angelabert? Aber woher sollte er das wissen? Ich war zwischen den Impulsen, ihm entweder sofort an die Gurgel zu springen oder mich schnellstmöglich vor ihm zu verstecken, hin- und hergerissen.

Der offizielle Teil der Veranstaltung wurde für beendet erklärt und die Gäste zum Buffet gebeten. Gleich würde Delia mich aufsuchen und dann zu Gregor schleifen, genau vor Tim, der mit einer Kamera dastand. Ich ergriff die Flucht und drängelte mich rücksichtslos an den Leuten vorbei, die begannen, dem Ausgang zuzustreben.

„Tja, manche sind nur zum Essen hier, schlimm sowas …“, schimpfte eine fette Ziege, weil ich an ihrem viel zu breiten Hintern nicht vorbeikam. In der komplett silbernen Vorhalle erspähte ich einen kleinen Notausgang und lief darauf zu. Erst wollte der Sicherheitsmann mich nicht durchlassen, aber ich zog das Schild aus der Hosentasche, was ich eigentlich an mein Shirt hätte heften sollen und das mich nicht nur als VIP, sondern auch als die Tochter von Gregor Wende auswies. Er schenkte mir ein nettes Lächeln und ich durfte passieren.

Draußen hielt ich kurz inne und holte tief Luft. Dann sah ich mich um. Ein kleiner Hof trennte mich von dem ersten der riesigen Türme. Ich ging auf ihn zu und hörte ein immer lauter werdendes Rauschen. Es kam aus seinem Inneren. Vor mir tat sich das gigantische Labyrinth aus Rohren auf. Aus der Nähe betrachtet war jedes mindestens so dick wie ein Laternenpfahl. Ich ging ein Stück hinein, kletterte über einige der Fließstrecken, die am Boden entlangliefen, duckte mich unter weiteren hindurch und stand plötzlich inmitten einer von allen Seiten rauschenden Welt aus Rohren und blauem Himmel. Vor mir ragte der zweite der immens hohen Türme auf. Ich entdeckte eine Tür und rüttelte an ihr. Aber sie war verschlossen. Ich wusste nicht, was ich hier wollte. Es tat einfach gut, hier zu sein. Das Rauschen erlöste mich vom Grübeln. Es war, als würde es durch mich hindurchrauschen, als würden mit Gregors Anlage auch meine Gehirngänge gereinigt.

Doch was mich gerade noch beruhigt hatte, wurde mir von einer Sekunde auf die andere plötzlich unheimlich. Wie aus dem Nichts kroch Angst in mir hoch. Was war denn jetzt schon wieder los? Frei flottierende Ängste sind Ängste, die aus dem Nichts kommen, ging mir eine der beeindruckenden Definitionen von Luisa durch den Kopf. Aber das konnte es nicht sein. Ich fühlte mich irgendwie … beobachtet. Ich spitzte meine Ohren, doch sie konnten mir nicht helfen. Das Rauschen des Wassers ließ jedes andere Geräusch untergehen. Panik befiel mich. Inzwischen war ich mir ganz sicher, nicht allein hier zu sein. Blitzartig drehte ich mich um und lief los, stolperte über eins der Rohre, fiel hin, glaubte, hinter mir undefinierbare Geräusche wahrzunehmen, rappelte mich wieder auf und hörte plötzlich ganz dicht an meinem Ohr die Stimme von meinem Vater: „Kira, was machst du denn hier?! Wir haben dich gesucht.“

Dankbar fiel ich in seine Arme. Die Symptome von Panik waren augenblicklich verschwunden.

„Ich brauchte nur mal frische Luft, ich …“ Er stellte mich wieder auf die Beine und musterte mich streng.

„Die Rohranlage … sie ist beeindruckend."

Mein Vater musterte mich immer noch. Würde er gleich ausrasten, weil ich mich an seinem wichtigen Tag nicht angemessen benahm? Oder hob er sich das für zu Hause auf. Sein Anflug von Fürsorglichkeit kam deshalb umso überraschender.

„Du musst was essen. Das ist alles!"

„Ja …", brachte ich heraus und überlegte krampfhaft, wie ich ihm meine Dankbarkeit ausdrücken konnte. Ich musste ihm noch gratulieren, natürlich. „Glückwunsch. Es war toll. Ich bin stolz …"

Mein Vater nickte und lächelte, als gehörte meine Gratulation zu den wichtigsten, die er heute erhalten hatte. Ich war verwirrt. Er schien unbändig gute Laune zu haben. Er reichte mir seinen Arm und ich hakte mich ein. Mir fiel Tim wieder ein. Wenn er uns so sah! … Dann wusste er eben Bescheid. Na und? Ich konnte meinen Vater jetzt deshalb nicht stehenlassen. Außerdem war dieser „Lehrling in Enthüllungsjournalismus" auf einmal ziemlich unwichtig. Ich stand unter dem Eindruck des Erlebnisses, das ich eben gehabt hatte. Ich war mir sicher, dass dort etwas gewesen war. Jemand hielt sich zwischen den Rohren versteckt und hatte mich beobachtet. Ein Saboteur? Sollte ich Gregor davon erzählen? Doch dazu war mein sicheres Gefühl zu diffus, zu paranoid, zu ähnlich mit meiner gestrigen Panikattacke. Immerhin hatte dieser Anfall diesmal nichts mit Tim zu tun. Zumindest nicht direkt.

Und wenn es doch die ersten Symptome einer psychischen Krankheit waren? Ich spürte leise Angst. Wie eine Retterin stand plötzlich eine Kellnerin mit einem Tablett voller Getränke vor uns. Ich schnappte mir ein Glas Sekt und wagte einen Blick in die Runde. Von Tim nichts zu sehen. „Auf dich, Gregor!", stieß ich hervor und kippte das ganze Glas in einem Zug hinunter. Gregor sah mich zuerst erstaunt an, dann mischte sich ein Ausdruck von Triumph in seine Augen und er tat dasselbe.

# 4

Die Ränder des Turms blinken grell in der Sonne. Das Wasser ist unglaublich klar und tief. Ich kann ohne Probleme die sechzig Meter bis hinunter zum Grund sehen. Er besteht jedoch nicht wie erwartet aus Beton, sondern aus wunderschönen Korallen, die in allen Farben schimmern und das indigoblaue Himmelszelt spiegeln, was sich über uns spannt. Wir tollen durch das Wasser. Der Junge mit den grünen Augen spritzt mich nass und ich spritze ihn nass. Immer wieder streicht er sich eine lange, dunkle Strähne aus dem Gesicht. Er sieht umwerfend gut aus. Mühelos bewegen wir uns auf der Oberfläche. Wir müssen uns überhaupt nicht anstrengen. Dann kommt er auf mich zugeschwommen, umfasst meine Taille und legt meinen Arm um seine Taille. Wir liegen im Wasser wie auf einer Wiese aus Korallen. Er wendet mir sein Gesicht zu. Auf einmal ist es eine blonde Strähne, die quer über seiner Stirn liegt. Tim. Als ich kapiere, in wessen Armen ich liege und dass er mich küssen will, rast mir der Schreck durch alle Glieder und wirbelt mich hoch wie aus nicht messbarer Tiefe …

Ich saß aufrecht wie eine Kerze in meinem Bett. Mein Atem ging stoßweise. Es dauerte einen Moment, bis ich meine Orientierung wiederhatte. Ich war zuhause. Es war nur ein Traum. Mein Wecker zeigte halb zwei in der Nacht. Gut, dass solche Träume niemand sehen konnte. Mein Shirt klebte am Rücken. Ich war völlig verschwitzt. Meine Stirn fühlte sich heiß an. Ich brauchte Wasser im Gesicht und eine Aspirin. Ich wandte mich zur Seite, um meine Nachttischlampe anzuknipsen und erstarrte. Da war etwas! Hinter mir. Ich spürte es genau. Es war wieder da, dasselbe Gefühl wie in der Aufbereitungsanlage. Ich drehte mich zur Seite, aber es schien sich genauso schnell zu bewegen und blieb am Rand des Gesichtsfeldes. Es war groß und dunkel wie ein Schatten und ohne Augen. Aber es beobachtete mich. Panisch tastete ich nach meiner Nachttischlampe. Dabei musste ich geschrien haben, denn plötzlich flog meine Tür auf und Delia stand da, im rosa Negligé, ihre Schlafmaske um den Hals und ohne Plüsch-Pantöffelchen.

„Kira, was ist los?" Sie kam auf mich zu und griff an meine Stirn. „Mein Gott, du glühst ja!" Sie knipste das Licht an, rannte hektisch in mein Bad, als ginge es darum, mein Leben zu retten, und löste zwei Aspirin in einem Glas Wasser auf.

„Hier trink das. Hast dich wohl erkältet?!"

Gierig kippte ich den Inhalt des Glases hinunter und sah um mich, erforschte alle Ecken und Nischen in meinem Zimmer. Aber da war nichts. Keine unheimlichen Schattengebilde, alles wieder normal, alles nur Einbildung. Delia beobachtete mich besorgt.

„Vielleicht sollte ich gleich Dr. Pötsch …"

Ja, vielleicht hatte ich diesmal wirklich eine ernstere Krankheit. Aber Delia rief immer gleich Dr. Pötsch, weil sie schon bei dem kleinsten Niesen hilflos war. Als ich klein war, hatte Dr. Pötsch meine Zunge untersucht, weil sie blau von Blaubeeren gewesen war, meine Mückenstiche, weil ich sie aufgekratzt hatte, und meinen Hals, weil ich nach zu langem Schreien heiser geworden war. Irgendwann war mir klar geworden, dass Delia Angst vor mir hatte, Angst vor so einem befremdlichen Wesen wie einem Kind, bei dem man dauernd was falsch machen konnte.

„Nein, ich hab nur schlecht geträumt, das wird schon wieder …", versuchte ich Delia zu beruhigen.

„Aber du hast hohes Fieber!"

Ich spürte, wie der Hitzepegel erstaunlich schnell absank, genau wie beim ersten Mal in der Schule. „Ich glaub, das ist gar kein Fieber, nur ein Hitzestau …" Delia hielt nochmals die Hand gegen meine Stirn und sah mich verwirrt an. Sie fühlte sich fast wieder normal an. Dann befühlte sie mein Federbett.

„Du brauchst eine dünnere Decke." Sie begann den Bezug abzuziehen, um den dickeren Teil meiner Doppeldaunendecke abzuknöpfen. Ich ließ sie gewähren, obwohl ich die Decke bislang gebraucht hatte, weil ich nachts immer fror. Ich wollte nicht, dass sie ging. Ich wünschte mir auf einmal, dass sie bei mir schlafen würde, aber das hatte sie nicht mal getan, als ich noch ein Kleinkind war. Delia war fertig mit der Decke und breitete sie über mir aus. Sie fühlte noch einmal meine Stirn, die jetzt wieder angenehm kühl war.

„Delia? …"

„Ja?!" Mein hilfebedürftiger Tonfall irritierte sie. Das war nicht zu übersehen. „Meinst du, ich könnte im Wohnzimmer schlafen?"

„Aber natürlich, komm, ich nehm deine Decke. Und morgen früh rufe ich gleich Dr. Pötsch an." Delia ging vor. Ich folgte ihr mit meinem Kissen, in das ich meinen Laptop eingehüllt hatte, und ließ das Licht in meinem Zimmer brennen.

Ich machte es mir auf dem Riesen-Sofa direkt vor dem Panoramafenster bequem. Das orange hereinflutende Licht der Straßenlaternen beruhigte mich. Hin und wieder drangen ein paar Stimmen nach oben. Hier herrschte nicht diese verlassene Stille wie in meinem Zimmer, von dem aus ich auf der einen Seite den Wasserturm und auf der anderen mehrere Hinterhöfe überblicken konnte. Als Delia wieder im Bett war, fuhr ich unter der Decke meinen Laptop hoch. Ich wollte nicht allein sein, musste mit jemandem reden. Auf Atropa war Verlass. Sie war online.

**Atropa:** ich bin mir ziemlich sicher, dass es keine krankheit ist

**Kira:** auch keine psychose oder so was?
**Atropa:** nein …
**Kira:** warum bist du da so sicher?
**Atropa:** dafür kommst du mir ansonsten zu aufgeräumt vor
**Kira:** du kennst mich ja gar nicht
**Atropa:** vielleicht besser, als du denkst …
**Kira:** aber was hat es dann zu bedeuten?
**Atropa:** dass dich vielleicht wirklich jemand beobachtet …

Ich schlug die Bettdecke zurück, aber alles war in Ordnung. Die Tür zum Schlafzimmer war angelehnt und ich hörte Gregors Schnarchen. Selbst im Schlaf klang er außerordentlich selbstbewusst.

**Kira:** mann, atropa, du machst mir noch mehr angst …
**Atropa:** sorry, das wollte ich nicht. du sollst nur nicht denken, dass du verrückt wirst. du drehst nicht durch, da bin ich mir sicher. lass nachts licht an, nicht zu schummrig, mindestens 40 watt. und versuch in nächster zeit einfach so wenig wie möglich allein zu sein oder sorge dafür, dass du jemanden in deiner nähe hast. das war doch bis jetzt nur im dunkeln und wenn du allein warst, oder?!
**Kira:** ja, außer in der kläranlage …
**Atropa:** aber da hast du keine schatten gesehen, sondern nur was unheimliches gefühlt, oder?!
**Kira:** stimmt.
**Atropa:** hast du sonst noch symptome?
**Kira:** wie, symptome …?!
**Atropa:** na, außer fieber, meine ich … und erotische träume einer total verknallten! :)
**Kira:** ha, ha …
**Atropa:** also, hast du?

**Kira:** du meinst, psychotisches? … ja, da war noch was, letztens im sportunterricht war mir so, als könnte ich durch meine hände hindurchsehen.
Atropa: genau sowas meine ich …
**Kira:** nun, sag schon! was bedeutet das???
**Atropa:** es ist nichts schlimmes …
**Kira:** kannst du dich mal genauer ausdrücken?
**Atropa:** erzähl mir einfach, wenn noch mehr solche sachen auftreten, dann kann ich es vielleicht … und jetzt musst du schlafen!
**Kira:** du bist nicht meine mutter! :I
**Atropa:** :I … :)
**Kira:** … ich kann aber nicht. ich grusel mich
**Atropa:** bist du allein?
**Kira:** nicht direkt, meine eltern sind nebenan
**Atropa:** haben sie ihre tür offen?
**Kira:** scheint so. mein vater schnarcht wie'n eber.
**Atropa:** … dann wird nichts passieren. vertrau mir einfach und schlaf jetzt, ich hab noch zu tun … bis morgen

Und schon war Atropa „off". Ich wurde das Gefühl nicht los, dass sie mehr über mich wusste als ich selbst. Aber ich konnte und wollte jetzt nicht darüber nachdenken. Ich hielt mich an ihren beruhigenden Worten fest und versuchte, an was Schönes zu denken. Mir kam der Traum mit Tim in den Sinn. Er war einfach SCHÖN, voller schöner Gefühle und ich hatte gerade keine Kraft, mich dagegen zu wehren. Vielleicht war ja irgendein Teil von mir wirklich in ihn verknallt. Und wenn schon …

# 5

Ein immer lauter werdendes Brummen weckte mich. Es dauerte eine Weile, bis ich registrierte, dass das die Espressomaschine war, die mein Vater am anderen Ende des Raumes im Küchenbereich angeschmissen hatte. Es war noch viel zu früh. Ich fühlte mich, als wäre heute Nacht ein Lastwagen über mich rübergebrettert. Schon stand meine Mutter vor mir und fragte mich, wie es mir ginge.

„Gut!" Sie tat einen tiefen Seufzer, als sie den Laptop neben mir auf dem Sofa entdeckte. „Kira, jetzt sag nicht, du hast noch gechattet …"

„Nein … nur auf den Vertretungsplan geguckt, ob heute irgendwas ausfällt."

„Aber vielleicht sollten wir trotzdem Dr. Pötsch …"

„Mir geht's wieder bestens! Ich muss zur Schule. Es ist das letzte Jahr."

Mein Vater zog sich geräuschvoll den Stuhl an den Esstisch aus grünem, unpoliertem Marmor heran, als Zeichen für uns, dass jetzt gefrühstückt wurde. Ich goss mir eine Tasse Kaffee ein und setzte mich dazu. Gerade wollte ich mir ein Croissant nehmen, da sprach Gregor plötzlich und ohne Vorwarnung den magischen Namen aus meinen Träumen aus: „Tim Hoffmann, ist das zufällig ein Junge aus deiner Schule?"

Erschrocken zog ich meine Hand aus dem Brötchenkorb zurück und erwischte dabei meine Tasse mit dem Ellbogen. Ich konnte sie im Kippen noch halten, trotzdem ergoss sich der halbe Kaffe über den Tisch und etwas spritzte bis an die capuccinofarbene Wand. Wenigstens passte das farblich, schoss es mir durch den Kopf, als ich Delias intensiven Blick auf mir spürte.

„Junge? Also, der ist schon achtzehn", stotterte ich, völlig verwirrt, warum ich in Verteidigungsposition ging und Tim schützte.

„Ihr kennt euch also …“, warf Delia ein.

„Kennen ist völlig übertrieben. Der macht das Abschlussjahr bei uns. Ich hab ihn vor fünf Tagen zum ersten Mal gesehen.“

„Mit achtzehn ist man jedenfalls noch lange kein Mann. Schon gar nicht, wenn man in Flipflops und kurzen Jeans zu einem Pressempfang erscheint.“ Gregor biss in sein Brötchen. Kauend setzte er sein Verhör fort. „Und du wusstest nicht, dass er da auftaucht?“

Ich schüttelte heftig den Kopf. „Nein, überhaupt nicht. Aber wie hast du so schnell rausgefunden …“ Gregor grinste breit. „Das dürfte in heutigen Zeiten wohl kein Problem sein.“ Er zog ein Stück Wurstpelle zwischen seinen Zähnen hervor und legte es auf den Tellerrand. „Allerdings wundert mich, dass du mir gestern nichts über ihn erzählt hast.“

Ich zuckte mit den Schultern. „Ich dachte nicht, dass er wichtig ist.“

Gregor räusperte sich, als wollte er die Frage ungeschehen machen. Mit Nachdruck betonte er: „Nein, ist er natürlich auch nicht. Hätte er nicht einen Presseheini dabeigehabt, hätten wir ihn gar nicht vorgelassen. Dass man jetzt schon für Hinterhofblätter Rechenschaft ablegen muss, ob ein Unternehmen korrekt arbeitet, ist doch lächerlich. Kannst du dem Grünschnabel ruhig ausrichten! Der soll lieber seine Hausaufgaben machen.“ Ich nickte. Gregor wischte sich mit der Serviette den Mund ab, sprang auf, gab Delia flüchtig einen Kuss und schon war er aus der Tür.

Auch wenn es gestern gar nicht so ausgesehen hatte, Tim musste ihm mit seinen Fragen irgendwie am Lack gekratzt haben. Es hatte Gregor nicht kalt gelassen. Gleichzeitig ärgerte ich mich über Gregor, denn er tat so, als wäre ich schuld daran, nur weil der Typ seit einer knappen Woche mit mir zur Schule ging. Delia sah mich immer noch so komisch an. Schnell schnappte ich mir meinen Teller, sprang auf und sortierte ihn in die Geschirrspülmaschine, bevor sie auch noch mit einem Verhör beginnen konnte. Sie stand auf, aber fing trotzdem an: „Aber irgendwas ist doch mit diesem Tim …"

Wenn sie mich jetzt nicht in eines ihrer Lieblingsthemen um das Liebes-, Beziehungs- und Sehnsuchtsleben ihrer Tochter ziehen wollte, musste ich Flucht nach vorne begehen. Ich sah ihr geradewegs ins Gesicht und sagte laut und deutlich: „Ja, ist auch! Er ist ein aufgeblasener Schönling, auf den alle reinfallen, die nur nach Äußerlichkeiten gehen, und deswegen kann ich ihn nicht ausstehen!"

Den ganzen Chemieblock hatte ich das Gefühl, dass Tim immer wieder zu mir herübersah. Ich saß mit Luisa in der Mitte und er in der Bank daneben an der Wand. Ich konnte mich kein bisschen konzentrieren. Langsam war ich mir sicher, dass er Bescheid wusste, wer ich war. Entweder er hatte mich bei dem Empfang gesehen, vielleicht mit Gregor zusammen, oder er hatte recherchiert. Es fühlte sich so an, als würden mir seine Blicke seitlich ins Ohr brennen. Zum Ende der Stunde reichte es mir. Ich war geladen, als hätte man mich an ein Stromnetz angeschlossen und stetig die Energiezufuhr erhöht. Als ich zu ihm hinsah, schaute er weg. Wahrscheinlich war ich unten durch bei ihm, weil ich die Tochter von Gregor Wende war und er von Kapitalisten nichts hielt. Anders konnte ich diese Reaktion nicht deuten. Dabei war er doch derjenige, der sich in mein Leben einmischte, und zwar massiv. Was ging ihn das alles überhaupt an?

Der Unterricht war zu Ende. Es hatte irgendeine Hausaufgabe gegeben, von der ich nichts mitbekam. Ich musste mit Tim sprechen, ihn zur Rede stellen, ihm mal Bescheid geben. Er hatte meinen Vater in Ruhe zu lassen und vor allem mich und überhaupt! Ich schaute noch einmal zu ihm rüber, aber nichts. Die ganze Stunde hatte er mich angestarrt und plötzlich war ich Luft. Der Reißverschluss meiner Federtasche riss aus, als ich versuchte, sie zuzumachen. Ich war wirklich geladen.

Zum Glück fand sich nach dem Unterricht genau die Situation, die ich brauchte. Tim stand alleine auf dem Bürgersteig vor dem Schultor und zog gerade die Schlüssel aus der Jacke, um sein Mofa abzuschließen. Weit und breit niemand zu sehen. Ich tat etwas, was ich die letzten zwölf Jahre nicht getan hatte in der Schule. Ich stürzte auf ihn los, als hätte mich jemand von der Leine gelassen, sah noch, wie er den Mund öffnete, als wollte er etwas sagen, aber dazu gab ich ihm keine Gelegenheit. Ich schrie ihn mit der lautesten Stimme an, die ich hatte: „Pass mal auf! Dein blödes Zahncreme-Werbegrinsen geht mir total auf den Wecker. Du bildest dir wohl ein, mit achtzehn Enthüllungsjournalismus zu betreiben und Leuten wie meinem Vater die Stirn bieten zu können. Wer so viel Kohle hat wie er, der muss einfach Dreck am Stecken haben, oder wie?! Weißt du was, ich könnte kotzen deswegen. Das ist so was von oberflächlich und dämlich. Genauso bescheuert, wie von den Eltern auf ihre Kinder zu schließen. Lass das also in meinem Fall gefälligst bleiben, verstanden!!?“

Meine Stimme wurde immer lauter. Leider auch immer piepsiger, ein Mäuschen, das ein Löwe sein wollte. Was für eine Blamage. Tim schaute mich an wie ein noch nie gesehenes Wesen. Ich hatte die Arme vor der Brust verschränkt und wartete auf den Gegenangriff. Aber er lächelte einfach nur, breitete in versöhnlicher Geste die Arme aus und nannte mich beim Spitznamen, den sonst nur Luisa verwendete … und Atropa. Was für eine bodenlose Frechheit!

„Hey, Kiri … also, ich mein, Kira, ich …“

Er suchte nach den richtigen Worten und grinste ungerührt sein blödes Grinsen. Und dann merkte ich, wie mir direkt aus der Erde unter meinen Füßen diese ungeheure Hitze die Beine hinaufschoss, wahnsinnig schnell, und ich wusste, wenn sie in meinem Gehirn ankam … Tims Stimme verschwand in einem Rauschen, das immer lauter wurde. Die letzten Worte, die ich verstand, waren: „… gerade bei dir würde ich niemals auf die Idee kommen. Du bist doch vollkommen …"

Dann bewegte sich sein Mund tonlos weiter. Er schien immer größer zu werden, was in Wirklichkeit nur bedeuten konnte, dass ich in mich zusammensackte. Die Hitze durchflutete meinen Kopf und schaltete mich aus …

## 6

Eine endlos blaue Tiefe pulsierte unter mir wie ein Muskel. Sie zog mich hinein, bis ich fast erstickte, dann spie sie mich wieder aus. Mal glaubte ich, Tims Hand darin zu fassen zu kriegen, dann konnte ich wieder nichts entdecken. Jedes Mal, wenn ich vom schwarzen Ungeheuer des Abgrunds nach oben gedrückt wurde, versuchte ich mich an der Wasseroberfläche irgendwo festzuhalten, aber da gab es natürlich nichts. Für Sekunden tauchte ich auf und schnappte nach Luft, bis es mich erneut erbarmungslos nach unten zog. Aus endloser Tiefe hörte ich einen Schrei. Es war Tim. Er rief nach mir und ich nach ihm, aber es war so unendlich schwer, unter Wasser laut genug zu schreien. Ich brüllte, wie ich nur konnte und spürte, wie mir Wasser in die Lungen lief. Ich sah ein Gesicht, dann wieder nicht. Grüne Augen und dunkle Haare. Es war nicht Tim. Das Pulsieren beschleunigte sich. In einem immer schneller werdenden Rhythmus wurde ich eingesogen. „Tim!" Ich schrie aus Leibeskräften …

„Tim …" Der verzweifelte Kampf, seinen Namen laut genug zu rufen, ohne die Kraft dafür zu haben, riss mich aus meinem Traum. In Wirklichkeit hatte ich nur ein Flüstern zustande bekommen.

„Pssst …“, machte es dicht an meinem Ohr, Hände drückten mich zurück in die Kissen und ich spürte ein kaltes Tuch auf der Stirn. Wer war diese Frau, an die ich mich panisch klammerte? Wieder machte sie „Psssst“. Sie war schön, aber nicht mehr ganz jung, und sie kam mir bekannt vor.

Langsam wich der Nebel aus meinem Kopf. Die Dachschrägen über mir, das Panoramafenster, die Baumwipfel davor. Ich war in meinem Zimmer, und die Frau war Delia, meine Mutter. Sie saß auf der Bettkante, neben sich auf dem Nachttisch eine Zeitung, in der sie wohl gelesen hatte, und eine Schüssel mit Wasser. Sie schaute mich ängstlich an. „Dr. Pötsch war schon da. Er hat dir Vitamine gespritzt. Das Fieber geht langsam runter. Du musst viel schlafen, hat er gesagt.“ Ich schloss die Augen und glaubte für einen Moment, dahinter noch einen Schimmer des glitzernden Sees aus meinem Traum wahrzunehmen. Mein Hals war furchtbar trocken und brannte, als hätte ich Feuer geschluckt.

Schon wieder ein Traum, in dem irgendein Fremder zu Tim wurde oder Tim zu einem Fremden wurde, Tim aber definitiv vorkam. Und immer unter Wasser, wo Wasser doch das war, was mich am meisten ängstigte. Delia hatte versucht, mir schwimmen beizubringen, als ich vier war und mich dabei fast ertrinken lassen. Es war meine erste Erinnerung, in der Gregor Delia anbrüllte und Delia weinend den Pool verließ. Mich bekam in diesem Urlaub niemand mehr ins Wasser. Und auch die Jahre danach nicht. Inzwischen konnte ich mich ein paar Minuten über Wasser halten, wenn es sein musste, aber mehr auch nicht. Jedenfalls, ich wollte nicht von Tim träumen, ich wollte nicht in ihn verknallt sein wie jedes andere dumme Mädchen aus der Schule. Es war lachhaft.

„Hast du Durst?“, fragte Delia mit sanfter Stimme. Sie klang aufrichtig besorgt und ängstlich, wie immer, wenn es mir schlecht ging. Ich nickte. Sie half mir ein wenig auf, schenkte mir aus einer großen Karaffe ein Glas Wasser ein und führte es an meinen Mund. Wahrscheinlich bin ich ein dummes Teeniemädchen, dachte ich. Man konnte diese Phase eben nicht einfach überspringen. Aber immerhin war ich in der Lage, sie mit Abstand zu betrachten. Ich trank ein paar Schlucke, ließ mich ins Kissen zurücksinken und schloss die Augen.

Delia nahm mir das inzwischen warm gewordene Tuch von der Stirn, tränkte es in einer Schüssel mit kaltem Wasser und legte es mir wieder auf. Ich hielt die Augen geschlossen und tat so, als wäre ich wieder eingeschlafen. Delia verließ mein dämmeriges, viel zu heißes und viel zu großes Zimmer. Ich blieb wach, versuchte, die letzten Fetzen meines Traumes zusammenzusetzen, während sie nach und nach in die grundlosen Tiefen des Unbewussten verschwanden. Der Gedanke an Tim verursachte allerdings eine seltsame Nervosität in mir, die nicht nur von dem Traum herrühren konnte. Irgendetwas war doch mit ihm gewesen? Ich drehte mich auf die linke Seite und mein Blick fiel auf den Tagesspiegel, den Delia auf dem Nachttisch liegen gelassen hatte. „H2Optimal bringt Berlin auf Hochglanz“. Der Leitartikel handelte von Gregors Unternehmen. Und dann fiel mir alles wieder ein: die Pressekonferenz, Tims provokante Fragen und mein Auftritt vor Tim … Ich wünschte im selben Moment, ich hätte mich nicht daran erinnert. Das Fieber war direkt nach der Attacke gegen Tim dagewesen, plötzlich, wie eine Feuerfontäne aus einem Krater. Aber was war danach passiert? Bestimmt hatte ich ohnmächtig zu Tims Füßen gelegen …

Ich setzte mich ruckartig auf und … überraschender Weise fühlte ich mich dabei gar nicht übel, nicht mehr wie Brei, sondern eher als hätte ich eine Bergtour gemacht. Vor zehn Minuten hatte ich kaum drei Schluck Wasser herunterbekommen. Jetzt griff ich nach der Karaffe und trank sie direkt aus der breiten Öffnung in großen Schlucken leer. Aus den Mundwinkeln rannen mir kleine Bäche den Hals hinab in den Kragen meines Schlafshirts. Ich schnappte nach Luft. Wow, das waren zwei Liter auf einmal gewesen. Nachdem ich wieder zu Atem gekommen war, stand ich auf und erwartete, wackelig auf den Beinen zu sein, wie immer, wenn ich ein paar Tage krank im Bett gelegen hatte, aber ich fühlte mich kräftig und gesund. Ich hatte auf einmal entsetzlichen Hunger, als würde ich auf der Stelle tot umfallen, falls ich nicht sofort was zu essen auftreiben konnte. Ich warf mir den Bademantel über und ging hinunter in die Küche. Delia stand am Fenster und telefonierte.

„Ja, vorhin hatte sie noch 39,7 … Sie meinen auch, ins Krankenhaus …"

Offensichtlich ging es um mich. Aber ich hatte kein Fieber mehr. Mir ging es gut!

„In Ordnung, Dr. Pötsch … Nein, vielen Dank, um den Krankenwagen kümmere ich mich … Auf Wiedersehen." Delia legte auf, drehte sich um und ließ vor Schreck das Telefon fallen. „Kira! Was machst du hier?!"

„Ich muss was essen, sofort!"

Hastig befühlte sie meine Stirn und dann meinen Nacken. Kurz überkam mich wieder dieses Fremdgefühl, die Exklusivität unserer Wohnung, meine wie aus dem Ei gepellte Mutter, mein ganzes Leben – als wäre ich in eine Soap geraten und meine Mutter spielte eine Krankenschwester, hatte aber gar kein Talent zum Schauspielern und benahm sich deshalb überzogen emotional. „Kein Fieber mehr", stellte sie erstaunt fest. Sie lächelte und wirkte erleichtert.

„Ich muss dringend was essen", wiederholte ich.

„Ja, was denn? Vielleicht erst mal was Leichtes."

„Nein … Fleisch!", sagte ich und verstand es selbst nicht. Eigentlich mochte ich kein Fleisch, aß nur manchmal eine Scheibe Salami oder Mortadella. Delia reagierte nicht gleich, so verwirrt war sie. Dann sah sie die Entschlossenheit in meinem Gesicht und sagte vorsichtig:

„Naja, vielleicht kein Wunder, wenn man drei Tage lang nichts gegessen hat!“ Sie ging zum Kühlschrank. Ich starrte sie verwundert an: „Drei Tage? Wieso drei Tage?“

„Kira, du warst richtig krank. Du bist vor der Schule ohnmächtig geworden vor Fieber. Ein Mitschüler hat einen Krankenwagen gerufen und dann mussten wir dich in der Notaufnahme abholen. Sie haben gesagt, dass das wahrscheinlich ein plötzliches Dreitagefieber ist und dir fiebersenkende Tabletten gegeben. Aber erst heute ist dein Fieber unter 40 gefallen. Dr. Pötsch war jeden Tag hier. Gerade wollten wir dich wieder ins Krankenhaus bringen lassen, damit du von einem Internisten untersucht wirst. Dreitagefieber kann es inzwischen nämlich nicht mehr sein.“ Ich rechnete. Delia öffnete den Kühlschrank.

„Dann ist heute Freitag?“

„Nein, Sonntag. Also, fast vier Tage.“

Oh Mann, das hieß, ich war Donnerstag und Freitag nicht in der Schule gewesen. Genau da, wo man sich seine Tutoren für die Abiturprüfungen aussuchen sollte, die einen bis zur Prüfung begleiteten. Nun würden nur noch die unbrauchbaren Lehrer Kapazitäten haben. So ein Mist. Aber wirklich beunruhigend war, ich konnte mich an die letzten Tage überhaupt nicht erinnern. Ich musste vollkommen weggetreten sein.

Aus dem Kühlschrank strömte mir der Geruch von Essen in die Nase. Roquefort, Steinpilze, Serrano-Schinken … lauter edle Sachen, für die Gregor viel Geld ausgab.

„Soll ich Eier mit Speck braten oder im Kühlfach sind noch …“

Ich drängte mich an Delia vorbei, zog mir eine ganze Wildschweinsalami aus dem mittleren Fach und begann sie zu essen, als wäre es eine Salzstange. „… Steaks“, beendete Delia ihren Satz und sah mich ungläubig an. „Beides“, sagte ich und kaute weiter. Die halbe Wurst war schon verschwunden.

„Kira, komm, hör auf, davon wird dir doch nur schlecht. Sonst isst du höchstens ein dünnes Scheibchen, einmal im Monat.“ Sie wollte mir die Salami abnehmen, aber ich aß unbeirrt weiter, als hätte ich meine Leibspeise entdeckt.

Als die Salami alle war, hatte ich nicht das Gefühl, sie gegessen zu haben. Ebenso gut hätte ich sie in einen Hausflur werfen können, so leer fühlte ich mich immer noch. Ich wollte essen, einfach nur essen. Nachdenken konnte ich danach noch.

Während wir am Tisch saßen und ich vier Brötchen, vier Rühreier mit Speck und zwei Steaks in mich hineinschlang, starrte Delia mich an und fummelte nervös an ihrer Packung Slimlines herum. Kein Wunder, ich aß für die ganze Familie, und eigentlich hätte mir wirklich furchtbar schlecht werden müssen. Aber mir wurde nicht schlecht. Das viele Essen tat gut, als hätte ich es schon lange nötig gehabt. Am besten wäre jetzt noch ein Nachtisch, rote Grütze oder sowas, aber das würde Delia garantiert nicht akzeptieren. Also beschloss ich, mich später noch mal in die Küche zu schleichen, wenn Delia im Wintergarten Yoga machte und Gregor im Arbeitszimmer Zeitung las. Ich wollte sie wirklich nicht noch mehr beunruhigen. Das hatte ich in den letzten drei Tagen sicher schon genug getan. Ich stand auf und sagte Delia, dass ich oben erst mal duschen und mich dann noch ein bisschen hinlegen wollte. Ich würde meine Tür auflassen und einfach rufen, wenn ich irgendwas brauchen sollte. Delia schien damit halbwegs zufrieden.

Wenn ich wirklich drei Tage „off“ gewesen war, dann wurde es höchste Zeit, wieder „on“ zu gehen. Atropa wunderte sich sicher schon, dass sie tagelang nichts von mir hörte. Ich schnappte mir meinen Laptop und legte mich auf die Liegewiese unter der Dachschräge in meinem Zimmer. Atropa hatte mir auf Facebook jeden Tag eine Nachricht hinterlassen.

**Dienstag:** hi kira …
**Mittwoch:** wo steckst du?
**Donnerstag:** bist du krank?
**Freitag:** okay, du bist krank …
**Samstag:** kira?

Komischerweise war sie gerade mitten am Tag „off". Das kam selten vor. Ich hinterließ ihr eine Nachricht, dass ich tatsächlich krank gewesen war und auf sie wartete.

Luisa hatte eine E-Mail geschrieben. Sie hatte mich bei guten Tutoren eingetragen. Was für ein Glück. Luisa war einfach unersetzlich. Gleichzeitig war sie total bescheuert. Sie hatte heimlich Fotos von Tim mit ihrem Handy gemacht und angehängt. Ich schaute mir die Fotos an, eine ganze Weile und mehrere Male. Ich stand noch unter dem Eindruck meiner so hässlich realen Alpträume und war irgendwie froh, Tim gesund, munter und unbekümmert zu sehen. Die Träume rückten dadurch weiter weg und wurden wieder unwirklicher. Trotzdem schrieb ich an Luisa zurück, dass ich

a) morgen wieder in die Schule kommen würde

und b), dass sie Tim ja haben könne, wenn sie ihn so fotogen fände …

Mein schwerer Magen und die gerade überstandene Fieberkrankheit legten eine bleierne Müdigkeit über mich und ich fiel in einen erholsamen Schlaf.

Als ich aufwachte, war es kurz vor Mitternacht. Delia musste hier gewesen sein. Sie hatte mir neues Wasser gebracht, zum Glück meine kleine Nachttischlampe brennen lassen und die Zimmertür nur angelehnt. Ich hatte immer noch Angst vor den Schatten, auch wenn mein Verstand sie inzwischen wieder unter Einbildung verbuchte. Mein Magen hatte alle Schwere verloren und knurrte schon wieder. Ich stand auf, stieg möglichst leise die Treppe hinunter und schlich mich durch die dunkle Küche zum Kühlschrank.

Unsere Wohnung mochte ich eigentlich nur, wenn es Nacht war, weil das orangefarbene Laternenlicht alles nicht mehr so riesig und kalt aussehen ließ. Die Möbel waren keine kantigen Designerstücke mehr, die Konturen wurden weicher, die Atmosphäre war nicht mehr schneidig, sondern ruhig. Beruhigend. Das Licht des Kühlschranks schnitt eine grelle Schneise in diese wohlige Atmosphäre, als ich ihn einen Spalt breit öffnete. Ich nahm mir die Familienpackung Tiramisu heraus und schloss ihn leise. Ich stellte meine Beute auf der Bar ab, die den Küchenbereich vom Wohnbereich trennte, griff mir einen Esslöffel aus dem Besteckkasten, riss den Deckel auf und schob mir den ersten Löffel in den Mund. Als ich aufsah, erschrak ich fast zu Tode. Am Fenster bewegte sich ein großer Schatten und kam langsam auf mich zu. Ich wollte schreien, aber dann konnte ich ihn identifizieren. Es war Gregor.

Ich drückte meine Hand auf die Brust, um mein Herzrasen wieder in den Griff zu bekommen. „Hast du mich erschreckt!"

„Wollte doch mal sehen, wo die guten Sachen aus dem Kühlschrank nachts so hinverschwinden!" Gregor schwang sich auf einen Barhocker mir gegenüber. Ich fühlte mich ertappt, obwohl ich gar nichts Verbotenes tat. „Hast du für mich auch einen Löffel?"

„Äh, klar", brachte ich hervor und kramte übereifrig einen Dessertlöffel hervor.

„Ach, ich krieg nur so einen kleinen, ja?!" Er grinste. Ich grinste zurück, murmelte ein „Na, gut" und gab ihm auch einen Esslöffel. Mein Herz hatte sich wieder beruhigt. Ich war durch die letzten Erlebnisse einfach zu schreckhaft. Das durfte sich nicht einschleifen. Gregor schien jedenfalls gut drauf. Trotzdem war ich irritiert. Ich konnte mich nicht erinnern, wie lange es her war, dass Gregor sich abends gut gelaunt und einfach so zu mir setzte. Bestimmt war es nicht „einfach so“. Irgendwas musste er wollen. Vielleicht eine Predigt, wie sehr es jetzt auf das letzte Schuljahr ankam, dass mein Abschlusszeugnis die Weichen für mein ganzes zukünftiges Leben stellen würde. Er fingerte ein Feuerzeug aus seiner Hosentasche. Er hatte immer eins bei sich, obwohl er nicht rauchte, und zündete eine der Duftkerzen an. Ich schob das Tiramisu in die Mitte zwischen uns.

„Na, wieder am Ball?!“, fragte er und ich spürte, wie schwer es ihm fiel, einen gewissen Unterton herauszulassen. Wenn ER einfach mal drei Tage ausfallen würde! Menschen, die Erfolg haben wollten, konnten sich solche „Ferien“ nicht leisten. Okay, es würde wohl eine Predigt über Fleiß, Disziplin, Wille und Erfolg werden.

„Klar“, sagte ich und häufte mir Tiramisu auf den Löffel. Ich hatte keine Lust auf die Predigt. Da half nur Flucht nach vorn und den Gegner mit den eigenen Waffen schlagen. Solche Strategien hatte ich mir inzwischen von Gregor abgeguckt.

Gregor setzte gerade an mit: „Kira, ich will dir sagen …“

Ich unterbrach ihn: „Weißt du was? Ich habe mir was überlegt.“ Gregor zog eine Augenbraue hoch. Wahrscheinlich, weil ich ihn noch nie unterbrochen hatte.

„Ich würde dich gern mal besuchen in der Firma.“

„So?“ Er hielt einen mit Tiramisu gefüllten Löffel in der Hand, aber vergaß ihn zum Mund zu führen.

„Also, ich meine so richtig, einen ganzen Tag lang. Ich will verstehen, was du dort machst, wie das alles genauer funktioniert.“

Seine Miene wechselte von überrascht über erwartungsvoll, dass ich mich endlich von mir aus für seine Firma interessierte, bis zu Skepsis, dass das vielleicht etwas plötzlich kam. Sein Blick bekam etwas typisch Stechendes. „Damit du dem Grünschnabel aus deiner Schule den Kopf zurechtrücken kannst?!"

„Quatsch, nein … es ist einfach …!" Mein Vater grinste, sein Urteil stand bereits fest. Und blöderweise war es nicht falsch. Wenn man in die Enge getrieben wurde, half nur rundum offenes Zugeben. Es machte immer einen weitaus besseren Eindruck, als sich zu rechtfertigen. Plötzlich war man wieder unangreifbar. Das hatte ich mir auch von ihm abgeguckt. Also sagte ich: „Ja, warum denn nicht?!", und lächelte breit. Gregor starrte mich einen Moment an. Es funktionierte. Dann lächelte er ebenfalls breit, erinnerte sich an den Löffel mit dem Tiramisu, schob ihn sich in den Mund und sagte schmatzend: „Jederzeit. Für unsere besten Leute haben wir immer ein offenes Ohr!"

Er kreuzte mit einem verschwörerischen Lächeln seinen Löffel mit meinem, als wollte er ein Duell eröffnen. Wir kämpften ein bisschen im Tiramisu. Solche Momente mit Gregor liebte ich.

„Ich wollte dir sagen, du bist nicht ernsthaft krank, ich bin mir sicher. Mach dir keine Sorgen. Schließlich bist du die Tochter von Gregor Wende! Mach dir einfach keine Sorgen, okay. Auch, wenn …"

Ich versuchte, den Sinn von Gregors Worten zu erfassen. Obwohl er offensichtlich war, schien er irgendeinen tieferen Sinn zu verschleiern, einfach, weil diese Art Worte aus Gregors Mund ungewöhnlich waren. Bis auf den Satz, dass Kinder von Gregor Wende natürlich nicht ernsthaft krank wurden, passten sie nicht zu ihm. Das Wort „Sorgen" musste er kurz vorher in einem Wörterbuch nachgeschlagen haben.

Plötzlich ging das Deckenlicht an und Delia stand in der Tür.

„Was ist denn hier los?"

„Na, das siehst du doch. Wir haben etwas auszufechten. Willst du auch einen Löffel?"

Gregors Tonfall klang leicht gereizt. Es war nicht zu überhören, dass er auf diese Unterbrechung überhaupt keine Lust hatte, genauso wenig wie ich. Natürlich wollte Delia keinen Löffel und Gregor wusste es. Sie war eigentlich immer auf Diät. Und Verständnis für unkonventionelle Verhaltensweisen hatte meine Mutter leider überhaupt nicht. Sie besaß keinen Humor. Gregor sagte, darüber müsse man hinwegsehen. Das sei bei allen besonders schönen Frauen so. Man konnte eben nur das eine haben oder das andere. Ihm fiel natürlich nicht auf, dass er mich damit zu den „nicht besonders schönen Frauen" zählte. Es gab mir einen Stich, obwohl es ja stimmte.

Meine Mutter nahm uns wie selbstverständlich die Esslöffel aus den Händen. „Ich habe noch mal mit Dr. Pötsch telefoniert, Kira. Auch wenn es dir plötzlich wieder gut geht, sollst du morgen noch nicht in die Schule, sondern zu einem Internisten. Deine Symptome können auf etwas Ernstes hindeuten. Er hat mir einen empfohlen, Herrn Dr. Neuhaus, den Chefarzt der inneren Abteilung im Klinikum Lichtenberg."

Delia stellte uns zwei Schüsseln hin, schnitt jedem eine ordentlich viereckige Portion Tiramisu ab und legte Dessertlöffel daneben.

Morgen nicht zur Schule? Aber ich WOLLTE zur Schule. Ich brannte darauf Tim zu sehen, auch wenn mir jedes Mal schwindlig wurde bei dem Gedanken.

„Ich MUSS aber zur Schule. Ich habe Abi-Vorbereitungen und schon viel zu viel verpasst!" Ich rührte das „ordentliche" Tiramisu nicht mehr an. Gregor auch nicht.

„Kira hat recht. Sie kann auch noch nachmittags ins Krankenhaus fahren, falls das überhaupt nötig sein sollte", sagte er.

„Aber sie war krank! Sie muss schlafen, sich erholen!", warf Delia entrüstet ein. Gregor winkte ab. „Für ein Model ist das vielleicht wichtig, aber eine zukünftige Anwältin muss lernen, was auszuhalten. Da kommt es nicht auf den Schönheitsschlaf an, sondern auf Zähigkeit … Wenn sie was hat, wird ihr die Krankheit inzwischen nicht weglaufen."

Gerade hatte ich mich noch gewundert, dass Gregor wegen meiner Grippe so einen tröstlichen Ton anschlug und es ihm wichtig war, mir zu sagen, ich sollte mich nicht deswegen sorgen. Aber jetzt schien doch ganz klar, woher der Wind wehte. Wahrscheinlich war es nur der gemütlichen Stimmung von vorhin zuzuschreiben, dass er versucht hatte, diplomatisch zu sein. In Wirklichkeit wollte er nur, dass ich jetzt nicht schlapp machte. Dass ich funktionierte. Dass ich nicht krank zu sein hatte. Ich hasste ihn dafür. Trotzdem wollte ich im Zweifelsfall lieber so stark sein wie er, und nicht so ein Püppchen wie Delia.

„Ha, du hast ja keine Ahnung vom Modelberuf", empörte sie sich. „Kira geht Montag zum Arzt und ab Dienstag in die Schule … wenn überhaupt! Punkt. Wenn sie krank ist, wird sie ihr Abitur sowieso nicht schaffen."

Der schöne Moment mit Gregor war verdorben. Durch Delia und durch Gregor selbst. Gregor wollte, dass ich zu dem wurde, was er sich vorstellte. Und Delia ließ mal wieder durchblicken, dass sie es insgeheim gar nicht so schlimm fand, wenn ich das Abitur nicht schaffte. Schließlich hatte sie auch keins und deshalb Komplexe. In mir stieg Wut auf. Sie waren beide egoistisch und bekloppt. Ich hob die Schüssel mit dem Tiramisu in die Höhe, hielt sie fest in beiden Händen und dann feuerte ich sie mit einer ungeahnten Wucht gegen die Glastür zur Terrasse. Die Tür hielt stand, aber das Steingut zerbrach und Sahne mit Schokokrümeln verklebte die Scheibe.

„Gute Nacht", sagte ich ruhig, als wäre nichts geschehen, wandte mich zur Tür und ging gemäßigten Schrittes die Treppe hinauf zu meinem Zimmer, selber leicht unter Schock stehend, dass ich so ausrasten konnte. Erstaunlicherweise folgte mir keiner. Sonst waren beide immer auf mich losgegangen, wenn ich etwas angestellt hatte, Gregor lautstark voran, Delia schweigend hinterher, aber hundert Prozent auf seiner Seite. Jetzt brüllte Gregor mir nicht mal nach. Wahrscheinlich war mein Auftritt so krass, dass sie selber erst mal geschockt waren. Oben angekommen, schloss ich die Tür hinter mir, drehte den Schlüssel herum und lauschte. Gregor brüllte jetzt Delia an. Mir war es recht.

Ich setzte mich vor meinen Laptop und hoffte, dass jemand „da" war. Atropa war „on". Endlich. Sie amüsierte sich darüber, wie ich es meinen Eltern gezeigt hatte. Sie fand es okay, dass ich endlich mal so richtig ausgerastet sei. Das sei gesund und schon lange mal überfällig gewesen. Abgesehen davon gäbe es schlimmere Eltern. Ich solle mich nicht so ärgern. Ich fragte sie, wo sie den ganzen Tag abgeblieben war? Etwa auch krank? Aber sie wich wie immer aus, sagte nur, der Rechner sei nicht mit ihr verwachsen, auch wenn das manchmal den Eindruck mache. Sie hatte Termine. Mir fiel auf, dass Atropa in den letzten vier Jahren, seit wir chatteten, noch nie im Urlaub gewesen war. Aber ich bohrte nicht weiter nach. Es machte keinen Sinn über Atropas Leben nachzugrübeln. Am Ende kam ich immer wieder auf dasselbe Ergebnis: Es gab eben Leute, die es genossen, dass sie eine Beziehung zu Jemandem hatten, der sonst nichts mit ihrem Leben zu tun hatte und darüber auch so wenig wie möglich wusste. So war das wohl bei Atropa. Atropa wollte jedes Detail über den Verlauf meines Dreitage-Fiebers wissen. Es interessierte sie brennend, als hätte ich ein ungewöhnliches Erlebnis gehabt.

**Atropa:** du musst mir genau sagen, was du hattest
**Kira:** nichts wirklich schlimmes, 3 tage fieber
**Atropa:** wie hoch?
**Kira:** hoch, glaube ich, ich kann mich an nichts erinnern … außer blöde träume

**Atropa:** was für träume?
**Kira:** okay, ich geb's zu … von tim
**Atropa:** was genau?
**Kira:** willst du details? :)
**Atropa:** hat dich was in die tiefe gezogen …?
**Kira:** äh, ja
**Atropa:** hast du fressattacken …?
**Kira:** oh gott, ja …
**Atropa:** fleisch?
**Kira:** mann, atropa, sag mir endlich, was los ist
**Atropa:** hast du licht an?
**Kira:** deckenlicht, wenn du es genau wissen willst
**Atropa:** ok, je heller, desto besser. tür ist offen?
**Kira:** nee, abgeschlossen, damit delia und gregor mich nicht nerven
**Atropa:** kira, schließ bitte sofort wieder auf, SOFORT, hörst du? wenn was ist, müssen sie zu dir reinkönnen
**Kira:** wieso … was soll denn sein? mir geht's gut!
**Atropa:** MACH!!

Atropa jagte mir Angst ein. Warum glaubte sie, dass die Schatten keine Einbildung waren? Die Angst kroch in meinen Nacken und ich spürte, wie sich mir die Haare aufstellten. Aber in meinem Zimmer war alles in bester Ordnung. Ich schloss meine Tür auf. Von unten war nur noch Gemurmel zu hören. Wahrscheinlich saßen meine Eltern auf dem Sofa.

Dann ging ich zurück zum Laptop und tippte:

**Kira:** hör jetzt endlich auf mit der geheimniskrämerei, ich halte es nicht mehr aus, du machst mir angst! ich schalte sonst meinen account ab
**Atropa:** wir MÜSSEN uns sehen!

WOW. Für einen Moment war ich total perplex. Atropa erzählte nie etwas von sich, wich immer aus, schickte nicht mal ein Foto. Und jetzt wollte sie mich treffen??? Außerdem hatte sie am Anfang erwähnt, dass sie in Kapstadt lebte, sodass das Thema Treffen sowieso vom Tisch war.

**Kira:** bist du etwa in berlin???
**Atropa:** kennst du den alten bunker im humboldthain?
**Kira:** den am bahnhof gesundbrunnen?
**Atropa:** genau. in der nähe vom parkeingang ist eine eisentür. mit etwas kraft kriegst du die auf. nimm eine taschenlampe mit und geh so tief hinein, wie es nur geht. du musst dich dort nicht fürchten. es ist ein paar meter stockfinster, aber dann kommt eine biegung und eine leiter nach unten, da wird es heller, dann noch ein paar meter und du kommst in eine höhle mit einem see und ein wärterhäuschen
**Kira:** ja, aber … können wir uns nicht woanders
**Atropa:** NEIN. komm morgen dorthin, hörst du? und sag niemandem was davon. das ist sehr wichtig
**Kira:** ich muss zum arzt
**Atropa:** zu wackelkopf-pötsch?
**Kira:** nein, zu einem internisten im krankenhaus
**Atropa:** in lichtenberg

Verdammt noch mal, woher konnte Atropa das denn wissen??

**Atropa:** geh da auf keinen fall hin!
**Kira:** nur, wenn du mir endlich sagst, was los ist!
**Atropa:** morgen! ich sag dir alles morgen. du MUSST kommen, hörst du. ALLEIN
**Kira:** ich weiß nicht
**Atropa:** du musst mir vertrauen. Es ist deine einzige chance

Und dann war Atropa, wie so oft, schlagartig „off“. Meine Hände zitterten. In meinem Kopf machte sich eine fürchterliche Leere breit, während sich meine Gedanken gleichzeitig überschlugen. Was hatte das alles zu bedeuten? Einzig, dass sie es nicht für nötig hielt, mich bei einem Arzt vorzustellen, beruhigte mich. Dafür war alles andere umso unheimlicher. Ich sollte eine wildfremde Person, die darauf bestand, dass ich allein kam und niemandem davon erzählte, in der tief abgelegenen Kanalisation von Berlin treffen? Das tat man doch nur, wenn man lebensmüde war. Gleichzeitig konnte ich mir nicht vorstellen, dass Atropa etwas Übles mit mir vorhatte. Wir kannten uns doch so gut. Ich vertraute ihr alles an. Ja, ich vertraute ihr … Obwohl ich sie doch gar nicht kannte! Dann hörte ich Delia die Treppe hinaufkommen. Ich tat so, als ob ich bereits schlief. Eine Diskussion wegen des Tiramisus konnte ich jetzt wirklich nicht auch noch gebrauchen. Delia stand einen Moment ratlos in meinem Zimmer. Dann machte sie das Licht aus und ging. Ich wartete eine Minute und knipste das Licht wieder an.

## 7

Am nächsten Morgen wachte ich von einem stetigen Plätschern auf. So klang es, wenn Delia die Buchsbäume auf der Terrasse mit dem Gartenschlauch goss und der Strahl auf die großen, weißen Kiesel traf. Aber das konnte man nur hören, wenn man direkt daneben stand, und nicht von hier oben. Ich setzte mich im Bett auf und lauschte. Stille. Ich reckte mich und schlug die Bettdecke zur Seite. Wahrscheinlich hatte ich irgendwas in der Richtung geträumt, auch wenn ich mich an nichts mehr erinnerte.

Es war noch ungewöhnlich früh. Eine innere Daueranspannung aus Angst hatte mich die ganze Nacht nur kurz unter der Oberfläche des Wachseins gehalten. Meine Gedanken waren zwischen Sorge und Wut hin- und hergeirrt. So konnte Atropa nicht mit mir umspringen, das war verantwortungslos. Ich musste noch mal mit ihr reden. Sofort. Ich schnappte mir meinen Laptop, fuhr es hoch … und wurde böse überrascht. Atropa war nicht nur nicht „on". Sie hatte ihren Account gelöscht! Das konnte doch nicht sein! Ich gab mehrmals ihren Namen ein, aber es kam immer wieder die Meldung, dass dieser Benutzer nicht existiert. Was hatte das zu bedeuten? Entweder sie war nach der gestrigen Nummer einfach abgetaucht oder sie wollte mit allen Mitteln erzwingen, dass ich zum Bunker kam. Das Erstere sah ihr nicht ähnlich, aber das Zweite auch nicht wirklich. Es war so radikal, so künstlich dramatisch, schließlich befanden wir uns doch nicht in einem Film.

Das Schlimmste war, dass ich nicht wusste, wovor ich mehr Angst hatte: davor, den Treffpunkt aufzusuchen oder davor, ihn nicht aufzusuchen. Zu allem Überfluss hatte ich eine Antwort von Luisa in meinem Postfach. Sie schien mich beim Wort genommen zu haben und schrieb mir, dass Tim sie zu einem Tauchwochenende eingeladen hatte. Tauchen war sein Hobby, damit hatte er gleich geprahlt, als er sich am ersten Tag vorstellte. Angeblich hatte er Luisa von den bunten Fischen im Roten Meer vorgeschwärmt und wollte ihr nun an einem See in Brandenburg „die Basics" zeigen. Gerade noch hatte ich gedacht, dass ich mit Luisa über alles reden, ihr von Atropa erzählen müsste, aber das war mir nach ihrer Mail schlagartig vergangen. Sollten sie doch, sollten sie absaufen in irgendeinem See. Tauchen würde ich sowieso nie gehen, nicht mal mit Tim – blödes Hobby. So gesehen passte Luisa viel besser zu ihm. Meine Probleme musste ich jetzt allerdings allein lösen. Missmutig klappte ich meinen Laptop zu. Auf einmal fühlte es sich so entseelt an in meinen Händen, einfach nur ein Gerät.

Ich kroch aus dem Bett und ging in mein Bad. Bei dem Versuch, mir Zahnpasta auf die Bürste zu drücken, presste ich aus Versehen eine Schlange ins Waschbecken, die fast einen halben Meter lang war. Wie hatte ich denn das geschafft? Wahrscheinlich war irgendwas mit der Tube nicht in Ordnung. Ich warf sie in den Mülleimer, nahm mit der Zahnbürste etwas von der Pasta aus dem Waschbecken auf und putzte mir die Zähne.

Ich wollte heute am liebsten weder mit Tim noch mit Luisa was zu tun haben. Gleichzeitig interessierte mich brennend, wie Tim sich verhalten würde, wenn er mich wiedersah – ob er mich ignorierte oder mich irgendwie komisch anschaute oder irgendeinen Spruch losließ? Vielleicht würde er sich auch rächen, irgendwas Schlaues zurückgeben. Irgendwie musste er ja auf meine Rede vor ein paar Tagen reagieren. Oder er würde so tun, als wäre nie etwas passiert. Das war bei Tims gelassener Art wohl das Wahrscheinlichste. Vielleicht hatte er inzwischen auch schon mit Luisa darüber gesprochen und die Sache ausgewertet. Das wäre eigentlich das Beste. Dann könnten sie mich einfach zusammen in Ruhe lassen.

Ich schob die Tür zu meinem begehbaren Kleiderschrank auf und schaute hinein wie in die Garderobe einer Fremden. Die ‚Kleinigkeiten', die mir Delia immerzu mitbrachte, waren fast alle noch mit Preisschild versehen. Sie kosteten nie unter hundert Euro, aber sie vergaß sie scheinbar in dem Moment, in dem sie in meinem Schrank verschwanden. In Wirklichkeit war dieser Raum mit Kleiderbügeln an Stangen in verschiedener Höhe und unzähligen Fächern und Schubladen völlig überflüssig für mich. Ich hatte zwei Lieblingsjeans, die ich abwechselnd anzog, zwei paar Chucks und einige dunkle T-Shirts und Pullover. Dafür hätte eine mittelgroße Kommode mit ein paar Schubladen gereicht. Meine zwei Kleider, die ich allerdings niemals in der Schule anziehen würde, das lange bunte und das dunkelrote mit dem grünen Saum, das man über die Hose ziehen konnte, musste ich eh in meiner alten Truhe verschließen, wo sich alles befand, was meine Eltern nichts anging, weil Delia sie sonst weggeschmissen hätte. Delia konnte diese „Hippieaufmachung“ nicht ausstehen.

Ich streifte mir ein langes schwarzes T-Shirt über. Meine schwarzen Röhrenjeans lagen frisch aus der Wäsche auf der Truhe. Ich stieg hinein, zog sie hoch – und kam gerade mal bis knapp über die Knie. Das gab es doch nicht! War die Hose etwa eingelaufen? Markenjeans vom Allerfeinsten, gewaschen von Rosa, unserer Haushaltshilfe. Rosa stammte aus Paris und kannte sich mit Mode und Stoffen genauso gut aus wie Delia.

Mit schlimmen Vorahnungen trat ich vor den Spiegel, den ich hinter all den Delia-Kleidern versteckt hielt. Ich mochte Spiegel nicht. Ich kam am besten mit mir klar, wenn ich mich nicht zu oft sah. Ich hob den Blick, schaute mich an … und war überrascht.

Okay, es waren nicht die Hosen, es waren meine Beine. Okay, sie waren immer noch dünn, aber stöckrig konnte man sie jetzt nicht mehr nennen. Noch viel erstaunlicher war jedoch meine Gesamterscheinung. Irgendwie war ich das, aber was ich im Spiegel sah, war wie eine bessere Version von mir. Die goldene Morgenrotsonne, die durch die Lamellen vor dem Fenster hereinfiel, verwandelte meine Hautfarbe von Kreideweiß in Elfenbeinfarben. Und meine Haare. Sie wirkten nicht mehr so stumpfrot wie alte abgeblätterte Farbe, sondern sie hatten richtig Glanz!

Aber am interessantesten waren meine Augen. Eigentlich waren sie mehr blau als grün, aber gerade strahlten sie smaragdfarben, ziemlich intensiv sogar, wenn ich den Kopf hin- und herbewegte. Der Effekt war erstaunlich. Ich sah gut aus! Obwohl, gut war vielleicht übertrieben. Da waren immer noch diese komischen Ohren. Ohne Ohrläppchen und die Ohrmuschel lief oben leicht spitz zu. Keine Ahnung, wo das herkam. Ich drapierte wie gewohnt meine Haare darüber, aber heute musste ich sie gar nicht groß zurechtlegen. Sie wirkten dicker und auch lockiger. In diesem Licht sahen sie fast wie eine Aureole aus … Feuer aus. Ich erschreckte mich selbst mit diesem Bild. Vor Feuer hatte ich Angst, ich hasste es, fast so sehr wie Wasser. Trotzdem, einfach zu schade, dass nicht den ganzen Tag lang verzauberndes Morgenrot meine biologische Grundausstattung verklären konnte.

Das mit meinen Beinen allerdings konnte definitiv nicht am Licht liegen. Gut, ich hatte gestern eine Menge gegessen. Aber ich hatte davor auch tagelang hohes Fieber gehabt. Konnte man da so schnell zunehmen? Oder schlimmer noch, würde das jemand merken? So auffällig war die Veränderung dann hoffentlich doch nicht. Meine etwas weitere, dunkelblaue Jeans passte noch, wenn auch nur knapp.

Völlig unerwartet erschrak ich bis ins Mark. Ich sah in den Spiegel und war mir sicher, dass sich hinter mir etwas bewegte. Da waren sie wieder, die Umrisse einer dunklen Gestalt. Ich wirbelte herum, wollte einen Angstschrei ausstoßen, der mir jedoch im Halse stecken blieb … griff mir an den Hals und gab stattdessen einen langen Seufzer der Erleichterung von mir. Niemand war hinter mir. Da hing nur mein dunkelblauer Bademantel, am Haken hinter der Tür.

Trotzdem schnappte ich mir eilig meine lange schwarze Strickjacke, die das Offensichtlichste verdecken würde, und beeilte mich, aus dem Haus zu kommen.

Mein Herz schlug wie wild, als ich vor der Tür zum Klassenraum stand. Ich hatte mir fest vorgenommen, das mit Tim und Luisa gelassen zu nehmen. Aber nun stresste es mich, sie gleich wiederzusehen. Die Stunde hatte schon begonnen. Ich atmete tief durch, trat ein, murmelte „Guten Morgen“ und „Entschuldigung“, sah den freien Platz neben Luisa, die mir zulächelte, und entschied, mich weit weg von ihr, in eine leere Bank an die

Wand zu setzen. Ich kramte Federtasche und Hefter heraus, tat eine Weile interessiert und schaute zur Tafel. Dann erst begann ich mich vorsichtig nach Tim umzusehen … und erlebte ein Gefühlswirrwarr aus extremer Enttäuschung und großer Erleichterung. Tim war gar nicht da!

Mit allem hatte ich gerechnet, aber damit nicht. Die ganze Aufregung umsonst! Trotzig dachte ich: Eigentlich wäre es das Beste, er würde nie wiederkommen. Gleichzeitig fühlte sich dieser Gedanke unerträglich an, auch wenn er jetzt mit Luisa verabredet war. Als es zur Pause klingelte, überlegte ich, ob ich einfach nach Hause gehen sollte. Es kam mir auf einmal völlig sinnlos vor, weitere Stunden in der Schule abzusitzen. Ich stopfte alles in meine Tasche und verließ fluchtartig den Klassenraum. Luisa holte mich auf dem Flur an der sogenannten Lerninsel ein – eine Ecke mit hässlichen braunen Sofas, Popstarplakaten und einer verkümmerten Yucca-Palme. Sie musste sich ziemlich beeilt haben.

„Morgen, Kira."

Ich nuschelte ein leises Morgen zurück und schaute sie dabei nicht an. Sie nahm meinen Arm. „Können wir uns einen Moment hinsetzen?"

Ich antwortete nicht, aber folgte ihr. Wir setzten uns übereck. Ich versuchte, ernst zu bleiben, während sie mich angrinste. Ich wollte nicht mit ihr reden und hatte gleichzeitig tausend Fragen: ob sie was gehört hatte über die Umstände meiner Ohnmacht, bis der Krankenwagen kam, wo Tim heute blieb, an welchen See sie fahren würden … Und Luisa schien mir diese Fragen auch noch alle anzusehen.

„Ich bin gar nicht mit Tim verabredet. Nie gewesen …", platzte sie heraus.

„Nicht?" Ich konnte nicht verhindern, dass meine Stimme auf einmal schrill klang und in mein Gesicht Bewegung geriet. „Aber …"

„Du hast nicht bestanden …!“, rief sie triumphierend aus.

Ich sah sie fragend an.

„Du bist ja wohl sowas von eifersüchtig. Ich dachte, ich müsste dir das mal bewusst machen!“

Mir fehlten für einige Augenblicke die Worte, während Luisa nicht aufhörte mit ihrem triumphalen Grinsen. Zuerst war ich wütend. So ein blöder Streich! Aber die Erleichterung, dass Tim und meine beste Freundin sich jetzt doch nicht plötzlich verknallten, war ungleich größer. „Du bist ja wohl überbescheuert!“, rief ich und schlug mit meiner Tasche nach ihr. „Und sowas will Psychologie studieren. Mit den Methoden vergrault man auch den letzten Patienten … Du wirst verhungern, nachdem sie dich alle verklagt haben!“ Plötzlich spürte ich, wie eine viel zu große Welle von Emotionen von innen heranrollte. Mir war einfach alles zu viel. Luisa machte ein tief erschrockenes Gesicht, als sie sah, wie mir Tränen die Wange hinunterliefen.

„Oh Mann, Kira, ich wollte doch nicht …!“

Ich schüttelte den Kopf und presste ein paar Worte vor.

„Nein, es ist nicht wegen deines Scherzes, auch wenn der äußerst blöde war … ich, mir ist einfach gerade alles zu viel …!“

Es klingelte wieder zur Stunde. Die Flure leerten sich, aber wir blieben sitzen und ich erzählte Luisa von Atropa, den Schatten, dass ich zu irgendeinem unterirdischen See in einem Bunker kommen sollte und was mir das alles langsam für eine riesen Angst einjagte.

„Und ich mach dir noch zusätzlich Stress. Das tut mir so leid.“ Luisa sank reumütig in sich zusammen. Dann sagte sie: „Du gehst nicht zu dieser Atropa. Das ist alles Blödsinn. Einfach nur den klaren Verstand benutzt, würd ich sagen, du hast einen Virus und das muss untersucht werden. Wenn der Körper außer der Bahn ist, auch wenn du zwischendurch fieberfreie Phasen hast, dann entwickelt man solche Ängste und sieht überall Gespenster … Ist vom Prozess her nicht ungewöhnlich, eine normale Reaktion des Körpers … Auch wenn sich deine Episoden noch so authentisch für dich anfühlen, unterm Strich hat dich bisher niemand greifbar bedroht oder geschädigt, stimmt's?!"

Ich nickte. Das war wahr.

„Na, also, es passiert nur in deiner Fantasie. Und diese Atropa wird schon wieder ausbocken, wenn sie merkt, dass du auf ihr „Rollenspiel" nicht eingehst. Überleg mal, so wie du's geschildert hast, war sie mit ihrer Geheimniskrämerei die ganze Zeit schon so drauf, als würdet ihr euch in einer Fantasy-Welt befinden. Und jetzt kam das eben mal so richtig raus."

Ich nickte wieder. Rollenspiel. Das passte. Wies aussah, spielte Atropa irgendein Rollenspiel und versuchte mich zu involvieren. Aus Luisas Sicht schien alles so klar und logisch. Warum hatte ich mich die ganze Zeit nur so verrückt gemacht?!

„Ich würde auf jeden Fall zum Arzt gehen heute Nachmittag. Die sollen das genauer untersuchen und dann wird sich schon die Ursache finden." Luisa hatte so recht. Trotzdem nahm mir das nicht alle Ängste. Vielleicht dachte Luisa sogar Ähnliches? Ich musste sie fragen.

„Meinst du, ich könnte verrückt werden?",

„Kira … natürlich nicht!" Sie nahm meine Hand und schaute mir tief in die Augen. „Rede dir sowas nicht ein. Dafür wirkst du viel zu geerdet, viel zu aufgeräumt, schon immer … oder, naja, zumindest bis du Tim getroffen hast …!" Luisa schmunzelte. Ich machte „Pff."

„Aber Fieber sollte man davon eigentlich nicht gleich bekommen …" Ich musste lachen. Nein, weiß Gott nicht.

„Bleib einfach cool. Wenn du wieder gesund bist, dann wird dein Verhalten gegenüber Tim wieder auf ein normales Maß kommen."

„Ich hoffe mal …“ Mir ging es bedeutend besser. Der ganze Blödsinn der letzten Tage schien von mir abzufallen. Dann wechselte Luisas Gesichtsausdruck von verständnisvoller Psychologin auf Anthropologin, die etwas entdeckt hat: „Sag mal … was ich mich die ganze Zeit schon frage … hast du dir eigentlich Extensions machen lassen?“

Ich schnaubte. Was sollte das nun wieder heißen? „Quatsch. Wie kommst du da drauf?!“

„Aber Shampoo mit eingebauter Tönung bestimmt.“ Sie sah mich misstrauisch an. Ich tippte mir an die Stirn, als sei sie übergeschnappt.

„Aber Make-up …!“, Luisa ließ nicht locker.

„Nun hör endlich auf!“

„Na, guck dich doch mal an!“

„Wieso, was soll denn sein?! Ich hab höchstens etwas zugenommen von meiner Fressattacke.“

„Nein, das meine ich nicht.“ Luisa zerrte mich vom Sessel hoch. „Komm mit.“

Das Licht im Schulklo war schonungslos. Wenn man es schaffte, in einem solchen Licht gut auszusehen, würde man auch überall sonst eine Erscheinung sein. Ich schaute zum zweiten Mal an diesem Tag in einen Spiegel und Luisa hatte Recht. Meine Haare glänzten auch ohne Morgensonne. Und das Licht machte mich nicht zur Halbleiche. Es konnte gegen meine gesunde Hautfarbe nichts ausrichten. Luisa sah dagegen blass aus, obwohl sie von Natur aus ein dunkler Hauttyp war. Erstaunlich. Das Ganze musste sich von heute früh bis jetzt noch ziemlich verstärkt haben.

„Voll krass, ich schwöre dir, ich hab nichts dergleichen gemacht. Das ist von alleine passiert.“ Luisa sah mich an und ich spürte, dass sie mir glaubte. Aber ich sah auch wieder eine Spur von Sorge in ihrem Gesicht und merkte, wie mich neue Angst beschleichen wollte.

„Das ist jetzt doch komisch, oder?!“, fragte ich vorsichtig.

„Naja, zum Arzt musst du. Aber solche positiven körperlichen Veränderungen können nichts Schlimmes bedeuten. Vielleicht solltest du einfach öfter Fleisch essen!“

Luisa fing an, ihre Haare vor dem Spiegel zu richten. „Und vielleicht sollte ich mich ein bisschen anstecken bei dir, was meinst du?!“

Es war befreiend, mit ihr vor dem Spiegel zu lachen. Dass ich begann gut auszusehen, war doch eine wunderbare Entwicklung. Wenn man irre wurde, fing man dagegen eher an, verrückt auszusehen. Das konnte es also nicht sein. Mein Entwicklungssprung kam vielleicht nur etwas plötzlich.

## 8

Zu Hause war niemand. Auf dem Küchentisch lag ein Zettel mit Delias Schulmädchenhandschrift: Bin bei der Kosmetikerin. Die Fensterscheibe, die ich mit Tiramisu beworfen hatte, war wieder blitzsauber. Ich stieg hinauf in mein Zimmer. Die Sonne strahlte durch die Fenster und tauchte alles in gemütliches warmes Licht. Eine friedliche und normale Atmosphäre. Ich warf meine Schultasche auf das Bett und packte meine Kreditkarte, meinen Schlüssel, Handy und das Buch, was ich gerade las, in eine kleinere Tasche, um mich auf dem Weg ins Krankenhaus zu machen. Dann konnte ich nicht umhin, noch einmal in den Spiegel zu sehen. Zuerst nahm ich jedoch den Bademantel vom Türhaken und warf ihn in die Ecke.

Wirklich erstaunlich, jetzt hatte ich fast so schöne Haare wie Luisa. Eine Art Euphorie ergriff mich. Ich hatte auf einmal Lust, mir eins meiner Kleider anzuziehen. Als wenn ich nicht krank sein konnte, wenn ich mit einem fröhlichen Outfit im Krankenhaus aufkreuzte. Ich holte mein rotgrünes Kleid aus der Truhe. Es passte perfekt und es sah jetzt auch ohne Hose darunter richtig gut aus, weil meine Beine nicht mehr zu dünn waren. Also ließ ich die Hose weg und band mir mein rotes Tuch mit kleinen weißen Punkten ins Haar. Ich fühlte mich stark und selbstbewusst wie lange nicht. Die Welt würde noch sehen, was in mir steckte. Was immer das sein sollte.

Überschwänglich ließ ich den Fahrstuhl links liegen und sprang die Treppen hinunter. Draußen erwartete mich ein wunderschöner warmer Spätsommertag. Es kam mir absurd vor, ins Krankenhaus zu fahren. Ich beschloss, einfach noch einen kleinen Umweg zu machen und mir bei Jonnys Kartoffeleckenstand am Mauerpark eine extragroße Portion zu genehmigen. Schließlich hatte ich mich seit Schulanfang nicht bei Jonny blicken lassen. Bestimmt wunderte er sich schon. Ich spazierte durch die belebten Straßen, am Kollwitzplatz und der Kulturbrauerei vorbei, über die Schönhauser in die Oderberger, die direkt auf den Mauerpark zuführte. Ich sog die schon leicht frische, aber dennoch warme Luft in tiefen Zügen ein und fühlte die Atmosphäre von Kreativität, die die Leute, die hier wohnten oder arbeiteten, erzeugten.

Kurz vor der Bernauer Straße zog ein auf einen Elektrokasten geklebtes Plakat meine Aufmerksamkeit auf sich. Es war nur ein Schwarzweiß-Ausdruck, der zu einem Infoabend über die neue Reinigungsanlage des Berliner Wassers aufrief. Als Veranstaltungsort war die Redaktion einer kleinen unabhängigen Zeitung im Wedding an der Grenze zum Prenzlauer Berg angegeben.

BerlinAgent
Adalbertstraße 4
Redaktion: Beate Peters, Tim Hoffmann

TIM. Da war er wieder. Bestimmt hatte ich eine halbe Stunde lang nicht an ihn gedacht. Und jetzt wurde ich auf diese Weise an ihn erinnert. In meine heitere Stimmung mischten sich wieder die Probleme, die es nun mal gab. Das ging also noch viel weiter. Ich war gerade nicht gut zu sprechen auf Gregor, aber deshalb hatte Tim noch lange keine schlechte Stimmung gegen ihn zu machen. Ich musste mir umgehend dieses Schmierblatt besorgen. Und ich musste mit ihm reden. Warum war er nicht in der Schule gewesen? Das konnte sich doch keiner erlauben im Abschlussjahr. Und dann kam mir siedend heiß ein neuer Gedanke: Hatte ich ihn etwa angesteckt?

Ich lief über die Bernauer Straße, bog in den Park ein und überquerte die Wiese. Jonnys Bude stand am Ende des Flohmarktes, der am Wochenende mit unzähligen Ständen – an denen es von Ramsch über Möbel bis zu wahren Kunstwerken alles gab – Besucher aus aller Welt anlockte.

Wie immer lachte er aus dem hellen Rechteck seiner mobilen Miniküche heraus, umrahmt von bunten Glühbirnen, neben sich Berge von geschnittenen und ungeschnittenen Kartoffeln und vorn in der Auslage die Spender mit den verrücktesten Soßenkreationen. Jonny war ein in London geborener Aussteiger, mit siebzehn von zu Hause abgehauen, durch die Welt gereist und machte jetzt seit ein paar Jahren die besten Kartoffelecken von Berlin.

„Hey Kira Kuhl. Wo warst du solange? Ich hab dich vermisst!“ Jonny nannte mich „Kira Kuhl“, weil er einmal beobachtet hatte, wie ich einem blöden Typen, der sich über Luisa und mich lustig gemacht hatte, im Vorbeigehen unbemerkt meine restlichen Kartoffelecken in seine Tasche schüttete.

„Ich war krank.“

„Krank? Ich glaub dir kein Wort. Siehst eher aus, als wenn du direkt vom Mittelmeer kommst. Hey, you look great! Was kann ich tun für dich, Lady?“

„Ich nehm einmal Apfelmus und Zimt, große Portion“, sagte ich. „Auf Pump, wenn's geht. Ich hab nur meine Kreditkarte dabei.“ Ich hatte schon wieder einen unglaublichen Hunger. Jonny grinste und richtete sich in seinem quittengelben Muskelshirt einmal zu voller Größe auf, bevor er sich ans Werk machte. „Das hab ich gerne. Reiche Ladys, die schnorren … und dann noch big, obwohl du sonst nicht mal small schaffst?“

Ich zuckte die Achseln und grinste zurück. Jonny warf eine Portion Kartoffeln ins heiße Fett. Dann musterte er mich, gespielt ernst und forschend. „Kira Kuhl, wie soll ich dir das verzeihen, dein old Jonny wird 30 und du machst einfach Urlaub! Du hast 'ne fette Party verpasst.“

Mist. Der Geburtstag war vorgestern gewesen, und ich hatte nicht nur im Bett rumgelegen, sondern ich war heute sogar hierhergekommen, ohne ein Geschenk mitzubringen.

„Tut mir leid, ich, äh … herzlichen Glückwunsch nachträglich. Hast einen Wunsch frei, okay?“

„Okay, Lady, das merk ich mir!“

Jonny verteilte eine extragroße Portion Apfelmus auf meine Kartoffeln und reichte mir die fettige Pappschale.

„Buon Appetito – ich bin gleich wieder bei dir!“

Hinter mir war ein neuer Kunde.

„Einmal wie immer?“, fragte Jonny.

„Jepp, einmal wie immer“, hörte ich den Kunden hinter mir antworten und traute mal wieder meinen Ohren nicht. Das war doch … ich drehte mich um und … da stand Tim. Er schaute kurz zu mir und dann wieder in Jonnys Mobilküche, als wären wir uns noch nie begegnet. Das war nicht zu glauben. Das stellte jede Fantasie, die ich mir über unsere Wiederbegegnung gemacht hatte, in den Schatten. Außerhalb der Schule war ich also Luft?

„Kira Kuhl, warum isst du nicht?“, fragte Jonny. Tim schaute wieder zu mir, diesmal länger und dann lächelte er auf einmal.

„Kira? Kira! Äh … ich hab dich gar nicht erkannt!“

Er musterte mich von oben bis unten, als überlegte er noch, ob ich es wirklich war. Brav schob ich die erste Kartoffelecke in den Mund, obwohl mein Magen plötzlich dichtzumachen schien und sagte: „Hi.“

Jonny reichte Tim seine Kartoffelecken, große Portion mit Apfelmus und Zimt. Auch das noch!

„Lasst es euch schmecken, Herrschaften! Bis später.“

Hinter Tim drängte ein Pulk türkischer Mädchen heran und versuchte Jonny schnatternd klarzumachen, was sie wollten. Tim stellte sich zu mir an den Stehtisch.

„Wie geht's dir denn?“

Ich schluckte trocken und starrte in Tims Augen. Zum ersten Mal sah ich, dass um seine Pupillen herum kleine goldene Flecken in der dunkelgrünen Iris glitzerten. Die waren das also, die seine Augen so leuchten ließen.

„Um dich muss man sich ja dauernd Sorgen machen.“

„Sorgen?“ Oh je, was kam jetzt. Irgendwas wegen meiner Ansprache. Ich kämpfte gegen den Impuls, auf der Stelle die Flucht zu ergreifen.

„Na, erst dein Text, und dann wirst du ohnmächtig. Ich konnte dich grad noch auffangen.“

Ich zuckte zusammen. Auffangen. Ich sah vor mir, wie ich, Kira Wende, in Tim Hoffmanns Armen lag. Tim forschte in meinem Gesicht, als könnte er dieses Bild auch sehen. Was für ein unvorstellbar peinlicher Gedanke! Jetzt nur nicht rot werden, schnell was sagen, ganz entspannt.

„Ich hatte drei Tage lang Fieber. Kann mich aber kaum dran erinnern. Irgendein vollkrasser Virus. Ich dachte schon, du hättest dich angesteckt.“

Meine Hände zitterten schon wieder. Hoffentlich merkte er das nicht. Ich musste sie bewegen, also steckte ich eine Kartoffelecke nach der anderen in den Mund.

„Angesteckt?“

„Na, weil du nicht da warst.“ Ich biss mir auf die Zunge. Zu spät. Jetzt wusste er, dass mir sein Fehlen aufgefallen war.

Tim lachte. „Nee, ich war freigestellt … Ich wollte nur, wegen der Dinge, die du gesagt hattest …“

Ich schluckte. Nein. Darüber konnten wir jetzt nicht einfach so plaudern. Es musste nur mal raus und er sollte es schlucken, und dann wollte ich alles, nur nicht auch noch drüber reden!

„Wegen der Zeitung?“

Er sah mich fragend an. Das war gut, die Frage lenkte ihn ab.

„Na, ob du freigestellt bist wegen deiner Zeitung?“

Tim hob eine Augenbraue. Ich mochte nicht, dass er so groß war und so „großzügig“ auf mich herabblicken konnte. Ich hob ebenfalls eine Braue. Was der konnte, konnte ich schon lange.

„Also, Kira, du bist irgendwie komisch. Erst tust du so, als könnte dir die ganze Welt den Buckel runterrutschen, dann greifst du überraschend an und nun willst du was über meine Zeitung wissen!?“

Er grinste kokett. Oder überlegen? Vielleicht sogar arrogant? Mir stand der Mund offen. Das war zu viel! Das war erniedrigend. Er stellte sich über mich, über meine Gefühle. Quatsch, meine Gefühle kannte er doch gar nicht. Dann war das eben alles bloß oberflächliches Gesäusel. Etwa eine Anmache? Für diesen unpassend hoffnungsvollen Gedanken hätte ich mir am liebsten selbst auf den Fuß getreten. In mir ging alles drunter und drüber. Oh je, scheinbar machte ich den Eindruck, als würde ich gleich wieder einen Anfall bekommen, mich erhitzen und qualmen wie ein überlasteter Rechner, denn Tim sah auf einmal sehr besorgt aus. „Kira?“

„Äh, ja?!“ Ich merkte, dass ich in Habachtstellung gegangen war wie ein kleines Tier, das sich auf Flucht einrichtet. Ich straffte mich. Schalter umlegen! Schnitt, Klappe, neuer Text: „JA. Ich will was über eure Zeitung wissen, genau."

Tim lächelte. Fieses, herzerwärmendes Lächeln.

„Woher weißt du davon?"

Die Frage brachte mich vollends aus dem Konzept. Hieß das, er hatte mich auf der Konferenz doch nicht bemerkt? Aber warum hatte er mich dann dauernd so angestarrt im Unterricht? Oder hatte ich mir das auch nur eingebildet? Ich musste das herausfinden.

„Du warst schließlich nicht zu übersehen auf der Pressekonferenz von H2Optimal."

Jetzt sah er mich ziemlich überrascht an:

„Du warst auch da? Wieso warst du auch …"

„Ich würde gern wissen, was ihr darüber geschrieben habt." Ich hatte Tim aus dem Konzept gebracht. Dann lächelte er auf einmal verlegen.

„Oh Mann, ich musste spontan den Reporter vertreten für die Zeitung, bei der ich jobbe. War total aufgeregt, als ich meine Frage gestellt habe. Hat man das gemerkt?"

„Äh …" Jetzt wusste ich nicht, was ich zu Tims Geständnis sagen sollte. Sein Auftritt bei der Konferenz erschien auf einmal in einem anderen Licht. Ich schüttelte einfach nur den Kopf.

Tim schlug vor: „Vielleicht hast du ja Lust, unser Büro kennenzulernen? Ist gar nicht so weit." Er machte eine Handbewegung Richtung Bernauer Straße.

Oh je, das war alles viel komplizierter als gedacht. Wenn er gar nicht wusste, dass ich die Tochter von Konzernchef Wende war, dann musste ihm meine Standpauke an ihn völlig verrückt vorgekommen sein. Unter der Voraussetzung war verständlich, dass er mich für seltsam hielt.

„Adalbertstraße, ich weiß … es ist hier um die Ecke …"

Tim zog schon wieder eine Augenbraue hoch.

„Du scheinst ja 'ne Menge zu wissen …"

Ich gab mich gleichgültig. „Das war jetzt nicht schwer. Hab vorhin auf der anderen Straßenseite im Vorbeigehen so ein Plakat am Elektrokasten gesehen …“

Er sah mich ungläubig an. Sein Gesicht verzog sich zu einem immer breiter werdenden Lächeln. Dann lachte er und ich verstand kein bisschen, warum.

„Ha, von der anderen Straßenseite … Um die Adresse zu erkennen, muss man sich schon genau davorstellen, Kira.“

Er tat so, als hätte er mich bei einer extrem leicht durchschaubaren Kleinmädchenlüge entdeckt. NATÜRLICH hatte ich die Anschrift seiner blöden Zeitung von der anderen Straßenseite gesehen. Wieso stellte er das in Frage? So ein Blödmann! Ich wollte gerade zu einer saftigen Rechtfertigung ansetzen, da gesellte sich Jonny zu uns und begann, den Tisch aufzuräumen.

„Meine zwei Lieblings-Stammkunden kennen sich also?“

„Er ist in meiner Schule“, sagten wir wie im Chor, nur dass Tim „sie“ sagte.

„Verstehe, die Verdächtigen haben sich vorher gut abgesprochen. Nicht nur bei der Wahl der Speisen.“ Jonny stellte unsere leeren Papierteller ineinander und warf sie zielsicher in den Müll. Er grinste vieldeutig. Ich hätte im Boden versinken können.

„Und, kommst du mit?“, fragte Tim.

„Jetzt?“ Ja, ich wollte mit in dieses Büro, auch wenn ich eigentlich auf dem Weg zum Arzt war. Aber das ließ sich auch nach hinten verschieben. Weiter mit Tim zusammen sein dagegen nicht. Außerdem war ich ihm eine Erklärung schuldig. Ich musste ihm sagen, mit wem er es zu tun hatte und wollte gleichzeitig am liebsten darauf verzichten.

„Wenn du nicht schon was Besseres vorhast … Ich meine, ich dachte … Du machst den Eindruck, als wenn dich das Thema interessiert.“

Jetzt war Tim auf einmal verlegen. Mein Herz machte einen Sprung. Er war augenscheinlich verlegen MEINETWEGEN?

ICH hatte IHN verunsichert. Ich durfte darüber nicht weiter nachdenken, mich in nichts reinsteigern, dann würde der Absturz in die Realität nur umso schlimmer sein.

Ich stellte mich aufrecht vor ihn und sah ihm direkt in die Augen, während ich über mein plötzliches Selbstbewusstsein staunte: „Ja, das Thema interessiert mich. Der Konzernchef Gregor Wende von H2Optimal ist nämlich mein Vater … Wenn du jetzt immer noch willst, dass ich mitkomme, dann komme ich gerne mit.“

Tim stand für einen Moment der Mund offen. Dann spielte ein kleines Lächeln des Verstehens um seine Lippen. Ich rechnete mit allen möglichen Reaktionen, aber er sagte einfach nur: „Na, dann!“, und setzte sich in Bewegung. Ich folgte ihm.

Jonny nickte mir vielsagend hinterher. Ich verzog das Gesicht und hoffte, dass Tim davon nichts mitbekommen hatte.

Wir liefen die Bernauer Straße entlang. Ich fühlte mich unsicher auf den Beinen. Ich sorgte mich, vor Aufregung das Gleichgewicht zu verlieren und Tim in die Seite zu fallen oder irgend so etwas Dämliches. Seit zwei Minuten herrschte peinliche Stille zwischen uns, durchsetzt mit einem unangenehmen Flirren, was dieses schwammige Gefühl in den Beinen zur Folge hatte. Ich wartete auf irgendwas in Bezug auf meinen Vater, hatte den Eindruck, er suchte nach den richtigen Worten, vielleicht auch beeinflusst durch meinen Ausbruch vor der Schule. Doch dann sagte er: „Mein Vater ist Truckfahrer.“ Ich nickte. Eine Welle von Zuneigung drohte mich zu überfluten. Aufgrund meines Geständnisses fiel Tim nichts Besseres ein, als mir den Beruf seines Vaters zu verraten. Das war … Das war einfach mehr als in Ordnung. Ich musste irgendwas sagen.

„Wohin fährt er denn?“

„Europa, alles Mögliche. Er ist ein Aussteiger. Er hat eigentlich Philosophie studiert. Er macht das, weil er ein Einzelgänger ist und bei dem Job seine Ruhe hat. Dann kann er stundenlang Hörbücher hören."

„Warum seid ihr nach Berlin gekommen?"

„Weil ihn die Stadt kulturell interessiert und mich auch."

„Wo wart ihr denn vorher … also, vor Regensburg und so?"

„Milano."

„Italien …" Klar, er war ja halber Italiener.

„Meine Mutter stammt daher."

Er sagte das mit einem seltsamen Unterton. Irgendwas war mit ihr. Sehr wahrscheinlich waren seine Eltern getrennt. Ich traute mich aber nicht zu fragen und nickte nur.

„Sie ist in einer psychiatrischen Anstalt."

Ich war verwirrt. Er erzählte mir das einfach so, auf offener Straße. Ich fühlte mich geschmeichelt und gleichzeitig noch unsicherer, weil ich nicht wusste, wie ich darauf reagieren sollte.

„Oh …"

„… in Rom. Ich hab sie vor 15 Jahren das letzte Mal gesehen und kann mich überhaupt nicht an sie erinnern." Er lächelte mich an, um mir zu signalisieren, dass er keinen Trost brauchte. Wir bogen in eine kleine Seitenstraße ab.

„Meine Mutter ist Model. Naja, war Model", beeilte ich mich zu sagen.

„Cool."

„Nein, das ist nicht cool, das ist einfach nur langweilig."

„Verstehe … Aber deinen Vater bewunderst du." Auf einmal kam er zur Sache und traf gleich ins Schwarze. Warum hatte er nur diese Art, mich so zu verunsichern?!

„Ja, irgendwie schon, obwohl ich ihn oft zum Kotzen finde, sorry. Er ist ein furchtbarer Egoist, aber vielleicht muss man so sein, um Erfolg zu haben und eine gute Sache durchzuboxen."

„Gute Sache?"

„Natürlich! Ich versteh überhaupt nicht, warum ihr ihn so angegriffen habt auf der Konferenz. Nur, damit ihr was Spannendes schreiben könnt in euerm Hinterhofblatt?“ Auf einmal kam der Ärger hoch. Im selben Moment bereute ich meine abwertenden Worte, aber ich musste das einfach so formulieren. Tim blieb jedoch ganz ruhig.

„Hast du dich denn schon mal näher mit der Technologie von H2Optimal beschäftigt?“

„Was soll ich mich damit groß beschäftigen? Es ist eine ganz klare Sache. Das Unternehmen meines Vaters bereitet Wasser in großen Mengen ohne Rückstände und ohne nicht mehr verwertbare Nebenprodukte auf. Das Verfahren wurde in kleinen Ortschaften bereits erfolgreich getestet und kommt nun zum ersten Mal im größeren Maßstab in Berlin zur Anwendung. Als Nächstes wird ganz Berlin und dann Brandenburg mit einbezogen. Das ist doch großartig! Ich versteh nicht, wie man sich da so aufblasen kann, obwohl man noch nicht mal das Abitur in der Tasche hat. Das ist doch einfach nur peinlich!“

Ich war stehengeblieben und erwischte mich dabei, wie ich mit dem Fuß aufstampfte wie ein Kleinkind, das seinen Willen durchsetzen wollte. Tim war auch stehengeblieben, allerdings einige Meter weiter.

„Peinlich ist eher, eine Sache zu verteidigen, mit der man sich nicht näher beschäftigt hat … Wir sind übrigens da!“ Er lächelte freundlich, was viel unangenehmer war, als wenn er zurückgemotzt hätte. Leider lag er richtig. Ich hatte keine Ahnung und es konnte nur noch peinlicher werden, das Gegenteil zu behaupten. Ich holte also brav die letzten Schritte auf. Dann stand ich vor einer verglasten Ladentür mit einem kleinen Ladenfenster daneben. Die neuste Ausgabe des BerlinAgent war in einem Schaukasten ausgestellt, ansonsten Kontaktdaten und Plakate zu Veranstaltungen. Die Zeitung war klein, aber sie schien etabliert zu sein und ihr Publikum zu haben. Wir traten ein. In einem ungefähr 20 Quadratmeter großen Raum befanden sich drei Arbeitsplätze. Eine Frau, die am Fenster saß, stand auf und begrüßte Tim mit einem Strahlen und einer innigen Umarmung. Sie sah umwerfend aus, schwarze Kurzhaarfrisur, tiefblaue Augen, perfekt geschnittenes Gesicht, makellose Haut und Top-Figur. Ich schätzte sie auf Ende zwanzig. Ihre Erscheinung zog mir augenblicklich den Boden unter den Füßen weg.

„Beate, Chefredakteurin … Kira, aus meiner Schule", stellte Tim uns vor. Beate gab mir die Hand.

„Darf ich auch noch den Rest verraten?", fragte er mich.

Ich kam mir vor wie ein Grundschulmädchen. Ich fühlte mich völlig eingeschüchtert in dieser plötzlichen Atmosphäre von Erwachsensein und Professionalität. Flucht nach vorne, fiel mir ein, also antwortete ich selbst: „Kira Wende, mein Vater ist der Chef von H2Optimal, dem ihr wohl gerne Schwierigkeiten macht, aber deswegen bin ich nicht hier."

„Schwierigkeiten machen? Ich glaube nicht, dass das unser Anliegen ist", antwortete Beate, während ihr Lächeln etwas Gezwungenes bekam. Tim bemerkte, dass sich zwei Frauen gegenüberstanden, die soeben beschlossen hatten, keine Freundinnen zu werden. Er insistierte und versuchte, dabei möglichst entspannt zu klingen: „Weißt du Kira, das Problem bei dieser Technologie ist einfach, dass niemand erklären kann, wie sie eigentlich funktioniert beziehungsweise diese Details von H2Optimal einfach nicht offengelegt werden. Wenn man aber nicht weiß, wie eine Sache genau abläuft, dann muss man sich unweigerlich fragen, ob sie denn wirklich so optimal ist. Entweder H2Optimal kann es wirklich nicht erklären, dann muss da nachgeforscht werden, weil nicht richtig zu wissen, was man eigentlich macht, ungeahnte Auswirkungen haben kann. Oder sie kehren irgendetwas unter den Tisch, was wir für weitaus wahrscheinlicher halten. In dem Fall muss die Sache erst recht geprüft werden. Niemand hat dabei etwas persönlich gegen deinen Vater. Es geht einfach ums Gemeinwohl. Außerdem sind wir nur ein kleines Bezirksblatt, was aktuelle Themen unserer Region aufgreift, mit denen sich die großen Blätter ebenfalls beschäftigen."

Ich kam mir irgendwie saublöd vor, wie diese beiden viel zu schönen Menschen da vor mir standen, eine unsichtbare Einheit bildeten und auf mich einredeten wie auf ein ungelehriges Kind.

„Ich glaube nicht, dass mein Vater krumme Dinger macht."

„Das glaubt man nie vom eigenen Vater. Zudem geht es bei einer Zeitung nicht um Glauben, sondern um Wissen", dozierte Beate. Sie versuchte es freundlich zu sagen, aber es war klar, dass sie mich nicht mochte. Dann wandte sie sich Tim zu, als könnten sie jetzt endlich zu den wirklich wichtigen Dingen kommen: „Übrigens total gut, dass du da bist. Ich hab ein Problem mit diesem Merkel-Interview. Wir haben es bekommen, aber …"

Beate ging zu ihrem Computer. Tim bat mich um einen Moment und folgte ihr. Sie öffnete irgendein Textdokument. „Lies selbst …" Während er sich neben sie bückte und las, legte sie ihren Arm auf seine Schulter. Tim war ganz in den Text versunken: „Das ist ja unglaublich …" fluchte er und scrollte durch das Dokument. Beate fing an, ihn an der Schulter zu kraulen. Sie waren ein schönes Paar. Ich fühlte mich zum Kotzen. Hatte er mich etwa hierher mitgenommen, um mir DAS zu zeigen? Mein Dreitagefieber war gegen das beschissene Gefühl, das ich jetzt hatte, gar nichts gewesen. Ich musste sofort raus hier.

Ich machte auf dem Absatz kehrt, verließ den Laden und rannte die Straße in die entgegengesetzte Richtung hinunter, aus der wir gekommen waren, falls Tim auf die Idee kommen würde, mir zu folgen. Ein paar Häuser weiter schloss eine Frau gerade die Haustür auf. Ich schlüpfte hinter ihr in den Hausflur und war froh, als die Tür ins Schloss fiel.

Es war ein Haus mit zwei Hinterhöfen. Ganz hinten gab es nur Garagen. Dort hockte ich mich in eine Ecke und versuchte, meine Tränen zu unterdrücken. Ich war die dümmste Idiotin, die es auf dieser Welt gab. Okay, ich hielt Tim nicht mehr für einen aufgeblasenen Schönling. Er hatte mich mit seiner Art tief beeindruckt. Er war souverän, er verhielt sich – ganz im Gegensatz zu mir – ziemlich reif. Aber das machte es nur noch schlimmer. Er war nicht nur zu schön, sondern auch zu reif, zu erwachsen und zu klug für mich. Und er hatte eine ebenso schöne, erwachsene und kluge Freundin, auch wenn ich sie nicht für besonders reif hielt. Das gestand ich mir immerhin zu.

Ich wischte mir ein paar Tränen von den Wangen und versuchte, mich von außen zu sehen, wie ich wie ein Häufchen Elend in einer Garagenhofecke saß. Worte meines Vaters kamen mir in den Sinn: Selbstmitleid ist der Anfang jedes Untergangs. Gleichzeitig ein Psychotip von Luisa: Manche Menschen beeindrucken einen deshalb so tief, weil man von ihnen etwas lernen muss. Man muss nur begreifen, was. Dann kann man sie loslassen.

Ich wollte zwei Dinge NICHT: Ich wollte nicht im Selbstmitleid ertrinken und ich wollte nicht als dummes Huhn dastehen.

Ich fasste einen Entschluss. Morgen würde ich Tim in der Schule begegnen und bis dahin würde ich mindestens genauso gut wissen, worüber ich redete wie er, egal, ob wir uns überhaupt noch einmal unterhalten würden oder nicht.

## 9

Ich rappelte mich hoch. Es war genug Zeit verstrichen, sodass Tim mich nicht mehr in der Gegend vermuten dürfte. Trotzdem warf ich einige vorsichtige Blicke nach links und rechts, als ich wieder auf der Straße stand. Eine mächtige Welle neuer Energie und Entschlossenheit durchströmte mich und ich begann zu laufen. Es tat unheimlich gut, ich ignorierte die U-Bahnstation. Ich lief über das kaputte Straßenpflaster dieser Gegend, vorbei an pleitegegangenen Läden, bis die Friedrichstraße immer moderner, belebter und futuristischer wurde. Die schwarzen Limousinen häuften sich. Touristen verstopften die Straße Unter den Linden. Feine Leute bewegten sich durch die schwere Drehtür des Grandhotels. Dann tauchte das protzige Gebäude hochmoderner Architektur, in dessen oberen Etagen H2Optimal residierte, vor mir auf. Ich verlangsamte den Schritt und staunte, wie wenig ich vom Rennen durch die halbe Stadt außer Atem war.

Der Sicherheitsdienst am Empfang im Erdgeschoss, eine makellos gekleidete und geschminkte Chinesin hinter einem durch und durch verchromten Tresen, musterte mich misstrauisch. Als ich meinen Namen sagte und nach meinem Vater verlangte, musterte sie mich noch einmal, schien mir aber zu glauben. Sie rief die Vorzimmerdame von Gregor an. Mein Vater war in einer Besprechung, aber ich könnte gern schon mal hochkommen. Die Chinesin öffnete mir mit einer Chipkarte den Fahrstuhl und wählte das Penthouse. Ein rundum verspiegelter Fahrstuhl brachte mich in Windeseile und völlig geräuschlos nach oben.

Die Räumlichkeiten von H2Optimal beeindruckten mich immer wieder. Man fühlte sich wie in einem riesigen Aquarium, durch das sich bei schönem Wetter tausendfach die Sonnenstrahlen brachen. Die Wände in der Empfangshalle waren zu einem großen Teil aus doppelwandigem Glas, zwischen dem sich eingeschlossenes Wasser bewegte und immer neue Muster bildete. Die Decke wurde von mit Wasser gefüllten Säulen getragen, in denen sich kleine blaue Fische tummelten.

Der Fußboden bestand aus flauschigem weißen Teppichbelag, bei dem ich nie begreifen würde, wie es dem Reinigungspersonal gelang, ihn immer wie neu aussehen zu lassen. Mitarbeiter, die sich lautlos durch den Raum bewegten, nickten mir freundlich zu.

Ich steuerte auf Gregors Büro zu. Hinter dem Empfang im Vorraum schien niemand zu sein. Als ich näher kam, entdeckte ich sie dann doch. Frau Meyer, eine recht unscheinbare, leicht vertrocknet wirkende Frau Mitte vierzig, saß leise fluchend über eine Schublade gebeugt und hantierte mit einer Nagelschere. Sie hatte sich augenscheinlich einen ihrer superlangen Fingernägel, die gar nicht zu ihr passten, eingerissen. Erst wollte ich sie begrüßen, dann entschloss ich mich, einfach an ihr vorbeizuschleichen. Ich wollte Gregor an seinem Schreibtisch überraschen, wenn er aus seinem Konferenzsaal zurück in sein Arbeitszimmer kommen würde – ein folgenschwerer Fehler.

Frau Meyer merkte nicht, wie ich die schallgedämpfte Tür ohne jedes Geräusch öffnete und wieder schloss. Das Arbeitszimmer, ein in lagunengrün gehaltener Raum, ausgestattet mit futuristischen weißen Möbeln, einem riesigen Monitor, einer Leinwand und einem grandiosen Blick über die Stadt, war wie erwartet leer. Allerdings stand die Flügeltür zum Konferenzraum offen. Ich setzte mich hinter Gregors Schreibtisch und hatte umgehend das Gefühl, dass dieser Platz, in dieser Umgebung und mit dieser Aussicht auf das Brandenburger Tor, den Reichstag und den Tiergarten die eigene Bedeutung und das Selbstbewusstsein im Handumdrehen verzehnfachte. Der Bildschirmschoner bildete immer wieder neue Muster von Wasserkristallen ab. Auf dem Schreibtisch lag eine Broschüre über die erste große Wasseraufbereitungsanlage von H2Optimal. Ich begann darin zu blättern. Ich wunderte mich allerdings, dass aus dem Konferenzraum keine Stimmen zu hören waren. Vielleicht sollte ich doch mal nachsehen, ob mein Vater überhaupt hier war?! Eine Besprechung konnte auch in einem Mitarbeiterbüro stattfinden.

Die Broschüre in der Hand spähte ich in den großen Raum nebenan … und war von dem, was ich zu sehen bekam, hypnotisiert wie der Hase im Lichtkegel. Ich wollte fliehen, aber ich konnte den Blick nicht lösen. Ich stand wie versteinert da und beobachtete, wie sich mein Vater in den Hals einer extrem jungen Asiatin zu verbeißen schien, während sie ihre Hände in seinen Nacken krallte. Er stand mit dem Rücken zu mir, während sie vor ihm auf dem Tisch saß und begann, leise Laute von sich zu geben. Ich wollte schreien. Mir lagen die schlimmsten Beschimpfungen auf den Lippen, doch dann besann ich mich, trat den unbemerkten Rückzug an und flüchtete aus dem Büro. Frau Meyer starrte mich entsetzt an, als sie mich aus dem Zimmer meines Vaters hasten sah. Ihr Blick sagte alles. Sie wusste Bescheid. Sie riss ihre Hand mit dem inzwischen abgeschnittenen Fingernagel vor ihren Mund, um einen hochfrequenten Laut zu unterdrücken. Ich wusste, was sie jetzt dachte. Sie hatte versagt, meinen Vater nicht geschützt. Vor meinen Augen schrumpfte sie zusammen zu einem bedauernswerten NICHTS. Ihr Blick verriet, dass ihr das klar war. Immerhin erlebte nicht nur ich einen der schaurigsten Tage meines Lebens, auch wenn das nur ein sehr kleiner Trost war.

Ich zwängte mich gerade noch rechtzeitig in den sich schließenden Fahrstuhl, in dem drei Japaner standen, als wären sie ausgestopft. Unten angekommen verabschiedete sich die Chinesin vom Empfang mit einem liebenswürdigen Lächeln. Ich reagierte nicht auf sie. Wie ein Automat verließ ich das Haus und funktionierte einfach nur weiter, indem ich einen Schritt vor den anderen setzte. In meinem Kopf herrschte völlige Leere. Meine Welt hatte aufgehört zu existieren. Einfach nur einen Schritt vor den anderen. Weiter konnte ich nicht mehr denken …

Als ich vor unserem Haus ankam, war es bereits dunkel. Ich hatte jegliches Zeitgefühl verloren. Ich musste ewig gebraucht haben. Erst jetzt bemerkte ich, dass sich meine Hand immer noch um die Broschüre krallte. Es tat regelrecht weh, die Umklammerung meiner Finger zu lösen, als hinge von H2Optimal mein Leben ab, dabei hatte der Laden gerade meine Welt zusammenbrechen lassen und das auf eine Art, mit der auch ein Tim nicht rechnen konnte. Ich stand eine Weile vor unserem Haus mit dem lähmenden Gefühl, nirgendwohin zu gehören. Ich wusste nicht mehr, wann und warum ich dann doch in den Fahrstuhl gestiegen war und wie ich den Schlüssel in die Tür gesteckt und herumgedreht hatte. Ich wusste nur noch, wie Delia sich im Wohnzimmer vom Sofa erhob, das Gesicht komplett weiß eingeschmiert und mit Gurkenscheiben belegt. Unmittelbar, bevor sich meine Erinnerung ausschaltete, verschwamm sie vor mir wie eine grässliche Maske aus einem Horrorfilm …

Erst der stechende Schmerz und das Blut, das mir den Arm hinablief, brachten mich wieder zur Besinnung. Ich stand in meinem Badezimmer und hatte den Spiegel zertrümmert. Das Blut quoll aus einer tiefen Schnittwunde in meiner Handfläche. Schnell wickelte ich mir ein Handtuch um meine Hand und drückte es auf die Wunde. Mein Zimmer sah aus, als hätte darin ein Orkan gewütet. Mein Laptop lag in Einzelteilen verstreut auf dem Fußboden. Der große gläserne Schirm der Deckenbeleuchtung war zertrümmert und ruhte in tausend kleinen Scherben auf dem Bett. Ich hatte alle Bücher und Gegenstände aus den Regalen gerissen.

Vor mir stand Delia und machte ein entsetztes Gesicht, was umso entsetzlicher aussah, weil sie die Gurkenmaske mit den Ärmeln ihres Bademantels abgewischt hatte. Sie schaute mich völlig verständnislos an. Gleichzeitig sprachen Angst und Hilflosigkeit aus ihrer gesamten Haltung. Was hatte ich nur angerichtet? Delia wimmerte.

„Was ist los mit dir, Kira?“

Ich nahm sie in den Arm wie ein kleines Kind.

„Es tut mir so leid … so leid …“

Delia wiederholte sich: „Was ist denn nur mit dir, Kira?“

Ich wusste es selbst nicht. Ich hatte einen Filmriss. Ich konnte mich nicht erinnern, wie ich das ganze Chaos verursacht hatte. Immerhin Gregor … mein Vater … Gregor … Herr Wende schien noch nicht nach Hause gekommen zu sein. Das war gut. Ich musste hier raus. Ich fühlte mich wie ein Soldat auf der Flucht, der von einem Feindeslager in das nächste stolperte. Was für ein schwarzer Tag. Ich schnappte mir meine Tasche und schüttelte einige Scherben von meiner Strickjacke. Delia zitterte. „Wo willst du denn hin?“

Ich war ihr eine Erklärung schuldig, aber ich konnte nicht. Ich konnte sie nur schützen, indem sie nichts erfuhr. Dafür musste ich verschwinden. „Ich schlaf heute bei Luisa.“

Ich ging an ihr vorbei. Mein Benehmen musste sehr kalt auf sie wirken, aber ich wusste keine bessere Lösung. Sie unternahm einen kläglichen Versuch mich zurückzuhalten, aber es war nur eine symbolische Geste, von der sie selbst nicht überzeugt schien. Sie wusste, dass sie machtlos war.

„Kira! “, rief sie mir hinterher.

„Es tut mir leid, Mama … ich kann es nicht sofort erklären. Ich kann nicht …“

Sie war jetzt still. ‚Mama‘ hatte ich schon seit Ewigkeiten nicht mehr zu ihr gesagt. Ich weiß nicht, warum es mir herausgerutscht war. Damit hatte ich es hoffentlich nicht noch schlimmer gemacht.

# 10

Die heimelige Atmosphäre in Luisas Familie beruhigte mich, auch wenn sie mich gleichzeitig wehmütig machte. Wir saßen in der gemütlichen kleinen Küche mit Blick auf den Hof. Luisas Mutter verband mir die Wunde. Es hatte unterwegs aufgehört zu bluten. Der Schnitt war zum Glück nicht so tief, wie ich dachte.

„Warst du denn in Lichtenberg heute?“, wollte Luisa wissen.

„Wär ich dorthin gefahren, wäre das sicher alles nicht passiert.“

Ihr Vater kam nach Hause, gab seinen beiden Frauen einen Kuss und mir einen Handschlag.

„Hey, Kira!“, begrüßte er mich fröhlich. Dann forschte er in meinen Augen und sah meinen frischen Verband, während Luisas Mutter Mullreste in den Mülleimer warf.

„Oh, oh, das sieht nach Stress aus. Wenn ihr irgendwie meine Hilfe braucht, ich bin jetzt da.“ Er lächelte und begab sich ins Wohnzimmer. Es irritierte mich immer wieder, dass es Väter gab, die so völlig anders waren als meiner, fürsorglich und ohne den Zwang, immerzu besonders männlich wirken zu müssen.

Luisa balancierte zwei große Tassen Kakao und eine Büchse Kekse in ihr Zimmer. Wir setzten uns im Schneidersitz gegenüber auf ihren mit bunten Decken und Kissen bestückten Podest und wärmten uns am Kakao. Bei Luisa war es nie so saunawarm wie bei uns zu Hause und ich hatte mich schon öfter gefragt, ob man nicht auch in solchen Dingen konsequent sein sollte, wenn man sich groß UMWELTSCHUTZ auf die Fahnen schrieb.

„Also, was ist passiert?“, fragte sie mich.

„Was willst du zuerst wissen, das Schlimmste oder das Zweitschlimmste?“ Dabei griff ich mir den letzten Keks aus der Büchse und merkte erst jetzt, dass ich alle Kekse in Null

Komma Nichts aufgegessen hatte. Beschämt hielt ich ihn Luisa hin. Doch Luisa grinste nur, stand auf, holte eine Prinzenrolle aus dem Schrank und füllte die Dose wieder auf.

„Am besten der Reihe nach", schlug sie vor und setzte sich wieder. Ich erzählte ihr in minutiöser Detailverliebtheit von meinem Nachmittag, der so verheißungsvoll begonnen hatte und in einer Katastrophe geendet war.

Ich hatte erwartet, dass Luisa genauso schockiert sein würde über die Entdeckung, dass mein Vater eine Affäre hatte oder vielleicht sogar mehrere, aber sie blieb ganz ruhig. Sie nahm einen großen Schluck aus ihrer Tasse. Ich wartete ungeduldig, als wäre sie ein Orakel, das mir gleich die Formel meines Lebens verriet, die alle Probleme lösen könnte. Dann sagte sie endlich: „Am besten zuerst die Kurzfassung. Erstens: Ich glaube, dass du bei Tim überreagiert hast. Der hat doch nix mit dieser Chefredakteurin. Das war nur dein dummer Komplex. Zweitens: Ich bin mir sicher, dass du selbst schon mal daran gedacht hast, dein Vater könnte Affären haben. Du wolltest es nur nicht wirklich wissen. Und drittens, das Wichtigste: Die Meyer müssen wir uns angeln. Die könnte uns von Nutzen sein."

Mein Mund öffnete sich, aber ich konnte nicht gleich reagieren. Bei ihrem Urteil zu der Tim-Geschichte wollte ich sofort widersprechen, obwohl ich irgendwo ahnte, dass Luisa recht hatte. Ihr Urteil zu meinem Vater verblüffte mich. Sie nahm mir den Wind aus den Segeln und das tat erstaunlich gut. Ja, ich hatte so was vermutet. Ich konnte es mir bei einem Typen wie meinem Vater mit einer Frau wie meiner Mutter nicht anders vorstellen … Ich wollte es aber nicht wissen, das stimmte. Aber Punkt drei war mir ein völliges Rätsel.

„Was willst du denn mit der Meyer?"

„Na, ist doch ganz klar. Wir müssen als Erstes herausfinden, ob sie deinem Vater von deinem Besuch erzählt hat. Meinst du, sie hat?"

„Hat sie nicht. Sie erzählt ihm doch nicht, dass ich ihr durchgerutscht bin, während er einen Termin mit seiner Schlampe hat. Das käme ja einer Selbstkündigung gleich!“

„Das ist gut! Das ist sehr gut.“

„Wieso das denn?“ Ich begriff nicht, worauf Luisa hinauswollte.

„Na, überleg doch mal: Glaubst du wirklich, dass dich dein Vater in Dinge der Firma einweihen würde, die nicht ganz sauber sind?“

„Nein … ja … wieso? Vermutest du etwa das Gleiche wie Tim?“

„Ich vermute gar nichts. Aber ich habe den Eindruck, dass du nicht mehr weißt, wem du trauen sollst: deinem Vater oder Tim.“

Ja, das stimmte. Luisa brachte es auf den Punkt.

„Da kommt doch die Geschichte mit der Meyer genau richtig. Wenn es wirklich so ist, wie du vermutest, müsste sie jetzt eine Heidenangst haben, dass du zu Hause vor deinem Vater ein Fass aufmachst oder deiner Mutter erzählst, was du gesehen hast, was auf dasselbe hinauslaufen würde. Wer als erstes fliegt, ist … na?“

„Die Meyer …!“

„Genau, und deshalb haben wir sie in der Hand wie einen Spatz …!“

„… und damit vielleicht eine bessere Quelle über die Vorgänge bei H2Optimal, als mein Vater es je sein könnte!“

„Du hast es!“

Luisa war echt cool. Darauf wäre ich in meinem aufgewühlten Meer von Emotionen niemals gekommen und vielleicht auch sonst nicht. Sie würde eine gefährliche Psychologin werden, gefährlich für alle Leute, die irgendwie Dreck am Stecken hatten, sei es auf psychologischer Ebene oder durch das, was sie taten.

„Oh Mann, dann war der Besuch bei meinem Vater vielleicht doch nicht der größte Fehler."

„Natürlich nicht! Es kommt immer nur darauf an, von welcher Seite man die Dinge betrachtet." Luisa stellte ihre Tasse auf die Erde und zog sich ihren Laptop herüber. Sie ging auf die Seite von H2Optimal. Die Kontaktdaten von Frau Meyer waren leicht zu finden. Und es dauerte nicht mal eine Minute, bis Luisa ihre Privatnummer gegoogelt hatte. Sie griff zum Telefon und sah mich einen Moment zögernd an:

„Willst du es auch wirklich, Kira?"

„Gib schon her …" Ich nahm ihr das Telefon ab, aber sie fixierte mich immer noch mit ihrem Blick.

„… Mir tut nur meine Mutter leid …", gab ich zu.

„Weißt du, was ich glaube?" Ich schüttelte den Kopf.

„Ich glaube, dass sie es längst weiß."

Ich sah Delia vor mir, meinen Vater und einige Situationen der letzten Monate. Delia wollte in Ruhe ihr luxuriöses Leben führen, auf Empfängen glänzen und in der Zeitung erscheinen, aber sie hatte sich nie beschwert, wie spät mein Vater nach Hause kam oder wie oft beziehungsweise plötzlich er auf Dienstreise fuhr. Oh Mann, ja, Luisa hatte wohl recht. Das Schlimmste war, dass ich keine Familie hatte, wie ich sie mir eigentlich wünschte. Ich wusste das schon lange. Nur heute war ich auf die schrecklichste Weise daran erinnert worden. Aber es brachte nichts, unter etwas zu leiden, was einfach nicht zu ändern war. Ich tippte die Nummer ein und drückte auf Wählen.

Nach zweimal Klingeln hörte ich die Stimme von Frau Meyer am anderen Ende: „Meyer?"

„Guten Abend, Kira Wende hier!" Erst Schweigen. Ich hatte Angst, sie würde auflegen. Dann aber sagte sie:

„Ach, Kira, Fräulein Wende, ich …"

„Sie wissen also Bescheid …"

„Ich …"

„Ich will nur wissen, ob sie meinem Vater von meinem Besuch erzählt haben."

„Nein, natürlich nicht, ich …"

„… Sie haben aber Angst, dass ich es tue."

Ich glaubte, ein Schluchzen zu hören.

„Oh Gott, das heißt, Sie haben ihm noch nicht …?" In ihrer Stimme schwang Hoffnung mit. Wahrscheinlich erlebte sie wirklich ihren schwärzesten Abend seit langem und packte in Gedanken bereits immer wieder die Habseligkeiten an ihrem Arbeitstisch.

„Nein …" Sie atmete tief durch. Die aufkeimende Hoffnung verlangte viel Luft. Ich empfand Verachtung und Mitleid zugleich.

„Ich kann Ihnen Geld geben, das ist überhaupt kein Problem … Wir werden uns bestimmt einig. Wir könnten …"

„Ich will kein Geld …", unterbrach ich sie.

„Was dann?" Ihre Antwort kam unsicher.

„Ich will Informationen über H2Optimal, aber nicht das, was alle wissen. Keine Werbung oder Broschüren oder so was. Sondern Genaueres. Unterlagen über den Aufbau und die Funktionsweise der Kläranlage, Vertragspartner … solche Dinge …"

„Oh, da gibt es viel, einen ganzen Raum voller Akten."

„Das weiß ich …" In Wirklichkeit hatte ich natürlich keinen blassen Schimmer. „Ich werde sie konkret nach dem einen oder anderen fragen."

„Ja …"

„Heißt das, wir sind uns einig?"

„Ja, aber wozu …!"

Auf ihre Frage ging ich nicht ein.

„Ich ruf Sie wieder an." Sie sagte nichts.

„Und, noch was … Kein Wort zu meinem Vater!"

„Natürlich … Darauf können Sie sich verlassen."

„Das möchte ich meinen. Auf Wiedersehen!" Und dann legte ich auf und atmete aus, als hätte mich vorher jemand aufgeblasen wie einen Luftballon.

„Das hast du perfekt gemacht … wie ein echter Profi!“ Luisa grinste mich an. In ihrem Blick lag so etwas wie Bewunderung. Ich staunte selber, wie ich das hinbekommen hatte. Diverse Krimiszenen aus Filmen waren mir wohl ins Blut übergegangen. Ich fühlte mich unendlich besser als noch vor einer Stunde.

„Oh Mann, das war wirklich wie im Film. Ich sag dir, einen Schiss hatte die!“

„Ja, das muss sie auch!“ Luisas Augen blitzten. Von wegen brav, ich entdeckte eine völlig neue Seite an ihr. „Und nun lass uns selber noch ein bisschen googeln, was über H2Optimal so geschrieben wird, damit du in Zukunft nicht mehr blöd vor Tim dastehst.“

Ja, das war eine gute Idee. Wir fanden heraus, dass H2Optimal in der Wiederaufbereitung tatsächlich den Weltrekord hielt, was Tempo, Menge und Qualität des gereinigten Wassers betraf. Es gab begeisterte Stimmen – aber auch Zweifler, die dieselben Fragen stellten wie Tim. Wir fanden den Artikel vom BerlinAgent. In ihm wurde kurz das Prinzip erklärt, soweit es klar war: Die quantenmechanischen Prozesse, mit denen das Verfahren funktionierte, bewegten sich auf atomarer Ebene. Aber dass sie für zigtausende Kubikmeter Wasser funktionieren sollten, war mehr als unwahrscheinlich, schrieben sie. Eine richtige Erklärung, wie es Gregor gelang, verschmutztes Wasser zu reinigen und aus Spree und Havel Trinkwasserflüsse werden zu lassen – ohne Rückstände, ohne Verschleiß, ohne alles – war aus H2Optimal nicht herauszukriegen. Aber man würde an der Thematik dranbleiben. Damit wussten wir noch nicht viel mehr als vorher, aber dafür würde Frau Meyer ja nun sorgen.

Luisa schaltete das Laptop aus. Ich hätte gern noch mal nach Atropa geschaut, ob sie wieder „on“ war, aber ich wusste, dass das Luisas Missbilligung finden würde, also ließ ich es bleiben. Wir kuschelten uns in ihre kleine gemütliche Liegelandschaft.

Auf einmal spürte ich, wie todmüde ich eigentlich war. Der Tag hatte mir einiges abverlangt. Wir plauderten noch ein bisschen über Tim. Ich machte keinen Hehl mehr draus, dass ich total verknallt in ihn war und ich hatte Schiss, ihm wieder zu begegnen. Aber Luisa sah das ganz gelassen. Sie war sich absolut sicher, dass ihm diese Zeitungsbeauty nichts bedeutete, aber ich würde das schon sehen an seinem weiteren Umgang mit mir. Außerdem sei ich mit meinem Kleid und dem Kopftuch schließlich auch eine „Beauty" und müsste aufhören, mich immer so abzuwerten. Ich winkte ab, doch Luisa beharrte darauf und fand, ich sollte einfach weiterhin auf sie hören, dann würde sich alles fügen. Das meinte sie natürlich ironisch. Sie hatte nichts Überhebliches, kein bisschen, aber sie machte sich auch nie so runter, wie ich es bisweilen tat.

Außerdem hielt sie Tim auf keinen Fall für so einen „Platteimer", der mich mit in sein Büro nahm, nur um mir vorzuführen, mit was für einer potenziellen Männertrophäe er zu knutschen pflegte. Das passte doch alles gar nicht zusammen. Und auch das Argument, er wäre nur an mir interessiert, weil ich die Tochter von Gregor Wende war, machte hinten und vorne keinen Sinn. Er hatte mich nicht auf der Pressekonferenz gesehen und hatte das erst erfahren, nachdem er mich auf einen Besuch in seine Redaktion eingeladen hatte. Das stimmte alles, war nur allzu wahr.

Ich lag noch eine Weile wach, während Luisa neben mir begann, leise zu schnarchen. Alles war so still und ruhig, ihre Eltern längst im Bett. Sie hatten nur noch kurz den Kopf hereingesteckt, sich nach meinem Befinden erkundigt und waren dann schlafen gegangen. Niemals hätte ich gedacht, dass ich mich am Ende des Tages noch einmal so geborgen fühlen würde. Dann schlief auch ich ein.

## 11

Den ganzen Tag hielt ich nach Tim Ausschau, in der Hoffnung, ihm nicht zu begegnen. Wir hatten heute keine Kurse zusammen. Die letzte Stunde verging. Ich packte meine Sachen ein und beeilte mich, aus der Schule zu kommen. Die Zeit würde das Desaster von gestern ein bisschen abschwächen. Außerdem wollte ich schnell den blöden Arzttermin hinter mich bringen. Ich bog eilig um die Ecke zum Treppenhaus … und rannte Tim fast um.

„Kira … hey … da bist du ja!"

Ich drückte mich an die Wand, weil ich ihn beinahe berührt hätte. Er lehnte sich mir gegenüber an das Treppengeländer und strahlte mir aufrichtig erfreut ins Gesicht. Die Punkte in seinen Augen glitzerten. Ich suchte nach Worten, um mich für gestern zu entschuldigen. Ich hatte mir einige Ausreden für diesen Moment zurechtgelegt, aber plötzlich war es in meinem Kopf dicht bewölkt.

„Das mit gestern tut mir leid, ehrlich. Ich hätte dich nicht gleich in Zusammenhang mit deinem Vater bringen sollen, das war dumm von mir."

Tim entschuldigte sich BEI MIR? Ich war völlig perplex, starrte ihn an und konnte immer noch nichts sagen. Er fuhr fort: „… Siehst du, du lagst mit deiner Standpauke an mich voll richtig … und ich hab trotzdem den Fehler gemacht, dich mit deinem Vater ‚kurzzuschließen' … im Nachhinein sozusagen, was ja eigentlich noch viel schlimmer ist …"

Er machte ein reumütiges Gesicht und seine Stimme hatte einen ironischen Unterton, aber ich merkte, oh Mann, er meinte das wirklich ernst! Es war ihm wichtig, irgendwie korrekt mit mir umzugehen. Vielleicht wollte er sich tatsächlich mit mir befreunden, warum auch immer. Trotzdem half das nicht gegen Beauty-Beate. Auch wenn Luisa überzeugt davon war, dass er mit der nicht zusammen war, ich musste es erst herausbekommen. Nur wie sollte ich ihm verständlich machen, was mein eigentliches Problem war?! Dafür müsste ich mein Innerstes nach außen kehren und das kam absolut nicht in Frage.

„Schon okay. Ich muss zum Arzt“, brachte ich heraus, löste mich von der Wand und straffte mich ein wenig. Tim wirkte erleichtert und wollte irgendwas erwidern. Aber ich ließ ihn stehen und eilte die Treppe hinunter.

Dr. Neuhaus war ein Mann von beeindruckender Größe und Breite. Ich betrat sein Behandlungszimmer und wurde von seinem Blick durchbohrt, als hätten seine Augen die Fähigkeit zu röntgen.

„Setzen Sie sich, Frau Wende.“ Er wies auf einen Stuhl, zog eine Lupe mit Beleuchtung aus der Tasche und besah sich meine Augen. Dann seufzte er und schaute mich noch einmal durchdringend an, als erwarte er von mir irgendein Statement.

„Kinder, Kinder. Warum ist euch nicht klar, dass ihr damit euer Leben ruiniert?!“ Ich sah ihn fragend an. Ich kapierte kein bisschen, was er damit sagen wollte. Er hob die Schultern und fummelte eine Spritze aus ihrer sterilen Verpackung.

„Frau Wende, Sie können mir nichts vormachen. Es steht Ihnen buchstäblich ins Gesicht geschrieben. Und was Sie da an Drogen nehmen, ist wahrscheinlich auch noch irgendein verunreinigtes Zeug. Gerade scheinen Sie ja nicht „stoned“ zu sein. Trotzdem zieht sich die Iris um Ihre Pupillen bei Licht nicht zusammen. Und das ist alarmierend.“

„Drogen??“ Ich fiel aus allen Wolken. Mit dieser Diagnose hatte ich nun überhaupt nicht gerechnet. „Ich nehm keine Drogen!!“, protestierte ich. Er seufzte wieder, bedeutete mir, meinen Ärmel hochzukrempeln und band mir meinen Arm ab.

„Leugnen hilft nichts. Mit dem Bluttest haben wir's dann schwarz auf weiß. Und da Sie nicht achtzehn sind, muss ich auch Ihre Eltern darüber informieren."

Gerade wollte er mir die Kanüle ansetzen, aber ich sprang wütend auf, sodass er sie mir beinahe an eine andere Stelle gerammt hätte.

„So ein Blödsinn! Ich nehm keine Drogen. Noch NIEE!!"

Ich brachte ihn kurz aus der Ruhe, er zischte irgendwas wie „verdammter Mist", aber er fing sich schnell wieder.

„Gut, Frau Wende. Würden Sie bitte wieder Platz nehmen. Wir machen ein Blutbild und einige Tests."

Ich stand noch immer da wie ein Tier in Angriffsposition.

„Wenn es keine Drogen sind, haben Sie schließlich nichts zu befürchten." Er sah mich ganz ruhig an. Okay. Damit hatte er eigentlich recht. Ich begab mich wieder auf meinen Platz, um ihm zu zeigen, dass ich tatsächlich nichts zu befürchten hatte.

Er zog mir drei Röhrchen Blut ab, fragte mich noch nach meinen Symptomen und bestellte mich in drei Tagen wieder für die Auswertung der Befunde und einer eventuellen Computertomographie des Gehirns. Ich sollte in die Röhre, falls die Werte irgendwelche psychischen Ursachen ergaben beziehungsweise alle weiteren Untersuchungen würde das Blutbild entscheiden. Na toll. So geriet man in die Mühlen der Medizin. Unweigerlich musste ich an Atropa denken. Vielleicht hatte sie genau das mit ihrem Ratschlag gemeint, eben nicht zum Arzt zu gehen. Trotzdem war ich erleichtert, den Arztbesuch hinter mich gebracht zu haben. Ich wusste, dass ich keine Drogen nahm, und fühlte mich ansonsten wieder recht normal. Also, was sollte schon sein?! Wegen des Befunds machte ich mir jedenfalls keine Sorgen.

Auf dem Nachhauseweg kaufte ich einen Topf leuchtend gelber Herbstastern. Ich wollte, dass mein Leben wieder in gewohnte Bahnen kam. Ich wusste noch nicht, wie ich mit meinem Vater umgehen sollte, konnte mir nicht vorstellen, ihm in die Augen zu sehen. Andererseits, ich würde irgendwie darüber hinwegkommen, seinen Charakter als unabänderliche Tatsache abhaken. Bald war die Schule zu Ende und ich würde mein eigenes Leben beginnen. Trotzdem sollte bis dahin Frieden zu Hause herrschen. Ich würde ihm solange aus dem Weg gehen, wann immer es ging, und mich ansonsten neutral verhalten.

Als ich zu Hause ankam, fand ich Delia und Rosa, unsere Haushaltshilfe, in meinem Zimmer. Rosa kippte gerade das Wischwasser in die Toilette. Alles war wieder blitzsauber, als wäre nie etwas geschehen, nur das jetzt kein Spiegel mehr über dem Waschbecken hing. Delia saß auf meinem Bett und zupfte an der Decke. Ich setzte mich neben sie und legte meinen Arm um ihre Schulter.

„Kannst du mir das verzeihen?" Sie drehte sich zu mir und ich staunte einmal mehr über ihre Hilflosigkeit. Sie hatte mir einfach nichts entgegenzusetzen. Sie hatte noch nie wirklich mit mir geschimpft. Einmal mehr kam es mir so vor, als stellte sie ihr eigenes Kind vor zu große Herausforderungen. Als wäre ich ein befremdliches Wesen, das ihr unheimlich war, sodass sie sich besonders vor Konflikten und Konfrontationen fürchtete. Einmal mehr fragte ich mich, warum hatte sie mich überhaupt bekommen? Ein Kind passte einfach nicht zu ihr.

„Aber was war denn nur los?", fragte sie mich mit dünner piepsiger Stimme. Ich hatte mir bereits eine Ausrede zurechtgelegt, eine, die Delia verstehen würde.

„Ach, weißt du … es ging um diesen Tim. Luisa ist in ihn verknallt, obwohl er so ein Idiot ist. Und dann habe ich ihr das vom Pressempfang erzählt und so. Aber sie hat ihn verteidigt. Weißt du, sie war einfach nicht mehr auf meiner Seite. Dabei hatten wir uns geschworen, uns nie wegen eines Kerls auseinanderbringen zu lassen."

Es funktionierte. Delia sah mich mit großen Augen an. Sie schluckte es. Sie war glücklich, dass ich ihr etwas aus meinem Beziehungsleben erzählte. Mitleidsvoll nahm sie meine Hand.

„Ach, Armes. Das tut mir leid. Aber habt ihr euch denn gestern wieder vertragen?"

„Ja, haben wir. Es ist alles wieder in Ordnung. Luisa will wieder drauf achten, dass unsere Freundschaft an erster Stelle bleibt und Tim erst einmal genauer beobachten. Außerdem hat sie wahrscheinlich eh keine Chance bei ihm. Also lohnt sich unser Streit doppelt nicht."

Delia lächelte und streichelte meine Hand.

„Für den Richtigen ist es ja auch noch zu früh. Er muss erst mal was aus seinem Leben machen. Und bis dahin sollten Freundinnen wirklich zusammenhalten."

Ich nickte zustimmend, auch wenn das eine typische Delia-Meinung war, in der mitschwang, dass man den Richtigen an seinem Kontostand bemaß. Ich entzog Delia meine Hand. Sie seufzte.

„Ich hatte mir schon solche Sorgen gemacht."

„Sorgen, ach was!", schaltete sich die raue Stimme von Rosa ein.

„Eine Tracht Prügel hätte sie verdient!"

Rosa war eine untersetzte Frau Ende vierzig. Sie hatte ein schönes Gesicht, umrahmt von dicken schwarzen Locken, und trug immer knallroten Lippenstift. Eigentlich sah sie aus wie eine Spanierin, aber sie war Französin, die seit dreißig Jahren in Deutschland lebte. Und sie hatte ein loses Mundwerk, was meine Eltern ihr jedoch verziehen, weil sie absolut zuverlässig arbeitete. Vielleicht brauchten sie Rosa sogar als „Narren an ihrem Hof", denn Rosa hatte schon öfter Streitigkeiten zurechtgerückt und ausgesprochen, worum alle Beteiligten herumredeten. Rosa knotete den Müllsack zu, in dem sich die Scherben von Spiegel und Lampe befanden.

„Solche Sauereien können sich nur verwöhnte Gören reicher Eltern leisten, weil sie es selbst nie sauber machen müssen!"

„Du hast ja recht, Rosa." Ich knibbelte ein paar Blüten der Staude ab und reichte sie ihr: „Danke, dass du alles aufgeräumt hast. Danke, Rosa."

Rosas Mund stand einen Moment offen, aber es kam nichts mehr heraus. Ich hatte sie mit meiner Geste sprachlos gemacht. Sie steckte die Blüten in ihre Kitteltasche, grummelte irgendwas, schnappte sich den Müll und die Schaufel und verließ mein Zimmer. Ich sollte wohl nicht sehen, dass ihre Mundwinkel zuckten, weil sie gerührt war und ein Lächeln verhindern musste. Der Hausfrieden war also wieder hergestellt.

„Wollen wir ein Eis essen gehen?", fragte mich Delia mit einem Ton, als wäre ich erst vier. Der kleine Ausflug würde ihr das Gefühl geben, alles im Griff zu haben mit ihrem Kind. Also sagte ich: „Ja."

## 12

Mein Laptop funktionierte noch, auch wenn es ganz schön was abbekommen hatte. Der Bildschirm hatte einen Sprung im Rahmen und hing nur noch wacklig an der Tastatur. Die Abdeckung für den Akku war herausgebrochen. Ich vermisste Atropa. Ich MUSSTE einfach nachsehen, ob sie sich wieder angemeldet hatte. Wir waren uns so nah gewesen. Es KONNTE nicht sein, dass wir nichts mehr voneinander hören würden. Inzwischen wusste ich nicht mehr, warum mich ihr „Rollenspielmodus" so verschreckt hatte. Das war doch alles harmlos. Ich legte mich auf die Holzdielen, weil mein wackliger Laptop eine solide Unterlage brauchte, und schaute zu, wie sich langsam der Bildschirm aufbaute.

Auf einmal hörte ich Stimmen.

Leise, aber sehr deutlich. Erst dachte ich, es wären die Radiowellen irgendeines Senders, die sich in den Heizungsrohren verfangen hatten. Das hatte ich schon mal bei Luisa erlebt, auch wenn es da der Wasserkessel war, der plötzlich Red Hot Chillis spielte. Ich rappelte mich auf, ging hinüber, lauschte an der Heizung, aber da war nichts. Seltsam. Oder hatte ich mir das nur eingebildet? Die Angst wollte wieder an mir hochkriechen, dass irgendwas mit mir nicht in Ordnung war. Wie leicht sie sich mobilisieren ließ. Ich machte ein paar ruckartige Bewegungen, um sie zu vertreiben, kehrte zurück zu meinem Platz auf dem Fußboden und startete Firefox.

Und da waren sie wieder, die Stimmen. Sie waren nicht in mir, sie schienen aus dem Fußboden zu kommen … Jetzt hörte ich sie genauer, sie gehörten eindeutig Delia und meinem Vater. Noch nie hatte ich ihre Stimmen durch die Decke hindurch gehört, auch nicht, wenn ich still im Dunkeln im Bett lag und wusste, dass sie unten stritten. Ich legte mein Ohr direkt auf das Holz und verstand ihre Worte so deutlich, als wären wir im gleichen Zimmer. Sie redeten über irgendwelche Einkäufe, die sie noch erledigen mussten, über Rosa und dass meine Mutter gerne so einen kleinen weißen Hund hätte, was Gregor denn davon hielte. Gregor ging auf die Frage nicht ein. Das machte er immer so, wenn ihn was absolut nicht interessierte. Stattdessen sagte er, dass er heute Abend noch zu tun hätte und ob noch Mittagessen zum Aufwärmen da wäre. Ich konnte genau hören, wie sich die Tür des Kühlschranks öffnete. Es war abgefahren, hatte sich etwa die Trittschaldämmung unter den Holzdielen aufgelöst? Oder hatte ich noch nie so dicht am Boden gelegen, während Delia und Gregor unten miteinander sprachen? Ich lud die Facebook-Seite.

„Kannst du mir das bitte warm machen und bringen?“, fragte Gregor kauend. Er hatte sich bereits irgendwas in den Mund gestopft.

„Gregor?“, rief meine Mutter. Mein Vater schien fast aus der Tür zu sein.

„Ich wollte dich noch kurz wegen Kira sprechen. Sie macht mir langsam wieder Angst.“

„Wieso, ist seit der Aktion von gestern schon wieder etwas passiert?“

„Nein, eigentlich nicht, aber …“

„Ist sie denn heute zu Hause?“

„Ja, sie ist oben. Sie hat mir sogar diese Blumen da mitgebracht und sich entschuldigt.“

„Na, dann ist doch alles bestens …“

„Nein, ich weiß nicht. Ich kann ihr nicht in die Augen sehen. Ihr Blick ist wieder so, wie soll ich sagen, intensiv. Genau wie damals. Da fing es auch so an …“

„Delia, jetzt ist gut. Ich zweifle nach wie vor daran, dass Kira damals die Ursache war. Vergiss die Geschichte endlich. Und geh wieder mehr raus. Wenn man zu viel zu Hause hockt, beginnt man, Gespenster zu sehen … Denkst du bitte an mein Essen? Ich hab einen mörderischen Hunger.“ Dann hörte ich die Tür und er verschwand in seinem Arbeitszimmer.

Damals? Damals fing ‚es‘ genauso an? Es klang so, als hätte ich schon einmal irgendeine Krankheit gehabt, von der sie mir nichts sagen wollten. Was sollte denn das nun wieder bedeuten? Ich spürte, wie die neu erkämpfte Sicherheit in mir Risse bekam. Die Angst war wieder da und ließ sich nicht noch mal abschütteln. Und dann war Atropa „on“ und schrieb sofort, als sie mich auftauchen sah.

**Atropa:** kira, da bist du ja endlich. Ich hatte mir TOTALE SORGEN gemacht! wie geht es dir? was ist passiert? warum bist du nicht gekommen? ich habe jeden tag gewartet!
**Kira:** wirklich? in einem alten feuchten bunker? bist du verrückt?

**Atropa:** ist mit dir auch wirklich alles in ordnung?
**Kira:** klar, alles bestens. bin froh, dass du wieder ON bist, habe auch lust, dich mal zu treffen. aber ich mag einfach keine rollenspiele :I
**Atropa:** rollenspiele?
**Kira:** na, du machst irgendwie den eindruck, als wären wir in einem rollenspiel, schwarzes auge oder so was
**Atropa:** nein, leider ist das KEIN rollenspiel … ist denn gar nichts passiert die letzten tage??
**Kira:** doch, ausreichend: tim hat eine freundin, mein vater hat auch eine freundin und ich hab einen spiegel zerschlagen. die nächsten sieben jahre wird es also so weitergehen
**Atropa:** und weiter NICHTS?
**Kira:** oh mannn … ist das nicht völlig ausreichend???
**Atropa:** okay, kira … ich muss deutlicher mit dir sprechen, sonst glaubst du mir nicht. erstens: die schatten, die du siehst, sind sehr gefährliche leute. du darfst ihnen nicht in die fänge geraten, hörst du? zweitens: du wirst bald, außer fieber und maßlose fressanfälle, weitere veränderungen an dir bemerken: deine sinne werden sich überdurchschnittlich schärfen. du wirst zum beispiel viel weiter sehen und viel besser hören können als bisher. körperlich wirst du zu höchstleistungen auflaufen. du wirst deine kräfte am anfang nicht unter kontrolle haben, das ist sehr gefährlich. deine gefühle können verrücktspielen. wut und aggression hast du dann nicht im griff. wenn du nicht in den bunker kommst, gibt es ansonsten nur zwei möglichkeiten für dich: entweder die schatten bekommen dich in ihre fänge oder deine eltern stecken dich früher oder später in eine psychiatrische anstalt. in beiden fällen wird dein leben schlimm enden. deshalb musst du kommen, kira, hörst du? ALLEIN! du darfst niemandem davon erzählen. der bunker ist der

einzige weg. mehr kann ich dir nicht sagen, weil du es nicht glauben würdest. deshalb MUSST du kommen!

Ich starrte auf die Zeilen, die mir Atropa geschrieben hatte, und las sie mehrmals. Ich hatte Gänsehaut. In meinen Ohren rauschte es, als wäre ich einer Ohnmacht nahe. Gegen die Angst, die sich jetzt meiner bemächtigte, waren alle früheren Ängste Spielzeugängste gewesen. Atropas Beschreibung der Veränderungen, die mit mir vorgehen würden und die ich bisher nicht in mein Bewusstsein gelassen hatte, waren beunruhigend, vor allem, weil sie von allem zu wissen schien. Mir fiel die ausgequetschte Zahnpastatube ein, das Plätschern in den Balkonkübeln, ich hatte die Adresse auf dem Plakat des BerlinAgent genau lesen können und einen massiven Spiegel in tausend Stücke zerlegt … und dann das Gespräch meiner Eltern, etwas würde ‚wie damals' und sie hatten Angst, zumindest meine Mutter. Am schlimmsten aber war die Erinnerung an die Schatten, das Gefühl, beobachtet zu werden.

TROTZDEM, da war auch Luisa und sie hatte alles wieder auf den Boden der Tatsachen gestellt und ihre Version war genauso plausibel, beziehungsweise sie war ÜBERHAUPT plausibel. Luisa hatte mir dringend geraten, nicht mehr mit Atropa zu chatten, bis ich wieder stabil sei. Ich hatte gedacht, es wieder zu sein, aber das war wohl ein Irrtum.

**Atropa:** kira? bitte ANTWORTE mir!!!

Meine Finger schwebten über der Tastatur. Ich wusste nicht, was ich antworten sollte. Dann klickte ich einfach die Seite weg, klappte hastig das Laptop zusammen, damit es sofort ausging, und versuchte mit zitternden Händen, Luisa anzurufen. Luisa nahm nicht mehr ab. Es war ja auch schon nach Mitternacht. In der Holzverkleidung am Kopfende meines Bettes knackte es. Erschrocken fuhr ich hoch. Hastig schnappte ich mir meine Decke, schlich hinunter ins Wohnzimmer und legte mich dort schlafen. Aus dem Schlafzimmer fiel noch ein Spalt Licht in den Flur. Das beruhigte mich ungemein.

## 13

Ich verbrachte eine sehr unruhige Nacht und wälzte mich durch diffuse Träume, die mir bei jedem Wachwerden wieder wegrutschten. Als der Wecker endlich klingelte, war ich froh. Draußen nieselte es. Der kalte graue Tag vermittelte ganz normale Realität. Die Gedanken an den Chat mit Atropa verblassten langsam. Die ersten zwei Stunden Sport waren jetzt genau das Richtige.

Allerdings hatte unser Sportlehrer Herr Falke schlechte Laune und ließ das wie immer an seinen Schülern aus. Wir sollten trotz des Wetters raus und ein paar Runden auf dem Sportplatz drehen. Danach setzte er Leistungskontrolle im Sprinten auf 100 Metern an. Luisa und ich beschlossen, dass uns nach einer Runde warm war, und hockten uns auf das nasse Geländer am Rand. Nach und nach gesellten sich auch die anderen zu uns, während Herr Falke die Startvorrichtungen für den Sprint montierte.

Für Luisa war Atropa immer noch eine Rollenspielerin, aber vielleicht eine, die ernsthafte psychische Probleme hatte. Als ich ihr die seltsamen Dinge aufzählte, die mit mir selbst passierten, hatte sie ganz normale Erklärungen parat: eine Übersensibilität der Sinne ist an Wendepunkten des eigenen Lebens, oder wenn man Entwicklungssprünge macht, keine Seltenheit. Das mit dem Spiegel und der Zahnpastatube fand sie nicht sehr überzeugend. Und mit meinen Eltern war ganz einfach: Ich musste sie nach ‚Damals' fragen. Dieses Phänomen, dass Menschen immer wieder zum Spekulieren neigten, statt einfach mal nachzufragen, verstand sie am wenigsten. Andererseits, überlegte sie, wäre das nicht so, wären sehr sehr viele Psychologen arbeitslos. Auf die angeblichen „Schattenwesen“ wollte sie nicht noch mal eingehen, das hatten wir doch schließlich geklärt. Nur mit den Fressattacken machte sie sich etwas Sorgen. Sie hatte Angst, dass ich eine Essstörung entwickeln könnte. Zu meinem unbefriedigten Lebenshunger und den Problemen mit meinen Eltern könnte das passen.

Plötzlich baute sich Herr Falke vor Luisa auf und brüllte sie an: „Mir reicht's mit dem ewigen Gequatsche. Was hab ich eben gesagt?“

Mist, wir hatten gar nicht mitbekommen, wie die Anderen sich bereits hinter der Startlinie aufgebaut hatten, und saßen immer noch auf dem Geländer. Und wir hatten auch kein bisschen zugehört.

„So, Luisa, das gibt im Mündlichen erst mal eine Sechs! Damit du es wieder gut machen kannst, stellst du dich da vorne hin und stoppst die Zeit!“ Luisa war perplex, 'ne Sechs in Sport, das war ihr in ihrer ganzen Schullaufbahn noch nicht passiert und natürlich war es schreiend ungerecht.

„Und du, Kira, fängst an!“

Er drückte Luisa Trillerpfeife, zwei Stoppuhren und einen Klemmblock mit einer Tabelle in die Hand, die die Namen aller Schüler auflistete und in die sie die Werte einzutragen hatte. Dann lief er mit großen Schritten über den Rasen davon. Noch bevor er um die Ecke der Turnhalle verschwand, hatte er ein Päckchen Zigaretten aus der Tasche gezogen, fingerte eine Zigarette heraus und zündete sie an. Heute war er so mies drauf, dass er sich nicht mal darum scherte, dabei entdeckt zu werden.

Falkes Weisung ignorierend, stellte ich mich hinten an, während Luisa für die ersten zwei Läuferinnen, die sich bereits in Startposition begeben hatten, die Hand hob und Jemand an der Startlinie den Startpfiff gab.

Tim stand unmittelbar vor mir und flüsterte ein leises Guten Morgen. „Morgen" gab ich zurück, ohne ihn anzusehen. Zum ersten Mal nahm ich seinen Duft wahr. Er roch unerhört gut und löste die unbestimmte Sehnsucht in mir aus, einfach in seinen Armen zu sein. Er wirkte irgendwie nervös, beobachtete die Leute, die losliefen, aber ich merkte, dass ihn das nicht wirklich interessierte. Mit seinen Gedanken war er woanders. Ich war mir fast sicher, dass er nach Worten suchte, ein Gespräch mit mir anzufangen. Mir brannte natürlich nach wie vor die Frage nach Beate auf der Seele, aber ich konnte das nicht einfach fragen, es ging nicht. Irgendwie waren wir in einer Sackgasse. Wir hatten ein kleines Flämmchen der Freundschaft angezündet, aber es war durch ungünstige Umstände sofort wieder ausgegangen.

„Der Regen nervt", sagte er, aber richtete die Worte nicht direkt an mich. Ich reagierte also auch nicht direkt darauf, wischte mir aber ein paar nasse Strähnen aus dem Gesicht. Tim streckte seine Arme nach oben. Dabei wehte wieder sein Duft zu mir herüber und ich sah uns plötzlich Arm in Arm in einer mit Blüten übersäten Wiese am Meer liegen. Das komplette Gegenprogramm zu der Kälte, Nässe und Trübheit, in der wir uns gerade befanden. Ich fühlte mich verloren, als wäre das alles das Ende einer Welt, die gar nicht richtig angefangen hatte zu existieren. Dann standen nur noch vier Leute hinter den zwei Startblöcken. Tim trat einen Schritt zurück, damit sich Nummer Vier und Drei startklar machen konnten. Luisa pfiff und ich wusste nicht, was ich davon halten sollte, mit Tim zu laufen. Wollte er mich schon wieder ärgern? Obwohl ich ihn eigentlich umarmen wollte, machte ich eine spitze Bemerkung: „Du meinst, manchmal muss man sich leichte Gewinne gönnen, um sich besser zu fühlen?"

Tim ging in die Hocke und positionierte seine Füße in den Startblock.

„Wenn du schon keine Lust mehr hast, mit mir zu reden, dann will ich wenigstens mit dir laufen“, sagte er, ohne mich dabei anzusehen. Mein Herz rutschte in die Hose. Ich unterstellte ihm niedere Absichten und er sagte sowas. Tim hatte soeben unverhüllt zugegeben, dass er mit mir „zu tun“ haben wollte. Das hieß, es war jetzt keine Spekulation mehr meinerseits. Ich konnte es kaum glauben. Mein Herz sprang wieder an seinen angestammten Platz und raste, als hätte ich die hundert Meter schon hinter mir. Und dann kam es noch heftiger.

Luisa hob hinten die Hand, damit wir uns startklar machten. Dann ertönte der Pfiff, aber ich kam Sekundenbruchteile zu spät los, weil Tim kurz davor meine Frage beantwortete, die ich mir nicht traute zu stellen. „Falls du übrigens glaubst, so eine wie Beate wäre meine Freundin, hast du von mir bisher nur sehr wenig begriffen.“

Ich war baff … und rannte los … und dachte, ich müsste mitten auf der Strecke explodieren vor Freude. Und dann begann ich Tim einzuholen. Was sollte das denn bedeuten? Hatte sich sein Geständnis wie Bleikugeln an seine Fesseln gelegt? Oder ließ es mich augenblicklich über mich selber hinauswachsen? Oder wollte er mich, ganz Gentleman, gewinnen lassen? Das wär ja bekloppt. Ich holte ihn spielend leicht ein, seinen Duft in der Nase, den er wie einen Schweif hinter sich herzog. Als ich ihn überholte, merkte ich jedoch, dass er tatsächlich kämpfte und gab, was er konnte. Ich ließ Tim einfach hinter mir zurück, obwohl er der beste Läufer unter den Jungs war, was wahrscheinlich an seiner Größe und seiner gut trainierten Taucherlunge lag. Luisa stoppte und hätte fast vergessen, auch Tim zu stoppen, so verdattert war sie, als sie mein Ergebnis begutachtete. Sie sah mich an und ich merkte, wie es hinter ihrer Stirn arbeitete.

„Kira scheint wohl immer für eine Überraschung gut!“, keuchte Tim, völlig außer Atem, während Luisa die Zahlen eintrug. Tim war nach wie vor der schnellste Läufer. Aber ich lag um einiges vor ihm. Zum Glück hatten die anderen nichts davon mitbekommen, weil jeder, der fertig war, sofort vor dem Regen in die Turnhalle geflüchtet war. Allerdings tauchte nun Herr Falke hinter uns auf und nahm Luisa die Tabelle aus der Hand. Er entdeckte meine Laufzeit und schnaubte verächtlich: „Kira hat angeblich den Weltmeister im Sprinten vom letzten Jahr geschlagen? Sagt mal, für wie bescheuert haltet ihr mich eigentlich?“

„Nein, es ist wahr …“, wollte Tim mich verteidigen und Luisa hielt ihm die Stoppuhr hin. Da tat Herr Falke etwas, was für einen Lehrer wirklich unangemessen war: Er schlug Luisa die Stoppuhr aus der Hand, sodass sie ihre Hand mit einem schmerzhaft verzogenen Gesicht zurückzog.

„Da haben wir die zweite Sechs. Ihr denkt wohl, ihr könnt mit mir machen, was ihr wollt!“ In mir rollte eine Welle unendlicher Wut heran: Was hatte dieser frustrierte Typ seine Launen immer an uns auszuagieren? Seit Neuestem sogar mit Handgreiflichkeiten. Verstärkt durch meine Angst, dass mit mir definitiv was nicht stimmte, brannten mir die Sicherungen durch. Mit ungeahnter Wucht schubste ich Falke mit beiden Handflächen gegen die Brust. Er flog ungefähr zwei Meter weit, fiel auf den Rücken und blieb mit einem spitzen Aufschrei auf der Betonkante zum gepflasterten Weg, der zum Eingang der Turnhalle führte, liegen.

Oh, mein Gott! Ich hatte ihm hoffentlich nicht das Rückgrat gebrochen? Während Luisa und Tim hineilten, schrie alles in mir nach FLUCHT und ich suchte das Weite.

Aufgeregte Stimmen, der Direktor Herr Schmitt und noch zwei weitere Lehrer kamen über den Hof gelaufen, dann die Sirenen eines Krankenwagens.

Zusammengekauert zwischen den Mülltonnen lauschte ich dem allgemeinen Aufruhr. Man suchte nach mir, aber ich gab keinen Mucks von mir. Ich war zu erschüttert von meiner Tat. Falke hatte mich furchtbar wütend gemacht, aber natürlich hatte ich nicht vorgehabt, ihn krankenhausreif zu schlagen. Wahrscheinlich Steißbeinbruch, sagten die Sanitäter. Mit seinem Rücken schien alles in Ordnung. Gott sei Dank! Aber so ein Bruch war natürlich schlimm genug. Immerzu gingen mir Atropas Worte durch den Kopf: „Du wirst ungeahnte Fähigkeiten entwickeln … du wirst deine Kräfte nicht unter Kontrolle haben …“

Kalter Schweiß lief mir den Rücken hinab. Ich war ein Monster. Ich würde mich hier nicht von der Stelle rühren, bis niemand mehr auf dem Schulgelände war. Ich würde bleiben, bis mich die Ratten fraßen. Ich streckte meine Hände weit von mir weg, als könnte ich so Abstand von mir gewinnen. Sie waren weiß und dünn und ich wünschte, sie würden nicht zu mir gehören. Mein ganzer Körper schlotterte, sodass ich befürchtete, die Mülltonnen zum Klappern zu bringen. Ich klemmte mir meine Hände unter die Achseln, presste meinen Oberkörper zusammen und versenkte meinen Kopf zwischen Brust und Knie, als würde mich das in meine althergebrachte Kondition zurückbringen.

Die Schüler der zwölften Klassenstufe verschwanden im Schulgebäude, auch der Direktor und die Lehrer. Die erste große Pause ging vorüber, dann die Essenpause. Am Nachmittag wurden die letzten Fahrräder aus den Fahrradständern geholt. Ich saß immer noch zwischen den Mülltonnen und hatte mich kein Stück wegbewegt.

# 14

Ich vernahm ein Knistern hinter mir. Etwas näherte sich, langsam tastend, suchend … Keine Ratten oder Katzen. Es war etwas Großes – definitiv. Adrenalin schoss durch meine Adern wie Brausepulver. Ich sprang auf, wirbelte herum, ging in Angriffsposition … und blickte direkt in die Augen von Tim.

„Komm her …“, flüsterte er einfach und ich ließ mich völlig erschöpft in seine Arme fallen. Er drückte mich an sich, während mir die Tränen über die Wangen liefen, und strich mir mit der Hand beruhigend über meine von Schweiß und Regen verklebten Haare. „Komm“, sagte er noch einmal und dann führte er mich durch die Mülltonnen hindurch hinaus auf die Straße. Auf dem Bürgersteig stand sein Mofa. Er ging darauf zu, schloss die Sitzbank auf und gab mir einen Helm.

„Wo fahren wir hin?“

„Wohin du möchtest.“

„Nicht zur Polizei … und nicht nach Hause.“

„Okay, aber deine Eltern solltest du anrufen, bevor es dunkel wird. Sonst schicken die die Polizei los. Wahrscheinlich hat Schmitt sie schon informiert.“

Tim schloss seinen Helm vom Lenkrad ab und saß auf. Ich setzte mich hinter ihn und schlang meine Arme um seine Taille. Dann brausten wir los, holperten über das Kopfsteinpflaster. Ich saß eng an Tims Rücken geschmiegt und flog mit ihm durch die Stadt. Ich konnte es kaum glauben. Wären die Umstände nicht so schrecklich, wäre alles traumhaft schön gewesen. Andererseits würde ich jetzt hier nicht sitzen, wenn die Umstände nicht schrecklich wären.

Als wir vor seiner Zeitungsredaktion Halt machen, bekam ich kurz einen Schreck. Da wollte ich nicht noch mal hin. Und als könnte er schon wieder meine Gedanken lesen, sagte Tim:

„Mein Vater und ich wohnen hier. Im Hinterhaus, ganz oben. Beate hat uns die Wohnung besorgt. Sie kennt meinen Vater schon länger … Und ich bekam dadurch gleich einen kleinen Job, um was dazuzuverdienen."

Ach so war das, was war ich nur für eine Dummtante. Ich konnte mir ein Lächeln nicht verkneifen und Tim kapierte, dass Beate-Beauty mein Hauptproblem gewesen war.

„Du brauchst erst mal was Trockenes zum Anziehen", erklärte er, nahm mich an die Hand und zog mich die Treppen hinauf. In der obersten Etage angekommen, führte mich Tim in eine kleine, freundliche Wohnung, die ganz und gar nicht nach erwartetem Männerhaushalt aussah. Die nackten Wände waren weiß gestrichen und der Boden bestand aus hellen Dielen. In der Küche befand sich ein gemütliches Sofa, die Fenster hatten bunte Vorhänge, überall waren Bücherregale eingebaut, wo immer Platz dafür war, und auf dem Tisch blühte sogar ein Strauß Blumen. Aber am meisten beeindruckte mich Tims Zimmer. Ein riesiges Aquarium trennte seine große gemütliche Schlafecke von seinem Schreibtisch, der mit Büchern überladen war. Darin schwamm ein Fisch, der aussah wie ein winziger Hai. Es war tatsächlich ein Hai, die kleinste Art, die es auf der Welt gab, erklärte mir Tim.

Ich bewunderte seine Taucherausrüstung und er schwärmte mir von Asien, dem Roten Meer und Australien vor, aber am liebsten würde er mal die Azoren besuchen, um dort zu tauchen. Ich gestand ihm, dass ich ein Angsthase war, was Wasser betraf. Er machte sich deswegen keine Sorgen. Er wollte mir das Schnorcheln beibringen und wenn ich erst einmal die bunten Fische im Meer gesehen hatte, würde ich nicht mehr rauswollen aus dem Wasser. Da war er sich sicher. Ich strahlte, aber nicht wegen der Aussicht auf viele Stunden im ungeliebten Element, sondern weil Tim bereits Zukunftspläne für uns ausheckte. An der Wand hingen wunderschöne Fotografien von Landschaften, die alle etwas verklärt Magisches verströmten.

„Warst du da auch schon überall?“, fragte ich.

„Das sind Aufnahmen vom Jakobsweg in Spanien. Hast du davon schon gehört?“ Ich schüttelte den Kopf und Tim erzählte mir von einer sechswöchigen Wandertour auf einem alten 800 km langen Pilgerpfad von Südfrankreich bis zu einem Ort namens Santiago de Compostela im Nordwesten Spaniens, die er mit seinem Vater in den letzten Sommerferien unternommen hatte. Und von einem Autor namens Paulo Coelho, dessen Bücher es waren, die seinen Schreibtisch bedeckten. Seine Augen leuchteten, als er von dessen mystischen Erfahrungen auf dem Jakobsweg berichtete und von Engeln, die Coelho in der Wüste getroffen hatte. Ich las von Weitem weitere Buchtitel zum Thema Meditation, Schamanismus und höheres Bewusstsein. Mir fiel eine kleine Buddha-Figur auf dem Fenstersims auf, in Gesellschaft mit einer christlichen Heiligenfigur, die bestimmt ein Souvenir von dieser Reise war, und einem Pharao.

„Hast du denn auch schon mal was Mystisches erlebt?“, wollte ich wissen.

„Ich weiß nicht, vielleicht … auf jeden Fall bin ich sicher, dass es mehr gibt als die Naturgesetze. Mein Vater hat schon einiges erlebt, und ich suche danach.“

„Wonach? Nach Engeln?“ Es sollte ein bisschen wie ein Scherz klingen, aber Tim blieb ganz ernst.

„Nach Bewusstseinserweiterung … meinetwegen auch Engel … einfach, wie soll ich sagen, nach der Welt hinter der Welt.“

Ich sah Tim mit großen Augen an. Er war nicht nur klug, reif, schön, er war einfach völlig anders als andere Jungs in seinem Alter. Er wollte auch kein journalistischer Wichtigmacher werden, diese Rolle war auf einmal nebensächlich im Verhältnis zu dem, was ich jetzt über ihn erfuhr.

„Aber zuerst musst du sofort aus deinen durchnässten Klamotten raus. Sonst wirst du krank." Er ging zu der Kommode, die unter den Fotografien stand, holte ein Handtuch, ein apfelgrünes Shirt und eine helle Jeans heraus und gab mir dazu einen braunen Ledergürtel.

„Damit wird's gehen, hoffe ich. Vielleicht willst du auch duschen. Das Bad ist genau gegenüber. Deine nassen Sachen kannst du ja auf die Heizung schmeißen, dann sind sie schnell wieder trocken."

Ich nahm die Sachen.

„Woher wusstest du eigentlich …"

„… dass du dir ein gemütliches Plätzchen zwischen den Mülltonnen gesucht hattest? … Weiß nicht, ich kam nach Hause und plötzlich war ich mir sicher. Ich bin sofort noch mal losgefahren … und hatte Recht. Eine mystische Eingebung sozusagen. Sowas zum Beispiel hab ich öfter." Er lächelte mich an und ich konnte nur ein verstehendes Brummen von mir geben, obwohl ich in Wirklichkeit überhaupt nichts verstand. Tim hatte mystische Eingebungen in Bezug auf mich. Mein Gehirn versuchte irgendwelche Zusammenhänge herzustellen, aber kam zu keinem brauchbaren Ergebnis.

„Ich mach uns 'n Kaffee, okay?!" Ich nickte und versuchte, das Gespräch lieber wieder auf Dinge zu lenken, die greifbarer waren.

„Und wo ist dein Vater?"

„Keine Sorge, er hat eine Tour nach Paris übernommen, für einen alten Freund aus Berlin, obwohl er dieses Jahr eigentlich nicht trucken wollte. Kommt morgen erst wieder … aber würde uns auch so nicht verraten."

Das warme Wasser der Dusche tat gut und beruhigte mich. Nur Tim und Luisa hatten gesehen, dass ich Herrn Falke zwei Meter weit geschleudert hatte. Herr Falke selbst würde sich bestimmt nicht mehr genau erinnern oder seine Erinnerung im Kopf umschreiben, weil nicht sein konnte, was passiert war. Außerdem hatte er Luisa tätlich angegriffen. Tim konnte es bezeugen. Es war sozusagen Notwehr und Herr Falke war bei seinem Sturz unglücklich aufgekommen. Ich trocknete mich ab und zog Tims Shirt über. Es reichte mir fast bis zu den Knien und duftete einfach herrlich. Die Hose hielt mit dem Gürtel im letzten Loch gerade so über meinen Hüften. Vor der Fieberattacke wär sie sicher komplett runtergerutscht. Die Hosenbeine krempelte ich dreimal um. Ich stand hier in Tims Badezimmer in seinen Sachen und konnte es nicht glauben. Alles andere war einfach unwichtig und würde sich schon einrenken.

Ich stellte mich noch einmal vor den Spiegel im Bad und prüfte meine Augen. Sie waren jetzt eindeutig grün. Durch die Iris zogen sich feine Linien wie schwarze und goldene Fäden und meine Pupillen waren tatsächlich ungewöhnlich groß. Es sah aus, als hätte mich jemand für das Titelblatt einer Hochglanzzeitschrift mit Photoshop überarbeitet. Was konnte das außer Drogen noch bedeuten? Ich hatte nicht die geringste Ahnung.

Ich hörte Tim in der Küche. Er goss gerade zwei große Tassen Kaffee ein. Dann musterte er mich in meinem extrem unvorteilhaften neuen Schlumperlook und grinste. Ich musste auch grinsen. Er stellte die Kaffeekanne ab, machte ein paar Schritte auf mich zu, nahm mein Gesicht in beide Hände und gab mir einen unendlich sanften Kuss direkt auf den Mund. Mein Herz setzte aus. Nein, es raste. Ach, ich wusste nicht, was es machte. Seine Lippen fühlten sich unerhört samtig, warm und weich an. Ich legte meine Arme um seinen Hals und küsste ihn noch einmal. Er umschloss mich fest und hob mich ein bisschen hoch. Es war alles so selbstverständlich, als würden wir uns schon ewig kennen. Und es war gleichzeitig nicht zu greifen. Er stellte mich zurück auf die Füße.

„Warum gerade ich … ich mein …“, fragte ich leise.

Er streichelte meine Wange. „Ich weiß es nicht. Es war vom ersten Augenblick, als du mir die Tür aus der Hand gerissen hast … Ich kann es nicht erklären … Aber ich könnte dich dasselbe fragen."

„Und ich würde dir dasselbe antworten. Du hast es ja gesehen, ich hab bei unserer ersten Begegnung sogar auf der Stelle Fieber bekommen." Es war raus. Ich hatte ein Geständnis abgelegt. Oh Mann. Ein Lächeln breitete sich über seinem Gesicht aus, von einem Ohr zum anderen. Ich nahm einen Schluck heißen Kaffee.

„… Trotzdem, ich bin nicht die Sorte Mädchen, auf die Jungs wie du fliegen." Irgendwie hörte sich das blöd an, aber irgendwie musste ich das loswerden. Tim trank ebenfalls einige Schluck Kaffee, stellte die Tasse ab und zog gespielt böse die Augenbrauen zusammen.

„Jungs wie ich? Na toll. Ich finde, du gehörst genauso wenig zu einer Sorte wie ich in eine Schublade."

Er schnappte mich, als wollte er mich kidnappen und versuchte, mich in sein Zimmer zu tragen. Im Flur gelang mir jedoch die Befreiung. Wir lachten.

„Okay, dann trage ich eben den Kaffee", sagte Tim und holte unsere zwei Tassen.

Wir setzten uns auf sein Bett, lehnten uns mit einigen Kissen im Rücken an die Wand und er legte uns eine Wolldecke über die angewinkelten Knie. Von hier konnte man wunderbar beobachten, wie der Hai seine Bahnen im Aquarium zog.

„Was soll ich jetzt tun?", fragte ich.

„Dich erst mal ausruhen, dir einen Plan zurechtlegen."

„Es war Notwehr. Er ist handgreiflich gegenüber Luisa geworden."

„Das kann ich bestätigen."

„Er ist dumm aufgekommen."

„Das passiert. Allerdings, ein Mädchen kann so einen Mann eigentlich nicht auf die Weise umhauen."

„Er ist gestolpert."

„Hoffen wir, dass er sich auch so erinnert. Bestimmt kommt einer vom Jugendamt vorbei. Dann gibt es eine Befragung. Am besten, du gehst mit einem Blumenstrauß zu Falke ins Krankenhaus. Wie viel Stress du bekommst, hängt allein von ihm ab. Er kann dich verklagen beziehungsweise deine Eltern anzeigen, irgend sowas."

„Ach, er glaubt doch selbst nicht, dass ich das war."

„Darauf kann man hoffen."

Ich spürte Tims Wärme neben mir. Ich konnte mich kaum konzentrieren, weil ich ihn am liebsten wieder geküsst hätte. Ich hatte Herzklopfen, aber das kam nicht nur vom Kaffee. Ich streifte die Decke ein wenig ab. Mir war unendlich warm.

„Aber das ist alles nicht das Problem!", schob er hinterher. Hatte ich etwas verpasst? Ich sah ihn fragend an.

„Weißt du denn, was mit dir los ist? Ich meine, du hast Falke, der nicht gerade ein Leichtgewicht ist, zwei Meter weit gestemmt. Du hast beim Laufen den Weltrekord gebrochen. Und als ich dich kennenlernte, sah ich in blassblaue Augen eines sehr zarten Mädchens. Inzwischen sind deine Augen tiefgrün und haben ein verwirrendes Leuchten, während dein Körper …" Tim seufzte und sprach nicht weiter. Er wickelte eine meiner Locken, die sich seit neuestem bildeten, um seinen Finger und sah mich auf eine Weise an, dass ich ihn einfach an mich ziehen und küssen musste.

„Ich weiß es nicht … Es gibt so vieles, was ich nicht kapiere. Seltsame Dinge und Dinge, die mir Angst machen."

„Du brauchst keine Angst haben. Vermutlich machst du Erfahrungen, von denen ich seit langem träume", antwortete Tim und strich mit seinen Fingern ganz sanft an meinem Hals entlang, über mein Schlüsselbein bis zu meiner Schulter und dann zog er mich an sich und küsste mich in einer Art zurück, die sehr leidenschaftlich war. Es war mein erster echter Kuss, meine erste Sehnsucht nach einem Jungen, die sich erfüllte. Ich hatte mich immer davor gefürchtet, dass ich ‚es' nicht konnte, mich dumm anstellte oder was falsch machte. Aber nun ging alles wie von selbst. Er zog mir mein T-Shirt über den Kopf und ich ihm seins. Er betrachtete meine Brüste, während ich froh war, seit ein paar Tagen überhaupt welche zu haben. Ich war sogar ein bisschen stolz darauf, weil ich fand, dass sie schön aussahen. Tim streichelte mich überall. Es war so intensiv und aufregend. Ich hatte Angst, dass wir es zu weit treiben würden. Gleichzeitig sollte er nie mehr aufhören. Die aufsteigende Hitze vernebelte mir den Verstand. Ich schnappte nach Luft …

Plötzlich wurde mir so heiß, als befänden wir uns in einem brennenden Haus. Durfte es wirklich so intensiv sein? Ich versuchte, die über mich hereinbrechenden Empfindungen mit dem abzugleichen, was ich in Filmen gesehen oder Büchern gelesen hatte. Ich merkte, wie mir ein bisschen übel wurde.

Auf einmal zuckte Tim zurück und hielt sich seine Oberlippe. Ich entdeckte eine Brandblase an seinem Mund, als hätte er eine heiße Herdplatte liebkost. Doch ehe wir realisieren konnten, was geschah, stand plötzlich das ganze Bett in Flammen. Es war, als hätte jemand Benzin darübergeschüttet und einen Streichholz drangehalten. Wir sprangen schreiend auf den Fußboden. Die Flammen griffen bereits nach der Wand. Mit den Händen versuchte Tim, Wasser aus dem Aquarium auf die Flammen zu schütten. Ohne nachzudenken drängte ich ihn zur Seite, packte das gesamte Becken, stemmte es in die Höhe und warf es kopfüber auf das Inferno. Wie eine Flut ergoss sich das Wasser über das Bett und löschte die Flammen. Tim stand pures Entsetzen im Gesicht geschrieben.

„Bist du denn WAHNSINNIG?", brüllte er mich an und stürzte sich auf den kleinen Hai, der mitten auf der völlig durchnässten Decke zappelte. Eine Flosse war unter dem leeren Glasbecken eingeklemmt. Tim befreite ihn und rannte ins Badezimmer. Dabei stieß er einige Schmerzensschreie aus. Wahrscheinlich konnte das Tier trotz seiner Größe ganz gut zuschnappen. Zwischendrin hörte ich furchtbare Flüche: „So ein Irrsinn! Ich FASSE es nicht! … TEUFEL noch mal! … AU! … Mistvieh … Ich will dich doch nur RETTEN!"

Ich stand unter Schock. Ich zitterte und fror und starrte auf das Chaos, das ich angerichtet hatte. Aber das Schlimmste war, Tim so wütend zu erleben. Bisher hatte er auf alles immer reif und besonnen reagiert, aber jetzt war er außer sich. Und das war mehr als nachzuvollziehen. Seine Worte fühlten sich an wie ein Steinschlag, aber er hatte mit allem so recht. Ich war wahnsinnig und vom Teufel besessen. Eine bessere Erklärung gab es nicht. Ich schnappte mein leicht angekokeltes, mit Wasserpflanzen bestücktes T-Shirt, was Tim mir geliehen hatte, zog es mir über und stürmte, so wie ich war, aus der Wohnung.

Es war schon dunkel. Ich machte mir nicht die Mühe, das Licht im Treppenhaus anzuknipsen. Ich sah auch so genug, wahrscheinlich ein weiteres Indiz meiner Verwandlung in einen Teufel. Ich rannte die Treppen hinunter, spürte Sand und kleine Steine unter meinen Fußsohlen. Ich sah sicher schlimm aus, nass, mit viel zu großen Sachen, die überall Brandstellen hatten. Wo sollte ich hin? Nach Hause? Früher oder später ließ sich das nicht vermeiden. Aber vielleicht besser erst mal zu Luisa …

… Und da waren sie wieder, auf halber Treppe zum Hausflur, und versperrten mir den Weg. Diesmal sah ich sie ganz deutlich. Zwei Schatten, die an ihren Rändern ausfransten. Sie verströmten einen intensiven rauchigen Geruch und schienen sich auf mich zuzubewegen. Wenn ich nichts unternahm, würden sie mich gleich einhüllen. Konnte das noch Einbildung sein? Ich wich zurück. Aber ich wollte nicht wieder zu Tim. Das war undenkbar. Der unangenehme Geruch nahm mir den Atem. Die Schatten schienen aus dichtem Rauch zu bestehen. Plötzlich wurde alles furchtbar real. Eins der Rauchwesen versuchte, mich am Arm zu packen. Die Schatten nahmen unverkennbar Konturen von Menschen an. Sie wurden tiefschwarz und undurchsichtig, doch wo ihre Gesichter sein müssten, nahm der Rauch nur plastische Formen von Augen, Nase und Mund an, sodass es aussah, als schnitten sie entsetzliche Grimassen. Ich wollte schreien, aber der Qualm ließ nur ein ersticktes Röcheln zu. Ich schlug um mich. Es gelang mir, mich dem Griff zu entziehen, weil die Hand wie Rauch zerstob, während ich sie entschlossen abwischte. Ich registrierte, wie sie sich immer mehr materialisierten und darum rangen, zu festem Stoff zu werden.

Es gab nur eine Chance für mich: Ich musste es wagen, mich durch sie hindurchzustürzen, bevor sie so weit waren. Sie würden überrascht sein und ich Zeit gewinnen, um die Tür des Hausflures zu erreichen. Auf der Straße wäre ich sicher. Dort gab es Straßenlaternen und Menschen. Ich warf mich hinein in den ekligen Rauch, der zuerst auseinanderstob und dann versuchte, mich vollständig einzuhüllen. Für einen Moment schien ich zwischen beiden Rauchwesen festzustecken.

„Komm mit. Es ist zu deinem Besten, du musst uns vertrauen", vernahm ich auf einmal eine tiefe, melodische Stimme dicht neben meinem Ohr. Oh Gott, sie konnten sprechen, mit menschenähnlichen Stimmen. Geschmeidige Arme schienen sich um mich zu legen. Mit Entsetzen stellte ich fest, dass sich die Umarmung gar nicht unangenehm anfühlte, sogar eine gewisse Verlockung darin lag. Aber ich hatte Atropas Worte im Ohr. Die Schatten waren eine der beiden Möglichkeiten, mein

Leben zu zerstören. Es gelang mir, mich loszureißen und die letzten vier Stufen mit einem beherzten Sprung hinter mich zu bringen. Ich spürte, wie sie mir folgten. Eine stahlharte Hand griff nach meiner Schulter und wirbelte mich herum. Der Qualm sah jetzt fast aus wie ein menschliches Gesicht. Ich stieß einen spitzen Schrei aus. Die große schwere Tür der Toreinfahrt war nur noch Zentimeter von mir entfernt, aber ich hatte es nicht geschafft. Ich machte zwei Schritte rückwärts. Das Qualmgesicht zeigte ein überlegenes Lächeln und kam näher, als wollte es mich einatmen. Plötzlich öffnete sich die Tür hinter mir mit einem Ruck und traf mich schmerzhaft an der Schulter. Ein Mädchen von vielleicht zwölf Jahren stemmte ein Fahrrad dagegen und versuchte, in den Hausflur zu gelangen.

„Oh“, sagte es. „Entschuldigung.“ Sie mühte sich weiter mit dem Rad ab. Ich hielt ihr die Tür auf, während ich mir die Schulter rieb. Sie warf nur einen kurzen irritierten Blick auf meine nackten Füße, murmelte ein „Danke“ und dann verschwand sie im Hinterhof.

Von irgendwelchen rauchigen schwarzen Schatten war plötzlich keine Spur mehr. Ich machte, dass ich auf die Straße kam. Diesmal war es definitiv keine Einbildung. Etwas ging vor sich und es war verdammt real. Ich konnte nicht zu Luisa, weil sie mir nicht glauben würde, und ich konnte nicht nach Hause, weil dort das Falke-Problem auf mich wartete. Und allein sein durfte ich auch nicht, weil ich in akuter Gefahr steckte. Ich spürte es mit jeder Faser. Ich musste zu Atropa. SOFORT! Was sollte mir im Bunker noch Schlimmeres passieren, jetzt, da jede Alternative keine mehr war und nur eine größere Katastrophe bedeuten konnte?! Atropa hatte alles vorher gewusst und mich gewarnt, es konnte nicht anders sein, sie wollte mich schützen. Nur sie konnte mir sagen, was vor sich ging, bevor alle anderen vielleicht das Falsche mit mir taten: Entweder die

Schatten kriegen dich oder du fristest den Rest deines Lebens in einer Anstalt, hatte sie mir prophezeit.

Dankbar betrachtete ich die Menschen, die an mir vorbeiliefen, weil ihre Anwesenheit mich rettete, auch wenn sie mich ihrerseits mit einer Mischung aus Neugier und Abscheu musterten. Klar, ich sah aus wie eine Geisteskranke. Der Niesel vom Morgen war in einen Dauerregen übergegangen. Ich lief los, ohne auf die vielen Pfützen zu achten. Ich kannte den Weg zum Bunker nur so ungefähr, aber ich würde ihn schon finden, auch wenn ich bis dahin bestimmt erfrorene Füße hatte. Noch einmal erwog ich, mir wenigstens was Vernünftiges zum Anziehen und eine Taschenlampe zu holen. Aber es war zu riskant. Wenn Delia und Gregor mich bemerkten, würden sie mich nicht wieder gehen lassen. Gleichzeitig war die Angst, niemanden zu Hause anzutreffen und allein zu sein, sogar noch größer.

Die Entscheidung wurde mir abgenommen, es kam viel schlimmer.

Als ich die Bernauer Straße noch vor einem mit Blaulicht und voller Geschwindigkeit heranrasenden Polizeiwagen überqueren wollte, es aber nicht mehr schaffte, war meine Flucht bereits beendet. Die Reifen quietschten. Das Auto schnitt mir den Weg ab. Es dauerte ein paar Augenblicke, bis mir klar wurde, dass sie genau MICH suchten. Erst leugnete ich meinen Namen, aber sie wussten detailliert über meine Kleidung Bescheid. Tim hatte also die Polizei gerufen. Anders konnte ich mir das nicht erklären. Ich hasste ihn dafür aus tiefster Seele, während die Bullen mir Handschellen anlegten und mich auf die Hintersitze schubsten. Warum tat er mir das an? Irgendwo war mir natürlich klar, dass er nicht im Traum ahnte, was vor sich ging und dass er mich sicher davor bewahren wollte, die nächste Dummheit zu begehen. Ohne ihn hätte ich wahrscheinlich immer noch zwischen den Mülltonnen gehockt. Andererseits, die Dinge hatten sich entwickelt. Wahrscheinlich stufte er mich inzwischen als gefährlich ein.

## 15

Was mich zu Hause erwartete, toppte die Leistung meiner Vorstellungskraft erneut. Ich wurde nicht nur von Delia empfangen oder von einem tobenden Gregor. In der Wohnküche befanden sich auch Herr Schmitt, unser Schuldirektor, und ein Mann, Anfang siebzig, der mir irgendwie bekannt vorkam, auch wenn ich ihn partout nicht zuordnen konnte. An den leeren Kaffeetassen auf dem Esstisch sah ich, dass sie schon eine Weile auf mich gewartet hatten. Meiner Kehle entstieg ein tiefes, gefährliches Donnergrollen. Alle brauchten einen Moment, um zu realisieren, woher das bedrohliche Geräusch kam, ich selbst eingeschlossen.

Dann entfuhr Delia ein hoher Ton des Entsetzens.

„Oh mein Gott … Kind!"

Das Geräusch war aus meinem Innern gekommen. Ich presste die Lippen aufeinander und hielt meinen Blick gesenkt. Ich konnte sie nicht ansehen, niemanden. Mein Vater saß etwas abseits auf dem Sofa und faltete mit lautem Geräusch eine Zeitung zusammen. Seine Wut lag so dick in der Luft, dass man sie mit einem Messer schneiden konnte.

Ich kam mir vor wie eine Schwerverbrecherin, dabei war ich doch selbst das Opfer. Ich wusste, dass ich ein erschreckendes Bild abgeben musste. Ich hatte vor meinem eigenen Gewittergrollen Angst, aber es kam vielleicht vom Magen. Oh ja, ich spürte, wie sich die Magenwände aneinanderrieben. Ich riss an meinen Handschellen. Die Polizisten übergaben meiner Mutter die Schlüssel dafür und verabschiedeten sich. Aber meine

Eltern ließen mich stehen, wie ich war. Irgendwie schienen sie verabredet zu haben, mich nicht wieder loszuschließen.

„Ich hab Hunger“, erklärte ich.

„Setz dich erst mal“, sagte Delia und schob mir mit zitternder Hand einen Stuhl hin. Das hier ist Herr Dr. Schadewald, ehemaliger Leiter der psychiatrischen Klinik in Lichtenberg. Er hat dich schon einmal behandelt, als du drei Jahre alt warst.“

Meine Güte, der Typ war längst in Rente. Warum hatte Delia ihn angeschleppt? Warum musste sie überhaupt immer so privilegiert tun und alle Ärzte nach Hause holen?!

„Ihr versteht nicht … Ich muss hier weg … Ich muss herausfinden, was los ist … Sie dürfen mich nicht kriegen, aber ich darf auch nicht in eine Anstalt … Mama, bitte … Bitte, schließ die Handschellen auf. Bitte!“

Delia zuckte mit den Augenlidern, weil ich ‚Mama‘ gesagt hatte, aber ihre Entscheidung blieb trotzdem von Dr. Schadewald abhängig. Der schüttelte unmerklich den Kopf. Ich räusperte mich, um das Grummeln zu unterdrücken. Delia ging zum Kühlschrank und holte einen Joghurtbecher hervor. Das konnte sie nicht ernst meinen.

„Nein, was Richtiges. Wurst, Steak, irgendwas.“ Sie seufzte. Da sie selbst auf Dauerdiät war, fiel es ihr jedes Mal schwer, sich in andere hineinzuversetzen, die richtig essen wollten.

„Wer darf dich nicht kriegen?“, fragte Schadewald mit dieser künstlich ruhigen Stimme, die Psychodoktoren so an sich haben.

„Das geht Sie nichts an, Sie sind pensioniert …“ Herr Schadewald nickte, als wäre ihm nun alles klar. Mein Vater erhob sich geräuschvoll.

„Kira, das Maß ist voll, schon lange. Kommen wir zur Sache. Ich hab noch anderes zu tun, als weiter diesen Zirkus hier mitzumachen. Warum Herr Schmitt hier ist, wird dir wohl klar sein. Du bist augenblicklich von der Schule beurlaubt, weil du einen

Lehrer tätlich angegriffen und schwer verletzt hast. Deine Befunde bei Dr. Neuhaus sehen laut Dr. Schadewald nicht gut aus."

Es klingelte an der Tür. Delia legte ein Paket eingelegte Steaks auf den Tisch und betätigte den Summer. Mir lief das Wasser im Mund zusammen. Am liebsten hätte ich sie aufgerissen und in mich hineingestopft, so wie sie waren. Mein Vater fuhr fort: „Aber das Gefährlichste ist dein offensichtlicher Zwang zur Brandstiftung. Zusammen mit deiner Zerstörungswut, die du uns bereits hier zu Hause gezeigt hast, hält er leider einen Klinikaufenthalt für unumgänglich. Das ist in deinem Sinne und auch im Sinne deiner Mitmenschen, für die du eine allgemeine Gefahr darstellst. Delia hat bereits deine Sachen gepackt …"

„NEIN!" Ich sprang auf und zerschmetterte mit einem Ruck die Kette zwischen den Handschellen. Für einen Moment war sogar Gregor verblüfft. Gleichzeitig lag Anerkennung in seinem Blick, wahrscheinlich, weil ich trotz allem Stärke zeigte. Ich packte die Steaks, stürmte zur Tür, biss dabei ein großes Stück rohes Fleisch ab und schlang es hinunter. Ich bekam die Klinke zu packen, riss sie auf, doch mein Vater holte mich ein. Mit einem geschickten Griff drehte er mir den Arm auf den Rücken, wobei er ziemliche Kräfte gegen mich aufwenden musste. Delia nahm mir die Steaks ab. Ich sah aus dem Augenwinkel, wie sie ein Würgen unterdrücken musste. Dann standen plötzlich zwei Sanitäter parat und steckten mich mit ein paar gekonnten Griffen, gegen die ich völlig machtlos war, in eine Zwangsjacke. Oh Mann, sie hatten bereits alles organisiert.

Der Krankenwagen ruckelte über das Kopfsteinpflaster, bis er in eine der asphaltierten Hauptverkehrsadern einbog. Delia saß schluchzend neben mir, während ich mit zwei dicken Riemen angeschnallt auf der Liege lag. Als mich die Sanitäter nach unten geführt hatten, hatte mein Vater zu mir gesagt: „Kira, das hat alles seine Richtigkeit. Das wird schon. Du bist stark. Du stehst das durch." Er hatte mir auf die Schulter geklopft, als wäre es abgemachte Sache, mich zu einem Experiment freizugeben. Ich verstand seinen Optimismus nicht. Sonst hatte er mich immer nur mit Verachtung gestraft, wenn ich kränkelte oder in irgendwas versagt hatte.

„Weswegen hat mich Dr. Schadewald behandelt, als ich klein war?", flüsterte ich und sah Delia an.

„Du warst drei Jahre alt. Du hast von einem schwarzen Mann berichtet, der dich besuchen kommt, wenn du allein bist und du hattest seltsame aggressive Anfälle. Du hast allen Puppen die Haare abgeschnitten, das Sofa mit der Schere bearbeitet und es sogar geschafft, den Fernseher vom Tisch zu schmeißen. Einmal hat dein Kinderbett gebrannt. Du hast seelenruhig mitten in den Flammen gesessen und es hatte den Anschein, als würdest du mit den Flammen spielen. Du hattest keine einzige Brandblase, obwohl dein Nachthemdchen völlig verbrannt war. Gregor war sich sicher, dass du mit Streichhölzern gespielt hattest, aber mir ging das langsam nicht mehr mit rechten Dingen zu. Deswegen war ich mit dir zu Dr. Schadewald gegangen. Er hatte dich behandelt und konnte die Vorgänge psychisch erklären. Nach ein paar Wochen hatte es völlig aufgehört." Sie starrte nachdenklich auf die Brandlöcher in meinem T-Shirt. Es stimmte, meine Haut hatte diesmal wieder nichts abbekommen. Und ich glaubte, mich dunkel an damals zu erinnern. Es war also schon einmal passiert … und ich wurde schon lange beobachtet.

„Was ist los, Kira? Warum tust du das alles? Bitte, sag es mir!"

„Es stimmt, dass es nicht mit rechten Dingen zugeht. Die schwarzen Schattenmänner sind wieder da und sie wollen irgendwas Schreckliches von mir. Ich darf nicht allein sein, verstehst du? Mama, ich werde sterben, wenn ihr mich in dieses Krankenhaus bringt. Bitte, Mama, du musst was dagegen unternehmen!"

Delia kamen erneut die Tränen und sie sah mich mitleidig an. Natürlich, das waren die Worte einer Verrückten. Wahnvorstellungen waren für solche Menschen immer extrem real und bedrohlich. Für einen Moment kamen mir sogar selbst wieder Zweifel. Nur, dass einfach alles nicht zusammenpasste. Ich versuchte es noch einmal:

„Aber sieh doch: Normale Verrückte bekommen auch Brandblasen am Körper, wenn sie etwas in Brand stecken, ich nicht! Und sie haben Ringe unter den Augen, sind blass und magern ab, wenn sie ihre Energieschübe bekommen. Ich dagegen habe endlich eine gesunde Hautfarbe und bekomme dicke Locken und überhaupt … Du musst doch sehen, dass das alles nicht zusammenpasst!"

Delia berührte meine Schulter:

„Ach, meine Kleine, alles wird wieder gut. Es gibt für alles eine Erklärung. Die Ärzte in der Klinik haben einen guten Ruf. Du wirst wieder gesund, ich bin mir sicher."

Der Krankenwagen fuhr eine Auffahrt hinauf und hielt an. Ich wurde ausgeladen und auf einen Gang geschoben. Delia kümmerte sich an einem Tresen im Foyer um die Formalitäten. Ein Arzt kam durch eine vergitterte Schwingtür, die er erst aufschließen musste, und stellte sich als Dr. Schuld, Chefarzt der geschlossenen Abteilung vor. Er gab einer Schwester das Zeichen, mich auf die Station zu bringen. Delia überreichte der Schwester den Schlüssel für die Handschellen, steckte meinen Pass zurück in meinen Rucksack mit ein paar Sachen und legte ihn mir auf mein Rollbett.

„Du musst erst mal schlafen, Kira. Ich komm dich morgen besuchen." Delia blieb mit dem Arzt zurück, während mich die Schwester in ein kleines schmales Zimmer schob.

„Ich habe furchtbaren Hunger", bettelte ich.

„Es gibt bald Abendbrot", antwortete sie und machte Anstalten, den Raum zu verlassen.

„Bitte, ich will nicht allein sein!“ Aber sie antwortete nicht. Stattdessen kamen zwei Pfleger, die aussahen wie Bodyguards. Sie schnallten mich ab, befreiten mich aus der Zwangsjacke, schlossen mir die Handschellen von den Armgelenken ab und bedeuteten mir, mich auf das frisch bezogene Bett an der Wand zu setzen. Wenn ich mich benahm, würde ich das Essen selbstständig einnehmen können. Wenn nicht, müssten sie mich wieder festschnallen und füttern, erklärten sie sehr ruhig, aber mit einer Bestimmtheit, die keine Ausnahmen duldete. Sie verließen den Raum und schlossen hinter sich ab. Dann sahen sie noch einmal kurz durch das in die Tür eingelassene panzerverglaste Fenster. Das beruhigte mich und gab mir hoffentlich einen gewissen Schutz.

Ich hatte alles vermasselt. Ich hätte auf Atropa hören sollen. Sie hatte gewusst, was passieren würde und ich hatte ihr nicht geglaubt, genauso wie alle anderen nun mir nicht glaubten. Wie sollte ich ihnen also einen Vorwurf machen? Die Situation mit Tim stieg in mir auf und ich wurde von einem schrecklichen Schmerz in der Herzgegend ergriffen. Er hatte eine Mutter, die den Rest ihres Lebens in einer Anstalt verbrachte. Hatte ich ihn an sie erinnert? Stand er deshalb auf mich, ohne sich der Ursache meiner Anziehungskraft bewusst zu sein? Ich erwischte mich dabei, dass ich versuchte, unsere Beziehung auf die Art zu analysieren, wie Luisa es tun würde. Wie auch immer, ich war nicht die Richtige für ihn. Und ihm war das jetzt sicher klar geworden. Ich ließ meinen Tränen freien Lauf, mit mir geschah irgendetwas Seltsames, ich hatte furchtbare Angst und war zu allem Überfluss auch noch unglücklich verliebt. Bloß kein Selbstmitleid, ermahnte ich mich. Aber warum eigentlich nicht, meldete sich eine innere Gegenstimme. Wenn es genug Gründe dafür gab?! Ich schluchzte noch mehr. Das Klingeln meines Handys in meinem Rucksack schreckte mich aus meinen Gedanken. Wow, Delia hatte daran gedacht, es für mich einzustecken. Ich schaute auf das Display. Luisa. Ich putzte mir die Nase und ging ran.

„Kira, wie geht es dir?“

„Man hat mich eingesperrt.“

„Ich weiß. Es ist besser so. Sie werden dich wieder in Ordnung bringen.“

„Da bin ich mir nicht sicher. Nicht, solange ich nicht bei Atropa war …“

„Kira, ich glaube nicht, dass das stimmt.“

„Du weißt gar nicht, was inzwischen passiert ist.“

„Du warst bei Tim, ihr seid zusammen.“

„HA, nein. Ich habe seine Bude demoliert und er hat die Polizei gerufen und mich in diese missliche Lage hier gebracht. Aber ich kann ihm ja nicht mal …“

„Er hat nicht die Polizei gerufen. Er hat mich angerufen und erzählt, was passiert ist, und dass er sich furchtbare Sorgen um dich macht, er hat mich um Rat gefragt … und dann hab ich die Polizei gerufen.“

„Du???“ Ich klang sauer.

„Ja, zu deiner Sicherheit. Ich hatte Panik, du tust dir in deinem Zustand was an!“

„Mir was antun?“

„Oder Atropa. Du warst nicht zu mir unterwegs, sondern zu Atropa, stimmts?!“ Das stimmte. Für einen Moment hatte ich ein schlechtes Gewissen. Luisa kannte mich nur zu gut.

„Atropa ist nicht gefährlich, Luisa, alles ist anders. Ich habe mit Atropa geredet und unten, noch in Tims Hausflur, hätten sie mich fast gekriegt. Es sind gruselige Wesen, sie haben Gesichter aus Qualm. Atropa weiß von ihnen und sie hat vorausgesagt, dass man mich in eine Klinik stecken würde, wenn ich nicht aufpasse. Sie hat mit allem recht gehabt.“

„Natürlich hat sie das!“

„Ja!“, rief ich. Begann Luisa endlich zu kapieren, was abging?

Luisa seufzte.

„Kira, begreifst du denn nicht?“

„Was!“

„Sie hat die gleiche Krankheit wie du …“

Ich war sprachlos. Es war, als würde sich ein eindeutig vorhandenes dreidimensionales Bauwerk vor meinen Augen in Luft auflösen. Der Gedanke, dass Atropa und ich vielleicht nur Leidensgenossinnen waren, war mir bisher noch nicht gekommen, aber er war unerträglich überzeugend. Luisa zog mir den Boden unter den Füßen weg … Ich schwieg, wusste einfach nichts zu sagen, fing wieder an zu heulen und schluchzte ins Telefon.

„Die gleiche Krankheit …“

„Ja, Kira. Aber sieh es mal positiv …“, fuhr Luisa fort und schlug einen tröstlichen Ton an. „Damit kommst du immerhin glimpflich aus der Sache mit Falke raus, du warst unzurechnungsfähig. Ich meine, besser als Jugendstrafanstalt oder sowas.“

„Pffff …“, machte ich. Wie beruhigend! Luisas Pragmatismus war geradezu atemberaubend. Natürlich hatte sie nicht unrecht. Aber als unzurechnungsfähig zu gelten war kein berauschendes Gefühl. Wahrscheinlich war mein Vater deswegen so optimistisch gewesen. Das würde ihm ähnlich sehen. Luisas Theorie klang logisch und hatte mich für einen Moment platt gemacht. Trotzdem rebellierte alles in mir dagegen. Ich war nicht krank! Aber ich konnte Luisa nicht davon überzeugen. Tim hatte ihr erzählt, was passiert war, aber Luisa schien das Ungewöhnliche daran einfach nicht wahrhaben zu wollen.

„Was ist mit dem Hai?“, fragte ich.

„Dem Hai? Ach so, er hat überlebt.“ Vor Erleichterung ließ ich meine Hand mit dem Handy in den Schoß sinken. Immerhin, ich hatte Tims Haustier nicht umgebracht. Immerhin. Aus dem Lautsprecher wisperte Luisas Stimme: „Kira?“

„Ja?“

„Ich komm dich morgen besuchen, okay?!“

In der Tür zu meinem Zimmer drehte sich der Schlüssel. Dann stand die Schwester mit einem Tablett vor mir. Sie stellte es ab und zeigte auf mein Handy. „Das musst du erst mal abgeben, solange bis der Doc es wieder erlaubt."

„Die nehmen mir jetzt mein Handy weg, Luisa. Aber noch eine Frage."

„Ja?!"

Die Schwester machte eine ungeduldige Geste und streckte die Hand bereits nach meinem Gerät aus. „Hat Tim noch irgendwas gesagt, ich meine … wegen ihm und mir …"

Die Schwester verdrehte die Augen und sortierte das Essen vom Tablett auf den Tisch.

„Nein, nur dass er nicht sicher ist, ob du wirklich krank bist … Naja, du hast mir ja den Hintergrund mit seiner Mutter erzählt … natürlich will er sowas nicht wahrhaben, das will man nicht bei Leuten, die man liebt …"

„Bis morgen!", sagte ich noch schnell, dann verschwand das Handy in der Kitteltasche und ich wurde wieder eingeschlossen.

… bei Leuten, die man liebt. Diesen Satz ließ ich in meinem Kopf immer wieder ablaufen, genauso wie Luisa ihn gesagt hatte. Bei Leuten, die man liebt. Und Tim zweifelte sogar an meiner Krankheit. Auch das machte mir neue Hoffnung, während ich das karge Mahl verschlang. Es waren nur Brote mit Käse und ein bisschen Salami. Ich dachte sehnsüchtig an die Steaks. Zur Not auch roh. Der Bissen, den ich abbekommen hatte, war nicht ganz so lecker gewesen wie gebraten, aber er hatte geschmeckt. Ich spürte trotzdem einen leisen Ekel. Früher hatte ich so gut wie gar kein Fleisch gegessen und jetzt aß ich es sogar roh. Es war abartig. Vielleicht gehörte diese Verirrung der Geschmacksnerven mit zu den Symptomen meines Psychoschadens? Nein, ich war nicht krank. Und Tim glaubte dasselbe. Das machte mich glücklich und gleichzeitig todunglücklich. Ich musste hier weg, sofort! Aber es war unmöglich.

Während ich kaute, sah ich mich ein bisschen um, aber es gab so gut wie nichts in diesem Raum, woran der Blick hängenbleiben konnte. Alles war weiß, die Wände, das Bett, der Vorhang vor dem Fenster, sogar der Fußboden. Vielleicht sollte das beruhigend sein. Mich machte es nervös, weil die Umgebung so unnatürlich wirkte wie ein Wartesaal zum Himmel oder so was. Dann entdeckte ich einen Knopf über dem Bett, mit dem man das Personal rufen konnte. Er war rot und dadurch nicht zu verfehlen. Das gab mir ein bisschen Frieden.

Ich begann, meine Situation positiver zu sehen. Vielleicht war es gar nicht so schlimm, hier zu sein. Vielleicht war ich hier sogar gut aufgehoben, sicher vor den Schatten. Ich konnte jederzeit auf den roten Knopf drücken und jemand würde kommen. Ich bestellte mir noch zwei Brote und bat um doppelten Belag mit Salami. Morgen musste mir Luisa bis ins Detail erzählen, was sie mit Tim gesprochen hatte. Ich wollte wissen, was sie zu dem Teilsatz … bei Leuten, die man liebt inspiriert hatte.

Die Schwester kam, um das Tablett abzuholen. Sie beaufsichtigte mich beim Duschen und Zähneputzen. Immerhin durfte ich alleine auf die Toilette gehen und hinter mir die Tür schließen. Delia hatte mir zum Glück einen Schlafanzug eingesteckt, auch wenn sie Schlafanzüge nicht mochte und mir immer Nachthemden kaufte, die ich nie anzog.

„Wollen Sie die Sachen noch aufheben?“ Sie wies auf die verdreckte und an einem Knie zerrissene Hose und das verkohlte Shirt von Tim.

„Ja, sie gehören mir nicht.“

„Na, ob der Besitzer das noch mal wiederhaben will …“, zweifelte sie. Aber ich blieb dabei. Widerstrebend packte sie beides auf einen großen Wäschewagen. Zurück im Zimmer stellte sie meinen Rucksack neben mich auf einen Stuhl und reichte mir ein kleines Glas mit einer blauen Flüssigkeit.

„Was ist das?“

„Das ist zur Beruhigung und zum besseren Einschlafen.“ Ich schluckte das Zeug runter. Es schmeckte etwas süßlich.

„Und wie geht es nun weiter mit mir?“, erkundigte ich mich bei ihr.

„Morgen werden ein paar Untersuchungen gemacht. Dann gibt es die Diagnose und dann werden wir sehen.“ Sie stand vor mir, als würde sie noch irgendwas wollen. Ich sah sie verständnislos an.

„Na, hinlegen“, befahl sie. Brav legte ich mich hin und kapierte dann erst, wieso. Sie beugte sich über mich und hatte allen Ernstes vor, mich festzuschnallen.

„Nein! Muss das sein?“

„In Ihrem Fall schon.“

„Aber ich …“ Ich merkte, wie mir ganz warm wurde. Ich hatte plötzlich die gruselige Fantasie, ich würde wieder das Bett anzünden und könnte nicht weg.

„Sie werden wunderbar schlafen. Das macht der Drink.“

„Nein, ich habe Angst, dass das Bett wieder brennt und dass ich nicht wegkann.“

Auf diesen Hinweis ging sie nicht ein. Wahrscheinlich hörte sie dauernd solche Dinge. Sie zurrte mir die Beine fest. Ich versuchte mich zu wehren. Sie sah mich streng an:

„Das bringt nichts. Sehen Sie den Piper hier?“ Sie zeigte mir ein Gerät an ihrer Kitteltasche. „Wenn ich den betätige, kommen die beiden starken Männer von vorhin und dann gibt's 'ne große Spritze …“ Ich ließ sie gewähren. Ich hatte keine Wahl. Sie holte die Gurte an meinen Oberarmen hoch.

„Aber wie kann ich dann jemanden rufen, wenn irgendwas ist?“

Der Gurt kurz unter meiner Brust schnappte ein.

„Fühlen Sie mal mit der Hand an der rechten Seite.“ Tatsächlich, da war auch ein Knopf. „Aber nur, wenn WIRKLICH was ist, klar?!“, belehrte sie mich. Ich nickte. Sie wünschte mir eine gute Nacht, schaltete das Licht aus und schloss meine Tür von außen ab.

„Nein! Das Licht bitte anlassen!“, rief ich entsetzt hinterher. Aber sie ignorierte mich. Ich lag im Dunkeln. Zwar war es nicht stockdunkel, weil durch das kleine Fenster in der Tür Licht aus dem Flur schien, aber das reichte nicht, um die Schatten fernzuhalten. Ich starrte auf das Fensterchen. Es begann zu verschwimmen. Der Knopf, dachte ich. Doch ehe ich ihn betätigen konnte, legte sich eine lähmende Schwere über mich, die auch alle anbrandenden Ängste erdrückte, und schon war ich eingeschlafen.

## 16

Ich wusste nicht gleich, ob es ein Traum war oder Wirklichkeit. Man hatte mich losgebunden. Ich saß auf meinem Krankenbett. Es war dunkel. Das Licht aus dem Flur kam jetzt gedämpft durch das kleine Fensterchen. Vom Gefühl her musste es tief in der Nacht sein, vielleicht zwei Uhr. Links und rechts neben mir standen zwei rauchige Gestalten und halfen mir auf die Beine. Eine von ihnen trug meinen Rucksack. Sie nahmen jeder eine meiner Hände und führten mich zum Fenster. Die Innenflächen ihrer Pranken waren samtweich. Sie hatten tiefschwarze Gesichter, in denen sich Konturen von Augen, Nase und Mund abzeichneten. Ich spürte eine seltsame freudige Erregung und den Wunsch, mit ihnen zu verschmelzen, obwohl ihr Geruch abstoßend war. Sie öffneten lautlos das Fenster. Dahinter befanden sich Gitter. Für einen Moment schwand meine Hoffnung. Sie waren gekommen, mich zu befreien, aber es gab für mich keinen Weg hier raus. Schließlich befand ich mich in der geschlossenen Abteilung einer psychiatrischen Klinik. Doch dann geschah etwas absolut Unrealistisches.

Einer von ihnen bog die mittleren Stäbe auseinander, als wären sie aus süßem Speck. Und während sie wie Qualmsäulen links und rechts von mir hindurchschwebten, zogen sie mich durch die Mitte. Ich flog durch die Schwärze der Nacht, über mir sah ich unzählige Sterne. Nur im Traum konnte man fliegen.

Aber dann landete ich etwas unsanft auf einer feuchten Wiese hinter der Mauer des Krankenhausgeländes. Ein stechender Schmerz schoss durch meinen linken Knöchel, hinauf bis unter die Rippen. Es tat höllisch weh. Der Schmerz brachte wieder Klarheit in meinen Verstand. Das war kein Traum. Das war Realität. Es musste an dem Schlafmittel liegen, dass ich alles so gedehnt langsam wahrnahm. Oder an den Ereignissen. Eine Laterne schimmerte schwach vom Gelände des Krankenhauses herüber. Jeder andere hätte sich bei einem Sprung aus dem vierten Stock zu Tode gestürzt, aber ich war geflogen und ein ganzes Stück weiter einfach gelandet und hatte mir nur den Knöchel gestaucht. Ich war draußen, ich war wieder frei … und gleichzeitig von viel schlimmeren Mächten gefangen. Unter diesen Umständen konnten sie keine Einbildung sein. Das war unmöglich. Die unheimlichen Gestalten griffen mir wieder links und rechts unter die Arme und halfen mir auf. Diesmal hatten sie mich unter Kontrolle. Ich spürte nackte Angst. Es gab keine Menschenseele weit und breit.

„Wer seid ihr und was wollt ihr von mir?“, fragte ich mit schriller Stimme. Ich versuchte mich loszureißen, aber es war ein sinnloses Unterfangen. Der eine antwortete mit der unheimlich melodischen Stimme, die ich schon kannte:

„KOMM. Wir bringen dich in Sicherheit. Hab keine Angst.“

Und dann zogen sie mich mit sich fort in das Waldstück, was vor uns lag. Ich beschloss, mich nicht zu wehren. Ich sah ein, dass ich keine Chance hatte. Trotzdem hoffte ich, dass sich noch eine Gelegenheit bieten würde. Doch dazu musste ich sie in Sicherheit wiegen, ihnen erst mal das Gefühl vermitteln, dass ich mich in mein Schicksal ergab. Sie bewegten sich völlig lautlos. Die Bäume schienen sich vor ihnen zur Seite zu biegen. Ich schaute nach ihren Füßen, aber sie hatten keine, während ich hinter ihnen herhumpelte und sich eine Wurzel oder ein spitzer Stein nach dem anderen in meine Fußsohlen bohrten.

Wir erreichten den Rand des Waldstückes. Sie wollten mich über die angrenzende Ausfallstraße ziehen, doch wichen zurück, weil plötzlich ein Auto mit unerhörter Geschwindigkeit um die Ecke geschossen kam. Grelle Scheinwerfer, die auf Fernlicht gestellt waren, blitzten auf. Das war die Gelegenheit! Ich fuchtelte wild mit den Armen und stürzte mich auf die Straße in der Hoffnung, dass der Fahrer bremsen würde. Und ich hatte Glück. Das Auto kam einige Zentimeter vor mir zum Stehen. Die Fahrertür flog auf. Ich blickte um mich. Sie waren fort! Mein Gott, ich hatte es geschafft. Ein kleiner, untersetzter Typ um die vierzig mit ungepflegten schwarzen Locken beugte sich über mich.

„He, biste in Ordnung?"

„Ja, geht schon." Er reichte mir eine kleine Knubbelhand mit Wurstfingern und half mir auf. Dann musste er seinem Schock Luft machen.

„Wat machste denn hier mitten inna Nacht im Wald? Manomann, dit jibs doch ja nich, ick hätt dir beinah übern Haufen gefahrn, Mädel."

„Ich wurde überfallen." Er führte mich um die Kühlerhaube herum und öffnete die Beifahrertür, damit ich mich hineinsetzen konnte. Dann kehrte er zurück ans Steuer und warf meinen Rucksack auf die Hinterbank. Er war noch da. Sie hatten ihn nicht mitgenommen.

„Überfalln? Im Schlafanzuch. Wer's glaubt, wird selich."

Das Auto war winzig, ein alter Minicooper. Er ließ den Motor aufheulen. Dann fummelte er an der Lichtanlage herum.

„Verdammte Scheiße", fluchte er. „Nur dit Fernlicht jeht. Wer hat mir da bloß in die Glühbirnen gepisst?!"

„... und gleich n Reh auf da Haube!“ Er musterte mich mit einem Seitenblick. Dann fuhr er endlich los. Ich atmete aus.

„Dir ist überhaupt nicht klar, dass du mir das Leben gerettet hast!“, stieß ich hervor. Das klang pathetisch, aber ich war so dankbar, dass mir nichts anderes über die Lippen kam.

„Leben jerettet! Ick hätt dich fast umjebracht, du Nase! ... Überfallen, ha ... Aus der Anstalt biste abjehaun, stimmts?!“

„Nicht freiwillig.“

„Ham da Monster entführt?“

Für einen Moment sah ich ihn entgeistert an. Wieso wusste er ... Hatte er sie noch gesehen? Dann war mir natürlich klar, was er meinte. Er dachte an Wahnvorstellungen.

„Na, wusst ich's doch!“ Er grinste, weil er glaubte, das Richtige aus meiner Mimik gelesen zu haben, und kam sich besonders schlau vor.

„Wo fahren Sie hin?“

„Andersrum jefragt. Wo solls denn hingehn?“

„Ich wär Ihnen dankbar, wenn Sie mich in den Humboldthain am Gesundbrunnen fahren würden.“

Er lachte ein dröhnendes Lachen. „Zum Bunker willse, nachts um zwei im Schlafanzuch? Hexentreffen oder wat?! Ick globs ja!“

„Fahren Sie mich dorthin oder nicht?“

Er sah mich kurz an und ich glaubte, eine Spur Furcht zu entdecken. Schließlich war ich eine Verrückte und bei Verrückten wusste man nie und es hatte vielleicht zu viel Bestimmtheit in meiner Frage gelegen. Wir fuhren jetzt ein Stück an der Mauer des riesigen Krankenhausgeländes entlang. Dann machte sich ein breites Grinsen auf seinem runden Gesicht breit. „Nee, lass ma Kleene. Da vorne is dit Tor und denn jetz ma schön nach Hause zu Onkel Dokter. Dit wird wohl dit ...“

Zum Weitersprechen kam er nicht. Das durfte auf keinen Fall passieren! Ohne groß nachzudenken, griff ich ihm ins

Lenkrad, drückte ihn gleichzeitig mit voller Wucht gegen die Fahrertür, fand mit meinem linken Fuß die Bremse und schaffte es irgendwie, ihn samt Tür nach draußen zu befördern. Er landete in einem Strauch und gab zum Glück keinen Laut von sich. Der Wagen schlingerte, war aber inzwischen langsam genug, dass ich hoffen konnte, ihn dabei nicht umgebracht zu haben. Ich fühlte mich entsetzlich. Ich wusste nicht, wie ich das fertiggebracht hatte. Aber ich hatte keine andere Wahl. Es war meine letzte Chance. Diesmal musste ich es schaffen!

Zum Glück hatte ich mich nicht angeschnallt. Das Gefühl gefesselt zu sein, war mir noch allzu gegenwärtig. Ich rutschte hinüber auf den Fahrersitz und trat aufs Gas. Oh Gott, ich fuhr Auto! Meine bisherigen Erfahrungen beschränkten sich auf einige Runden im zweiten Gang über Feldwege auf dem Land. Der Mann unserer Haushälterin in Italien hatte mir das Fahren letzten Sommer mit einem alten Fiat gezeigt.

Okay, einfach lenken, nicht zu schnell fahren, der Tacho zeigte 40 Stundenkilometer. Das war überschaubar. Ich betete, dass mir keine rote Ampel in den Weg kam beziehungsweise niemand in die Quere, wenn ich eine rote Ampel überfuhr. Nur erst mal wegkommen hier, dann anhalten und die Kiste stehen lassen. Kuppeln zwischendurch und sowas wollte ich dringend vermeiden. Es würde nicht lange dauern, bis sie den Typen fanden, oder er die Polizei alarmierte und mit Fernlicht und fehlender Fahrertür war ich ein ziemlich auffälliges Fahrzeug. Ich durfte aus vielerlei Gründen keiner Verkehrspatrouille begegnen.

Ich blieb auf der Hauptverkehrsstraße in die Innenstadt und hielt das Lenkrad fest, als wollte es mir jemand entreißen. Einer überholte mich, zwei Wagen kamen mir auf der Gegenfahrbahn entgegen, gaben Lichtzeichen, weil ich sie blendete, aber dann waren sie auch schon vorbei. Der Mann, dem ich das

Auto geklaut hatte, wollte mir nicht aus dem Kopf gehen. Ich hatte ein weiteres Verbrechen begangen, vielleicht einen Mord. Mein Leben war völlig aus den Fugen. Vor allem durfte ich niemals daran denken, wie es nach dem Bunker weitergehen sollte. Von Ferne hörte ich eine Sirene. Das Auto schlingerte, ich trat hektisch auf die Bremse, stieß gegen das Lenkrad und kam vor einer grünen Ampel zum Stehen.

Okay, weit war es nicht mehr von hier zum Humboldthain. Den Rest würde ich rennen. Ich ließ das Auto mitten auf der Straße stehen, während ein Krankenwagen mit Sirene und Blaulicht auswich und vorbeisauste, schnappte mir meinen Rucksack und rannte los. Es war die richtige Entscheidung. An der nächsten Querstraße entdeckte ich eine Polizeikontrolle, die nächtliche Fahrer auf Alkohol untersuchte. Denen wäre ich in die Falle gegangen.

Die Straßen waren leer, die Lichter hinter den Fenstern erloschen. Ich rannte, so schnell ich konnte, und scannte dabei meine Umgebung, so gut es ging. Zwei Straßenecken trennten mich noch von meinem Ziel. Dann war ich endlich da. Diesmal war ich außer Atem, als wäre ich mit 100 Stundenkilometer durch die Stadt gefegt, was vielleicht sogar stimmte.

Ich kannte den Eingang zum Humboldthain, auch wenn ich noch nicht oft hiergewesen war, und wusste, dass es hier unterirdische Gewölbe gab. Allerdings hatte ich den großen Hügel gleich am Anfang nie als mit Sträuchern und Gras bepflanzten alten Bunker wahrgenommen, sondern immer nur als Anhöhe, zu der einige Stufen hinaufführten und auf der sich einige Parkbänke befanden. Jetzt fiel mir jedoch die in den Berg eingelassene Eisentür ins Auge. Sie war einen halben Meter zurückgesetzt und teilweise von Efeu verhangen. Davor wucherten dornige Kriechgewächse.

Okay, sie fiel einem nicht gleich auf, wenn man nicht danach suchte. Ungläubig bewegte ich mich darauf zu und stolperte über einen Penner, der davor in eine alte Decke gerollt schlief. Er schielte kurz nach mir, dann grummelte er ein mürrisches „Besetzt!" und zog die Decke enger um sich. Ja, das war ein guter Platz, wenn man sonst nichts hatte. Unter anderen Umständen hätte ich Angst gehabt und sofort das Weite gesucht. Aber jetzt war ich froh, dass er da war. Ich tastete mich an ihm vorbei und fand eine Klinke.

„Verpiss dich, Mann …", stöhnte es hinter mir. Ich hoffte, dass er mich in Ruhe ließ, damit ich ihm Keine verpassen musste. Ich drückte die Klinke hinunter. Natürlich verschlossen. Plötzlich kam mir mein Unterfangen völlig hirnrissig vor. Warum sollte Atropa mitten in der Nacht hinter dieser verschlossenen Tür zur Berliner Kanalisation hocken? Andererseits, nichts war mehr normal und sie hatte das letzte Mal geklungen, als würde sie Tag und Nacht warten. Noch einmal griff ich beherzt zu – und hielt Klinke samt Schloss in der Hand. Der verrostete Mechanismus war einfach herausgebrochen. Ich verfügte inzwischen über weitaus größere Kräfte als eine gewöhnliche 17-Jährige und Atropa hatte das eingeplant.

„Geht'n da ab, sa ma …?"

Der Penner hinter mir kam in Bewegung. Seine Alkoholfahne stieg in meine Nase, aber es gelang ihm nicht rechtzeitig, auf die Füße zu kommen. Schnell schlüpfte ich hinein und zog die kaputte Tür hinter mir ran. Augenblicklich umgab mich tiefe Schwärze. Wie sollte ich mich hier zurechtfinden? Der Penner versuchte sich inzwischen von der anderen Seite Zugang zu verschaffen. Ich hörte ihn fluchen und grummeln. Zum Glück gab er bald wieder Ruhe und schob meine Erscheinung wohl seiner Einbildungskraft zu.

Langsam begann die mich umgebende Schwärze zu weichen, meine Augen gewöhnten sich an die Dunkelheit. Mehr noch, sie schienen sich anzupassen. Ich befand mich in einer gemauerten Röhre und es wurde immer heller, obwohl ich nirgends eine Lichtquelle ausmachen konnte. Alles war in einen grünlichen Schimmer getaucht, als hätte ich eine Infrarotlichtbrille aufgesetzt. Es musste an meinen Augen liegen. Es war eine neue Fähigkeit. Inzwischen wunderte mich gar nichts mehr.

Ich setzte mich in Bewegung. Der Boden unter meinen Füßen fühlte sich schlammig an. Das Glucksen meiner Schritte hallte von den Wänden wider. Die Röhre wand sich etwa zehn Meter lang in einer Kurve nach links und führte leicht bergab. An ihrem Ende nahm ich ein Flimmern auf den über hundert Jahre alten Backsteinen wahr. Das mussten Spiegelungen von Wasser sein.

Plötzlich stand ich vor einem Loch und verlor beinahe das Gleichgewicht. Ich schaute hinunter. Von dort unten kam das Flimmern. Es gab eine verrostete Eisenleiter, die in die Tiefe führte. Sollte ich da etwa hinabsteigen? „Atropa?“, rief ich vorsichtig. Vielleicht war sie ja in der Nähe. Aber ihr Name hallte nur unheimlich verzerrt von den gewölbten Wänden zurück. Wahrscheinlich war Umkehren das Vernünftigste. Aber wohin? Es gab keinen Weg zurück. Ich tastete nach der ersten Sprosse der Leiter und machte mich an den Abstieg. Ein fauliger Geruch stieg mir in die Nase und wurde immer unerträglicher, je weiter ich hinabkletterte. Nach zwei bis drei Metern öffnete sich die senkrechte Röhre, in der ich mich befand, in ein größeres Gewölbe. Das Licht wurde angenehmer, etwas gelblicher. Noch zwei Meter, dann hatte ich den Boden erreicht.

Er war gemauert, aber ziemlich kalt und feucht. Ein schmaler Pfad aus uralten Ziegelsteinen führte mich zwischen stinkenden Sielen links und rechts hindurch, von denen auch das

Flimmern ausging. Irgendwo hinter den Wänden hörte ich ein starkes Rauschen und hoffte inständig, dass ich mich nicht in einem Kanal befand, der gleich geflutet wurde.

„Atropa?" Wieder keine Antwort.

Ich atmete durch den Ärmel meines Schlafanzughemds und ging weiter. Plötzlich drangen scharrende Geräusche an mein Ohr und ich glaubte Schatten zu sehen, die an den Wänden entlanghuschten. Angst kroch mir den Nacken hoch. Atropa hatte gesagt, ich wäre hier sicher. Dann ein Quieken und ich beruhigte mich wieder. Natürlich, hier gab es Ratten. Wahrscheinlich massenhaft. Trotzdem lief ich schneller. Die Siele hörten auf. Ich folgte einer scharfen Biegung nach rechts. Hier gabelte sich die Röhre. Zum Glück wusste ich noch, wohin ich mich wenden sollte. Atropa hatte es mir erklärt. Links führte die Röhre weiter ins Dunkel, rechts jedoch öffnete sie sich nach einigen Metern.

Ich betrat eine geräumige, unterirdische Höhle, die einen natürlichen Ursprung zu haben schien. In der Mitte befand sich ein kreisrunder See, der still dalag und dessen klares Wasser an den Höhlenwänden in verschiedenen Blautönen reflektierte. Es sah magisch aus, völlig unwirklich. Und wunderschön. Ich schätzte dieses unterirdische Gewässer auf etwa 60 Meter Durchmesser. Es war genauso, wie Atropa es beschrieben hatte. Aber wo war sie?

Am anderen Ende des Sees nahm ich die Umrisse einer Schleuse war. Von dort drang ein stetiges Plätschern zu mir herüber, was auf eine Regulierung des Zuflusses schließen ließ. Neben der Schleuse machte ich ein kleines Betonhäuschen aus. War sie dort? War sie die Schleusenwärterin? Arbeitete sie hier und hatte es mir nur nie verraten? Aber dann musste es noch einen anderen Zugang geben, nicht den, durch den ich gekommen war und der seit Jahrzehnten nicht mehr benutzt worden war. „Atropa!", rief ich jetzt lauter. Die Farbe des Wassers schien sich bei meinem Ruf augenblicklich zu verändern. Sie wechselte von tiefblau zu smaragdgrün.

War das eine Antwort? Wenn ja, verstand ich sie nicht. Vielleicht konnte sie mich in dem Haus nicht hören. Ich trat noch einige Schritte näher und befand mich nun auf einem Felsvorsprung. Rechts neben mir entdeckte ich einen Kahn mit einem Ruder, auf dem gerade mal eine Person Platz hatte. Ich zögerte. Davon, dass ich den See überqueren musste, hatte sie nichts gesagt. Sie wusste doch, dass ich Angst vor Wasser hatte. Vielleicht hatte sie es deshalb verschwiegen? Ich rief noch einmal, so laut ich konnte:

„ATROPA?!“ Nichts.

Was sollte ich tun? Ich setzte meinen Rucksack ab und schaute nach, was drin war. Meine schwarze Hose, ein Shirt, eine Strickjacke, Strümpfe und meine Chucks. Das war gut. Außerdem hatte ich meinen Pass und in der Tasche daneben fand ich meine Kreditkarte. Das war sogar sehr gut. Sollte ich umkehren? Ein paar Minuten weiter war der Bahnhof Gesundbrunnen. Von hier mussten auch Nachtzüge losfahren. Irgendwohin. Vielleicht zu einem Flughafen. Und dann einfach weg. 250 Tage früher als geplant. Na und. Andererseits, was, wenn die Schatten mich fanden? Garantiert suchten sie mich.

Ich sah zu dem Haus hinüber. Atropa hatte geschrieben, dass ich hier sicher vor ihnen war. Vielleicht sollte ich erst mal hierbleiben und in dem Haus nachsehen, ob Atropa doch da war. Wenn nicht, würde ich mich dort eine Weile verstecken. Ich maß den See mit meinen Augen. Es waren nur sechzig Meter, ich brauchte nicht zu schwimmen, ich hatte ein Boot, und da, wo ich hergekommen war, lauerten schlimmere Gefahren als Wasser. Vorsichtig kletterte ich in das Boot, das bedenklich schwankte, und machte die Leine los. Dann begann ich ungeschickt auf den See hinauszupaddeln. Ich suchte das andere

Ufer nach Atropa ab. Zuerst glaubte ich, sie zu sehen. Aber es war nur der Schatten eines zerklüfteten Felsen.

„Atropa, nur damit du's weißt, ich hasse Wasser", rief ich und paddelte schneller. Ich wollte den See hinter mich bringen. Das dunkle Grün unter mir wurde heller und heller und als ich mehr aus Versehen einen Blick hinunter riskierte, erschrak ich darüber, wie tief und wie klar der See war. Auf seinem Grund schimmerte er hellblau, als würden sich Wolken darin spiegeln. Das erinnerte mich an den Traum, in dem ich mit Tim in einem der Türme geschwommen war und 60 Meter in die Tiefe geblickt hatte. Nur dass es in dieser Höhle hier keinen Himmel gab, der sich im Wasser spiegeln konnte.

„Atropa?" Es kam keine Antwort. Nur das Titschen des Paddels hallte unheimlich von den Höhlenwänden zurück.

„Atropa?!"

Ich hörte auf zu paddeln und lauschte. Nichts. Wenn sie in dem Haus war, musste sie mich jetzt hören. Oder schlief sie? Schließlich war es mitten in der Nacht. Auf einmal kam Bewegung ins Wasser. Zuerst war es nur ein leichtes Kräuseln an der Oberfläche. Irgendetwas glitt unter mir dahin. Ich wollte nicht wissen, was es war. Ich richtete meinen Blick starr auf das kleine Waschbetonhäuschen auf der anderen Seite. Die Hälfte hatte ich hinter mir. Der Weg zurück war jetzt genauso weit wie der Weg nach vorn. Also paddelte ich.

Dann stieß ich mit dem Paddel auf etwas Festes und bekam es nicht mehr los. Ich klammerte mich verzweifelt an mein Ruder, versuchte es loszureißen. Wenn es mir nicht gelang, würde ich mit meinen Händen paddeln müssen, und mir graute davor, sie in dieses Wasser zu tauchen. Es gab einen Ruck und das Paddel war weg.

„Atropa!!!", schrie ich. Ich schaukelte hilflos auf dem Wasser und starrte entsetzt auf die Stelle, wo es verschwunden war. Meine Hände krallten sich in den Rand des Bootes. Wellen kamen auf. Sanft erst, dann stärker. Ich hatte einmal gelesen, dass man ein Boot immer senkrecht zu den Wellen stellen sollte. Aber ich hatte kein Paddel mehr. Die nächste Welle war höher als der Rand meines Bootes. Ich spürte, wie es seitlich kippte, wie das Wasser hineinlief, mein Rucksack wurde weggespült und verschwand in den Tiefen. Entsetzt sah ich ihm nach. Es gab kein Halten. Ich fiel direkt in einen Trichter aus Wasser, der sich unter mir auftat. Die Wellen schlugen über mir zusammen. Ich sank nicht. Ich wurde mit ungeheurer Macht hinabgezogen. Alles war schwarz. Ich bekam keine Luft. Mein Körper wurde zusammengedrückt. So sah sie also aus, die Stunde meines Todes. Ich würde sterben, im Wasser, wovor ich schon immer am meisten Angst gehabt hatte. Jetzt.

# Teil II

# 17

Ich wirbelte durch einen Tunnel, an dessen Ende mir ein sehr warmes und helles Licht entgegenstrahlte. Ich fühlte kein Wasser mehr um mich. Es schien fort zu sein, ich war so dankbar! Allerdings spürte ich meinen Körper ebenfalls nicht. In meinen Ohren klang eine unbeschreiblich süße Melodie. Oh je, so hatte Luisa Nahtoderfahrungen im Ethikunterricht beschrieben. Das hieß, ich war am Sterben. Meine Seele schwebte gerade in das Licht da vorne, während mein Körper auf den Grund des Sees gezogen wurde. Wilde Panik ergriff mich. Ich wollte nicht sterben! Panik? Von Angst hatte Luisa allerdings nichts gesagt. Leute, die dem Tod sehr nahe waren, fühlten sich rundum wohl und wollten nicht mehr zurück. Nur eine verschwindend geringe Prozentzahl machte Höllenerlebnisse durch. Gehörte ich etwa dazu?

Das warme Licht raste heran. Ich wollte zurück und zwar sofort! Ich versuchte umzukehren, mit Armen und Beinen zu rudern, die ich nicht hatte, zu schreien, wollte auf keinen Fall in die Hölle. Aber ich hatte keine Chance. Das Licht erfasste mich. Ich musste kräftig niesen und riss dabei die Augen auf. Oh Gott! Das war ein sehr irdisches Gefühl. Ich spürte meinen Körper. Ich steckte drin. Ich war noch DA. Ich lag irgendwo herum. Und fragte mich im gleichen Moment, wo??

Die Sonne schien wohlig warm und leuchtend durch ein Blätterdach auf mich herab. Allerdings war das Blätterdach weiß und auch alles um mich herum sah aus wie eine glitzernde Schneelandschaft. Wie kam ich hierher, nachdem ich durch einen Abwasserkanal gestolpert und in einem unterirdischen See ertrunken war? War ich doch im Himmel? Ich versuchte mich ein wenig aufzurichten. Auf sehr irdische Weise taten mir dabei alle Knochen weh. Nichts passte zusammen. Ich zog meine

Hände aus dem flaumigen Wolkenweiß. Sie waren menschlich rosig wie immer, nur eiskalt.

Langsam verstand ich, dass es kein Schnee und auch kein Wolkendampf war, auf dem ich lag. Ich befand mich in einer Landschaft, die komplett von einer Decke aus Blüten eingehüllt wurde. Winzige weiße Blütenblätter klebten an meinen Fingern. Unzählige weitere Blütenblätter rieselten wie Schnee aus den Bäumen. Trotzdem ging ein Zittern durch meinen Körper, als steckte ich in einer Schneewehe fest. Mein klitschnasser Schlafanzug klebte an mir. Tiefblaue Kälte kroch von den Beinen heran, obwohl sich die Luft tropisch warm anfühlte. Meine Füße brannten. Ich versuchte, sie zu bewegen und bemerkte, dass sie sich im eiskalten Wasser befanden. Sie waren nackt. Ich hatte meine Schuhe verloren. Nein, ich hatte ja gar keine Schuhe dabeigehabt. Die Erinnerung an die letzten Stunden kehrte zurück. Ich war aus einer Anstalt geflohen, beziehungsweise entführt worden und dann geflohen. Und nun lag ich am Rande eines Sees. Das Glitzern kam also nicht von den Blüten, sondern von der Oberfläche des Wassers, die sie bedeckten. War ich aus dem Wasser gekommen? Aber das war doch völlig unmöglich!

Wahrscheinlich erlebte ich einen Realtraum, während ich angeschnallt im Krankenhaus lag, oder doch eine nahtodähnliche Fantasie. Ich hatte nicht genug Kraft in den Beinen, um meine Füße aus dem Wasser zu ziehen. Ich sank zurück in das weiche Blütenmeer und schloss die Augen. Ich hatte überhaupt keine Kraft. Gut, jetzt war ich so weit. Ich wollte nicht mehr zurück in die Enge eines schwarzen Tunnels. Ich wollte einfach liegenbleiben. Mit geschlossenen Augen hörte ich wieder die süße leise Melodie. Sie war so schön, als hätte jedes herabfallende Blütenblatt einen anderen zarten Glockenton und zusammen ergaben sie bei der Berührung des Bodens einen wunderschönen Klang. Ich gab mich ganz hinein und rührte mich nicht mehr. Plötzlich schien sogar Gesang einzusetzen.

„Hallo?“ hörte ich. Dann nochmal:

„Hey!“

Ein seltsamer Liedanfang.

Jemand rüttelte unsensibel an meinen Schultern, völlig unpassend zur Situation. Ich spürte, wie die blaue Kälte, die gerade nach meinem Herz greifen wollte, zurückwich. Ich blinzelte in ein Gesicht. Die Krankenschwester? Nein. Das Gesicht war glatt und elfenbeinhell, mit blauen Augen darin und einem blassrosa Mund. Es war umrahmt von lockigen, schokobraunen Haaren, die über ein weißes Hemd fielen. Der Mund lächelte und die Augen schauten besorgt. Meine Lider waren so schwer.

„Nicht wieder einschlafen!“, befahl die Gestalt. Das musste ein Engel sein. Allerdings trug er kein Gewand, sondern das schlichte langärmelige Shirt ging nur knapp über den Bund einer weißen Kniehose. Gab es auch Engel in kurzen Hosen? Ich forschte nach Schuhen, konnte aber keine ausfindig machen, weil seine Füße bis zum Knöchel in den Blüten verschwanden. Jetzt zerrte der Engel an mir, zerrte mich ohne Erbarmen hoch.

„Los, komm, hilf mit. Sonst stirbst du! Los!“

Sonst stirbst du? Das hieß, ich war noch nicht tot. Und ich war irgendwo, wo man nicht tot sein sollte, auch wenn es hier Engel gab. Ich verstand rein gar nichts und beschloss, auf ihn zu hören. Oder besser, auf sie. Was Aussehen und Stimme anbelangte, war der Engel ein Mädchen. Sie war klein und zartgliedrig, aber schaffte es, mich hochzuzerren und mit dem Oberkörper gegen einen Baum zu lehnen. Ich hustete und spuckte Wasser. Sie klopfte mir auf den Rücken. Ich lag jetzt in der prallen Sonne und spürte, wie ihre warmen Strahlen mit den Krallen der blauen Kälte in mir rangen.

„Wo bin ich?", brachte ich hervor und hoffte, dass das Engel-Mädchen mein Flüstern überhaupt verstehen konnte.

„Du bist in Sicherheit, auch wenn ich mich frage, wie du das gemacht hast."

„Was?"

„Na, überlebt … Los, versuch dich auf mich zu stützen, du musst raus aus dem nassen Zeug."

Meine viel zu langsamen Gedanken kamen nicht hinterher. Es war an diesem Ort also doch komisch, nicht tot zu sein.

„Bist du ein Engel?"

„Ja." Sie strahlte, als wenn sie sich freute, dass ich sie richtig eingeschätzt hatte.

„Echt … ich wusste gar nicht, dass die auch Hosen …"

Sie lachte, ein hohes, helles, klares, aber dennoch ziemlich menschliches Lachen. „Es ist garantiert nicht so, wie du denkst. Aber jetzt komm erst mal, du musst dich auf mich stützen. Du schaffst das."

Plötzlich fielen mir siedend heiß meine Sachen ein.

„Mein Rucksack! Ich hab meinen Rucksack verloren!"

„Oh, na den werden wir wohl nicht mehr wiederfinden."

Ich sah sie entgeistert an. „Aber … da ist alles drin, mein Pass, meine Kreditkarte …!" Das Engel-Mädchen lächelte nur nachsichtig.

„Sowas brauchst du hier alles nicht, keine Sorge." Sie half mir meine Beine anzuwinkeln. Dann griff sie mir unter die Achseln, schob mich mühsam an dem glatten Baumstamm hoch und legte meinen rechten Arm über ihre Schulter.

„Okay, einen Schritt vor den anderen."

Ich gehorchte und strengte mich an. Es funktionierte sogar, zwar langsam, aber es ging. Dafür, dass sie so klein und zierlich war, besaß sie erstaunliche Kräfte. Okay, sie war ja auch … ein Engel.

Wir gingen weg von dem See, was mich sehr beruhigte, und folgten einem schmalen Pfad durch die Bäume. Alles war wunderschön, von Blüten verschneit und warm. Aus dem Blütenmeer erhoben sich riesige Bäume mit tiefschwarzen Stämmen und einem silbrigen Blätterdach. Dazwischen standen Büsche mit weißem Geäst und kaminroten Blättern, die kleine Tupfer in der gleißenden Pracht ergaben. Viele Pflanzen hatten tatsächlich nicht nur weiße Blüten, sondern auch weiße oder elfenbeinfarbene Blätter. Es gab aber auch ganz normale grünblättrige Büsche und Bäume. Das feine Orchester der fallenden Blätter klang hier tiefer und voller. Es war tatsächlich so, dass sie einen kleinen Ton erzeugten, sobald sie auf die Erde fielen. Der Wald duftete wie ein normaler Wald, nur viel intensiver. Optisch wirkte er wie die übersteigerte Version eines herkömmlichen Mischwaldes, in den sich ein paar exotische Dschungelgewächse verirrt hatten.

Mit jedem Schritt fühlte ich mich besser. Mein Kreislauf kam wieder in Gang. Ich löste meinen Arm von meiner Begleiterin, blieb stehen und sah sie unverwandt an. Sie musste doch die Frage sehen, die mich daran hinderte, weiterzugehen.

„Wo … sind … wir???"

„Das wirst du gleich alles erfahren. Komm." Sie ging drei Schritte, aber ich blieb stehen und fragte weiter. „Wer bist du?"

Sie seufzte. „Also gut, ich heiße Neve. Aber lass uns bitte weiterlaufen. Dein Fall ist nämlich sehr seltsam …"

„Ja, darin braucht mich keiner mehr zu überzeugen", sagte ich mehr zu mir selbst als zu Neve, während sie sich bei mir unterhakte und mit sich zog.

„Wo gehen wir hin?" Ich ließ nicht locker, um im Zweifelsfall rechtzeitig die Flucht ergreifen zu können.

„Ich bringe dich zur Akademie. Und flüchten kannst du nicht von hier, das ist unmöglich." Ich erschrak. Sie konnte meine Gedanken lesen! Natürlich, Engel konnten sowas. Oh Gott, sie war wirklich ein Engel. Und dass Flucht unmöglich war, glaubte ich ihr sofort. Ihr Tonfall war mehr als überzeugend.

Ich versuchte, meine aufsteigende Panik zu unterdrücken und ruhig zu atmen.

„Du brauchst keine Angst zu haben." Neve berührte sanft meine Schulter, aber verringerte mein Unwohlsein dadurch nicht, dass sie wie selbstverständlich auf meine Gedanken und Gefühle einging.

„Weißt du, das Unerklärliche ist, wie bist du hierhergeraten, ohne tot zu sein?! Die, die berufen sind, werden trocken und unversehrt angespült, meistens jedenfalls. Manchmal sind sie auch verletzt, aber sie sind nie durchnässt. Und Menschen, die sich in den Wasserdurchgängen verirren, hier aber nicht hergehören, kommen immer als aufgequollene Wasserleichen an. Aber du, du bist patschnass und lebst. Das müssen wir klären. Und deshalb bringe ich dich zum Rat."

Ich nickte, als würde ich verstehen. Dabei hatte ich noch nie so wenig kapiert in meinem Leben wie in diesem Moment. Was für ein Rat? Was für eine Akademie? Was für Wasserdurchgänge? Ich versuchte, irgendwelche Zusammenhänge herzustellen, aber mein Kopf streikte.

„Kira", sagte ich und blieb erneut stehen. Neve sah mich fragend an.

„Also, ich heiße Kira." Ich hatte das Bedürfnis, meinen Namen laut auszusprechen. Viel mehr, um mich meiner selbst zu vergewissern, als ihn Neve zu verraten. Sie lächelte und umarmte mich kurz. Ihre Umarmung hatte was sehr Tröstliches. Ich wollte sie gar nicht mehr loslassen. Aber Neve drängte weiter: „Komm, Kira! Du brauchst trockene Sachen. Sonst holst du dir doch noch den Tod."

Wir setzten uns wieder in Bewegung.

Nach einigen Schritten öffnete sich der Wald zu einer riesigen Lichtung. Wie hingewürfelt verteilten sich auf ihr lauter kleine und einige etwas größere Häuser mit höchstens zwei Zimmern und einem Dachboden. Sie hatten einen Sockel aus Felssteinen, Fachwerkwände und Dächer mit Schindeln. Kleine Sandwege führten zwischen saftigen Kleewiesen zu den Eingängen. Das ganze wirkte wie ein friedliches Ökodorf. Der Anblick beruhigte mich. Nach Hölle sah das schon mal nicht aus. In der Mitte erhob sich ein größeres Gebäude mit drei Etagen. Die erste Etage bestand aus Felssteinen und hatte riesige, bodentiefe Glasfenster. Die zweite und dritte Etage war aus Fachwerk mit vielen kleinen Fenstern. Das Dach hatte keine Fenster, dafür links und rechts einen Turm. Es sah aus wie eine Mischung aus Scheune und Burg.

„Voilà, die Akademie der Elemente. Und in den Häusern wohnen die Mitglieder."

Mir kam zuerst Harry Potter in den Sinn, dann das Auenland und alles Weitere, was ich an Fantasy je gehört oder gelesen hatte.

„Bin ich etwa in sowas wie Hogwarts gelandet?", fragte ich ungläubig. Aber Neve lachte nur. „Nein, hier lernt man nicht zaubern. Hier gibt es auch keine Riesenschlangen, Dementoren oder sonstige Monster. Keine Sorge."

„Hobbits oder Elfen?"

„Mittelerde ist auch nur eine Erfindung."

Ich versuchte es weiter und hoffte, auf meine nächste Frage auch eine abschlägige Antwort zu bekommen.

„Vampire … Werwölfe?"

Neve schüttelte den Kopf. „Blödsinn. Sowas gibt es alles nicht."

„Aber es gibt Engel …"

„Ja, das schon, und Menschen mit einer besonderen Begabung für eines der Elemente: Erde, Feuer, Wasser, Luft. Sie finden hierher, wenn sie Glück haben, und lernen ihre elementare Kraft zu beherrschen und zu nutzen."

„Ich bin also nicht tot und auch nicht im Himmel?!"

Neve lachte wieder ihr glockenhelles Lachen. „Definitiv nicht. Du bist nicht gestorben. Das denken die meisten. Ging mir am Anfang auch so. Weil man sich an der Grenze des Todes bewegt, um einen Durchgang zur magischen Akademie zu finden. Aber das erkläre ich dir alles später … falls du überhaupt aufgenommen wirst. Erst muss geklärt werden, ob du hierhergehörst."

Ein lauter Knall rechts neben mir verhinderte, dass ich weitere Fragen stellte. Ich warf erschrocken beide Hände auf mein Herz, was wie wild hämmerte. Irgendwas in dem Haus, das neben uns stand, war explodiert. Im Dach klaffte ein Loch. Die Fenster waren aufgeflogen und eine Windböe zerzauste meine Haare, als wütete im Innern des Hauses ein Sturm.

„Oh Gott, da ist was passiert!", rief ich. Aber Neve winkte nur ab.

„Nichts Schlimmes. Lena hat nur wieder einen Wutanfall. Sie ist Element Wind, weißt du. Guck dir das Dach mal genauer an. Sie musste es schon dreimal flicken lassen. Immerhin sind die Scheiben diesmal dringeblieben. Es wird besser."

Neve zog mich weiter, während ich mich noch ein paar Mal ungläubig nach dem Haus umdrehte. Dann hatten wir die Akademie erreicht. Zwei Treppen führten zu einer großen Drehtür hinauf, aus der uns ein Mann entgegenkam. Er sah ganz normal aus, mit einem schwarzen Sweatshirt, hellblauen Jeans und kurzen braunen Haaren. Ich schätzte ihn auf Mitte vierzig.

„Hi Neve. Bringst du uns mal wieder einen Neuankömmling?" Mir war es äußerst peinlich, im Schlafanzug dazustehen. Er wollte mir gerade die Hand reichen, zog sie aber erschrocken zurück, als er in mein Gesicht sah.

„Ja, sie ist durch das Wasser gekommen. Aber sie ist nass."

„Durch das Wasser, aber nass?" Der Mann wirkte verwirrt.

„Wie heißt du?", fragte er mich streng.

„Kira." Er nickte, als hätte er das längst vermutet. Konnte er vielleicht auch Gedanken lesen? Er wandte sich wieder an Neve.

„Wir sollten sofort den Rat zusammenrufen. Ich kümmere mich darum. Besorg du ihr inzwischen was Trockenes zum Anziehen und dann bring sie in den Hain, in Ordnung?“ Er machte kehrt und verschwand eilig in der Akademie.

„Wer war das?“

„Jerome. Hat Erdkräfte und gehört zum Rat.“

Dieser Jerome machte mir Angst. Er hatte mich angesehen, als wäre ich eine Bedrohung. Irgendwas stimmte nicht mit mir. Immer stimmte irgendwas nicht mit mir. In der normalen Welt nicht und auch nicht in dieser. Konnte ich dem etwa überhaupt nicht mehr entkommen? Ich spürte, wie wieder eine Wutwelle anbrandete.

„Wir gehen zu mir“, sagte Neve.

„Nein!“, rief ich, obwohl ich jetzt dringend was Vernünftiges zum Anziehen haben wollte, und roch auf einmal einen leicht brenzligen Geruch. Neve starrte mich an, erst besorgt, dann fasziniert. Zwei drei andere Leute, die gerade aus dem Gebäude kamen, verlangsamten ihren Schritt und glotzten. Ich wedelte mit den Händen die Rauchschwaden weg, die vor meiner Nase aufstiegen. Dann hatte ich wieder klare Sicht. Neve befühlte den Stoff meines Oberteils.

„Du hast dich selbst getrocknet. Cool!“

„Coole Fähigkeit!“ Ein Typ ragte vor mir auf, mit pechschwarzem Haar, breiten Schultern und einem intensiven Blick aus tiefgrünen Augen, der mit Sicherheit Holz spalten konnte.

„Cooler Look“, schob er hinterher und ließ mich einfach nicht los mit seinen Augen. Ich spürte, wie mir jetzt nicht mehr unnormale Feuerhitze, sondern ganz normale Röte ins Gesicht stieg. Er machte sich eindeutig lustig über mich. Wie konnte Neve mich in meinem Aufzug nur auf einen Campus schleifen?

„Steht deinem Outfit vor einem halben Jahr in Gummistiefeln und Unterhosen ja wohl in nichts nach, nichtwahr Leo?!“, wies Neve den Typen zurecht. Ich stellte ihn mir in karierten Shorts und grünen Gummistiefeln vor und musste grinsen.

„Schon gut, schon gut!“ Er machte eine abwehrende Geste mit den Händen. Dann grinste er mich wieder an.

„Bis bald mal, zur Pyjamaparty!“ Er zwinkerte mir zu, nahm die zwei Treppen mit einem Schritt und verschwand in der Drehtür. Meine Suche nach Worten, ihm was entgegenzuschleudern, dauerte zu lange.

„Das war Leonard, der Obermacho der gesamten Akademie. Element Feuer. Versucht dauernd, jemanden abzuschleppen. Nur so als Vorwarnung“, erklärte mir Neve. Schule und Abschleppen. Das klang so gewöhnlich wie zu Hause, inklusive des Umstandes, dass Obermachos die Sorte Typ waren, die sich grundsätzlich über mich lustig machten. Zuhause, die Schule, Luisa, Tim … Alle stürmten auf einmal in meine Erinnerung. Und ich fühlte mich so weit weg, als würde ich sie alle nie wiedersehen. War das so? War das denn so? Ich dachte an Atropa. Ohne sie wäre ich nicht hier. Luisa hatte mich vor ihr gewarnt. Das Internet war voller Gefahren. War sie vielleicht eine Internetmörderin?

„Ich will nach Hause“, flüsterte ich und drückte meine Hände gegen den Kopf, als wäre er eine Zitrone, doch nichts Brauchbares kam heraus. Neve packte mich an den Gelenken und befreite meinen armen Kopf.

„Für alle ist es am Anfang verwirrend, aber das geht vorbei. Erst mal was anderes anziehen?“

„Nein“, antwortete ich bockig. Der Pyjama war jetzt auch egal. „Ich will sofort zu diesem Rat, ich muss wissen, was los ist.“

„Okay, ich bringe dich. Dort wird sich alles aufklären und dann geht es dir besser, versprochen“, versuchte Neve mich mit sanfter Stimme zu beruhigen. Ich nickte und wischte mir verstohlen eine Träne von der Wange. Dann folgte ich ihr, hilflos und brav wie ein Küken seiner Mutter.

Der Hain war nichts weiter als eine grasbewachsene Lichtung hinter der Akademie, umstanden von großen schlanken Birken. Nur, dass diese Birken viel größer waren als gewöhnliche Birken. Und dass ihre silbrigen Blätter hier durch und durch aus Silber zu sein schienen. Ja, dieser Ort war eine Übersteigerung der realen Welt, als hätte jemand eine Lupe draufgehalten und die Farben intensiviert. Das Gelb war gelber, das Blau blauer und das Rot röter.

In der Mitte der Lichtung, in circa 20 Meter Entfernung, saßen fünf Gestalten auf grob gehauenen Felsblöcken um eine Feuerstelle. Die Szene wirkte wie aus der Steinzeit. Sie sahen alle recht menschlich aus. Ich beruhigte mich ein wenig. Ich hatte mir einen strengen Gerichtssaal vorgestellt, aber das war es schon mal nicht. Trotzdem ging vom Kreis dieser Leute eine starke Energie aus, etwas Einschüchterndes, was dem steinzeitlichen Eindruck widersprach.

„Da ist sie", sagte jemand. Alle Gesichter wandten sich zu mir. Kleine blaue Flammen loderten von der Feuerstelle auf.

„Ich muss dich jetzt allein lassen", flüsterte Neve und blieb stehen. Ich blieb auch stehen.

„Warum kommst du nicht mit?" Ich wollte nicht ohne sie weiter.

„Ich gehöre nicht zum Rat." Sie schob mich sanft in Richtung des Rates. „Geh … ich warte am Rand unter den Bäumen."

## 18

Jerome winkte mich heran und wies mir den letzten freien Felsblock in der Runde zu. Ich setzte mich und suchte mit meinem Blick Halt an meinen Fußspitzen. Ich kam mir vor wie vor einer Prüfungskommission. Ich musste an die Abi-Prüfungen denken. Ob ich die noch erleben würde? Ich spürte fünf Paar

Augen auf mir und wie schon wieder Hitze in mir hochstieg. Dann begann Jerome zu sprechen. Ich merkte, dass ich die Luft angehalten hatte, atmete aus und schaute auf.

„Du hast einen Weg zur Akademie der Elemente gefunden. Das gelingt nur Menschen, die das Potential haben, über eines der Elemente zu herrschen, sich seine besonderen Kräfte anzueignen und sie zum Nutzen der Welt einzusetzen. Das ist das, was du hier lernst. Allerdings sind bei dir Unstimmigkeiten aufgetreten. Und das müssen wir klären. Aber zuerst sollst du erfahren, mit wem du es zu tun hast."

Jerome wandte seinen Blick der Frau neben ihm zu.

„Sulannia?"

„Okay." Die Frau, die er mit Sulannia angesprochen hatte, erhob sich. Sie war groß und sehr schlank, vielleicht Ende zwanzig. Sie trug ein langes blaues Kleid mit Hosen darunter und hatte schwarze Haare bis zu den Hüften, die blau schimmerten und den Eindruck machten, als wären sie in einem ständigen Fließen begriffen.

„Wir sind der Rat der Akademie und wir repräsentieren die fünf Elemente. Erde, Wasser, Feuer, Luft und Äther. Das sind die elementaren Kräfte, die die Welt hervorbringen, formen und zusammenhalten. Die Erdwesen nennen sich Gnome, die des Wassers Undinen, Salamander sind die des Feuers, die Sylphen die der Luft und die Engel charakterisieren den Äther. In der realen Welt ist die Gestalt der Elemente nicht erkennbar. In der magischen Welt – zu der unsere Akademie gehört – wirst du sehen, dass die Elemente Augen und Ohren haben und auch eine Gestalt. Ihr Zusammenspiel erschafft die Welt, wie du sie kennst. Doch sie sind dabei nicht ohne Führung. Es gibt Menschen, die das Talent haben, über ein Element zu herrschen, ihre Wesen zu leiten, zu führen, zu besänftigen oder herauszufordern, ihre besonderen Kräfte zu nutzen und einzusetzen. Wir gehören zu ihnen, wurden an dieser Akademie ausgebildet und leiten sie. Sie wies mit ihrer Hand auf Jerome.

„Jerome, den du ja schon kennst, vertritt das Element Erde."

Sulannia wandte sich als Nächstes der Person neben Jerome zu. Sie war von auffällig zarter Gestalt, mit langen blonden Haaren und ganz in Schwarz gekleidet, höchstens drei bis vier Jahre älter als ich. Sie hieß Kim, vertrat das Element Äther, war sozusagen ein Engel wie Neve, konnte aber die Farbe weiß nicht ausstehen.

Mir gegenüber hockte Jolly, ein uralt aussehender, verhutzelter Mann, der das Element Luft repräsentierte.

Neben Jolly erhob sich Ranja. Sie sah genauso aus, wie man sich eine Hexe aus dem Märchen vorstellte: bunt, mit feuerroten Haaren, einem langen ausladenden Rock mit lauter Flicken, verschiedenen Socken und einer karierten Mütze. Sie schmunzelte, weil ich nicht aufhören konnte, sie anzustarren.

„Ja, ich mag nun mal Hexen, wie sich die Kinder das vorstellen. Genau so! Und deshalb sehe ich auch so aus! Wie 'ne mittelalterliche Wicca. Wie das totale Klischee, na und?! Außer krumme Nase und Warze. Das hab ich mir verkniffen, man muss ja nicht übertreiben."

Und das stimmte. Ranja hatte ein ziemlich hübsches Gesicht. Ich schätzte sie auf Ende dreißig. Sie holte einen winzigen Besen aus der Tasche, schwenkte ihn kurz, sodass er an seinem Ende Feuer fing, und wedelte das Feuer wieder aus. Ich musste grinsen, das erste kleine erlösende Gefühl, seit ich hier war.

„Feuer?", forschte ich vorsichtig. Und Ranja nickte. Mit Ranja würde ich mich verstehen.

„Gut, dann bleibt noch Wasser", stellte sich Sulannia selbst vor und machte eine kleine Verbeugung. Dabei strömten ihre Haare links und rechts über ihre Schultern. Wasser passte, nicht nur zu ihren Haaren, auch zu ihren Bewegungen, sie waren unglaublich fließend, als hätte sie gar keine Knochen. Ich schaute noch einmal in die Runde. Sie ließen mir einige Augenblicke Zeit, das alles zu verdauen, und sagten nichts. Sie wirkten so normal, lebendig und unwirklich zugleich.

Warteten sie auf eine Reaktion von mir? Ich wusste nicht, was ich sagen sollte. Sie würden über meine Zukunft bestimmen. Ich warf erst Jerome einen hilflosen Blick zu, dann Ranja, weil die beiden mir bis jetzt am vertrautesten waren. Der alte Mann mit dem zerfurchten Gesicht beugte sich vor. Seine Haut war gegerbt, als wäre er immerzu an der frischen Luft. Das war ja auch sein Element, erinnerte ich mich. Er hatte eine dunkle schnarrende Stimme.

„Wie bist du hierhergekommen? Erzähl deine Geschichte. Kurz und knapp." Er hatte einen gewissen Befehlston an sich und fixierte mich mit seinen schwarzen durchdringenden Mandelaugen. Er war kein Mann der vielen Worte. Das war gleich klar.

„Ich …", meine Stimme versagte. Ich dachte wieder an die Abitur-Prüfung. Ich hatte Angst davor, besonders vor dem mündlichen Teil. Aber das kam mir auf einmal lächerlich vor im Gegensatz zu meiner jetzigen Situation. Konnte ich hier irgendwas falsch machen? Ich wusste es nicht. Ich hatte nur eine Möglichkeit: einfach zu erzählen, was geschehen war. Auch wenn davon mein weiteres Schicksal abhing.

Ranja lächelte mir aufmunternd zu. Ich fixierte das kleine blaue Feuer vor mir, um den anderen Augenpaaren nicht zu begegnen.

„Ich war auf dem See. Er war ganz klein und ruhig. Ich hatte es mit dem Boot fast bis rüber geschafft, aber dann kamen Wellen auf … und rissen mir das Ruder weg … und …"

„Wo!", fuhr Jolly dazwischen. Ich zuckte zusammen.

„Im Humboldthain, also im Berg, in der Kanalisation, an einem unterirdischen See."

„Wann!"

„Gestern … glaub ich."

„Das ist klar … Uhrzeit!“

„Es war … kurz vor Mitternacht.“

„Was hattest du dort zu suchen?“ Jollys Fragen kamen wie Wurfgeschosse.

„Ich … war verabredet.“

„Verabredet … in der Kanalisation … um Mitternacht … Blödsinn. Sag die Wahrheit!“ Jolly sah mich streng an.

„Das ist die Wahrheit!“, gab ich mit zittriger Stimme zurück. Jolly machte mir Angst. Konnte nicht ein anderer die Fragen stellen? Ranja legte ihm beschwichtigend die Hand auf den Arm. Jerome kam mir zu Hilfe und bat mich mit seiner angenehmen, beruhigend menschlich klingenden Stimme: „Okay, Kira, du warst verabredet. Erzähl uns einfach mit wem und warum an so einem unbequemen Ort … okay?!“

Ich nickte und atmete tief durch: „Mit einer Freundin aus dem Internet. Wir wollten uns zum ersten Mal treffen. Sie hatte den Ort vorgeschlagen. Er gehört zu einem Rollenspiel.“ Das mit dem Rollenspiel fiel mir spontan ein, damit der Treffpunkt nicht so absurd klang. Ich wollte nicht wieder für verrückt gehalten werden.

„Name!“, donnerte Jolly wieder. Er sah das Verhör wohl als seine Aufgabe an und ließ sich von Jerome nicht aus dem Konzept bringen.

„Atropa heißt sie. Sie war auf der anderen Seite des Sees, in dem Wärterhäuschen, aber dann ist das mit dem Boot passiert … Irgendwas glitt unter mir dahin … und dann kam das Wasser in Bewegung. In der Mitte bildete sich ein Strudel.“ Die Erinnerung brachte meine Todesangst zurück. Meine Hände fingen an zu zittern. Alle sahen es.

„Was ist passiert?“, fragte Ranja mit einfühlsamer Stimme.

„Mir wurde das Ruder weggerissen, dann kenterte das Boot und dann wurde ich in die Tiefe gezogen …“ Ich zitterte am ganzen Körper. Ranja hockte sich vor mich hin und nahm meine Hände in ihre. Sie waren ganz warm.

„Eine Undine“, stellte Jolly fest.

„Das kann nicht sein!“, schaltete sich Sulannia ein und strich ihre langen blauschwarzen Haare über die Schulter. „Sie ziehen nicht einfach jemanden in die Tiefe, der in einem Boot sitzt.“

„Trotzdem war es eine Undine. Ich glaube nicht, dass sie sich den Schatten im Wasser ausgedacht hat.“ Ich war ein bisschen erleichtert. Jolly glaubte mir.

„Nein, habe ich nicht“, bekräftigte ich noch einmal.

Kim, die bisher noch gar nichts gesagt hatte, meldete sich zu Wort: „Sulannia, die Undinen, die die Grenzen zur magischen Welt schützen, waren immer friedlich. Aber seit einiger Zeit sind die magischen Wasser aus dem Gleichgewicht. Es gibt erste Krankheitsfälle. Wir wissen nicht, was passiert. Die Undinen sind in Aufruhr. Vielleicht kann man ihnen nicht mehr vertrauen.“

„Kim, du solltest es mir überlassen, einzuschätzen, ob man den Undinen an den Durchgängen vertrauen kann oder nicht. Die Undinen bringen die Neuankömmlinge, die sich selbstständig in das Wasser gestürzt haben, und sie bringen die Toten, die sich in den magischen Durchgängen verirrten. Aber sie reißen niemanden einfach aus einem Boot!“, gab Sulannia zurück.

„Augenscheinlich doch!“, beharrte Kim. Ich merkte, dass es sich um eine längere Streitigkeit handeln musste, die die beiden austrugen.

Jolly erhob sich und ging dazwischen.

„Bringt Beweise, aber hört auf, euch aufgrund reiner Spekulationen zu streiten. Ihr gehört zum Rat der Akademie und nicht zu irgendeiner Klassensprecher-Runde.“ Ich musste ein Schmunzeln unterdrücken. Ich hatte Angst vor Jolly, aber gleichzeitig begann ich, ihn zu respektieren. Er wandte sich wieder an mich: „Atropa … Warum hast du dich mit ihr getroffen?“ Jolly nahm das Verhör wieder auf.

„Wegen des Rollenspiels“, wiederholte ich. Meine Stimme klang unsicher. Jolly durchbohrte mich mit seinen unerbittlichen Augen. Er glaubte mir nicht.

„Das ist nicht alles. Rollenspieler im Internet treffen sich nicht einfach so“, stellte er mit einem Ton fest, der keinen Widerspruch zuließ.

Jolly war mindestens siebzig, aber er kannte sich aus. Jetzt wurde es unangenehm. Sollte ich die Wahrheit sagen? Es klang so absurd. Andererseits, das hier war ein Ort, an dem seltsame Sachen normal waren. So viel hatte ich schon verstanden.

„Mir ging es nicht gut, schon eine Weile nicht. Sie wusste das. Sie wollte mir helfen. Sie sagte, sie wäre die Einzige, die mir helfen könnte.“

„Fieber, Ängste, Schweißausbrüche?“, fragte Jolly.

„Ja!“

„Noch was?“

„So, Kräfte …“

„Was für Kräfte?“

„Ich habe meinen Sportlehrer zwei Meter weit geschleudert, obwohl ich ihn nur von meiner Freundin wegschubsen wollte … Und ich kann besser sehen und hören als früher … Und bei einem Freund, da …“ Wie sollte ich erklären, dass wir uns küssten und plötzlich das Bett in Flammen stand? Mir schoss Röte ins Gesicht.

„Also, wir …“

Jerome unterbrach mich, wofür ich ihm dankbar war, und stellte die nächste Frage: „Unbekannte Essgelüste?“

„Jerome. Ich weiß, dass du es liebst, Mentor zu sein und immer auf Neuankömmlinge hoffst, die Symptome des Elements Erde aufzeigen. Aber sie ist durchs Wasser gekommen“, ermahnte Sulannia ihn.

„Allerdings nicht wie jemand, der Element Wasser ist …“, erwiderte Jerome. Jetzt unterbrach ich Jerome, um neu aufkommenden Streit zu verhindern. Irgendwie war ich auf seiner Seite. Aber vor allem wollte ich Jolly von seinem Kurs abbringen, damit ich die Geschichte mit Tim nicht erzählen musste.

„Enorme Essgelüste, ja. Seit einigen Wochen esse ich Unmengen, vor allem Fleisch, obwohl ich Fleisch so gut wie nie esse. Sogar roh.“

Sulannia machte große Augen. Kim verzog das Gesicht. Jerome schmunzelte. „Okay, das ist eindeutig“, sagte er.

„Nichts ist eindeutig“, widersprach Jolly.

„Sie isst rohes Fleisch, aber sie ist durchs Wasser gekommen“, fasste er zusammen.

„Was war bei deinem Freund?“ Jolly ließ sich nicht so einfach von seinem Kurs abbringen. Ich hätte es mir denken können.

„Wir hatten uns Kaffee gemacht. Und saßen auf seinem Bett. Plötzlich fing es an zu brennen …“

„Ha, Feuer! Sie wird MEIN Lehrling!“, frohlockte Ranja mit einem ironischen Unterton. Jerome warf Ranja einen vernichtenden Blick zu. Mochten sich die beiden etwa nicht?! Dann sah er mich zweifelnd an. Jolly fragte sachlich weiter.

„Hattet ihr Zigaretten?“ Ich wollte heftig verneinen, aber ich sah, wie Jerome mich fixierte und unmerklich nickte. Ich vertraute ihm. Er gab mir ein gutes Gefühl und ich sagte: „Ja.“

„Was war dann seltsam an dem Erlebnis?“

Dazu fiel mir zum Glück sofort was ein: „Ich nahm sein Aquarium, das 100 Liter Wasser fasst, hob es hoch, als wäre es eine leere Pappschachtel, und löschte die Flammen.“

„Muskelkräfte – Erde“, analysierte Kim. Jerome nickte zustimmend.

„Ihr habt die Kokelei erst bemerkt, als das Bett in Flammen stand?“ Jolly blieb misstrauisch. Jerome seufzte laut vernehmlich.

„Jolly! Du warst auch mal jung. Da gibt es Situationen im Leben, wo man die Umwelt auch mal eine Weile ausblendet. Schon vergessen?“

Jolly brummelte. Ich war Jerome erneut dankbar, auch wenn mir das Gespräch jetzt äußerst peinlich war.

„Sonst noch Vorkommnisse, die dir seltsam vorkamen?“, wollte Jerome weiter wissen.

Das Unheimlichste hatte ich noch nicht erwähnt. Sollte ich? Sie würden mich für verrückt halten. Ranja bemerkte mein Zögern.

„Erzähl einfach alles, auch wenn es verrückt klingt. Hier hält dich niemand für wahnsinnig und überlegt, dich in eine Klapse zu stecken. Das passiert nämlich einigen, bevor sie es schaffen, hierherzukommen. Manche schaffen es nie, weil sie für selbstmordgefährdet gelten und den Rest ihres Lebens hinter Gittern verschwinden, weißt du.“

Ranjas Worte brachten den Knoten zum Platzen. Eine Welle von Schmerz aus den Verletzungen, die man mir angetan hatte, erfasste mich. Tränen liefen mir übers Gesicht.

„Ja, ich weiß. Sie haben mich auch in eine Klinik gebracht, meine Eltern. Aber ich bin nicht verrückt! Ich weiß das! Ich bin abgehauen, durch das Fenster. Ich bin geflogen …“

„Geflogen?“ Jolly zog eine Braue hoch.

„Ja! Mit den Schatten. Sie verfolgen mich seit einer Weile. Aber ich konnte sie abhängen. Sie dürfen mich nicht kriegen, hat Atropa gesagt. Sie hat mir geglaubt, dass ich nicht verrückt bin. Nicht mal Luisa war davon überzeugt. Meine beste Freundin … Aber sie hat gesagt, dass Atropa die gleiche Krankheit haben könnte …“ Jetzt schaltete sich Ranja ein.

„Das bestätigt, was ich seit einer Weile vermute. Deine Freundin Atropa scheint jemand zu sein, der die Durchgänge sucht. Es passiert manchmal, dass Neuankömmlinge sich vorher finden und zusammen eintreffen. Sie wollte vielleicht sehen, was mit dir passiert, bevor sie sich selbst ins Wasser stürzt. Nur, dass du kein Wasser bist."

„Dann hat mich Atropa ins Wasser gezogen?"

„Vielleicht."

„Aber sie ist nicht hier angekommen?!"

„Nein …"

„Das könnte alles erklären", rief Jerome.

„Ja, das ist wahr …", gab Sulannia zu und wandte sich an mich: „Dann hast du verdammtes Glück gehabt, dass du überlebt hast."

Jolly nickte zustimmend. „So einen Fall hat es schon einmal gegeben, vor 50 Jahren."

Mein Kopf füllte sich mit Fragezeichen. Ich verstand nicht richtig. Jerome klärte mich auf. „Es ist so: Wenn Leute in der Realwelt anfangen, ihre Fähigkeiten für ein bestimmtes Element zu entwickeln, dann stürzt sie das ins Chaos. Sie werden von ihrem Umfeld für psychisch krank gehalten. Gleichzeitig zieht sie die erwachende Kraft zu den entsprechenden Durchgängen, wenn sie soweit sind. Ganz von allein. Wasser kommt durch den magischen See, Luft durch einen U-Bahnschacht, Erde durch eine Erdhöhle, Feuer durch einen Brand. Deine Freundin Atropa ist Wasser. Sonst hätte sie den Durchgang nicht gefunden. Aber sie hat dich vorgeschickt, weil sie selbst noch nicht soweit war."

„Wie äußert sich denn das soweit Sein?", fragte ich.

Kim ergriff das Wort: „Es ist ein Drang, den man nicht mehr unterdrücken kann. Mit Äther Begabte stürzen sich nachts von einem der Hochhäuser am Alexanderplatz in die Tiefe, weil sie fliegen wollen. Wasser verläuft sich in den Abwasserkanälen bis zu dem unterirdischen See oder springt in die Spree. Erde erkundet gesperrte Baugruben. Feuer legt Feuer, um darin zu verbrennen. Und Luft folgt dem Zugwind in U-Bahnschächten. Natürlich sieht das für Außenstehende immer nach einem Drang zum Selbstmord aus. Deshalb landet, wer es nicht schafft, einen der Durchgänge aufzusuchen, meist in der Klinik."

„Aber ich hatte diesen Drang nicht."

„Noch nicht, du hattest Glück. Und Atropa wird sicher bald hier auftauchen. Mach ihr keine Vorwürfe. Sie konnte es nicht besser wissen", sagte Ranja.

Das war ein ganz neuer Blickwinkel. Atropa war wie ich! Deshalb hatten wir so einen engen Draht zueinander. Luisa hatte also in gewisser Weise recht gehabt. Nur, dass wir nicht krank waren. Wir waren magisch begabt. Und wir würden uns bald kennenlernen. Gut, ein bisschen sauer war ich schon. Mich so reinzulegen, nur weil sie selbst Angst hatte. Aber irgendwo verstand ich sie auch. Und noch war überhaupt nicht klar, was sie tatsächlich vorgehabt hatte. Vielleicht wollte sie die Reise mit mir zusammen unternehmen, aber etwas war schiefgegangen?! Ja, das war möglich. Zum ersten Mal konnte ich meiner Situation ein paar positive Gedanken abringen.

Sulannia erhob sich.

„Gut. Ich schlage vor, dass Jerome die Mentorenschaft für Kira übernimmt. Ich denke …"

„Moment …", Jolly ging dazwischen. „Du hattest gesagt, du bist geflogen … Das hätte ich gern noch mal genauer erklärt."

Wieder der intensive Blick von Jerome, als wollte er mir eine Botschaft übermitteln. Aber ich verstand längst. Ich wollte keinen Stress mehr. Schon gar nicht wollte ich, dass Jolly mein Mentor wurde.

„Nein, ich bin nicht geflogen. Es war nur so ein Gefühl, von den Medikamenten. Ich wollte weg, von den Schatten. Ich riss mich von meinem Bett los. Es war ganz einfach. Sie hatten mich angeschnallt. Dann ging ich zum Fenster. Ich bekam es auf. Und die Gitterstäbe auseinanderzubiegen, war genauso einfach." Ich riskierte einen Blick zu Jerome. Er nickte unmerklich. Ich machte alles richtig und fuhr fort: „Ich konnte mich hinauszwängen. Die Schatten waren hinter mir. Ein Sprung und ich landete auf der nassen Wiese und verstauchte mir den Knöchel."

„Aus welcher Etage?"

„Erste", log ich, obwohl es die vierte Etage war.

„Und die Schatten?", fragte Kim plötzlich.

„Ich rannte in das nahe gelegene Waldstück. Dann waren sie weg."

„Wie sahen sie aus? Kannst du sie beschreiben?"

Ich war irritiert. Ich wollte nicht so genau über die Schatten sprechen. Ich hatte sie meiner Einbildung zugeordnet.

„Ich nehme an, du hast sie nicht wirklich gesehen, weil sie Einbildung waren. Kann das sein?", fragte Jerome.

„Lass sie reden!", fauchte Kim.

Ich folgte dem Faden von Jerome und beschrieb, wie ich es am Anfang empfunden hatte. „Nein, sie waren immer am Rand meines Blickfeldes. Und da blieben sie, egal, wie schnell ich mich nach ihnen umdrehte."

Kim stach mich förmlich mit ihren Augen. Ich mochte sie nicht.

„Ich glaube ihr nicht. Sie erzählt nicht alles. Die Schatten sind der Feind. Ich spüre das." Kim ballte die Fäuste.

„Kim", Sulannia schlug einen besänftigenden Ton an.

„Für mich ist der Fall nicht abgeschlossen. Zu viele Zufälle", beharrte Kim.

„Natürlich nicht", pflichtete Jerome ihr bei. „Wir werden das alles genauer untersuchen. Wir müssen Atropa in der realen Welt ausfindig machen und sollten nicht warten, bis sie hier auftaucht. Das ist alles selbstverständlich. Trotzdem wissen wir fürs Erste genug. Nun sollten wir Kira die Möglichkeit geben sich auszuruhen. Vergiss nicht, was sie gerade durchmacht."

Mir kamen schon wieder fast die Tränen. Jerome verstand mich. Er war einfühlsam. Ich musste plötzlich an Gregor denken, den es noch nie interessiert hatte, was in mir vorging.

„Neve!“, rief Ranja plötzlich. Ich sah Neve aus dem Schatten der Bäume hervortreten und war erleichtet. „Komm, bring Kira in ihr Zimmer. Und zeig ihr, dass unsere Welt nicht nur aus Kreuzverhören besteht.“

Ranja wandte sich an mich.

„Neve wird dir alles erklären, alle Fragen beantworten, dir alles zeigen. Aber zuerst wird sie dich einkleiden und dafür sorgen, dass du dich ausschläfst. Inzwischen werden wir über alles Weitere beraten. Oder hat jemand Einwände?“ Ranja schaute herausfordernd in die Runde und jonglierte dabei mit ihrem winzigen Besen. Niemand widersprach. Ich hatte mich schon gewundert, warum Ranja, die mir sehr durchsetzungsstark erschien, überwiegend geschwiegen hatte. Aber jetzt war klar, dass sie ein wenig die Funktion einer Richterin übernahm. Sie hörte sich alles an und hatte am Ende das letzte Wort. Neve nahm meine Hand.

„Ruh dich aus. Wir sehen uns morgen“, sagte Jerome. Sulannia nickte freundlich. Jolly nickte ernst. Kim ließ keine Regung durchscheinen. Und Ranja tätschelte mir die Schulter und murmelte: „Wird schon, Kleine. Wird schon. Wirst sehen.“

„Auf Wiedersehen“, flüsterte ich, erhob mich und ließ mich von Neve nur zu bereitwillig in den Wald ziehen.

## 19

Neve hatte in der Zwischenzeit einen kleinen Strauß mit leuchtenden Blumen gepflückt. „Der ist für dich.“ Sie lächelte. Ich nahm den Strauß und bewunderte die Intensität der Farben. Die Blüten funkelten, als hätte jemand Glimmerspray darübergesprüht.

„Danke. Wohin gehen wir?“

„Hast du Hunger?“

Hunger. Das war es. Deshalb war ich so unendlich schwach. Im selben Moment antwortete mein Magen mit einem niederfrequenten Röhren.

„Okay, das war deutlich. Wir könnten ins Akademie-Café. Dort gibt es leckere Dinge. Oder ich koche dir was."

„Zu dir", sagte ich schnell. Auf keinen Fall im Pyjama nochmal in die Nähe der Akademie. Neve lachte.

„Ach ja, verstehe. Dann lass uns nach Hause gehen."

Nach Hause gehen. So schnell hatte man plötzlich ein neues Zuhause. In einer anderen Welt, an einem anderen Ort, mit anderen Leuten. Mir war mulmig. „Wie lange muss ich denn hierbleiben? Also, sie haben gesagt, ich würde Erdkräfte ..."

„Ich weiß, ich weiß. Ich habe alles gehört."

Dass die Leute hier auf sehr weite Entfernungen alles hörten, daran musste ich mich erst noch gewöhnen.

„Die innere Entwicklung und Ausbildung bis zur Beherrschung deines Elements dauert immer etwa ein Jahr."

„Ein ganzes Jahr?" Ich blieb stehen. Ich war schockiert.

„Aber mein Abitur ...!"

„Mach dir darum keinen Kopf. Das kannst du nächstes Jahr nachholen", erklärte Neve unbekümmert.

„Nein ...", protestierte ich. Nächstes Jahr wollte ich irgendwo in Asien sein, aber nicht auf der verdammten Schule.

„Glaub mir, es wird kein Problem. Du bist bis dahin ein anderer Mensch. Alles wird dir extrem leicht fallen. Dein Zeugnis wird brillant sein, auch wenn du das halbe Jahr krankfeierst. Du wirst viel weniger in die Schule müssen, als es unter bisherigen Umständen der Fall gewesen wäre. Du wirst sehen." Neve setzte sich wieder in Bewegung und ich folgte ihr. Sie dozierte weiter: „Oder du brauchst gar kein Abi mehr, wenn du dich entschließt, deinen Lebensmittelpunkt hierher zu verlegen. Manche bleiben hier und werden Mentoren, lehren oder kümmern sich um Neuankömmlinge, so wie ich."

„Kein Abi machen, davon werden meine Eltern ja begeistert sein!“

„Wieso? Machst du Abitur für deine Eltern?“

„Quatsch … ich …“ Neve brachte mich völlig durcheinander.

„Natürlich nicht! Ich will nur weg! Das geht aber erst, wenn ich achtzehn bin …“

„Ha, weiter weg als jetzt kannst du gar nicht sein. Und das ging, auch ohne achtzehn …“ Neve grinste. Ich war unentschieden, ob ich über ihren Scherz lachen oder wütend sein sollte.

„Sorry …“, sagte sie. „Ich vergesse, wie neu das alles für dich ist. Du musst erst mal essen und schlafen. Wir sind gleich da.“

Ich nickte. Aber all meine Fragen ließen mir keine Ruhe.

„Die werden im Krankenhaus längst gemerkt haben, dass ich abgehauen bin …“

Neve machte eine wegwerfende Handbewegung. „Darum brauchst du dir auch keine Sorgen machen. Wir gehen morgen zu Pio. Da kannst du E-Mails an die Leute schreiben, die dir wichtig sind. Dass du abgehauen bist, ins Ausland oder so …“

„Was?“

„Musst du nicht. Du kannst auch als vermisst gelten. Ist manchen lieber.“

„Als vermisst? Heißt das, ich kann nicht mal auf Besuch nach Hause in dem Jahr?“

„Wie soll das gehen?“ Neve machte ein mitleidiges Gesicht.

„Willst du ihnen sagen, du lernst jetzt mal ein Jahr an der Akademie der Elemente, die sich in der magischen Welt befindet, wo sie dich aber nicht besuchen können?“

Oh je, Neve hatte recht. Niemand würde das glauben. Ich realisierte immer noch nicht, was passiert war. Ich hatte mich nicht nur mit dem Flugzeug an irgendeinen fremden Ort verirrt. Ich war in einer anderen Dimension gelandet. Ich würde Tim nicht wiedersehen. Ein ganzes Jahr nicht. Oder noch länger. Bis dahin war er sicher längst im Ausland.

„Du magst deine Eltern sehr, oder?!“ Neve forschte in meinem Gesicht.

„Quatsch!“, stieß ich hervor und staunte selbst über meine Entschiedenheit. „Wie kommst du denn da drauf?“

Neve zog die Augenbrauen zusammen und forschte in meinem Gesicht. „Du vermisst jemanden …“ Ich war erschrocken. Natürlich, Neve war ein Engel oder zumindest jemand mit Engeleigenschaften, der mit Engeln kommunizieren konnte, wenn ich das alles richtig verstanden hatte, und sie las in mir wie in einem offenen Buch. Das war unangenehm. Das wollte ich nicht.

„Du bist übrigens kein Engel“, gab ich schroff zurück. Sie zuckte fast unmerklich mit den Augenlidern, aber ging nicht drauf ein.

„Wir sind da!“, rief sie stattdessen übertrieben fröhlich.

Der Waldweg endete am Rand der Siedlung auf einer kleinen Anhöhe. Vor uns erhob sich ein einzelner schmaler Turm. Er hatte Ähnlichkeit mit den Türmen, die ich als Kind in Irland auf Friedhöfen gesehen hatte, massiv aus Felssteinen, mit einem runden Dach wie ein schlecht gespitzter Bleistift. Das Dach war himmelblau und die Tür aus dunklen schweren Holzbohlen. Drei Fensterchen übereinander ließen auf drei Etagen schließen. Das Fenster ganz oben hatte einen kleinen Balkon. Sowas gab es an den irischen Türmen nicht.

Neve schloss die Tür auf und führte mich in eine gemütliche Küche aus alten Holzmöbeln, mit einem Herd, der ein Ofenrohr hatte, und vielen bunten Blumen, Gegenständen und Büchern.

„Komm, ich zeige dir gleich dein Zimmer.“

Wir stiegen eine Wendeltreppe hinauf. In der zweiten Etage ging eine Tür zu einem Zimmer ab. Neve öffnete sie und ich blickte in einen weiß getünchten, runden Raum mit einem großen gemütlichen Bett, auf dem ein bunter Überwurf lag, einem Schrank, einem Spiegel vom Boden bis zur Decke, einer großen Truhe und einem kleinen Schreibtisch.

„Das ist dein Zimmer. Gefällt es dir?“

Ich suchte nach Worten. Es war kein überdimensioniertes Loft mit abweisenden Designerstücken wie mein Dachgeschoss, in dem man sich immer nur verloren vorkam. Es war ein gemütliches kleines Zimmer, freundlich und warm eingerichtet.

„Es ist … sehr schön.“

Ich machte ein paar Schritte hinein. Neve blieb an der Tür.

„Okay, ich werde mich um das Essen kümmern. Du kannst dir inzwischen was zum Anziehen aussuchen.“ Sie zeigte auf den Kleiderschrank. „Ich hoffe, es ist was dabei! Bis gleich.“

Sie sprang fröhlich die Treppen hinunter und ließ mich allein. Ich schaute aus dem Fenster und hatte einen wundervollen Blick über das kleine, von Wald umsäumte, hügelige Tal. Ich sog den Holzduft der Möbel ein und befühlte die kühlen, gekalkten Wände. Ohne das intensive Leuchten aller Farben und Dinge hätte ich mich auch auf Landurlaub in den Bergen befinden können. Ich schüttelte mich, als könnte ich die Unwirklichkeit, in die ich geraten war, abschütteln und öffnete den Kleiderschrank. Er hing voll mit Kleidern, Hosen, Röcken, Shirts. Und alles schien neu zu sein. Die Sachen waren bei Weitem hübscher und geschmackvoller als das, was Delia anschleppte. Trotzdem entschied ich mich für etwas Unauffälliges und vor allem Bequemes: ein schwarzes Sweatshirt und eine schwarze Freizeithose aus Samt. Dazu fand ich ein paar rotgraue Hausschuhe aus Filz, die mir richtig gefielen. Von unten zog ein köstlicher Duft herauf. Ich stieg die Wendeltreppe hinab.

„Bratkartoffeln!“

„Mit viel Speck und Zwiebel!“, ergänzte Neve. „Erde hat immer großen Hunger auf Deftiges.“ Sie musterte mein neues Outfit.

„Ich wusste, dass du dir das aussuchst. Ich wusste es!“

Ich lächelte verlegen. „Wieso?“

„Weiß nicht. So ein Gefühl. Beobachter mögen gern schwarz. Ich glaube, dass du andere lieber beobachtest, als selbst im Mittelpunkt zu stehen.“

Darüber hatte ich noch nie so genau nachgedacht, aber es stimmte. Ich war es ja gewöhnt, von Luisa analysiert zu werden. Aber Luisa machte das mit ihrem Intellekt, während Neve in mich hineinzusehen schien. Hoffentlich war das keine Gewohnheit von ihr, ständig das Innerste ihres Gegenübers nach außen zu kehren. Neve holte einen riesigen Pizzateller aus dem Schrank und füllte ihn mit einem großen Berg Kartoffeln, einer Kelle Quark und Spiegeleiern.

„Setz dich!“

Ich zog mir einen bunt gepolsterten Holzstuhl hervor. Neve reichte mir den vollgeladenen Teller. Dazu einen großen Bierkrug, gefüllt mit einer klaren, funkelnden Flüssigkeit.

„Das Wasser ist lecker, es kommt direkt aus einer Quelle im Wald.“

Sie setzte sich mir gegenüber. Es fiel mir sehr schwer, das Essen nicht in mich hineinzuschlingen. Es war köstlich. Ein Engel, der kochen konnte. Ich bereute, dass ich sie wegen ihres Engelseins gestichelt hatte. „Wegen vorhin, tut mir leid. Ich …“

„Schon gut.“ Sie lächelte. Sie wusste sofort, was ich meinte.

„Ich glaube, ich verstehe alles noch nicht so richtig“, versuchte ich mich trotzdem zu entschuldigen.

„Oh, das ist normal. In einer Woche wird es dir schon ganz anders gehen.“

Ich hatte meinen Teller fast leer gegessen.

„Es ist köstlich!“

„Danke.“ Neve stand auf. „Ein paar Kartoffeln sind noch da. Möchtest du Nachschlag?“

Mir fiel auf, dass Neve gar nichts aß, nicht mal was trank

„Hast du denn keinen Hunger?", fragte ich sie. Neve brachte die Pfanne und tat mir den Rest davon auf.

„Engel essen nicht." Sie lächelte.

„Nie? Und trinken?" Ich sah sie staunend an. Irgendwas hatte ich wohl tatsächlich falsch verstanden.

„Auch nicht. Es ist nicht nötig."

Ich kratzte meinen Teller ordentlich leer.

„Aber … von irgendwas …"

„Engel ernähren sich von Büchern, Wörtern, Sätzen, Gedanken. Noch nie davon gehört?!"

Nein, davon hatte ich noch nicht gehört. Ich trank den Rest aus meinem Glas. Das Wasser war wirklich köstlich.

„Die magische Bibliothek. Du wirst sehen, sie ist einfach großartig." Neves Augen leuchteten. Ich nickte. Eine bleierne Müdigkeit legte sich plötzlich auf mich.

„Aber jetzt gehst du erst mal schlafen, sonst schläfst du mir noch am Tisch ein." Ich nickte noch einmal. Meine Zunge war wie betäubt.

Neve brachte mich nach oben und schloss die apfelgrünen Vorhänge, während ich mich auf das weiche Bett fallen ließ und die leichte Daunendecke über mich zog. Ich stellte ihr eine letzte Frage: „Wie lange bist du schon hier?"

„Sieben Jahre", sagte Neve und ging zur Tür.

„Sieben Jahre …", wiederholte ich andächtig.

„Du musst jetzt schlafen. Du brauchst neue Kräfte", flüsterte sie und sah mich an mit ihren großen blauen Augen.

Meine Lider waren schwer und ließen sich nicht mehr kontrollieren. Ich spürte eine süße bleierne Schwere in allen Gliedern. Ich sah Tim vor mir, wie er mir in der Küche gegenüberstand und mich gleich küssen würde. Tim hatte nicht geglaubt, dass ich krank war. Und er hatte recht. Ich war nicht krank. Ich war … nur ein bisschen magisch. Am liebsten wollte ich ihm alles sofort erzählen. Aber das ging ja nicht.

Inzwischen wusste ich, dass es weder Telefone noch Handys in der magischen Welt gab. Nur einen PC mit Internetanschluss bei einem gewissen Pio. Von dort durfte ich eine E-Mail an Tim schreiben, alles, nur nicht die Wahrheit. Denn wenn er versuchen würde, mich zu finden, war das gefährlich für ihn, lebensgefährlich. Ich dachte an diejenigen ohne magische Talente, die sich in den Durchgängen verirrten und nur noch tot in der magischen Welt ankamen. Ein Schauer lief mir über den Rücken. Tim würde mich suchen, das wusste ich. Egal, wie sehr ich ihn warnen würde. Er hatte mir gesagt, dass er die Welt hinter der Welt finden wollte und er würde nichts unversucht lassen. Ich musste ihn schützen. Also konnte ich nur schreiben, dass ich im Ausland war. Aber würde er das glauben? Wahrscheinlich nicht. Das war der letzte klare Gedanke, danach verlor ich mich in einem diffusen Nebel unlogischer Gedankenfetzen, bis ich hinüber in das selige Nichts des Schlafes glitt.

## 20

Zuerst dachte ich, jemand hätte einen Sack bunter Edelsteine auf meiner Decke ausgeschüttet. Dann realisierte ich, dass es sich um glitzernde Lichtflecken handelte, die durch den Spalt zwischen den Vorhängen auf mein Bett trafen. Für einen Moment verharrte ich in diesem zauberhaften Anblick und wohligen Nichtwissen. Bis mein Bewusstsein die letzte Lähmung des Schlafes abschüttelte und mir alles wieder einfiel. Unglaubliche Dinge waren geschehen und ich hatte sie nicht nur geträumt – falls es sich nicht um einen Traum in einem Traum handelte. Ich stand auf, ging zum Fenster und schob die Vorhänge beiseite. Der Himmel draußen war ein faszinierendes Gemälde aus Rosarot-, Lila- und Blautönen, übersät mit glitzernden Sternen – die schönste Dämmerung, die ich je gesehen hatte. Sie tauchte alle Häuser und Wiesen in einen unwirklichen lilagoldenen Ton.

Mein Herz bekam einen kleinen Stich, als ich plötzlich den Typen vorbeilaufen sah, der mich gestern wegen meines Pyjamas aufgezogen hatte. Er bog in das übernächste Haus ein, ein Haus mit schwarzen Schindeln, schwarzem Fachwerk, weißen Balken und weißen Fensterläden. Die Fensterläden waren geschmückt mit Blumenkästen, in denen tiefrote Blumen blühten, die Ähnlichkeit mit Tulpen hatten und zu brennen schienen. Das Haus wirkte exzentrisch. War das Zufall oder konnte jeder sein Haus selbst gestalten? Jedenfalls, gut zu wissen, wo der Schnösel wohnte. So konnte ich mich drauf vorbereiten, ihm bald eine Retourkutsche zu verpassen. Wenn ich schon an eine neue Schule geraten war, dann würden hier ein paar Dinge anders laufen.

„Hey, guten Abend, du bist wach. Wie hast du geschlafen?"

Ich drehte mich um. Hinter mir stand Neve in einem blütenweißen Kleid und strahlte mich an. Heute sah sie genauso aus, wie ich mir als Kind einen Engel vorgestellt hatte, nur dass ihr die Flügel fehlten.

„Oh, sehr gut. Das war der erholsamste Mittagschlaf seit langem."

„Mittagschlaf? Du hast anderthalb Tage verschlafen." Ich starrte sie mit offenem Mund an.

„Das ist normal. Manche schlafen sogar drei Tage. Komm, zieh dir was an – das ist die schönste Tageszeit, um dir alles zu zeigen – und dann holst du mich einfach in meinem Zimmer ab, ja?! Ich warte auf dich." Und schon war sie verschwunden. Diesmal hörte ich keine der Holzstufen knarren. Wahrscheinlich war sie nach oben geschwebt.

Ich dehnte und streckte mich, machte einen Sprung vorbei an dem riesigen Spiegel und öffnete die kleine Tür neben dem Kleiderschrank. Dahinter verbarg sich ein kleines, weiß getünchtes Bad mit einer altmodischen Badewanne. Ich fragte mich, ob Neve auch keine Toilette brauchte, putzte mir die Zähne und riskierte dann doch mal einen Blick in den Spiegel. Das Grün meiner Augen schien noch intensiver geworden zu sein. Meine Haut war jetzt eindeutig olivfarben, als hätte ich das ganze Jahr in Orvieto unter der italienischen Sonne verbracht, und meine rotbraun schimmernde Lockenpracht würde inzwischen für jede Shampoo-Werbung gut genug sein.

Ich lächelte mich an. Das hatte ich noch nie mit meinem Spiegelbild getan. Ich fühlte mich stark und gesund wie lange nicht. Sollte ich vielleicht ein Kleid anziehen wie Neve? Neves gute Laune schien sich auf mich zu übertragen. Dabei steckte ich doch in großen Schwierigkeiten. Gleichzeitig wirkte meine Umgebung so friedlich und verklärt, dass es irgendwie nicht bei mir ankam. Ich sollte bald die Mächte der Erde beherrschen können? Schwer vorstellbar. Im Kleiderschrank fand ich eine schwarze Schlauchhose und ein doppelt genähtes Shirt mit schwarzer Kapuze, Taschen, Reißverschluss und grauen Ärmeln, die am Bündchen großzügig ausgefranst waren. Dazu ein paar dunkelgrüne Chucks aus stabilem Material. Wie kam es, dass die Sachen in meinem Schrank genau nach meinem Geschmack waren? Ich band meine Haare mit einem breiten roten Stoffgummi zusammen, von denen einige in verschiedenen Farben in einem bunten Beutel am Spiegel hingen. Dann stieg ich die Treppen hoch. Neves Tür stand offen.

„Komm rein!“, rief sie.

Neves Zimmer sah aus wie eine Bibliothek. Rundum ragten Bücherwände bis zur Decke. Am Fenster stand ein großer Schreibtisch, vollgeladen mit Büchern und Papier. Da, wo sich bei mir das Badezimmer befand, hatte Neves Zimmer eine Nische mit einem kleinen Fensterchen und einem großen roten Lesesessel. Ein Bett gab es nicht. Ihr Schlafzimmer musste noch woanders sein, vielleicht in der Turmspitze? Oder hatte ich im Erdgeschoss etwas übersehen?

„Ich brauche kein Bett. Als Engel schläft man nicht."

Erschrocken fuhr ich zusammen. „Du kannst Gedanken lesen …"

Neve schmunzelte und hakte mich unter. „Wenn sie dir ins Gesicht geschrieben stehen, schon! Aber ich glaube, dass kann jeder, der halbwegs aufmerksam ist. Komm, wir gehen, sonst ist die schöne Abenddämmerung fort." Sie zog mich die Treppe hinunter und wir traten hinaus in eine herrlich laue Abendluft. Sie konnte also keine Gedanken lesen, zumindest nicht so richtig. Das erleichterte mich. Ich versuchte mir immer noch Neves Dasein vorzustellen.

„Dann brauchst du also auch kein …"

„Bad? Nein, natürlich nicht."

„Dann bist du also doch ein … richtiger Engel?"

„Ja, das bin ich", sagte Neve feierlich. Ich verstand nicht ganz, warum sie es so feierlich sagte. Als wäre es ihr ganzer Stolz. Und ich verstand nicht, warum Neve ein Engel war und Kim nur jemand, der mit den Engeln des Äthers kommunizieren konnte.

„Pass auf!", unterbrach Neve meine Gedanken. „Ich gebe dir jetzt eine kleine Führung." Wir betraten den Wald, der im Abendlicht bläulich-lila schimmerte.

„Du musst dir diesen ganzen Ort hier wie eine Blase vorstellen, ein Raum hinter der dir bekannten Welt, den nur wenige betreten können. Wir gehen durch den Wald, einmal im Kreis, um die Lichtung herum. An seinen Rändern befinden sich die Durchgänge. Den magischen See kennst du ja schon."

Der Wald lichtete sich und ich sah sein Glitzern. Ein leichtes Zittern ging durch meinen Körper. Diesen Weg war ich gekommen, vor zwei Tagen.

„Ist der See immer mit Blüten verschneit oder hat das mit der Jahreszeit zu tun?"

„Immer. In der magischen Welt gibt es keine Saison."

„Das heißt, es ist immer so wie jetzt?"

„Immer."

„Auch das Wetter?"

„Das Wetter kann sich ändern. Je nachdem, wer gerade mit den Elementen experimentiert und dabei vielleicht Fehler macht. Aber das passiert nicht oft. Dann nieselt es mal kurz oder es fallen ein paar Schneeflocken. In Extremfällen wie Sturm oder starken Regengüssen gibt es Ärger für den, der das verursacht hat. Meist ist es so wie heute, sonnig und warm."

Wir liefen am See entlang. Er war lang und verschwamm am Horizont mit dem lila verfärbten Himmel.

„Und wenn man durch diesen See taucht, kehrt man zurück in die reale Welt?"

„Mit dem Element Wasser, ja. Aber erst, wenn man es beherrscht. Vorher gelingt das nicht. Du musst es wirklich beherrschen und den Abschluss haben. Sonst ist es lebensgefährlich."

Wir waren am Ende des Sees angelangt. Plötzlich nahm Neve meine Hand und zog mich ans Ufer: „Schau, dort sind einige Undinen."

Wir hockten uns auf einen Felsvorsprung. Das Wasser war tiefblau und klar. Ich sah drei wunderschöne Gestalten vorbeigleiten, langgliedrig und dünn, mit weißen Haaren bis zu den Fersen, fließenden Gewändern und ebenmäßigen Gesichtern. Sie lächelten uns zu und verschwanden langsam in der unergründlichen Tiefe des Sees.

„Was sind das? Eine Art Nymphen oder Nixen?"

„Nein, sie sind die Seelen des Elementes sozusagen, das Innenleben, seine Kraft. Sie befinden sich in den Gewässern der magischen Seen und in den Meeren, Seen und Flüssen der Welt. Nur dass man sie dort nicht mit dem bloßen Auge erkennen kann."

„Es gibt mehrere magische Seen?"

Neve nahm meine Hand und zog mich wieder in den Wald.

„Hier gibt es nur einen. Aber es existieren viele magische Blasen auf der Welt, meist hinter den Großstädten, weil dort die meisten Menschen mit magischen Kräften geboren werden oder in die Großstadt flüchten, sobald ihre Symptome beginnen."

„Es gibt noch mehr dieser Orte?"

„Natürlich."

„Sind sie denn untereinander verbunden?"

„Natürlich. Du kannst dort genauso hinreisen wie in der realen Welt. Aber das ist jetzt noch nicht wichtig für dich."

Je weiter wir gingen, desto wärmer wurde es. Bald spürte ich glühende Hitze im Gesicht und hatte Angst, schon wieder einen Brand zu verursachen. Doch die Hitze kam nicht aus mir. Vor uns öffnete sich der Wald zu einem fruchtlosen Acker. An seinem Ende befand sich ein Graben, aus dem hohe Flammen aufstiegen, die den ganzen Himmel verdeckten.

„Was wird hier verbrannt?"

„Nichts, es sind die Feuerdurchgänge. Schau genau hin!" Jetzt erkannte ich, dass die Flammen aussahen wie Gestalten mit wohlgeformten Gliedern, die in Rottönen gecheckt waren. Sie wisperten und machten den Eindruck, als würden sie einen wilden Tanz aufführen.

„Die Salamander ...", sagte ich ehrfürchtig. Im selben Moment trat eine Gestalt aus den Flammen und kam auf uns zu. Sie sah frisch und munter aus und hatte nicht eine Spur Ruß auf den Schultern, als sie grüßend an uns vorbeiging. Ich sah ihr nach, eine Frau in Jeans um die vierzig.

„Wer war das?"

„Marika. Aber ich kenne sie nicht weiter. Sie hat vor ungefähr zwanzig Jahren hier studiert, lebt aber in der Realwelt draußen."

„Warum kommt sie wieder her?"

„Bestimmt hat sie Freunde hier. Und es gibt immer mal Treffen der verschiedenen Elemente. Du darfst nicht vergessen, da draußen verstehen dich die Leute nur bis zu einem gewissen Punkt. Ein Teil von dir ist ihnen immer verborgen. Ein Teil von dir gehört in die magische Welt."

Mir wurde komisch bei Neves Worten. Sie bedeuteten: Ich würde etwas sein, was über das Normalverständnis der Menschen hinausging. Und das würde mich in gewisser Weise von ihnen abtrennen. „Lebst du deshalb in der magischen Welt und nicht mehr dort, wo du geboren bist?"

„Vielleicht …", sagte Neve nur und schob viel zu schnell hinterher:

„Und jetzt kommen wir zu deinem Durchgang: Erde. Bist du schon neugierig?" Ich zuckte mit den Schultern und versuchte, meine gleichgültige Geste mit einem wenig überzeugenden Nicken wieder gutzumachen. Ich war in Gedanken noch beim Wasser und ein bisschen schon beim Feuer, grübelte über Neves ausweichende Antwort nach und versuchte, eine Ordnung unter all den heranstürmenden Fragen herzustellen.

„Kommt man denn immer am gleichen Ort raus?", fragte ich.

„Ja."

„Wo genau?"

„Den Wasserdurchgang kennst du bereits. Es gibt aber noch einen unterseeischen Höhlengang, der irgendwo in die Spree führt, soweit ich weiß. Die Feuerleute gehen durch die Müllverbrennungsanlage …"

„Ihh …"

„Es macht ihnen nichts aus. Es ist wichtig, dass es unbeobachtete Orte sind. Es können nicht an irgendwelchen belebten Orten immerzu Menschen verschwinden oder wieder auftauchen."

Das machte Sinn.

„Luft geht durch einen stillgelegten U-Bahnschacht am Alexanderplatz. Und Erde – das wird dich am meisten interessieren – unter einem riesen Schuttberg in Reinickendorf gibt es eine Erdhöhle, die führt direkt in die magische Welt und wieder hinaus. Das wäre dein eigentlicher Weg gewesen.“

Den Schuttberg kannte ich sogar. Hier lag ein großer Teil der Kriegstrümmer aus dem Zweiten Weltkrieg begraben. Inzwischen war der Berg mit Wiesen überzogen und teilweise bewaldet. Auf der einen Seite ragten hässliche Neubauten auf. Auf der anderen hatte man dagegen einen wunderschönen Blick über ausgedehnte Felder. Einmal hatte mich eine Kindergartenfreundin dorthin zum Drachensteigen mitgenommen. Kurz spürte ich leise Wut auf Atropa. Warum hatte sie mir das nur mit dem Wasser angetan?!

„Voilà“, sagte Neve. Wir waren immer noch im Wald und standen vor einem Sandhügel mit einem dunklen Eingang, der tief in die Erde führte.

„Hier geht es nach Hause … wenn du soweit bist.“

Ein wehmütiges Gefühl ergriff mich. Unwillkürlich tat ich ein paar Schritte hinein. Neve packte mit erstaunlicher Kraft meinen Arm und hinderte mich am Weitergehen.

„Stopp. Das ist nicht einfach ein Spaziertunnel! Du musst die Erdkräfte beherrschen. Sonst zermalmen sie dich. Siehst du ihre Gesichter? Sie machen sich über dich lustig.“

Jetzt sah ich es. Die Erde am Tunneleingang bestand aus lauter kleinen grinsenden Gnomgesichtern mit funkelnden Bernsteinaugen. Ein bisschen Erde rieselte vor meine Füße. Ein Gnom sprang hinunter, kleiner als mein Fuß, landete auf meiner Fußspitze und kniff mir in den Knöchel. Erschrocken versuchte ich ihn abzuschütteln, aber er hielt sich an meinem Schnürsenkel fest. Meine anfängliche Angst verwandelte sich auf einmal in Wut. Ich knurrte ihn an. Plötzlich gab es einen kleinen Erdrutsch vom oberen Teil des Höhleneingangs. Neve stieß mich zur Seite und verhinderte, dass der Erdbrocken auf meinem Kopf landete. Ich fiel hin. Neve stand über mir, die

Augen geschlossen und die Hände in meine Richtung ausgestreckt. Ich versuchte, mich aufzurappeln, aber ich war wie erstarrt. Erst als Neve die Hände sinken ließ, konnte ich mich wieder rühren.

„Was machst du?", rief ich und setzte mich auf. Die Gnome waren alle verschwunden.

„Ich beruhige deine Erdkräfte und schütze dich vor dir selbst."

Ich klopfte mir den Staub von meinen Sachen und sah sie fragend an.

„Aber das hast du schon mal gut gemacht mit den Gnomen. Du hast ihnen eine Lektion erteilt. Allerdings etwas heftig, sodass du dich selber in Gefahr gebracht hast."

Ich starrte auf den Erdhaufen, der jetzt den halben Höhleneingang versperrte. So viel Erde hätte das Potenzial gehabt, mich zu erschlagen.

„Nicht nur wegen des Erdhaufens, die Gnome laden sich auf mit deiner unkontrollierten Wut und geben sie zurück. Dann gibt es einen Kampf, den du derzeit verlieren würdest. Sie handeln nach deinen Emotionen, die musst du im Griff haben, verstehst du …"

Ich verstand wahrscheinlich nicht mal die Hälfte und war einfach nur froh, dass Neve bei mir war. „Danke", flüsterte ich und sah Neve reumütig an.

Neve lachte. „Schon gut. Das ist meine Aufgabe."

„Du bist also ein Schutzengel …" Neve lachte wieder.

„Vielleicht … auch … aber nicht im herkömmlichen Sinne. Ich habe es dir noch nicht erklärt. Engel haben die Fähigkeit, unkontrollierte Kräfte der Elemente zu besänftigen. Deswegen wohnt jeder Neuankömmling die erste Zeit bei einem Engel, bis er sich eingelebt und die wichtigsten Lektionen gelernt hat. Danach bezieht er sein eigenes Haus."

Ich dachte sofort an den Obermacho. „Kann man sich das Haus selbst aussuchen?"

Neve forschte in meinem Gesicht. Sie merkte sofort, wenn man mit einer Frage etwas im Schilde führte. „Warum fragst du?“

„Weil … ich habe diesen Typen von gestern, der mich wegen meines Pyjamas …“

„Leonard.“

„Ja, genau der … in ein schwarzes Haus mit Feuerblumen gehen sehen.“

„Ja, das ist seins. Passt zu ihm, oder?! Jeder gestaltet sich sein Haus, so wie er will. Aber lass uns weitergehen. Es wird bald stockfinster sein.“ Neve hatte recht. Das lila Licht war verschwunden. Im dunklen Wald sah man jetzt überall die weißen Blütenblätter, die durch die Luft schwebten. Sie gaben kein Klingen mehr von sich, dafür leuchteten sie wie kleine Glühwürmchen und sorgten dafür, dass man die Bäume und den Weg noch schemenhaft wahrnehmen konnte.

„In circa einer Stunde hört das Flirren der Blüten auf. Dann sieht man die eigene Hand vor Augen nicht mehr. Aber wir haben es gleich geschafft.“

Ich spürte einen aufkommenden Wind. Er wurde immer kühler. Ich zog meine Kapuze über den Kopf. Neve schien die Kälte des Windes nichts auszumachen. Wahrscheinlich spürte sie sie nicht. Wir betraten eine kreisrunde Lichtung, die vielleicht einen Durchmesser von dreißig Metern hatte. Mitten auf der Wiese drehte sich ein Wirbelsturm. Er war die Ursache dafür, dass es so kalt zog. Ich hörte Gelächter.

„Das typische Lachen der Sylphen, wenn sie sich so verrückt im Kreis drehen wie bei diesem Durchgang. Man kann sie dann nicht mal erkennen, nur hören“, erklärte Neve.

„Und wenn sie langsamer werden, dann sehen sie so aus wie Jolly?“

Neve kicherte. „Nein, ganz im Gegenteil. Es sind kleine runde Mädchen und Jungen mit Pausbacken, man kann sie eher mit Schäfchenwolken vergleichen. Wenn sie sich zu Stürmen zusammenbrauen, können sie sich allerdings ziemlich in die Länge ziehen."

Ich betrachtete andächtig diesen kontrollierten Wirbelsturm mitten auf der Wiese und versuchte die kleinen Mädchen und Jungen auseinanderzuhalten, bis Neve mich nach einer Weile weiterzog. Jemand kam uns auf dem dunklen Weg entgegengestolpert. „Hi", grüßte Neve. Ich konnte nicht erkennen, ob es ein Mann oder eine Frau gewesen war, so schnell war die Gestalt wieder in der Dunkelheit verschwunden. Neve wechselte die Richtung. Wir bogen nach links ein, weg von der Akademie.

„Jetzt langsam", mahnte sie mich und nahm mich bei der Hand. Die Blütenblätter wurden weniger in der Luft. Ich sah fast nichts mehr. Neve bewegte sich jedoch, als ob sie alles sah. „Deine Augen werden noch besser, keine Sorge", beruhigte sie mich.

„Du kannst doch Gedanken lesen", antwortete ich mit strafendem Unterton.

„Nein, kann ich nicht. Aber ich kann spüren, was in anderen vorgeht. Wenn ich mich stark auf eine Person konzentriere, erhalte ich Zugang zu ihren Sorgen, Ängsten und Wünschen. Dann höre ich manchmal ihre innere Stimme und kann ihr wie eine weitere innere Stimme antworten, ihr Mut zusprechen und ihre Ängste abmildern, verstehst du?! Es gehört zu den Aufgaben eines Engels."

„Dein Job in der Menschenwelt?"

„Genau."

„Du sitzt dann neben ihm und führst einen Dialog, der im Inneren der Person stattfindet?"

„An öffentlichen Orten funktioniert es so."

„Und wenn du jemanden zu Hause besuchst, dann machst du dich unsichtbar oder was!", scherzte ich. Doch Neve antwortete ganz ernst: „Genau."

Ich war verblüfft. Ich hatte mal wieder vergessen, wo ich mich befand. „Was? Du kannst dich tatsächlich unsichtbar ...?"

„Natürlich, ich bin ein Engel!", gab sie mit leichter Empörung zurück. „Du wirst dich auch in Erde und Sandstürme verwandeln können."

„Was???" Ich war schockiert! Lernte ich hier, wie man sich in Sand auflöste? Ich spürte leichte Panik. „Nein, das will ich aber nicht", gab ich zurück, doch Neve ging nicht drauf ein, sondern rief auf einmal: „Stopp!", und hielt jetzt nicht nur mit einer Hand meine Hand, sondern schob mir ihren anderen Arm vor mein Schlüsselbein.

„Schau hinunter", flüsterte sie feierlich. Ich schaute hinunter und bekam einen fürchterlichen Schwindelanfall. Ich schwankte, aber Neve hielt mich fest. Meine Fußspitzen ragten einen Zentimeter über einen Abgrund. Ganz unten flimmerte es bläulich hell.

„Hier fliegen die Engel ab. Ist das blaue Licht nicht schön?" Ich trat einen Schritt zurück und presste ein Ja hervor.

„Es bedeutet, dass schönes Wetter in Berlin ist." Bei Regen ist es mehr grau. Nachts sieht man nur ein paar gelbe Punkte, die Straßenlaternen. Aber wenn die Sonne scheint, dann gibt es dieses herrlich blaue Licht."

„In Berlin scheint jetzt die Sonne?"

„Ja. Es ist verdreht. Wir sind hier „auf der anderen Seite" sozusagen. Hier ist es Nacht, wenn dort Tag ist und umgekehrt."

Ich erinnerte mich, dass ich nachts im See untergegangen und auf einer Wiese mit der Sonne im Zenit wieder zu mir gekommen war. In Berlin schien jetzt also die Sonne. Ich konnte hier hinunterschauen und sah den Himmel von Berlin! Ich konnte es kaum glauben und seufzte. Neve streichelte meinen Arm.

„Du kannst bald wieder hin. Die Zeit vergeht schneller, als du denkst. Glaub mir." Ich straffte mich, um meinem Kummer keine Falten zu bieten, in denen er sich festhaken konnte.

„Da springst du jedes Mal hinunter?“, fragte ich Neve ungläubig.

„Oh ja, es macht Spaß.“

Ich riskierte einen letzten Blick in die schockierende Tiefe.

„Wann warst du das letzte Mal …?“

„Letzte Nacht … um für dich ein paar Sachen zu kaufen.“ Ich sah ihr Grinsen im fahlen Licht des blau schimmernden Abgrunds.

„Du hast mir das alles gekauft?“ Ich befühlte meinen Pullover.

„Hab ich deinen Geschmack getroffen?“

„Ja. Perfekt! Kein Vergleich mit Delia – meiner Mutter. Aber wer bezahlt das?“

„Die Akademie. Darüber brauchst du dir keinen Kopf machen. Für dich ist gesorgt. Das ganze Jahr.“ Neve zog mich noch ein Stück weg vom Abgrund und machte Anstalten, den Rückweg einzuschlagen.

„Okay, genug für heute.“

Das fand ich allerdings auch. Wir gingen zurück bis zu der Kreuzung, an der wir abgebogen waren, und von dort weiter geradeaus. Nach fünf Minuten traten wir aus dem Wald und standen direkt vor der Akademie.

„Hunger?“, fragte sie.

„Mächtig“, gab ich zur Antwort. Und merkte erst jetzt, dass meine Beine nicht nur weich vor Angst, sondern auch vor Hunger waren.

„Wie wär’s, wenn ich dir zum Abschluss das Akademie-Café zeige?“

„Das hat mitten in der Nacht auf?“

„Es hat immer auf. Für jeden, der nichts selber kochen will.“

# 21

Wir betraten das Gebäude durch die Drehtür und fanden uns in einer schlichten, weiß getünchten Vorhalle wieder. Links und rechts führte eine Treppe nach oben. Ich steuerte auf eine der Treppen zu, doch Neve lenkte mich an ihnen vorbei zu einer kleinen Tür, hinter der eine kleine Stiege nach unten führte. „Oben sind ein paar Übungsräume, im Dach ist die Bibliothek und in einem der Türme wohnt Pio. Lernst du alles noch kennen. Das Akademie-Café ist unten im Keller."

„Pio, bei dem man E-Mails schreiben kann?"

„Genau, er kümmert sich um die technische Kommunikation mit der Realwelt. Bei ihm steht der PC, an dem dich Jerome morgen sicher ein paar E-Mails schreiben lässt. Du wirst ihn kennenlernen."

„Es gibt in der ganzen Schule wirklich nur einen einzigen Rechner?" Ich konnte das kaum glauben.

„Ja, und über den wacht Pio mit Argusaugen. Der PC ist schließlich sowas wie ein sechster Durchgang zur Welt. Und es ist Pios besonderen Ätherfähigkeiten zu verdanken, dass die Kommunikation überhaupt funktioniert. Früher gab es das nicht. Früher war jeder, der neu hierherkam, erst mal abgeschnitten von der alten Welt. Ich weiß nicht, vielleicht war das auch besser …"

„Wieso?"

„Ach, weiß nicht. So ein Gefühl."

Ich runzelte die Stirn. Das konnte man einfach nicht alles sofort verstehen. Wir betraten ein Gewölbe. Es sah aus wie ein Weinkeller. Die Decke hatte Rundbögen, der Fußboden war aus grobem Stein. Überall standen Holztische mit einer brennenden Kerze darauf. An den Seiten gab es einige Nischen mit Eckbänken. Hier und da saßen ein paar Studenten. Sie wirkten ganz normal, wie Studenten an einer gewöhnlichen Uni, die Geschichte oder Chemie studierten, aber nicht gleich Stürme erzeugen, sich in Taifune verwandeln oder sich unsichtbar machen konnten. Der Raum erinnerte mich an einen gemütlichen Jazzkeller und hatte nichts Außergewöhnliches an sich, außer, dass ich keinen Tresen oder irgendeine Theke entdecken konnte. Nur einen Durchgang, gleich neben dem Eingang, über dem ‚Küche' stand. Dahin führte mich Neve.

Die Küche war riesig, vielleicht fünfzig Quadratmeter. Ich sah mehrere Herde, auf denen überdimensionierte Töpfe standen, drei Abwaschbecken, eine Reihe großer Kühlschränke, Regale bis zur Decke über meterlangen Arbeitsflächen und Körbe voll mit Lebensmitteln. Hier schien es alles zu geben. Es war wie eine Mischung aus Küche und Supermarkt. Neve guckte in einen Topf nach dem anderen.

„Kartoffelsuppe, Gulaschsuppe, Hähnchenbrühe … schau mal. Schon was dabei?"

Ich atmete den köstlichen Duft der Suppen ein, als Neve die Deckel hob. Wie konnte sie nur immun dagegen sein? Ich sah einen Stapel tiefer Schalen, schnappte mir eine und schaufelte mir eine große Kelle aus dem nächstbesten Topf.

„Es sieht alles großartig aus", erklärte ich und suchte nach einem Löffel. Neve hatte schon einen parat und reichte ihn mir. Ich musste sofort probieren. „Wollen wir uns nicht lieber setzen? Du kannst dir nachholen, so viel zu willst. Es gibt auch Auflauf und …" Sie wurde von einer kleinen runden Frau mit einem großen grauen Dutt, einem blauen Kleid mit weißen Punkten und einer weißen Schürze unterbrochen, die aus einer Nebentür hereinkam.

„Pizza gibt es heute! Ganz frisch. Gerade vor fünf Minuten fertig geworden."

„Else!", rief Neve und fiel der dicken Frau um den Hals. „Du bist wieder da!"

„Aber natürlich, Engelchen. Ich war doch nur einen Tag weg." Sie warf einen Blick über Neves Schulter auf mich. Ihre Augen waren stahlblau und ihr Blick durchdringend, aber freundlich.

„Neuankömmling." Neve löste sich von ihr und stellte uns vor: „Kira. Erde. Da hast du wieder jemanden, den du mit Essen glücklich machen kannst. Und das ist Else. Erde durch und durch. Sie kocht all die leckeren Sachen hier."

„Na, du isst ja nichts, Engelchen, eine Schande ist das …", maulte Else. Ich schätzte sie um die fünfzig, obwohl ihre Augen etwas sehr Zeitloses hatten.

„Else …!"

„Ja, ja, mein Engelchen." Sie strich Neve über die Wange. Wenn ich mich nicht täuschte, lag neben der Herzlichkeit auch etwas Traurigkeit in ihrer Stimme.

„Probier alles, Kira. Nimm, soviel du willst. In zwanzig Minuten ist eine Kürbissuppe fertig. Und Sonderwünsche, jederzeit! Was ist denn deine Lieblingsspeise, außer dass dir derzeit dauernd nach Fleisch ist? Das geht vorüber."

Es war schwer, mich zu erinnern, was mir vor meinem Fleischrausch besonders geschmeckt hatte. „Kartoffelecken. Mit Apfel-Zimt Remoulade."

„Jonnys Kartoffelecken!", rief Else aus und ich war ehrlich überrascht.

„Sie kennen Jonnys Frittenbude im Prenzlauer Berg?"

„Ja natürlich, ich habe da lange Zeit gewohnt."

Jetzt hätte ich sie auch am liebsten umarmt. Es war, als würde man am anderen Ende der Welt Jemanden begegnen, der zu Hause in der Nebenstraße wohnte. Ich war nicht mehr allein!

„Mach ich dir, gleich morgen, okay? Aber jetzt setzt euch hin. Ich bring dir Nachschlag."

Ich nickte und Neve schob mich mit meinem Teller voller Gulaschsuppe und einem Baguette unter dem Arm in den Nebenraum. Wir setzten uns in eine Nische. Neve sah mir beim Essen zu. Ich hatte den Eindruck, dass sie es genoss, mich essen zu sehen, als würde etwas tief in ihr doch essen wollen. Else brachte noch einen Teller Kürbissuppe und ein großes Stück Salamipizza mit Oliven. Sie wirkte wie eine Köchin aus einer mittelalterlichen Schlossküche. Ich mochte sie. Bestimmt war sie sowas wie die Seele der Akademie.

„Else! Was gibt's den heute Leckeres?!" Ich drehte mich nach der bereits bekannten dunklen Stimme um und sah, wie Leonard mit noch einem Typen den Raum betrat und die Köchin umarmte. Else wehrte sich etwas, aber lächelte gleichzeitig.

„Leo … Bring eine alte Frau nicht immerzu in Verlegenheit."

„Else! Du hast die schönsten Augen, die ich je gesehen habe!", beteuerte Leonard. Seine Stimme war viel zu laut. Jeder musste ihm zuhören. Neve verdrehte die Augen. Ich wollte sofort gehen.

„Pizza ist noch da. Die müsste für euch beide noch reichen."

Okay, sollten sie erst mal in der Küche verschwinden. Dann konnten Neve und ich abhauen. Leonards Freund machte Anstalten, Else zu folgen. Doch Leonard hielt ihn am Ärmel fest. Er hatte mich entdeckt.

„Hey, Kay, guck mal, unsere Neue ist da. Ich stell sie dir vor!", sagte er, zog an seiner Zigarette, die er die ganze Zeit im Mundwinkel hatte, und kam auf uns zu. Okay, cool bleiben, coachte ich mich. Der Typ kann dir nichts. Er ist nur ein blöder Angeber. Du bist nicht mehr das schüchterne Häschen, das auf dem Schulhof veralbert wird. Du bist jetzt mit so jemandem wie Tim zusammen. Und du siehst inzwischen auch gut aus. Dann standen sie genau vor unserem Tisch. Leonard, hoch aufragend und ganz in schwarz gekleidet, mit seinen schwarzen Haaren, die ihm verwegen ins Gesicht fielen, blitzenden Augen und einem schiefen Lächeln. Er schüchterte mich ein, ob ich wollte oder nicht. Ich räumte das Geschirr zusammen. Neve lehnte sich entspannt zurück, verschränkte aber die Arme vor der Brust.

„Engelchen, du hast uns noch nicht vorgestellt!"

„Das kann ich auch selbst. Wir sind doch nicht im Mittelalter!", antwortete ich. „Ich heiße Kira. Und mit wem habe ich bitte die Ehre?!" Ich kämpfte darum, seinem Blick standzuhalten und meine Stimme fest klingen zu lassen. Aber beides gelang nicht.

„Mit wem habe ich die Ehre …", äffte Leonard mich nach und lachte sich schlapp, als hätte ich den Witz des Monats gerissen. Kay, dem Typen neben ihm, schien die Vorstellungsrunde weniger angenehm. Er machte eine Bewegung mit dem Kopf, die bedeuten sollte: Komm, wir verziehen uns. Aber Leonard schien darin keinen Grund zu sehen. Er sagte: „Du willst mir doch nicht ernsthaft weismachen, dass Neve – unser aller Unschuldsengel – dir noch nicht von mir erzählt hat!" Er verarschte nicht nur mich, er machte sich auch über Neve lustig. Aber Neve blieb ganz ruhig. Sie erhob sich, nahm meine zwei Gläser, ignorierte Leonard einfach und sagte zu mir: „Komm."

Ich stand ruckartig auf, stieß dabei gegen den Tisch, dass es schepperte, und konnte gerade so den Turm Geschirr festhalten, den ich gebaut hatte. Leonard lachte nur noch mehr.

„Sie ist verlegen", prustete er.

„Und du bist bekifft", bemerkte Neve ruhig und sachlich.

„Würde dir auch mal ganz gut tun, Nevi", gab er zurück.

„Komm jetzt", sagte Kay und zog Leonard am Ärmel. „Else stellt schon das Essen hin."

„Sie wird rot", kommentierte Leonard meine Gesichtsfarbe. In mir brodelte es. Ich spürte diese Hitze in mir aufsteigen. Nein, bloß nicht wieder ohnmächtig werden. Nicht vor diesem Typen. Bei dem würde mich so eine Story bis an das Ende meiner Tage verfolgen. Ich ließ das Geschirr stehen und rannte einfach raus.

„Schüchtern wie ein Mädchen in der ersten Klasse. Irgendwie süß", rief er mir hinterher.

„Halt die Klappe." zischte Neve.

„Ein bisschen Wut steht dir!", hörte ich ihn noch antworten. Dann war ich die Treppe hoch, wartete nicht die Drehtür ab, sondern sprang durch ein offenes Fenster neben der Tür und rannte in den Wald, einfach in das Gestrüpp hinein. Ich hasste diesen Typen und diese bekloppte Akademie. Jetzt, wo es mir an meiner Schule endlich gut ging. Wo man mich in Ruhe ließ und ich sogar so jemanden wie Tim hatte, landete ich plötzlich in dieser absurden Welt und musste mich wieder wie in der Grundschule fühlen?

Am meisten war ich sauer auf mich selbst, dass ich zu blöd gewesen war, mich gegen ihn zu wehren. Das konnte doch nicht wahr sein! Wie ein Mäuschen hatte ich dagesessen und war rot geworden. Er hatte mit seinen Worten sogar recht, auch wenn seine ganze Art durch und durch arschig war. Ich hörte Neve von Weitem rufen. Ich kauerte mich ins Unterholz. Ich war mitten in die Dunkelheit hineingerannt und sah nichts. Ich wollte allein sein. Sie rief noch einige Male. Die Rufe entfernten sich. Dann war es still.

Ich wischte mir ein paar Tränen von den Wangen. Meine Stirn kühlte ab. Meine Bündchen an den Handgelenken waren allerdings seltsam heiß, und es roch ein bisschen angebrannt. Wahrscheinlich hatte das mit dem Elementen-Wahnsinn zu tun. Ich wollte das doch alles nicht. Ich wollte zu Tim. Ich wollte mit ihm zusammen sein, jeden Tag, ihn kennenlernen, alles. Stattdessen hockte ich hier, auf einem unbekannten Planeten und musste mich mit solchen Typen wie Leonard rumschlagen. Ich stand auf und lief einfach in die Dunkelheit hinein, die Arme nach vorn gerichtet, um den Bäumen auszuweichen. Es funktionierte ganz gut.

Auf einmal wurde es heller. War das etwa schon die Morgendämmerung? Das konnte nicht sein. Die Umrisse der Bäume wurden deutlicher. Durch die Baumstämme glitzerte es. Ich bewegte mich darauf zu, trat in ein goldenes Licht und traute meinen Augen nicht. Vor mir stand auf einer kleinen Lichtung der Dom von Orvieto in Miniaturausgabe, vielleicht drei Meter hoch. Das Licht strahlte von seiner goldenen Fassade und den vielen bunten Steinen darauf ab. Das Eingangsportal stand offen. Ich ging hinein und fand mich in einem mit Blumen geschmückten Raum mit einigen Kirchenbänken wieder. Er war vielleicht 20 Quadratmeter groß und ähnelte der Inneneinrichtung des italienischen Doms. Der Ort, an dem ich zur Ruhe kam und jeden Sommer neue Kraft tankte. Spielte mir meine Fantasie einen Streich?

Ich setzte mich auf die letzte Bank und fühlte das kühle Holz. Das hier war echt. Ich konnte es anfassen. Auf einmal klopfte es an das offen stehende Miniaturportal, durch das ich gerade gekommen war. Ich fuhr erschrocken herum. Die Schatten schoss es mir als Erstes durch den Kopf. Aber die würden doch nicht klopfen, und dann stand Neve vor mir und sagte: „Das ist ja zauberhaft! Wo hast du das her?“ Sie machte eine ausladende Handbewegung, die den ganzen Dom meinte.

„Wie, woher?“ Ich verstand nicht. Neve setzte sich neben mich und sagte: „Ach, das habe ich dir ja noch gar nicht erklärt. Also, die Gegend um die magische Akademie ist begrenzt, aber eben auch nicht begrenzt. Jeder hat so einen Ort wie diesen hier, den er aufsucht, wenn er allein sein muss. Es ist ein Ort, den man im Realleben am meisten mag, an dem man gerne ist, an dem man seinen Frieden findet. Man muss nur in den Wald gehen und an ihn denken. Dann gelangt man dahin. Man kann auch Leute dorthin mitnehmen. Du hast mich nicht freiwillig mitgenommen. Ich bin dir gefolgt, sorry. Aber ich muss auf dich achtgeben, weißt du, gerade am Anfang."

Neve sah mich reumütig an. Ich umklammerte die Bank vor mir. Sie war und blieb echt. „Und das verschwindet wieder, wenn ich nicht mehr dran denke?", fragte ich Neve ängstlich.

„Nein, es ist jetzt da. Immer an der gleichen Stelle. Aber ohne dich kann es niemand finden. Der Wald ist voll von solch persönlichen Orten, aber man entdeckt sie nur, wenn man eingeladen wird ... oder jemanden verfolgt ..."

„In Wirklichkeit ist er viel größer, der Dom, weißt du." Ich sah nach vorne und bemerkte, dass es hier keinen Altar gab, nur einen roten Teppich und eine Bodenvase mit Blumen.

„Hab ich mir schon gedacht", antwortete Neve.

„Es ist der Dom von Orvieto. Das ist ein kleiner Ort in Umbrien", erzählte ich weiter.

„Italien."

„Ja, dort haben meine Eltern ein Haus. Ich bin jeden Sommer ein paar Wochen da und dann jeden Tag in diesem Dom. Er gibt mir irgendwie Kraft."

„Bist du katholisch oder so?"

„Nein, kein bisschen. Du? Ich meine, die katholische Kirche ist voll von Engeln und du passt gut hier rein." Ich lächelte.

„Nein, kein bisschen ... Mein Vater ..." Neve biss sich auf die Lippen und brach ab. Stattdessen sagte sie: „Leonard ist ein Vollidiot, besonders, wenn er gekifft hat. Beachte ihn einfach nicht."

Ich seufzte. „Es ist nur ..."

„Ich weiß ... Dein Liebeskummer ist nicht zu überhören, auch wenn man gar nicht hinhören will", sagte Neve.

Ich machte ein entgeistertes Gesicht. Wieder sah sie mich ganz reumütig an. Eigentlich wäre ich jetzt am liebsten allein gewesen, aber Neve saß neben mir, spürte alles und mein Kummer wollte raus.

„Ich will einfach zu ihm, weg von hier, von solchen Blödmännern wie diesem Leo. Tim ist auch jemand, den alle toll finden, aber er mag mich scheinbar und das ist ein Wunder."

„Das ist doch kein Wunder. Du hältst zu wenig von dir."

„Vielleicht. Ich wurde immer veralbert von solchen Typen wie Leo, weißt du. Ich kann das nicht mehr ertragen."

Ich hasste Geständnisse dieser Art. Aber Neve brachte mich irgendwie dazu, obwohl sie mich nicht mit tausend Fragen löcherte wie Luisa.

„Aber ich bin nicht sicher, ob Tim mich wirklich noch will."

„Warum denn das?"

„Ich habe sein Zimmer in Brand gesteckt."

Neve zog erstaunt die Augenbrauen hoch.

„Warum?"

„Ich weiß nicht. Ich wollte das nicht. Es war nicht mit Absicht. Es ist einfach passiert."

„Wie einfach passiert? Weil ihr heimlich geraucht habt?"

Ich erinnerte mich, dass Neve meine Gespräche mit dem Rat während der Versammlung mit angehört hatte.

„Das mit den Zigaretten stimmt nicht. Ich habe noch nie geraucht. Es fing von allein an zu brennen. Aus dem Nichts."

Neve bedachte mich mit einem prüfenden Blick. „Bist du sicher? Auch keine Kerze oder sowas?"

„Nein …"

Neve nahm meine Handgelenke und sah sie sich an. Sie machte ein besorgtes Gesicht. „Brandlöcher. Und wie heiß du vorhin im Café geworden bist …Vielleicht bist du gar nicht Erde … Wir sollten noch mal zum Rat …"

„Nein!" Ich sprang auf, bereit wieder wegzulaufen. Nicht noch mal so ein Verhör.

„Okay, okay. Schon gut. Ich sage erst mal nichts. Wir beobachten das." Neve biss auf ihrer Unterlippe herum. Wahrscheinlich war sie verpflichtet, dem Rat so etwas mitzuteilen. Ich brachte sie in Schwierigkeiten.

„Aber warum hast du dem Rat gesagt, es war eine Zigarette?“, bohrte sie nach.

„Der Einfachheit halber und weil Jerome mich darin bestärkt hat …“

„Jerome? … Okay, schon klar, er will dich ausbilden.“ Neve hörte auf, auf ihrer Lippe herumzukauen.

„Aber das macht doch keinen Sinn, wenn ich gar nicht Erde bin …“, überlegte ich.

„Wahrscheinlich bist du Erde. Sonst hätten die Erdgnome nicht so auf dich reagiert. Außerdem isst du wie ein Scheunendrescher. Feuer trinkt wie ein Loch. Am Anfang tippen die Ärzte auf Zuckerkrankheit. Äther hört auf zu essen, Luft isst kein Fleisch mehr und Wasser nur noch Fisch. Das kann man alles ziemlich gut unterscheiden.“

Jetzt nahm ich Neves Hände und schaute ihr tief in die Augen. „Neve, würdest du mir eine Frage ganz ehrlich beantworten? Ganz ehrlich?“

Neve nickte. „Ich beantworte dir jede Frage ehrlich. Das gehört zu meiner Natur.“

„Okay …“ Ich atmete tief durch und rechnete mit dem Schlimmsten.

„Gibt es wirklich keine einzige Möglichkeit, dem allem hier zu entkommen, ohne diese abgedrehte Ausbildung zu machen? Keine einzige? Nichts? Sag es mir!“

Neve entzog mir ihre Hände, senkte die Augen und seufzte. Ich schöpfte Hoffnung.

„Doch, es gibt eine, aber der Preis ist zu hoch, als das sie für dich in Frage kommt. Es steht in keinem Verhältnis und der Rat würde es auch nicht genehmigen.“

„Welche!“ Ich sah sie erwartungsvoll an. Kein Preis kam mir zu hoch vor, das verwirrende Intermezzo einfach hinter mir zu lassen und mein normales Leben an der Stelle wieder aufzunehmen, an der es abgebrochen war.

„Wenn Leute in der magischen Welt oder auch in der Realwelt zur ernsthaften Gefahr werden, dann löscht der Rat ihr Gedächtnis. Sie werden zurückgeschickt in die normale Welt. Sie erinnern sich nicht mehr an die magische Welt und teilweise auch nicht an ihre Vergangenheit, je nachdem, wie sehr oder wie negativ sie damit verwoben waren. Ihre elementaren Fähigkeiten werden bis zu ihrem Lebensende durch eine injizierte Substanz unterdrückt. Aber sie haben davon zeit ihres Lebens Fieberschübe, ähnlich wie schwere Malaria-Anfälle, vielleicht drei- oder viermal im Jahr. Das ist schlimm, die Ärzte sind ratlos. Es geht aber nicht anders. Sonst würden sie wieder in einer Anstalt landen oder erneut in der magischen Welt."

Neve sah mich traurig an. Ich senkte den Blick und schwieg.

„Das ist kein guter Tausch, nur um so jemand wie Leo nicht wiedersehen zu müssen", befand sie.

„Es ist doch nicht wegen Leo!", brauste ich auf, sodass Neve zusammenzuckte.

„Ich weiß, es ist wegen dieses Tims. Aber ihr seid doch nur ein Jahr getrennt."

„Nur ein Jahr!? Wenn ich zurückkomme, ist er fertig mit der Schule und sicher längst im Ausland. Er ist klug, er hat so viele Ideen. Bestimmt hat er mich bis dahin vergessen."

„Vergessen? Dann traust du eurer Liebe aber nicht viel zu. Kira, Verliebtsein in deinem Alter ist normal. Aber das geht so schnell, wie es kommt. Dafür schmeißt man nicht sein Leben weg."

„Meine Liebe zu Tim ist nicht irgendeine Liebe! Sie ist was ganz Besonderes!", rief ich aufgebracht und Neve zuckte wieder zusammen. „Ja, gut. Ist ja gut. Aber dann solltest du ihr auch mehr vertrauen! Ein Jahr ist nichts für die wahre Liebe!" Neves Stimme war jetzt auch laut. Ich wusste darauf nichts zu sagen. Sie hatte leider recht. Trotzdem … In meinem Kopf drehte sich alles.

„Außerdem, was heißt denn in meinem Alter? Du redest wie eine alte Oma, die alles schon tausend Mal erlebt hat. Warst du denn überhaupt schon mal verliebt? Ich meine, so richtig?"

Neve schüttelte den Kopf und sagte ganz leise: „Nein."

„Noch nie? Auch nicht mal so ein bisschen?"

„Nein."

Eine Frage drängte sich mir auf: „Wie alt bist du eigentlich?"

„Zweiundzwanzig. Aber das hat nichts mit dem Alter zu tun." Sie straffte ihre Schultern und sah mich an, entschlossen, sich von mir nicht in die Enge treiben zu lassen. „Ich bin hier, seit ich fünfzehn bin."

„Mit fünfzehn schon …?!"

„Ja … und ich halte nichts von diesem Liebesaufruhr. Ich glaube, ich stehe da drüber. Ich schaue es mir an und ich helfe. Ich bin ein Engel, verstehst du."

„Du stehst da drüber?", wiederholte ich verächtlich. Verliebt sein war doch nichts Minderwertiges.

„Naja, als Engel, meine ich … Damit will ich die Liebe nicht abwerten. Ich liebe ja auch einige Menschen sehr, aber … ich verliebe mich eben nicht im herkömmlichen Sinne."

Ich nickte. Ich verstand. Neve war ein Engel. Es machte Sinn. Auf einmal sagte sie: „Kira, ich mag dich. Du bist sehr stark. Du hast starke Gefühle, weißt du. Der Anfang ist schwer, aber du wirst es schaffen. Und du wirst Tim wiedersehen. Das spüre ich. Wenn ein wenig Zeit vergangen ist, vielleicht kann ich ihn dann mal besuchen."

Ihr letzter Satz traf mich wie ein heller Sonnenstrahl. Das war eine ganz neue Perspektive. „Und ihm eine Nachricht überbringen?"

„Nun ja, das darf ich nicht. Aber ich kann dir von ihm erzählen, was er gerade tut, wie es ihm geht. Wenn er von starken

Gefühlen bewegt wird, höre ich vielleicht sogar seine innere Stimme …"

Mir wurde ganz warm in der Herzgegend. Ich würde etwas über Tim erfahren, ich würde ihm durch Neve ein Stück näher sein …

„Danke …", sagte ich und umarmte Neve. Ich hatte eine neue Freundin. „Du bist … ein Engel!", schob ich hinterher und schmunzelte.

„Ja …", sagte sie. „Aber jetzt müssen wir gehen. Du musst schlafen und ich ein bisschen meditieren. Morgen ist dein erster Tag mit Jerome. Er wird dich nicht schonen."

## 22

Den Rest der Nacht schlief ich tief und traumlos in meinem neuen Zimmer. Als ich aufwachte, wartete Neve bereits mit einem englischen Frühstück: Schinken, Eier, Würstchen und Bohnen. Auf Neves Anraten hatte ich mir ein paar stabile Sachen angezogen. Eine feste Jeans, eine Lederweste und ein paar Wanderschuhe. Meine Haare band ich zu einem Pferdeschwanz. Ich sah in den Spiegel und fand mich insgeheim cool. Das Gute an meiner Situation war definitiv mein Äußeres.

Ich spazierte hinüber zur Akademie. Von Neves Haus aus waren es circa zehn Minuten. Etwas kürzer als mein bisheriger Schulweg. Hier und da traf ich ein paar Leute, die dasselbe Ziel hatten. Sie sahen alle recht normal aus. Die meisten schienen ungefähr in meinem Alter zu sein. Ich fragte mich, wie viele Studenten die Akademie im Schnitt hatte, vielleicht irgendwas zwischen fünfzig und hundert, schätzte ich. Von Leonard war zum Glück weit und breit nichts zu sehen. Ich hoffte, das blieb erst mal so.

Ich trat durch die Schwingtür in die Eingangshalle. Jerome war schon da und kam mir entgegen. Mit seinen Jeans, seinem Muskelshirt und seinen braungebrannten Armen sah er eher wie ein Surflehrer aus und nicht wie jemand, der mich lehren würde, zu Staub zu zerfallen.

„Kira, wie geht's? Schon ein bisschen akklimatisiert?" Er wartete keine Antwort ab, streckte mir eine angenehm warme Hand entgegen und berührte mich an der Schulter. „Komm, zuerst eine kleine Führung. Und dann schauen wir mal, was in dir steckt!" Er lächelte mir aufmunternd zu. Seine fröhliche Art war ansteckend.

„Okay", brachte ich hervor. Jerome machte mich verlegen.

Die erste Etage bestand aus einer langen verglasten Galerie, die nach hinten zum Wald lag. Nach rechts gingen einige Türen ab. Sie waren mit Feuer, Wasser, Erde, Luft, Äther beschriftet. „Hier haben wir die Experimentierräume für jedes Element. Da kann man klein anfangen, ohne draußen gleich das ganze Ökosystem durcheinanderzubringen."

„Wie viele Studenten sind denn an der Akademie?", fragte ich.

„Es ist unterschiedlich. Im Schnitt hat jeder der Mitglieder des Rates sechs bis acht Auszubildende im Jahr. Insgesamt sind es also so um die fünfzig. Je nachdem, wie lange jemand braucht …"

„Wie lange? Dauert die Ausbildung nicht immer ein Jahr?"

„Ungefähr. Aber es lässt sich im Einzelfall nicht genau angeben. Manch einer braucht auch zwei oder drei Jahre …"

„Was? Drei Jahre? Aber warum hat mir das bisher niemand gesagt?" Ich blieb stehen und sah Jerome vorwurfsvoll an.

„Was würde das ändern? Es ist, wie es ist. Und es liegt zu einem guten Teil an jedem selbst – wie ernst er sein Studium nimmt, wie diszipliniert er ist und vor allem: wie sehr er sich entweder gegen sein besonderes Talent wehrt oder es annimmt und seine große Chance darin begreift." Jerome warf mir einen oberlehrerhaften Blick zu.

Ich stieß ein „Pff …" aus.

„Am besten, wir benutzen deinen Frust gleich mal!" Er schloss die Tür mit der Aufschrift ‚Erde' auf und führte mich hinein. Der Raum war eine Mischung aus Baumarkt und Chemielabor. Auf einer langen Arbeitsfläche vor den Fenstern standen Gefäße und Reagenzgläser. An der linken und rechten Wand befanden sich Schalen und kleine Loren mit verschiedenen Materialien: alle Arten von Gestein, Ton, Lehm, Sand, Erde …"

Jerome griff in eine Kiste mit feinem weißem Zuckersand und streute einen Hügel auf die Arbeitsfläche.

„Konzentriere deine Wut auf den Hügel. Stell dir vor, er wäre an allem schuld, was dich ärgert."

Ich forschte in Jeromes Gesicht. Wusste er über mich etwa auch mehr Bescheid, als mir lieb war? Aber es sah nicht so aus. Er schien das mit dem Ärger nur auf die Ausbildungslänge zu beziehen. Ich zog die Brauen zusammen, versuchte genug Wut zusammenzuballen, aber fühlte nichts als Leere und kam mir albern vor.

„Los, versuch es. Mit deinen Augen, deinen Händen, was du brauchst."

Ich zögerte immer noch und dachte an mein Erlebnis gestern am Erd-Durchgang.

„Gibt es hier auch Erdgnome?", fragte ich zaghaft.

„Nein, im Übungsraum nicht. Sie lassen sich nicht einsperren. Hier soll es nur darum gehen, die physikalischen Gesetzmäßigkeiten zu verstehen und sie dann auszuhebeln."

Also, gut. Ich versuchte mich auf den Hügel zu konzentrieren, aber nichts passierte. Meine Wut war irgendwie verflogen.

„Nicht mehr wütend?", fragte Jerome und schmunzelte. Ich schüttelte den Kopf.

„Kann man die Elemente nur beherrschen, wenn man wütend ist?“

„Natürlich nicht. Aber erst mal ist es leichter. Unbeherrschte Wut verursacht am Anfang auch die Symptome. Erinnerst du dich?“

„Ich hab aber nichts weiter gemacht, als Essen in mich hineingestopft.“

„Die Essanfälle, das ist bald wieder vorbei. Und jetzt, pass auf.“

Jerome konzentrierte sich auf den Sandhügel. Sein Blick bekam etwas sehr intensives, fast Unheimliches. Nichts geschah. Doch dann stieb der ganze Sand in alle Richtungen auseinander. Ich bekam einen Schreck.

„Wow.“

Jerome winkte ab. „Kinderspiele … Ich wette, in dir steckt schon viel mehr. Oder sagen wir, ich weiß es. Such dir jetzt selbst was aus. Irgendein Material.“

Jerome hatte mich an der Angel. Sowas schlummerte also auch in mir. Ich verstand plötzlich, dass ich nicht Opfer meiner seltsamen Fähigkeiten sein musste, sondern, dass ich sie selbst hervorbringen konnte, wenn mir danach war. Ohne zu überlegen, griff ich mir einen schweren Klumpen Lavagestein, wog ihn in beiden Händen und begann, ihn zu pressen. Jerome verschränkte die Arme und beobachtete mich.

Ich spürte ein Flirren in meinem Körper, dann immer größere Hitze in meinen Händen. Ich hockte mich auf den Boden. Ich hatte das Gefühl, dass der Stein sich unter meinen Händen zu verformen begann. Seine Farbe ging ins Rötliche über. Eine Flamme züngelte durch den Spalt zwischen meinem rechten Zeigefinger und dem Mittelfinger. Erschrocken ließ ich den Stein fallen. An der Stelle rannen einige Tropfen roter Lava auf die Holzdielen. Um mich herum zischte es. Es war Jerome, der seinen in alle Winde verstreuten Sandhaufen über der verkokelten Stelle des Fußbodens zusammenzog. Mir wurde klar, wie man so einen Experimentierraum am Schluss wieder aufräumte. Der Lavastein hörte auf zu qualmen. Jerome warf mir einen unergründlichen Blick zu, dann begann er zu grinsen. „Wow. Ganz so hab ich das nicht gleich gemeint. Andererseits … Übrigens darf man in den entsprechend gekennzeichneten Räumen nur das jeweilige Element anwenden. Nur der Raum für Feuer ist auch feuersicher.“

Ich betrachtete die Innenflächen meiner Hände. Sie waren komplett unversehrt.

„Dann heißt das, ich bin doch Feuer …“

„Nein, keine Sorge, das heißt es nicht …“, beeilte sich Jerome zu sagen.

„Aber …“ Jerome unterbrach mich.

„Du hast eine Andeutung gemacht, dass du bereits Bekanntschaft mit Gnomen hattest?!“

„Ja, am Durchgang, weil ich ein paar Schritte zu nah herangetreten bin.“

„Sie haben auf dich reagiert …“

„Sich an meinen Schnürsenkel geklammert. Sie waren irgendwie angriffslustig.“

„Dann bist du Erde.“

„Aber …“ Ich musste Jerome die Wahrheit sagen. Er wusste doch irgendwie, dass das mit den Zigaretten nicht stimmte.

„Es waren keine Zigaretten. Das Bett hat sich von selbst entzündet. Und als ich drei war, auch mein Kinderbett. Da waren es garantiert keine Zigaretten!“

„Ich weiß. Aber das ist kein Grund zur Sorge. Die Elemente existieren schließlich nicht völlig getrennt voneinander. Luft entfacht das Feuer. Feuer bringt Erde zum Schmelzen. Wasser löscht Feuer … Manche haben das Talent, sich in einem Grenzbereich zu bewegen. Das ist nicht häufig. Aber in Bezug auf Feuer passen wir bei dir dann ein bisschen auf. Das heißt, keine Brände mehr in Raum Erde, okay?!“ Jerome schmunzelte. Ich war immer noch etwas verwirrt. „Warum sollte ich dann dem Rat sagen, es waren Zigaretten?"

„Das wäre nicht unbedingt nötig gewesen."

Ich machte große Augen. Hatte ich Jerome in der Versammlung falsch verstanden? Jerome fuhr fort: „Aber so war es am besten. Kein Hin und Her. Das ist für einen Studenten am Anfang nur Stress, glaub mir."

Ich war misstrauisch. Jerome bemerkte es und setzte nach: „Mach dir keine Sorgen, dass es mir nur um eine weitere, neue Studentin geht, die ich ausbilden kann. So ist es keineswegs. Ich habe derzeit sieben Studenten. Das ist mehr als genug. Trotzdem will ich keinen Ärger für Studenten, wenn in meinen Augen das Element eindeutig ist. Falls ich mich täusche, wanderst du sofort ab zu Ranja. Beruhigt?"

Mir war es peinlich, dass ich an Jerome Zweifel gehegt hatte. „Tut mir leid, ich … also, ich hab nur so gefragt. Ich will Sie als Mentor behalten." Ich lächelte Jerome etwas reumütig an. Er klopfte mir auf die Schulter.

„Schon klar. Ich habe mich auch noch nie geirrt. Du kannst übrigens „du" sagen. In der magischen Welt duzen sich alle. Und jetzt lass uns rausgehen zum Steinbruch. Das sind circa zwanzig Minuten Fußweg durch den Wald." Jerome ließ meinen Lavastein mit einem strengen Blick zurück in die Kiste wandern, schloss den Raum wieder ab und wir gingen hinunter.

„Die Bibliothek oben zeige ich dir heute Nachmittag, wenn wir Pio besuchen, damit du ein paar Nachrichten verschicken kannst."

Mein Herz machte einen Sprung. Heute Nachmittag würde ich an Tim schreiben können. Ich würde ihm erklären, dass ich nach Indien abgehauen war. Dass ich es nicht mehr ausgehalten hatte, dass das mit der Anstalt einfach das Letzte gewesen war von meinen Eltern und dass ich das Abitur ja nachholen könne. Vielleicht würde er mir ja doch glauben, denn so unplausibel war es eigentlich nicht, nach allem, was geschehen war. Sicher wurde ich längst gesucht. Die Polizei war informiert und meine Eltern schlaflos. Zuerst hatte ich einfach nur Rachegefühle. Sollten sie sehen, was sie damit angerichtet hatten, mich in eine Anstalt zu sperren. Aber inzwischen taten sie mir irgendwie auch leid.

Und wie ging es wohl Luisa? Ich würde ihr schreiben, dass ich zwei Tage gebraucht hatte, bis ich mich bereit fühlte, mich zu melden. Psychologisch würde das für sie Sinn machen. Noch mehr beschäftigte mich aber, was mit Atropa war! Bis jetzt hatte es keine Neuankömmlinge gegeben in der magischen Welt. Ich musste ihr mitteilen, dass es mir gut ging, und dass sie keine Angst zu haben brauchte vor dem, was ihr bevorstand. Sie sollte einfach nur ihrer inneren Stimme trauen.

„Wir sind da", unterbrach Jerome meine Gedanken. Er hatte während unseres Spaziergangs die ganze Zeit vor sich hingepfiffen und die Melodien der herabschwebenden Blüten imitiert.

Wir standen vor einem gigantischen Steinbruch, in dem einige Studenten arbeiteten. Von hier kam also das Material, aus dem die Häuser gebaut wurden. Jerome erklärte mir, dass man natürlich nicht einfach nur Fähigkeiten hatte, sondern sie auch nutzte und neben der Ausbildung Aufgaben für die Akademie erledigte. Hier trugen keine Bauarbeiter Erdreich ab. Stattdessen probierten Studenten ihre Kräfte aus und machten sich gleichzeitig nützlich.

Ich lernte Cynthia kennen, die gerade ein paar kontrollierte Erdrutsche übte. Sie war bereits achtzehn, wurde ebenfalls von Jerome betreut und würde bald ihren Abschluss machen. Mit dem Abitur war sie gerade fertig geworden, als der ganze Irrsinn losging. Darum beneidete ich sie.

Jerome setzte sich mit mir vor einen mannshohen Berg frisch aufgewühlte Erde und wir übten, Gnome zu identifizieren. Ich sollte lernen, mit ihnen zu harmonieren, um größere Bewegungen auszulösen. Dazu musste ich ihre Sprache verstehen. Erst hörte ich gar nichts, sah nur hin und wieder die gelben Augen aufblitzen, dann nahm ich ein krümeliges Wispern wahr. Ich verstand kein Wort. Aber das war nicht schlimm. Sie überhaupt zu hören, war ein guter Anfang.

Jerome zeigte mir, wie er die Gnome dazu brachte, sich auf einer kleinen Fläche zusammenzuballen und dabei so viel Erde zu verdrängen, dass in Sekunden ein Krater entstand, in dem man einen Elefanten versenken konnte.

„Stimmt es, dass ich mich irgendwann in einen Sandsturm verwandeln muss?“, fragte ich Jerome. Er bemerkte die Besorgnis in meiner Stimme und lachte.

„Hat dir das Neve erzählt?“

„Stimmt es also nicht?“ Ich war erleichtert.

„Element Erde mit einer Affinität zu Wind vielleicht. Ich habe mal jemanden ausgebildet, der das konnte. Ist aber schon zehn Jahre her. Erde steht für Materie. Manche entwickeln das Talent, mit ihrer Umgebung eins zu werden. Sie können sich dadurch sehr gut verstecken. Sie können aber nicht unsichtbar durch die Gegend fliegen, so wie ein Engel. Sie sind und bleiben Materie. Sie können jedoch für kurze Zeit auch andere Materie sein, ihre Form annehmen.“

Ich schluckte. Das war genauso unheimlich.

„Kannst du das?“, fragte ich Jerome.

„Nein, leider nicht.“

„Aber wozu ist das alles überhaupt gut? Um nach der Ausbildung zurückzugehen und ein paar Erdbeben anzuzetteln?“ Meine Fragen nahmen kein Ende. Jede Antwort warf tausend neue Fragen auf.

Jerome lachte. „Theoretisch schon. Doch wer seine Kräfte missbraucht, gerät in Gefahr, dass seine Fähigkeiten gelöscht werden.“

„Ich weiß … Neve hat mir das alles schon erklärt."

„Dann bist du über das Wichtigste informiert." Jerome entließ nebenher die Gnome aus ihrer Zusammenballung. Sie verstreuten sich weiträumig über das ganze Erdreich und für kurze Zeit sah ich keinen an der Oberfläche. Sie waren und blieben mir unheimlich.

„In der Realwelt arbeite ich als Coach", sagte Jerome. Ich konnte mir ein Grinsen nicht verkneifen. Er sah mich irritiert an.

„Was ist daran komisch?" Jerome war irgendwie cool, aber wie es schien, auch leicht zu verunsichern.

„Genau das habe ich heute früh gedacht, dass du ein guter Coach sein könntest."

Er entspannte sich und fühlte sich geschmeichelt.

„Ja, ich coache Leute in Führungspositionen. Dabei helfen mir meine Erdkräfte. Ich erde sie sozusagen und im wahrsten Sinne des Wortes … Die meisten dieser Chefs und Manager haben ihren Kopf nämlich in den Wolken. Ich mache ein paar Übungen mit ihnen, die eigentlich nichts zur Sache tun. Aber es muss ja nach was aussehen. In Wirklichkeit sorge ich für ein paar materielle Verschiebungen im Gehirn. Sie wachen am nächsten Morgen auf und wissen wieder, was das Wesentliche ist. Coachen ist aber nicht der einzige Job für Erdkräfte. Ein Student von mir hat Geologie studiert und sagt jetzt Erdbeben und Vulkanausbrüche voraus. Dafür muss er manchmal die Instrumente manipulieren, weil er es besser weiß.

„Kann er das Erdbeben nicht verhindern?"

„Nein, das ist ein zu großer Prozess, zumindest für eine einzelne Person mit Erdkräften."

„Oder man wird Lehrer an der Akademie …", überlegte ich.

„Wenn eine Stelle im Rat frei wird, ja … Oder wenn zusätzliche Lehrkräfte gebraucht werden. In manchen Jahren gibt es mehr als sieben Studenten mit demselben Element. Dann braucht einer der Mentoren Hilfe."

„Wo wohnst du hauptsächlich? Hier oder in der Realwelt?"

„Nun, beides könnte man sagen. Wer zum Rat gehört, muss seinen Hauptsitz in der magischen Welt haben. Aber ich habe auch draußen noch ein Leben."

„In dem du Coach bist."

„Ja, unter anderem …"

Jerome wechselte das Thema: „Es ist eine persönliche Entscheidung, was man später mit seinen Kräften anfängt. Es wird in dir wachsen, während du hier bist." Er sah mich nachdenklich an, als wollte er noch etwas sagen. Tat es aber nicht. Ich antwortete: „Okay. Aber irgendwie finde ich immer noch, dass es, wie soll ich sagen, banal klingt, was man später aus seinen Kräften macht. Ich meine, man könnte …"

Jerome beugte sich zu mir. Seine Augen funkelten mich an, als wäre ich absolut auf dem richtigen Weg. „Man könnte … was?" Er nickte mir zu. Die typisch ermutigende Geste eines Lehrers. Ich sollte weitersprechen. Ich wand mich und stand auf. Ich konnte auf einmal nicht mehr stillsitzen.

„Ich weiß nicht … vielleicht nicht den Wetterbericht steuern oder so, dass soll ja schädlich sein … Aber … Ich weiß nicht … Ich verstehe noch viel zu wenig … Hand auflegen kommt mir nur so … entschuldige … so „wenig" vor, wenn man bedenkt, dass man eigentlich ein ganzes Element beherrscht."

Jerome stand auch auf, verschränkte die Arme, musterte mich eine Weile und grinste zufrieden. „Komm, Kira, genug für heute, lass uns zu Pio gehen. Ich denke, du bist mit deinen Gefühlen genau auf dem richtigen Weg."

Jerome ging voran. Ich folgte ihm. Auch wenn mir nicht klar war, worauf er hinauswollte, ich hatte die richtige Seite in ihm zum Klingen gebracht. Und das gleich am ersten Tag. Ich war stolz auf mich. Und ich mochte Jerome. Er war in einem ähnlichen Alter wie Gregor und wahrscheinlich genauso erfolgreich, aber er nahm mich ernst, richtig ernst. Er wollte wissen, was in mir steckte.

# 23

Wir stiegen hinauf in die dritte Etage. Jerome zeigte mir die Bibliothek. Ich staunte, wie klein sie war. Sie hatte einige Tische mit Leselampen und ein paar Bücherregale. Sie war nicht größer als eine Dorfbibliothek. Was fand Neve so toll daran? „Gibt es hier nur Bücher über die Elemente?", fragte ich.

„Nein, das wäre etwas wenig. Allein die Geschichte der magischen Welt würde das ganze Haus füllen."

Jerome führte mich hinter die erste Bücherwand. Hier standen auf einem langen schmalen Tisch eine Reihe von Bildschirmen. Dann gab es also doch noch mehr Computer. Jerome zerstreute meine neue Hoffnung jedoch sofort. Die Bildschirme konnten per Touch bedient werden und waren reine Suchmaschinen für die Weiten der virtuellen Bibliothek, die aus über einer Milliarde Titeln bestand.

„Du hast hier Zugang auf alle Bücher der Welt in allen Sprachen. Und auf alle Werke, die ausschließlich in der magischen Welt verfasst wurden. Auch in allen Sprachen."

Jerome öffnete einen Schrank und gab mir ein kleines, in braunes Leder gebundenes Buch. „Hier, das ist deins. Wenn du es verlierst, hol dir einfach ein Neues. Du kannst damit in allen Sprachen lesen und Bücher mit einem Klick übersetzen. Das Runterladen aus der Bibliothek dauert höchstens eine Minute." Zuerst verstand ich nicht. Dann klappte ich es auf und sah, dass sich im Inneren des Buches links und rechts ein kleiner Bildschirm befand. Es war ein Lesegerät. Mein Vater besaß eins, allerdings nur mit einem Bildschirm und er benutzte es nie. „Wenn es zu dunkel ist, beginnen die Seiten zu leuchten, sodass du auch bei Nacht lesen kannst. Aufladen musst du das Gerät in der magischen Welt nicht. Es lädt sich selbst auf. Es funktioniert aber auch nur hier. In der realen Welt ist das alles noch nicht so weit entwickelt."

Ich wog meine riesige Bibliothek in der Hand. Sie war nicht schwerer als ein Taschenbuch. Warum gab es solche Bücher nicht bei uns in der Schule? Ich hätte mir eine Menge Schulterschmerzen vom Schulbüchertragen erspart.

„Gehen wir jetzt zu Pio?"

„Ich verstehe, du kannst es gar nicht erwarten. Aber du weißt, dass du dir eine Geschichte ausdenken musst. Es geht darum, deine Angehörigen zu beruhigen und irgendwelche Polizeisuchen abzusagen, damit Ruhe einkehrt."

„Alle wissen, dass ich die Tage zähle, um endlich ins Ausland zu gehen."

„Damit lässt sich was anfangen."

„Ich könnte in Indien sein."

„Warum nicht?!"

„Allerdings, die merken doch, dass von meiner Kreditkarte gar nichts abgebucht wird."

Jerome schmunzelte. „Um sowas mach dir keine Gedanken. Da kümmert sich Pio drum. Ein Klacks für die magische Welt." Nähere Erklärungen gab er nicht ab und fuhr fort: „Im Grunde brauchst du nur deinen Eltern zu schreiben. Alle im weiteren Umfeld, denen du am Herzen liegst, werden sich bei ihnen erkundigen. Sie informieren auch die Schule."

„Aber ich will meiner Freundin schreiben und …", begehrte ich auf.

„Okay, kannst du … Ich versteh schon, die meisten wollen das, auch wenn es nicht so viel bringt."

Mit einem Schlag war ich wieder traurig. Ich hatte meine Freunde verloren, für unbestimmte Zeit, alle auf einmal. Die allzeit auf eine günstige Gelegenheit lauernden, trüben Gedanken griffen nach mir.

Jerome beobachtete mich: „Du schaffst das. Bis jetzt hat das jeder überstanden. Es ist auch möglich, nach deiner Rückkehr jemanden ins Vertrauen zu ziehen, wenn derjenige dich so mag, dass er dir glaubt … Auch wenn die magische Welt da draußen eine Sache des Glaubens bleiben wird. Wenn du allerdings jetzt schon davon schreibst, halten sie dich entweder für verrückt oder sie bringen sich selbst in Gefahr, indem sie nach dir suchen und sich in die Nähe der Durchgänge verirren. Menschen ohne magische Kräfte sterben darin. Die Wesen der Elemente lassen niemanden hindurch."

„Ich weiß", sagte ich leise.

„Hattest du denn Jemandem von deinem geplanten Treffen mit Atropa in den Katakomben von Berlin erzählt?", fragte Jerome.

„Luisa … nur Luisa."

„Könnte sie jemand davon erzählt haben?"

„Tim vielleicht … einem aus meiner Klasse."

„Deinem Freund?!" Jerome sah es mir an. Ich zuckte mit den Schultern.

„Naja … Hätte einer werden können …"

„Verstehe." Jerome legte in väterlicher Geste einen Arm um meine Schulter, so wie ich es schon in verschiedenen Soaps gesehen hatte. Das tat gut.

„Sei nicht traurig. Alles wird sich relativieren. Die meisten, die hierherkommen, suchen sich später einen Partner, mit dem sie die magische Welt als einen wichtigen Bereich ihres Lebens auch teilen können. Es ist einfacher."

„Ich will aber nicht …!" Ich brach den Satz ab und atmete tief durch. Meine Gefühle waren mir peinlich vor Jerome. Sie gingen ihn nichts an. Und ich wollte nicht dastehen wie ein dummer Teenager.

„Bring Luisa davon ab, dass du tatsächlich im Bunker warst, damit sich niemand aus deinem Umfeld in Lebensgefahr begibt. Okay?!"

Ich dachte an Tim, und dass er ja Taucher war. Mir rieselte es kalt den Rücken runter. Ich musste sofort ein paar E-Mails schreiben.

Wir waren am Ende des Flurs angekommen. Jerome klopfte an die weiße Tür, auf der in großen, mit Edding sorgfältig gemalten Buchstaben Pio stand.

„Wunder dich nicht. Pio ist eine sehr eigene Natur, er ist autistisch. Er verlässt fast nie seinen Turm, außer zu nächtlichen Spaziergängen im Wald."

Die Tür wurde aufgerissen und ein kleiner drahtiger Junge mit kurzen schwarzen Haaren und kariertem Hemd stand vor uns. Sein Alter war schwer zu schätzen. Vielleicht war er achtzehn, über zwanzig oder auch schon dreißig. Was Autismus bedeutete, hatte mir Luisa schon einmal erklärt, aber ich war noch nie einem Autisten begegnet. Pio leierte eine Begrüßung herunter, die wie auswendig gelernt klang, und schaute dabei niemanden von uns an.

„Guten Tag. Ich bin Pio. Ich freue mich, Sie kennenzulernen. Bitte kommen Sie herein."

Er machte eine vornehme, einladende Geste. Wir traten ein und er schloss hinter uns die Tür.

Wir standen in dem runden Raum des Turmzimmers. Es erinnerte mich ein bisschen an mein eigenes neues Zimmer. Nur dass das hier um einiges größer war. Die Sonne schien durch zwei der kleinen Fenster, die rundherum Licht hineinließen. Über mir glitzerten unzählige bunte Murmeln in allen Größen, die in kleinen und größeren feinen Netzen von der Decke hingen. Ich sah zwei Schreibtische. Auf einem stand ein Monitor. Dazwischen befanden sich gläserne Gefäße in allen Größen, gefüllt mit Murmeln. Eine ganze Regalwand in der Ecke neben einer weiteren Tür war ebenfalls voll davon.

„Ich sammle Murmeln. Murmeln sind eine gute Sache. Kommen Sie hierher. Ich zeige Ihnen meine Beste." Pio ging zu einem kleinen Extratisch, auf der eine riesige Murmel in einem Ständer lag. Sie war mit bunten Farben und Lufteinschlüssen durchzogen und wog bestimmt einen Zentner.

„Sehen Sie. Sie ist die beste Murmel. Ich rolle sie einmal am Tag. Aber das darf ich erst, wenn unten kein Unterricht mehr ist. Ich rolle sie immer um 17 Uhr. Sehen Sie, hier ist eine Uhr. Sie ist sehr genau."

Ich musste schmunzeln.

„Er wird dir die Monstermurmel jedes Mal zeigen", raunte Jerome mir zu.

„Bitte nehmen Sie Platz. Ich bringe Ihnen einen Orangensaft. Sie können solange schreiben, wie Sie wollen. Sie sagen mir Bescheid, wenn Sie fertig sind. Speichern Sie ihre Nachrichten im Postausgang. Ich versende sie. Das ist meine Aufgabe." Pio vermied es weiter, Blicke mit mir oder Jerome zu wechseln und verschwand im Nebenraum.

„Setz dich." Jerome zeigte zu dem Schreibtisch mit dem Monitor.

„Pio bringt dir einen Saft und lässt dich in Ruhe schreiben."

Mir brannte eine Frage auf den Lippen und ich musste sie stellen:

„Liest er sich die Nachrichten vor dem Versenden durch?"

„Nein, das tut er nicht. Es ist deine Sache, was du schreibst. Achte einfach darauf, dass du nichts erzählst, was jemanden gefährden könnte. Richte es so ein, dass sie weder nach dir suchen noch Antworten erwarten. Das macht alles nur kompliziert und wirft zu viele Fragen auf. Wir haben uns in der Akademie darauf verständigt, dass jeder alle drei Monate schreiben darf."

„Was? Nur alle drei Monate?" Ich war mir sicher, dass ich mich verhört hatte.

„Kira. Nach allem, was du bereits weißt, ist dir selbst klar, dass es die vernünftigste Lösung ist. Du bist offiziell in den indischen Bergen, weit weg von einer nächstgrößeren Stadt. Und da das nicht mal stimmt, was solltest du in deinen E-Mails dauernd schreiben?"

Jeromes Tonfall ließ keinen Zweifel, dass Protest zwecklos war. Und er war ja auch zwecklos. Jerome hatte völlig recht und beantwortete die Frage, die mir als Nächstes auf der Zunge brannte: „Aber …"

„Ja, du kannst natürlich noch mal zu Pio und deine Antworten lesen."

Immerhin etwas. Immerhin, versuchte ich mich zu trösten. Pio kam zurück und stellte mir ein Glas Orangensaft hin. Ich bedankte mich. Er öffnete mir ein ganz normales E-Mail-Programm. Dann setzte er sich an den zweiten Schreibtisch.

„Okay, Kira. Ich lass dich jetzt allein. Am besten, wir treffen uns in circa einer Stunde im Akademie-Café. Ich stelle dir ein paar meiner Studenten mit Element Erde vor. Cynthia kennst du ja schon. Wir werden hin und wieder etwas mit ihnen zusammen machen. Für heute ist es dann erst mal genug."

Jerome verabschiedete sich von Pio, der „Auf Wiedersehen, mein Herr" zurückgab und dann begann, einen Berg Papier zu sortieren, als wäre ich auch nicht mehr da.

Ich bewegte die Maus. Der Bildschirm wurde hell. Einen Zugang zum Internet fand ich nicht. Nur das Mail-Programm. Zuerst wollte ich die Nachricht an meine Eltern erledigen.

Liebe Delia, lieber Gregor,
ich weiß, ihr werdet sehr enttäuscht sein. Aber ich habe es einfach nicht ausgehalten in der Anstalt. Ich bin mir sicher, ich bin nicht krank. Doch wer glaubt mir? Also bin ich abgehauen, nach Indien. Ich helfe in einem Dorf, weitab in den Bergen. Ich werde nächstes Jahr das Abschlussjahr wiederholen, versprochen. Bitte sucht mich nicht. Mir geht es gut. Ich muss zu mir finden. Ich bin gesund. Vielleicht habe ich in zwei bis drei Monaten mal wieder Internet.
Kira

Ich las mir die E-Mail noch mehrmals durch. Kurz vor dem Abitur. Wie hart musste es für sie sein. Für Gregor härter als für Delia. Sie hatte ja auch kein Abitur und tröstete sich sicher damit.

Die nächste E-Mail war schon schwerer.

Hi Luisa,
ein Lebenszeichen von mir. Endlich! Es hat ein bisschen gedauert, bis ich wieder an ein Netz rankam. Ich hab oft an dich gedacht und hoffe, du hast dich nicht zu sehr gesorgt. Ich bin nach Indien abgehauen. Ich weiß nicht, wie ich das geschafft habe, aber ich habe es geschafft. Es gab keinen anderen Weg. Ich bin nicht krank, weißt du. Du musst mir glauben. BITTE!
Ich habe mich auch nicht mit Atropa getroffen, sondern den Kontakt zu ihr abgebrochen. Du hast mir mit deiner Diagnose am Telefon die Augen geöffnet, Atropa hat den Bezug zur Realität verloren und ihre Symptome auf mich übertragen, so muss es sein. Denn hier habe ich keine mehr. Hier geht es mir gut!
Ich bin in den Bergen. Weit weg von den Großstädten, im Norden von Indien. Ich helfe in einem Bergdorf, gebe kleinen Indern Unterricht, bringe ihnen Rechnen bei. Stell dir vor, ich bin schon Lehrerin.
Wenn ich achtzehn bin und meine Eltern nicht mehr über mich bestimmen können, komme ich zurück und hole das Abitur nach. Gründen wir dann wie geplant eine WG?
Ich vermisse dich. Vielleicht habe ich in zwei bis drei Monaten wieder Netz. Schreib mir!
Bis bald! Kira

Jetzt kam die schwerste E-Mail. Die an Tim. Oder sollte ich erst Atropa schreiben? Nein, erst Tim. Wie oft hatte ich im Kopf bereits Mails an ihn formuliert. Und nun saß ich vor dem leeren Dokument und suchte nach dem richtigen Anfang.

Tim,
Ich weiß nicht, was ich schreiben soll. Ich bin ganz weit weg, weißt du. In Indien … Ich bin nicht krank. Luisa sagte, du wärst der gleichen Meinung. Ist das so? Wenn ich nur wüsste, was du denkst. Dann wäre es leichter für mich, dir zu schreiben. Vielleicht interessiert dich das alles auch nicht mehr. Dann lösch einfach meine E-Mail. Bestimmt komme ich erst in einem Jahr zurück. Ich muss ja das Abitur nachholen. Trotz allem, der Nachmittag bei dir, es war das Schönste, was ich bisher erlebt habe. Hoffentlich verdrehst du jetzt nicht die Augen. Danke, dass du mich nach der Falke-Sache aufgesammelt hast. Ach, wäre doch alles nur anders gekommen. Die nächsten zwei bis drei Monate habe ich bestimmt kein Internet. Grüß Jonny! Kira

Ich las meine Zeilen immer wieder. Sie waren blöd. Aber mir fiel nichts Besseres ein. Und jetzt zu Atropa. Zum Glück hatte ich ihre E-Mail im Kopf, seit sie das letzte Mal nicht im Chat war und ich per E-Mail versucht hatte, sie zu erreichen.

Hey Atropa,
mir geht es GUT! Auch wenn das nicht ganz das Richtige war, was du getan hast. Es war gefährlich für mich, aber das konntest du nicht wissen …

Ich tippte weiter, doch am Monitor erschienen ganz andere Sätze. Erst wollte ich Pio rufen, der jetzt versonnen kleine Murmeln auf einem der Papierstapel vor ihm hin- und herrollte und kein bisschen auf mich achtete, aber dann las ich, was sich vor mir von selbst auf den Bildschirm schrieb, ohne dass ich die Tasten berührte:

**Atropa:** ich bin's, atropa. mach pio nicht aufmerksam! endlich bist du hier und ich kann mit dir reden. glaub mir, es gab keinen anderen weg, dich hierherzubringen. die schatten waren viel gefährlicher. wir müssen herausfinden, wer sie sind. ich habe jerome in verdacht, aber ich bin nicht sicher. sei vorsichtig mit ihm. er hat eine zwiespältige geschichte

Ich starrte völlig perplex auf den Monitor. Nein, das war kein Chat. Ich hatte nur ein ganz normales E-Mail-Programm vor mir. War Atropa inzwischen in der magischen Welt angekommen? Aber wo war sie? Es gab doch angeblich nur den einen PC bei Pio. In mir rasten die Gedanken, aber sie kamen nirgendwo an. Ich musste ruhig bleiben, damit Pio nichts merkte.

**Kira:** atropa! wo bist du? bist du hier?
**Atropa:** ich bin von hier, aber das konnte ich dir vorher nicht sagen. du hättest es mir nicht geglaubt …

Atropa war von hier? Wie das? Hieß das, sie hatte mir die ganze Zeit aus der magischen Welt geschrieben? Atropa hörte auf, Text auf den Bildschirm zu zaubern, sobald sie merkte, dass ich was schreiben wollte.

**Kira:** wo bist du? dann gibt es also doch noch einen zweiten PC an der akademie?

In mir vibrierte alles vor Aufregung. Ich vertippte mich dauernd. Ich sah, dass Pio mich beobachtete. Als ich hinüberschaute, senkte er jedoch sofort wieder den Blick, starrte auf die Murmel in seiner Hand und gab ein gedehntes Summen von sich.

**Atropa:** nein. ich kann durch pios PC mit dir kommunizieren. so wie zuhause. endlich bist du hier. du musst öfter kommen und dann können wir reden. pio ist unbestechlich, außer man bringt ihm besondere murmeln. murmeln, die glitzern. auf dem grund des sees kann man schöne finden

Meine Gedanken überschlugen sich und bildeten ein einziges, riesiges verstricktes Wirrwarr. Ich sah mich um. Hier war niemand außer Pio und ich. Ich fragte noch einmal Wo bist du, obwohl ich langsam verstand.

**Kira:** du bist in pios PC? du bist … du meinst …

Atropa schrieb weiter.

**Atropa:** ja … du kannst mich nicht sehen, zumindest noch nicht. deswegen war es auch mit dem treffen schwierig :)
**Kira:** heißt das, ich chatte die ganze zeit mit sowas wie einem … geist?
**Atropa:** es tut mir leid. ich weiß, du bist jetzt schockiert. aber wie sollte ich es dir erklären?

Ich war schockiert. Das stimmte. Ich schüttete seit Jahren einem Geist mein Herz aus und wusste nichts davon. Ich lebte seit Jahren in einer Welt, in der nichts so war, wie es schien. Ich erinnerte mich daran, wie Atropa mich vor einigen Jahren zum ersten Mal angeschrieben hatte, lustige Antworten zu meinen Twitter-Einträgen und irgendwann war daraus unsere virtuelle Freundschaft entstanden.

**Kira:** warum hast du ausgerechnet mir geschrieben? war das zufall? was willst du von mir?
**Atropa:** ich passe auf dich auf, ich bin dein schutzgeist sozusagen :)

Ich kommunizierte also seit Jahren mit meinem persönlichen Schutzgeist. Mann oh Mann, was würde Luisa dazu sagen …

**Kira:** du wusstest also die ganze zeit, dass die schatten keine erfindung von mir waren. warum hast du mir das nicht gesagt?
**Atropa:** hättest du mir geglaubt, dass irgendwelche magischen wesen durch die welt rennen, um dich zu entführen? nein. als ich sie bei deiner entführung gesehen habe, wurde mir klar, dass sie bereits mehr macht haben, als ich dachte
**Kira:** du warst dabei?
**Atropa:** ich bin oft bei dir. abends oder nachts ist es für mich am leichtesten. versuch also, pio abends aufzusuchen, bevor er in den wald spazieren geht. das ist eine gute zeit. vertrau mir
**Kira:** wie soll ich dir vertrauen. du hast mich fast umgebracht. warum hast du mich durchs wasser geschickt, obwohl ich erde bin?
**Atropa:** es gibt keinen anderen weg für mich in die welt, nur das wasser. es war die einzige möglichkeit. außerdem bist du keine erde, kira. du wirst weitere kräfte entwickeln, außergewöhnlich stark werden. es werden zwei elemente sein, wasser und feuer. sobald du das beweisen kannst, geh unbedingt zum rat
**Kira:** ich habe heute einen stein zu lava gepresst
**Atropa:** das ist sehr gut. geh zum rat und wechsel den mentor

Alles sträubte sich gegen diesen Gedanken. Ich wollte bei Jerome bleiben. Ich fühlte mich mit ihm wohl. Was sollte mit ihm nicht stimmen?

**Kira:** aber ich habe diese erdtypischen essanfälle!
**Atropa:** das kann damit zusammenhängen, dass du zwei elemente in dir trägst
**Kira:** trotzdem, ich möchte bei jerome bleiben. jerome ist in ordnung. wenn mein vater nur halb so wäre wie jerome, dann wäre er schon ein guter mensch!
**Atropa:** ich hoffe, dass das stimmt. aber vertrau jerome nicht blindlings. ich dachte, du magst auch ranja
**Kira:** ranja ist okay, aber … ich mein, wie soll ich DIR dafür blindlings vertrauen, obwohl du aus dir ein riesengroßes geheimnis machst?!
**Atropa:** ich mache kein geheimnis aus mir. ich habe dich aus der anstalt geholt und du hast den durchgang wasser überlebt, weil du wasser bist. ich werde weitere zeichen setzen, damit du siehst, dass du mir vertrauen kannst. ich bin ein geist. ich gehöre in die magische welt und ich beschütze dich

Atropa hatte recht. Es klang logisch, was sie sagte. Und dass sie wusste, was mit mir los war, weil sie zur magischen Welt gehörte, machte auch Sinn. Aber warum sollte ich hier weiterhin in Gefahr sein? Ich blieb trotzig.

**Kira:** neve beschützt mich und von geistern hat mir noch niemand was gesagt
**Atropa:** das ist richtig. ich verstehe, wie schwer das für dich ist. sei einfach wachsam. bleib meinetwegen bei jerome, aber sei wachsam, ja?! vielleicht ist es sogar gut, wenn du in seiner nähe bist und ihn beobachten kannst. dann kann ich ihn auch beobachten. es gehen dinge vor sich, die nicht

gut sind. dass das magische wasser aus dem gleichgewicht ist, davon hast du schon gehört. jerome ist allerdings erde. es passt noch nicht ganz. allerdings, du bist wasser, und nicht nur das … ich vermute eine bewegung in der magischen welt, die sich neu formiert und viel unheil anrichten kann … und jetzt lösche schnell alles, was wir hier geschrieben haben. pio wird in einer minute aufhören mit seinen murmeln und zu dir herüberkommen, um dich zu fragen, ob du noch einen saft möchtest. wenn du mir nur ein wenig vertraust, dann rede bitte mit niemandem über uns. auch nicht mit neve. und komm bald wieder her

Ich hörte, wie Pio seine Murmeln in ein Glas schüttete. Atropas Voraussage schien richtig zu sein.

Okay, tippte ich und löschte alles, was wir uns geschrieben hatten, sodass das neu geöffnete Mail-Dokument wieder leer war. Schon stand Pio neben mir.

„Möchten Sie vielleicht noch ein Glas Orangensaft?“

„Oh, nein danke. Ich bin gerade fertig geworden. Die E-Mails liegen im Postausgang. Es sind … drei.“

„Gut, ich werde sie versenden. Sie können übermorgen um 12 Uhr kommen und schauen, ob Sie Antworten haben. Auf Wiedersehen“, sagte er und ließ mir keine andere Wahl, als aufzustehen und zu gehen.

„Warum erst übermorgen?“, fragte ich im Hinausgehen.

„Es ist immer übermorgen. Das ist eine Regel“, antwortete Pio nur und schloss hinter mir die Tür.

Ich stand in dem leeren Flur. Niemand war zu sehen. Der Wechsel von Wirklichkeitsgefühl und Unwirklichkeitsgefühl in mir kostete Kraft. Zwischendrin vergaß ich, dass ich mich in einer Welt aufhielt, die es bis vor ein paar Tagen nur in meinen Märchenbüchern gegeben hatte. Alles wirkte so normal, normale Menschen, man ging abends schlafen, man aß, man redete, es gab eine Schule. Dann aber brach die Überwirklichkeit durch. Aus einem Erdhaufen schauten einen gelbe Augen an, jemand ließ Sand durch die Gegend fliegen oder man unterhielt sich am Rechner plötzlich mit einem Geist. Atropa war ein Geist … und das seit drei Jahren, während ich nicht die geringste Ahnung hatte. Ich war mit einem Geist befreundet, einem echten, der mich verfolgte oder beschützte. So sicher war ich mir nicht, obwohl alles für die Gutartigkeit von Atropa sprach, das meiste zumindest. Trotzdem war mir unheimlich zumute. Vielleicht, weil niemand von ihr erfahren durfte. Warum nicht?

Ich ging schneller zur Treppe, drehte mich um. Aber da war nichts. Trotzdem bildete ich mir ein zu spüren, dass der Geist bei mir war, neben mir, über mir, irgendwo … Sollte ich das wirklich für mich behalten? Ich rannte die Treppen hinunter. In der zweiten Etage blieb ich abrupt stehen. Ganz ruhig. Selbst, wenn Atropa bei mir war. Sie war es seit Jahren und es hatte nichts geschadet. Ich sah Türen mit ganz normalen Toilettenzeichen, eine Frau und ein Mann. Keine Vampire oder Vampirinnen, keine Hexen, Dämonen oder Teufel. Ich ging hinein und spritzte mir etwas Wasser ins Gesicht. Ich rief: „Atropa?" In dem Moment kam die Sonne herum und blitzte einen Strahl auf den Spiegel. Ich zuckte zusammen. Aber es war nur die Sonne. Atropa gab mir kein Zeichen – wenn sie überhaupt da war. Sie hatte geschrieben, dass es tagsüber seltener vorkam. Vielleicht war ich auch allein. Der Gedanke erleichterte mich. Was tat sie tagsüber? Schlafen, wie alle Geister? Oder wie ein Vampir in seinem Sarg? Konnten wir nicht ein Zeichen vereinbaren, damit ich wusste, dass sie bei mir war? Was wollte sie ausgerechnet von mir? Vielleicht auch nur Macht, weil ich angeblich mit zwei Elementen gesegnet war. Über solche Sonderfälle musste ich mehr erfahren. Ich stieg gemächlich hinab in den Keller und beruhigte mich. Ich beschloss, die Sache vorerst für mich zu behalten. Wenn etwas brenzlig wurde, konnte ich immer noch jemanden informieren. Ich musste herausfinden, wem ich trauen konnte. Allein.

## 24

Jerome saß umringt von sechs Studenten an einem großen runden Tisch. „Kira!", rief er. Alle Augenpaare richteten sich auf mich. „Es gibt Curry-Hühnchen-Suppe mit Ananas. Hol dir einen Teller und setz dich zu uns!"

Ich nickte und bog ab in die Küche. Ich mochte keine großen Runden fremder Leute, die ich alle auf einmal kennenlernen musste. Aber es ließ sich wohl nicht vermeiden. In der Küche war niemand. Die Suppe duftete köstlich. Ich füllte mir eine Schale ab und nahm reichlich frisches Baguette. Ich hatte immer noch viel mehr Hunger als früher, aber es fühlte sich nicht mehr so maßlos an. Jerome hatte neben sich einen Stuhl für mich freigehalten. Dafür war ich ihm dankbar und versuchte, ihn mit neuen Augen zu sehen, während ich auf die Gruppe zusteuerte. Ob er jemand sein konnte, der ein dunkles Geheimnis verbarg? Jerome arbeitete als Lehrer und Coach, sein Lächeln wirkte einladend und offen. Ich konnte mir das beim besten Willen nicht vorstellen. Ich setzte mich und wagte einen flüchtigen Blick in die Runde. Ich erkannte Cynthia wieder. Sie lächelte mir freundlich zu. Jerome nannte reihum alle Namen: Dave, Marie, Jonas, Cynthia, Kay und Fabian. Bei Kay schluckte ich. Das war der Freund von Leonard. Er warf mir einen etwas zu selbstbewussten Blick zu. Ich sah über ihn hinweg und konzentrierte mich auf die Person neben ihm. Fabian war ein kleiner, zierlicher Typ mit feuerroten Locken.

„Alles Erde?" Ich richtete meine Frage an Jerome.

„Ja, außer Kay und Fabian. Fabian ist Wasser und Kay Luft. Wir werden im Unterricht nicht nur unter uns bleiben. Es gibt Lerneinheiten mit anderen Elementen zusammen, damit du herausfinden kannst, wo die Möglichkeiten und Grenzen deiner Fähigkeiten liegen."

Ich löffelte meine Suppe. Kay war Luft, und genauso würde ich ihn auch behandeln. Fabian sah kein bisschen aus wie Wasser. Am Äußeren konnte man ein Element also nicht ablesen. Marie, ein kleines Mädchen mit tiefblauen großen Augen, spitzer Nase und schwarzen glatten Haaren, beugte sich neugierig vor. Ihren Teller mit Essen hatte sie so gut wie noch nicht angerührt: „Und du bist durch den magischen See gekommen, obwohl du Element Erde bist?"

Sie hatte eine piepsige Stimme und war ungefähr so alt wie ich.

„Ja, ich hatte wohl Glück." Ich musste die Geschichte von meiner Chatfreundin erzählen, die wahrscheinlich dabei war, Element Wasser zu werden. Alle lauschten gespannt. Nur Kay schlürfte gemächlich seine Suppe und schien nur mit halbem Ohr zuzuhören. Trotzdem war er der erste, der reagierte: „Hierher durchkommen ist wohl nie ein Zuckerschlecken."

Was wollte er damit sagen? Dass meine Erfahrung trotz der besonderen Umstände nichts Besonderes war? „Wie war es bei dir?", fragte ich ihn und versuchte ihn so selbstbewusst wie möglich anzusehen. Es funktionierte. Er schien überrascht, dass ich ihn so direkt fragte, und atmete tief ein.

„Nun, das ist kein Geheimnis …", begann er und ich spürte, dass er seine Geschichte eigentlich nicht erzählen wollte, aber auch nicht klein beigeben wollte. Jerome unterbrach ihn. „Leute, ich muss weiter … Kira, Fabian und Marie morgen neun Uhr in der Eingangshalle, okay? Die anderen wissen, was sie zu tun haben." Jerome stand auf und nahm seinen Teller. Alle verabschiedeten sich von ihm. Er klopfte mir aufmunternd auf die Schulter und verschwand in der Küche. Ich drehte mich wieder zu Kay, der auch Anstalten machte aufzustehen.

„Kay?! Deine Geschichte … Du wolltest sie mir erzählen!" Kay zog erstaunt eine Augenbraue hoch. Jetzt nur keine Unsicherheit zeigen. Ich staunte selber, woher ich plötzlich die Stärke nahm, mit ihm so umzuspringen. Marie grinste. Dave, mit einer Figur wie ein Schrank und großen blonden Locken, kam mir zu Hilfe: „Ich kenn die Geschichte auch noch nicht."

Kay setzte sich wieder und räusperte sich: „Da gibt's nicht viel zu erzählen. Bin ein bisschen rumgeklettert in den U-Bahn-Tunneln unterm Alex, so wie das alle Windelemente machen. Und dann hörst du das Brausen und es fängt an zu ziehen wie Hechtsuppe, der Tunnel vor dir wird hell, zwei riesige gelbe Augen rasen auf dich zu, aber du gehst nicht weg, obwohl du kein bisschen Lust auf Selbstmord hast, du presst dich an die Wand, der Zug brettert an dir vorüber, du kannst nicht mehr atmen, der Luftstrom ist zu schnell, um etwas davon anzuzapfen. Dann entfernt sich der Zug, aber das Brausen ist noch da, wird sogar stärker. Der entstandene Sog reißt dich mit, in einen Nebentunnel hinein, den du vorher nicht gesehen hast. Du prallst gegen Ecken und Wände, aber du spürst dabei nichts. Du kriegst nur keine Luft, denkst, so ist also der Tod, schmerzfrei und laut. Du wirbelst herum, kannst aber nichts sehen, dich selbst nicht und auch nichts um dich herum.

Und gerade, als du dich einstellst drauf, gibt es sowas wie einen Strömungsabriss, du knallst auf harten Waldboden und dir tun mit einem Schlag alle Knochen weh. Du kannst dich kein bisschen rühren. Das Brausen ist weg, dafür hörst du jetzt Kichern von allen Seiten, als würden tausend alberne Weiber um dich rumstehen. Sind aber keine Weiber im herkömmlichen Sinne, sondern die Sylphen im Wirbel, der auf der Lichtung im magischen Wald steht. Naja, den Rest kennt ihr. Irgendein Engel sammelt dich auf und bringt dich hierher."

Alle, inklusive ich, sahen Kay gespannt an. Es war die erste Geschichte, die ich hörte. Und sie klang tatsächlich nicht verlockender als meine. Ich bemerkte die bewegten Gesichter. Jeder erinnerte sich bei Kays Bericht an sein eigenes Erlebnis. Kay unterbrach die kurze Stille, die entstanden war und stand abrupt auf.

„So, und jetzt muss ich los."

„Danke", sagte ich schnell.

„Bitte. Kannste gern geschenkt haben", antwortete er. Ich erschrak über seinen aggressiven Unterton. Wie es aussah, war ich nicht die Einzige, die nicht rundum glücklich damit war, hier gelandet zu sein. Oder fragte man nicht einfach so unbekümmert nach diesem Erlebnis? Hatte mich meine Unsicherheit auf die falsche Bahn gebracht? Schließlich war es auch für mich ein Trauma. „Ist es denn immer so … schrecklich?", fragte ich in die Runde. Cynthia ergriff das Wort. Mit ihrer kräftigen Statur und der ruhigen tiefen Stimme wirkte sie wie der Kumpel-Typ auf mich, auf den man sich immer verlassen konnte. „Ja … ist es. Manche können lange nicht drüber sprechen."

„Oh … das heißt, ich hab einen Fehler gemacht."

„Nein, hast du nicht. Kay braucht nämlich jemanden, der genauso mit ihm umspringt wie du. Ich denke, du hast ihm einen Gefallen getan!" Cynthia grinste, obwohl ich nicht ganz schlau wurde aus ihren Worten.

„Es ist immer wie ein unfreiwillig begangener Selbstmord. Man tut etwas Lebensgefährliches, obwohl man nicht tot sein will. Man will nicht sterben, aber man tut es. Es ist wie ein Zwang", erklärte Dave.

„Wasser ertrinkt, Erde wird erschlagen, Luft erstickt, Feuer verbrennt und Äther stürzt sich in die Tiefe, getrieben von dem Wunsch zu fliegen", fügte Cynthia hinzu.

„Das ist alles … schrecklich." Ich konnte nicht verhindern, dass mir Tränen aus den Augen traten. Wieder dieses Überforderungsgefühl und schnellstmöglich einfach nur nach Hause zu wollen. Cynthia streckte ihren Arm über den Tisch aus und legte ihre Hand auf meine. „Wird schon. Du bist gerade erst gekommen. Und schau uns an. Wir sind inzwischen mindestens vier Wochen hier – dabei warf sie einen Blick zu Marie – und es geht uns gut."

„Du bist sozusagen noch auf der Überfahrt, aber du kommst an." Zum ersten Mal sagte Jonas etwas. Er hatte eine sehr leise sanfte Stimme und sah mit seiner kleinen runden Brille und dem frisurlosen braunen Haar aus wie ein Professor.

„Hör auf die Weisheit von unserm Professorchen. Er liegt immer richtig", gab Marie dazu.

Ich lächelte. Ich war dankbar. Sie waren alle so in Ordnung. Leute wie Leo oder Kay schienen in der Minderheit. Vor allem war ich wirklich nicht allein mit meinem neuen Leben. Ihnen allen erging es genauso.

„Du kommst gerade von Pio, stimmt's?!", fragte Marie nach. Wir plauderten noch ein bisschen über unsere Abschiedsbriefe und die Antworten, die die anderen bereits erhalten hatten. Es gab wütende, traurige und verständnisvolle Eltern. Alle waren aber erst mal erleichtert, ein Lebenszeichen zu erhalten. Dave und Marie waren aus dem ersten Studienjahr gerissen worden, Jonas befand sich schon im Hauptstudium. Cynthia hatte gerade ein Europäisches Jahr gemacht und Fabian mit den wilden roten Locken, der aber dem Element Wasser angehörte, erging es wie mir: Ihn hatte es Anfang der zwölften Klasse weggerissen. Fabian schien es nichts auszumachen, von seiner Reise in die magische Welt zu erzählen. Er kannte den Durchgang, durch den ich gekommen war, die eiserne Tür und sogar den Penner davor. Er hatte zuerst immerzu von diesem Ort geträumt, dann sei er auf die Möglichkeit einer geführten Besichtigung der Katakomben unter dem Humboldthain gestoßen, hatte daran teilgenommen und kurz danach einen Ausflug auf eigene Faust gemacht. Das

Boot hatte er nicht bemerkt. Er war einfach in den klaren See gesprungen, weil ihm auf einmal so fürchterlich heiß wurde und das Wasser wie die einzige Rettung erschien. Er berichtete von zwei wunderschönen Undinen, die ihn immer tiefer zogen und nicht mehr losließen. Dann war er endlich bewusstlos und später von Neve gefunden worden, so wie ich.

Am Anfang hatte er ebenfalls bei ihr gewohnt, in dem Zimmer, was jetzt meins war. Für ihn war es kein Problem, mal eine Pause von der richtigen Welt zu haben, wie er sich ausdrückte. Er hatte dort schrecklichen Liebeskummer erlitten und hoffte als neuer Fabian, mit ungeahnten Kräften und Fähigkeiten, das Mädchen seines Herzens bei seiner Rückkehr doch noch zu erobern. Das war es, was ihn antrieb. Er hatte ihr eine Nachricht von hier geschickt, aber sie hatte natürlich nicht geantwortet.

Als sich die Runde auflöste, war es bereits dunkel draußen. Alle umarmten mich, als wäre ich längst eine alte Freundin. Ich war gerührt. Es war das erste Mal, dass ich zu einer Art Clique gehörte und nicht nur zu mir selbst oder zu Luisa.

Ich spazierte über die kleinen dunklen Wege zu dem Haus von Neve. Der Himmel über dem Tal war nicht schwarz, sondern besaß ein tiefes Indigoblau und war übersät mit unzähligen glitzernden Sternen. Auch hier tanzten lauter weiße Blüten durch die Luft und erhellten mit ihrem Licht die Nacht. Es sah so aus, als würden die Sterne vom Himmel fallen. In den kleinen Häusern blinkten überall Lichter. Die Luft war wohlig lau wie an einem Sommerabend in Orvieto. Mir fiel mein Miniaturdom ein und ich überlegte, ihn aufzusuchen. Doch ich hatte wenig Lust, durch den düsteren Wald zu tappen. Von den Wipfeln der Bäume am Waldrand kam ein leises Rauschen herüber. Es war etwas windig. Ob gerade jemand mit seinem Element experimentierte?

Plötzlich spürte ich einen Luftzug nah an meinem Ohr. Ich fuhr herum und rief unwillkürlich: „Atropa?!"

„Atropa? Wer ist Atropa?", war die Antwort. Wie aus dem Nichts war Leonard neben mir aufgetaucht. Ich hatte überhaupt nicht gemerkt, wie er sich mir genähert hatte.

„Verpiss dich!", zischte ich und beschleunigte meine Schritte. Ich erschrak selbst über meine Wortwahl. So hatte ich noch nie mit einem Typen wie Leo geredet. Vielleicht war das sogar ziemlich unvernünftig auf einem dunklen Wegabschnitt, wo sich kein Haus in der Nähe befand. Leonard packte mich an der Schulter und brachte mich zum Stehen. Ich erschrak bis ins Mark und fühlte gleichzeitig einen heißen Stich in meiner Schulter. Sie qualmte. Er ließ sofort los und starrte auf seine verrußte Hand.

„Sorry, ich … Das ist mir noch nie passiert … Bleib stehen, bitte … Nur einen Moment …"

Sein freundlicher, fast flehender Tonfall irritierte mich völlig. Mein Sweatshirt hatte an der Schulter zwei kleine Brandlöcher. Leo klopfte seine Hand an seiner Lederjacke ab. Mit der anderen hielt er mir einen Stängel mit einer orangefarbenen Blüte hin. Sie sah aus wie eine Lampionblume. Er fixierte seinen Blick auf die Blüte. Eine kleine Flamme entzündete sich darin. Was kam jetzt? Ein böser Zauber? Ich wich zurück.

„Für dich … Ich wollte mich nur entschuldigen wegen gestern. Ich war einfach zu bekifft", erklärte er. Zaghaft nahm ich ihm die Lampionblume ab. Das kleine Flämmchen darin flackerte. Es sah wirklich hübsch aus. Ich war völlig durcheinander. Leo entschuldigte sich bei mir?! Er hatte den Blick gesenkt. Seine schwarzen Haare fielen ihm ins Gesicht. Die Lederjacke mit dem leicht zerschlissenen Muskelshirt darunter stand ihm. Er war gut einen Kopf größer als ich. Seine dunklen Augen blitzten, als er mich wieder anschaute. Er lächelte verlegen und zeigte dabei Grübchen auf beiden Wangen. Ich musste an einen Manga-Helden denken oder an den traurigen Prinzen aus dem Film Das wandelnde Schloss. Leo sah echt gut aus. Sehr wahrscheinlich war er sich seiner Wirkung absolut bewusst. Sicher wäre es schlauer, ihm nicht zu verzeihen.

„Okay, schon gut …“, versuchte ich möglichst gleichgültig zu sagen.

„Deshalb brauchst du mich aber nicht gleich anzünden“, gab ich hinterher.

„Ich?“, fragt er verwundert.

„Bist du Feuer oder ich?“

„Deine Schulter war extrem heiß, nicht meine Hand“, verteidigte er sich. Ich lief weiter. Leonard blieb neben mir. Ich dachte an Atropas Worte, dass ich in Wirklichkeit Feuer und Wasser war, nicht Erde. Und ich dachte an Tim, dessen Bett ich in Brand gesetzt hatte. Ich konnte doch nicht immer anfangen zu qualmen oder zu brennen, sobald ich mit einem Jungen mehr als ein Wort wechselte!

„Na dann, gute Nacht …“, antwortete ich nur und bog ab zu dem Turmhaus von Neve.

„Gute Nacht“, rief Leonard hinter mir her. Ein wenig Enttäuschung schwang in seiner Stimme mit. Was hatte er denn erwartet? Dass ich ihm vor Dankbarkeit um den Hals fallen würde? So, wie es wahrscheinlich die meisten Mädchen hier machten, sobald er ihnen seine Gunst schenkte? Trotzdem konnte ich nicht umhin, mich über seine Entschuldigung zu freuen. War er wirklich nur bekifft gewesen? Allerdings, bei unserer ersten Begegnung hatte er mich auch im nüchternen Zustand veralbert. Oder hatte ihm Kay von unserem Gespräch beim Mittagessen im Café erzählt? Hatte ich ihn mit meiner Art, die mich selber beeindruckt hatte, etwa auch beeindruckt? Nein, das war zu weit hergeholt.

Wer weiß, vielleicht zog er auch einfach nur eine Machomasche ab. Erst wird das Opfer in den Dreck gezogen und danach empfindet es auch noch tiefe Bewunderung und Freude, weil der Löwe ihm nicht den letzten Todesstoß verpasst, sondern überraschenderweise die Samtpfote zeigt. Schon vom Namen her kam das hin. Naja, aber nicht mit mir. Ich war keine dumme Antilope.

Neve stand in der Küche und goss gerade einen Erdbeershake mit Minze ein. Die Erdbeeren dufteten köstlich.

„Hi Kira. Willst du? Sie sind frisch aus dem Wald."

„Hm, gerne. Das riecht lecker."

Neve zeigte auf die Brandlöcher an meiner Schulter. „Wie war dein erster Tag? Scheint ja gleich zur Sache gegangen zu sein. Hast du dich etwa mit Feuer angelegt?"

„Nein, eigentlich nicht. Leo hat sich gerade bei mir entschuldigt wegen seiner blöden Anmache letztens." Ich steckte die Lampionblüte in ein kleines Astloch auf dem Tisch. Die Flamme brannte immer noch.

„Er hat sich entschuldigt? Na, das erlebe ich zum ersten Mal."

Ich setzte mich hin.

„Und wieso hat er dich dabei gleich angezündet?", wollte Neve wissen.

„Keine Ahnung …"

Sie machte eine Grübelfalte auf der Stirn. Neve trug heute ein himmelblaues Kleid mit weißer Spitze und kleinen Perlmuttknöpfen und sah darin aus wie aus einem anderen Jahrhundert. „Nicht, dass er verknallt ist in dich …", überlegte sie und war dabei ganz ernst.

„Was? Quatsch … Eigentlich war es nicht seine Hand, die plötzlich ganz heiß war, sondern meine Schulter."

Neves Grübelfalte vertiefte sich. „Bist du sicher?!"

„Nicht wirklich … aber … ich meine … Kann es vielleicht auch sowas wie Doppelbegabungen geben?"

„Du meinst, zwei Elemente?! Ja, hab ich schon einiges drüber gelesen. Kommt aber nicht oft vor. Die Letzten, die das hatten, waren wohl gefährliche Leute. Ist aber zwanzig Jahre her.“

„Sie waren gefährlich?“

„Ja, sie wollten die magische Welt revolutionieren und den Rat stürzen. Mit ziemlich radikalen Mitteln. Aber mehr weiß ich nicht. Ich interessiere mich einfach nicht für Politik. Warum fragst du? Meinst du …“

Ich zog an meinem Strohhalm. Dieser Erdbeershake war mit allen bisherigen, die ich getrunken hatte, nicht zu vergleichen. Gegen die Gerüche, das Aussehen und den Geschmack, die die magische Welt boten, war die wirkliche Welt blass und fade.

„Wer weiß, vielleicht habe ich zwei Elemente oder so …“

„Hm, eher unwahrscheinlich. Irritationen am Anfang sind wahrscheinlicher. Doppelbegabungen gibt es, aber sie kommen selten vor.“ Ich nippte nachdenklich an meinem Shake. Ich musste in der Bibliothek stöbern, mir selbst einen Überblick verschaffen.

„Und, wie war es so mit Jerome? Hast du Leute kennengelernt?“

Ich erzählte Neve, was ich erlebt hatte, nur das mit Atropa ließ ich aus. Stattdessen fragte ich sie: „Gibt es in der magischen Welt auch sowas wie Geister?“

„Du meinst, die Gnome und Sylphen, Salamander, Undinen? Das sind eher Völker als Geister …“

„Nein, ich meine richtige Geister …“

„Ich habe über Waldgeister gelesen und Geister von Toten, die nicht zur Ruhe kommen. Aber ich weiß nicht, ob das nur Legenden sind. Ich selbst habe noch keinen Kontakt zu einem Geist gehabt, obwohl ich Äther bin. Warum fragst du? Hast du noch Symptome?“

„Symptome? Ich weiß nicht. Manchmal fühle ich mich … nicht allein“, erklärte ich vorsichtig.

„Du hast noch Angst vor den Schatten, die dich in der Realwelt verfolgt haben."

„Vielleicht. Können das Geister gewesen sein?"

„Geister? Aus der Schattenwelt? Ich denke, das ist in dir und du musst dich erst noch beruhigen. Vor allem musst du genug schlafen. Das ist wichtig am Anfang."

Neve stand auf. Ich wusch mein Glas ab. Ich fragte sie noch, ob sie Jerome näher kannte. Sie sagte nur, dass sie mit ihm keine Ebene hätte. Sie grüßten sich nur, aber sie redeten nie miteinander, auch damals in der Ausbildung nicht. Jerome war ihr zu hitzig, zu weltgewandt. Solche Leute verunsicherten Neve. Aber für den Rat war er gut. Er holte die Mitglieder oft aus ihrem Kopf oder ihren Gefühlen zu den Tatsachen und sorgte dafür, dass gehandelt wurde. Neve hatte nichts Negatives oder Verdächtiges über ihn zu berichten, auch wenn sie mit Jerome so gut wie nichts verband.

Endlich lag ich im Bett. Ich ließ die Vorhänge ein wenig offen, um das Flimmern der Sterne zu bewundern. Ich war völlig erledigt. Der zurückliegende Tag kam mir endlos vor. Es war so viel passiert. Alles ging mir durch den Kopf, wild durcheinander, sodass ich eine Stunde lang nicht einschlafen konnte, obwohl ich todmüde war. Ich erwischte mich dabei, wie ich immer wieder die Situation mit Leonard durchging. Er hatte es irgendwie ernst gemeint. Das Triumphgefühl, dass einer wie er sich bei mir entschuldigte, war einfach zu schön. Meine letzten Gedanken vor dem Einschlafen galten Leo und überdeckten irgendwie den Schmerz wegen Tim.

# 25

Die Luft war so herrlich warm und die Sonne strahlte so schön durch das Fenster, dass ich mich für das dunkelblaue kurze Kleid entschied. Dazu zog ich eine Jeans an, die mir bis zu den Waden ging. Alles passte genau. Wie machte Neve es nur, genau die richtigen Sachen zu besorgen? Ich band meine üppigen Haare mit einem dunkelblauen breiten Stirnband nach hinten und zog die dunkelgrünen Chucks an.

Unten in der Küche begrüßte Neve mich mit den Worten: „Na, kein Wunder, dass sich gleich der Obermacho hier in dich verknallt."

„Pfff", machte ich nur, während ich merkte, dass mir der Gedanke sogar gefiel. Nicht, weil mir Leo plötzlich gefiel, sondern weil sich die Machtverhältnisse dadurch umdrehten. Wie leicht man die Fäden in die Hand bekam, wenn man auf einmal schön war. War die Welt wirklich so einfach gestrickt, die reale wie die magische?

Ich stocherte in den Rühreiern herum und sortierte den Speck aus. Es war der erste Morgen, an dem ich keinen besonderen Hunger verspürte. Vielleicht war das mit den Fressattacken endlich vorbei.

Als ich die Eingangshalle der Akademie betrat, bekam mein Herz einen Stich. Da standen nicht nur Jerome, Fabian und Marie. Da stand auch Leo, in einer weißen kurzen Hose und einem weißen Shirt, das einen intensiven Kontrast zu seinen schwarzen Haaren und den grünen Augen bildete.

„Ahh, da kommt Kira. Dann kann es ja losgehen", begrüßte mich Jerome und wandte sich an Leo. „Das ist Leonard ..."

„Wir kennen uns schon", unterbrach Leo ihn. Ich nickte zur Bestätigung und murmelte ein Guten Morgen. „Okay." Jerome klatschte in die Hände. „Dann auf in den Wald, wo ihr am wenigstens Schaden anrichten könnt."

Jerome lief vor. Marie ging neben Fabian. Und Leonard neben mir.

„Und, brennt die Blüte noch?", versuchte er ein Gespräch anzufangen. Ich war beklommen. „Ja, sie brennt noch. Wie lange hält das?"

„Solange man an denjenigen denkt, der sie einem geschenkt hat."

Ich sah ihn ungläubig an. Wollte er mich veralbern? Er grinste.

„So'n Blödsinn!", sagte ich.

„Nein, das stimmt!", frohlockte er und beobachtete die Röte, die mir ins Gesicht stieg. Von wegen die Machtverhältnisse drehten sich um.

„Tja, bekloppte Leute beschäftigen einen leider meist genauso wie nette Leute", erklärte ich und fand mich wenig überzeugend.

„Dann bin ich dir immerhin nicht gleichgültig." Er sagte das sehr freundlich und strahlte, als wenn ihm das sehr wichtig wäre. Trotzdem war ich wütend. „Okay, wenn's dir was bedeutet …" Ich zuckte mit den Schultern und versuchte, so gleichgültig wie möglich zu klingen. Ich ging schneller. Warum musste ich überhaupt neben Leo laufen?! Leo ging auch schneller.

„Du solltest übrigens immer dunkelblau tragen. Das steht dir absolut!" Ich verdrehte die Augen. Jetzt bitte nicht auf diese Weise! Dann überholte er mich, gesellte sich zu Jerome und ließ mich alleine zurück.

Irgendwie war ich erleichtert, ihn los zu sein. Gleichzeitig war ich die, die sich jetzt irgendwie stehen gelassen fühlte. Das wurmte mich. Ich beobachtete Leo und Jerome. Sie waren augenblicklich in ein Gespräch vertieft und machten den Eindruck, als würden sie sich bereits sehr gut kennen. Zwischendrin schienen sie fast zu flüstern, als teilten sie ein paar Geheimnisse miteinander.

Jerome führte uns auf die kahlen Felder, an deren Horizont der Feuerübergang loderte. Marie und ich bekamen die Aufgabe, unsere Erdkräfte zu konzentrieren. Jerome zeigte uns ein paar Übungen dazu. Immer wieder bebte das Feld, warfen sich Hügel auf, wo keine sein sollten, oder befand ich mich plötzlich vor einem Riss in der Erde, der sich einen halben Meter tief vor mir auftat. Ich sah gelbe Augen zwischen den welken Grasbüscheln aufblitzen. Wenn die Erdgnome zu sehr das Gefühl hatten, uns in die Hand zu kriegen, griff Jerome ein, verwies sie in ihre Schranken und glättete das Feld wieder. Dann ging es von vorne los. Mir wurde zum ersten Mal bewusst, was das für Kräfte waren, die in mir schlummerten. Was hier auf dem Feld passierte, hätte zu Hause locker das ganze Haus verwüstet, wenn nicht gar zum Einsturz gebracht. Und es kam aus mir. Allerdings ziemlich unkontrolliert.

Nach zwei Stunden Üben wurde es besser. Es hing von meiner mentalen Konzentration ab, ob die Erdgnome taten, was ich wollte, oder ob sie mir auf der Nase herumtanzten. Leo und Fabian nutzten die Zeit und kämpften gegeneinander. Es ging darum, wer die stärkere Konzentration aufbrachte, um das Element des anderen in Schach zu halten. Leo sollte den Boden zum Brennen bringen und Fabian sollte das Feuer verhindern. Allerdings war schnell klar, wer die Oberhand hatte. Leo musste immer mal eine Pause machen, damit nicht das ganze Feld brannte, und Fabian mühte sich redlich ab, aus dem kleinen Graben am Rande des Feldes genügend aufgebrachtes Wasser zu mobilisieren. Einmal bekam er eine beeindruckende Welle hin. Allerdings spülte sie Fabian weg und nicht den Brandherd.

Als Marie und ich soweit waren, unsere Kräfte ein wenig lenken zu können, sollten wir nacheinander gegen Leo und Fabian antreten. Schon jetzt war klar, dass meine Erdkräfte ungleich größer waren als die von Marie. Während sie nur ein kleines Zittern des Bodens hervorgebracht hatte, konnte sich bei meinem Erdbeben keiner mehr auf den Füßen halten. Jerome nickte mir anerkennend zu. Ich wusste nicht, ob ich mich vor mir fürchten oder stolz auf mich sein sollte. Marie war froh über ihre bescheidenen Kräfte. Vor mir hatte sie eindeutig richtige Angst und wollte auf keinen Fall gegen mich antreten.

Jerome stellte mich gegen Fabian auf. Ich sollte Erdwälle errichten und den Graben zu einem See stauen. Er sollte den Graben in Fluss halten. Ich ließ die Böschung von beiden Seiten aufeinanderfallen. Fabian reagierte mit einer Welle. Dann geschah etwas Seltsames. Ich konzentrierte mich auf die Erde, um den Wall zu erhöhen. Doch meine Kraft übertrug sich nicht auf die Erde, sondern auf die Welle. Mit voller Wucht wechselte sie die Richtung, verdoppelte ihre Größe und riss Fabian von den Füßen, sodass er schrie. Jerome kam angelaufen und half ihm auf die Beine.

„Alles in Ordnung? Du darfst deine Kräfte nicht gegen dich selber richten. Das hatte doch alles schon sehr gut geklappt!", beschimpfte er ihn.

„Habe ich nicht!", wehrte sich Fabian. „Sie war es!" Er zeigte auf mich.

„Das stimmt", pflichtete ich ihm bei. „Ich wollte den Erdwall vergrößern, aber das Wasser hat reagiert." In Jeromes Gesicht arbeitete es. Sein Kiefer mahlte. Dann sagte er: „Blödsinn, Fabian. Für Wasser bist allein du verantwortlich! Und jetzt weiter. Noch einmal. Konzentrier dich!"

Fabian wollte aufbegehren. Aber es hatte keinen Sinn. Jerome ließ ihn stehen und beschäftigte sich wieder mit Marie und Leo.

„Ich weiß, dass ich das war", versuchte ich ihn zu trösten.

„Aber dann bist du Wasser, und nicht Erde."

„Keine Ahnung", log ich. „Neve sagt, am Anfang gibt es manchmal Irritationen. Ich bin jetzt vorsichtiger, okay?!"

Fabian nickte, auch wenn er nicht wirklich überzeugt wirkte. Er war klatschnass, schon von der ersten Welle, die er sich tatsächlich selbst zuzuschreiben hatte. Er zitterte, aber wohl mehr vor Angst als vor Kälte.

Ich konzentrierte mich weniger. Es ging gar nicht anders. Mein Kopf befasste sich mit den Worten von Atropa und mit dem Verdacht, dass Jerome ganz genau wusste, was vor sich ging. Warum gab er es nicht zu? Fabian schaffte es, meine Erdwälle immer wieder zu durchbrechen. Es war klar, wer vorne lag.

„Kira, du musst dich mehr konzentrieren!“, belehrte mich Jerome. Dann sollten wir wechseln. Leo legte Feuer und ich sollte es mit Erde löschen. Ich hatte Leo und Marie beobachtet. Marie hatte kaum eine Chance gehabt. Das würde jetzt anders werden. Leo sollte sein Fett abbekommen.

„Okay, kann's losgehen?“, fragte Leo. Ich stand breitbeinig da, leicht nach vorne gebeugt, die Hände auf den Knien, den Blick auf einen aufgewühlten Erdhügel gerichtet und nickte.

„Pass auf dein Kleid auf“, gab er hinterher. Blöder Macho. Das hätte er nicht sagen sollen. Ich richtete meine Energie auf einen großen Stein. Er flog gegen seinen Knöchel.

„Au“, jaulte er.

„Pass auf deine Knochen auf!“, gab ich zurück. Er schmunzelte. Ein Lauffeuer kroch in Windeseile auf mich zu, als hätte jemand eine Ölspur gelegt und sie angezündet. Ich ließ Sand regnen. Augenblicklich war Leo in eine dicke Staubwolke eingehüllt. Ich hörte ihn husten.

„Pass auf deine weißen Sachen auf!“, lästerte ich.

Am Anfang ging es gut. Er wurde wütender und ließ die Flammen höher schlagen. Ich ließ die Erde zu einer Wand aufstehen und sie auf Leo stürzen. Er sprang im letzten Moment zur Seite. Leonard kam ins Schwitzen. Ich geriet in einen regelrechten Rausch. Ich spürte, dass ich ihn besiegen konnte. Und ich wollte noch mehr. Ich wollte ihn nicht nur besiegen. Ich wollte ihm

Angst machen. Ich wollte mich an ihm rächen für alle Typen, die sich jemals im Leben lustig über mich gemacht hatten.

Leonard schlug einen Kreis von Feuer um mich. Das durfte er nicht. So waren die Regeln. Der Kampf sollte sich zwischen den Elementen abspielen und nicht auf Personen gerichtet sein. Er war wütend, weil ich ihn besiegte und vielleicht auch, dass ich ihm nicht sofort um den Hals fiel, nur weil er sich entschuldigt hatte. Seine Wut machte mich nur noch entschlossener. Ich nahm mir vor, ihn komplett in einem Kerker aus Erde einzuschließen. Ich sprang aus meinem Flammenkreis, als könnte ich fliegen, und versuchte, Erdmauern um Leo zu errichten, genau da, wo er stand. Aber Erde gehorchte mir nicht. Stattdessen errichtete ich einen Feuerkreis um ihn, dessen Flammen über ihm zusammenschlugen.

Leonard schrie. Alle waren gleichzeitig da. Jerome löschte den Feuerkreis im Handumdrehen. Jetzt steckte Leo bis zu den Knien in einer Sanddüne. Fabian gelang es, einen Nieselregen aus dem Graben zu zaubern. Immerhin. Leonard befreite sich aus dem Sand und schüttelte sich. Sein weißes Outfit war mit Brandspuren übersät, während mein Kleid nur ein paar Staubkörner abbekommen hatte.

„Seid ihr wahnsinnig!?“, brüllte Jerome. „Nicht auf Personen! Das ist nicht nur eine alberne Spielregel! Das ist eine Überlebensregel! Habt ihr das nicht kapiert?!“

Jerome baute sich vor uns auf, als würde er sich sogleich in eine Erdlavine verwandeln, die alles mit sich riss. Ich zitterte. Ich war an allem Schuld.

„Sie war das!“, zischte Leonard, der sich langsam wieder fing.

„Ich habe gesehen, wie DU einen Feuerkreis um sie gezogen hast!“, brüllte Jerome ihn an.

„Aber, sie …!“ Leonard machte Anstalten, auf mich loszugehen.

„Sie hat sich gewehrt!“, verteidigte Jerome mich und stellte sich zwischen uns.

„Ja, mit Feuer! … von wegen Erde …“ Leo fuchtelte mit seinen Armen hilflos vor Jeromes Gesicht herum. Jerome ging nicht auf Leos Behauptung ein.

„Schluss für heute! Das reicht! Marie, du gehst heute Nachmittag Cynthia im Steinbruch helfen. Fabian, denke ich, hat genug für den Rest des Tages und sollte sich eine Stunde schlafen legen. Kira, dich erwarte ich nach der Mittagspause um 15 Uhr bei mir, Gasse 5, das letzte Haus. Und Leo, du kommst mit, sofort.“

Jerome drehte sich um und trabte in weit ausholenden Schritten los. Leo folgte ihm. Ich sah den beiden nach und spürte immer noch seine Wut. Fabian und Marie, beide wieder getrocknet durch die Feuersbrunst, standen beschämt da und machten den Eindruck, als wollten sie eigentlich nur schnell weg hier.

„Okay, dann bis später“, brachte Fabian hervor. Marie gab nur ein leises „Ja, genau …“ hinterher.

„Ich kann dich noch zum Steinbruch bringen“, bot Fabian Marie an.

„Das wäre prima“, antwortete Marie.

„Sie ist nicht gern allein im Wald“, entschuldigte sich Fabian bei mir.

Ihr Verhalten war deutlich. Sie wollten mich nicht dabeihaben.

„Okay“, seufzte ich und wartete, bis sie ebenfalls im Wald verschwunden waren.

Ich hockte mich auf die verbrannte Erde und stützte den Kopf in die Hände. Ich war ihnen unheimlich. Das war eindeutig. Ich beschloss, einige Minuten zu warten, bis sie alle ausreichenden Vorsprung hatten. Dann würde ich nicht in das Akademie-Café, sondern nach Hause gehen und dort etwas essen. Ich starrte auf das ewige Feuer am Horizont und wischte mir ein paar Tränen von den Wangen.

Mit mir stimmte was nicht. Ich hatte nur einen Tag lang neue Freunde gehabt. Jetzt hatten sie Angst vor mir. Ich war wie immer allein. Und nicht nur das. Jerome war extrem sauer auf mich, abgesehen von Leo. In nur einer Stunde hatte ich mir einen Haufen Feinde gemacht. Der Eindruck, ein Monster zu sein, wurde langsam zu einem vertrauten Gefühl.

## 26

Im Haus war es still. Ich rief nach Neve. Es kam keine Antwort. Sie war nicht da. Ein Glück. Ich wollte allein sein, mit niemandem reden. Ich ging in mein Zimmer hoch, zog mir das Kleid über den Kopf und warf es in die Ecke. Die kurze Hose auch. In einem langärmeligen schwarzen T-Shirt und langen schwarzen Hosen fühlte ich mich schon besser.

Ich suchte den Lageplan des Akademie-Geländes aus der Schublade meines Schreibtisches, den Neve mir gegeben hatte, ging wieder in die Küche und setzte mich damit an den Tisch. Gasse 5 lag hinter der Lichtung, auf der ich den Rat getroffen hatte. Es war ein größeres Haus, das etwas abseits der kleineren Häuser für die Studenten stand. Ich starrte auf den Plan und versuchte, irgendwas aus der Lage des Hauses von Jerome für meine eigene Lage herauszulesen, aber das war natürlich sinnlos. Ich nahm mir ein paar frische Erdbeeren aus der Schale auf dem Tisch, aber aß nur eine. Ich hatte keinen Hunger.

Ich grübelte, was Jerome von mir wollte? Warum lud er mich zu sich nach Hause ein? Nur, um mir eine Standpauke zu halten? Oder war er bereit, zuzugeben, dass ich Feuer und Wasser war, aber wollte mich überreden, als Schülerin trotzdem bei ihm zu bleiben? Oder hielt er mir doch nur eine Standpauke?! Ich konnte es nicht vorher wissen. Ich musste unseren Termin abwarten. Erst daraus ließ sich schließen, wie ich mich weiter verhalten würde. Ob es angebracht war, Atropa aufzusuchen oder nicht. Oder ob ich doch Neve einweihen sollte.

Eins war jedoch klar. Ich würde Leo um Verzeihung bitten müssen. Das war ich ihm schuldig. Während er sich „nur" lustig über mich gemacht hatte, hatte ich ihn fast umgebracht.

Die Uhr zeigte halb drei. Ich konnte nicht mehr stillsitzen. Ich machte mich auf den Weg zu Jerome, würde ein paar Umwege gehen, um nicht zu früh zu kommen. Ich musste mich bewegen.

Ein paar Minuten vor drei stand ich vor Jeromes Haus. Es war beeindruckend, fast ein bisschen protzig. Es wirkte wie der Gewinner-Entwurf eines modernen Architekturwettbewerbs. Die Wände waren asymmetrisch, wie willkürlich geformte Trapeze, die am Ende auf wunderbare Weise doch irgendwie ineinander passten. Teilweise verliefen sie zu schroffen Spitzen, die in die Luft stachen. Große Glasflächen wechselten mit weiß verputzten Betonflächen. Eine flache und breite Treppe aus Holz führte zum Eingang, dessen Verglasung bis in die zweite Etage reichte. Links und rechts wuchs ein haushoher Bambuswald, durch den die Sonne schimmerte. Jerome hatte mich bereits entdeckt und öffnete die Tür.

„Hallo Kira. Du bist pünktlich. Komm rein. Ich hab schon gewartet."

Sein Tonfall war freundlich. Das klang erst mal nicht nach Standpauke. Ich entspannte mich ein wenig, stieg die Stufen hinauf und betrat einen großen Raum. Ich sah mich um. Die Einrichtung war schlicht, fast ein bisschen kühl. Die Wände waren mit Bambus verkleidet. In der Mitte stand eine große schwarze Sofalandschaft aus Leder.

„Setz dich. Möchtest du was trinken?" Ich schüttelte den Kopf und fragte mich zum ersten Mal, ob Jerome allein lebte oder eine Frau hatte. Ich setzte mich auf die Ecke des einen Sofas. Jerome ließ sich in die Couch mir gegenüber fallen und zeigte mit dem Arm in die Gegend.

„Gefällt es dir?“

„Es ist sehr schick.“

Ich war beklommen. Jerome kam mir in seinem persönlichen Umfeld mächtig vor. Er goss sich aus einer Karaffe irgendeine klare Flüssigkeit ein, die bestimmt nicht nur Wasser war. Ich musste irgendwas sagen, um mich von der Atmosphäre nicht völlig erschlagen zu lassen.

„Ich wollte das nicht vorhin. Es kam so …“

Jerome trank ein paar Schlucke, verzog etwas das Gesicht und beugte sich vor: „Kira, alles ist in Ordnung. Wenn, dann muss ich mich entschuldigen, dass ich dich so angefahren habe. Aber vor den anderen ging es nicht anders.“

Er sah mir tief in die Augen.

„Was ich dir jetzt sagen werde, wird dich vielleicht ein bisschen verwirren, aber …“

„Ich bin keine Erde …“, platzte ich dazwischen.

Er sog die Luft ein und lehnte sich wieder etwas zurück.

„Doch, du bist Erde. Daran besteht kein Zweifel.“

Ich atmete tief durch. Er wollte es also nicht wahrhaben. Aber dann fuhr er fort und brachte mich wirklich aus dem Konzept.

„Aber nicht nur. Du bist auch Feuer. Ich wusste es von Anfang an. Ich weiß, dass du das Bett bei deinem Freund nicht mit Zigaretten angezündet hast. Und dass man nicht zufällig überlebt, wenn man durch den Wasserdurchgang hierherkommt. Oder sagen wir, solche Fälle hat es gegeben. Allerdings entwickelt man danach nicht unbedingt Kräfte dieses Elements.“

Jerome machte eine kleine Pause und ließ das Gesagte auf mich wirken. Ich starrte ihn mit offenem Mund an. Ich war durch Atropa auf Feuer und Wasser aus gewesen. Aber Jerome hatte recht. Meine Erdkräfte zeigten sich deutlich. Ich war Erde. Er war sich sicher. Das hieß, ich war richtig bei ihm und das beruhigte mich. Dann hatte Atropa mit dem Wasser unrecht.

„Aber das mit Fabian …“, überlegte ich laut weiter.

„Ich bin mir nicht sicher. Es kann sein, dass du zusätzlich eine Affinität zu Wasser hast. Eine Doppelbegabung und eine Affinität zu einem dritten Element. Oder auch eine Dreifachbegabung. Es ist nicht ausgeschlossen.“

Mir stand schon wieder der Mund offen.

„Was bedeutet das?“, flüsterte ich.

„Zunächst einmal großes Talent und viel Arbeit, es zu formen und in den Griff zu bekommen. Später bedeutet es … sehr große Macht.“

„Aber warum hat niemand im Rat … Warum sollte ich … Warum hast du …?“ Ich wusste nicht, wie ich meine ganzen andrängenden Fragen in die richtige Reihenfolge bringen sollte.

„Deshalb bist du hier. Genau darüber wollte ich mit dir reden“, unterbrach mich Jerome. Er goss mir etwas von der glitzernden Flüssigkeit in ein zweites Glas ein und reichte es mir.

„Trink einen Schluck und entspann dich. Du hast überhaupt nichts zu befürchten. Im Gegenteil, du kannst dich glücklich schätzen. Es ist wie ein Sechser im Lotto der magischen Welt.“ Er lächelte mir verschwörerisch zu.

Ich nippte an dem Glas. Es war etwas Alkoholisches, aber es schmeckte köstlich.

„Quellwein“, erklärte Jerome. „Aus einer Art Wasserschlingpflanze mit süßlichem Aroma.“

Ich nahm noch zwei Schlucke. Es entspannte wirklich. Ich rutschte ein bisschen weiter auf das kalte schwarze Sofa und lehnte mich an.

Jerome machte ein ernstes Gesicht.

„Es ist so … Schon immer hat es in den vergangenen Jahrtausenden Menschen mit diesen Doppelbegabungen gegeben, manchmal sogar mit einer Dreifach– oder gar Vierfachbegabung. Aber die letzte Dreifachbegabung liegt gut zwei Jahrhunderte zurück. Und eine Vierfachbegabung ist nur einmal überliefert. Vor circa 1000 Jahren soll es einen Priester gegeben haben, der sie besaß. Eine Doppelbegabung dagegen kommt vielleicht ein- oder zweimal im Jahrhundert vor."

Ich beobachtete Jerome. Es war klar, dass der Rat davon nichts erfahren sollte. Alles lief darauf hinaus. Nur, warum nicht?! Weil Atropa recht hatte und Jerome in irgendwas verwickelt war? Mir war ein bisschen mulmig.

Jerome ließ mich nicht aus den Augen. Mir wurde bewusst, wie allein ich hier mit ihm war. Ich lächelte, versuchte entspannt zu wirken, neugierig und interessiert. Er durfte mir mein Misstrauen nicht anmerken.

„Dann kennst du jemanden, der auch eine Doppelbegabung hat?", fragte ich ihn.

„Ja und nein. Ich kannte jemanden …", antwortete Jerome. „Der letzte Mensch mit einer Doppelbegabung starb vor circa zwanzig Jahren, sieben Tage vor seinem zwanzigsten Geburtstag. Er war noch jung, sehr jung …"

Jerome sah traurig aus. Es war nicht zu übersehen, dass ihm dieser Mensch etwas bedeutet hatte. Gleichzeitig kam mir ein gruseliger Gedanke: „Starb er an seiner Doppelbegabung?"

„Oh, nein. Nein, nein. Man hat ihn gejagt. Der Rat hat ihn gejagt. Er wollte einige Sachen ändern, die dem Rat nicht passten, in der magischen Welt und auch in der realen, beide Welten näher zusammenbringen, sie voneinander profitieren lassen. Er hieß Alexander. Er hatte Anhänger … und Feinde. Die Meinungen über ihn und seine Ansichten gingen weit auseinander."

„Hat der Rat ihn … getötet?" Mir lief ein Schauer über den Rücken. Das würde heißen, in der magischen Welt wurden Todesurteile ausgesprochen.

„Nein, der Rat hatte nur das Übliche vor: Gedächtnislöschung und die bekannten Folgen. Aber das wollten sie nicht …"

„Er und seine Anhänger?“

„Nein, er und Clarissa. Sie waren ein Paar, hatten sich auf der Akademie kennengelernt und nach ihrem Abschluss diese Bewegung aufgebaut. Sie wollten den Rest ihres Lebens nicht als gedächtnislose und malariakranke Zombies fristen.“ Jerome räusperte sich. „Als sie wussten, dass es keinen Ausweg mehr gab, haben sie sich selbst getötet.“

Jerome Stimme brach, als würden alte Wunden aufreißen. In seinen Augen loderte es. Ich war schockiert. Er trank einige Schlucke. Dann sprach er wieder ruhiger.

„Seitdem ist der Rat auf Doppelbegabungen nicht mehr gut zu sprechen. Zumal es fünfzig Jahre früher eine andere Geschichte gegeben hat. Jemand mit Feuer und Wasser, der sich in der realen Welt zu einem Mörder entwickelt hatte. Er bekam die beiden Elemente nicht in den Griff. Sie zerrissen ihn.“

Mir lief noch ein Schauer über den Rücken. Was Jerome mir offenbarte, stellte all meine Spekulationen in den tiefsten Schatten. Jerome vermutete eine Doppelbegabung bei mir beziehungsweise sie war inzwischen wohl nicht mehr von der Hand zu weisen und er wollte mich damit irgendwie vor dem Rat schützen.

„Du hast diesen Alexander gut gekannt …“, stellte ich vorsichtig fest.

Jerome nickte.

„Ich war achtzehn, gerade frisch an die Akademie gekommen. Ich merkte schnell, dass Ansichten und Methoden des Rates lange überholt waren. Alexander wollte in den Rat gewählt werden, aber er hatte natürlich keine Chance. Er war so charismatisch, auch seine Freundin. Manche vermuten, dass sie auch eine Doppelbegabung besaß, aber sie hatte vielleicht keine Zeit mehr, die auszubilden. Sie brachten Bewegung hinein. Mich nahmen sie natürlich nicht ernst. Ich war neu, unerfahren und auch noch schüchtern. Aber ich bewunderte sie. Ich bewundere sie noch heute und habe viel gelernt von ihnen, auch nachdem sie schon tot waren. Pio hat ihre Geschichte, ihre Ideen, alle Details damals aufgeschrieben."

„Pio? Aber er ..."

Jerome winkte ab.

„Ach so, das weißt du vielleicht noch nicht. In der magischen Welt altert man nicht. Die Uhr hält an, sozusagen. Wenn du die reale Welt besuchst, läuft sie dagegen weiter ... Pio verlässt die magische Welt nie. Ich weiß nicht mal, seit wann es ihn gibt. Jedenfalls ist er älter als Ranja. Bei Ranja sind es, glaube ich, um die 500 Jahre. Sie steht nicht umsonst auf den Mittelalter-Look. Jolly verlässt die magische Welt nicht mehr, seit er siebzig geworden ist. Das war vor hundert Jahren. Sulannia ist seit 200 Jahren hier. Kim ist noch nicht so alt. Sie gehört erst seit 30 Jahren zum Rat. Naja, und ich ... ich bin wohl zu oft draußen, zu sehr Lebemensch, seit fünfzehn Jahren im Rat, aber werde nicht nur bald vierzig, sondern sehe auch so aus."

Er grinste sein Surflehrer-Lächeln. Ich verschwieg, dass ich ihn sogar ein bisschen älter geschätzt hatte. Ich goss mir einfach selber noch ein Glas ein. Der Rat, das waren also fast alles Leute, die mehrere hundert Jahre alt waren! Und man konnte mithilfe der magischen Welt sein Alter regulieren. Oh Gott, wie sollte ich das alles verdauen? Ich trank das Glas in einem Zug leer.

„Aber, warum war der Rat gegen sie? Was haben sie getan?"

„Nun ja, es ist komplex. Sei eine Weile hier und beobachte die Abläufe, lies ein bisschen in der Geschichte der Akademie, mach dir ein Bild. Es ist wie mit allen, die Macht haben, mit Königen, Regierungen oder auch Räten: Sie wollen keine wirklichen Neuerungen, weil sie ihre Macht nicht verlieren wollen."

Das klang plausibel.

„Aber du bist doch selbst im Rat!"

„Ja, das bin ich. Und ich hoffe, dass irgendwann der richtige Tag kommt, um etwas zu verändern." Jerome sah mich lange an. Ich spürte eine Gänsehaut. Meinte er etwa, ich könnte mit meinen Sonderkräften die nächste Anführerin sein?

Ich schüttelte heftig den Kopf.

„Aber nicht, dass du denkst … Nein, nein, ich bin keine Kämpferin … noch nie gewesen … Ich … Ich möchte das hier nur so schnell wie möglich abschließen und dann wieder nach Hause …" Es platzte einfach so aus mir heraus und ich sah Jerome mit flatternden Augenlidern an.

Jerome schüttelte nachsichtig den Kopf.

„Oh nein, Kira … Du verstehst mich völlig falsch. Fürs Erste möchte ich nur eins: Das mit deiner Doppelbegabung und der Affinität zu Wasser sollte unter uns bleiben. Im Idealfall erfährt niemand bis zu deinem Abschluss davon. Danach bist du frei und keiner kann dir mehr was anhaben. Aber bis dahin gibt es seit dem Fall Alexander und Clarissa strenge Regelungen. Menschen mit Doppelbegabungen werden nicht mehr ausgebildet. Man unterdrückt die Schwächere der Begabungen, sodass nur noch eine bleibt. Es gibt keine Gedächtnislöschung, deshalb sind die Malariaanfälle bei weitem nicht so schlimm, aber mit einem pro Jahr muss man rechnen. Ich bin gegen diese Regelung, aber ich kann mich nicht durchsetzen gegen die Mehrzahl im Rat. Ich will dir das ersparen, Kira."

Seine Worte waren beruhigend und beunruhigend zugleich.

„Hat es denn nie positive Beispiele von Doppelbegabungen gegeben, also, ich meine in den Augen des Rates?", fragte ich ihn.

„Doch, natürlich! Das ist es ja gerade, was mich wütend macht. Der Rat blendet sie aus, weil die angeblichen Negativ-Fälle der letzten Jahrzehnte alle anderen überschatten." Jerome stand auf, hockte sich vor mich und nahm meine vor Aufregung kalten Hände in seine großen, warmen, trocknen Hände. Ich spürte einen leichten Schwindel und biss mir auf die Unterlippe. Als wäre er mein Vater, der auf mich aufpasst. Der Gedanke ließ sofort das alt vertraute Gefühl, zu oft allein gelassen worden zu sein, in mir aufkeimen.

„Pass auf, du lässt das alles erst mal sacken, ruhst dich aus heute. Wenn irgendwas ist, kannst du jederzeit zu mir kommen … oder mir eine Nachricht hierherbringen. Draußen ist ein Briefkasten. Wichtig ist, zu niemandem ein Wort über deine Fähigkeiten. Ich werde mit dir trainieren, sie gut zu verbergen. Bis dahin gehen ein paar Ausrutscher als Affinität zu anderen Elementen durch. Das kriegen wir schon hin. Du kannst mir vertrauen, okay?!“

Ich sagte okay, obwohl überhaupt nichts okay war. Er ließ meine Hände los. Ich stand auf und sagte noch mal okay, weil mir einfach nichts anderes einfiel. Er zog ein kleines Päckchen aus der Tasche und gab es mir: „Hier, das hilft beim Schlafen. Geh früh ins Bett. Morgen sieht die Welt schon ganz anders aus! Und vergiss bei allem nicht, es ist kein Fluch, es ist eine wunderbare Begabung!“

„Ich muss mich noch bei Leonard entschuldigen, ich hätte ihn fast umgebracht.“

Jerome machte eine zustimmende Geste.

„Das finde ich sehr gut. Du brauchst jetzt gute Freunde und so wenig wie möglich Feinde.“

Das waren sehr wahre Worte. Ich war Jerome zutiefst dankbar. Er verstand mich, er beschützte mich, er war für mich da.

„Danke …“, sagte ich.

„Oh nein, du musst mir nicht danken … Ich kann nur nicht noch mehr Freunde ohne Gedächtnis oder Gesundheit gebrauchen …“ Er beließ es bei dieser Andeutung, aber ich verstand, dass er bereits einiges Leid durch die Entscheidungen des Rates erfahren haben musste.

Wir verabschiedeten uns an der Tür mit einem festen Händedruck.

„Morgen neun Uhr in der Eingangshalle. Nur wir beide. Dann studieren wir ein paar Kontrollübungen ein. Okay?!“

„Ja.“

## 27

Die Sonne begann bereits unterzugehen. Es mussten drei Stunden vergangen sein. Ich hatte bei Jerome das Gefühl für die Zeit verloren.

Ich lief nach Hause, ging hoch in mein Zimmer und sah aus dem Fenster. Leonards Haus lag verlassen zwischen den Bäumen. Es brannte kein Licht. Er war noch nicht da. Neve war ebenfalls nicht zu Hause. Wo waren sie nur? Vielleicht draußen in der Welt. Bei dem Gedanken spürte ich sofort Heimweh. Ich legte mich auf mein Bett und starrte an die Decke. Die untergehende Sonne färbte alles mit einem lilagoldenen Licht ein, das immer mehr ins Blaue überging. Ich musste mit Atropa chatten. Was würde sie zu all dem sagen? Vielleicht war ihr nicht klar, dass der Rat das Problem war. Vielleicht hatten die Schatten mit dem Rat zu tun? Hätte ich Jerome von den Schatten erzählen sollen? Vielleicht wusste er etwas darüber, glaubte auch, dass sie keine Einbildung, sondern eine echte Bedrohung waren.

Aber Atropa hatte gesagt, ich solle nichts davon verraten. Sie hatte aber auch gesagt, ich solle sofort den Rat informieren, wenn sich eindeutig neue Fähigkeiten bei mir zeigten. Warum? Wusste sie nicht, was sie dann mit mir machten? Oder wusste sie es etwa? Je mehr ich nachdachte, desto verwirrender wurde alles. Ich merkte, ich verstand nichts. Gar nichts. Unterm Strich gab es inzwischen zwei Parteien, die mich dazu anhielten, Geheimnisse zu bewahren. Was sollte das bedeuten? Wem sollte ich trauen? Ich richtete mich ruckartig auf, als könnte ich so den Fragen entkommen, und hielt mir meinen Kopf. Eins nach dem Anderen, die Ruhe bewahren. Ich stand auf und sah wieder aus dem Fenster. Im Haus von Leonard brannte jetzt Licht. Die Aufregung wegen meines Vorhabens, ihn zu besuchen, um mich zu entschuldigen, versetzte mir einen Stich in den Magen. Mir war etwas schwindelig, vielleicht auch vom Wein. Unten ging die Tür. Dann hörte ich Neve: „Kira? Bist du da?“

„Ja!“, rief ich und ging nach unten. Ich hatte kein Licht im Haus gemacht und es war inzwischen stockdunkel.

„Warum ist hier alles so duster?“ Sie knipste die Küchenlampe an und stellte zwei pralle Umhängetaschen ab.

„Ich hab ein bisschen auf dem Bett gedöst, war ein anstrengender Tag. Warst du shoppen?“

„Ja, neue Sachen. Ich hoffe, ein paar werden dir gefallen!“ Neve durchbohrte mich mit ihrem hellen Blick.

„Du wirkst aber sehr durcheinander. Ist heute irgendwas passiert?“

„Naja … ich bin ein bisschen zu hart umgegangen mit Leonard beim Kräftemessen. Ich wollte gerade noch mal los, mich entschuldigen.“

Neve machte nur „Hm …“, als würde ihr meine Antwort nicht ganz reichen. Aber sie beließ es dabei und begann, die Taschen auszupacken.

„Ich leg dir ins Zimmer, was für dich ist und dann kannst du ja mal schauen“, sagte sie.

„Oh, danke, aber ich hab doch schon so viele neue Sachen …“

„Denkst du!“ Neve lachte auf. „Du wirst noch staunen, wie hoch der Verschleiß hier ist. Dein Shirt mit den Brandlöchern habe ich gleich weggeworfen.“

Ich sah Neve verwirrt an: „Aber du machst doch nicht auch noch meine Wäsche!“

„Nein, das kannst du selbst. Einmal durch den Fluss hinterm Haus ziehen und auf die Leine daneben, dann ist alles wieder blitzsauber und im Handumdrehen trocken.“

„Ahh, okay … dann … ich geh kurz rüber zu Leo. Bis später …“

„Wenn mich nicht alles täuscht, hat Leonard wohl seinen Meister gefunden“, kicherte Neve hinter mir, als ich das Haus verließ. Ich tat so, als hätte ich es nicht mehr gehört.

Die riesige Tanne vor Leos Haus rauschte. Zwei Stufen führten zur schweren Eingangstür aus schwarzem Ebenholz. Das Haus hatte eine Etage und einen spitzen Dachboden mit einem kleinen Fenster. Ich sah, dass es Lampionblumen waren, die auf seinem Fensterbrett brannten. Ich wagte durch die Fensterscheibe einen Blick ins Innere. An der gegenüberliegenden Wand stand eine kleine Küchenzeile aus schwarz glänzendem Material. Sie sah aus, als hätte sie noch nie jemand benutzt. Ich wich erschrocken zurück, weil Leo plötzlich am Fenster auftauchte. Aber er sah nicht hinaus und verschwand in die linke Ecke des Hauses. Es machte nicht den Eindruck, als ob er gerade Besuch hatte. Das war schon mal gut. Sollte ich wirklich klopfen? Zwei Besuche an einem Tag bei fremden Männern in fremden Häusern. Das war nicht gerade meine Stärke. Ich gab mir einen Ruck und hämmerte selbstbewusst mit dem Klopfer an die Tür. Leonard öffnete und machte ein überraschtes Gesicht.

„Kira …“

„Hi … ähh … Ich dachte, ich bin mal dran mit einer Entschuldigung.“

„Hey … Komm doch rein! Ich wollte gerade anfangen, mich zu langweilen. Und da kommst du!“ Ich schmunzelte. Leonard schien sich richtig über meinen Besuch zu freuen.

„Hast du denn keine Hausaufgaben?“, witzelte ich und konnte meinen Blick kaum von Leonard losreißen. Er trug eine knielange Jeans, die mit Absicht ausgefranst und eingerissen war, und dazu nur ein schwarzes Muskelshirt. Seine schwarzen Haare hatte er nachlässig zu einem Zopf gebunden. Ein paar Strähnen fielen ihm ins Gesicht.

„Ach so, doch. Ich sollte noch ein paar Leute in Brand setzen, so zur Verteidigung“, witzelte er zurück.

Ich seufzte und senkte den Blick.

„Tut mir leid. Wirklich. Ich wollte das nicht. Ich war wütend …“

Leonard lehnte sich gegen den Kühlschrank und verschränkte die Arme.

„Worauf denn? Auf mich etwa?!“ Er grinste. Es gefiel ihm wohl. War da schon wieder eine Spur von Arroganz in seiner Stimme? Sollte ich es bereuen, hierhergekommen zu sein?

„Auf Typen wie dich im Allgemeinen. Aber deshalb muss man sie ja nicht gleich umbringen. Schon richtig.“

„So leicht bringt man mich nicht um. Keine Sorge.“

„Dann brauche ich mich also gar nicht zu entschuldigen?!“ Ich machte gespielte Anstalten, sofort auf dem Absatz umzudrehen.

„Doch, ist schon ganz nett.“

Ich blieb stehen, wo ich stand. „Hast du was zu trinken?“

Leos linke Augenbraue zuckte unmerklich. Dann lächelte er. Ich hatte ihn mit meiner Forschheit überrascht. Ich fühlte mich bereits etwas besser.

„Für besonders freundliche Gäste schon.“

Er öffnete den Kühlschrank, ein großes, schwarzes, wuchtiges Ding … voller Bier.“

„Trinkst du Bier?“

„Warum nicht?!“

Unser Dialog rangierte zwischen Spaß und Ernst. Ich konnte es nicht richtig einordnen. Meinte er es nur lustig oder war er gereizt?! Und ich? Ich war gereizt. Er hatte etwas an sich, was bei mir immer wieder Widerstand auslöste. Gleichzeitig machten diese kleinen Kämpfe auch Spaß. Gleichzeitig war ich verlegen. Leonard öffnete beide Flaschen Bier, indem er die Kronverschlüsse irgendwie gegeneinanderdrückte, und reichte mir eine.

„Komm, ich zeig dir mein Haus. Oder willst du es gar nicht sehen?!“

„Es ist okay. Ich habe gerade nichts Besseres vor.“ Klang ich albern? Versuchte ich, nur mit ihm mitzuhalten? Wollte ich cool sein, während er einfach mal cool war?! War er einfach nur höflich? Keine Ahnung.

Eine kleine Treppe aus schwarzem Marmor führte nach oben und öffnete sich zu einem großen Raum. Er wirkte kalt, düster, geheimnisvoll und anziehend zugleich. Die Dachschrägen waren schwarz gestrichen, die Dielen aus dem gleichen Holz wie die Eingangstür. Ein tiefroter Schlaufenteppich lag darauf. Leonards Bett bestand aus einer schwarzen Matratze auf einem Podest. In den kleinen Dachfenstern brannten Lampionblumen und warfen lange Schatten. Die Bude war obercool und angeberisch, aber sie hatte ihre Wirkung.

„Hast du dir das ausgesucht?“

„Natürlich, wer sonst?!“

„Sieht das bei dir zu Hause genauso aus?“

„Bei mir zu Hause … pfff“, sagte er abfällig und seine Miene verdüsterte sich. „Das hier ist mein Zuhause.“

Mir lag schon wieder ein „Sorry“ auf der Zunge, aber ich wollte mich nicht dauernd entschuldigen. Also sagte ich was Nettes. „Es gefällt mir.“

„Setz dich …“, forderte er mich auf. Ich wusste nicht wo. Es gab nur das Bett. Ich wollte mich nicht mit Leo aufs Bett setzen. Ich drehte die Bierflasche in der Hand. Vielleicht sollte ich doch lieber wieder gehen.

Leo ließ sich im Schneidersitz auf den roten Teppich nieder und stellte das Bier neben sich. Ich war ein wenig beruhigt und setzte mich ihm gegenüber. Ich fragte mich, was ich hier machte. Ich war hergekommen, um mich kurz an der Tür zu entschuldigen. Ich wollte keinen Abend mit Leonard verbringen. Okay, ich würde das Bier trinken und in fünf Minuten gehen.

„Du magst Lampionblumen …“, bemerkte ich. Mit sowas bekam man fünf Minuten schon irgendwie rum.

„Ich mag sie. Schon als Kind fand ich sie toll … bei meinem Vater, als wir noch einen Garten hatten. Allerdings konnte man sie da nicht anzünden.“

„Einen Garten … in Berlin?!“

„Nein … in Bern.“

„Bern? Du bist aus der Schweiz?“ Ich war ehrlich erstaunt.

„Da geboren, aber seit zehn Jahren hier.“

„Warum seid ihr dort weggezogen?“

„Wir nicht. Meine Mutter und ich …“

„Sie haben sich getrennt …“

„Mein Vater … Was man auch verstehen kann, wenn man meine Mutter kennt …“

Ich versuchte mitzukommen. Okay, er war in der Schweiz geboren, mochte seinen Vater, lebte aber bei seiner Mutter in Berlin.

„Du konntest nicht bei ihm bleiben …“

„Erst mal nicht … Aber mit 14 bin ich zurück … Von Marzahn wieder nach Bern … Bis das hier anfing …“

Leonard war nervös, wich meinen Blicken aus. Ich wusste nicht, was ich sagen sollte. Ich hatte auf einmal viele Fragen, aber ich konnte Leo doch nicht einfach nach seinem Privatleben ausfragen. Leo räusperte sich, als ginge das Privatleben davon weg.

„Aber was erzähle ich … Eigentlich wollte ich dir das hier zeigen.“

Er beugte sich vor, stützte sich auf seine Hände und Knie und griff nach etwas, was er hinter mir aus dem Regal ziehen wollte.

Sein Arm streifte mich dabei kurz an der Wange. Er hatte ganz warme, samtige Haut. Aber schlimmer war sein Duft. Er war intensiv und schwer und traf mich völlig unvorbereitet. Ich wollte zur Seite weichen, aber ich tat das Gegenteil. Ich lehnte mein Gesicht gegen seinen Arm. Oder war er es, der meinen Kopf in seine Halsbeuge zog? Plötzlich waren seine Augen ganz dicht vor mir, kleine schwarze Punkte tanzten darin, seine Haarsträhne kitzelte an meiner Wange. Seine Lippen berührten meine. Ich weiß nicht, wer schuld daran war. Er küsste mich erst sanft, dann leidenschaftlich. Ich küsste ihn zurück, obwohl ich nicht wollte. Aber ich konnte mich nicht losreißen. Sein Sog war so stark, sein Duft benebelte mich. Er war eine Macht, die mich besiegte.

Ich lag mit dem Rücken auf dem Teppich. Er hielt meine Handgelenke fest. Kleine Flammen züngelten aus den Schlaufen des Teppichs. Wir wälzten uns darin, aber wir fingen kein Feuer. Ein riesiges NEIN saß plötzlich wie ein Betonklotz in meinem Magen fest. Ich befreite meine Handgelenke, riss meine Lippen von seinen los und brachte ihn mit dem Rücken auf den Teppich. Jetzt hielt ich seine Handgelenke nach unten gedrückt, aber hatte trotzdem das Gefühl, dass ich diejenige war, die gefesselt war. Das NEIN stieg hoch in meine Kehle und wollte raus. Ich würgte. Seine grünen Augen funkelten mich an. Er sah wunderschön aus. Aber ich kannte jemanden, den ich lieber küssen wollte.

Ich rappelte mich hoch, stürmte die Treppen hinunter und hoffte, dass er mich nicht einholte. Ich rannte weg von seinem Haus, in den Wald hinein, wo er mich nicht finden konnte. Ich rannte in die Dunkelheit, stolperte über Äste, fiel hin, rappelte mich auf, aber fiel wieder hin … Ich blieb einfach liegen und lauschte. Nichts. Nur das Rauschen meines Atems vom Rennen und der Blätter von einem leichten Wind. Er war mir nicht gefolgt. Ich versuchte, mich wieder zu beruhigen. Wie konnte das nur passieren? Was hatte er mit mir gemacht? Warum hatte er sich zu mir herübergebeugt? Bestimmt wollte er gar nichts aus dem Regal holen. Er hatte seine Masche durchgezogen und ich war drauf reingefallen. Weil jeder auf ihn reinfiel.

Ich war so dumm. Aber ich war abgehauen, immerhin. Mir liefen Tränen über die Wangen. Ich setzte mich auf und wischte sie trotzig ab. Warum hatte ich mich gegen seinen Arm gelehnt? Es gab nur eine Erklärung. Es war die Sehnsucht nach Tim. Auf einmal sehnte ich mich so sehr nach ihm, dass mein ganzer Oberkörper wehtat, als wollte er zerspringen. Ich untersuchte mein Shirt. Es war seltsam. Ich hatte keinen einzigen Brandfleck, dabei hatten wir uns in Flammen gewälzt. Ich sprang auf. Ich wollte über das alles nicht nachdenken. Ich wollte nicht. Ich wollte … aus meiner Haut!

Unter mir bebte plötzlich die Erde. Ein paar brennende Äste fielen herunter. Ich schützte mich mit meinen Armen und suchte verzweifelt irgendwo nach Halt. Um mich tobte ein Sturm aus brennenden Erdklumpen. Heiße Sandkörner trieben mir in die Augen. Ich hielt mich an einem Baumstamm fest, aber er schien mit mir zu kippen, immer weiter nach links. Plötzlich fing es in Strömen an zu regnen. Ich fiel auf die Erde und riss den Baum mit mir. Jemand löste meine Arme und zog mich mit roher Kraft weg. Ich wollte schreien, aber mein Gesicht landete im Schlamm und nahm mir den Atem. Dann spürte ich gar nichts mehr. Mein Bewusstsein verließ mich und ich sackte weg.

## 28

Als ich wieder zu mir kam, lag ich auf meinem Bett. Neve saß neben mir und schüttelte vorwurfsvoll den Kopf. Draußen war alles ruhig.

„Was ist passiert?“ Ich blinzelte sie an.

„Das wollte ich dich eigentlich fragen. Mit ganzen Bäumen um sich zu schlagen. Bist du denn von allen guten Geistern verlassen?“ Sie sah mich vorwurfsvoll an.

„Ich glaube schon", antwortete ich und sank zurück in die Kissen, schrak aber sofort wieder hoch, als ich Jeromes Stimme hörte. Was machte Jerome hier? Und wer war noch alles im Raum?

„Neve, würdest du uns einen Moment allein lassen?"

„Ja, klar …", antwortete Neve und verließ den Raum. Okay, es war nur Jerome. Leo war nicht dabei. Ich versuchte, mich wieder aufzurichten, aber ich war schwer wie Blei. Ich konnte kaum meine Hände heben.

„Sorry, ich habe dir ein Beruhigungsmittel gegeben. Es ging nicht anders. Du warst völlig außer dir. Und das nur wegen Leo?"

Ich brachte ein schwächliches „Pfff" zustande. Meine Zunge wollte nicht so richtig mitarbeiten.

„Ich weiß nicht, was er mit mir … Er ist ein arroganter Vollidiot …", verteidigte ich mich. Jerome sah mich ernst an, als erwarte er Erklärungen. Was sollte ich Jerome sagen? Es war alles so peinlich.

„Ich will … nach Hause …", gab ich trotzig hinterher wie ein Schulkind im Ferienlager und bereute es im selben Moment. Das war fast noch peinlicher, besonders vor Jerome. „Zu deinem Freund", ergänzte er und machte ein verständnisvolles Gesicht. Ich drehte trotzig den Kopf zur Seite. Es ging niemanden etwas an.

Jerome zog sich einen Stuhl neben mein Bett. „Schon gut. Wie auch immer. Kira, du musst dich beherrschen. Ein Glück, dass mich Leo gleich geholt hat. So war ich wenigsten als Erster an Ort und Stelle, als dein Erdbeben losging. Der entwurzelte Baum hat deine anderen Aktivitäten überdeckt. Das Feuer konnte ich löschen, die verdächtigen Stellen mit Sand zuschütten, bevor Sulannia eintraf. Ich bin mir nicht sicher, ob der Wolkenbruch allein von ihr war. Vielleicht war er in Wirklichkeit von euch beiden. Jedenfalls, wer mit den Elementen randaliert, wird bestraft. Die ersten Tage hat man zum Glück noch etwas Narrenfreiheit. Ich habe dem Rat erklärt, du hättest Liebeskummer. Weil das nicht zum ersten Mal vorkommt, haben sie es geschluckt."

Ich seufzte. Na wunderbar, dann wussten ja alle Bescheid.

„Aber jetzt musst du dich zusammenreißen. Wir fangen gleich morgen mit den Übungen an. Deine Kräfte sind viel stärker als die der anderen. Solche Aktionen wie vorhin lassen sich nicht weiterhin so einfach vertuschen. Du darfst deine Erdkräfte zeigen, aber Feuer und Wasser musst du verbergen. Und du musst deine Emotionen in den Griff bekommen. Du musst lernen, sie mit dem Verstand zu kontrollieren. Auch wenn das hart klingt: Es gibt jetzt Wichtigeres als die erste Schulverliebtheit, sorry."

Jerome sah mich belehrend an. Ich senkte den Blick. Ich wollte aufbegehren, aber nicht vor Jerome. Zum Glück hatte ich keine Kraft. Und vielleicht hatte er ja auch recht. Es war eh hoffnungslos, dauernd an Tim zu denken, mich seinetwegen in Schwierigkeiten zu bringen. Ich musste das hier durchstehen, so gut es ging. Ich musste meine Liebe zu Tim verschieben. Ich hatte keine andere Wahl. Ich sah Jerome wieder an und nickte,

„Schlaf erst mal. So ein Unwetter kostet eine Menge Kraft." Er stand auf, ging zur Tür, aber drehte sich noch einmal um: „... und lass nicht alles an Leo aus. Er dreht vielleicht manchmal etwas auf. Aber er ist ein guter Typ." Jerome zwinkerte mir zu. Ich überlegte, ob ich mich vielleicht schon wieder bei Leo entschuldigen musste. Wusste er jetzt etwa über Tim Bescheid? Der Gedanke schickte sich an, mich um den Schlaf zu bringen, aber das Beruhigungsmittel war zum Glück stärker.

Jerome nahm mich am nächsten Tag bei den Kontrollübungen hart ran. Er benutzte mein Gefühlschaos, um meine Beherrschung zu trainieren. Ich hasste ihn dafür. Er war auch über meine Hassgefühle froh, weil er sie ebenfalls benutzen konnte. Wir arbeiteten im Übungsraum für Erde heimlich mit Feuer. Er schloss ein paar Vögel in einen kleinen Feuerkreis ein und provozierte mich. Er behauptete, dass ich schwach war, weil meine Minderwertigkeitsgefühle alles beherrschten, und dass ich glaubte, Tim nicht ebenbürtig zu sein und es vielleicht sogar stimmte. Meine aufkeimende Wut ließ die Flammen um die schrill kreischenden Vögel höher schlagen. Sie griffen nach ihren wild flatternden kleinen Flügeln. Aber ich bekam meine Wut unter Kontrolle und schaffte es, das Feuer zu löschen und alle Vögel zu retten.

Jerome befahl mir, mich an besonders emotionale Situationen der letzten Zeit zu erinnern. Das war nicht schwer. Davon gab es genug. Ich sollte es schaffen, meine Gefühle nicht auf das jeweilige Element zu übertragen, mit dem wir uns gerade befassten. Auf dem Erdhügel, den Jerome mitten im Raum aufschüttete, durfte sich kein Körnchen rühren. Am Anfang gelang es mir überhaupt nicht. Alles wirbelte durch die Luft wie ein feiner Sandsturm. Jerome musste immer wieder Ordnung schaffen. Dann wurde es besser. Jerome kam mit einem Wassereimer an. Hier gab es von Anfang an überhaupt kein Problem. Das Wasser reagierte kein bisschen, obwohl ich die schlimmste Szene meines Lebens in Tims Zimmer vor mir auferstehen ließ. Für mich hieß das, ich war kein Wasser. Jerome aber ließ nicht locker. Atropa glaubte, dass ich Wasser war und Jerome scheinbar auch. Nur, weil ich durch den Wasser-Durchgang gekommen war? Die Welle am Fluss mit Fabian mochte Zufall sein. Und dass ich was mit dem gestrigen Wolkenbruch von Sulannia zu tun gehabt hatte, glaubte ich nicht. Trotzdem ließ er sich nicht davon abbringen, mit mir zum magischen See zu gehen.

Wir hockten uns an das Ufer und ich sollte das Wasser berühren. Es war frisch, ganz normales frisches Wasser. Friedlich und leise plätscherte es an den Strand.

„Ich bin nicht Wasser. Das wäre doch alles viel zu viel", beharrte ich.

„Erinnere dich daran, wie du in diesem See fast ertrunken bist", wies Jerome mich an.

Alles sträubte sich in mir. Ich wollte mich nicht daran erinnern. Zumindest nicht hier, direkt am See. Ich hatte auf einmal Angst, allein die Erinnerung könnte mich wieder in seine Tiefen ziehen.

„Die Reise hierher ist für die meisten die Schlüsselsituation, um die Kontrolle über das jeweilige Element zu erlangen. Erinnere dich daran. Sobald die Wellen zu hoch werden, hören wir auf."

Ich sah Jerome nicht an und schüttelte nur den Kopf.

Also fing Jerome an, mir meine Reise in allen Einzelheiten zu schildern, als hätte er sie selbst erlebt. Ich wollte weg, aber er griff nach meinem Handgelenk und hielt mich fest, als ich im Begriff war, aufzuspringen, um loszurennen. Meine schlimmen Erinnerungen an die unheimliche Grotte, die Minuten in dem Boot und meinen Untergang stiegen auf und ergriffen von mir Besitz. Ich begann zu zittern. Jerome beschrieb alles mit leiser und eindringlicher Stimme. Es war, als würde ich jede Sekunde noch einmal erleben. Doch die Wasserfläche vor uns blieb glatt wie ein Spiegel. Stattdessen gab es einen kleinen Erdrutsch vom Felsenvorsprung, dicht neben uns. Erde rieselte ins Wasser und auf uns herab. Wir sprangen zur Seite und klopften uns die Sachen ab. Jerome sah mich verwirrt an.

„Das machst du mit Absicht."

„Ich habe Wasser eben unter Kontrolle", witzelte ich. Aber Jerome fand das nicht witzig. Er sah mich forschend an.

„Aber du hast gestern diese Welle erzeugt, die sich gegen Fabian richtete."

„Ich weiß nicht. Vielleicht war ich es gar nicht." Innerlich war ich irgendwie erleichtert. Meine Doppelbegabung Erde und Feuer brachte mich schon genug in Schwierigkeiten. Eine Affinität zu Wasser musste nicht auch noch sein.

„Vielleicht", überlegte Jerome.

„Aber vielleicht auch nicht. Dann müssen wir eben ins Wasser hinein", beschloss er.

Ich trat ein paar Schritte vom Ufer zurück und rief entschlossen:

„Nein!"

Jerome sah mich erstaunt an.

„Aber du musst ins Wasser, wenn du das Element beherrschen willst."

„Ich will es gar nicht beherrschen. Ich hab mit Wasser nichts zu tun. Du siehst es doch."

„Ich bin noch nicht sicher", antwortete Jerome.

„Ich gehe nicht freiwillig ins Wasser. Ich mag Wasser nicht."

„Okay, du bist traumatisiert. Wir müssen vielleicht noch nicht heute …"

„Es ist nicht wegen meiner Reise hierher …"

Ich biss mir auf die Lippen. Ich hatte zu viel gesagt. Jerome würde nun nachbohren.

„Weswegen dann?"

Okay, ich erzählte ihm, wie Delia mich als kleines Kind einmal fast ertrinken ließ, dass ich inzwischen zwar trotzdem schwimmen konnte, mich aber im Wasser einfach nicht wohlfühlte. Jerome hörte sich die Geschichte an und wirkte nachdenklich.

„Vielleicht reicht es auch für heute." Endlich schien er es begriffen zu haben. Dann setzte er aber nach. „Wir gehen das mit dem Wasser morgen noch mal an."

Jerome machte sich auf den Weg Richtung Wald. Ich stand da und sah ihm entgeistert nach. Ich wollte aufbegehren. Ich begriff nicht, warum Jerome auf Wasser bestand, wenn meine schlimmsten Gefühle das Wasser kalt ließen. Wollte er, dass ich ein Wunderkind war? Alle Lehrer erzogen gerne Wunderkinder. Ich wollte aber keins sein. Es brachte mich nur in Gefahr. Ich atmete tief aus, holte ihn ein, aber beließ es erst mal dabei. Ich musste das morgen noch mal mit ihm ausdiskutieren. Es war schon kurz nach zwölf. Jeromes Bemühungen, mich im Training von Tim abzubringen, hatten nicht viel gebracht. Tim war mein erster Gedanke, als Jerome sich am magischen See von mir verabschiedete. Jetzt wollte ich unbedingt zu Pio. Bestimmt hatte er Antworten, die auf mich warteten.

## 29

Pio empfing mich auf die gleiche Weise wie beim ersten Mal. Er bat mich mit vornehmer Geste herein, zeigte mir seine größte und beste Murmel, erklärte mir, dass er sie täglich um 17 Uhr einmal durch den Raum rollte, führte mich an den Schreibtisch mit dem Rechner und brachte mir ein Glas Orangensaft.

„Sie haben drei Nachrichten“, sagte er. Dann ließ er mich allein.

Ich öffnete erwartungsvoll den Posteingang. Mein Herz machte einen Sprung. Die erste Mail war von Tim. Die zweite von meinem Vater. Die dritte von Luisa. Ich zitterte, als ich die Mail von Tim öffnete. Alles konnte darin stehen … und nichts. Aber eins war schon mal sicher. Er hatte zurückgeschrieben!

> Kira! Ich bin so froh, von dir zu hören. Ich weiß, dass du nicht krank bist. Ich war mir die ganze Zeit sicher. Wenn jemand wahnsinnig wird, das ist einfach anders … Und ich bin überzeugt, du bist NICHT in Indien. Wo bist du? Sag es mir! BITTE. Du musst es mir sagen. Ich warte auf eine Antwort. Ich warte!
> Ich … muss dich sehen! Tim

Das war mehr, als ich in meinen kühnsten Träumen gehofft hatte, viel, viel mehr. Ich war so glücklich. Am liebsten hätte ich Pio, den Hüter der Nachrichten, umarmt, aber er war Autist und würde sicher schreiend davonrennen. Ich klickte ohne nachzudenken auf den Antworten-Button. Aber er funktionierte nicht und brachte mich zurück in meine seltsame Realität. Warum durfte ich nicht antworten? Verdammt noch mal! Ich hieb auf die Tasten. Pio schaute zu mir herüber.

„Brauchen Sie Hilfe? Soll ich jemanden vom Rat holen?"

„Sorry, nein. Alles in Ordnung. Ich habe nur aus Versehen auf Antworten …

„Das Antworten ist nicht erlaubt. Ich kann jemanden vom Rat holen."

„Nein nein, schon gut. Es war ein Versehen."

Ich musste ruhig bleiben. Ich konzentrierte mich, so, wie Jerome es mich heute gelehrt hatte. Es ging. Ich las die Mail noch mal und noch mal und noch mal. Tim verstand mich. Er interpretierte alles richtig. Warum war er sich so sicher? Weil er daran glaubte, dass es Dinge gab, die den normalen Horizont überstiegen. Tim würde mich nicht für verrückt halten, wenn ich ihm von der magischen Welt erzählte. Warum hatte ich es nicht einfach in der ersten Mail getan? Und ihm genau erklärt, warum er mir nicht folgen durfte? Vielleicht hätte er ja auf mich gehört. Jetzt war die Chance verspielt. Ich musste einen anderen Weg finden. Ich las die Mail noch zweimal.

„Kann man sich die Mails ausdrucken?", fragte ich Pio.

Doch Pio verneinte.

„Wenn Sie gehen, werden sie gelöscht. Es ist verboten, Nachrichten aufzuheben."

Ich antwortete nicht. Ich hatte kapiert, dass Pio die falsche Adresse war, um zu diskutieren. Trotzdem machten mich diese sinnlosen Regeln wütend. Was sollte das denn alles? Meine Hände zitterten schon wieder. Ruhig bleiben. Sonst würde Pio jemanden vom Rat holen. Das hatten sie ihm für brenzlige Situationen bestimmt so aufgetragen.

Ich öffnete die zweite Mail von Luisa:

Hey Kira,
du glaubst nicht, wie froh ich über deine Mail bin, auch wenn ich es nicht fassen kann, dass du abgehauen bist! Einfach so, nach Indien. Mein Vater hatte also recht. Die Polizei und alles. Die waren hier und haben uns befragt. Er hat alle beruhigt, auch deine Eltern, zumindest deine Mutter. Er hatte sich genau sowas gedacht. Hattest du ihm etwa irgendwelche Andeutungen gemacht? Meinem Vater?? Dein Vater war auch recht gelassen.
Die Hauptsache ist, dir geht es gut! Ich bin so froh, dass du nichts mehr mit dieser Atropa zu tun hast. Und du bist wirklich wieder gesund? So schnell? Na, vielleicht tut der Abstand zu allem und das Klima Wunder. Aber so kurz vor dem Abi … Okay, in der Klinik hättest du auch keins machen können.
Trotzdem, wenn es dir wieder gut geht, dann KOMM ZURÜCK! Das sehen dann doch auch die Ärzte und deine Eltern. Vertrödel das Jahr nicht. Du kannst das jetzt noch schaffen. BITTE.
Ciao Luisa

Das war typisch Luisa. Trotzdem machte sie mir viel weniger Vorwürfe, als ich erwartet hatte. Vielleicht lag das an ihrem Vater. Er reagierte wirklich cool. Warum war er so gelassen? Vielleicht, weil er Ähnliches in der Jugend angestellt hatte? Wahrscheinlich. Es klang so. Jedenfalls, ich war beruhigt, dass Luisa beruhigt war. Ich konnte ihr nichts von dem, was sie schrieb, übelnehmen. Sie ahnte schließlich nicht, was wirklich los war. In Bezug auf Luisa war es wohl richtig, nicht dauernd zu mailen. Ich würde ihr nicht verständlich machen können, warum ich nicht zur Vernunft kam, um mit ihr zusammen das Abi zu machen.

Die Mail von Gregor hatte ich mir für zuletzt aufgehoben. Sie machte mir Angst. Aber was half es. Öffnen und lesen.

Liebe Kira,
ich habe mir sowas gedacht. Ich respektiere deine Entscheidung. Ich weiß, dass du trotzdem alles schaffen wirst. Meine Vision ist, dass wir in der Zukunft ein unschlagbares Team werden.
Dein Vater

Diese E-Mail brachte mich aus dem Konzept. Ich hatte mit allem gerechnet, dass Delia schrieb, mein Vater wäre fertig mit mir, dass er mich nie wiedersehen wollte, dass ich die längste zeit meines Lebens seine Tochter gewesen war, dass er mich enterbte, dass er sein Geld zurückforderte, durch das ich überhaupt in der Lage war abzuhauen.

Aber nichts davon. Nicht im Entferntesten. Stattdessen schrieb er, dass er „meine Entscheidung respektierte" und wir ein „unschlagbares Team" werden würden. Ich starrte auf die Zeilen. Oder hatte ich bisher einfach nicht verstanden, was er von mir wollte?! Kein Gehorsam, sondern Gegenwehr und Durchsetzungswillen? Dickköpfigkeit und Sturheit, über Wünsche und Vorstellungen von anderen hinwegzugehen, so wie er es immer tat? Vielleicht. Vielleicht war es ja das! Allerdings traute ich Gregor nicht zu, das zu akzeptieren oder gutzuheißen, wenn es die eigene Tochter tat. Wie auch immer, seine Reaktion war zwar total verwirrend, aber irgendwie auch erleichternd. Gleichzeitig wurmte es mich, dass er sich, wie immer, kein bisschen Sorgen machte.

Ich las noch einmal die Mail von Tim. Wenn ich nur herauslesen könnte, was er vermutete? Dass ich noch in der Stadt war? Okay, es war doch richtig, dass ich ihm nicht die Wahrheit geschrieben hatte. Er hätte es mir zwar geglaubt, aber er hätte sich nicht abbringen lassen, mich zu suchen. Nein, das hätte er nicht, auch wenn es lebensgefährlich für ihn war. Ich glaube, so gut kannte ich ihn inzwischen. Mich erfasste ein wehmütiges Gefühl. Vielleicht hatte unsere Liebe ja doch eine Chance, wenn Tim genauso empfand. Vielleicht konnte sie tatsächlich warten. Alles lag an mir, wie schnell ich meinen Abschluss an der Akademie der Elemente schaffte.

Auf dem Bildschirm bewegte sich etwas. Atropa schrieb unter den Text von Tim:

kira, ich hab schon auf dich gewartet. ich hoffe, du hast inzwischen alles gelesen! tippe vorsichtig, damit pio es nicht bemerkt.

Ich sah zu Pio hinüber. Er spielte wieder mit ein paar Murmeln und schrieb zwischendurch immer wieder etwas auf einen Block Papier. Dann sah ich auf die Tastatur. Was sollte ich schreiben? Eigentlich wollte ich Atropa alles erzählen, aber war das gut? Sie schrieb weiter:

**Atropa:** es ist richtig, dass du deine wasserkräfte vor jerome verbirgst. halte sie unbedingt weiter geheim, solange es geht.
**Kira:** vor jerome? außerdem habe ich keine wasserkräfte. ich hasse wasser und das weißt du

Atropa ging auf meinen Einwand zu den angeblichen Wasserkräften nicht ein.

**Atropa:** ja. behalte jerome im auge und gib nicht alles preis

Was sollte das alles bedeuten? Ich musste Atropa irgendwie auf die Probe stellen.

**Kira:** aber dem rat soll ich von meiner doppelbegabung erzählen?
**Atropa:** suche dir eine vertrauensperson dort. am besten ranja

Warum kam sie immer auf Ranja? Steckten sie unter einer Decke? Ich erinnerte mich, dass Jerome und Ranja sich nicht zu mögen schienen.

Sollte ich Atropa klarmachen, dass ich wusste, was mit Leuten passierte, die Doppelbegabungen hatten? Wem sollte ich von Atropa erzählen? Jerome oder Ranja? Ich wusste es einfach nicht. Ich schrieb etwas Provokatives.

**Kira:** und wenn ich niemandem traue, weder dir, noch jerome, noch ranja?

Das war hart, doch Atropa reagierte erstaunlich gelassen.

**Atropa:** ich verstehe, was in dir vorgeht. ich hoffe einfach, du wirst das richtige tun. lass dir zeit und dann tu das richtige

‚Achtung', schrieb sie noch, aber ich bemerkte Pio erst, als er schon hinter mir stand: „Antworten sind nicht erlaubt. Sie werden nicht abgeschickt." Hastig löschte ich den Text und damit die ganze Mail von Tim.

„Ich schreibe keine Antworten. Ich tippe nur."

„Nur tippen?" Wie es aussah, war Pio nicht daran interessiert, zu lesen, was auf meinem Bildschirm geschah. Er fixierte die ganze Zeit nur die Tastatur.

„Ja. Ich mag tippen."

„Du magst tippen." Über Pios Gesicht huschte ein schräges Lächeln.

„Ich mag Murmeln", erklärte er.

„Genau", antwortete ich erleichtert.

„Meinst du, ich kann noch ein bisschen tippen?", fragte ich ihn vorsichtig.

„Du musst dann noch einen Orangensaft trinken", überlegte er.

„Okay", stimmte ich zu. Pio ging einen holen und stellte ihn mir hin.

„Ich mag auch Tippen. Aber Murmeln mag ich mehr." Er schenkte mir noch ein schräges Grinsen, bei dem er knapp an mir vorbei schaute. Dann setzte er sich wieder an seinen Platz.

**Atropa:** das war eine prima idee mit dem tippen. wenn du ihm jetzt noch hin und wieder eine murmel aus dem see bringst, können wir öfter miteinander reden
**Kira:** nochmal, ich hasse wasser. und ich gehe nicht noch mal in den see
**Atropa:** ich bin sicher, du wirst deine wasserscheu überwinden

Warum nervten mich heute alle mit dem blöden Wasser? Ich hatte keine Lust mehr, weiter auf dem Wasserthema herumzureiten. Ich wollte endlich Genaueres über Atropa wissen:

**Kira:** was bist du für ein geist? neve hat mir von geistern erzählt
**Atropa:** du hast ihr von mir

Diesmal schrieb ich einfach dazwischen und es funktionierte.

**Kira:** nein, nein … ich habe nur so allgemein gefragt. sie sagte, es gäbe waldgeister und geister von toten, die keine ruhe finden. aber sie hätte noch nie einen kontakt gehabt. obwohl sie ein engel ist
**Atropa:** neve ist kein engel. neve ist ein mensch, der die kräfte der engelwesen im äther führen und nutzen kann
**Kira:** sie besteht aber irgendwie darauf, ein engel zu sein
**Atropa:** ja, ich weiß, sie ist ein bisschen verrückt … ich gehöre zu den geistern des waldes und beschütze menschen mit doppelbegabungen. deshalb weiß neve nichts von mir. pio wird dich gleich hinausschicken. sei wachsam, kira. vergiss nicht, alles zu löschen. und komm bald wieder!

„Schauen Sie, die Uhr. Um 13 Uhr gehen meine Gäste immer."

„Ja, ich weiß Pio." Ich stand auf und verabschiedete mich. Er schloss hinter mir die Tür und schon war ich draußen. Abgeschnitten von der Welt und mit meinen neusten Fragen allein. Für einen Moment stand ich verloren im Flur. Atropa beschützte Menschen mit Doppelbegabungen und schickte mich gleichzeitig zum Rat, der Menschen mit Doppelbegabungen zum Halbkrüppel machte? War es das, was sie unter Schutz verstand? Oder war es Jerome, der mir nur halbe Wahrheiten erzählte?

Es half nichts. Ich musste meine eigenen Antworten auf all diese Fragen finden. Aber zuerst hatte ich Hunger. Jerome hatte mir für den Nachmittag freigegeben. Ich überlegte, in das Akademie-Café zu gehen. Doch die Angst, Leo zu treffen, war zu groß. Wie sollte ich ihm unter die Augen treten? Früher oder später mussten wir uns über den Weg laufen. Es ließ sich nicht vermeiden. Aber es musste ja nicht heute sein. Ich beschloss, nach Hause zu gehen, mir dort eine Pizza zu backen – Neve kaufte den Kühlschrank in der realen Welt immer bis obenhin voll – und mich danach mit meinem Lesebuch in den Wald aufzumachen. Ich wollte sehen, ob ich meinen kleinen Dom wiederfand, ob er wirklich noch da war. Und in meinem magischen Buch hoffte ich ein paar verlässliche Antworten auf meine Fragen zu finden.

## 30

Im Wald herrschte eine friedliche Stimmung. Auf dem inneren Waldweg, der um die Akademie und ihre Häuser herumführte, traf ich niemanden. Einige bunte Vögel flatterten durch die weit in den Himmel ragenden Wipfel. Ich stellte mir die golden glitzernde Fassade des Doms von Orvieto vor, so wie Neve es gesagt hatte. Es war nicht schwer, die Abzweigung zu finden, an der wir beim ersten Mal zum Durchgang Äther abgebogen waren. Genau hier schlängelte sich ein kaum sichtbarer Pfad in das grüne Dickicht. Allein meine Gedankenkraft ließ die Farne und Blätter sich nach links und rechts biegen. Ich blickte zurück, um herauszufinden, ob mir jemand folgte. Niemand. Also betrat ich den Pfad. Ich lief circa fünf Minuten. Hinter mir legten sich die Pflanzen wieder über den kleinen geheimen Weg. Vor mir sah ich meinen Miniatur-Dom durch die dicken glatten Stämme der Bäume schimmern. Der Ort, der mir in der magischen Welt ganz allein gehörte. Ein Gefühl von Glück durchströmte mich. Als wäre ich hier unangreifbar.

Ich setzte mich auf die steinerne Bank neben dem Eingangsportal, schloss die Augen und sog die süße Luft ein. Der Himmel war tiefblau und bildete einen kontrastreichen Hintergrund zu meinem erhabenen Zufluchtsort. Was wollten sie nur alle von mir? Alle zogen an mir, so kam es mir vor. Jeder überschüttete mich mit Regeln, was ich wo tun, lassen, sagen oder nicht sagen sollte. Jeder hatte einen Sack voll Ideen, die sich angeblich anboten, ein Geheimnis daraus zu machen.

Ich war ein Spielball. Hier, in der friedlichen Atmosphäre des Doms kam es mir absurd vor. Warum ließ ich mich überhaupt so verwirren?

Ich fasste einen Entschluss. Ich würde mir weiter alles von jedem anhören. Aber ich würde nur noch mir selbst trauen, meine eigenen Schlüsse ziehen und für alle anderen das größte Geheimnis sein. Ich stand auf und reckte mich. Die Sonne brannte heiß in mein Gesicht. Ich suchte die Kühle im Innern des Doms auf und setzte mich im Schneidersitz auf den Altar beziehungsweise auf den Podest, auf dem der Altar gestanden hätte. Mein Dom hatte keine Heiligenfiguren und auch kein Kreuz. Ich saß auf dem weichen roten Teppich, auf dem sich das Licht, das durch die langen schmalen Fenster mit buntem Fensterglas hinter mir hereinfiel, in bunten Flecken tummelte. Zum ersten Mal, seit ich hier war, fühlte ich mich stark.

Ich las, mal auf dem Rücken liegend und mal auf dem Bauch, in meinem Buch der Bücher. Wenn man es aufklappte, erschien auf der linken Seite das Symbol der Blume des Lebens, die die fünf Elemente vereinte. Auf der rechten Seite stand in altmodischer Buchkunstschrift ein Zitat von einem Buddhisten, einem Lama namens Ole Nydahl:

Aus den fünf Elementen
Erde, Wasser, Feuer, Wind und Raum
entstehen alle Welten und alle Körper der Wesen.
Das Feste gibt Masse,
das Fließende hält alles zusammen,
die Wärme bringt Reifung,
der Wind begünstigt Wachstum und Beweglichkeit,
und der Raum bildet das notwendige Feld für Entwicklung.

Ich berührte den rechten Bildschirm. Eine Suchmaske erschien, in der man nach Autor, Titel, Jahr, Stichwort oder

Zitaten suchen konnte und eine Auswahlfunktion für die bevorzugte Sprache fand. Ich gab zuerst Pio ein und fand eine unübersichtliche Zahl an Dokumenten. Die Geschichte der Akademie nach Jahreszahlen und hunderte Namen, zu denen jeweils eine kurze Biographie gehörte. Daneben gab es eine Geschichte des Rates. Ich las kurz hinein und fand Namen, die mir nichts sagten. Dann suchte ich nach Doppelbegabungen. Der Begriff spuckte ein Buch aus mit einer allgemeinen Definition, einer Einleitung und einer Sammlung von Biographien.

Die erste Geschichte mochte 2000 Jahre her sein. Es war von einem Herrscher der Elemente die Rede, der die Macht über alle fünf Elemente besaß und die magische Welt parallel zur realen Welt schuf. Es war wie eine Schöpfungsgeschichte und nicht klar, ob es Legende war oder wirklich so geschehen. Dann kamen Geschichten von Wunderheilern, Magiern und Hexen, die teilweise aus der realen Welt stammten, die aber in der magischen Welt als Biographien von Leuten gedeutet wurden, die tatsächlich magische Fähigkeiten der Elemente besaßen, darunter auch der Heiler um die Wende des ersten Jahrtausends, der angeblich vier Elemente beherrscht hatte. Ich las flüchtig die Überlieferungen aus dem Mittelalter. Hier stand etwas über Ranja, die es geschafft hatte, den Scheiterhaufen als Durchgang zu benutzen, um nicht verbrannt zu werden, sondern in die magische Welt zu gelangen. Das war ein seltener Fall. Ich erfuhr, dass Ranja zwar keine Doppelbegabung besaß, aber neben Feuer eine Affinität zu Wind, und es ihr mit Hilfe des Windes gelungen war, die Feuerdurchgänge zu erreichen. Ranja hatte eine besondere Geschichte. Es war ihrer Ausstrahlung anzumerken.

Ich las wie in einem Märchenbuch und es war deshalb so spannend, weil ich Figuren daraus kannte und wusste, dass es sich um keine Märchen handelte. Ich fand den Heiler aus dem 18. Jahrhundert in London, von dem mir Jerome erzählt hatte.

Er hieß James Mortens und besaß die Macht über Erde, Wasser, Luft. Er schrieb, dass die Erde alles Feste im Körper war: die Sehnen, Knochen und Muskeln, das Wasser alle Flüssigkeiten: Blut, Lymphe und Samen, die Luft der Atem, das Feuer die Körperwärme und der Äther der Geist. Mit Erde, Wasser und Luft konnte er auf Beschädigungen im Körper besonders wirken und so viele heilende Wunder vollbringen, für die die Medizin bis heute keine Erklärung hatte. Das Kapitel über ihn schloss mit Verweisen auf lange Abhandlungen, die er verfasst hatte. Er tat seinen Dienst bei den Menschen und wurde nicht viel älter als ein gewöhnlicher Mensch, 95 Jahre alt. Es gab auch eine ausführliche Biographie über ihn, die einer seiner Lehrer verfasst hatte. Der Name sagte mir aber nichts.

Das letzte Kapitel des Buches behandelte die drei Personen, von denen ich schon durch Neve und Jerome gehört hatte. Die Geschichte des Mörders mit Element Wasser und Feuer las sich unheimlich. Der Rat hatte lange Jahre nicht mitbekommen, dass er es war, der hinter einer Serie von Verbrechen in der Realwelt stand, bis sie ihn unschädlich machen konnten. Man löschte sein Gedächtnis. Er verbrachte den Rest in einer Klinik hinter Gittern und war vor dreißig Jahren im Alter von siebzig Jahren verstorben.

Ich spürte eine leichte Gänsehaut auf meinem Körper. In einem Schlussabsatz stand, dass sich diese Art dunkle Geschichten im 20. Jahrhundert leider häuften. Nicht durch Doppelbegabungen und auch nicht durch an der magischen Akademie ausgebildete Leute, sondern durch Leute, die die Durchgänge nicht fanden und viel Unheil anrichteten, bevor sie in geschlossenen Abteilungen psychiatrischer Kliniken landeten. Mir lief ein Schauer über den Rücken. Genau das, was mir fast passiert war. Ich schlug mit der Faust auf die Seite des Buches und vergaß dabei, dass es keine Papierseite war. Aber die elektronische Seite hielt zum Glück stand. Konnte man denn dagegen nichts tun? Konnte man den Leuten nicht helfen, den Weg in die Akademie zu finden, statt sie sich derart selbst zu überlassen? Warum war das so? Darüber musste ich mehr herausfinden.

Ich gelangte zu der Geschichte von Alexander und Clarissa Starick. Die Sonne verschwand bereits hinter den Gipfeln. In meinem Dom wurde es schummrig. Ich zündete zwei große weiße Kerzen an, die auf dem Boden standen und fast so groß waren wie ich. Ich wollte zurück, bevor es dunkel wurde. Aber das Kapitel musste ich noch lesen.

Alexander war mit fünfzehn an die Akademie gekommen, Anfang der 90er Jahre. Er war ein großer charismatischer Typ gewesen. Alle Mädchen in der Realwelt und später an der Akademie waren verrückt nach ihm. Ich musste unweigerlich an Leonard denken. Und ärgerte mich. Warum dachte ich nicht zuerst an Tim? Nach ihm waren die Mädchen auch verrückt, allerdings nur in der Realwelt.

Bald stellte sich heraus, dass er eine Doppelbegabung besaß: Erde und Feuer. Das erregte Aufsehen. Der Rat nahm ihn unter besondere Kontrolle. Sie wollten sichergehen, dass sich daraus nichts Gefährliches entwickelte. Alexander machte diese Sonderbehandlung wütend. Zuerst waren es nur harmlose Konflikte. Später gründete Alexander eine geheime Organisation und fand seine Anhänger. Sie wollten die viel zu alten Leute aus dem Rat raushaben, die sich viel zu wenig in der modernen Welt aufhielten und deren Vorstellungen und Ansichten völlig überholt waren. In der Realwelt machte sich durch das Computerzeitalter immer mehr die virtuelle Welt breit.

Genauso mussten sich auch Realwelt und magische Welt mehr miteinander verbinden, statt sich weiter voneinander abzukapseln. Warum sollte die magische Welt in der Realwelt geheim gehalten werden? Warum sie nicht offiziell einsetzen, um die Welt zu verbessern? Die Rede, die ich von Alexander zu diesen Dingen las, war mitreißend. Ich dachte an Jerome, dessen Augen geleuchtet hatten, als ich ihn fragte, ob man die magischen Kräfte in der realen Welt nicht noch viel wirkungsvoller einsetzen konnte … Am Schluss forderte Alexander, dass man in der Realwelt ein Bewusstsein für Magier schon deshalb schaffen musste, damit sie die Durchgänge fanden und nicht jämmerlich in Kliniken dahinvegetieren mussten. Ich richtete mich auf. Genau! Er hatte so recht. Zum ersten Mal stellte ich mir die Frage, warum die Durchgänge überhaupt lebensgefährlich waren? War das denn unverrückbar oder nur ein Gesetz des Rates?

Ich wechselte von der Rückenlage wieder in den Schneidersitz. Auf die Dauer war der Steinboden ganz schön hart, trotz Teppich. Ich las weiter:

Zwei Jahre später kam Clarissa an die Schule. Mit siebzehn. Sie waren gleich alt. Alexander hatte davor eine Menge Liebschaften gehabt. Es machte den Eindruck, als hätte er jeden seiner weiblichen Fans erst in seinem Bett zu einer richtigen Anhängerin gemacht. Aber in Clarissa verliebte er sich wirklich. Clarissa besaß Fähigkeiten des Elements Wasser. Allerdings munkelt man, dass in ihr auch eine Affinität zu Äther schlummerte. Sie fanden einen Weg in die Realwelt und heirateten, als sie beide achtzehn waren. Keiner weiß, wie sie dafür unversehrt durch die Durchgänge gelangten, obwohl sie noch nicht fertig ausgebildet waren. Ab da wurde es ernst. Sie machten in der Real-Welt keinen Hehl aus der magischen Welt. Sie wurden zu einer großen Gefahr und mussten unter stärkere Kontrolle gebracht werden.

Alles, was ich las, deckte sich mit dem, was Jerome mir erzählt hatte. Vielleicht war Atropa ja jemand, der die magische Welt vor Neuankömmlingen wie mir schützte? Das würde heißen, sie beschützte nicht mich, sondern die magische Welt. Aber dazu brauchte sie doch nicht jahrelang so zu tun, als wäre sie meine Freundin?! Außerdem hätte der Rat meine Freundin, die sich mit mir am Wasserdurchgang verabredet hatte, dann wohl gekannt. Vielleicht gab es auch Uneinigkeit im Rat und Ranja würde auf meiner Seite stehen, weil sie gegen die Löschungen war? Aber warum arbeitete sie dann nicht mit Jerome zusammen? Es half nichts. Ich spürte, dass das alles noch nicht passte. Ich tappte irgendwie im Dunkeln.

Ich wollte weiterlesen, aber draußen ging der Himmel von Blau ins Schwarze über. Die Kerzen flackerten. Ein Windzug strich mir die Wange entlang.

„Hallo?“, rief ich unwillkürlich. War da jemand? Ich klappte das Buch zu und sah mich um. Niemand. Ich musste los. Ich konnte zu Hause im Bett weiterlesen. Ich blies die Kerzen aus und machte mich auf den Weg, voll mit vielen neuen Gedanken und Fragen. Trotzdem war zum ersten Mal was anders.

Die magische Welt und ihre Geheimnisse hatten mich gepackt. Vielleicht wollte ich gar nicht mehr nach Hause. Vielleicht wollte ich genau hier sein und alles ergründen.

## 31

Ich trat aus dem Wald und lief auf Neves Turmhaus zu. Ich freute mich auf einen Pflaumenpunsch und ein paar belegte Brote, die ich mir ins Bett holen würde, um weiterzulesen. Vor der Eingangstür bewegte sich ein Schatten. Ich erschrak. Ich hatte eine regelrechte Schatten-Phobie entwickelt. Ob sie mich auch hier aufsuchen würden?!

„Sorry, wollte dich nicht erschrecken.“

Vor mir stand Leonard. Er trug eine schwarze Lederhose, ein dunkelrotes Muskelshirt und offene Haare. Ich staunte immer wieder, wie intensiv grün seine Augen leuchteten, sogar im

Dunkeln. Ich wollte an ihm vorbei und die Tür aufschließen, aber er versperrte mir den Weg.

„Was willst du?", fuhr ich ihn an.

„Mit dir reden. Warum du weggelaufen bist."

„Ach, das bist du wohl nicht gewohnt …"

„Nicht gewohnt?" Er sah mich ehrlich erstaunt an. Zum ersten Mal entdeckte ich etwas Verletzliches in seinen Zügen, was mich augenblicklich entwaffnete. Ich seufzte, verschränkte die Arme, sah ihn an und sagte: „Das, was da bei dir passiert ist … war ein Versehen. Ich weiß nicht, wir haben uns wohl missverstanden. Aber …" Ich schwieg für einen Moment. Was sollte ich sagen? Ich sagte es einfach: „… ich bin schon mit jemandem zusammen."

Leonard zog eine Augenbraue hoch, verschränkte ebenfalls die Arme und lehnte sich gegen die Hauswand.

„Mit wem denn?"

„Kennst du nicht. Und geht dich auch nichts an."

„Jemand von draußen?" Er pfiff verächtlich durch die Zähne. Ich sagte nichts, sah ihn nur an.

„Das hat doch keine Zukunft", gab er hinterher. Erleichterung lag in seiner Stimme. Ich bereute, dass ich für einen kurzen Moment sowas wie Nachsicht für ihn empfunden hatte, drängte mich wütend an ihm vorbei und zog den Schlüssel aus der Hosentasche. Dabei nahm ich Leonards Geruch wahr. Er nebelte mich ein wie ein Fluidum, was mich dazu bringen wollte, gegen meinen Willen zu handeln. Leonard hielt mich am Oberarm fest. Durch meinen Körper raste ein schaurig schönes Zittern.

„Wir gehören zusammen. Ich spüre es. Ich kann mir nicht vorstellen, dass du das nicht auch spürst", sagte er, so entschlossen und bestimmt, dass mir der Atem stockte. Für den Bruchteil einer Sekunde war ich unentschieden, in Leonards Arme zu sinken oder ihn von mir zu stoßen. Ich riss mich los.

Dabei entstand eine unglaubliche Wucht. Leonard landete hart gegen den Stamm der Tanne, die neben dem Haus stand. Der Baum war zwei Meter weg. Es war, als hätte ihn eine Orkanböe dagegengeschleudert. Mir war kein bisschen klar, wie ich das gemacht hatte. Ich hatte nur meinen Arm losgerissen. Ich musste unwillkürlich an die Sache mit Herrn Falke, unserem Sportlehrer denken. Leonard stöhnte. Hatte er sich ernsthaft verletzt? Als ich jedoch sah, dass er sich wieder aufrappelte, stieß ich die Tür auf, knallte sie hinter mir zu und lehnte mich dagegen. Jetzt musste ich an Tim denken, der sich noch vor nicht allzu langer Zeit hinter einer Tür befand, die ich ebenfalls zugeworfen hatte, als wäre er ein Ungeheuer. Ich schüttelte den Gedanken ab. Tim und Leo, das konnte man doch nicht vergleichen!

„Du kannst nicht vor mir weglaufen!“, rief Leo von draußen. Seine Schritte entfernten sich. Ich ärgerte mich über Leos Arroganz, weil er sich augenscheinlich für unwiderstehlich hielt. Das war einfach widerlich!

„Was machst du denn für ein Gesicht? Als wenn du gerade eine Nacktschnecke geschluckt hast.“ Neve stand vor mir und ich musste unwillkürlich grinsen. Sich den schönen Leo als Nacktschnecke vorzustellen, half irgendwie. „Ja, so ähnlich.“ Ich ging zum Tisch und warf einen kurzen Blick aus dem Fenster. Lauter weiße Blüten flimmerten durch die Luft. An der Tanne war niemand mehr.

„Deine Wangen glühen ja!“ Neve hielt mir ihre Hände links und rechts an mein Gesicht. Sie waren eiskalt. Es zischte sogar ein bisschen. „Einen Brand kann ich jetzt hier nicht gebrauchen. Du musst immer an die Grundübungen denken, die Jerome dir gezeigt hat. Du weißt, deine Emotionen haben ungleich stärkere Folgen als bei normalen Menschen.“

„Ja, ja, ich weiß“, wehrte ich Neve ab. Dabei hatte ich in meiner Rage natürlich kein bisschen dran gedacht.

Nach warmem Pflaumenpunsch war mir jetzt nicht mehr. Eher nach eiskalter Cola. Ich holte mir eine aus dem Kühlschrank und setzte mich auf die Bank daneben an den Tisch. Neve drang nicht weiter in mich. Bestimmt hatte sie mitbekommen, wen ich gerade abserviert hatte. Stattdessen fragte sie im Plauderton: „Was hast du heute gemacht?" Ich musterte sie. Sie trug heute ein weißes gerades Kleid aus Seidenstoff bis zu den Knöcheln, das über und über mit glitzernden Pailletten benäht war.

„Du siehst aus wie ein Weihnachtsengel", sagte ich. Neve ignorierte meine Stichelei und behielt ihren freundlichen Ton. „Warst du nicht bei Pio?", half sie mir auf die Sprünge. Ich kippte den Rest der Cola runter. Neve setzte sich neben mich auf einen Stuhl. Mein Körper nahm langsam wieder eine normale Temperatur an. Ich erzählte ihr von meinen Antworten auf die E-Mails, dass mein Vater erstaunlich gelassen reagiert hatte und Luisa auch. Dann gab ich Wort für Wort die Antwort von Tim wieder. „Ich glaube, Tim ahnt irgendwie, dass etwas Übernormales vor sich geht. Er interessiert sich für paranormale Dinge und solche Sachen, weißt du …"

„Oh …" Neve machte ein besorgtes Gesicht.

„Was hast du?"

„Solche Leute machen immer Schwierigkeiten. Sie versuchen, was rauszufinden und kommen in Gefahr."

Ich dachte an all das, was ich heute in meinem Dom gelesen hatte.

„Aber, warum ist auch alles so strikt getrennt? Warum muss die magische Welt geheim gehalten werden? Warum sind die Durchgänge überhaupt lebensgefährlich? Ist das ein Naturgesetz oder wer hat sich das ausgedacht?"

„Kira, hör auf!" Neve machte ein erschrockenes Gesicht.

„Das sind gefährliche Gedanken."

„Das heißt, es ist kein Naturgesetz, sondern ein Gesetz der magischen Akademie?", bohrte ich weiter.

Neve wich einer direkten Antwort auf meine Frage aus. Stattdessen erklärte sie: „Die reale Welt existiert nur, weil die magische Welt existiert. Du kannst nicht die zwei Seiten einer Medaille auf eine Seite bringen. Dann gibt es keine Medaille mehr. Kein Gleichgewicht, kein Gegengewicht, keine Ausgewogenheit … Dann gibt es kein Leben mehr, verstehst du?!"

„Aber, das ist doch alles total theoretisch …"

Ich rutschte auf der Bank hin und her. Ich war schon wieder wütend. In meinen Wangen flimmerte es. Neve hieb mit ihrer kleinen Faust erstaunlich kräftig auf den Tisch und baute sich vor mir auf: „Konzentrier dich! Du bist schon wieder am Ausflippen!"

Neves kräftige Stimme jagte mir einen Gänseschauer über den Rücken. So hatte ich sie noch nie gehört.

„Die Gesetze bestehen seit tausenden von Jahren und das sicher nicht ohne Grund. Und sie werden schon gar nicht geändert, nur weil ein Teenager wie du einen Typen anhimmelt, ohne den er hier nicht klarkommt!"

Am liebsten hätte ich den schweren Eichentisch durch die Küche katapultiert. Aber dann hätte ich Neves haltlose These nur untermauert. Ich war kein Teenager, der hier nicht ohne seinen Freund klarkam. Sowas Bekloppptes! Ich atmete tief durch und konzentrierte mich. Ich visualisierte die Salamander und befahl ihnen, sich hinzulegen, so wie Jerome es mich bei der Sache mit den Vögeln gelehrt hatte.

Neve stand jetzt ganz dicht vor mir und legte ihre Hände auf meine Hände, die ich auf die Tischplatte gestützt hielt, während ich schnaubte wie ein Stier, der sich gerade noch an einer Kette hielt. Auf einmal wurde ich ganz ruhig. Es musste von Neves Berührung kommen.

„Entschuldige, war nicht so gemeint", sagte sie. „Aber du schaffst es, selbst mich zur Weißglut zu bringen."

„Du hast ja recht, ich bin wahrscheinlich wirklich ein dummer Teenager, der …"

„Hör auf."

Ich sackte auf meinen Stuhl zurück.

„Kira …", begann sie.

In ihrem Ton lag etwas, was mir Hoffnung machte. Ich sah in ihre Augen. Wie konnten sie nur so unschuldig und himmelblau sein, obwohl so viel Macht in ihr steckte?

„Ich könnte mal schauen nach deinem Tim, das nächste Mal …"

Ein dümmliches Strahlen zog sich über mein ganzes Gesicht. Ich konnte nichts dagegen unternehmen.

„Das würdest du tun?" Ich konnte es kaum glauben.

Neve nahm die Hände von Meinen und sah schmunzelnd auf mich herunter.

„Oh Mann, du grinst ja wie ein Honigkuchen."

Klar war das peinlich, aber in Anbetracht der Tatsache, dass Neve zu Tim gehen würde, gerade völlig egal. Ich warf den Verschluss meiner Cola nach ihr. Sie fing ihn auf.

„Wann gehst du wieder nach draußen?", bettelte ich.

„Morgen bin ich unterwegs, aber ich kann dir nicht versprechen, ob ich ihn auch sehe."

Ich erklärte Neve aufgeregt, wann sie Tim möglicherweise wo begegnen könnte. Ich war so aus dem Häuschen, als würde ich ihn selber treffen.

„… Und ich werde nicht mit ihm sprechen, weder auf normale Weise noch sonst wie, ich werde mich kein bisschen einmischen, hörst du?! Es ist am besten, für ihn und für dich", ermahnte sie mich.

Ich nickte brav. Auch wenn ich die radikale Trennung der Welten einfach nicht verstand. Ich malte mir die Zeit aus, in der ich endlich selber zurückdurfte. Ich würde Tim alles erzählen, alles! Und wir würden neue Wege finden. Natürlich musste ich ihm das hier zeigen. Irgendwie! Jerome hatte so recht. Dinge mussten sich ändern. Eigentlich hatte ich vorgehabt, mit Neve über alles zu sprechen, was ich aus den Büchern bereits erfahren hatte. Aber Neve war vielleicht nicht die Richtige dafür.

„Okay, ich bin müde und werde noch etwas lesen", sagte ich zu Neve und stand auf.

„Das ist sehr vorbildlich", bestärkte sie mich. „Ich habe auch noch einige spannende Bücher, die oben auf mich warten." Wir stiegen zusammen die Treppe hinauf und verschwanden jeder in unserem Zimmer.

## 32

Ich staunte, wie schnell mir mein Zimmer zu einem heimatlichen Ort geworden war, viel mehr, als meine Dachmansarde zu Hause. Hier schlief ich gut und hier ging es mir gut. Ich mochte die Aussicht, den Wald mit den intensiven Farben und die verschiedenen Häuschen. Außer Leos Haus hätte nicht unbedingt in meinem Ausblick vorkommen müssen. Ich sah die Lampion-Lämpchen bei ihm im Dachgeschoss brennen. Eigentlich wollte ich da gar nicht hinschauen. Ich zog die Vorhänge zu, löschte das Licht und legte mich mit meinem Buch auf mein gemütliches Bett. Für einige Momente beobachtete ich alle Schatten in meinem Zimmer, ob auch jeder an seinem Platz war und eine logische Bestimmung hatte. Dann schlug ich das Kapitel über Alexander und Clarissa auf. Der Text schien wie auf einem beleuchteten Hintergrund aus weißen Wolken zu fliegen.

Was ich jetzt las, war faszinierend, aber auch erschreckend. Es beantwortete meine Frage nach den ehernen Gesetzen der Durchgänge. Alexander und Clarissa hatten nach ihrem heimlichen Ausflug in die Welt ziemlichen Ärger bekommen. Die Fronten zwischen ihnen und dem Rat verhärteten sich, weil sie nicht mit der Sprache herausrückten, wie sie es angestellt hatten, in die Realwelt zu gelangen. Beziehungsweise sie führten den Rat mit einer Erklärung an der Nase herum, die sich später als falsch herausstellte. Das war ihr erster Triumph und der Beginn ihrer Macht. Sie mussten einige Strafarbeiten erledigen und wurden strenger beobachtet. Aber sie erhielten ihren Abschluss. Inzwischen hatten sie einige Anhänger, die die beiden einfach cool fanden. Der Rat beschloss, das Paar trotz der abgeschlossenen Ausbildung noch ein weiteres Jahr in der magischen Welt zu behalten. Gnome, Salamander und Undinen erhielten durch den magischen Rat die Weisung, Clarissa und Alexander nicht durch die Durchgänge zu lassen. Im Anschluss sollten sie je einen Mentor in der realen Welt erhalten, der mit ihnen zusammen ihre dortigen Aufgaben fand.

Alexander und Clarissa begehrten natürlich auf. Ihre Freunde standen hinter ihnen. Sie flüchteten auf ihre dem Rat verborgene Weise. Es war erstaunlich, wie viele Menschen mit magischen Kräften sie in der Welt in kurzer Zeit um sich scharren konnten. Sie wollten, dass die magische Welt offiziell wurde. Und sie wurden von ihren Anhängern bereits als die neue Führung der magischen Welt angesehen. Alexander schrieb Flugblätter, in denen er auf die Durchgänge aufmerksam machte. Natürlich auch auf ihre Gefahren, die man nicht mindern konnte, solange es keine grundlegenden Veränderungen im Machtgefüge der magischen Welt gab. Er wies darauf hin, dass sich der Wahrheitsgehalt seiner Behauptungen dadurch bewies, dass es Tote geben würde bei dem Versuch, die Durchgänge zu benutzen. Es gab genug Leute, die diese Bewegung der Herrscher der Elemente – so nannten sie sich – als Sekte ansahen und ihr kein Vertrauen schenkten. Es gab aber auch Wagemutige, die ihr Glück an den Durchgängen versuchten, um die

Herrscher der Elemente zu widerlegen, und tatsächlich ums Leben kamen.

Alexander und Clarissa drückten ihr Bedauern aus, aber erklärten, dass die Offenlegung der magischen Welt nicht ohne Opfer möglich sei. Sie bedankten sich postum bei allen Märtyrern. Natürlich bekamen sie es durch diese Vorfälle auch mit der Polizei zu tun. Aber man konnte ihnen nichts nachweisen. Die Sekte wurde offiziell verboten. Alexander und Clarissa hatten keine Schwierigkeiten, mit ihren besonderen Kräften unterzutauchen. Gleichzeitig waren Beauftragte des Rates hinter ihnen her, um sie zu stoppen. Aber das Paar reiste durch die Welt und war nicht greifbar oder hatte einen Ort gefunden, der den Räten an den magischen Akademien auf der ganzen Welt verborgen blieb. Inzwischen gab es hochrangige Leute aus Politik, Wirtschaft und Forschung, die sich von den Wunderfähigkeiten der beiden beeindrucken ließen und dort das große Geld witterten. Alexander wusste, dass er viel Geld für seine Organisation brauchen würde, wenn sie Erfolg haben sollte. Sie begannen krumme Geschäfte zu machen, bei denen sie auch nicht vor Opfern zurückschreckten. Katastrophen mehrten sich in den Nachrichten, die so unerklärlich waren, dass nur das magische Paar dahinterstecken konnte.

Zwei Frachtschiffe gingen auf der Nordsee in einem plötzlichen Wirbelsturm unter, obwohl es keinerlei Unwetterwarnungen gegeben hatte. Irgendwelchen Leuten, die mit Alexander und seiner beeindruckend attraktiven Frau gesehen wurden, brachte das eine Menge Geld in ihre Taschen. Als ein Jumbojet in eine plötzliche Feuersäule geriet und mit über 350 Menschen abstürzte, die ein hoch versichertes Anwesen abbrannte, und keine vernünftige Erklärung dafür gefunden werden konnte, galt im Rat die höchste Alarmstufe. Sie schleusten Informanten in die Anhängerschaft um Alexander und Clarissa. Die magischen Räte aus allen Teilen der Welt versuchten enger zusammenzuarbeiten, auch wenn die Aktivitäten sich bislang auf Deutschland beschränkten. Inzwischen war es gefährlich für Eingeweihte mit magischen Fähigkeiten, in die magische Welt zu gelangen oder wieder hinaus. Die Durchgänge wurden rund um die Uhr von Polizei und Geheimdienst bewacht. Immerhin kam dadurch niemand mehr zu Tode.

Dann geschah etwas Ungewöhnliches. Alexander und seinen Anhängern gelang es, einen wichtigen Politiker in die magische Welt zu bringen und wieder hinaus. Die Bild-Zeitung überschlug sich mit ihren Berichten, dass alles wahr ist, was Die Herrscher der Elemente behaupteten, und dass der Welt eine neue Ära bevorstand, in der man die Macht über das Klima und die Naturkräfte erhalten würde, um sie zu lenken und auf bisher unvorstellbare Weise nutzbar zu machen. Anhänger wurden gezwungen, ihre Kräfte unter Beweis zu stellen und unterzogen sich Prozeduren wie Versuchstiere in einem Labor, wobei es auch Opfer gab. Es war wie ein Selbstmordkommando, das sich opferte, weil es vorher einer Gehirnwäsche durch Alexander und Clarissa unterzogen wurde. In dem Fall besonders von Clarissa, denn inzwischen gab es das Gerücht, dass auch sie eine Doppelbegabung besaß und den Geist von ihren Anhängern mittels ätherischer Fähigkeiten manipulierte.

Durch einen vom Rat eingeschleusten Spion gelang es, das Paar endlich ausfindig zu machen und in die Ecke zu treiben. Doch das Unvermeidliche geschah. Alexander und Clarissa entzogen sich durch Selbstmord. Mitglieder des Rates fanden sie tot in ihrem Versteck auf – ein unauffälliges Einfamilienhaus, so dicht an einem Wasserdurchgang, dass niemand sie dort vermutet hatte …

Mir rutschte das Buch aus den Händen. Das Ende war einfach schockierend, weil es so zwingend war. Sie hatten sich nicht kriegen lassen, auch am Schluss nicht. Ich war verwirrt.

Ich merkte, dass ich nicht wusste, auf welcher Seite ich stand. Oder besser, ich erwischte mich dabei, dass ich mit Alexander und Clarissa sympathisierte, dabei fand ich es entsetzlich, wie skrupellos sie vorgegangen waren. Andererseits, sie hatten versucht, etwas zu bewegen. Sie hatten es nur falsch angepackt, vielleicht zu schnell zu viel gewollt. Gleichzeitig war der Bericht sehr knapp gehalten, an vielen Stellen zu allgemein, wo sich mir tausend weitere Fragen stellten. Ich suchte nach anderen Aufzeichnungen, aber ich fand keine. Sollte es wirklich nur so wenig über Alexander und Clarissa geben? Wo waren ihre Gräber? Wahrscheinlich in der realen Welt.

Aber was mich am meisten beschäftigte: Wie hatten sie es geschafft, einen normalen Menschen in die magische Welt zu bringen? Hatten sie das Geheimnis mit in ihr Grab genommen? Was war aus ihren Anhängern geworden? Am Ende stand, die Bewegung hatte sich schnell aufgelöst. Es gab niemanden, der genug Macht durch Doppelbegabungen besaß, um sie fortzuführen. In der realen Welt befanden sich Leute mit magischen Fähigkeiten in Medien und wichtigen Positionen, denen es gelang, die Wellen wieder zu glätten. Die Herrscher der Elemente wurden als verirrte Radikale abgetan, die eigentlich in die Psychiatrie gehört hätten. Alles beruhigte sich wieder. Der Rat sorgte dafür, dass die Durchgänge geändert wurden. Das kostete einigen Aufwand und Zeit, aber ließ am Ende eine angeblich magische Welt wieder in Vergessenheit geraten. Nach der Geschichte von Alexander und Clarissa verstand ich allerdings, was der Rat gegen Doppelbegabungen hatte.

Ich war trotzdem noch keinen Schritt weiter, wem ich trauen konnte. Am Ende meiner Grübeleien gab es jedes Mal nur eine Lösung: niemandem als mir selbst. Wahrscheinlich wussten bereits zu viele Leute, was mit mir los war. Das musste anders werden. Ich durfte nichts mehr preisgeben. Nicht mal, wenn ich allein war, damit auch Atropa so wenig wie möglich von meinen Entwicklungen mitbekam. In dieser Nacht schlief ich unruhig, warf mich hin und her, konnte mein Gedankenkarussell nicht anhalten, aber fiel dann gegen Morgen doch noch in einen tiefen und traumlosen Schlaf.

## 33

Die Mittagssonne schien warm durch die weißen und grünen Baumwipfel am Waldrand. Ich war mit Jerome am Durchgang Erde verabredet und wartete davor auf ihn. Ich beobachtete den Eingang der Erdhöhle. Er verlor sich im Dunkeln. Machte ich ein paar Schritte drauf zu, begannen sofort gelbe Gnome auf dem Geröll zu tanzen. Sie spürten genau, wer befugt war, den Durchgang zu nutzen und wer nicht. Zum ersten Mal wurde mir bewusst, dass ich eigentlich keinen der Durchgänge besonders attraktiv fand. Ich wollte auf keinen Fall wieder durch einen tiefen See tauchen, um nach Hause zu kommen. Ich würde niemals in den Übelkeit erregenden Äther-Abgrund springen, wie Neve es tat. Und ich konnte mir nicht vorstellen, mich in eine Wand aus Feuer fallen zu lassen. Vielleicht war die Höhle doch noch am angenehmsten, auch wenn ich kein Freund von Gnomen war.

Plötzlich tauchte Jerome aus dem Innern der Höhle auf und klopfte sich ein bisschen Staub von seinem rot karierten Holzfäller-Hemd. Er hatte einen Dreitagebart, trug Jeans und modische Stiefel. Seine an den Schläfen schon leicht grau werdenden Haare waren frisch rasiert. Er hätte eine hervorragende Figur in einem Globetrotter-Katalog gemacht. Zum ersten Mal kam mir der Gedanke, dass auch ältere Männer attraktiv sein konnten. Ob Jerome in der wirklichen Welt eine Freundin hatte? Bis jetzt wusste ich nichts über sein Privatleben.

Wir blieben an dem Durchgang. Jerome wollte, dass ich es mit den besonders aggressiven Gnomen hier aufnahm. Er sagte, es wäre nicht unbedingt legal, mit Schülern an den Durchgängen zu trainieren, aber meine Kräfte wären durch die Doppelbegabung besonders stark und ich bräuchte größere Herausforderungen.

„Vielleicht kannst du früher nach Hause, als du glaubst …", stellte er mir mit einem Augenzwinkern in Aussicht. Wow, wenn ich das richtig verstand, würde ich einen heimlichen Ausflug machen dürfen vor der Zeit. Ich dachte sofort an Alexander und Clarissa. Wahrscheinlich hatten sie auch jemanden mit Erfahrungen in der magischen Welt gehabt, mit dessen Unterstützung sie nach draußen gelangen konnten, um zu heiraten. Ich erzählte Jerome, was ich gelesen hatte. Erst wollte er nicht glauben, dass es nur noch diesen einen Bericht über Clarissa und Alexander gab. Dann machte er ein ernstes Gesicht.

„Das bedeutet, der Rat hat die Bibliothek gesäubert."

Jerome rieb sich das Kinn und setzte sich auf einen Findling vor dem Eingang. Natürlich hatten Anhänger und Fans eine Unmenge Aufzeichnungen gemacht, Mitschriften ihrer Reden, Protokolle von Versammlungen, Abschriften von Zeitungsartikeln und persönliche Tagebucheinträge. Aber wenn sich in der Bibliothek nichts mehr finden ließ, dann waren alle Berichte entfernt worden. Jerome erzählte mir, dass das, was ich gelesen hatte, in vielen Punkten verfälscht war. Alexander und Clarissa hatten immer wieder betont, dass niemand die Durchgänge benutzen durfte. Anhänger ihrer Bewegung postierten sich freiwillig an den Durchgängen, um aufzuklären und für Sicherheit zu sorgen. Trotzdem gab es Opfer, die unbedingt beweisen wollten, dass alles nur erfundener Humbug einer Sekte war.

Die beiden konnten angeblich auch nichts dafür, dass ein Jumbojet in einer nicht freigegebenen Höhe flog, als sie per Auftrag das Anwesen eines korrupten Managers abfackelten, ohne Spuren von Beweisen zu hinterlassen. Klar war das radikal, aber es hat noch nie eine Revolution ohne Opfer gegeben. Zu den zwei Tankern konnte Jerome nichts sagen. Er hielt das für ein Gerücht. Der Rat benutzte alles, um die Bewegung zu stoppen. Gerade er hatte mächtige Verbündete, um die weltlichen Medien zu manipulieren und Geschichten zu erfinden, die die Bewegung in ein schlechtes Licht rückten. Ich setzte mich auf den Findling an der anderen Seite des Durchgangs, Jerome gegenüber.

„Wer war damals im Rat?“, fragte ich ihn.

„Alle, bis auf mich natürlich …“

„Und hattest du einen Vorgänger?“

„Manu, sie kam durch eine Entscheidung des Rates ums Leben.“

Jerome sah zur Seite, Richtung Eingang. Seine Gesichtszüge bekamen etwas Hartes. Um seine Mundwinkel zuckte es. Vom Eingang rieselte plötzlich Erde. Ich sprang erschrocken auf und entfernte mich ein paar Schritte. Was war los? Ich war doch ganz ruhig.

„Entschuldige“, sagte Jerome und machte eine Handbewegung, dass ich mich wieder setzen sollte. Ich las in seinem Gesicht, dass er dabei war, sehr starke Gefühle zu beherrschen. War Manu vielleicht …

„Du hattest sie gut gekannt“, versuchte ich es.

„Einigermaßen, sie war meine Mutter.“

Ich schluckte. Seine Mutter. Damit hatte ich nicht gerechnet.

„Oh … das tut mir …“ Jerome unterbrach mich, stand auf und streckte sich.

„Muss es nicht. Es ist fast zwanzig Jahre her. Ich bin bei meinem Vater aufgewachsen. Bei meiner Mutter war ich nur alle zwei Wochen. Erst, als ich hierher kam, wurde mir klar, wo sie den Rest der Zeit verbrachte.“

Seine Stimme klang bitter. Ich wusste nicht, was ich sagen sollte.

Ich versuchte, mir den Rat als eine Gruppe von Leuten vorzustellen, die falsche Entscheidungen trafen, so falsch, dass Mitglieder starben. Ich mochte Kim nicht. Insgeheim nannte ich sie bereits den schwarzen Engel. Und der alte Jolly war mir unheimlich. Aber Ranja war mir eigentlich sympathisch und Sulannia war eine charismatische Gestalt, deren Ruhe und festem Auftreten man vertraute. Aber das musste alles nichts heißen. Ich wollte fragen, was genau mit Jeromes Mutter passiert war, aber ich traute mich nicht.

„Wie wird man in den Rat aufgenommen? Ist das wie bei Königen?", fragte ich stattdessen.

„Erbfolge? Oh nein ..." Jerome lachte.

„Dass ich den Platz meiner Mutter eingenommen habe, sowas kommt vor, aber es ist nicht zwingend. Ich war damals sehr wissbegierig. Ich war nicht traurig, der Welt entkommen zu sein. Bis die Symptome losgingen, hatte ich fast ausschließlich in Büchern gelebt. Ich war wie gesagt schüchtern in dem Alter. Ich war der Klassentrottel sozusagen."

„Du?" Das konnte ich mir beim besten Willen nicht vorstellen.

„Ja, ich. Keine ruhmreichen Zeiten. Aber das sollte sich ändern. Irgendwie wusste ich schon immer, dass etwas Großes in meiner Zukunft auf mich wartete. Und dann traf es endlich ein. Ich kam an die Akademie der Elemente und wurde akzeptiert. Nicht nur das, ich wurde bewundert, für meine Lernfähigkeit und mein Wissen. Und natürlich hatte ich einen besonderen Status, weil meine Mutter im Rat war. Ich ging völlig auf in dem Studium und war nach einem halben Jahr fertig.

Es war die Zeit von Alexander und Clarissa. Ich war ihr größter Fan. Aber das behielt ich für mich, wegen meiner Mutter. Sie hatte 17 Jahre lang ihr Geheimnis bewahrt. Jetzt bewahrte ich meins. Und das war gut so, sonst wäre ich sicher nicht in den Rat gewählt worden. Ich war der beste Absolvent im Element Erde zu meiner Zeit. Die chaotischen Umstände wegen der Bewegung und dass ich der Sohn von Manu war, taten das Ihrige. Ich wollte hierbleiben. Ich wollte am Hebel sitzen, es besser machen, von innen heraus. Ich habe alles über Alexander und Clarissa aufgeschrieben und gesammelt, ein Tagebuch sozusagen."

Jerome schwieg und ließ den Blick in die Ferne schweifen. Er sah jetzt wieder angespannt aus, aber statt Schmerz und Wut war es eine grimmige Entschlossenheit, die sich seiner Gesichtszüge bemächtigte.

„Hast du das Tagebuch noch?", wollte ich wissen.

Er sah mich einen Moment irritiert an, als hätte er vergessen, dass ich da war.

„Ja, ich habe es Leo gegeben …"

„Leo? Wieso denn Leo?"

Jetzt klang ich bitter und konnte es nicht unterdrücken.

„Wieso nicht?! Er interessiert sich dafür. Er ist sehr leidenschaftlich bei der Sache, was das Studium anbelangt. Er erinnert mich an mich selbst. Naja, bis auf sein Selbstbewusstsein gegenüber Mädchen. Das hätte ich früher wirklich auch gern gehabt."

„Er ist ein Blender", zischte ich verächtlich.

„Warum? Hat er dir irgendwas getan?"

„Nein … nicht direkt. Er ist einfach … ein arroganter Schnösel."

„Er sieht vielleicht ein bisschen zu gut aus. Aber er ist kein Schnösel. Lern ihn kennen!" Jerome grinste mich vieldeutig an. „Und leih dir das Tagebuch von ihm. Leo hat Weisung, es niemandem zu zeigen. Aber du kannst ihm sagen, dass er bei dir eine Ausnahme machen darf."

Ich sah Leo und mich auf seinem roten Teppich sitzen und wie er sich plötzlich zu mir beugte. War es etwa das Tagebuch, was er hinter mir aus dem Regal holen wollte? Da standen ein paar Bücher. Dann wäre sein „Angriff" zumindest keine Masche gewesen. Gleichzeitig hätte er etwas Verbotenes getan, wollte mich vielleicht mit einem Geheimnis beeindrucken, was dann doch wieder eine Masche gewesen wäre. Jerome setzte sich wieder auf den Stein gegenüber und klatschte in die Hände, wie um die Erinnerungen damit zu verscheuchen. „Okay, wir sollten anfangen."

„Ja, es wird Zeit." Mich hatte ebenfalls eine undefinierbare Entschlossenheit gepackt und ließ mich, ohne zu überlegen, eine Handvoll Erde aufnehmen und in den Eingang werfen. Die Gnome antworteten mit einem ganzen Sandsturm, der aus dem Tunnel stob, als wäre darin eine Bombe explodiert.

„Kira!", schrie Jerome erschrocken und sorgte dafür, dass der Sandregen wie eine Wand vor uns zum Stehen kam.

„Sorry!" Ich sprang auf und brachte es mit meiner Konzentration fertig, dass sich die Sandwand langsam und sanft auf die Erde legte wie eine Decke. Ich spürte einen unbändigen Drang, die Dinge um mich zu bezwingen, Ungerechtigkeiten zu beseitigen, die Welt zu verändern, etwas zu bewegen und besser als die anderen zu sein.

„Wow", murmelte Jerome anerkennend.

# 34

Die Sonne ging unter. Der Himmel färbte sich mit unvergleichlichen Farben. Ich dachte an die Sonne, die in Berlin gerade aufging. Und ich dachte die ganze Zeit an Jeromes Tagebuch. Ich wollte es unbedingt lesen. Doch dazu musste ich bei Leo vorbeigehen. Und was war daran so schlimm? Dass ich mich ihm nicht gewachsen fühlte? Damit sollte jetzt Schluss sein. Jerome war auch einmal schüchtern gewesen und er hatte es komplett abgelegt, hier, in der magischen Welt. Das kleine schüchterne Mädchen in mir sollte ebenfalls Vergangenheit sein. Ich würde bei Leo klingeln und Jeromes Erlaubnis vortragen, das Tagebuch abholen zu dürfen. Wenn er mich reinbat, sagte ich Nein und er holte das Tagebuch. Das Ganze würde zwei bis drei Minuten dauern.

Ich straffte mich, als ziehe mich jemand an Marionetten-Schnüren Richtung Himmel, und lief schnurstracks auf die Kreuzung zu, an der der eine Weg zu Neves Haus führte und der andere zu Leo. Ich rang mit diesem dummen, schüchternen Mädchen in mir und sah zum Turmhaus hinüber. In dem Moment ging das Licht in der Küche an. Neve war zurück! Endlich. Sie war die ganze Nacht fortgeblieben und auch am Morgen noch nicht aufgetaucht. Wahrscheinlich hatte sie Tim getroffen. Ich musste sofort zu ihr. Das Tagebuch konnte warten.

Ich war erleichtert, weil die eine Aufregung von mir abließ, dafür packte mich eine neue und ich spürte ein Flirren im ganzen Körper. Ich hatte Angst davor, was Neve berichten würde. Angst vor der Enttäuschung, wenn sie ihn doch nicht getroffen hatte, Angst vor zu guten Nachrichten, die dazu führen würden, dass ich sofort zu ihm wollte, eigentlich Angst vor jeder Nachricht. Ich sprang die zwei kleinen Stufen bis zur Eingangstür hinauf, als wären es meine inneren Mauern, und stieß die Tür auf, als wäre es ein schweres Eisentor. Sie flog mit der Klinke gegen die Innenwand. Neve drehte sich erschrocken um. Ich war außer Atem, als hätte ich einen Marathonlauf absolviert. „Hi, Neve … Du bist zurück!“, keuchte ich erwartungsvoll.

„Ja, hi …“, antwortete sie verhalten und drehte sich wieder zum Herd. „Ich mache Eierkuchen. Magst du auch welche?“

„Oh ja!“, antwortete ich, obwohl mir meine Erwartungen die Kehle zuschnürten. Irgendwas war, Neve war so still. Ich versuchte, das ungute Gefühl, das sich in meinem Magen zusammenbraute, zu ignorieren. Neve hatte bereits einen Teller voll gebrutzelt und tat nun die letzten drei Eierkuchen auf den

Berg. Ein Fass frischer Marmelade stand schon auf dem Tisch. Dazu schwarzer Malzkaffee. Ich musste an Luisa denken. So ein Festmahl hatten ihre Eltern oft für uns bereitet, wenn ich bei ihr übernachtete.

„Ist die Marmelade von draußen?“, fragte ich, obwohl sich ganz andere Fragen nach vorne drängten.

„Ja, selbstgemachte vom Markt.“

„Auf dem Kollwitzplatz?“ Das würde bedeuten, Neve war in der richtigen Gegend unterwegs gewesen. Sie nickte, setzte sich und tat mir zwei Eierkuchen auf. „Neve ...“ Warum hatte sie die Ruhe weg, sie wusste doch, worauf ich brannte. Meine Wangen glühten. Ich dachte dran, mich zu konzentrieren. Das Glühen ließ nach. Neve nahm einen Schluck von dem heißen Kaffee.

„Ich hab ihn gesehen, ja ...“, begann sie. Mein Herz machte einen Sprung. Ich sagte nichts und starrte auf ihren Mund in der Hoffnung, dass ihn jetzt möglichst viele goldene Worte verließen. Aber er kaute erst mal bedächtig auf einem Stück Eierkuchen herum. Ich bekam keinen Bissen herunter.

„Er ist sympathisch.“

„Hast du ihn sofort erkannt?“

„Das war nicht schwer. So groß und hübsch ist höchstens jeder Hundertste.“

„Wo hast du ihn gesehen?“

„Bei Luisa.“

„Bei Luisa?? In der Schule?“

„Nein. Bei Luisa zu Hause.“

„Bei Luisa zu Hause?“ Mir fiel nichts Besseres ein, als alles nachzuplappern. Warum hingen die beiden zusammen? Etwa meinetwegen? Ich konnte mir keinen Reim drauf machen.

„Du warst mit ihnen in Luisas Wohnung?“ Neve kaute langsam. Plötzlich wurde mir was bewusst: „Sag mal, du isst ja was! Was ist denn mit dir passiert?“

„Oh … ja … ich … Manchmal überkommt es mich. Aber nur bei Eierkuchen mit roter Marmelade und Malzkaffee. Das hat meine Omi immer für mich gemacht, einmal die Woche." Neve hatte also eine Oma gehabt. Es war das erste Mal, dass sie eine konkrete Andeutung auf ihre Vergangenheit machte.

„Luisas Eltern haben das auch öfter für mich und Luisa gemacht, wenn ich da war."

„Ahh, verstehe. Luisa und Tim haben nämlich Eierkuchen gebraten. Es duftete so köstlich. Ich habe danach gleich Marmelade gekauft."

„Luisa und Tim haben zusammen Eierkuchen …?"

Neve warf mir einen seltsam bedauernden Blick zu. Mein Herz verlor den Halt und rutschte irgendwo ins Nichts hinab. Verstand ich sie richtig? „Worüber haben sie denn geredet? Weswegen war Tim bei ihr? Wie bist du überhaupt …"

Neve seufzte. „Ich war erst bei Tim in der Wohnung, dann in der Redaktion, bei Jonnys Kartoffelecken habe ich ihn aufgetrieben, aber er hat nur was getrunken. Er sagte, er gehe zu Luisa, sie wollten Eierkuchen braten. Ich bin ihm gefolgt. Jonny hat komisch geguckt. Es gibt Typen, die merken, wenn ein Engel in der Nähe ist. Ich glaube, so einer ist er. ‚Gott behütet dich!', rief er ihm hinterher mit diesem ganz bestimmten Unterton." Neve grinste und schüttelte den Kopf. Dass Jonny von Gott faselte, war wirklich höchst seltsam.

„Was ging in Tims Kopf vor? Hat er an mich gedacht?"

„Ich habe mich nicht in seine Gedanken eingeklinkt. Wenn ich das tue, muss ich antworten. Und du weißt, was wir abgemacht haben." Ich stöhnte. Blöde Regel. Reale Welt und magische Welt, äußeres Berlin und inneres Berlin. Das war ja wie die Mauer. Das musste sich doch alles ändern lassen. „Dann, was hat er gefühlt? Hast du irgendwas gespürt?"

„Luisa und Tim haben sich umarmt, als Luisa die Tür aufmachte."

„Phh, na und, das macht man doch so, wenn man sich näher kennt." Ich zuckte mit den Schultern.

„Seine Emotionen waren sehr stark … den ganzen Abend."

In mir ging alles Drunter und Drüber. Was wollte Neve mir damit sagen oder auch nicht sagen? Tim und Luisa? Klar, total abwegig war das nicht. Ohne meine Verwandlung wäre Luisa tausend Mal attraktiver als ich. Außerdem war sie sehr klug und wirkte genauso erwachsen wie Tim. Vielleicht hatten sie sich durch mich gefunden. Aber das konnte doch alles nicht sein!

„Sie müssen doch über irgendwas geredet haben. Nun sag schon! Haben sie über mich geredet?"

„Ja, auch. Luisas Vater sagte, Tim solle dich nicht suchen. Er solle darüber nicht weiter nachdenken. Er fantasiere sich da was zusammen. Luisa stimmte ihrem Vater zu und nahm Tims Hand. Tim soll akzeptieren, dass du abgehauen bist, um erst mal mit dir selber klarzukommen."

„Was?" Ich sprang auf und stützte mich in Angriffshaltung auf dem Tisch ab. Neve warf mir einen unerwartet stechenden Blick zu. Ich bekam augenblicklich das Gefühl, aus Pudding zu bestehen und schwappte wieder auf meinen Stuhl.

„Keine Ausbrüche in meinem Haus!", sagte sie. „Du wolltest, dass ich zu ihm gehe."

„Ja …", gab ich klein bei. „Haben sie sich geküsst? Sag mir ruhig alles."

„Das weiß ich nicht. So lange bin ich nicht geblieben. Ich bleibe doch nicht im Zimmer, wenn … Na, du weißt schon …"

Ich spürte etwas Warmes, Feuchtes an meinen Wangen. Tränen liefen über mein Gesicht. Tim und Luisa … Wie konnte mir Luisa das antun?? Vielleicht hatten sie alle recht. In unserem Alter gab es noch keine wahre Liebe. Und Tim war kein Kind von Traurigkeit. Er war ein Typ, der das Leben genießen wollte, in vollen Zügen, ein offener, sonniger und neugieriger Mensch. Warum sollte er auf mich warten? Auf eine, die man in die Psychiatrie gesteckt hatte und die für ewige Zeit weglief, ohne ihn einzuweihen, um sich angeblich selbst zu finden. Die auch nur eine E-Mail schrieb und dann nicht mehr antwortete. Was hatte ich erwartet? In mir brodelte es wie in einem Reagenzglas, das gleich explodieren würde, weil man darin ein paar unverträgliche Stoffe gemischt hatte.

Neve sagte noch irgendwas, aber ich verstand sie nicht richtig. Irgendwas, wie vergiss ihn. Oh ja, das würde ich tun! Ich stürmte zur Tür hinaus. Die Klinke flog wieder gegen die Wand.

## 35

Ich rannte in den Wald hinein beziehungsweise ich wusste gar nicht, ob ich rannte. Ich fühlte mich wie ein Sturm. Die Äste bogen sich links und rechts von mir weg. Meine Hände waren verzerrt, ich konnte mein Gesicht nicht fühlen. Ich sah meine Füße nicht. Ich flog. Ich war ein Rauschen. Ich war selbst der Sturm. Und es war mir egal. Ich hatte kein bisschen Angst, im Gegenteil. Es fühlte sich im wahrsten Sinne des Wortes berauschend an. Ich stürmte zum See und wusste nicht, warum.

Der Abendhimmel überzog sich mit schwarzen Wolken, die aussahen wie die Schatten, aber selbst das war mir egal. Sie wurden mit Blitzen durchzuckt. Ich warf mich auf den Sand am Ufer und war wieder ich selbst. Ich kam mir vor, als wäre ich eine dieser Wolken gewesen, die vom Himmel gefallen war und sich dabei in einen Menschen verwandelt hatte. Tausende Blüten, die den Boden bedeckt hatten, wirbelten auf. Ich bemerkte, wie die Erde unter mir Risse bekam. Einen Augenblick später krachte ich in den See. Ich schrie. Ich hatte nicht mitbekommen, dass ich auf einem Felsvorsprung gelandet war.

Aber selbst das Wasser war mir jetzt egal. Wenn ich auf ungewöhnliche Weise durch den See gekommen war, vielleicht funktionierte das auch zurück! Mir war es gleichgültig. Dann würde ich eben ertrinken, meinetwegen. Allerdings war mein Überlebenswille stärker als meine fatalistische Wut. Ich rappelte mich im Wasser auf und begann am ganzen Körper zu brennen. Ich bildete eine feine rote Aureole um mich. Das Wasser konnte mich mal! Kleine Flammen huschten über die Wasseroberfläche, als hätte jemand Öl hineingekippt und es angezündet.

„Hey, verdammt! Hör sofort auf damit!“ Irgendwoher kam eine zarte, hohe und ziemlich unirdische Stimme, die mich sofort an den Gesang von Sirenen denken ließ. Ich kletterte aus dem Wasser und sah mich um. Ein kleiner Kopf mit weißen Haaren tauchte immer wieder vor den Flammen weg und schwamm auf mich zu. Eine Undine. Sie stieg aus den sich leicht kräuselnden Wellen und blieb vor mir stehen, als ihr das Wasser nur noch bis zu den Knöcheln reichte.

„Mach das aus, verdammt noch mal. Das darfst du nicht! Als wenn wir nicht schon genug Probleme hätten.“

Sie war unglaublich hübsch, unglaublich zierlich und ging mir nicht mal bis zur Schulter. Ihr weißes Haar floss bis um ihre Knöchel. Sie trug ein durchsichtiges Gewand, das schimmerte wie der See. Von der Form her verbarg er einen menschlichen Körper, aber man sah den Körper nicht. Hinter ihr sprangen einzelne Flammen über die Wasseroberfläche und schienen nach ihr zu greifen. Ich konzentrierte mich und löschte die Aureole um mich. Ich war vollständig trocken. Aber ich konnte nichts gegen die Flammen auf dem Wasser tun.

„Sorry, ich …“

Plötzlich stand Leo neben mir. Er hockte sich hin und hielt seine flachen Hände auf das Wasser. Die Flammen zischten wie Kerzen, die man auspustete, und ließen nur kleine schwarze Rußkrümel auf der Wasseroberfläche zurück.

Die Undine machte ein Gesicht, als würde sie gleich weinen. Sie tat mir leid, aber ich konnte mich nicht um sie kümmern. Mir war immer noch so, als müsste ich jeden Moment explodieren. Sie trat ohne ein Wort den Rückzug an und verschwand in dem leicht trüben Wasser, welches Leo gelöscht hatte. Was um alles in der Welt machte Leo jetzt hier? Spionierte er mir etwa nach? Ich schleuderte ihm einen Kieselsteinregen entgegen.

„Beruhige dich endlich!", brüllte er mich an. „Du benimmst dich wie ein Kleinkind. Das gibt 'ne fette Strafe!" Konnte ich meinen Ohren trauen? Was bildete sich dieser Schnösel eigentlich ein? Ich war drauf und dran, ihn in eine Sandsäule einzupacken, damit ihm die Luft für alle Zeiten wegblieb. Da erhob sich eine donnernde Stimme dicht hinter mir. „Was ist hier los! Den Terror hört man ja in der ganzen Gegend." Die Stimme gehörte Ranja. Ihre Haare loderten. Die dunklen Wolken verzogen sich über ihr nach allen Richtungen. Es kehrte Ruhe ein. Ich drehte mich um und starrte sie mit offenem Mund an. Oh Gott, ich hatte mich völlig vergessen. „Ich …" Leo stellte sich neben mich und schnitt mir das Wort ab. „Sorry, wir haben uns gestritten. Es war meine Schuld. Ich habe sie provoziert."

Jetzt starrte ich Leo an und verstand überhaupt nichts mehr. Ranja fixierte uns abwechselnd und fragte langsam, deutlich und bedrohlich: „Wer-war-das-mit-dem-Feuer-auf-dem-See!!? Ich will die Wahrheit wissen." Ich bekam den Mund nicht auf. Leo antwortete.

„Ich war das. Ich weiß, dass das verboten ist, aber sie wollte flüchten, durch den Wasserdurchgang. Sie wollte nach Hause. Ich musste sie irgendwie aufhalten."

„Ist das wahr, Kira?"

Ich zitterte. Ich war kurz davor, mich komplett zu verraten. Ich hatte Angst vor den Folgen. Aber Leo war da und schützte mich, warum auch immer. „Ja, es ist wahr“, brachte ich mühsam hervor, als wären die Wörter Kleister in meinem Mund.

„Warum wolltest du nach Hause?“ Ranja beruhigte sich ein wenig. Die Bäume standen wieder still. Die Sterne funkelten an einem klaren tiefblauen Himmel, als wäre nichts gewesen.

„Was Persönliches. Ich will darüber nicht reden.“ Ranja nickte, als würde sie verstehen. Ob sie wirklich was verstand?

„Trotzdem geht das nicht ohne Strafe ab. Ich weiß, dass dich Jerome schon mal abgefangen hat, Kira. Denke nicht, der Rat hätte nichts bemerkt. Er wird auch von diesem Vorfall erfahren. Du bist zwar immer noch in der ersten Woche. Aber ein drittes Mal darf das nicht passieren. Ihr bringt das Chaos hier in Ordnung. Und ihr geht am Wochenende zwei Häuser renovieren. Eins am Samstag, das zweite am Sonntag. Es kann auch jeder eins machen. Ganz, wie ihr wollt und ob ihr euch gerade streitet oder versöhnt. Das ist mir gleich.“

Ich nickte. Kein Wochenende, kein Ausschlafen, stattdessen Ackern. Aber vielleicht war das gerade genau das Richtige. Arbeiten, damit ich nicht ins Grübeln kam.

„Komm, wir müssen reden“, sagte Leo zu mir.

„Einen Moment noch.“ Ranja wandte sich an mich.

„Kira, auch wir werden ein Gespräch führen, wenn ihr eure Arbeit am Wochenende erledigt habt. Montagabend, sobald die Sonne untergegangen ist, bei mir. Das Haus mit dem roten Dach, gleich hinter der Akademie.“

„Okay.“ Mir lief es kalt den Rücken hinunter. Was wollte sie von mir? Ob sie doch etwas ahnte? Sie zwinkerte mir versöhnlich zu, als wenn: Sorge dich nicht, alles in Ordnung. Das beruhigte mich ein wenig. Ich hatte das Gefühl, dass ich durch sie sogar noch glimpflich davongekommen war.

Im Nu war sie zwischen den Bäumen verschwunden und ich blieb mit Leo allein. Der See lag still da und glitzerte im Mondlicht. Der Mond hing groß und golden über uns. Vereinzelte

Blüten tanzten noch in der Luft, aber die meisten hatten sich bereits gelegt. Leo stand vor mir und schaute mich mit seinen unverkennbar grünen Augen an. Erst jetzt bemerkte ich, dass er einen altmodischen schwarzen Umhang trug. „Was hast du denn da an?"

„Das hilft am Anfang, sich in Feuer zu verwandeln. Deshalb trägt Ranja zum Beispiel diese weiten Röcke."

„Hm, sieht eher aus wie ein Vampir." Leo schmunzelte. „Für den Mist hier ist er allerdings auch gut." Er zog sich den Umhang von den Schultern, streifte seine Schuhe von den Füßen, krempelte seine Hosen bis zu den Knien und ging ins Wasser, um den Umhang wie einen Kescher zu benutzen und die Rußpartikel einzusammeln, die ans Ufer trieben.

„Lass das. Das geht auf meine Kappe." Aber Leo beachtete meinen Einwand nicht. „Wasser zum Brennen bringen. Soweit hab ich es noch nicht gebracht", gab er mit einer gewissen Ironie im Unterton zu und filterte weiter das Wasser. Was er konnte, konnte ich auch. Ich zog meine Kapuzenjacke aus und tat es ihm gleich.

„Normalerweise fluten die Undinen den halben Wald, wenn jemand ihr Hoheitsgebiet bedroht. Aber selbst die Unbequemste von allen ist ja vor dir geflüchtet."

„Du kanntest die Undine?"

„Minchin. War mal in mich verknallt." Natürlich, auch die schönen Undinen waren alle in Leo verknallt. Ich verdrehte die Augen. Leo sah es. „Mann, nicht was du wieder alles denkst. Minchin versucht an jeden männlichen Neuankömmling hier ranzukommen, ohne Ausnahme."

„Ach, und dir war sie wohl nicht schön genug?", lästerte ich und wusste im selben Moment, dass das eine dumme Bemerkung war.

„Eifersüchtig?" Leo grinste und ich hätte ihm am liebsten meine Rußsammlung ins Gesicht geschüttet, aber das hätte nur nach noch stärkerer Eifersucht ausgesehen. Wir schwiegen eine Weile. Dann stellte ich die Frage, auf die er wahrscheinlich wartete. „Also, was ist nun die Geschichte dahinter?“ Ich klang leicht genervt und etwas gelangweilt, aber musste zugeben, dass es mich interessierte.

„Nichts Großartiges. Sie will auf dem Trocknen leben, mit vielen Kleidern und Haaren, die Farbe haben und aus denen man täglich eine neue Frisur machen kann. Das geht bei Undinen aber nur, wenn sie einen Menschen dazu bringen, sich in sie zu verknallen und sie zu heiraten. Noch nie davon gehört?“

Ich schüttelte den Kopf. „Aber du wolltest dich so früh noch nicht festlegen …?“, stichelte ich weiter.

„Nein, ich wollte nicht abgemurkst werden, wenn ich sie irgendwann nicht mehr liebe“, gab er zurück. „Das machen Undinen dann nämlich. Sie töten denjenigen, den sie nicht für sich gewinnen können oder wieder verlieren, weil sie ohne die Liebe eines Menschen buchstäblich vertrocknen und nur sein Tod sie wieder ein Wasserwesen werden lässt.“

„Klingt ja tot-romantisch, wie im Märchen.“

„Naja, dir ist vielleicht schon mal aufgefallen, dass die Bäume hier roter, grüner und blauer sind?“ Leo schenkte mir ein bezauberndes Lächeln. Auf einmal kam es mir albern vor, so zickig zu ihm zu sein. Ich schüttete eine schöne Sammlung Rußpartikel am Strand aus und fragte Leo: „Warum hast du eigentlich Ranja angelogen?“

„Weil ich weiß, was mit Leuten wie dir passiert.“ Mich durchzuckte es. Reimte er sich da selber was zusammen oder hatte Jerome ihn eingeweiht? „Mit Leuten wie mir …?“

„Du bist nicht nur Erde …“

Ich presste meine Lippen aufeinander, als könnte ich damit verhindern, dass er es in die Nacht hinausposaunte. „Wer sagt das? Jerome? Ihr seid ganz gut befreundet, nicht wahr?!“

Über Leos Gesicht legte sich ein Schatten, den ich nicht deuten konnte. Etwas beleidigt gab er zurück: „Um das zu sehen, brauche ich nicht Jerome, sondern nur ein paar Minuten mit dir auf meinem Teppich oder das hier …“ Er wies mit einer Handbewegung auf das Chaos am Strand. Für den ersten Satz hätte ich schon wieder ausflippen können.

„Du spionierst mir nach!“, warf ich ihm vor.

„Jetzt nimmst du dich zu wichtig“, gab er zurück.

Ich krallte meine Fingernägel in die Handinnenfläche. Der Schmerz tat irgendwie gut. Er überdeckte den abgrundtiefen Schmerz in mir, vor dem ich versucht hatte zu flüchten.

„Du hast Glück, dass Ranja die Schneise im Wald nicht gesehen hat, die du gepflügt hast.“

Oh je, das wollte ich eigentlich vor mir selbst verdrängen, aber Leo hatte es mitbekommen. „Ich habe keine Schneise in den Wald gemäht. Das war der Sturm“, verteidigte ich mich.

Leo grinste. „Dann hast du den Sturm irgendwie erzeugt und mich damit gegen einen Baum geschleudert, sodass mir jetzt noch alle Knochen wehtun. Schon wieder übrigens …“

„Ich kann mich kaum erinnern …“

Leo hörte nicht auf, wissend zu grinsen. „Du hast Feuerkräfte und Erdkräfte und wahrscheinlich auch noch eine Affinität zu Wind … Du bist eine gefährliche Frau.“

Okay, es war zwecklos. Ich konnte ihm nichts vormachen. „Sag es niemandem. Auch nicht Jerome.“

„Jerome?“

„Das mit der Affinität zu Wind, das weiß er nicht. Das habe ich bis vor ner halben Stunde selbst noch nicht gewusst. Vielleicht ist es ja nur vorübergehend. Ich will auf jeden Fall, dass es niemand erfährt. Es macht alles nur noch komplizierter. Kannst du mir das versprechen? Versprich es!“ Ich warf ihm einen Blick zu, der meinem Wunsch Nachdruck verleihen sollte. Leo antwortete nicht gleich.

„Versprich es", wiederholte ich ein bisschen lauter und bewegte mich einen Schritt auf ihn zu, sodass ich ziemlich dicht vor ihm stand. Er hob abwehrend die Hände hoch. „Okay."

Leo hörte auf mit der Filterarbeit und sah mich an. Mir wurde mulmig unter seinem Blick. Es war, als wollte er ein alles ans Tageslicht bringendes Licht in meinem Innern anzünden. „Sag mir, warum du so ausgeflippt bist." Seine Stimme war auf einmal ganz sanft. Er strich sich eine Strähne aus dem Gesicht. Es sah anrührend aus.

„Geht dich nichts an", entgegnete ich schroff.

„Es ist wegen IHM … da draußen … stimmt's?!" Leos Tonfall klang Anteil nehmend. Ich kämpfte gegen meine Tränen an. Jetzt bloß nicht vor Leo weinen.

„Tut mir leid", schob er hinterher.

„Quatsch, muss nicht. Es war nur eine Affäre." Was redete ich da?

„Das glaube ich dir nicht. Es ist dir ernst mit ihm …"

Leo klang auf einmal so erwachsen. Seine Stimme war ganz anders. Ausgerechnet er war der Erste, der meine Liebe zu Tim ernst nahm. War das der Leo, der sich am Anfang über mich und meinen Pyjama lustig gemacht hatte? Ich bekam das nicht mehr ganz zusammen. Ich wandte mich ruckartig von ihm ab und schob weiter meine Jacke durch das Wasser. Wir hatten es gleich geschafft. Es war fast wieder klar und rein. „Er ist jetzt mit meiner besten Freundin zusammen. Ich bin fertig mit ihm", beschloss ich, obwohl ich doch wollte, dass Leo das Gegenteil dachte. Etwas glitzerte zu meinen Füßen. Ich bückte mich und holte es zwischen den Steinen am Grund des Sees hervor. Es war eine wunderschöne Murmel. Genau das Richtige für Pio, um mit Atropa zu chatten. Ich steckte sie in meine Tasche. Plötzlich spürte ich Leos Atem in meinem Nacken.

„Ich denke, wir sind fertig hier."

Ich drehte mich erschrocken um. Aber sein Blick hatte etwas Distanziertes und er machte keine Anstalten, sich mir zu nähern. Fast war ich enttäuscht. Meine Gefühlswelt war wohl völlig hinüber. Wir wateten aus dem Wasser.

„Danke", sagte ich.

„Schon okay. Nur mit der Sandwüste hier musst du wohl alleine fertig werden." Ich sah die kleine Gebirgslandschaft vor mir, die mal ein glatter Kiesstrand gewesen war.

„Na, dann gute Nacht." Leo schickte sich an, nach Hause zu gehen.

„Geh nicht", war meine Antwort. Ich wollte jetzt nicht allein sein, hier im Dunkeln. Ich wollte nicht, dass er ging. Ich hatte keine Ahnung, warum. Ich wollte einfach nicht allein sein. Und ich wollte nicht mehr denken.

Leo drehte sich um und machte ein paar Schritte auf mich zu. Ich fiel in seine Arme, drückte mich an ihn. Er ließ seinen nassen Umhang fallen, den er über seinen Arm gehängt hatte, zog meinen Kopf an seinen und wir küssten uns lange und innig. Wir ließen uns in den Sand fallen, umschlangen uns, machten da weiter, wo wir auf seinem Teppich aufgehört hatten. Es war so intensiv und wundervoll. Er roch so betörend. Er vernebelte jeden meiner Gedanken. Es war wie ein wonnig süßer Abgrund, auf den wir zutrudelten. Ich wollte, dass dieser Moment nie endete. Der Sand begann rot unter uns zu glühen. Ich wollte seinen köstlichen Mund nicht mehr freigeben.

„Hör auf!", flüsterte er atemlos, legte sich auf den Rücken und zwang mich neben sich. „Sonst haben wir gleich wieder jemanden vom Rat am Hals." Ich schnappte nach Luft. Er hielt mich im Arm und gleichzeitig meine Hand. Das Glühen um uns nahm ab. Das kleine Gebirge sah jetzt wieder aus wie ein glatter Strand.

„Siehst du, du konntest mir doch helfen. Mehr habe ich nicht gewollt", sagte ich und kicherte.

„Du hinterhältiges Luder", antwortete er scherzhaft und gab mir einen Kuss auf die Stirn. Wir setzten uns auf. Ich konnte mich nicht sattsehen an Leos Gesicht. Es war düster und wunderschön. Er hätte tatsächlich ein Vampir sein können. Aber das war er nicht, nur einer, der es verstand, mit dem Feuer zu spielen. „Lass uns nach Hause gehen", flüsterte er.

„Ja." Wir erhoben uns und tappten eng umschlungen durch den dunklen Wald. Ich mit dem Obermacho der Akademie. Okay, er hatte mich um den Finger gewickelt, aber es tat so gut, dem einfach nachzugeben. Hier zu sein und im Jetzt. Die Welt da draußen hatte für mich aufgehört zu existieren. Ich schaute nach vorn, während hinter mir alles auseinanderfiel und in tiefer Schwärze versank. Ich schaute nach vorn und nahm mit, was ich mitnehmen konnte. Und sei es der schöne Leo. Warum sollte ich auch seine Eroberung sein? Er war meine und basta. Es war nur eine Frage des Selbstbewusstseins und der Sichtweise. „Schlaf bei mir", bat mich Leo, als wir bei Neves Turm ankamen. Und ich ging, ohne zu zögern, mit ihm.

## 36

Zuerst registrierte ich das Gefühl, dass etwas völlig anders war als bisher. Dann wurde ich wach und schaute auf Dachschrägen über mir, deren Holz schwarz angestrichen war. Ich konnte mich nicht bewegen. Es war ein seltsam ungewohntes Gefühl, nicht allein im Bett aufzuwachen. Leo umschlang mich fest, der schönste Junge an der ganzen Akademie. Ein Sonnenstrahl stahl sich durch ein kleines Fenster an der gegenüberliegenden Giebelwand. Dafür, dass es draußen bereits taghell war, war es hier drin ziemlich schummrig. Leo atmete gleichmäßig. Er schlief wohl noch. Was tat Tim gerade? Verbrachte er den Abend wieder bei Luisa und würde bei ihr bleiben? Was für ein lästiger Gedanke. Tim war mir seit heute Nacht egal. Und Luisa wollte ich nicht wiedersehen.

Ich dachte an die Nacht. Leo hatte definitiv eine Menge Erfahrungen mit Mädchen. Ich hoffte, meine Erfahrungslosigkeit war nicht zu sehr aufgefallen. Wir waren Hand in Hand in sein Schlafzimmer hinaufgegangen, hatten auf dem Teppich gelegen und uns umarmt und geküsst. Leo war zurückhaltend, behutsam und unendlich sanft gewesen, und er hatte nicht zu viel von mir verlangt, obwohl ich mir sicher war, dass er schon mit einigen Mädchen richtig geschlafen hatte. Ob er ahnte, dass er der Erste war, der mir – bis auf das Erlebnis mit Tim – so nahe kam? Er sollte es jedenfalls um keinen Preis erfahren. Ich fürchtete mich ein wenig davor, dass er aufwachte. Die Nacht war wundervoll gewesen, aber ich hatte Angst, nur eine weitere Eroberung in seiner langen Reihe der Eroberungen zu sein. In Filmen schlich sich am nächsten Morgen oft einer von beiden einfach weg. Ich hatte das immer albern gefunden. Aber jetzt verstand ich es.

Heute war Samstag. Wir mussten zwei Häuser renovieren. Ich würde mir eins aussuchen und Leo das andere überlassen. Leo sollte sich auf keinen Fall einbilden, dass ich jetzt an ihm hängen würde wie eine Klette. Bestimmt wusste er genau, dass man das leichteste Spiel mit Mädchen hatte, die gerade an Liebeskummer litten. Warum war ich so misstrauisch, obwohl er mir seit gestern gar keinen Grund dazu gab? Wegen unserer Anfangsgeschichte? Wegen der Gerüchte? Oder weil ich nicht glauben konnte, dass diese Art Junge sich ernsthaft für mich interessieren könnte?

Irgendwas war es und ich hoffte, dass ich es schaffte, mich aus dem Bett zu stehlen, bevor er es merkte. Ich bewegte mich ein wenig, tat so, als wäre es im Schlaf. Es funktionierte. Leo zog seinen Arm weg, mit dem er mich umschlang, atmete einmal tief durch und legte sich auf den Rücken. Ich war frei.

Ich wartete noch ein wenig, lauschte auf seine Atemzüge, die wieder regelmäßig wurden, und bewunderte sein Profil. Es sah ein bisschen griechisch aus, mit einer leicht gebogenen Nase. Ich war stolz auf meine Eroberung.

Trotzdem, jetzt nichts wie weg. Ich richtete mich behutsam auf, stellte die Füße auf die Dielen. Ein leises Knarren. Erschrocken hob ich sie wieder an. Leo seufzte einmal, aber schlief ruhig weiter. Dann kam mir ein Gedanke. Wer sagte, dass meine erwachenden Fähigkeiten immer nur laut und zerstörerisch sein konnten?

Ich konzentrierte mich. Ich wollte das Zimmer verlassen, ohne den Boden zu berühren oder indem ich so leicht war, dass der Holzboden keine Notiz von mir nahm. Es funktionierte. Ich ging über den Fußboden und spürte nur ein feines Kribbeln unter meinen Fußsohlen. Ich war so leise wie ein Geist oder wie ein Engel, wie Neve vielleicht. An der Treppe drehte ich mich noch einmal um. Leo schlief tief und fest in seinem dunklen Reich aus Schwarz und Rot. Ich nahm lautlos meine Sachen vom roten Teppich auf, balancierte auf Geisterfüßen die Treppe hinab und zog mich in der Küche schnell an. Das schwarze T-Shirt von Leo, das er mir zum Schlafen geliehen hatte, legte ich über die Couch. Einen Moment war ich versucht, es mitzunehmen. Es duftete so wunderbar nach ihm. Aber ich beherrschte mich.

Ich schlüpfte aus der Tür und lief den Berg hinauf zum Turmhaus. Ich brauchte ein paar stabile Sachen. Ich wollte meine Strafarbeit schnell hinter mich bringen. Ich spürte ein Hochgefühl, weil ich mit meinen besonderen Gaben so viel anfangen konnte, wenn ich es wirklich wollte. Ich wehrte mich nicht mehr gegen sie. Sie waren da und sie konnten sehr nützlich sein, wenn man sich nicht von seinen Gefühlen schütteln ließ. Ich verstand, warum Jerome in der magischen Welt zu einem selbstbewussten Mann geworden war. Wegen der Konzentration auf das, was in einem steckte, und dass man durch das Chaos übersinnlicher Fähigkeiten, die in einem tobten und rauswollten, dazu gezwungen war, sich nicht mehr zum selbstmitleidigen Opfer seiner verqueren Gefühle zu machen. Ich beschloss, ab jetzt brav meine Aufgaben an der Akademie zu erledigen und ansonsten nicht mehr groß aufzufallen. Ich würde im Alleingang herausfinden, zu was ich fähig war. Niemand, außer Leo, wusste von meinen Windeigenschaften. Vielleicht würde mir im Selbststudium genug gelingen, sodass ich einen der Durchgänge heimlich nutzen konnte. Im ersten Moment frohlockte ich bei dem Gedanken. Im zweiten Moment tat sich seinetwegen ein riesiger schwarzer Krater vor mir auf. Wozu eigentlich noch?! Zu Tim wollte ich nicht mehr …

Für einen Augenblick schien mir der Halt unter den Füßen abhandenzukommen. Dann fiel mir jedoch ein, was ich gelesen hatte und die Gespräche mit Jerome. Es gab Größeres zu tun, als irgendeiner Jugendliebe hinterherzuweinen. Ich würde darüber hinwegkommen. Alle sagten es. Und es stimmte. Ich hatte die Nacht mit einer Trophäe verbracht, um die sich alle rissen. Ich besaß besondere Kräfte, von denen kaum einer was ahnte. Mir stand die Welt offen, die magische und die reale.

„Hey!", schrie mir jemand von der Seite ins Ohr. „Sag mal, hast du was in die Ohren gestopft? Ich hab dich schon drei Mal gerufen!" Es war Neve, die neben mir herlief. Sie musste mich eingeholt haben oder von der Seite aus dem Wald gesprungen sein. Ich war so in meine Gedanken versunken gewesen, dass ich sie nicht bemerkt hatte.

Ich spürte, dass ich immer noch sauer auf sie war. Sie hatte meine Welt zerstört, die bis gestern noch ganz anders ausgesehen hatte. Okay, ich hatte sie dazu gebracht und sie konnte nicht wirklich was dafür. Trotzdem, ich gab ihr irgendwie die Schuld.

„Wo bist du gewesen? Ich habe dich überall gesucht! Ich habe mir Sorgen gemacht. Ich bin verantwortlich für dich“, schimpfte sie und klang gleichzeitig beunruhigt.

„Ich war heute Nacht bei Tim in Berlin und hab ihm die Meinung gesagt …“

„Was?“ Für einen Moment glaubte Neve, was ich sagte, und sah erschrocken aus. „Das kann ja nicht sein. Ich wollte wegen deines Verschwindens gerade zum Rat …“ Sie verdrehte die Augen, als sie begriff, dass ich sie nur veralberte.

„Geht das immer gleich vor den Rat, wenn man mal eine Nacht auswärts verbringt?“ Ich konnte nicht anders. Alles, was ich sagte, hatte einen bissigen Unterton.

„Mann, Kira, es tut mir alles so leid … Es ist doch gar nicht sicher, ob Luisa und Tim zusammen sind …“ Ich unterbrach sie. „Es ist mir egal. Es war nur eine dumme Verliebtheit, die jetzt nicht mehr in mein Leben passt. Du hast recht. Alle haben recht.“ Neve sah mich verwirrt an.

„Ich war bei Leo …“

„Bei Leo? Warum ausgerechnet bei dem?“

„Weiß nicht, einfach so. Um hier anzukommen.“

Neve machte ein nachdenkliches Gesicht. „Na, hoffentlich bricht er dir nicht dein Herz.“

„Quatsch. Ich fall auf ihn schon nicht rein.“

„Er kann sehr charmant sein …“

„Ich weiß.“ Irgendwie ärgerten mich Neves Bemerkungen, vielleicht, weil ich wusste, dass sie recht hatte, es aber trotzdem nicht hören wollte. Vielleicht aber auch, weil sie mir Tim weggenommen hatte, aber Leo sollte ich wohl auch nicht haben. „Ich muss los“, versuchte ich, unser Gespräch zu beenden.

„Wohin denn? Heute ist Samstag.“

„Strafarbeit. Ich muss mir ein paar vernünftige Klamotten überziehen und dann Häuser streichen. Ich hab ein bisschen randaliert gestern am See.“

„Ach, da warst du! Ich hätte es mir denken können und dir gleich folgen sollen."

„Ab jetzt ist alles Okay. Mach dir keine Sorgen mehr. Ich hab mich im Griff. Ernsthaft." Ich schlug einen versöhnlichen Ton an. Ich durfte es nicht so an Neve auslassen. Sie konnte nichts dafür. Mir ging es schon besser, nachdem ich ein bisschen Dampf abgelassen hatte. Ich umarmte sie kurz: „Tut mir leid. Vielleicht hatte es ja doch was Gutes, dass du Tim aufgesucht hast."

Neve sah mich zweifelnd und gleichzeitig hoffnungsvoll an. „Meinst du wirklich?" Ich kapierte, dass sie ein furchtbar schlechtes Gewissen hatte und irgendwie eine Absolution brauchte, obwohl ich sie doch überredet hatte, Tim nachzuspionieren.

„Ja. Aber erwähne den Namen ab jetzt bitte nicht mehr, okay?!"

Neve beteuerte mir, dass Tims Name nicht mehr fallen würde, und wirkte unendlich erleichtert, dass der Frieden zwischen uns wieder hergestellt war. Sie verabschiedete sich in den Wald zum Erdbeerensammeln, damit sie mir abends einen leckeren Erdbeershake machen konnte.

## 37

Ranja hatte gesagt, Leo und ich sollten uns bei Else in der Küche melden. Ich beschloss, beide Häuser allein zu schaffen, weil Leo mit der Sache eigentlich nichts zu tun hatte, auch wenn ich dafür ein paar weitere Nachmittage in der Woche benötigen würde. Ich wollte Leo nichts schuldig sein. Ich stand vor meinem Kleiderschrank, der vollgestopft war mit brandneuen Sachen. Ich hatte nichts, was sich für Malerarbeiten eignen würde. Ich zog eine Jeans und ein weißes T-Shirt an, auch wenn das eigentlich Verschwendung war. Geld schien in der magischen Welt jedenfalls keine Rolle zu spielen.

Meine Sorgen wegen der Arbeitskleidung stellten sich als unnötig heraus. Else erwartete mich munter und fröhlich wie immer an der Hintertür zur Küche. Sie überreichte mir ein paar derbe Malerhosen.

„Zieh sie gleich an, ich bringe dir dein Frühstück!“ Sie verschwand in der Küche. Ich zog die große Latzhose über meine Jeans. Schon stand Else wieder vor mir, mit einer Portion Kartoffelecken mit Apfelmus und Zimt. Wie das duftete! So vertraut nach Heimat und guten Zeiten. Ich musste sofort an Jonny denken. Ob er sich schon wunderte, dass ich nicht mehr kam? Ich probierte den ersten Bissen. Else tätschelte mir die Wange wie eine richtige Großmutter und bedauerte mich wegen der Wochenendarbeit.

„Armes Mädchen. Ganz schön hart sind sie mit euch. Ganz schön hart. Dabei seid ihr doch noch im Wachstum und müsst viel schlafen und essen!“

Ich gab Else völlig recht. Schade, dass Else nicht im Rat war. Sie führte mich zu einem kleinen Nebengelass im Küchenhof. Es stellte sich als eine wohl sortierte Werkstatt mit Gartengeräten und Bauwerkzeugen heraus. Else zeigte mir an einem Lageplan, der hinter der Tür hing, ein Haus, dessen Holzfassade und Innenwände gestrichen werden sollten. Auf einem kleinen Bild sah ich ein reizendes Schwedenhäuschen, was jedoch völlig verblichen war. Die Farben konnte ich mir aussuchen. Das Haus war klein. Es würde nicht schwer werden. Else wollte mich zu dem Regal mit den Farben bringen. Ich erklärte ihr, dass ich an zwei Häusern zu tun hatte.

„Oh, ich weiß“, sagte sie. „Wegen des Zweiten war Leo schon hier und hat das Material geholt. Er sagte, ihr würdet jeder eins übernehmen.“

In meinem Hals wurde es eng. Leo war schon hier gewesen und längst bei der Arbeit? Dann musste er Sekunden nach mir aufgestanden sein. Dann hatte er vielleicht nur so getan, als ob er schlief? Weil er froh war, dass ich am Morgen verschwand? Und er hatte entschieden, dass wir nicht zusammen arbeiten würden, sondern dass jeder ein Haus erledigte? Das passte alles zusammen. Und tat weh. Ich war heilfroh, dass ich mich weggeschlichen hatte. Gleichzeitig war der Schmerz widerwärtig. So liefen also One-Night-Stands ab. Leo war mal wieder nur auf der Suche nach einem Abenteuer gewesen. Warum machte mich das auf einmal so wütend? Es war mir doch die ganze Zeit schon klar. Ich hatte doch entschieden, dass ich diejenige war, die ihn benutzt hatte und nicht umgekehrt. Dann konnte ich ihm wenigstens das Gleiche zugestehen. Ich zwang mich, ruhig zu bleiben. Ich musste mich im Griff haben. Das hatte ich mir vorgenommen.

Else schob mir eine Schubkarre hin. Ich hievte zwei Eimer weiße Farbe darauf und wollte dazu intensives Krapprot nehmen, entschied mich im letzten Moment aber doch für ultramarin hell, ein gedecktes hellblau, etwas Beruhigendes. Else packte Rollen und Pinsel dazu und noch ein paar belegte Brote für den Tag.

„Armes Mädchen, muss arbeiten am Wochenende“, wiederholte sie noch einmal und zauberte noch eine Tafel Schokolade aus der Kitteltasche hervor. „Oh, danke Else. Aber …“ Ich blieb noch einmal vor dem Plan stehen. „Ich will trotzdem wissen, wo das zweite Haus steht.“

Else schüttelte mit dem Kopf. „Leo hat mir strengstens verboten, dir das zu sagen.“ Ich schluckte. Das war ja noch schlimmer, als ich dachte. Er hatte Schiss, dass ich ihn aufsuchte, ihm nachrannte am helllichten Tage. Das war ja wirklich allerunterste Schublade.

„Aber warum das denn?“, begehrte ich auf, als wenn Else was an Leos Verhalten ändern könnte. Sie zuckte mit den Schultern. Es war klar, sie durfte es mir nicht sagen. Ich dachte an den Abend im Akademie-Café, als Leo mit seinem Freund Kay hereingeplatzt war. Else hatte er längst um den Finger gewickelt. Sie machte, was er verlangte. Ich war wütend auf sie. „Dann eben nicht“, zischte ich und steckte ihr die Tafel Schokolade zurück in die Kitteltasche, weil sie sich weigerte, sie wieder zu nehmen. Ich wollte keinen Trostpreis dafür, dass sie zu Leo hielt. Ich packte die Griffe der Karre und holperte ungeschickt davon. „Aber Kindchen …!“, rief mir Else hinterher und machte ein trauriges Gesicht. Ich ließ sie einfach stehen.

Mürrisch schob ich die Karre über einen sandigen Waldweg mit ein paar Grasbüscheln, die mein Gefährt dauernd zum Kippen bringen wollten. Sollte er die Drecksarbeit machen, wenn er unbedingt wollte. Wahrscheinlich kam er wegen des Rates aus der Nummer nicht mehr heraus und wollte mich dabei nicht sehen. Na und. Ich wollte ihn auch nicht sehen. So rum war es doch. Das hätte ich Else noch sagen sollen. Dass sie ihm MEIN Haus auch nicht zeigen sollte. Obwohl, wahrscheinlich hatte Leo sich bereits das Beste rausgesucht. Das würde ihm ähnlich sehen.

Endlich tauchte das abgeranzte Haus vor mir auf. Es stand versteckt hinter zwei riesigen Büschen mit weißen Blüten, ein bisschen erhöht auf einer Wiese mit tiefgelben Butterblumen. Butterblumen im Oktober. In der magischen Welt vergaß man, welche Jahreszeit draußen ablief. Nur manchmal erinnerte man sich daran und es war ein seltsames Gefühl.

Der Anblick des Häuschens stimmte mich irgendwie milde. Es wirkte so freundlich und friedlich. Es hatte zwei kleine Fenster unten und ein rundes im Giebel. Über die Breite des Eingangs ging eine Terrasse aus Holzdielen. Darauf stand eine kleine Hollywoodschaukel. Die Farbe war zwar ziemlich abgeblättert und sie sah zusammengeflickt aus durch die neuen Holzbalken und Latten, mit denen die unbrauchbaren bereits ersetzt worden waren, aber mit meinen Farbeimern würde es bald wieder ein Schmuckstück sein.

Der Schlüssel des Hauses steckte. Ich ging hinein. Und wusste sofort, dass ich die oberen Wände der Küche gelb wie die Butterblumen draußen streichen würde. Bis zur Hälfte war sie mit weiß lackiertem Holz getäfelt. In dem kleinen Zimmer daneben das gleiche. Eine Tür führte nach hinten hinaus auf die Terrasse, die rund um das Haus verlief. Dahinter begann der Wald. Das Zimmer würde ein sonniges Orange bekommen. Ich stieg eine Holztreppe hinauf auf den Schlafboden. Er erinnerte mich an den von Leo, war aber viel kleiner und vor allem viel freundlicher. Die Balken und Dachlatten waren sämtlich erneuert. Ich beschloss, das warme helle Holz mit Klarlack zu lackieren. Die abgetretenen Dielen sollten hellblau werden. Das winzige Bad neben der Küche mit der eingebauten Dusche lagunengrün.

Ich begab mich wieder nach draußen und entschied, mit dem Außenanstrich zu beginnen. Stunde um Stunde verging. Die monotone Arbeit tat irgendwie gut und machte den Kopf frei. Am frühen Nachmittag setzte ich mich mit dem Lunchpaket gemütlich in den Schatten der Blumenbäume und betrachtete meine bisherige Arbeit.

Ich gestaltete die Farben so, wie ich die kleinen Schwedenhäuschen im Kopf hatte, als ich mit meiner Mutter als Kind einmal in Schweden gewesen war. Dieser Urlaub war eine der wenigen harmonischen Erinnerungen, die ich an Urlaube mit Delia oder Gregor hatte. Gregor war nicht dabei gewesen und Delia entspannt wie selten. Ich bekam sie zwar den lieben langen Tag nicht zu Gesicht, aber das machte nichts, weil in den umliegenden Häusern viele strohblonde Kinder zum Spielen wohnten. Es gab eine Scheune und einen See und ein ähnliches Haus wie dieses, nur größer und vornehmer. Ich erinnerte mich, dass ich von dort nicht mehr nach Hause gewollt hatte.

Das Häuschen, die Arbeit und überhaupt der Ort brachten mich in eine angenehme Stimmung. Ich vermied es, an alle möglichen schmerzlichen Dinge von gestern zu denken und es funktionierte.

Trotzdem war es viel mehr Arbeit als gedacht. War Ranja wirklich klar, wie viel sie uns damit aufgehalst hatte? Aber eigentlich war es mir egal. Ich wollte sehen, wie das Haus in meiner Vorstellung Wirklichkeit wurde. Gegen Abend holte ich mir neue Farben aus der Werkstatt. Eigentlich brauchte ich auch was zum Abendbrot, aber ich verzichtete darauf, in die Küche zu gehen, weil ich Else nicht begegnen wollte. Von Leo keine Spur. Das war erleichternd und ätzend zugleich.

Es war schon fast dunkel, als ich mit der Außenfassade fertig wurde. Mein Magen knurrte, aber ich beschloss, drinnen noch ein wenig voranzukommen. Irgendwie hatte ich das Bedürfnis, immer weiter zu streichen und damit nicht mehr aufzuhören. Es war eine beruhigende Tätigkeit, die den Kopf leer hielt und die Gefühle still.

Ich schrak zusammen und stieß mir die Stirn am Waschbecken, unter dem ich gerade die Wand zu Ende strich, als in der Wohnstube ein tiefer Gong losging. Zwölf Mal. Es hörte sich an wie eine alte Standuhr, die zu Mitternacht läutete. Das Licht flackerte. Ich stolperte in die Wohnstube. Tatsächlich. Hinter der Tür befand sich eine Nische. In die hatte jemand die Uhr geschoben. Vielleicht, weil er sie später noch abholen wollte und dann vergessen hatte? Ich war völlig in Gedanken versunken gewesen. Auf einmal fühlte es sich unheimlich an, allein in dem Haus zu sein. Draußen stand schwarz der Wald vor den Fenstern, die keine Vorhänge hatten. Für einen Moment glaubte ich, so etwas wie milchigen Rauch vorbeiziehen zu sehen. Oder war es Einbildung? Ich schaute noch einmal zu den

Fenstern. Nichts. Wahrscheinlich waren es nur einige verspätete Blüten, die noch durch die Luft wirbelten.

Hastig packte ich Rolle und Pinsel in einen nassen Lappen, schloss die Tür von außen ab und ließ die kleine Lampe an, die noch auf der Terrasse brannte, damit sie mir ein Stück den Weg durch den Wald leuchtete. Es gab keinen Grund, sich in der magischen Welt zu fürchten. Bisher war mir noch nie etwas passiert und ich glaubte auch nicht mehr, dass mich irgendwelche schwarzen Schatten aufsuchen würden.

Mir fiel Atropa ein. Vielleicht war sie wieder bei mir? Dann sollte ich mich endlich nicht mehr vor ihr fürchten, sondern beruhigt sein. Denn auch Atropa hatte mir noch nie etwas getan, auch wenn sie mir unheimlich war. Mit derlei Gedanken eilte ich unter den Bäumen entlang und staunte, wie gut ich mich inzwischen in der Dunkelheit zurechtfand. Meine Augen unterschieden Bäume, Gestrüpp und Wege inzwischen ohne Probleme.

Zu Hause streifte ich meine verschmierten Malersachen ab, stellte mich unter die Dusche und fiel sofort in mein Bett. Ich war erledigt, als wären all meine Knochen stundenlang durchgeschüttelt worden. Nicht mal mein Magen meldete sich noch und ich beließ es dabei. Neve kam kurz in mein Zimmer und war beruhigt, dass ich nach Hause gekommen war. Ich war drauf und dran, sie zu fragen, ob Leo nach mir gefragt hatte, aber ich ließ es bleiben. Ich wollte mir nicht die Blöße geben, weder vor Neve noch vor mir selbst.

Irgendwas blinkerte neben meinem Bett, als ich mich auf die Seite drehte, um in einen tiefen, erholsamen und hoffentlich traumlosen Schlaf zu fallen. Es war mein Buch. Ich nahm es in die Hand und schaute auf den grün flimmernden Punkt an der Unterkante. Wahrscheinlich hatte das was mit dem selbstständigen Aufladen zu tun. Ich legte es wieder unter das Bett, damit es mich nicht störte, und schlief auf der Stelle ein.

# 38

Als ich mich am nächsten Morgen schon ziemlich früh wieder zu meinem Schwedenhaus aufmachte, ließ mich jeder Schritt einen gehörigen Muskelkater spüren. Ich freute mich, als wäre das Haus mein eigenes, und fragte mich, ob es nicht irgendwann so sein könnte?! Für wen brachte ich das Haus in Ordnung? Wem würde es gehören? Ich würde Ranja fragen.

Das Häuschen sah wunderschön aus, wie es zwischen den kleinen Tannen hervorschaute und in der Morgensonne leuchtete. Ich trat ein, bepackt mit Essen für den ganzen Tag, was ich mir aus dem Kühlschrank von Neve geholt hatte, damit ich nicht zu Else und niemanden treffen musste. Ich stellte alles in die Wohnstube und konnte mir nicht vorstellen, dass mir gestern Abend ein bisschen unheimlich hier drinnen geworden war.

Ich begann mit der Arbeit und spürte bald den Muskelkater nicht mehr. Das Leben in einem Haus im Wald kam mir viel natürlicher und einfacher vor, als dieses immerzu anstrengende Leben in Wohnungen, Büros und im Kopf. Ich wollte auf einmal Försterin werden oder tatsächlich Anstreicherin, etwas, was man mit den Händen greifen konnte und an der frischen Luft stattfand. Ich verstand vielleicht gerade die tieferen Beweggründe, warum es mich nach dem Abitur hinaus in die weite Welt zog und nicht an irgendeine Uni. Mit dem letzten Sonnenstrahl des Tages, der durch das kleine Dachfenster schien, tat ich den letzten blauen Strich auf den Dielen und war fertig.

Gerade als ich mir die Hände waschen wollte, vernahm ich ein relativ lautes Geräusch von unten und schrak zusammen. War dort jemand? Ich lauschte in die Stille. Nichts. Es hatte so geklungen, als wäre der Besen von der Wand gerutscht und auf dem Holzboden aufgeschlagen. Trotzdem schlich ich lautlos die Wendeltreppe hinunter, so wie ich es bei Neve abgeguckt und bei Leo ausprobiert hatte. Tatsächlich, da lag der Besen am Boden. Okay, das war es gewesen. Ich entspannte mich und schrak im nächsten Augenblick erneut zusammen, weil mir eine große dunkle Gestalt den Weg versperrte. Beide Hände vor die Brust gekrallt, damit mein Herz nicht herausspringen konnte, starrte ich sie an.

„Wow, habe ich dich erschreckt? Sorry."

Es war Leo, der hinter einer Tür vorgekommen war und nun auf mich herablächelte.

„Was machst du denn hier?", presste ich hervor. Ich war immer noch dabei, mein Herz wieder in einen normalen Rhythmus zu bringen.

„Ich dachte, du bist gar nicht mehr hier", antwortete er. Ich stemmte die Hände in die Seiten und sah verächtlich zu ihm hinauf. Ich bekam direkt Lust auf eine kleine Prügelei. „Aha, du bist also gekommen, weil du dachtest, ich wäre nicht mehr hier! Tut mir leid, da muss ich dich enttäuschen." Mein Magen begann, sich zu einer Kanonenkugel zusammenzuballen. Leo wich ein Stück von mir zurück und lehnte sich gegen die Wand.

„Nein, ich meine, ich habe dich nur nicht gehört. Und außerdem, was soll das eigentlich? Du bist ja wohl die, die mir aus dem Weg geht!"

Ich lehnte mich an die Wand gegenüber und verstand überhaupt nichts. „Ich?"

„Ja, du! Du schleichst dich früh von mir weg. Du lässt dich gestern Abend von Neve verleugnen, obwohl ich Licht in deinem Zimmer sehe …" Leo klang wütend. Seine Augen funkelten. Wie konnte man nur so gut aussehen? „Was? Ich hab mich nicht verleugnen lassen!"

„Neve sagte, es geht nicht, du schläfst schon."

Was sollte das denn? Neve hatte Leo tatsächlich abgewimmelt? „Ich hab sie nicht damit beauftragt." Hatte Neve das mit Absicht getan, obwohl sie wusste, dass ich noch wach war? Oder hatte ich wirklich schon geschlafen und Leo das mit dem

Licht erfunden? Auf einmal war ich unsicher, ob ich das Licht der Stehlampe selbst gelöscht hatte oder nicht. Heute früh war es jedenfalls aus gewesen. Wie auch immer, ich drängte Leo zur Seite und räumte den leeren Farbeimer, den ich vom Dach mit nach unten gebracht hatte, in die Schubkarre.

Leo folgte mir nach draußen.

„Du streichst das zweite Haus allein und ich darf nicht mal erfahren, wo es ist!“, beschimpfte ich ihn.

„Ja. Ich wollte dich überraschen. Hat Else dir nicht gesagt, dass es eine Überraschung werden soll?!“

„Nein, hat sie nicht!“ Die Karre kippte zur Seite. Ich fing sie ab. Meine Gedanken stolperten übereinander und versuchten, das Richtige zusammenzukombinieren. Hatte Else nicht deutlich genug gemacht, dass es eine Überraschung werden sollte, oder drehte sich Leo nur alles so, dass sein Verhalten für mich wieder freundlicher aussah? Wenn ja, mit welchem Motiv? Leo nahm meine Hand und schickte damit den vertrauten Stich unkontrollierbarer Aufregung durch meinen Körper. Seine Hand fühlte sich warm, fest, gut an.

„Komm, ich zeig's dir!“

Er zog mich von der Karre weg und einen kleinen Waldweg durch hohe Büsche mit kleinen roten Beeren entlang, die in der Abendsonne glitzerten. Mit meiner Hand in seiner hatte ich auf einmal keine Lust mehr, mich zu wehren. Wir duckten uns unter überhängendem Gestrüpp hindurch und redeten nichts. Ich beobachtete sein seitliches Profil. Sein Gesichtsausdruck war ernst und entschlossen, aber um seine Mundwinkel war Vorfreude zu erkennen.

„Warum rennen wir so?“

„Ich will, dass du es noch siehst, bevor es dunkel ist. Jetzt im Abendlicht ist es am schönsten.“ Auf einmal wichen die Büsche mit den roten Beeren, die immer dichter geworden waren, als wollten sie uns verschlingen, und eine kleine Lichtung tat sich auf. Leo blieb stehen und hielt mich weiter fest an der Hand.

„Schau“, sagte er.

Vor mir stand eine Finnhütte aus schwarz gebeiztem Holz mit dunkelroten Dachziegeln. Die dreieckige Vorderfront des Hauses war ganz aus Glas mit kleinen dunkelroten Streben aus Holz. Links und rechts neben der Treppe aus Schiefer, die zur Eingangstür führte, die auch aus Glas war, standen zwei der Büsche mit den glitzerroten Beeren. Hinter den Scheiben im Erdgeschoss brannten zwei bodentiefe, dicke weiße Kerzen. Das Haus war beeindruckend, mysteriös, geheimnisvoll, absolut magisch.

„Das hast du gemacht?“ Leo grinste stolz über das ganze Gesicht.

„Gefällt es dir?“

„Ja …“

„Nur … ja …?!“ Leo sah mich ein wenig enttäuscht an.

„Naja, ich meine … mir muss es doch nicht gefallen. Jedenfalls, du hast es super hingekriegt. Sulannia macht immer die Abnahme der Häuser. Sie wird garantiert zufrieden sein.“

„Natürlich muss es DIR gefallen! Eins der Häuser wird deins sein. Das hat Sulannia beschlossen. Ich habe auch die Büsche gepflanzt … und sogar die Dachschindeln gestrichen, sie waren vorher hellgrau. Ich dachte, es passt einfach zu dir.“

Ich entzog Leo meine Hand. Ich fühlte mich überrumpelt. Ich dachte, ich würde Geheimnisse haben, aber nun schien es wieder so, als wenn alle um mich herum ständig vor mir Geheimnisse verbargen. Ich hatte nichts davon mitbekommen, dass eins der Häuser, die wir neu streichen sollten, meins werden würde. Etwas in mir jubelte sofort, weil mir klar wurde, dass das hellblaue Haus mir gehören könnte. Aber nun stand ich vor der schwarzroten Finnhütte, die Leo extra für mich so gestaltet hatte, und konnte den Blick in seine erwartungsvollen Augen kaum aushalten. Er machte den Eindruck, als wolle er an dem Punkt weitermachen, wo wir nach unserer ersten gemeinsamen Nacht aufgehört hatten. War das möglich? Hatte ich nur alles falsch gedeutet, weil es nicht in meinen Kopf wollte, dass so einer wie Leo …

Oder ging es nur darum, dass er mich schließlich noch nicht komplett erobert hatte? Das passte wohl am besten. Okay, dann sollte er sich mit seinen Bemühungen ruhig auf die Ewigkeit einrichten. „Es ähnelt ein wenig deinem Haus. So, von den Farben …“, sagte ich und versuchte, ihn anzulächeln.

„Komm, wir gehen hinein.“ Leo zog mich zur Eingangstür und schloss sie auf. Wir betraten einen Raum mit schwarzem Steinboden, in dem kleine Steinchen glitzerten. Darauf lag ein roter Teppich, genau wie bei Leo. Eine schwarz verchromte Küchenzeile blinkte in der Ecke. Eine gusseiserne Treppe führte in die Spitze des Hauses auf eine offene Galerie mit gusseisernem Geländer.

„Geh hinauf. Da oben wartet ein gemütliches Bett.“ Ich kam ins Schwitzen. Hoffentlich bekam ich es überhaupt hin, ihn eine ‚Ewigkeit‘ zappeln zu lassen. Und warum auch? Er war doch MEINE Eroberung. Warum vergaß ich das immer wieder? Emotional war ich derzeit echt nicht zu gebrauchen. Ein Blatt im Wind, rundum angreifbar, schrecklich.

„Ist irgendwas?“, fragte mich Leo. In meinem Gesicht arbeiteten die Gedanken wahrscheinlich wie Wolkenformationen auf einer animierten Wetterkarte. „Äh, nein. Ich bin nur … wirklich überrascht.“

Leo freute sich wie ein Schneekönig und konnte es gar nicht erwarten, dass ich alles entdeckte. Ich ging hinauf. Die gleichen Dachschrägen wie bei ihm, schwarz gestrichen, geschmückt mit Lichterketten aus roten Kugeln. In der Mitte stand ein runder Podest mit einem kuschelweichen, dunkelroten Überwurf und einigen roten Kissen. Das Ganze war durchgestylt.

„Sag nicht, du hast dieses Wochenende nicht nur alles gestrichen, sondern auch einen kompletten Möbelwagen herangeholt und passende Küchenzeilen eingebaut."

„Oh nein." Leo ließ sich auf das Bett fallen. „Das Haus gehörte einem Freund von Jerome. Er wohnt jetzt nicht mehr in der magischen Welt, ist vor ein paar Wochen ausgezogen. Ich habe nur alles überarbeitet, was zu abgenutzt aussah. Ehrlich gesagt, er war mein Vorbild für mein eigenes Haus."

Ich blieb vor Leo und dem Bett stehen und sah mich um. So war das also. Es beruhigte mich. Alles andere wäre einfach viel zu viel gewesen. „Und, gefällt es dir nun?" Leo richtete sich wieder auf und setzte sich auf die Bettkante.

„Ja, es ist … es ist wirklich was Besonderes."

„Ich wusste, dass es dir gefällt! Mir auch. Sobald Neve grünes Licht gibt, kannst du hier einziehen …"

„Aber …", wollte ich aufbegehren. Doch alle Worte in mir hatten sich irgendwo verkrümelt. Ich sah das blaue Haus vor mir mit den sonnengelben Wänden. Gleichzeitig behauptete etwas in mir, dass ich hierhergehörte. Dass hier mein neues Leben wartete, was zu mir passte. Ich, in diesem Haus und zusammen mit Leo. Eine seltsam reizvolle und gleichzeitig beunruhigende Phantasie.

„Ich habe etwas mitgebracht." Leo zog ein großes, schwarz eingebundenes Buch aus seiner lilafarbenen Stoffumhängetasche, die mir schon auf unserem Spaziergang hierher aufgefallen war. Er legte sich das Buch auf den Schoß und sah zu mir hoch. Ich wollte mich neben ihn setzen, aber blieb stehen. „Wir können es auch unten in der Küche anschauen", schlug er vor. Leo startete keinen Annäherungsversuch. Ich war erleichtert und gleichzeitig enttäuscht. Was war nur los mit mir?

Ich ignorierte seinen Vorschlag und setzte mich neben ihn. „Das Tagebuch von Jerome?“

Leo lächelte mich an und schlug das Buch auf. Ich hatte mit allem gerechnet, aber nicht mit einem Abend, wie er nun folgen würde.

## 39

Wir saßen auf dem runden, roten, weichen Podest, erst nebeneinander, dann liegend auf dem Bauch, in das Tagebuch vertieft, dann auf dem Rücken, redend und die kleinen roten Lichterkugeln beobachtend, als wären es Sterne, im Schneidersitz gegenüber und wild gestikulierend, als wären wir auf einer Insel und die Stunden verflossen um uns herum, als wären sie das Meer …

Jeromes Schrift war geschwungen, weit nach oben und unten ausladend, unregelmäßig und wild. Man sah die ganze Leidenschaft seiner Jugend darin. Er hatte Alexander und Clarissa vergöttert. Das war nicht zu übersehen. Er hatte ihre Reden mitgeschrieben, jedes Wort, was sie sagten. Er hatte unzählige Fotos von ihnen gesammelt, aus Zeitungen und wahrscheinlich selbst geknipst, verblichene Farben, mit einem schlechten Apparat.

Clarissa war eine wunderschöne Frau gewesen, mit topasbraunen Augen, langen dunkelblonden Locken und einem ebenmäßigen Gesicht. Alexander hatte ähnlich stechende grüne Augen wie Leo gehabt, breite Schultern und eine edle Statur. Allein ihr Äußeres musste die Menschen für sie eingenommen und genauso viele Feinde heraufbeschworen haben. Das Tagebuch endete abrupt mit einem Satz: Alexander und Clarissa sind tot.

Und dann noch einem Satz auf der nächsten Seite:

Aber sie werden wiederkommen, ich weiß es!

Die letzten Seiten waren gewellt, zerkritzelt mit schwarzem Stift, der teilweise zerflossen war. Vielleicht war es ein Getränk gewesen, vielleicht hatte Jerome geweint. Teilweise hatte er so aufgedrückt, dass die Seite durchlöchert war. Hin und wieder stand zwischen dem Gekrakel: Ich weiß es …

Hätte ich nicht gewusst, dass wir Jeromes Tagebuch in den Händen hielten, wäre ich sicher gewesen, die Aufzeichnungen eines Irren vor mir zu haben. Es war schwer, das Chaos der letzten Seiten mit Jerome zusammenzubringen. Leo erklärte mir, dass Jerome heute darüber lachte. Ich sagte Leo, dass er Augen wie Alexander hatte. Er sagte, dass es genauso gut auch meine Augen sein konnten. Ich vergaß immer, dass meine Augen inzwischen auch dieses unwirkliche Katzengrün angenommen hatten. Ich vermied es aus Gewohnheit, in den Spiegel zu schauen. Die Gedanken von Alexander und Clarissa und die von Jerome schienen sich im Tagebuch zu vermischen. Leo und ich stellten fest, dass wir zu den wichtigsten Punkten dieselbe Meinung hatten.

Nie wieder sollten Gedächtnisse und Fähigkeiten von Menschen gelöscht werden. Die magische Welt musste offiziell gemacht werden. Sie war die eigentliche Macht des Universums. Sie würde der Menschheit einen Quantensprung ohnegleichen ermöglichen. Keiner der Neuankömmlinge würde seine Familie und seine Freunde plötzlich nicht mehr sehen. Niemand bräuchte mehr lügen. Die Welten würden miteinander kommunizieren, die Bewohner und Studenten der magischen Akademien sich frei bewegen zwischen den Welten. Menschen mit besonderen Fähigkeiten würden bereits in dem Bewusstsein aufwachsen, etwas Besonderes zu sein. Niemand würde mehr in einer geschlossenen Anstalt landen, nur weil er nicht wusste, was mit ihm geschah.

All das klang so klar und logisch. Warum war es so schwer, das durchzusetzen? Warum waren Clarissa und Alexander gescheitert?

„Sie haben ein paar Fehler gemacht“, entschied Leo.

„Natürlich ist die Welt nicht vorbereitet auf eine Welt hinter der Welt. Es ist, wie Jerome es sagt: Zuerst muss man Menschen, einflussreiche Menschen, in die magische Welt holen, sie ihnen zeigen, sie beweisen, ihnen klarmachen, was für ein Potential sie hat und dann die magische Welt von innen heraus nach außen öffnen, dann, wenn die magische Welt die Mächtigen der realen Welt bereits auf ihrer Seite hat.“

Ich nickte andächtig. Ich spürte eine ganz neue Art von Achtung vor Leo. Nein, er war nicht nur ein zu gut aussehender Aufreißer. Leo war intelligent, klug und er besaß die Fähigkeit, sich leidenschaftlich in eine Sache zu vertiefen. Der Vergleich zu Tim drängte sich auf. Doch Tim war auf einmal blass, als ich in Leos funkelnde Augen schaute. Tim war nur ein gewöhnlicher Mensch.

„Aber wie soll man einflussreiche Menschen aus der realen Welt hinüberholen, wenn sie keine magischen Fähigkeiten besitzen?“ Ich dachte an die Gesetze der Durchgänge, die unumstößlich waren, solange der jetzige Rat regierte.

„Jerome hat mir gegenüber eine Andeutung gemacht. Es gibt eine Möglichkeit, aber sie ist geheim. Äußerst geheim“, behauptete Leo.

„Aber dir hat er davon erzählt?“, fragte ich etwas ungläubig. Ich saß Leo immer noch im Schneidersitz gegenüber. Ich spürte meine Beine kaum noch. „Mir hat er auch sein Tagebuch gegeben“, gab er zurück.

Das stimmte. Ich dachte an den Nachmittag im Wald, als Leo mich zurückließ und ein Gespräch mit Jerome begann, als wären sie Vater und Sohn. „Und warum solltest du es anschauen?“, fragte er weiter. Ich antwortete nicht. Die Frage war nur noch rhetorisch. Leo nahm meine Hände in seine und machte ein feierliches Gesicht.

„Ich glaube, dass er sie sieht … in uns …“ Ich sah Leo fragend an, während in mir etwas hochkroch, was mir den Atem nahm, weil ich langsam verstand. „Alexander und Clarissa“, half Leo nach. Im gleichen Moment war die Erkenntnis in meinem Bewusstsein angekommen. Ich riss mich los: „In uns, aber warum denn IN UNS?“ Er seufzte, stützte die Hände hinter seinem Rücken auf und lächelte gelassen: „Weil wir stark sind, stärker als die anderen, leidenschaftlicher, klüger, schöner, aber vor allem stärker. Du weißt das längst.“

„Ich bin nicht schön …“, korrigierte ich ihn, ohne nachzudenken. Im selben Moment war mir das extrem peinlich. Jetzt wusste Leo, was ich von mir selbst dachte, dass ich mich seiner nicht als würdig empfand. Er lachte laut heraus: „Dein Bewusstsein für dich selbst hinkt dir ganz schön hinterher! Aber das macht nichts. Du wirst schnell hineinwachsen in die viel zu großen Schuhe.“ Das klang ziemlich von oben herab. Blitzschnell zog ich einen meiner Schuhe aus, sprang auf und warf ihn ihm an den Kopf. „Da hast du einen!“

Leo rieb sich die Stirn und sah für einen Moment verdattert aus. Ich lachte und fühlte mich ein wenig besser. „Pass auf, was du machst. Du hast schließlich keine normalen Schulmädchen-Kräfte mehr“, lästerte er.

„Ja, ja … schon gut.“ Ich hatte gleich noch mal bewiesen, dass ich noch nicht angekommen war in meinen ‚viel zu großen Schuhen‘. Leo klappte das Tagebuch zu. „Wir müssen los.“

Ich sammelte meinen Schuh vom Boden auf. Garantiert war es inzwischen weit nach Mitternacht. „Oh je, das müssen wir. Hoffentlich hat Neve nicht schon den Rat alarmiert.“

Leo packte das Tagebuch in seine Tasche, stand auf und ging. Ich folgte ihm die Treppe hinunter. Ich schwankte. Mir war etwas schwindelig. Ich wusste nicht genau, warum. Alles stürmte auf mich ein. Alexander und Clarissa … Leo und ich … Das war doch verrückt. Gleichzeitig schien mein ganzer Körper vor Aufregung zu vibrieren. Vielleicht würde ich tatsächlich viel mehr vermögen, als ein paar Kindern in einem Dorf in Afrika helfen, die Welt in einem viel größeren Maßstab verbessern können. Etwas war in mir, was mich noch überforderte, aber es war da und es breitete sich aus. Wir standen vor der Haustür. Leo hatte die Kerzen ausgepustet und schloss das Haus ab. „Den Schlüssel bekommst du noch nicht. Den wird dir Sulannia überreichen, wenn es so weit ist.“

„Ich zeig dir was!“, antwortete ich in einem Anfall von Übermut. Ich schlang meinen Arm um Leos Hüfte. Er fühlte sich groß und stark an. Würde ich das schaffen? Ich drückte die Zweifel weg und konzentrierte mich. Ich war mir auf einmal sicher, dass ich fliegen konnte. Fliegen musste, um die Energie, die sich in mir aufgebaut hatte, umzusetzen. Es war stockdunkel. Niemand würde es merken. Ehe Leo irgendwas sagen konnte, hoben wir ab, schwangen uns über die Beerenbüsche und fegten über die Baumwipfel. Leo hielt sich an mir fest. Er wog ungefähr das Doppelte von mir. Aber hier in der Luft war er wie ein Blatt, das sich an einem Düsenjet verfangen hatte, so stark kam ich mir vor. Ich war so oft in Träumen geflogen. In meinen Träumen war es immer schwer gewesen, die richtige Höhe und Richtung zu halten. Hier dagegen war es spielend einfach, als hätte ich schon immer Flügel gehabt. Leo umschlang mich und brachte kein Wort heraus, weil die Luftströmung ihm den Atem nahm. Unter uns lag die magische Welt im Dunkeln. Irgendwann würde sie uns zu Füßen liegen. In dem Moment konnte ich mir alles vorstellen und fühlte mich glücklich.

Wir landeten vor Leos Haus. Er sah zerzaust aus und brauchte eine Weile, bis er wieder festen Halt auf seinen Beinen hatte.

„Wind …“, brachte er hervor und schnappte nach Luft. „Das ist unmöglich nur eine Affinität zu Wind … das ist …“

„… unser Geheimnis“, vollendete ich den Satz. Ich hatte ihn, entgegen meinen Vorsätzen, nun noch mehr ins Vertrauen gezogen. Es war aus einem Impuls heraus geschehen. Weil ich ihn beeindrucken wollte, ihm beweisen wollte, dass ich in Wirklichkeit vor Selbstbewusstsein strotzte und kein Schuh der Welt mir zu groß sein würde.

„Aber warum auch vor Jerome …?“, wollte er wissen.

„Ich weiß nicht. Erst mal. Man sollte nie alle Trümpfe ausspielen. Er ist im Rat. Sagen wir, zu seinem Schutz.“

In Leo arbeitete es. „Vielleicht hast du recht“, flüsterte er. Wir standen uns gegenüber. Leo hatte sich den ganzen Abend zurückgehalten, als wäre das Große, was in uns steckte, zu schade für eine Liebelei. Mein Kopf fand das genau richtig. Doch etwas tief in meinem Innern wollte ihn haben, mit Haut und Haar. Irgendetwas Dunkles und Feuriges hatte Verschmelzungswünsche. Ich war stark und auf einmal sicher, dass der große und schöne Leo nur schüchtern war. Ich packte seine Schultern, zog ihn an mich, legte meine Arme um seinen Hals und drückte ihn an die Hauswand. Mir fiel ein, dass wir genau in der Sichtachse von Neves Fenster standen, aber es war mir egal. Leo schloss seine Arme um mich. Wir küssten uns leidenschaftlich, als wären wir süchtig nacheinander. Es gab keinen Zweifel. Dennoch, ich wollte die Führung behalten. Ruckartig löste ich mich von ihm und nahm meine Hände von seinen Schultern, schob ihn ein wenig von mir wie einen Gegenstand, den man zurück an seinen Platz stellt. „Gute Nacht, Leo.“ Er stand mit offenen Armen da und sah hinreißend aus.

„Bis morgen …“, seufzte er. Ich drehte mich um und lief hoch zu Neves Haus. „Kira …“ Mehr hörte ich nicht mehr von ihm. Ich war die Verführerin. Falls Leo bisher keinen Respekt vor mir gehabt hatte, was vielleicht nicht stimmte, dann hatte er jetzt welchen. Auf einmal war ich mir sicher: Ich konnte alles schaffen. Und ich gestand mir ein, dass ich verrückt nach Leo war. Bei der nächsten Gelegenheit würde ich eine wilde Nacht mit ihm verbringen. Eine Nacht, so richtig und mit allem Drum und Dran. So, wie er noch keine erlebt hatte.

Ich schlich in Neves Haus und rechnete hinter jeder Ecke mit ihr. Bestimmt hatte sie schon eine Predigt vorbereitet, warum ich erst kurz vor der Morgendämmerung nach Hause kam. Hoffentlich hatte sie mich nicht mit Leo gesehen. Ein bisschen peinlich war es mir jetzt doch. Gleichzeitig war sie mir noch eine Antwort darauf schuldig, warum sie Leo gestern Abend wieder weggeschickt hatte.

Aber von Neve keine Spur. Ich spähte die Wendeltreppe hinauf in den zweiten Stock. Kein Licht in ihrem Zimmer. Vielleicht meditierte sie. Oder war sie unterwegs? Das konnte auch sein. Sie wusste, dass ich an den Häusern arbeitete, und machte sich zur Abwechslung wohl mal keine übermäßigen Sorgen.

Ich zog mir mein Schlafshirt über und legte mich in mein Bett. In meinem Kopf drehte sich alles. Ich war todmüde, seelisch, geistig, körperlich. Mein Buch, das ich heute früh wieder aufs Bett gelegt hatte, fiel herunter, als ich die Decke unter mein Kinn zog. Ich beugte mich zur Seite und hob es auf. Es blinkte schon wieder. War es kaputt? Ich schlug es auf. Es hörte auf zu blinken. Ich klappte es zu. Es blinkte wieder. Ich schlug es noch einmal auf. Die Suchmaske auf der rechten Seite erschien. In der Zeile für die Zitatsuche stand bereits etwas:

komm zu pio! atropa

Im selben Moment war ich wieder hellwach. Augenscheinlich versuchte Atropa seit gestern, Kontakt zu mir aufzunehmen. Ich suchte den dunklen Raum ab. War da ein milchiger, nebelartiger Schwaden vor dem Fenster? Oder war das meine immense Müdigkeit? „Atropa?“, rief ich ängstlich und starrte in die Zimmerecke, in die der neblige Schwaden verschwand. Mit zittrigen Händen löschte ich den Text in der Zeile und schrieb: Okay.

Das Buch hörte auf zu blinken. Ich war noch nicht sicher, ob ich wirklich zu Pio gehen wollte, um mit Atropa zu chatten. Ich schrieb es nur, weil ich Angst hatte. Mit aufgerissenen Augen saß ich im Bett. In meinem Zimmer war alles still und friedlich. Keine Nebelschwaden mehr. Vielleicht fanden sie doch nur vor meinen übermüdeten Augen statt, die den ganzen Tag auf eine Farbe gestarrt hatten.

Und wenn es doch Atropa war? Mit Atropa chatten, völlig in Ordnung. Aber meine Chatfreundin und der Geist, das waren irgendwie zwei verschiedene Dinge. Sie sollte nicht als paranormale Erscheinung durch die Dunkelheit meines Zimmers qualmen. Das musste ich ihr noch mal klarmachen. Ich fiel in die Kissen und meine tiefe Müdigkeit nahm es mir zum Glück ab, weiter über diese Probleme nachzugrübeln.

# Teil III

# 40

Ein Knall weckte mich. Dann ein grelles Licht. Die Sonne strahlte genau in mein Gesicht, weil ich die Vorhänge nicht zugezogen hatte. Neve stand vor meinem Bett und entschuldigte sich dafür, dass sie meine Tür gegen die Wand gehauen hatte. Ihr war die Klinke aus der Hand gerutscht. Sie wirkte aufgeregt. Ihre Stimme klang atemlos.

„Du hast verpennt. Es ist schon zehn vorbei. Aber ist nicht so schlimm. Heute fallen vormittags erst mal alle Seminare aus oder werden verschoben. Ihr sollt aber trotzdem in die Akademie kommen …"

„Was ist denn passiert?" Ich blinzelte sie an und versuchte, wach zu werden.

„Ein ganz normaler Mensch ist in die magische Welt eingedrungen. Und er ist lebendig."

„Was?" Ich dachte sofort an die Möglichkeit, Leute ohne magische Begabungen einzuschleusen, von der Leo gesprochen hatte. Hatte es was damit zu tun? Aber so schnell? Ich versuchte mich aufzurichten, aber meine Arme knickten weg. Ich landete wieder auf dem Rücken.

„Er ist durch den magischen See gekommen. Kim hat ihn heute Nacht gefunden. Er hat überhaupt keine Fähigkeiten, keine Symptome, nichts. Aber er lebt. Es geht ihm gut. Der Rat ist deswegen ziemlich in Aufruhr."

„Durch den See?" Es gelang mir, mich hinzusetzen.

„Ja, aber kein bisschen Affinität zu Wasser oder sonst irgendeinem Element. Man vermutet, es hat mit der Seuche zu tun, die unter den Undinen grassiert. Viele sind krank. Gestern gab es den ersten Todesfall. Wahrscheinlich bewachen sie deshalb den Durchgang nicht mehr richtig."

„Ach so …", entfuhr es mir und bezog sich auf den Gedanken, dass es dann wohl nichts mit der hochgeheimen Möglichkeit, in die magische Welt zu gelangen, zu tun hatte.

Neve sah mich verständnislos an.

„Wieso, ach so … Was hast du denn erwartet?"

„Äh, gar nichts. Ich bin nur durcheinander. Ich … kann noch nicht denken. Ich bin einfach völlig zerschlagen von der Arbeit am Wochenende." Ich rieb mir die Augen und machte ein entschuldigendes Gesicht. Neve glaubte mir.

„Na, dann kommt dir ein Schontag bestimmt ganz recht. Ab mittags gibt es aber wahrscheinlich wieder Seminare – wenn der Rat durch ist mit der Beratung. Geh am besten erst mal ins Café." Neve verschwand. Ich quälte mich aus dem Bett. Ich fühlte mich verkatert, als wäre ich die ganze Nacht auf einer Party gewesen. So ähnlich war es ja auch. Ich dachte an den leidenschaftlichen Kuss mit Leo und bekam den üblichen Stich in der Herzgegend.

Ich schlich unter die Dusche. Danach ging es mir besser. Das neue Selbstbewusstsein war noch da. Ich sah in den Spiegel, diesmal vorsätzlich und lange. Ich sah ungeschminkt aus wie ein sorgfältig geschminktes Model von Chanel 5. Das war doch was! Ich stellte mir vor, wie ich in die Welt zurückkehrte, meine Mutter schockierte, weil ich ein Model von Weltrang wurde und jedes Jahr mit einem anderen Star zusammen war. Nebenher würde ich Superheldinnen in Filmen spielen. Die Filmindustrie, na klar, da gab es für jemanden wie mich unbegrenzte Möglichkeiten!

Ich war gut drauf. Mein neues Gefühl von Stärke zeigte sich nicht nur im Dunkeln. Ich zog ein ärmelloses schwarzes Shirt an und eine dunkelrote Shorts. Dazu schwarze Flipflops. Es musste wunderbar sein, das ganze Jahr über in Flipflops herumlaufen zu können. Ich band mir die Haare mit einem knallgrünen Gummi zu einem Zopf zusammen und sah noch einmal in den Spiegel. Bei dem Gedanken an Delia fiel mir auf, wie wenig mir meine Eltern in den Sinn kamen. War es erschreckend, dass ich sie so leicht entbehren konnte? Oder war es bei all den neuen Eindrücken normal? Ich stand vor dem Spiegel und sah mein Spiegelbild mit den Schultern zucken. Die Murmel aus dem See glitzerte auf dem Schreibtisch. Ich steckte sie in meine Tasche. Vielleicht würde ich zu Pio gehen. Irgendwie befürchtete ich, dass Atropa mich mit ihren Ansichten durcheinanderbrachte. Andererseits, ich war neugierig, was sie von mir wollte.

Das Akademie-Café war zum Bersten voll. Zum ersten Mal sah ich alle Studenten auf einmal. Fünfzig bis siebzig Stimmen fielen in der Luft übereinander her. Es duftete nach Kaffee und leckerem Essen.

Ich entdeckte Leo an einem Tisch in der hintersten Ecke mit Kay und noch zwei Jungs. Sie waren in ein Gespräch vertieft. Gleichzeitig zog mich Fabian am Arm. Er saß genau vor mir, an einem Tisch mit Cynthia, Marie, Jonas und Dave. „Hi Kira!"

„Hi." Ich setzte mich zu ihnen. Fabian goss mir einen Kaffee ein. Es war eine ganze Kanne da, dazu an jedem Platz ein Teller und Besteck.

„Else bringt alles an die Tische. Sie kann den ganzen Trubel in der Küche nicht gebrauchen."

Cynthia erzählte gerade, dass es sich um einen Typen mit Taucherausrüstung handelte, den Kim am Ufer des Sees gefunden hatte. Wahrscheinlich wieder einer von den Berliner Wasserbetrieben, der im unterirdischen See vom Humboldthain getaucht war. Das war schon mal vor ein paar Jahren passiert, allerdings war dieser dabei ums Leben gekommen. Ich ärgerte mich, dass ich wegen der Taucherausrüstung sofort an Tim denken musste, und kippte die ganze Tasse viel zu heißen Kaffee hinunter, als könnte ich den Gedanken damit wegspülen. Blödsinn natürlich. Luisa würde ihn von solchen Unternehmungen schon abhalten.

„Nichts Magisches. Unglaublich, dass er noch lebt", überlegte Marie.

„Kann doch eigentlich nicht sein. Bestimmt gibt es eine vernünftige Erklärung", brummte Dave mit seinem tiefen Bass und schüttelte seine blonden Korkenzieherlocken. Ich starrte auf seine Hände, die er aneinanderrieb. Es hätten die Hände eines Riesen sein können.

„Was werden sie mit ihm machen?", wollte Fabian wissen.

„Wahrscheinlich Gedächtnis löschen und dann zurück", bemerkte Jonas mit der Nickelbrille, den alle Professorchen nannten.

„Das ist doch Mist mit dem Gedächtnis löschen!", platzte es aus mir heraus.

Alle Blicke richteten sich verwundert auf mich.

„Naja, ich mein ja nur. Der Typ kann nichts dafür. Und man löscht ihm das Gedächtnis, damit niemand was von uns erfährt. Das ist doch irgendwie … elitär."

„Elitär? Das ist Sicherheit. Stell dir vor, die Menschheit bekäme Wind von der magischen Welt. Die würden sie kaputtmachen, missbrauchen, was weiß ich …", ereiferte sich Marie.

Ich bereute es, mit dem Thema angefangen zu haben. Ich wollte keine Diskussion darüber. Jetzt noch nicht. Man musste es schlau anstellen. Das war oberstes Gebot. Und dieser Kreis hier hatte sich augenscheinlich noch kein bisschen Gedanken gemacht.

„Fabian, kannst du mir noch etwas Kaffee geben?" Ich hielt ihm meine Tasse hin und hoffte, das Gespräch mit dieser Unterbrechung in andere Bahnen zu lenken. „Klar doch." Fabian lächelte mich auf eine Art an, die mir den Verdacht eingab, er könnte auf mich stehen. Jetzt, wo ich so gut aussah, musste ich wohl aufpassen mit meiner Freundlichkeit.

„Wo haben sie ihn eigentlich hingebracht?", fragte Marie.

Cynthia zuckte mit den Schultern. „Wahrscheinlich in den Grünen Raum, da ist er erst mal sicher und kann nichts anstellen“, erklärte Jonas.

„Oh Gott, möchte ja nicht in seiner Haut stecken.“ Marie verzog ängstlich das Gesicht.

„Ach, bald hat er alles vergessen“, erinnerte Fabian. „Viel bedenklicher finde ich das mit dem magischen See. Stellt euch mal vor, wenn die Durchgänge nicht mehr dicht sind. Und überhaupt, diese seltsame Krankheit, die sich unter den Undinen ausbreitet. Wenn das überschwappt, aufs Land … dann kann es uns alle erwischen.“ Fabian sah jeden Einzelnen in der Runde an. Marie zuckte ängstlich mit den Augenlidern.

„Hoffentlich klärt sich das bald.“ Ihre Stimme klang ein wenig piepsig. Ich hörte mir alles an. Ich wollte natürlich auch die Hintergründe erfahren, aber die Diskussion mit lauter Nichtswissern kam mir so unfruchtbar vor. Ich musste mit Jerome reden, aber er saß im Rat.

„Was ist der Grüne Raum?“, fragte ich Cynthia. „So was Ähnliches wie der Lieblingsort, den sich jeder im Wald selbst schaffen kann und den er auch nur alleine aufsuchen kann. Es sei denn, er nimmt jemanden mit. Nur im Falle des Grünen Raumes kennen ausschließlich die Mitglieder des Rates den Weg. Wer von ihnen hingebracht wird, muss dort bleiben, bis er wieder abgeholt wird. Er kann nicht allein zurück.“

„Das magische Gefängnis sozusagen“, ergänzte Jonas.

„Und, wie sieht es da aus?“, fragte ich weiter.

„Keine Ahnung.“ Cynthia zuckte mit den Schultern. Jonas zuckte ebenfalls mit den Schultern. Eine Weile kauten alle auf ihren Eierbrötchen herum, die Else uns hingestellt hatte. Als ich fertig war, stand ich auf.

„Wo gehst du hin?“, fragte mich Fabian, als fügte ich ihm Schmerz damit zu, dass ich die Runde verlassen wollte.

„Frische Luft. Ich brauch frische Luft.“

„Und ich möchte ein bisschen allein sein", gab ich schnell hinterher, als ich an seinem Gesichtsausdruck und seiner Körperhaltung sah, dass er drauf und dran war vorzuschlagen, mit an die frische Luft zu kommen.

Die Atmosphäre in der Akademie war unruhig. Überall hörte man das Geplapper von Studenten. Ich sah auch ältere Leute, die bestimmt draußen lebten, aber wegen des Vorfalls gekommen waren. Gut, dass Pio autistisch war. So konnte ich mich mit ziemlicher Sicherheit darauf verlassen, dass er trotz der Aufregung zu Hause blieb und seine Zeitpläne einhielt. Ich klopfte und hoffte, ihn allein anzutreffen. Ich hörte das Schlurfen von Pios Filzhausschuhen. Er öffnete mir und machte seine übliche leichte Verbeugung.

„Guten Tag, Sie wünschen, meine Dame?"

„Hallo Pio. Ich wollte dich fragen, ob ich ein bisschen tippen kann."

„Wie viel ist ein bisschen?"

„Äh … ich …" Pio brachte mich mit der Frage aus dem Konzept. Dann fiel mir ein, dass er immer sehr klare Ansagen brauchte. Ich spähte über seinen Rücken. Immerhin war niemand da.

„Fünfzehn Minuten." Ich zog die Murmel aus der Tasche.

„Ich habe dir ein Geschenk …"

Pio griff gierig nach der Murmel. Sein Verhalten stand ziemlich im Gegensatz zu seinen auswendig gelernten vornehmen Sätzen. Er rollte die Murmel von einer Hand in die andere. Seine Augen strahlten, als hätte er einen besonders wertvollen Schatz erhalten.

„Kommen Sie herein. Ich bringe Ihnen einen Orangensaft. Sie können tippen. Fünfzehn Minuten. Sehr angenehm."

Ich war erleichtert. Es war also nicht schwer, an den Computer von Pio zu gelangen. Ich setzte mich hin und rief das

E-Mail-Programm auf. Pio stellte mir den obligatorischen O-Saft hin. Dann hockte er sich an seinen Schreibtisch und rollte die Murmel. Eigentlich hatte ich ihn noch nie richtig arbeiten sehen, nur mal einige Blätter sortieren und ansonsten immer Murmeln rollen. Vielleicht schrieb er nur, wenn niemand in der Nähe war. Ich schaute wieder auf den Monitor. Schon war eine Nachricht von Atropa da.

**Atropa:** na endlich! warum bist du solange nicht gekommen?
**Kira:** ich weiß nicht … ich hatte viel zu tun
**Atropa:** tolle ausrede :) aber, versteh schon … seit du weißt, dass ich ein geist bin …
**Kira:** warst du gestern in meinem zimmer?
**Atropa:** du hast mich bemerkt?!
**Kira:** ich habe einen weißen schleier vor dem fenster gesehen, der in der zimmerecke verschwunden ist
**Atropa:** wow, du siehst mich! du siehst mich tatsächlich! das wird vieles einfacher machen
**Kira:** einfacher? ich hab mich gegruselt. warst du auch in dem haus, das ich blau gestrichen habe? abends?
**Atropa:** da hast du mich auch schon gesehen??? du glaubst nicht, wie mich das freut!
**Kira:** das war einfach nur UNHEIMLICH!!
**Atropa:** naja, jetzt weißt du ja, dass ich es bin. wenn ich da bin, brauchst du dich nicht zu gruseln. wirklich nicht! klar?!
**Kira:** kannst du denn keine richtige gestalt haben und nicht nur so'n nebelschwaden sein?
**Atropa:** habe ich! und wie es scheint, wirst du mich bald richtig wahrnehmen können. weißt du, wie großartig das ist?! es ist eine äther-fähigkeit. du musst das unbedingt für dich behalten

Ich spürte ein beunruhigendes Kribbeln im ganzen Körper. Jetzt auch noch Äther. Das konnte doch alles nicht sein.

**Kira:** äther-fähigkeit??? ich will eigentlich nicht noch mehr von dem zeug. langsam ist es wie ein fluch
**Atropa:** besondere fähigkeiten können immer beides sein: eine gabe oder ein fluch. es liegt an dir. du hättest vor leo nicht mit deinen wind-talenten angeben sollen!
**Kira:** du warst die ganze zeit bei uns???
**Atropa:** keine sorge, ich schau euch nicht beim knutschen zu
**Kira:** na, dann bin ich ja beruhigt

In Wirklichkeit war ich alles andere als beruhigt. In mir kroch eine ziemliche Wut darüber hoch, dass die ganze Zeit ein Geist in meiner Nähe war, mir Angst machte und alles, was ich redete und tat, kommentierte und in die Waagschale warf.

**Atropa:** ich bin allerdings sehr beunruhigt. kira, hör mir jetzt genau zu! das tagebuch von jerome und alle seine inhalte. lass die finger davon, bitte! das ist alles sehr gefährlich! besonders für dich. mach deine ausbildung zu ende. und dann geh in die welt und setze deine besonderen gaben für die menschen ein. aber versuch die menschheit nicht damit zu revolutionieren!

Alles rebellierte jetzt in mir. Mir reichten Atropas gute Ratschläge und ich schlug auf die Tasten ein, sodass Pio aufhörte, seine Murmel zu murmeln und zu mir hinübersah. Aber mir war das in dem Moment egal.

**Kira:** mir reicht es! ich habe keine lust, dass mich dauernd ein geist beobachtet, der mir angst einjagt, jedes wort von mir belauscht und zu jeder handlung irgendein kommentar

abgibt. das ist schlimmer als der radikalste überwachungsstaat! tut mir leid, atropa. aber: ICH WILL, DASS DU DAMIT AUFHÖRST! SOFORT!
**Atropa:** sorry, kira. ich verstehe dich absolut. WIRKLICH, ich bin nicht bei dir, wenn du mit leo … ich bin nicht DAUERND bei dir. ehrlich nicht! dass ihr gerade das tagebuch gelesen habt, als ich nach dir sehen wollte, war zufall! du musst mir glauben!
… aber gerade du musst die finger davon lassen

Ich wollte zurückschreiben, dass Atropa sich aus meinen Angelegenheiten raushalten sollte, aber meine Tastatur gehorchte nicht, wenn Atropa entschlossen war, dazwischenzuschreiben.

**Atropa:** eins ist jetzt klar, jerome und vielleicht auch leo sind gefährliche leute. sei weiter freundlich zu ihnen. lass dir nichts anmerken. aber lass dich nicht in ihr gedankengut hineinziehen. es ist nicht gut, was sie wollen

Atropa hörte auf zu schreiben.

**Kira:** du hast mich nicht verstanden! ich will, dass du dich nicht mehr in meine angelegenheiten einmischst!!! wir können uns schreiben, so wie früher. aber OHNE, dass du mir nachspionierst! wenn du mir dafür nicht dein wort gibst, gehe ich zum rat!

Ich wartete, aber Atropa antwortete nichts. Wahrscheinlich war sie verletzt. Aber es ging nicht anders, ich musste so deutlich werden, ganz abgesehen davon, dass ich fand, sie lag falsch mit ihrer Einschätzung.

**Kira:** außerdem, leo und jerome als ‚gefährliche leute' einzustufen, das ist doch blödsinn. wirklich nicht gut ist die geheimnistuerei, dass man von seiner familie und von seinen freunden abgeschnitten wird, dass gedächtnisse gelöscht werden, dass …

Atropa antwortete wieder und hinderte mich damit am Weiterschreiben.

**Atropa:** ich weiß, ich weiß … aber das sind kleine dinge. das sind die punkte, mit denen jerome euch lockt. in wahrheit hat er anderes vor. jerome will herrschen, über die reale welt, mithilfe der magischen welt und besonders mit jemandem, der solche kräfte hat wie du, der vielleicht einmal die elemente beherrscht, alle. denkst du, das geht friedlich ab? er wird die menschen auslöschen, wo sie ihm nicht passen, und am schluss die ganze welt zerstören

Atropas Worte erzeugten eine Gänsehaut am ganzen Körper. Ich wusste nicht genau, warum. Weil sie mir eine unglaubliche Macht prophezeite, weil sie mich durcheinanderbrachte, weil sie recht hatte oder weil das alles total paranoid klang?

**Kira:** ich glaube du übertreibst, maßlos, in allem!
**Atropa:** okay, kira … ich bitte dich einfach nur um eins: erhalte ein gesundes misstrauen und einen wachen verstand. und komm zu mir, wenn du fragen hast
**Kira:** erst versprich du mir, dass du mir nicht mehr nachschleichst und dich aus meinen angelegenheiten raushältst
**Atropa:** lieber wäre mir, dass du mir vertraust, so viele informationen sammelst, wie möglich, aber selbst nur so viel preisgibst, wie unbedingt nötig

Das war genau das, was ich bereits für mich selber beschlossen hatte. Atropa schrieb weiter:

**Atropa:** ich verspreche dir, dass ich mich bemerkbar mache, wenn ich bei dir bin, damit du bescheid weißt. das ist jetzt möglich, weil du mich wahrnimmst. mehr kann ich dir nicht versprechen

Sollte ich mich damit zufriedengeben?

**Kira:** ich weiß nicht. ich weiß einfach nicht. warum darf ich mit niemandem über dich reden? was hast du zu verbergen? DAS kann doch nichts GUTES bedeuten

Atropa reagierte nicht direkt darauf. Stattdessen schrieb sie dazwischen:

**Atropa:** der mensch, der in die magische welt eingedrungen ist. es ist tim. und glaube mir, jerome wird es dir nicht sagen. bedenke das, wenn du deine schlüsse ziehst! und sei um gottes willen VORSICHTIG!!!

T-i-m? Ich starrte auf die drei Buchstaben und war für Bruchteile von Sekunden unfähig, mich zu rühren. Ehe ich antworten konnte, vernahm ich die schnarrende Stimme von Pio hinter mir: „Meine Dame, die fünfzehn Minuten sind um. Die Uhr sagt es. Es hat seine Richtigkeit.“ Ich löschte hastig den Thread und sah Pio an. Hatte er was gesehen? Augenscheinlich nicht. Er starrte auf seine Zehenspitzen, so wie er es meistens tat. „Danke, Pio“, sagte ich und beeilte mich, aus seinem Zimmer zu kommen.

Mir war schwindlig und schlecht. Ich lehnte mich draußen gegen die Wand. Tim war hier!! Wenn das stimmte … Stimmte es? Ich musste es sofort rausfinden. Bloß wie? In meinem Kopf tobte ein Sturm. Wie sollte ich da klar denken? Ich musste vorsichtig sein. Vorsichtig, ruhig, bedacht. Ich brauchte sofort frische Luft. Ich rannte in den Wald. Ich fand die Abzweigung zu meinem Dom. Ich stolperte den geheimen Pfad dahin entlang und flüchtete vor der viel zu warmen Sonne nach drinnen. Ich sank mit Schweiß auf der Stirn auf eine der hinteren Bänke. Ich glaubte Atropa. Warum sollte sie mich anlügen? Der Grüne Raum. Wo war er? Wie kam ich hin? Wenn mir jemand helfen konnte, dann Jerome. Er gehörte dem Rat an. Er kannte den Weg. Aber er würde mir nicht verraten, ob es sich tatsächlich um Tim handelte. Das stimmte wahrscheinlich. Schließlich wollte er, dass ich mit Leo zusammen war, für seine Revolution von innen. Ich bemerkte, wie ich Atropas Perspektive ausprobierte, die ich vor Minuten noch als paranoid abgestempelt hatte. Ruhig werden, einen klaren Kopf behalten. Heute Abend war ich mit Ranja verabredet. Vielleicht konnte ich über sie etwas herausfinden. Viele Informationen sammeln und wenig preisgeben. Ich brauchte einen Plan.

## 41

Jerome wirkte abwesend, als er mit mir am Nachmittag ein paar Konzentrationsübungen machte. Ich wartete, dass Jerome auf das Thema des Tages zu sprechen kam. Aber nichts geschah. Also, musste ich nachfragen.

„Wird man sein Gedächtnis löschen?“, fragte ich so beiläufig wie möglich, während ich einen von Jerome aufgebrachten Erdhügel mit vielen flunkernden gelben Augen beruhigte. Jerome hielt mit seinen Kräften gegen meine: „Wessen Gedächtnis?“ Er sah mich nicht an, sondern konzentrierte sich auf den Erdhügel. Jetzt tat er wirklich verdächtig dumm.

„Na das von dem Eindringling. Man erzählt sich, es wäre jemand in Taucherausrüstung von den Stadtwerken gewesen."

„Ja, so ist es. Ein Externer, der seinen Job an der falschen Stelle gemacht hat. Aber alles halb so wild. Er wird das vergessen, zurück und das war's."

„Das heißt, du setzt dich nicht für ihn ein?" Ich vergaß für einen Moment, mich zu konzentrieren und bekam eine Ladung Sand ins Gesicht gefeuert.

„Du musst dich konzentrieren!" Jerome reagierte aggressiver, als es der Situation angemessen war.

„Sorry."

Eine Weile sagten wir nichts und versuchten, unsere Kräfte gegenseitig in Schach zu halten. Dann kam Jerome noch mal auf das Thema zurück: „Bei einem Einzelnen lohnt es sich nicht, sich gegen den Rat zu stellen. Das macht ihn nur misstrauisch. Man muss warten, bis die richtige Stunde geschlagen hat."

Das interessierte mich alles nicht. Es war bereits klar, dass Jerome mir nicht verriet, wer der Neuankömmling war. Es sei denn, es handelte sich doch nicht um Tim. Einen Versuch musste ich noch starten:

„Hast du mit ihm gesprochen? Bestimmt ist er völlig verwirrt."

Jerome ging darauf nicht direkt ein.

„Die Undinen bringen ihn zurück. Er wird in der Höhle am Rand des Sees aufwachen, glauben, dass er Glück gehabt hat und nicht ertrunken ist und sich an nichts erinnern. Alles nicht der Rede wert."

Jerome spielte die Sache zu sehr herunter. Ich wusste nicht, wie ich weiterbohren sollte, ohne dass es auffällig wirkte. Meine Konzentration ließ nach. Der Erdhügel zerstob in alle Richtungen.

„Okay, Pause“, entschied Jerome, stand auf und reichte mir eine Büchse Cola mit Strohhalm aus seinem Rucksack. Wir setzten uns an die Böschung.

„Und du bist jetzt mit Leo zusammen?“, fragte Jerome mich und trank den letzten Schluck aus seiner Cola. Die Frage kam überraschend direkt. Ich spürte, wie ich rot wurde. Vor allem war ich verwirrt. Jerome hatte mich durch seine ausweichenden Antworten darin bestärkt, dass es sich bei dem Eindringling um Tim handelte. Ja, ich war eigentlich mit Leo zusammen. Aber jetzt war Tim hier. Das änderte alles. Ich brachte kein klares Ja über die Lippen. Es ging einfach nicht.

„Wir haben das Tagebuch angesehen“, antwortete ich.

„So, habt ihr?!“

„Wir haben darüber diskutiert.“

„Das ist sehr gut.“

Jerome sah mich erwartungsvoll an. Ich suchte nach Worten.

„Gedächtnisse dürfen nicht mehr gelöscht werden. Darin sind wir uns einig.“ Ich zog an meinem Strohhalm und schwieg. Jerome wirkte ein bisschen enttäuscht, dass ich nicht mehr zu sagen hatte. Aber Atropa und die Ankunft von Tim hatten alles wieder neu in mir gemischt. Um Jerome abzulenken, ließ ich einen circa drei Kilo schweren Stein vor uns schweben, aber bei einem halben Meter Höhe krachte er plötzlich runter und rollte gegen Jeromes Knöchel. Er verzog leicht das Gesicht.

„Oh, das tut mir leid, ich bin so müde heute. Die Nacht war lang. Ich kann mich nicht besonders gut konzentrieren.“

Ich versuchte ein verschämtes Lächeln. Es half. Jerome schien ‚die lange Nacht‘ irgendwie zu beruhigen. Es war augenscheinlich, dass Leo und ich seinen absoluten Segen hatten. Er beendete unsere Übungsstunde früher als sonst und ich war froh. Ich konnte es kaum erwarten, zu Ranja zu kommen.

Nervös lief ich vor Ranjas Haus auf und ab. Ich war bereits eine halbe Stunde früher da als verabredet. Ranja war noch nicht da. Vielleicht sprach sie gerade mit Tim. Die Vorstellung hatte etwas Beunruhigendes und Tröstliches zugleich. Ranjas Hütte bestand aus massivem Felsstein und wirkte rundum mittelalterlich. Die schwere Holztür war knallrot wie das Dach und die Fensterläden waren tannengrün gestrichen. In den holzverstrebten Fenstern hingen Kräuter, wie es sich für eine klassische Hexe gehörte. Ein fauchendes Geräusch riss mich aus der Betrachtung der Fassade. Vor mir stob eine Wolke aus Qualm und kleinen Flammen heran und schon stand Ranja auf dem Fußabtreter und klopfte sich ein bisschen Ruß von den Kleidern. An der magischen Akademie galt für Studenten wie für Lehrer die Regel eines normal menschlichen Verhaltens, damit kein Chaos entstand. Besondere Fähigkeiten durften im alltäglichen Umgang miteinander nicht eingesetzt werden. Schließlich war man hier, um zu lernen, wie man seine Fähigkeiten in der realen Welt gut verbarg. Man war nicht drauf vorbereitet, wenn ein Lehrer oder Dauerbewohner der magischen Welt seine Fähigkeiten dann doch mal einsetzte.

„Sorry, Kira. Ich musste mich beeilen. Sonst hättest du noch eine Stunde vor der Tür gestanden."

Sie schloss die rote Tür mit einem riesigen Schlüssel auf.

„Komm rein."

Ein Kamin, ein großer schwarzer Topf über der Feuerstelle, dicke Holzscheite und eine Bank aus Stein unter dem Fenster. Von innen ließ das Haus ebenfalls keine Hexenwünsche offen.

„Ja, ja, ich bin altmodisch. Aber ich kann einfach nichts anfangen mit dem modernen Komfort. Er hat keinen Sinn für das Wesentliche. Er kommt nicht auf den Punkt."

Sie pustete einmal in die Feuerstelle und schon loderten Flammen hoch. Die Flammen waren blau und brachten das

Wasser im Nu zum Kochen. Mit ein paar Superkräften war es natürlich auch einfacher und bequemer als im Mittelalter.

Ranja pflückte einige Kräuter von den Bändern, die kreuz und quer unter der Decke hingen, und krümelte sie in zwei kugelige Tassen.

Dann schaufelte sie mit einer großen Kelle heißes Wasser aus dem Kessel in die Tassen. Sie reichte mir eine.

„Das ist Lügentee. Lügen ist danach nicht mehr möglich. Trink."

Sie schob mich auf die steinerne Bank und setzte sich neben mich.

Ich beäugte skeptisch den Inhalt der Tasse. Ranja beobachtete mich neugierig.

„Na? Bedenken? Wenn man nichts zu verbergen hat, macht der Tee glasklare Gedanken."

„Ich habe nichts zu verbergen", sagte ich schnell und nahm ein paar Schlucke. Die dunkelgrüne Brühe schmeckte unerwartet süß. Ranja räusperte sich: „Okay, ich bin keine Frau der vielen Worte. Ich will eins wissen, und zwar ehrlich: War das Leo mit dem Brand am Strand oder warst du das?"

Ich nippte an meiner Tasse und konzentrierte mich darauf, völlig gelassen zu wirken. Ich würde nichts preisgeben, nichts, auch nicht mit Lügentee.

„Wir hatten uns gestritten. Ich habe Geröll nach ihm geworfen und er hat Lava draus gemacht. Ich weiß, dass wir das nicht dürfen."

Ich guckte reumütig hinter meinem Teepott hervor. Ich war ruhig, so ruhig, dass ich selbst an meine Unschuld glaubte. Ranja beobachtete mich genau. Ich hielt ihrem Blick stand. Sie seufzte.

„Ich werde dich im Auge behalten, Kira. Ich bin mir sicher, dass Jerome mir nicht sagen wird, wenn du Affinitäten zu anderen Elementen zeigen solltest. Aber DU musst es mir sagen.

Ich habe dich nicht hergeholt, um dich zu verhören. Und natürlich ist das kein Lügentee."

Ich konnte mir ein erleichtertes Lächeln nicht verkneifen. Ich nahm noch einige Schlucke, weil ich nicht wusste, was ich sagen sollte. Ranja fuhr fort: „Du sollst wissen, ich bin grundsätzlich gegen die Löschung von Fähigkeiten. Mir selbst hat meine Affinität zu Äther damals das Leben gerettet."

Ich sah sie erstaunt an, weil sie mich so unverblümt ins Vertrauen zog. Natürlich, sie wollte, dass ich ihr vertraute. Ich empfand auf einmal ein warmes Gefühl für Ranja. Ich mochte sie. Ich hatte sie auf Anhieb gemocht. Trotzdem, viele Informationen sammeln und wenig preisgeben, erinnerte ich mich an meinen Vorsatz.

„Ich weiß, ich habe darüber gelesen", antwortete ich und bereute es im selben Moment. Daraus würden sich Fragen ergeben.

Ranja zog eine Augenbraue hoch.

„So, hast du?"

Jetzt half nur noch Flucht nach vorn.

„Ja, ich wollte mehr erfahren, über die Mitglieder des Rates, die Geschichte. Es war, als ich die Sache mit dem Alter erfuhr. Ich konnte mir das kaum vorstellen. Ich habe auch über die Doppelbegabungen gelesen und die Geschichte von Alexander und Clarissa."

Ich versuchte, so naiv wie möglich zu klingen.

„So, hast du?", fragte sie noch einmal und wirkte irgendwie alarmiert. „Durch Jerome?"

Ich stellte meine Tasse ab und gab mich so unbekümmert wie möglich.

„Nein, Neve hat mir davon erzählt. Sie dachte, ich wäre auch Wasser, weil ich durch den magischen See gekommen bin. Ich habe sie gefragt, ob das denn überhaupt geht, zwei Elemente zu sein. Deshalb hat sie mir das Buch mit den geschichtlichen Aufzeichnungen von Pio empfohlen."

Ich schwieg und überlegte fieberhaft, wie ich einen Bogen zu Tim finden konnte. Ranja machte ein nachdenkliches Gesicht. Dann räusperte sie sich wieder: „Pass auf. Ich sage es geradeheraus. Ich traue Jerome nicht. Und ich denke, er weiß es. Ich will nicht, dass du durch ihn auf die falsche Bahn gerätst. Wenn irgendwas ist, du Hilfe brauchst oder ähnliches, kannst du dich an mich wenden. Im Vertrauen."

Mir war unwohl unter Ranjas intensivem Blick.

„Okay", sagte ich leise und spürte einen Kloß im Hals. Das war der richtige Moment.

„Ich … also ich … brauche Hilfe … jetzt schon …"

Ranja sah mich erwartungsvoll an. Sie wirkte regelrecht erleichtert. Wie es aussah, hatte sie es sich viel schwerer vorgestellt, an mich heranzukommen.

„Ich weiß, wer in die magische Welt eingedrungen ist …" Ich korrigierte mich: „Also, ich vermute es zumindest. Die Gerüchte sagen, er ist um die zwanzig, helle Haare und hatte einen Taucheranzug an … Mein Freund, er wusste von dem unterirdischen See. Vielleicht hat er seinen Namen gesagt …" Jetzt kam der Moment der Wahrheit, falls sie seinen Namen wussten, was sehr wahrscheinlich war: „Er heißt Tim."

Ranja sah kein bisschen überrascht aus.

„Ich weiß. Er hat dich gesucht, trotz deiner Mail aus Indien. Er hat dir nicht geglaubt."

Ich sprang auf und verschüttete etwas von dem Tee, so aufgeregt war ich. Tim war hier! Meinetwegen! Ranja hatte das soeben bewiesen.

„Ich muss ihn sehen!", bettelte ich und war mir sicher, dass ich auf die Weise nicht die geringste Chance hatte. Aber das war ein Irrtum. Ranja hatte unumwunden zugegeben, dass es sich um Tim handelte und es hatte einen Grund.

„Der Rat ist dagegen, dass ihr euch begegnet. Besonders Jerome", begann Ranja.

Jerome! Natürlich war Jerome dagegen. Er hatte den ganzen Nachmittag gewusst, dass Tim da war, mein Freund, der nach mir suchte. Und er hatte es verschwiegen. Er wollte, dass ich mit Leo zusammen war, dass wir Clarissa und Alexander wurden. Atropa hatte mit allem recht gehabt. Auf einmal hasste ich Jerome und hätte Ranja am liebsten alles erzählt. Aber ich riss mich zusammen. Ranja fuhr fort: „Ich dagegen halte es für eine Möglichkeit, herauszubekommen, was er uns verschweigt. Irgendwas Wichtiges verrät er meinem Gespür nach nicht. Ich glaube nicht, dass er es lebend hierher geschafft hat, nur weil unter den Undinen eine Krankheit grassiert und sie dadurch ihre Aufgaben vernachlässigen. Es muss noch etwas anderes dahinterstecken. Dir würde er es vielleicht erzählen."

„Ja, das würde er. Ganz sicher!", beteuerte ich.

Ranja überlegte. Ich zwang mich zur Ruhe und hielt mit der einen Hand meine andere Hand fest. Gerade vor Ranja durfte ich in meiner Aufregung kein weiteres Element zeigen.

„Ich konnte durchsetzen, dass sie nicht schon heute seine Erinnerung an die magische Welt löschen und ihn zurückschicken."

Mir sackte der Boden unter den Füßen weg. Das hieß, beinahe wäre Tim nicht mehr da gewesen! Und er hätte sich an nichts mehr erinnern können. Wahrscheinlich nicht mal mehr an mich, damit er mich nicht noch mal suchte. Ein wilder Schmerz durchfuhr mich. Ich spürte Hitze in meinen Wangen. Das war nicht gut. Ich zwang die Kraft hinunter in meine Füße, hinein in die Erde. Ranjas Dielen bebten. Ranja packte mich an beiden Armen, zog mich zurück auf die Bank und hielt mich fest, bis das Beben aufhörte.

„Dachte ich mir, dass Jerome lügt. Er sagte, du hättest kein Interesse mehr an Tim. Du hättest jemanden unter deinesgleichen gefunden."

Ich schüttelte unter Tränen den Kopf, obwohl er natürlich bis heute Morgen noch recht gehabt hatte.

„Hör zu, Kira, ich bringe dich heute nach Mitternacht in den Grünen Raum und du redest mit Tim. Wir müssen herausfinden, was geschehen ist. Es ist wichtig, überlebenswichtig, für uns alle."

„Und dann? Seine Erinnerungen dürfen nicht gelöscht werden …", flehte ich.

„Wir werden eine Lösung finden. Ich setze mich morgen für ihn ein, versprochen. Was Tim uns verschweigt, wird wahrscheinlich ein völlig neues Licht auf alles werfen."

„Und wenn er gar nichts verschweigt?" Ich war mir jetzt schon sicher, dass ich ein Geheimnis, was Tim wahren wollte, nicht ausplaudern würde, aber dieses Gefühl durfte ich Ranja jetzt nicht geben.

„Kira. Du wirst Tim nachher sehen. Und ihr werdet Zeit füreinander haben, allein. Um halb fünf, kurz bevor es dämmert, hol ich dich wieder ab. Jetzt geh nach Hause und versuch ein bisschen zu schlafen. Das wird eine lange Nacht. Ich warte um null Uhr hinter der Tanne neben Neves Haus auf dich."

Ich fühlte mich wie gelähmt. Ranja schob mich zur Tür und gab mir einen Beruhigungstee mit.

„Aber kein Wort zu niemandem. Das kostet mich sonst meinen Platz im Rat."

Ich nickte. Ranja drückte mich kurz wie eine Mutter. Noch auf dem Heimweg spürte ich ihre Wärme.

Ich trank eine Tasse von Ranjas Kräutertee. Neve war in Plauderlaune. Sie tanzte in der Küche um mich herum und versuchte, ein Gespräch anzufangen, aber ich blieb einsilbig. Sie war auf eine Art unruhig, als wenn sie irgendwas loswerden wollte. Als ich meine Tasse mit dem Rest Tee drin nahm, aufstand und ihr erklärte, dass ich müde war und früh schlafen musste, rückte sie heraus mit der Sprache.

„Kira, also, bestimmt findest du nicht gut, dass ich mich einmische, aber … also … So als Freundin … ich mein, ich bin doch deine Freundin, oder …"

„Ist es wegen Leo? Du hast ihn letztens weggeschickt, obwohl ich noch gar nicht geschlafen habe. Du magst ihn nicht, stimmt's?! Ich bin sogar zu müde, um noch sauer zu sein." Ich sah Neve an, dass es genau das war, was sie so unruhig gemacht hatte – ihr schlechtes Gewissen. Ich beschloss, ihr nicht zu sagen, dass ich inzwischen wusste, dass Tim hier war. Es war sicherer.

„Tut mir leid, ich …", versuchte Neve, sich zu entschuldigen.

„Vergiss es einfach, okay?! Mit Leo ist eh nichts Ernstes." Neve hörte mir mit halb offenem Mund zu. Sie sah erstaunt, erleichtert und traurig gleichzeitig aus. „Tut mir trotzdem leid, ich …"

„Ich hatte wirklich schon fast geschlafen. Es war richtig, dass du ihn weggeschickt hast und jetzt mach dir keinen Kopf mehr, ja?! … Ich bin furchtbar müde, weißt du …" Neve schwieg und schaute mich an mit ihren großen blauen Augen. Hoffentlich klang ich nicht zu versöhnlich, sodass sie misstrauisch wurde. Aber sie stieß einen Seufzer der Erleichterung aus und sagte: „Okay, dann schlaf gut." Neve umarmte mich. „Ich bin heute Nacht unterwegs, hab da einen schwierigen Fall draußen. Der braucht mich", erklärte sie mit einem vieldeutigen Grinsen. Aber ich ging auf ihre Andeutung nicht ein. Dazu hatte ich gerade überhaupt keine Kapazität.

„Oh, na dann viel Erfolg. Und gute Nacht", sagte ich nur und stieg erleichtert die Treppen hoch. Neve würde heute Nacht nicht da sein. Das Rausschleichen um null Uhr war also kein Problem.

# 42

Kurz nach 22 Uhr hörte ich die Haustür. Neve war gegangen. Ich verbrachte ungefähr eine Stunde vor dem Kleiderschrank. Was sollte ich anziehen? Kleid, Rock, Hose, wieder Kleid … Am Ende war es doch die schwarze Hose und das dunkelblaue Kapuzenshirt. Wenn eine Situation vor mir lag, die aufregend war, vermied ich auffällige Kleidung, die die Blicke auf sich zog und mich mit meiner Aufregung zu sehr in den Fokus rücken würde. Fertig angekleidet legte ich mich auf mein Bett. 22.55 Uhr. Ich wälzte mich bestimmt hundert Mal hin und her und starrte mindestens genauso oft auf die Digitalanzeige meines Weckers. Einmal wollte die Minute überhaupt nicht vergehen, sodass ich kontrollierte, ob die Batterien noch funktionierten. Natürlich gab es gar keine Batterien. In der magischen Welt luden sich elektronische Dinge von selbst auf. Das hatte ich für einen Moment vergessen. Warum war Tim hergekommen? Ich konnte mir nicht vorstellen, dass Luisa davon etwas wusste. Das machte mir Hoffnung. Vielleicht waren sie nicht mehr zusammen? Vielleicht waren sie nie zusammen gewesen und Neve hatte alles falsch interpretiert? So musste es sein. Seit Tim hier war, war ich nicht fähig, es mir anders vorzustellen. 23.55 Uhr. Endlich! Ich stand auf und rückte mein Sweatshirt vor dem Spiegel zurecht.

Bevor ich ging, warf ich noch einen kurzen Blick aus dem Fenster. Bei Leo war alles dunkel. Einen Moment lang tat er mir irgendwie leid. Draußen war es stockfinster und still. Kein Blatt regte sich. Ranja wartete wie verabredet hinter der Tanne.

„Komm“, flüsterte sie.

Ich folgte ihr. Wir liefen schweigend durch den Wald. Ranja voran, ich hinter ihr her. Der Weg führte links am See entlang und war bald nur noch ein schmaler Pfad. Hier war ich noch nie gewesen. Das Licht der Sterne schimmerte blau von der Wasseroberfläche herüber. Die Bäume mit den weißen Blättern wiegten sich über uns wie Gespenster. Es war grabesstill. Selbst der Schall unserer Schritte wurde von einem weichen Moos unter unseren Füßen geschluckt. Der Pfad verzweigte sich immer wieder. Mal gingen wir rechts, dann wieder links. Fast kam es mir vor wie ein Irrgarten. Der See geriet außer Sicht. Bald war mir klar, dass ich allein nicht mehr so ohne Weiteres zurückfinden würde. Ich hatte nicht geahnt, dass sich die magische Welt in diese Richtung noch so weit erstreckte. Die Dimensionen der magischen Blase waren und blieben ein Geheimnis.

Ich rechnete mit einem Eingang oder einem irgendwie gekennzeichneten Übergang zum Grünen Raum. Aber wir passierten nichts dergleichen.

Stattdessen betraten wir irgendwann eine Wiese, die leuchtete, als befänden sich unter der Grasnarbe etliche kleine Strahler. In der Mitte, etwa 20 Meter vor uns entdeckte ich einen gewöhnlichen Esstisch aus Holz, daneben befanden sich ein kleiner Schrank mit einem Wasserkocher und etwas zu essen, ein Stuhl und ein Bett. Darüber spannte sich der Himmel mit seinen unzähligen Sternen. Das Ganze wirkte wie eine bezaubernd romantische Bühneninszenierung. Ranja hatte mir bereits erklärt, dass der Grüne Raum schon so etwas wie ein Gefängnis war, nur eben nicht wie eine herkömmliche Zelle mit Gitterstäben. Denn das würde nichts nützen, wenn Leute aus der magischen Welt ins Gewahrsam gebracht werden mussten. Hier dagegen waren magische Kräfte nicht wirksam. Man konnte über die Wiese laufen, soweit man wollte. Aber man erreichte nie den Horizont, an dem Himmel und Wiese zusammenwuchsen und auch nicht den Weg, den wir gekommen waren. Es war ein Gefängnis, auch wenn es größtmögliche Bewegungsfreiheit zuließ. Ich konnte erkennen, dass in dem Bett jemand lag, vollständig zugedeckt mit einem Tuch aus weißem Leinen.

„Okay, ich lass euch jetzt allein", flüsterte Ranja und verschwand hinter mir plötzlich aus dem Bild. Ich drehte mich um, tastete unwillkürlich nach ihr, aber da war nichts mehr, außer weit und breit Wiese und der sternenübersäte Horizont.

Langsam ging ich auf das Bett zu. Mein Herz schlug mir bis zum Hals. Es war so ruhig, dass ich Angst hatte, Tim könnte mein Herz hören. Die Nacht kam mir viel wärmer vor als sonst, aber das lag wohl an meiner Aufregung. Tim. Ich konnte nicht glauben, dass er auf einmal vor mir lag, an diesem unwirklichen Ort, der noch unwirklicher war als alles, was ich bisher kennengelernt hatte. Mein Herz schlug immer wilder. Ich atmete tief durch, versuchte, mich zu beruhigen. Ich setzte mich behutsam auf die Bettkante und beugte mich vor, um Tim an der Schulter zu berühren. In dem Moment schreckte er hoch und schleuderte mich mit einem kräftigen Schlag vom Bett. Ich landete unsanft auf der Wiese, die sich trocken und weich anfühlte wie ein Teppich aus Wolle.

„Kira?" Schon war Tim neben mir auf den Knien.

„Du bist es!"

Er strahlte mich an. Sein Gesicht war viel vertrauter, als ich es in Erinnerung hatte. Tim schlang die Arme um mich und drückte mich an sich. Jegliche Welt, ob sie nun real war oder nicht, versank um mich herum. Es war so ein gänzlich anderes Gefühl als mit Leo. Es war so … sicher, als würde ich nach Hause kommen. Eine Träne lief mir über die Wange. Ich konnte sie nicht zurückhalten.

„Tim. Du bist da", flüsterte ich, als wenn es nicht schon offensichtlich wäre.

„Hast du dir weh getan? Sorry, ich dachte, es wäre jemand vom Rat."

Wir sahen uns in die Augen, dann fielen wir uns wieder um den Hals. Es war so unfassbar. Eigentlich wäre es mit dieser bezaubernden Kulisse der schönste Traum gewesen, den man sich erträumen konnte, aber es war kein Traum. Tim schwebte in Gefahr und ihm war wahrscheinlich nicht klar, wie groß sie war. Er zog mich zurück auf das Bett und wir setzten uns nebeneinander.

„Naja, die Gefängniszellen sind hier jedenfalls recht hübsch." Tim grinste mich an. Dann umarmte er mich noch einmal überschwänglich, nahm meinen Kopf in beide Hände, so wie am Anfang, und küsste mich ganz sanft auf den Mund. „Es ist so verrückt, aber ich wusste es …"

Ein dunkler Gedanke begann Oberhand gegen meine Euphorie zu gewinnen. Ich zog mein Gesicht aus Tims Händen. „Aber, Luisa …"

Tim sah mich fragend an.

„Bist du mit ihr …" Es fiel mir schwer, das Wort über die Lippen zu bringen: „… zusammen?" Tims Gesicht war ein einziges Fragezeichen. „Wie kommst du denn in aller Welt nur darauf?"

Ich fühlte mich, als würde ich mich von einem Gesteinsbrocken in eine Feder verwandeln. „Du bist gar nicht mit ihr zusammen?"

„Warum sollte ich denn?" Tim nahm meine Hand und streichelte sie.

„Ich … dachte … weil ich weg war … dass ihr … Ich weiß nicht … Es war so ein Gefühl …" Tim verzog immer mehr das Gesicht, als redete ich im Fieber. Seine Miene verdüsterte sich etwas. Er wirkte enttäuscht. „Aha, so denkst du also über mich …" Er hörte auf, so unendlich sanft mit seinem Daumen über meinen Handrücken zu streichen.

„Oh, nein, nein, es ist nicht so, wie du denkst!", beeilte ich mich zu sagen. Ich musste Tim aufklären. „Ich habe eine

Freundin hier. Sie ist ein Engel, also, kein richtiger, aber fast. Egal. Sie hat dich ausfindig gemacht. Sie ist dir gefolgt und dann war sie bei euch, bei Luisa zu Hause, bei dir und Luisa. Einen Abend. Sie sagte, ihr seid zusammen."

So, jetzt war es raus.

„Ein Engel?", versuchte er zu verstehen. Ich nickte. Tim zog die Augenbrauen zusammen. „Warum erfindet sie so eine Lüge, wenn sie deine Freundin ist?" Das war typisch Tim. Er rechtfertigte sich nie. Er traf gleich den Kern der Sache. In dem Moment war ich sicher, dass er niemals auch nur in Erwägung gezogen hatte, mit Luisa zusammen zu sein. Ich war so unendlich erleichtert. „Weiß nicht, damit ich aufhöre, an dich zu denken und von hier wegzuwollen wahrscheinlich."

Ich spürte leise Wut auf Neve. Schon wieder. Warum tat sie immerzu alles Mögliche, um jeglichen Jungen von mir fernzuhalten, der mir was bedeutete? Weil sie selber kein Interesse verspürte, sich zu verlieben? Oder, weil sie es nicht konnte? Weil sie viel zu blockiert dafür war, viel zu engelsrein? So ging das nicht weiter. Ich musste unbedingt ein ernstes Wort mit ihr reden. Tim streichelte wieder meine Hand. „Und warum hast du mir diesen Blödsinn mit Indien geschrieben?" Ich erklärte ihm, wie die Regeln hier waren, dass ich das schreiben musste, um ihn zu schützen, weil es lebensgefährlich war, mich zu suchen. Mir wurde erneut klar, was für ein unerhörtes Glück es bedeutete, dass Tim noch lebte und jetzt vor mir saß.

„Wie um alles in der Welt hast du es angestellt, hierherzukommen? Du hättest tot sein können!" Tim erzählte mir, dass er von Anfang an überzeugt war, dass etwas Seltsames vor sich ging. Er hatte Luisa besucht, um mehr herauszubekommen.

„Zuerst war Luisa sicher, dass du bald auftauchen würdest, bei ihr oder bei mir. Dann kamen deine Mails. Luisas Vater schluckte die Indien-Geschichte sofort. Er hatte in seiner Jugend das Gleiche getan, nur dass er nach Afrika abgehauen war. Luisa glaubte dasselbe, machte sich aber große Sorgen, ob du das alles durchstehen würdest in deinem Zustand. Erst beim Abschied in der Tür kamen wir auf die Geschichte mit Atropa und dem See. In dem Moment wusste ich, wo ich suchen musste. Etwas Paranormales war im Spiel. Ich hatte so viel gelesen, dein Verhalten, vieles passte zusammen. Aber ich durfte mir nicht anmerken lassen, dass ich so dachte, um nicht ebenfalls als verrückt abgestempelt zu werden. Du weißt, schließlich bin ich das Kind meiner Mutter."

Tim erzählte, wie er am nächsten Tag die Schule schwänzte und den unterirdischen See fand. In derselben Nacht suchte er den See ein zweites Mal auf, diesmal mit Taucherausrüstung. Er kam sich verrückt vor, aber er hatte in einem ziemlich kryptischen und schlecht geschriebenen Roman, den er irgendwann in einem Antiquariat für zehn Cent aufgetrieben hatte, gelesen, dass man die Durchgänge in die andere Welt finden muss.

„Du bist komplett verrückt!", kommentierte ich.

„Bin ich nicht!", wehrte sich Tim. Wir lächelten uns an. Das war wirklich alles komplett unrealistisch und gleichzeitig völlig real.

„Und dann?", fragte ich.

„Dann? Nichts. Ich bin getaucht … und irgendwie ohnmächtig geworden. Später hat mich Kim, der Engel, mit ein paar deftigen Ohrfeigen zurück ins Leben gerufen. Ich lag am Ufer in einem Meer aus Blüten und dachte, es wäre der Himmel … oder die Hölle, weil ich von einer komplett in schwarz gekleideten Gestalt geschlagen wurde."

Ich musste lachen. Wie Kim mit den Neuankömmlingen umging, konnte ich mir bildhaft vorstellen. Da hatte ich mit der sanften Neve wohl mehr Glück gehabt. Tim erzählte von den stundenlangen Gesprächen mit den Mitgliedern des Rates. Ich berichtete Tim meine ganze bisherige Geschichte. Er hörte gespannt zu und schüttelte immer wieder ungläubig den Kopf.

„Immerhin bin ich jetzt so weit, meine Kräfte im Zaum zu halten. Du musst keine Verbrennungen mehr befürchten." Tim lächelte mich an und gab mir einen sanften Kuss auf die Lippen. Dann lagen wir einige Minuten einfach nur eng umschlungen und schweigend da. Es war, als wären wir schon ewig zusammen, als wäre es nie anders gewesen. Es fühlte sich so vertraut an und so erlösend. Ich konnte mir kaum vorstellen, dass ich Tim erst so kurze Zeit kannte.

Ich erzählte ihm, dass ich mit Hilfe von Ranja in den Grünen Raum gelangt war, und dass niemand etwas davon erfahren durfte. Tim schwor mir, dass er nichts verheimlichte. Alles war so, wie er es erzählt hatte. Ich offenbarte ihm, was sie mit ihm vorhatten. Tim hatte bisher nicht die leiseste Ahnung gehabt. Er wollte weder mich vergessen noch die magische Welt. Er war entsetzt. Wir mussten einen Weg finden, um zu flüchten, auch wenn das angeblich unmöglich war. Ich war fest entschlossen. Ich hatte besondere Kräfte, mehr als jeder vermutete. Irgendwas musste damit doch anzufangen sein!

## 43

Wir besaßen keine Uhr. Aber die Sterne schienen nacheinander zu verlöschen. Auch das Licht der illuminierenden Wiese schwächte sich ab und es wurde immer dunkler. Das hieß, wir hatten höchstens noch eine Stunde Zeit. Dann würde Ranja wieder hier sein. Vielleicht war es auch nur noch eine halbe Stunde. Tim knipste eine kleine Stehlampe an, die auf der Anrichte stand. Ich stand auf und machte ein paar Schritte auf die Wiese.

„Es ist zwecklos. Ich habe das alles schon stundenlang abgelaufen. Überall sieht es gleich aus. Du kommst nirgends an", erinnerte mich Tim und stand auch auf.

„Ich weiß doch", sagte ich unwirsch. Tim stellte sich neben mich.

„Ich versuche einfach, was ich kann. Am besten, du bleibst hinter mir und legst dich auf den Boden“, befahl ich ihm. Er rührte sich nicht von der Stelle. „Es ist sicherer. Los.“

„Was hast du vor?“ Ich antwortete ihm nicht. Ich wusste es ja selbst nicht richtig. Ich konzentrierte mich. Die Wiese bebte. Ich sah kleine gelbe Augen zwischen dem Gras aufleuchten. Die Grasnarbe riss auf und Sand, versetzt mit kleinen Steinen, sprudelte hervor. Tausend gelbe Augenpaare bewegten sich aus der Dunkelheit auf uns zu.

„Was ist das?“, fragte Tim erschrocken.

„Erdgnome. Die Geister der Erde. Hier in der magischen Welt sind sie sichtbar.“ Ich hockte mich auf ihre Höhe und schützte meine Augen vor dem umherwirbelnden Sand.

„Macht den Weg nach draußen frei“, befahl ich. Ich hörte ihr kratzendes, wieherndes Grummeln, das so klang, als wenn sie mich auslachten. Eigentlich hatte ich sie inzwischen unter Kontrolle. Doch sie kamen bedrohlich näher. In dem Moment wurde mir klar, dass sie an so einem Ort wie dem Grünen Raum besonderen Weisungen folgten und dass etwas geschehen konnte, was den Rat alarmierte. Wie sollte ich sie zur Ruhe bringen? Mir musste etwas einfallen. Schnell! Tim griff nach der Lampe und schmiss sie nach den Gnomen.

„Hör auf!“, schrie ich, aber Tim hatte genau das Richtige getan. Ich sah den blauen Funken, als die Glühbirne erlosch. Es gelang mir, ihn festzuhalten. Eine kleine Flamme züngelte daraus über den Boden. Ich befahl ihr, zu wachsen. Ich nahm meine ganze Wut dafür zusammen, meine Wut auf den Rat und auf unsere Situation. Salamander in Grün, Blau und Dunkelrot tanzten über die Wiese. Die Gnome zogen sich unter die Grasnarbe zurück.

„Macht uns den Weg frei!“, versuchte ich nun, den Salamandern zu befehlen, aber sie schlugen mit den Flammen nach uns. Das Bett fing Feuer.

„Nicht schon wieder, das hatten wir schon mal", rief Tim mit ironischem Unterton und wollte in die entgegengesetzte Richtung laufen, weg von den Flammen. Ich hielt ihn fest. „Nein! Wir müssen diesen Kampf gewinnen. Es ist unsere einzige Chance."

„Aber das ist glatter Selbstmord!" Er wollte mich wegzerren, doch ich riss mich von ihm los und beschwor einen Wind herauf, der die Salamander zurückblies, weg von uns. Ich hörte das helle Lachen der Sylphen. Sie rissen an meinen Haaren und sie rissen Tim mit entsetzlicher Wucht zu Boden. Er stöhnte. Ich warf mich über ihn. Ich war so wütend, dass mir keines der Elemente gehorchen wollte. Eine Idee blitzte auf in meinem Kopf: Atropa – Äther – Neve – die Elemente besänftigen. Wenn Atropa recht hatte, wenn ich auch Ätherkräfte besaß und deshalb Geister für mich sichtbar wurden, dann musste ich es versuchen. Tim kämpfte darum, sich aus seiner hilflosen Lage zu befreien.

„Sei ruhig, ich muss mich konzentrieren." Ich nahm all meine Angst, meine Wut und meine Verzweiflung zusammen und befahl den Elementen, sich zu harmonisieren, zusammenzuarbeiten, eine Einheit zu bilden und mit dieser potenzierten Kraft den Grünen Raum zu öffnen. Ich konzentrierte mich mit jeder Faser und jedem noch so kleinen Gefühl, das ich irgendwo in mir finden konnte. Gleichzeitig hielt ich Tim an seinen Handgelenken fest. Er lag ausgestreckt auf dem Bauch, ich lag auf ihm und presste seinen Kopf mit meinem in die Wiese. Er schrie irgendwas, aber ich konnte nicht verstehen, was. Um uns tobte es, als wäre das Ende der Welt gekommen. Die Sylphen peitschten in Orkanstärke die Flammen der Salamander auf. Die Salamander verschlangen die Möbel, als wären sie ein Festmahl, und brachten die Erde der Gnome zum Glühen. Die Erdgnome warfen mit heißen Erdklumpen. Sie flogen durch die Luft, landeten neben uns und auf mir. Während mir das nichts ausmachte, war Tim ernsthaft in Gefahr. Alles verwies darauf, dass es aussichtslos war. Wir hatten keine Chance. Es war lebensmüde, es überhaupt versucht zu haben.

Das Chaos und der Lärm im Grünen Raum konnten nicht unbemerkt bleiben. Jeden Moment würde jemand vom Rat auftauchen. Trotzdem war eine Stimme in mir, die nicht aufgeben wollte, die überzeugt war, dass wir es schafften. Oder war die Stimme außerhalb von mir? Ich wusste es nicht genau. Jedenfalls mahnte sie mich dringlich und ohne Unterlass: Konzentrier dich. Verdammt! Vertrau dir endlich! Verdammt, konzentrier dich!

Ich sah, wie Tims rechte Hand von einem heißen Gesteinsbrocken getroffen wurde, der ihm eine großflächige Wunde auf die Finger brannte. Tim zitterte unter mir, aber wehrte sich nicht mehr. Ich erinnerte mich an Neve, wie sie am Anfang vor mir gestanden und die Hände ausgebreitet hatte, um mein Feuer zur Ruhe zu bringen. Ich musste aufstehen und es genauso machen. Ich musste es riskieren, auch wenn Tim dann für Sekunden schutzlos war. Ich sprang auf die Füße und erhob meine Arme gegen das Inferno. Ich stellte mir vor, wie sich Heerführer gefühlt haben mussten, wenn sie vor tausenden Menschen standen und ihre Befehle gaben. Da war kein Raum für Unsicherheit und Zweifel. Ich befahl den Salamandern, Sylphen und Gnomen, sich zu vereinen. Sie mussten meine Macht spüren. Sie mussten spüren, dass ich die Macht über sie hatte!

Und es gelang. Der Steinregen hörte auf. Die Flammen formten Blitze und rissen damit den Himmel auf. Fetzen von Himmel schnappten zur Seite weg wie große Rollos. Da, wo die Blitze in die Erde sausten, rollte sich die Grasnarbe nach links und rechts auf. Die Sylphen gaben ein einstimmiges Heulen von sich und fegten die Schneise frei von Staub und Geröll. Am Ende sah ich Bäume. Die Bäume des magischen Waldes.

„Komm!", schrie ich und zog Tim an den Armen hoch. Aber er hatte keine Kraft. Zum Glück war es mir ein Leichtes, ihn auf meinen Rücken zu werfen und festzuhalten. Meine Füße lösten sich vom Boden. Wir sausten die Schneise entlang. Die Sylphen zogen uns, damit wir schneller wurden. Die Gnome zerstoben Erdhügel und Steinbrocken, die uns im Wege waren. Die Salamander verbrannten Fetzen des künstlichen Himmels, der uns ins Gesicht zu schneiden drohte. Sie gehorchten mir. Alle. Ich konnte es kaum fassen. Das Gefühl, was mich durchströmte, war unbeschreiblich.

Augenblicke später fielen wir buchstäblich vom Himmel und purzelten auf moosigem Boden übereinander. Es war weich und roch gut. Plötzlich herrschte absolute Stille, als hätte jemand den Stecker von einem sich überschreienden Radio gezogen.

Tim lag jetzt auf mir und rührte sich nicht. Okay, das mit dem Landen musste ich noch ein bisschen üben. Ich kroch unter ihm hervor.

„Tim?" Er gab keine Antwort. Ich drehte ihn auf den Rücken. Sein Gesicht war voller Dreck und blutverschmiert. Er wirkte leblos. Ich kam mir vor wie ein Monster, das sein bestes Spielzeug zerstört hatte. Mir wurde bewusst, was aus mir geworden war, ein Wesen, das die zerbrechliche Menschlichkeit völlig ablegen konnte. Die Wonne des Triumphes, die mich eben noch bis in die letzte Zelle erfüllt hatte, kippte um in nacktes Entsetzen. Hatte ich ihn etwa …

Seine Lider zuckten. Er öffnete die Augen und stöhnte. Meine Dankbarkeit in diesem Moment ließ sich kaum beschreiben.

„Ist alles in Ordnung mit dir?" Ich starrte erwartungsvoll auf ihn. Tim versuchte mit viel Mühe, ein paar Worte zu formen.

„Ich … ich weiß nicht …", brachte er hervor.

Ich hockte mich hinter ihn und versuchte, seinen Oberkörper etwas aufzurichten und gegen meine Brust zu lehnen.

„Es tut mir so leid … so leid …“ Ich kämpfte mit den Tränen.

„Haben … wir … es … geschafft?“, brachte er stockend hervor.

„Ja, das haben wir. Aber wir müssen sofort hier weg. Sie können jeden Moment auftauchen, Leute vom Rat.“

Tim half mit, sich aufzurichten, aber es fiel ihm sichtlich schwer. Nur mit äußerster Anstrengung kam er auf die Beine. Er schien überall Schmerzen zu haben. Ich legte mir seinen Arm mit der gesunden Hand um meine Schulter. Den anderen Arm mit dem verbrannten Handrücken hielt er in Schonhaltung. Die Hand sah fürchterlich aus, voller Schmutz und blutig. Seine Kleidung war zerschlissen und mit Brandlöchern übersät, aber wie es aussah, hatte er sich nichts gebrochen. Es gab nur eine Person, die uns jetzt helfen konnte. Ob sie es tun würde, war zweifelhaft, aber ich musste es wenigstens versuchen.

„Los, lehne dich auf meinen Rücken und schling die Arme um meine Schultern. Schaffst du das?“

Doch Tim machte keine Anstalten, es zu versuchen.

„Kira, hör mir zu, ich muss dir was sagen …“ Er klang sehr ernst. Aber das war jetzt nicht der richtige Moment für irgendwelche großen Geständnisse.

„Nicht jetzt!“, unterbrach ich ihn. „Wir müssen zu Jerome. Sofort! Er ist der Einzige, der eine Möglichkeit weiß, uns hier rauszubringen, nach Hause.“

„Jerome? Der Typ aus dem Rat?“

„Ja. Er hat mir bis jetzt immer geholfen. Los!“

Ich klang zuversichtlicher, als ich war. Aber wenn Jerome wirklich ein Freund war, durfte er nicht von mir verlangen, sich gegen mein Herz zu entscheiden.

Ich hörte ein anschwellendes Grummeln in den Tiefen des Waldes. Das bedeutete nichts Gutes. Ich zog mir Tim wie einen nassen Sack auf den Rücken und bemerkte, wie er die Zähne zusammenbiss, um keine Schmerzenslaute von sich zu geben.

Ich schwang mich in die Luft. Der Abflug klappte inzwischen spielend leicht. Tim gab einen erstaunten Laut von sich. Als wir durch die Schneise gebraust waren, war er wohl ohnmächtig gewesen. Wir erhoben uns über die Baumwipfel. Das Gebäude der Akademie lag genau vor uns. Ich wählte einen Umweg und flog in die entgegengesetzte Richtung. Wir mussten das Gebiet weiträumig umfliegen, aus dem Mitglieder des Rates zum Grünen Raum unterwegs sein würden. Am Horizont zog die Dämmerung mit einem schmalen Streifen Lila auf, aber es war zum Glück noch dunkel. Ich hoffte inständig, dass Jerome nicht ebenfalls auf dem Weg in den Grünen Raum war. Wir flogen einen weiten Bogen entlang der Feuerdurchgänge am Horizont. Das letzte Stück vor Jeromes Haus landeten wir im Wald. Tim schwankte, als wir wieder Boden unter den Füßen hatten.

„Alles in Ordnung?"

„Nichts ist in Ordnung." Er versuchte, ironisch zu klingen und ein Lächeln, aber beides gelang ihm nicht. Es gab mir einen schmerzlichen Stich in mein Herz. Wahrscheinlich war ihm jetzt klar, wie wenig wir zusammenpassten. Er würde nicht länger mit einem fliegenden Monster, das ihm immer wieder mit Feuerstürmen zusetzte, zusammen sein wollen. Tim stand vor mir und bewegte seine Beine.

„Meinst du, du kannst laufen?"

„Ich denke schon."

„Ich bringe dich hier raus. Das bin ich dir schuldig."

Ich nahm Tims Hand und zog ihn durch den stockfinsteren Wald. Er stolperte hinter mir her, über jeden Stein und jeden Ast. Natürlich, er konnte mit seinen normalen Augen nichts sehen, während mir alle Umrisse deutlich in einem graublauen Licht erschienen, als hätte ich mir eine Infrarotbrille aufgesetzt.

„Wie machst du das nur?", hörte ich ihn fragen und war dankbar, dass seine Stimme wieder halbwegs normal klang.

„Dass nichts an mir normal ist, wird dir ja nicht entgangen sein."

„Das Plakat. Du hast die Anschrift tatsächlich gesehen … auf der anderen Straßenseite", fiel ihm auf einmal ein. Ich nickte und dachte nicht daran, dass er es ja nicht sehen konnte. Wieder durchfuhr mich ein Stich. Meine Erinnerungen mit Tim in den Tagen, als ich noch nicht wusste, was mit mir passierte, waren die schönsten meines Lebens.

Ich sah Jeromes Haus durch die letzten Baumstämme vor uns schimmern. Im Erdgeschoss brannte Licht. Gott sei Dank! Er schien zu Hause zu sein. Plötzlich schnellte ein Arm hinter einem Baum hervor und packte mich an meiner freien Hand. Dann ein Gesicht, dicht vor mir: „Kira … nicht schreien … Ich bin es, Jerome. Ich habe gehofft, dass du herkommst."

„Jerome!" Dankbar fiel ich ihm in die Arme. Ich konnte nicht anders. Ich war so froh, dass er da war. Im richtigen Augenblick, am richtigen Ort. Er hatte auf mich gewartet. Er würde mir helfen!

„Nicht zu meinem Haus. Es ist zu gefährlich. Ich bin nicht zum Grünen Raum geeilt, als der Rat alarmiert wurde. Und ich bin dein Mentor. Nachdem sie bei dir waren, werden sie als Nächstes in meinem Haus nach uns suchen."

Ich wusste nicht, wie der Rat untereinander kommunizierte, aber es war auch nicht der Moment, danach zu fragen. Jerome bedachte Tim nur mit einem kurzen, musternden Blick. Das war alles. Es war unverkennbar, dass er nicht gerade glücklich über seine Anwesenheit war.

„Kommt", sagte er und wir folgten ihm wieder tiefer in den Wald.

# 44

Ich erkannte die Kreuzung wieder, an der ich damals mit Neve zu den Äther-Übergängen abgebogen war. Es kam mir so vor, als wäre das eine Ewigkeit her, seit ich das letzte Mal hier gewesen war. Jerome schlug den Weg dorthin ein. Eine böse Ahnung ergriff mich. Hatte Jeromes geheime Möglichkeit zu entkommen, etwas mit diesen schaurigen Abgründen zu tun, in deren Tiefe der Himmel von Berlin fahles Licht abgab? Nichts würde mich bewegen, dort jemals hineinzuspringen. Nichts. Ich blieb stehen, doch Jerome bemerkte es nicht, weil er plötzlich nach rechts in den Wald abbog. Tim lief vor mir. Ich setzte mich wieder in Bewegung. Okay, Jerome hatte ein anderes Ziel. Doch welches, so kurz vor den Klippen? Beim ersten Mal war mir kein Abzweig aufgefallen. Dann wurde mir langsam klar, wohin uns Jerome brachte.

Rotes Licht schimmerte durch die Bäume. Nach einigen Schritten standen wir vor dem Eingang einer Höhle, die in ein mächtiges Bergmassiv führte, obwohl es hier oben auf der Klippe eigentlich kein weiteres Bergmassiv geben konnte. Wir befanden uns auf dem Weg zu Jeromes persönlichem Ort, den nur er kannte, und in den ihm nur folgen konnte, wen er mitbrachte. Deshalb hatte er sich auf unserer Flucht hierher dauernd umgedreht und in den Wald gehorcht.

Der Eingang der Höhle wirkte unspektakulär. Man konnte ihn fast übersehen. Von dort führte ein Gang einige Meter tief in den Berg hinein, der sich am Ende zu einer beeindruckenden Grotte öffnete. Die Grotte war übersät mit Diamanten, die weiß und blau funkelten. In großen Felsnischen brannten Fackeln, die ein sehr warmes und gemütliches Licht verbreiteten. Besonders beeindruckend war ein kleiner türkisfarbener See, in dem sich das Glitzern und Funkeln der Stalaktiten widerspiegelte. An seinem Ufer lagen zwischen einzelnen, mächtigen Stalagmiten weiche Felle und brannten einige große rote Kerzen.

Tim und ich standen einige Momente da, fest die Hände ineinander verschränkt und starrten auf diese unglaubliche Pracht.

„Es gefällt dir …“, bemerkte Jerome.

„Es ist der Ort deiner Seele …“, antwortete ich.

„Ganz recht. Hier sind wir sicher. Zumindest für eine Weile.“

Ich sah Jerome fragend an.

„Der Rat ist befugt, diese Orte aufzuspüren, wenn es sein muss. Aber es dauert eine Weile, sie wirklich zu finden.“

„War schon mal jemand vom Rat hier?“

Ich bemerkte, dass Jerome kurz mit der Antwort zögerte. Dann sagte er ein wenig zu entschlossen: „Nein!“

Wir stiegen die steinernen Stufen hinab. Trotz des warmen Lichtes fröstelte ich. Ich ließ Tims Hand los, um den Reißverschluss meines verbrannten Sweatshirts zuzuziehen. In dem Moment sprang eine Gestalt auf mich zu, packte meine Hand, riss mich an sich, umschlang mich fest mit seinen Armen und flüsterte in mein Haar:

„Da bist du ja endlich. Ich hab mir solche Sorgen um dich gemacht.“

Ich atmete den schweren Duft von Leo ein und registrierte, dass irgendeine primitive Seite in mir diese Umarmung für einen kurzen Moment genoss. Ich versuchte, mich loszureißen, aber ich hatte keine Chance. Leo war mir gewachsen, zumindest, wenn ich nicht all meine Kräfte zusammenballte, die ich besaß. Doch dazu würde ich in so kurzer Zeit nicht noch einmal in der Lage sein.

Endlich ließ Leo mich los. Ich hielt den Kopf gesenkt und wagte es nicht, Tim anzusehen. „Hallo, ich bin Tim“, hörte ich ihn sagen. Er streckte Leo die Hand hin. Leo nahm Tims Hand nicht. „Leo“, sagte er nur. „Kira hat bestimmt schon von mir erzählt.“

„Nein, das hat sie nicht“, sagte er sehr langsam, aber beherrscht. „Wir hatten allerdings auch kaum Zeit dazu.“ Unsere Blicke trafen sich. Ich stand jetzt genau zwischen Tim und Leo. Es ist nicht so, wie du denkst, wollte ich ausrufen, aber das war der blödeste Satz, der einem in so einer Situation einfallen konnte.

„Ich habe dir von Tim erzählt!“, erklärte ich Leo mit einem leicht drohenden Unterton.

„Oh ja, das hast du … ein kleiner Teil deiner Vergangenheit.“

Leo legte viel Nachdruck auf das letzte Wort.

„Tim ist hier … wegen mir.“

„… Was sehr dumm von ihm ist. Oder auch schlau. Es wird ihm helfen, dich zu vergessen.“ Da war es wieder, das Boshafte, das meinen ersten Eindruck von Leo geprägt hatte. Es war also noch da. Diese Seite kam hervor, wenn man nicht mitspielte, so wie man sollte. Andererseits, er war verletzt. Ich hatte ihn verletzt, wahrscheinlich sehr. Ich spürte die Kraft, die von ihm ausging, und ich dachte mit Schrecken an meine eigene Kraft, die Tim zu einem Blatt im Wind machte.

„Ich werde Tim hier rausbringen. Und zwar unversehrt!“, sagte ich bestimmt und warf Leo einen entschlossenen Blick zu. Leo konnte ihn verstehen, wie er wollte: dass ich Tim nur in Sicherheit bringen wollte, um dann mein neues Leben zu leben, wie es mir angemessen war – zusammen mit einem Partner, der mir ebenbürtig war. Oder, dass ich ihn unversehrt rausbringen wollte, damit er mich nicht vergaß und wir nach meiner Ausbildung in der magischen Akademie wieder zusammen sein konnten. Ich merkte, dass ich selbst nicht richtig wusste, was ich gemeint hatte. Mein Herz wollte zu Tim, aber mein Herz war schwach und hatte noch nie einen Sinn für die Realitäten besessen.

Jerome schaltete sich ein. „Kommt her. Als Allererstes müssen wir dich rausbringen, Kira. Und zwar schnell.“ Jerome hatte uns einige Minuten Zeit gelassen, wahrscheinlich, damit wir unsere Teenager-Fehde austragen konnten. Nun winkte er uns zu den Fellen hinüber. Auf dem felsigen Boden standen große Gläser und Krüge mit Wasser. Ich hatte entsetzlichen Durst. Ich machte regelrecht einen Satz aus der Mitte zwischen Leo und Tim, als müsste ich einem Spannungsfeld entkommen, das mich festhielt. Die beiden folgten mir. Etwas in mir schüttelte ungläubig den Kopf. Die zwei schönsten Männer, um die sich alle rissen – ob in der einen Welt oder der anderen – bissen beide die Zähne aufeinander und folgten MIR. Das war doch nicht wahr.

Ich beobachtete Tim, wie er sein Glas genauso gierig hinunterschüttete wie ich. Dann sah er mich an. In seinem Blick lag etwas unendlich Wehmütiges. Ich war irritiert, weil er die Tatsache, dass zwischen mir und Leo eine Beziehung bestanden hatte oder noch bestand, so kampflos hinnahm. Fast tat es ein bisschen weh. Warum regte er sich nicht auf, stellte er keine Fragen, zeigte er nicht mal ein bisschen Wut? War das wieder diese unendliche Gelassenheit und Überreife, an die ich eh nicht heranreichen würde? Auf einmal fühlte ich mich wieder klein neben Tim, trotz meiner Superkräfte.

„Ich bringe sie raus. Ich werde das schaffen", erklärte Leo.

„Ich weiß, dass du entschlossen bist, Leo, aber es ist noch zu gefährlich."

„Sie ist bei niemandem so sicher wie bei mir!", brauste er auf.

„Moment mal, worum geht es hier eigentlich?", fuhr ich dazwischen.

Jerome beugte sich vor.

„Kira, dem Rat ist jetzt klar, was mit dir los ist. Niemand kann aus dem Grünen Raum entkommen, wenn er nur ein Element beherrscht, nicht mal, wenn es zwei sind. Erst ab drei scheint es eine Möglichkeit zu geben, wie du bewiesen hast. Und du hast mir nicht mal was von deinen Wind-Fähigkeiten gesagt."

„Ich habe es bis jetzt selbst nicht gewusst", log ich und forschte in Leos Gesicht. Aber ich konnte darin nicht erkennen, ob Jerome erst durch meine Flucht hinter meine Windfähigkeiten gekommen war oder ob Leo mich bereits verraten hatte. Jerome sagte nichts dazu und fuhr fort: „Alles kommt zu schnell. Wir sind eigentlich noch nicht so weit, uns offiziell gegen den Rat zu stellen. Du bringst mich in ziemliche Schwierigkeiten, Kira. Aber es gibt eine Möglichkeit …"

„Ich weiß … Es gibt eine Möglichkeit rauszukommen, von der niemand weiß", unterbrach ich ihn ungeduldig.

Jerome wechselte einen Blick mit Leo. Er wusste, dass Leo mir von solch einer Möglichkeit erzählt hatte. Deshalb war ihm klar gewesen, dass ich ihn aufsuchen und um Hilfe bitten würde.

Ich hatte mit allem gerechnet. Mit Sprüngen in Abgründe, unangenehmen Prozeduren, Selbstverwandlungen oder der Einnahme von ekligen Substanzen. Aber das tatsächliche Antlitz der Möglichkeit, auch ohne die Durchgänge der Elemente und irgendwelche Begabungen zwischen den Welten zu reisen, schockte mich über alle Maßen.

Ein Mann, den ich noch nie gesehen hatte, trat aus einer kleinen Höhle neben dem See hervor. Er sah klapprig und kreideweiß aus, trotz des orangeroten Lichtes. Er beugte sich zu mir und nahm meine Hand, als wäre ich eine Heilige. Ich zog sie schnell wieder zurück. Der Mann wirkte irgendwie krank, als zehrte ihn ein chronisches Leiden aus.

„Das ist Igor", stellte Jerome ihn vor.

„Er ist einer von denen, denen man das Gedächtnis gelöscht und seiner Fähigkeiten beraubt hat – vor fünfzehn Jahren."

Ich erfuhr die Dinge, in die Leo bereits eingeweiht war. Jerome hatte einen magischen Geheimbund gegründet, aus Leuten, die aus dem einen oder anderen Grund ihrer Fähigkeiten beraubt und aus der magischen Welt verwiesen worden waren.

Er hatte sich um sie gekümmert, sie wieder aufgebaut, ihnen ihre Geschichte erzählt, was die magische Welt betraf. Meist ließ sich ihre Biographie davor jedoch nicht mehr aufdecken. Und so blieben Kindheit und Jugend bei den meisten ein dunkles Kapitel. Sie kannten ihre Eltern, Geschwister und Freunde nicht. Aber sie wussten nun, was man mit ihnen gemacht hatte und fanden im magischen Bund eine neue Familie.

Jerome hatte eine Freundin gehabt, ein rebellisches Mädchen namens Josepha. Sie war an die Schule gekommen, als er bereits ein paar Jahre zu den Mitgliedern des Rates gehörte. Sie wurde im Element Wasser ausgebildet und hielt sich kaum an die Regeln. Während sie an der Akademie studierte, gab es ständig Regenfälle wie in den Tropen, oder es nieselte den ganzen Tag. Aber vor allem besaß sie eine helle Begeisterung für Alexander und Clarissa. Sie wollte mit Jerome so sein wie die beiden. Die Welt verändern, das war ihr Traum. Sie schaffte zweimal den Abschluss nicht, weil sie einfach nicht die Kontrolle über ihre überschäumenden Gefühle fand. Als sie beim dritten Mal wieder versagte, versuchte sie, durch den See zu flüchten, aber der Rat bekam sie zu fassen, bemächtigte sich ihrer Fähigkeiten und Erinnerungen und schickte sie zurück in die reale Welt. Seitdem lebte Josepha in einer Anstalt, so schlimm waren ihre Anfälle.

Ich sah keinen Schmerz mehr, als Jerome das erzählte. Aber ich sah, wie die Wut in seinen Augen blitzte. Durch Josepha hatte er begonnen, sich auf die Suche nach Leuten zu begeben, die ihr Schicksal teilten. Trotz ihrer Absenz war es leicht, diese Menschen von ihrer wunderlichen Vergangenheit zu überzeugen. Etwas in ihnen hatte nicht vergessen, dass sie eine besondere Geschichte im Leben durchgemacht hatten, bevor sie alles vergaßen.

Und dann hatte Jerome Igor getroffen. Und zwar als eine dicke Wolke aus Qualm mitten im magischen Wald. Igor galt in der Welt als krankhafter Pyromane. Er zündete alles Mögliche an, wenn es ihm schlecht ging, Häuser, Autos, Bäume. Aber nur einmal konnten sie ihn schnappen und in ein Krankenhaus stecken. Igor konnte sich in diese Qualm-Gestalt verwandeln, mit der er sich immer wieder in einem märchenhaften Wald wiederfand, in dem er herumirrte, aber nie jemandem begegnete, bis er zurückkehrte in die ihm bekannte Welt. Es war sein Seelenort, der jedoch keine Verbindung mehr zur magischen Welt besaß. Irgendein unbewusster Prozess brachte ihn immer wieder dorthin. Die Begegnung von Jerome und Igor war ein großer Zufall, weil sich ihre Seelenorte im magischen Wald überlagerten. Jerome wusste nicht, wie ihm geschah, als er vor dem Eingang seiner privaten Höhle in eine Qualmwolke geriet und damit nach Berlin getragen wurde.

Igor besaß damit eine Fähigkeit, die sich bei Leuten mit dem Element Feuer finden konnte, denen der Zugang zur magischen Welt wieder genommen worden war. Jerome fand dazu etwas in einer alten Schrift, was darauf hindeutete, dass es solche Fälle bereits in früheren Zeiten gegeben hatte. Doch das war so lange her und seitdem nicht wieder vorgekommen, dass es in Vergessenheit geraten war. Oder vielleicht auch nicht, denn normalerweise bemerkte niemand, wenn Ehemalige als schwarze Rauchsäule an ihrem Seelenort in der magischen Welt herumgeisterten. Der alte Text vermittelte jedoch, dass die Voraussetzung dafür nicht nur die Löschung von Fähigkeiten war. Im geheimen Bund gab es inzwischen zwei Leute, die als diese Art Schatten in die magische Welt gelangen konnten. Igor und Jerome, der sich diese Fähigkeit angeeignet hatte. Und nicht nur dass, sie konnten jemanden aus der realen Welt einhüllen und mitbringen. Das eröffnete ungeahnte Möglichkeiten und würde die Umwälzung von innen ermöglichen. Inzwischen waren sie so weit, die magische Welt als Rauchgestalt durch alle Durchgänge der Elemente Feuer und Erde zu betreten, ohne dass die Salamander oder Gnome es bemerkten.

Ich verstand, wo mich die Schatten damals hinbringen wollten: zu einem der Durchgänge. Leo war der Dritte, der diese Fähigkeit trainierte und dabei große Fortschritte machte. Ich erfuhr, dass Leo auf diese Weise bereits heimlich die reale Welt besuchte, und sah ihn mit großen Augen an. Warum hatte er mir das nicht gesagt? Es kam mir vor wie der größte Betrug von allem. Größer noch als die Tatsache, dass Jerome hinter den Schatten steckte, die die ganze Zeit versucht hatten, mich in die magische Welt zu holen und mir solche Angst eingejagt hatten. Ein einziges, riesiges WARUM in mir verstopfte alles.

„Warum?“ Ich sprang auf. „Warum sagt ihr mir das alles nicht? Was sollen diese Geheimnisse? Warum hast du mir solche Angst gemacht?“, klagte ich Jerome an.

„Beruhige dich!“, befahl er donnernd und brachte mich zum Verstummen. Ich war erschrocken und setzte mich gehorsam wieder hin. So hatte er noch nie mit mir gesprochen.

Jerome entschuldigte sich sofort wieder und schlug seinen gewohnt sanften Ton an: „Tut mir leid, aber auch mir gehen mal die Nerven durch. Ich wollte dich herbringen, Kira, mit Hilfe der Schatten und ohne, dass es der Rat bemerkt. Ich hatte dich beobachtet. Du warst mir aufgefallen. Wir sind längst dabei, Menschen in der realen Welt zu begleiten, bei denen die Fähigkeiten erwachen. Ich habe gesehen, dass du mehrere Talente hast. Ich wollte dich von vornherein vor Schwierigkeiten bewahren. Ich weiß, die Schatten sind unheimlich, wenn man sie nicht kennt. Du wärst hier in Sicherheit gewesen. Wir hätten dich ausgebildet. Alles wäre schneller gegangen. Du hättest gleichzeitig nach Hause gekonnt. Du wärst den Regeln der Akademie nicht unterworfen gewesen. Aber du bist uns entwischt … zwei Mal … und dann warst du plötzlich hier, vor deiner Zeit. Du bist durch das magische Wasser gekommen, weil die Abschirmung dieses Durchgangs bröckelt. Und das ist gut so. Seit dein …“ Jerome suchte nach einem passenden

Wort: „… Schulkamerad auch durch den See gekommen ist, wissen wir, dass es inzwischen auch Menschen schaffen. Es gelingt. Bald werden die Durchgänge weiterer Elemente durchlässig werden. Mit deiner Kraft Kira, kann uns niemand mehr aufhalten. Deswegen müssen wir dich in Sicherheit bringen, noch in dieser Stunde.“

Igor stieß mich ab, aber gleichzeitig tat er mir leid. Das Schicksal all dieser Leute tat mir leid und überlagerte meine Enttäuschung, dass ich solange nicht Bescheid gewusst hatte. Aber ich konnte Jerome daraus keinen Vorwurf machen. Alles, was er sagte, klang logisch. Endlich verstand ich, was passierte. Auch, warum ich alles jetzt erst erfuhr. Jerome wollte mein Vertrauen. Und er konnte uns rausbringen. Allerdings, warum redete er immer nur von mir und behandelte Tim die meiste Zeit, als wäre er nicht vorhanden? Ich griff nach Tims Hand. Im selben Moment feuerte Leo einen vernichtenden Blick auf mich ab.

„Okay, wir sind bereit“, erklärte ich.

„Dieser Typ wird dich nicht begleiten“, zischte Leo.

„Leo, bleib ruhig“, sagte Jerome in einem befehlenden Ton. Dann wandte er sich an mich. „Tim muss hierbleiben. Ich werde ihn an den Rat übergeben. Der Rat muss mir weiter vertrauen, verstehst du. Ich werde ihnen sagen, dass ich Tim erwischen konnte, aber du mir entkommen bist. Das ist glaubwürdig. Alles hängt davon ab, dass der Rat nicht zu schnell hinter das kommt, was wir planen.“

Ich zitterte. Was Jerome sagte, war nachvollziehbar. Trotzdem sträubte sich alles in mir, ich wollte Tim nicht opfern, um keinen Preis. „Aber sie werden seine Erinnerungen löschen!“, begehrte ich auf. Jerome sah mich nur an. Leo nickte und glaubte, er müsse mir im selben Tonfall wie Jerome, auch noch etwas erklären: „Das ist das Beste für ihn. Du kannst eh nicht mit ihm zusammen sein. Er ist dir nicht gewachsen. Und das weißt du.“

Tim hatte die ganze Zeit mit regungsloser Miene dagesessen. Er sah erschöpft aus. Ehe ich Leo kontra geben konnte, meldete er sich zu Wort: „Dein Freund hat recht. Wir haben keine Chance. Lass es so geschehen, wie Jerome sagt. Und mach dich endlich auf den Weg. Bring dich in Sicherheit. Das ist das Wichtigste." Tim erhob sich. „Ich hätte nur gern …", seine Stimme versagte ihm ihren Dienst. Ich kapierte, dass er gegen Tränen ankämpfen musste. Mein Herz tat weh. Leo verkniff sich ein Grinsen. Ich war kurz davor, ihm an die Gurgel zu springen.

„… noch eine Minute mit Kira allein … um mich zu verabschieden. Ich werde schließlich … bald … nicht mehr wissen … wer sie ist." Jerome, Leo und Igor wechselten Blicke. Ich bemerkte Unruhe an dem kleinen Höhleneingang neben dem See. Dort standen jetzt Leute. Der magische Geheimbund. Ein dutzend blasser Gesichter. Sie waren alle hier.

„Eine Minute", sagte Jerome. „Wir haben nicht viel Zeit." Leo wollte aufbegehren. Doch Jerome befahl ihm mit einer Handbewegung, ruhig zu sein und sich zurückzuziehen. Sie gingen zu den anderen hinüber und zogen sich in die Nebenhöhle zurück.

Auf einmal herrschte Totenstille. Nur ein leises Klingeln war zu vernehmen, wenn sich kleine Tropfen von einem Stalaktiten lösten und in das Wasser des Sees fielen. Niemand war mehr zu sehen. Trotzdem war ich mir sicher, dass wir beobachtet wurden. Wir standen uns gegenüber. Tim nahm meine beiden Hände. Sie waren warm und fühlten sich so vertraut an. Er packte nicht zu wie Leo, als wäre ich sein Besitz. Es war anders, ein wirklicher Halt.

„Mit Leo … ich wusste nicht, ob … ob du noch an mich denkst … aber seit ich weiß … und du hergekommen bist … Leo ist nicht mein Freund", sagte ich laut, damit es alle in der Grotte hören konnten. Tim legte einen Finger auf meine Lippen und flüsterte: „Ich will dir nur eins sagen: Traue diesen

Leuten nicht. Auch wenn es sich gut anhört, was sie sagen, sie sind nicht gut, das spüre ich. Lass dich von ihnen hinausbringen, aber … du darfst ihnen nicht trauen." Er sprach wie Atropa. Er gehörte wie sie zu denjenigen, denen ich vertraut hatte, bevor die magische Welt über mich hereingebrochen war. „Ich werde dich nicht vergessen", versprach er mir. Ich nickte nur. Natürlich würde er mich vergessen, und zwar für immer. Ich hatte genug über diesen Prozess der Auslöschung gelesen. Er hatte nur noch keine Vorstellung davon.

„Wir könnten uns neu kennen lernen." Tim versuchte ein Lächeln. In seiner Stimme lag Hoffnung. Ich hatte die Möglichkeit, ihn in diesem Glauben zu lassen, aber ich wollte ihn nicht anlügen. „Nein, das können wir nicht. Sobald ich wieder in deinem Leben auftauche, erinnerst du dich auch an die magische Welt. Es ist so eingerichtet, dass du mir aus dem Weg gehen wirst, auf scheinbar natürliche Weise."

Ich sah in Tims Gesicht, wie ich jegliche Hoffnung zerstörte. Deshalb war er so ruhig geblieben. Darauf hatte er gebaut. Mein Schmerz in der Herzgegend breitete sich in meinem ganzen Körper aus. Auf einmal war mir klar, was ich tun musste. Ich würde Jerome enttäuschen, aber ich würde Tim nicht im Stich lassen. Niemals. Es musste doch noch einen anderen Weg geben. Es musste! Jetzt! Es gibt einen, vernahm ich wieder die Stimme in mir, von der ich nicht sicher war, ob sie überhaupt zu mir gehörte. Ich weiß nicht, woher ich die Sicherheit nahm, aber ich vertraute darauf. Tim wollte mir seine Hände entziehen. „Du musst jetzt gehen." Ich hielt seine Hände weiter fest und formte die Lippen zu einem lautlosen „Nein!"

Dann konzentrierte ich mich. Ich spürte ein immenses Schwindelgefühl, als würde mich eine Windhose ergreifen. Plötzlich war Tim vor mir verschwunden, und ich sah mich selbst nicht mehr. Ich war unsichtbar und hatte ihn damit eingehüllt. Das verschaffte uns einige Sekunden Vorsprung, besonders, wenn es hier niemanden mit Äther-Fähigkeiten gab, der uns trotzdem sehen konnte. Ich riss Tim mit mir zum Ausgang der Höhle. Wir bewegten uns in rasender Geschwindigkeit. Er schrie kurz auf. Wahrscheinlich verletzte ich ihn wieder, aber es ging nicht anders. Ich hörte Tumult hinter mir. Sie waren uns auf den Fersen. Gesteinsbrocken krachten von der Decke. Jerome versuchte, uns den Weg zu versperren. Aber wir brauchten weniger Raum als der Wind. Wir schlüpften durch die letzte, verbleibende, winzige Lücke, die blieb, während Jerome mit einer mächtigen Lawine den Eingang verschüttete. Ich betete, dass Tim in der Lage war, das Ganze zu überleben. Ich stieg mit ihm steil in den Himmel hinauf. In dem Moment wurden wir wieder sichtbar. Mit dem Versuch, uns den Weg abzuschneiden, hatten sich Jerome und seine Leute selbst den Weg versperrt. Einige Minuten würde es dauern, ihn wieder freizulegen, falls er nicht vorhatte, den ganzen Berg zu sprengen.

Ich zog Tim in meinen Armen mit mir. Sein Gesicht war dicht vor meinem. Seine Wangen flatterten im Gegenwind. Er blinzelte mich an. Er war wohlauf. Ich überlegte, zu meinem Dom zu fliegen. Dort waren wir erst mal sicher und ich konnte weiter überlegen.

Nein, nicht zum Dom. Flieg zum See! Wieder die Stimme. Diesmal war ich mir sicher, dass sie nicht aus mir kam.

„Wer bist du?“, schrie ich gegen den Wind. Im selben Moment war es mir klar. Ich sah den milchig grauen Schleier, der neben mir flog und in der rosaroten Morgendämmerung leicht schimmerte. „Atropa …“

„Du kannst mich hören … Flieg zum See.“ Ich dachte an den Durchgang des Wassers, der nicht mehr geschützt war. Trotzdem konnte ich mir nicht vorstellen, durch den See zu tauchen. Aber vielleicht war es die Rettung für Tim.

„Wir müssen zum See!“, hörte ich jetzt Tim neben mir. Seine Worte verzerrten sich im Wind, aber ich verstand sie.

„Zögere nicht … wir haben wenig Zeit.“ Atropas Stimme klang hell und jung. Es war seltsam, sie zu hören, als würde sie endlich lebendig werden. „Okay“, rief ich und antwortete damit beiden, auch wenn Tim dachte, dass die Antwort nur ihm galt.

## 45

Ich brachte eine sanfte Landung am Ufer hin. Wir landeten mit den Füßen im glasklaren Wasser und fielen auf die dicht mit Klee bewachsene Böschung. Ich war Atropa gefolgt und sie hatte uns hierhergeführt. Wir befanden uns an einer Stelle des Sees, wo der Wald direkt an das Ufer grenzte und einige Bäume sogar im Wasser standen. Ein riesiger umgestürzter Baum ragte weit in den See hinein und bot einen gewissen Sichtschutz. Tim setzte sich auf und prüfte, ob noch all seine Knochen in Ordnung waren. Atropa tanzte als flimmernder Nebelschwaden auf der Wasseroberfläche.

„Das war verdammtes Glück.“ Ihre Worte kamen wie aus dem Nichts durch die Luft. „Du warst die ganze Zeit bei uns?“ Ich starrte auf den Nebel und versuchte, eine Gestalt darin zu erkennen.

Tim sah mich irritiert an. „Mit wem redest du?“

„Atropa. Sie ist hier.“ Ich zeigte auf das neblige Gebilde vor uns.

„Ich kann sie hören! Sie hat uns hergeführt.“

„Ich bin euch nicht bis in Jeromes Höhle gefolgt. Es gibt dort Leute, die mich bemerkt hätten. Ich habe davor auf euch gewartet“, erklärte Atropa mit glockenheller Stimme.

„Es gibt dort Leute mit Äther?“

„Ja, einige. Deshalb hattet ihr verdammtes Glück. Ich hatte so gehofft, dass ihr das Richtige tun würdet.“

„Aber, wie soll es jetzt weitergehen? Tim hat seine Taucherausrüstung nicht mehr.“ Tim setzte sich auf seine Knie, zwischen mich und die Luft, mit der ich sprach. „Kira. Ich muss dir was sagen. Jetzt!“ Sein Blick war sehr ernst und er klang dringlich. Ich entdeckte die Schürfwunden an seinen Armen. Das musste von den Wänden in der Grotte sein. „Erst müssen wir hier raus. Nach Hause. Dann …“ Ich hatte auf einmal so eine Ahnung, dass es nichts Gutes war, was Tim mir sagen wollte, und wollte es am liebsten verhindern. Aber er ließ sich nicht abwimmeln und unterbrach mich.

„Nein, das geht nicht. Du musst es jetzt wissen, weil …“ Er machte ein gequältes Gesicht. Was dann kam, traf mich wie ein Schlag. „Wir können nicht zusammen sein. Ich bin vergeben … für immer.“ Er wich meinem Blick aus. Ich starrte ihn an, mein Mund versuchte Worte zu formen, aber es kam nichts heraus. Ich verstand absolut nichts von dem, was er gesagt hatte, nur, dass er es absolut ernst zu meinen schien.

„Es ist nicht so, wie Jerome denkt, dass man einfach durch das magische Wasser kommt, weil die Undinen nicht mehr aufpassen. Sie nehmen ihren Job nach wie vor sehr genau. Ich wäre mit Sicherheit gestorben … wäre Minchin nicht gewesen. Sie war es, die mich gerettet hat.“

Mein Gehirn war kurz davor, seinen Dienst einzustellen. Ich rang damit, weiter passende Gedanken zu erzeugen. „Minchin? Die Undine? Ich kenne sie …“

„Du kennst sie?“

„Ich habe sie einmal gesprochen, am Ufer …“

„Sie wird … meine Frau. Das war ihre Bedingung.“

Meine Frau. Wie das klang. Vernichtend endgültig. Ich sah das bezaubernde Bild der Undine vor mir, wie sie im Mondlicht vor mir gestanden hatte. Die Inkarnation der vollendeten Schönheit. Im Verhältnis zu ihr war ich auch hier nur ein unscheinbares Mädchen. Früher oder später würde sie ihn um den Finger wickeln. Ich fühlte mich wie gelähmt, aber kam trotzdem auf die Beine und sah auf ihn herunter. „Warum sagst du mir das jetzt erst?“

Tim rappelte sich auch auf. Er wirkte erstaunlich fit. Unsere Kämpfe und Flüge schienen ihm weniger auszumachen, als ich befürchtet hatte. Noch vor zwei Minuten hätte mich das gefreut, weil es uns weniger unterschiedlich machte.

„Ich wollte es dir sagen, als wir den grünen Raum verlassen hatten … weil sie mich rausbringen kann. Aber du hattest einen besseren Plan und wir sind zu deinen Freunden.“

„Tut mir leid, ich wusste ja nicht, dass du so gute Beziehungen hast!“, zischte ich. In mir loderte es. Wenn ich jetzt Flammen schlug, würde ich ihn versengen, skrupellos. „Sie hätten dir das Gehirn ruhig löschen sollen!“, gab ich noch drauf. Tim packte mich an den Gelenken, erstaunlich fest. Auf einmal konnte ich ihn nicht einfach abschütteln, weil meine Gefühle für ihn viel stärker waren, als all meine Superkräfte, und mich lähmten.

„Hör mir zu. Es ist nicht so, wie du denkst. Nicht freiwillig – so wie bei dir und Leo!“, sagte er mit einem bissigen Unterton. Das saß. Ich hörte auf, mich gegen seinen Griff zu wehren. „Sie hat mir das Leben gerettet, aber das hatte seinen Preis. Ich musste ihr dafür versprechen, dass ich sie mit in die reale Welt nehme und wir dort ein Paar werden. Ich hatte keine Wahl. Ich wollte zu DIR! Koste es, was es wolle. Das war alles, was in dem Moment zählte. Ich musste wissen, ob du Hilfe brauchst. Ich habe ihr gesagt, dass ich zufällig in dem See getaucht bin. Hätte sie erfahren, dass ich auf der Suche nach dir bin, mein Herz bereits vergeben ist, sie hätte mich ertrinken lassen.“

Mir fiel Leos Bemerkung zu Minchin am See ein, dass sie es bei jedem versuchte, aus dem See rauszukommen, dass sie ein Mensch werden wollte, aber dazu jemanden brauchte, der sie liebt. Und dass sie diesen Menschen töten würde, sobald er sie verlassen würde, um wieder zurück in das Wasser zu können und als Mensch nicht zu sterben. Eine Undine eben.

„Er sagt die Wahrheit“, schaltete sich Atropa ein.

Ich wusste, dass er die Wahrheit sagte, ich wusste, dass er Recht hatte mit Leo. Trotzdem war ich außer mir. Immerhin hatte ich mit Leo nicht mal geschlafen, er dagegen hatte vor, sein ganzes Leben mit Minchin zu verbringen, auch wenn das nicht freiwillig war – erst mal.

„Kein schlechter Pakt. Sie ist schließlich die schönste Frau der Welt.“ Ich ließ kleine Flammen aus meinen Fingern züngeln. Tim hörte sofort auf, meine Handgelenke zu umklammern. „Kira, hör auf.“ Er nahm mich ganz fest in seine zerschundenen Arme.

„Ohne meine Erinnerung hätte sie mich aufgesucht, sobald ich einem See auch nur zu nahe gekommen wäre und dafür gesorgt, dass wir zusammenkommen. Mit meiner Erinnerung werde ich zwar mit ihr leben müssen, aber mein Herz wird dir gehören.“

„Stell dir das nicht zu einfach vor. Sie ist eine Undine. Sie wird dich töten, wenn du sie verlässt – damit sie leben kann.“ Ich sah wieder ihre atemberaubende Schönheit vor mir und setzte nach: „Außerdem wird sie schon dafür sorgen, dass du mich vergisst.“ Ich löste mich aus Tims Armen. Er ließ es zu.

„Ihr müsst euch auf den Weg machen. Vergeudet keine Zeit“, mahnte Atropa. „Minchin wird Tim heil nach draußen bringen. Sie wird gleich hier sein. Und du, Kira, komm zu mir … komm!“

Atropa war weiter hinaus auf das Wasser geglitten und wartete am Wipfel des umgestürzten Baumes, da, wo es tief war. Auch sie hatte Minchin längst zu Tims Rettung eingeplant. Sie hatte Bescheid gewusst. Seit wann, war mir inzwischen fast egal. Für einen Moment fühlte ich nichts als eine unsägliche

Leere in meinem Innern. Ich wollte nichts mehr. Nichts. Einfach aufhören zu existieren. Das Leben erschien mir viel zu kompliziert. Ich war versucht, einfach beide stehen zu lassen und in den Wald hineinzulaufen, meinetwegen in die Arme von Jerome. Na und.

„Kira, ich muss dir noch etwas sagen. Es könnte sehr wichtig sein!“, flehte Tim, als wollte er damit verhindern, dass ich flüchtete. Was kam denn jetzt noch um Himmels willen! War das nicht schon alles mehr als genug? „Die Stimme von Jerome. Ich habe sie schon einmal gehört. Er war bei deinem Vater … in der Firma. Ich dachte, ich wäre allein. Aber sie waren in seinem Büro. Zum Glück habe ich das Licht durch das Schlüsselloch gesehen, bevor ich den Schlüssel hineinsteckte, und sie haben mich nicht bemerkt …“

Tim war augenscheinlich in das Büro meines Vaters eingebrochen und kannte Jerome, das wurde ja immer besser. „Du spionierst immer noch meinem Vater nach?“, sagte ich verächtlich.

„Ich habe Luisa darum gebeten, mir den Schlüssel von der Sekretärin zu besorgen. Das hat ohne Probleme geklappt. Nicht wegen der blöden Zeitung … wegen dir.“

„Du brichst in das Büro meines Vaters ein … wegen mir?“ Ich verstand überhaupt nichts.

„Dein Vater bereitet immerhin das Wasser für den Norden Berlins auf und du bist in den Abwasserkanälen verschwunden. Vielleicht gab es Zusammenhänge. Ich wollte nichts unversucht lassen.“

„Und warum erzählst du mir das auch erst jetzt? Wie viele nette Geheimnisse hast du denn noch so?“ Ich wusste, das war gemein von mir, mich so aufzuführen. Er konnte nichts für die Sache mit Minchin. Es war nur zu verständlich, dass er damit sein Leben gerettet hatte. Er hatte einfach alles versucht, um mich zu finden! Weil er das mit Indien nicht glaubte, weil er mich verstand, weil etwas in seinem Innern ihm sagte, dass alles anders war, weil wir wegen alldem eine tiefe Verbindung zueinander hatten. Mir war danach zumute, einfach loszuheulen. Tim blieb weiter ruhig und machte mein schlechtes Gewissen nur noch größer.

„Keine weiteren. Und ich wollte eigentlich in Ruhe mit dir darüber sprechen, aber … Ich bin spät abends noch in das Büro, bevor ich zum zweiten Mal mit Taucherausrüstung in den Kanal ging. Ich wollte dich nicht aufbringen wegen der Geschichte mit deinem Vater. Außerdem, es ist von Vorteil, ein paar Pläne des Abwassersystems zu haben, bevor man darin herumtaucht. Die waren leicht zu finden."

„Schon gut. Es tut mir leid."

Oh Mann, Tim hatte so viel für mich getan, sein Leben aufs Spiel gesetzt … und es verschenkt. Das mit meinem Vater und Jerome irritierte mich. Was steckte dahinter? Wusste mein Vater etwa Bescheid? Aber warum sollte Jerome ihn einweihen in die Geheimnisse der magischen Welt? Dass Jerome das getan hatte, konnte ich mir beim besten Willen nicht vorstellen. Vielleicht hatte er sich bei meinem Vater als Coach angebiedert, um mehr über mich und meine erwachenden Fähigkeiten zu erfahren. Ja, das machte am meisten Sinn, falls Tim sich nicht doch irrte und die Stimmen nur verwechselt hatte. „Und du bist sicher, dass es Jeromes Stimme war?"

„Ich bin mir ziemlich sicher."

Unsere Blicke trafen sich. Tim hatte genauso Tränen in den Augen wie ich. Er gab mir einen sanften Kuss auf die Lippen. Ich küsste ihn zurück und wendete dabei alle Kräfte auf, um meine Tränen zurückzuhalten.

„Schluss jetzt! Wir müssen gehen. Sofort!", mahnte Atropa. Tim und ich drehten uns zum See und hielten uns gleichzeitig die Ohren zu. Ihre Stimme klang unerträglich hoch und schrill. Die Wasseroberfläche kräuselte sich. Minchin tauchte auf. Direkt vor uns. Ihr langes glänzend weißes Haar floss ihr über die Schultern. Sie lächelte mit ihrem kirschroten Mund. Ihre Augen waren groß, dunkelblau und leuchtend und gegen ihre Figur, die ein lagunengrünes, glitzerndes Kleid umfloss, war Barbie ein Krüppel. Eine perfekte Frau, ausgeschnitten wie aus einem Männertraum. Ich wich zur Seite. Minchin schritt an mir vorbei, hatte nur Augen für Tim und nahm ihn bei der Hand.

„Komm … wir gehen nach Hause. Der Geist dort hat gesagt, es ist so weit. Ich freue mich so!“ Sie zog Tim mit sich. Er warf mir einen letzten Blick zu. Ich wich ihm aus. Er folgte ihr in das tiefe Wasser ohne eine Spur von Angst. Als ihnen das Wasser bis zu den Schultern ging, drehte sich Minchin noch einmal geschmeidig um, schaute mich an und säuselte mit ihrer sirenenhaften Sopranstimme: „Danke, dass du ihn gebracht hast.“

Dann verschwanden sie im See. Scheinbar hatte sie nicht begriffen, dass ich bis eben noch Tims Freundin gewesen war und nicht nur sein Begleitschutz. Am liebsten wollte ich es ihr hinterherschreien. Aber ich wusste, dass ich Tim damit nur unnötig in Gefahr brachte. Tim war in Sicherheit. Er kam nach draußen. Und ich? Meinetwegen sollten sie meine Fähigkeiten löschen. Sie hatten mir kein Glück gebracht. Und auch meine Erinnerungen. Sie taten nur weh. Ein Taucher hätte sowieso nicht zu mir gepasst, sagte eine weinerliche Stimme in meinem Kopf, die definitiv meine war.

„Kira, komm! Sofort! Sie sind im Anmarsch. Sie werden gleich hier sein. Du gehst zurück durch das Wasser. Ich werde dir helfen.“

Ich schüttelte auf Atropas Betteln hin nur den Kopf, hockte mich in den Klee und registrierte mit Bedauern, dass jedes Blatt vierblättrig war. Das hatte keine Bedeutung. Das war hiermit bewiesen.

„Kira, du benimmst dich wie ein kleines, dummes Mädchen!!!“, brauste Atropa auf, sodass es noch stärker in den Ohren wehtat als beim ersten Mal.

„Nichts ist verloren. Alles ist möglich! Reiß dich zusammen, verdammt noch mal und folge mir!"

Atropa war wieder näher gekommen. Ich sah, wie sich die Nebelschwaden zu einer weiblichen Gestalt ausformten. Hinter mir im Wald wurden Geräusche laut. Irgendjemand war da. Der Rat? Jerome und seine Leute? Eigentlich war mir alles egal. Aber ich wollte nicht hier sitzenbleiben. Die Vorstellung, im Wasser zu ertrinken, war auf einmal doch attraktiver, als in diesem Zustand vor Jerome oder den Rat treten zu müssen. Einfach da hingehen, wo Tim hingegangen war. Ihm nah sein, durch das Wasser. Die Liebste, die starb, weil ihr Liebster nicht mit ihr leben würde, während die Meerjungfrau mit ihm von dannen zog, eine verdrehte Fassung des Märchens. Ich stand auf und lief ins Wasser wie eine, die fest entschlossen war, sich zu ertränken. Ich ging vorwärts bis zu Taille. Es war eiskalt und brachte meine Überlebensgeister in Bewegung. Ich wollte zurück. Doch es ging nicht. Atropa hatte mich mit ihrem Nebel vollständig eingehüllt. Ich rang nach Luft.

„Es muss sein!", hörte ich sie sagen. „Sie sind schon am Ufer. Sie sehen dich sonst. Und jetzt tauch unter. Los!"

„Ich kann nicht!", versuchte ich mich zu wehren. Aber der Nebel drückte mich unter die Wasseroberfläche.

„Schwimm!", kam der Befehl von Atropa. Ich ruderte mit den Armen und wollte nach oben. Aber es ging nur vorwärts und tiefer. Ich hielt die Luft an. Meine Lungen drohten zu platzen. Alles, was ich bisher erlebt hatte, war nichts dagegen.

„Atme!", kam der nächste Befehl von Atropa. Ich hielt weiter die Luft an und ruderte hilflos mit den Armen, um nach oben zu gelangen, aber Blei lag auf meinem Körper. Ich hatte doch der falschen vertraut. Sie brachte mich um!

Atropa und Tim, für die ich mich entschieden hatte, hatten mich am schlimmsten betrogen!! Ich wollte sofort ans Ufer, zu Jerome.

Aber es war zu spät. Ich würde ertrinken. Ich konnte die Luft nicht länger anhalten. Ich atmete das Wasser ein … und wieder aus … und wieder ein … und aus … Mein Gott, ich atmete Wasser, als wäre es Luft. Ich wurde kein bisschen ohnmächtig. Es war mehr als verrückt. Es war unglaublich, dass es immer noch verrückter kommen konnte. Meine Bewegungen wurden ruhiger. Ich hatte wieder Sauerstoff. Durch das Wasser. Wasser floss durch meine Lungen und ich fühlte mich gut. Es war nicht zu fassen.

„Siehst du … du hast es geschafft.“ Ich nahm eine silberschattige Gestalt neben mir wahr. Atropa. Ich lächelte sie an, während wir dahinglitten. Die Situation erinnerte mich an meinen Traum, den ich hatte, als die Symptome anfingen. Nur das in diesem Traum nicht Atropa neben mir schwamm, sondern ein Junge … Leo oder Tim. Mir wurde bewusst, dass es einer von beiden war. Dass ich sie beide in meinen Träumen bereits gesehen hatte, bevor ich sie kannte. Und dass ich nicht wusste, wer von beiden in diesen Traum gehörte …

„Siehst du das kleine purpurfarbene Licht vor uns? Da ist der Ausgang. Dort schwimmen wir hin.“

Meine neue Fähigkeit, das Wasser besiegt zu haben, machte mich euphorisch. Der Gedanke, nach Hause zu kommen verstärkte das Gefühl noch. Ich schwamm auf das Licht zu. Es erinnerte mich an die goldene Abendstimmung im Herbst.

„Ist das der Himmel von draußen?“

„Ja, die Sonne geht gerade unter. Wir benutzen den zweiten Durchgang durch das Wasser. In den Katakomben des Humboldthains suchen sie nach Tim.“

Plötzlich strömten links und rechts Gestalten an uns vorbei. Es waren Undinen. Männer und Frauen. Die Männer waren genauso schön wie die Frauen. Warum hatte sich Minchin nicht einen von ihnen genommen? Ich würde sie immer dafür verachten, vor was für eine Entscheidung sie Tim gestellt hatte. Das Wasser erfrischte mich und ich schöpfte neuen Mut. Man konnte keine Liebe erzwingen. Und wenn Tim sie nicht liebte, dann musste es einen Weg geben, ihn trotzdem vor dem Tod zu bewahren. Es gab keinen Grund, dass alle Geschichten immer gleich ausgingen.

Und wenn er sie doch lieben würde?! Dann hatte das Schicksal etwas anderes mit mir vor und ich hatte es nur noch nicht begriffen. Hier unten, im Wasser verstand ich, wie dumm es war, aus Liebeskummer nicht mehr leben zu wollen. Liebeskummer war ein flüchtiges Gefühl, wie alle anderen Gefühle auch. Ich hatte das Wasser besiegt. Jetzt würde mir alles andere ebenfalls gelingen, auch das Besiegen von falschen Gefühlen. Tim war am besten geschützt, wenn er seine Gefühle für mich verlor und ich konnte helfen, es ihm nicht unnötig schwer zu machen.

Die Undinen sammelten sich vor uns und versperrten den Weg. Zumindestens versuchten sie es. Von Nahem fiel mir auf, dass einige ihrer Gesichter eingefallen und faltig wirkten. Ich versuchte, unbeirrt weiter in das Licht zu schwimmen. Ich war so nah an meinem Ziel, ich würde mich nicht aufhalten lassen. Doch ich hatte keine Chance. Die fließenden Körper der Undinen schmiegten sich eng aneinander. Ihre Gesichter kamen immer näher. Sie bildeten einen undurchdringlichen Wall.

„Du musst zurückkehren, du hast deine Ausbildung noch nicht abgeschlossen.“ Ihre Stimmen glichen einem Chor leise summender Klingeln. Es machte irgendwie schläfrig.

„Schwimm einfach weiter, Kira. Sie werden dir ausweichen“, Atropa war ganz nah an meinem Ohr, aber ich sah sie nicht. Ich versuchte, ihr zu gehorchen. Ich schwamm entschlossen auf die Undinen zu, als hätte ich vor, durch sie hindurchzuschwimmen.

„Kehr um, kehr um, kehr um“, summten sie in einem Sprechchor. Das Summen wurde immer höher und fing an, in den Ohren wehzutun. Ich ließ mich nicht beirren, bis ich die ersten Undinen mit meinen Händen berührte. Sie fühlten sich weder kalt noch glitschig an, sondern glatt, warm und samtig. Ich musste sofort an die Haut von Minchin denken. Nicht mal eine Fischhaut war es, die Tim mit nach Hause nehmen musste. Sie würde es so leicht mit ihm haben.

Ich holte mit den Händen aus und machte kräftige Schwimmbewegungen in die Richtung des Lichts, das ihre Körper jetzt vollständig verbargen. Ich schlug ihnen dabei ins Gesicht. Zuerst schienen sie tatsächlich zurückzuweichen, doch dann spürte ich ein peinvolles Brennen an allen Stellen meines Körpers, mit denen ich sie berührt hatte. Eines der Gesichter waberte direkt vor mir und ich erschrak. Es hatte kreideweiße Haut, fast schwarze Ringe unter den Augen und wenn es Wasser ausatmete, war es mit dünnen, dunkelroten Schlieren vermischt. Diese Undine war definitiv krank. Sie machte mir Angst.

Ich ruderte nur noch schneller. Der „Kehr um"- Gesang drohte mir, das Trommelfell zu sprengen. Ich sah auf meine Hände vor mir. Ein feines Netz aus grauen Fäden begann sich darüberzuspannen. Das war es, was so brannte. Die Undinen webten ein Netz um mich. Sie wollten mich damit einfangen wie einen Fisch. Das durfte ich nicht zulassen.

„Besinn dich deiner Kräfte, verdammt!", hörte ich Atropa. Und im selben Moment fand ich endlich zu meiner Konzentration. Das Feuer des Verlustes, das in meinem Herzen Tims wegen brannte, brachte ich als Glühen auf meine Hautoberfläche, sodass das Netz wie feiner Ruß von mir abblätterte. Der Gesang wurde unregelmäßig. Ich schoss in die Tiefe und sah den Schwarm Undinen vor dem Licht tanzen wie Silhouetten hungriger Haie. Sie kamen nicht gleich hinterher. Mit einer Flucht in die entgegengesetzte Richtung hatten sie augenscheinlich nicht gerechnet. Ich konzentrierte meine ganze Ohnmacht gegenüber Minchin auf das tiefe Blau unter mir.

Ich hatte erfahren, dass Ohnmacht besonders starke Reaktionen bei den Elementen hervorrief.

Erst passierte nichts. Versagte ich etwa? Wirkten meine Erdkräfte im Wasser nicht? Bei Menschen mit nur einem Element war das so, aber ich hatte bereits erfahren, dass ich die Kräfte der Elemente kombinieren konnte. Darauf hatte ich vertraut.

Zwei Undinen rasten jetzt auf mich zu. Für einen Moment war ich überrascht und konnte mir keinen Reim darauf machen, was sie vorhatten. Dann sah ich, dass sie eine dritte Undine zwischen sich zogen. Sie hing schlaff in ihren Armen und zog einen kräftigen roten Schweif hinter sich her. Sie flitzten knapp an mir vorbei. Es war ein Notfall. An mir hatten sie keinerlei Interesse. Vielleicht die Undine, die ich so dicht vor mir gesehen hatte?

Das Sterben unter den Undinen. Ich sah es zum ersten Mal mit eigenen Augen. Es musste schlimm sein. Trotzdem bewachten sie nach wie vor die Durchgänge. Jerome irrte sich, dass die Undinen sich nicht mehr darum kümmerten. Ich kam mir auf einmal egoistisch vor, ihnen zusätzlichen Ärger zu machen und bereute, was ich gerade getan hatte. Denn mein Vorhaben zeigte Erfolg.

Die schwarze Bläue unter mir färbte sich erst weinrot, dann krapprot und dann feuerorange. Der Boden des Sees war aufgerissen. Von unten stieg eine immense Druckwelle auf. Sie saugte das Wasser in einen Trichter. Ich drehte mich darin immer schneller an die Oberfläche. So schnell, dass es den Undinen nicht gelang, mich noch aufzuhalten. Sie wurden voneinander weggerissen und versuchten, dem Strudel zu entkommen. Ihr Sirren durchdrang die Moleküle des Wassers. Ich presste die Hände gegen meine Ohren.

Plötzlich atmete ich wieder Luft und knallte ziemlich unsanft auf kaltes, hartes Kopfsteinpflaster.

# 46

Ich vernahm ein tiefes Stöhnen und brauchte einige Sekunden, bis ich realisierte, dass es von mir selbst kam. Ich wagte es nicht, mich zu bewegen, weil ich Angst vor der Entdeckung hatte, in alle Einzelteile zerschmettert worden zu sein. Ich öffnete die Augen. Neben mir war ein gusseisernes Geländer. Dahinter ging es drei bis vier Meter in die Tiefe. Schwarz und träge floss die Spree dicht neben mir dahin. Es war kaum vorstellbar, dass ich soeben aus diesem Fluss gekommen sein sollte. Aber es sah ganz so aus. Fades Licht schimmerte auf den Pflastersteinen. Ich lag direkt unter einer Straßenlaterne. Dunkelheit hatte sich bereits über die Stadt gelegt. Am Horizont zeigte sich nur noch ein schmaler Streifen lila. Meine Sachen waren komplett trocken. Allerdings lag ich auf einem nassen Gehweg, was von dem Nieselregen kam, der auf mich herabfiel. Ich bewegte meine Finger. Sie taten weh, aber sie waren alle noch heil.

Ganz behutsam versuchte ich mich aufzurichten. Es gelang mir besser, als ich angenommen hatte. Ich stützte mich erst auf die Ellenbogen, dann auf die Knie. Dann hockte ich mich auf die Fersen. Ich war in Ordnung, auch wenn es sich nicht so anfühlte. Ein paar Meter weiter führte die Friedrichsbrücke über den Fluss und auf der gegenüberliegenden Seite ragte der Dom in den Himmel. Ich war zurück. Ich konnte es kaum fassen. Ich war tatsächlich zurück! Das war also der zweite Durchgang durch die Spree, mitten in der Stadt, an der Friedrichsbrücke. Plötzlich meinte ich mich zu erinnern, dass sich nachts hier manchmal Leute mit schweren Steinen in den Taschen ins Wasser stürzten. Irgendwo hatte ich davon gelesen. Nun wusste ich, warum. Instinktiv stolperte ich ein paar Schritte von der Spree weg. Waren da noch die Undinen? Würden sie versuchen, mich wieder hineinzuziehen? Ich schleppte mich zu einer Parkbank und hockte mich dahinter.

Meine Gedanken rasten. Der Rat, Jerome und seine Leute – Wie schnell würden sie mich finden? Wer wusste was? Jerome hatte meine Spur bis zum See verfolgt. Ihm war klar, dass ich versuchen würde, durch das Wasser zu entkommen, weil er glaubte, dass die Durchgänge nicht mehr geschützt waren. Sie konnten die Undinen ausfragen. Und warum sollten sie nicht erzählen, dass ich es geschafft hatte?!

Jerome würde als Erster hier sein. Ich musste weg, so schnell wie möglich. Ich begann zu laufen, Richtung Alexanderplatz, instinktiv Richtung nach Hause. Ich rannte und fühlte mich dabei langsamer als eine Schnecke. Mein Vorankommen auf natürlich menschliche Art kam mir total lächerlich vor. Waren meine Kräfte hier zu gebrauchen? Würde ich sie im Griff haben? Oder würden sie mich sofort verraten? Ich musste es versuchen. Ich konzentrierte mich auf Äther und Wind. Unsichtbar und fliegend würde ich am schnellsten sein. Ich spürte, wie eine leichte Brise aufkam. Aber sie war viel zu leicht. Ich suchte Zuflucht unter einer Kastanie, die ihre letzten von Miniermotten zerfressenen braunen Blätter abwarf, und konzentrierte mich weiter.

Niemand befand sich auf der Straße. Ich sah nur die Lichter einzelner Autos, die vorbeifuhren, überwiegend Taxis. Vielleicht sollte ich mir ein Taxi nehmen? Aber wohin sollte es mich bringen? Ich brauchte einen Plan. Plötzlich rieselte es durch meine Adern, als würde darin kein Blut fließen, sondern feiner Sand. Der Wind frischte auf. Mir wurde übel und ich bekam Angst. Natürlich hatte es seinen Grund, dass man ohne abgeschlossene Ausbildung nicht in der realen Welt herumtoben sollte. Ich konnte die Wirkung meiner Kräfte hier kaum einschätzen, Ich versuchte, ruhig zu werden, die Elemente ruhen zu lassen, aber es gelang mir nicht. Das Rieseln wurde stärker, als würde es meine Adern verstopfen. Ich schlotterte am ganzen Körper. Ich wollte schreien, aber es ging nicht. Ich löste mich auf. Es war ein entsetzliches Gefühl. Musste ich sterben?

Etwas zog mich in die Länge, immer länger und länger, als wäre ich Kaugummi. Meine Füße verloren den Kontakt zum Boden und ich hob ab. Mir war, als wickelte ich mich um den Baumstamm der Kastanie. Dann wickelte ich mich wieder zurück. Ich stieg auf und prallte gegen Häuserwände und Fensterscheiben. Es klirrte gewaltig. So würde es nicht lange dauern, bis Leute auf mich aufmerksam wurden und die Polizei riefen. Die Polizei fehlte mir gerade noch. Die Gefahren der realen Welt waren so weit weg gewesen. Ich sah mich und war gleichzeitig der Wind, ein langgezogener, menschlich aussehender Wind. Ich hatte die Gestalt einer unwirklichen Drogenerscheinung. Ich wusste, dass das nicht sein durfte. Aus solchen Gründen wurden die Fähigkeiten von Leuten gelöscht. Weil sie auffällig waren in der Welt. Auf einmal verstand ich es sogar. Mich würde es auch schocken, wenn mir auf der Straße plötzlich lang gezogene Gespenster begegneten, die nachweislich vorhanden waren. Ich dachte sofort an Forschungslabore und dass sich magisch Begabte mit Sicherheit einer endlosen Reihe von Experimenten unterziehen müssten. Völlig sinnlos, denn keinem Wissenschaftler würde mit seinen Untersuchungen jemals ein beweiskräftiger Schluss gelingen. Das lag in der Natur der magischen Erscheinungen.

Ich schlenkerte im Zickzack durch die Luft. Hinter mir splitterte Glas. Ich fühlte mich entsetzlich hilflos und in immenser Gefahr. Gleichzeitig herrschte in meinem Kopf ein atemberaubendes Gedankenkarussell und setzte alles neu zusammen. Schlagartig wurde mir klar: Die magische Welt konnte nur offiziell gemacht werden, indem sie die Menschenwelt beherrschte und teilweise auslöschte. Denn gewöhnliche Menschen würden ihre Vormachtstellung nicht freiwillig an magische Wesen abgeben, deren Existenz nicht wissenschaftlich nachvollziehbar war.

Sie würden ihr Weltbild nicht kampflos auf den Kopf stellen lassen, auch wenn ihnen der magische Bund seine Überlegenheit beweisen würde, auch ohne wissenschaftliche Grundlage. Die jetzige Welt würde einfach aufhören zu existieren. Das war der Preis. Das war es, was Atropa meinte. Es ging nicht nur um die Anerkennung einer Minderheit. Es ging darum, die ganze Welt umzukrempeln. Einmal von innen nach außen. War Jerome das nicht bewusst? Oder war es ihm sehr wohl bewusst?

Plötzlich übernahm irgendwas in mir die Führung, als hätte es den Steuerknüppel in die Hand bekommen, den ich die ganze Zeit verzweifelt suchte. Ich wurde in einen Sturzflug getrieben. Ich jagte wieder auf die Spree zu. Das wollte ich nicht, aber ich hatte keine Chance, den Kurs zu ändern. Wieder an der Friedrichsbrücke angelangt, bog ich nach rechts ab und wurde die Spree entlanggeschleudert. Äste zerkratzten mir das Gesicht. Am anderen Ufer kam das Bode-Museum in Sicht. Ich klatschte gegen die Wand eines Fußgängertunnels, der unter den Bahngleisen entlangführte, und sackte zusammen.

Schlagartig hörte das Sausen in meinen Ohren auf und es herrschte Stille. Ich sah an mir herunter, sah meinen Körper in seiner gewohnten Form und spürte unendliche Erleichterung. Ich war wieder ich. Ich wollte einfach liegen bleiben, wenigstens ein paar Minuten, auch wenn ich mir dafür den denkbar ungemütlichsten Ort ausgesucht hatte. Es stank nach Pisse und war ziemlich dunkel. Hoffentlich kamen nicht gleich ein paar unangenehme Gestalten um die Ecke.

Niemand kam. Da war schon jemand. Aber nicht am Eingang des Tunnels, sondern direkt vor mir. Ich schob mich erschrocken an der kalten, feuchten Wand hoch und stand einer Frau gegenüber.

Wir starrten uns an. Sie war ungefähr so groß wie ich und auch ungefähr so alt, vielleicht ein bis zwei Jahre älter. Sie trug eine dunkelblaue Bluse, die Arme hochgekrempelt und blaue

Jeans. Ihre dunkelblonde Lockenmähne hielt sie mit einem Stirnband aus dem Gesicht. Ich hatte sie schon einmal gesehen und wusste genau, wer sie war. Aber das konnte nicht sein. Das war überhaupt nicht möglich! Ich wollte schon wieder schreien, aber sie hielt mir den Mund zu. Mit einer unsichtbaren Kraft, während ich ihre Hände überhaupt nicht spürte.

„Nicht schreien, ich tu dir nichts. Ich bin es, Atropa."

Das war eine Lüge. Vor mir stand nicht Atropa. Vor mir stand Clarissa. Die Frau von den Bildern, die ich von ihr gesehen hatte, mit genau dieser Bluse und genau diesem Stirnband und genauso schön. Die Frau von Alexander, die tot war. Sie war tot, mein Gott!

„Du bist tot!", presste ich zu meiner Verteidigung zwischen meinen Lippen hervor.

„Ich weiß …", sagte sie traurig. Und ich konnte nicht anders, als eins und eins zusammenzuzählen. Atropa war auch tot …

„Kira, beruhige dich. Alles ist gut. Vertrau mir." Sie ließ die Hand sinken und gab mich wieder frei.

„Das sagst du jedes Mal! Und dann tischst du mir die nächste Lüge auf. Ich hab es so satt! Was willst du von mir? Wohin manipulierst du mich?"

Ich flüsterte wirres Zeug und wusste es. In Wirklichkeit hatte ich völlig den Faden verloren und konnte keinen klaren Gedanken mehr in meinem Kopf finden. Jerome verehrte Clarissa und Alexander. Atropa war gegen ihn eingestellt. Aber plötzlich war Atropa Clarissa.

„Wo ist Atropa? Was hast du mit ihr getan?", fauchte ich sie an und wunderte mich gleichzeitig, dass ich kein bisschen Angst verspürte. Immerhin stand die gefürchtete Clarissa vor mir. Allerdings wirkte Clarissa gerade nicht so, als müsste man sich vor ihr fürchten. Eher sah ihr Gesicht aus, als hätte sie Trost nötig. Ich setzte mich auf den kalten Boden und starrte sie an. Sie hockte sich neben mich, als wären wir Schulfreundinnen.

„Ich bin es ja, Atropa. Und du ahnst nicht, wie sehr ich mir wünschte, alles wäre anders und wir würden uns unter ganz normalen, menschlichen Umständen kennen. Es wäre mein größter Wunsch. Aber er ist unerfüllbar."

Sie drehte ihr schönes Gesicht zu mir und sah mich aus großen, dunkel schimmernden Augen an.

„Ich bin so glücklich, dass du mich siehst. Ich hatte gehofft, dass es klappt. Aber mit deinen Kräften musst du vorsichtig sein. Sie sind nicht fertig ausgebildet. In der Realwelt ist es anders als an der Akademie. Hier musst du mit den realen Bedingungen fertig werden. Das ist ungleich schwerer."

„Aber … Jerome … Warum …"

„Es ist ganz einfach. Ich habe viele Fehler gemacht. Und ich finde keine Ruhe, bis ich sie in irgendeiner Form wieder gutmachen kann, weißt du. Du erinnerst mich an mich selbst. Ich …", sie zögerte einen Moment, als suchte sie nach den richtigen Worten, „habe dich gefunden und es ist mein sehnlichster Wunsch, dass das alles nicht noch mal passiert. Niemand soll die Vision von mir und Alexander weiterführen. Es würde die Welt zerstören. Ich habe das zu spät begriffen. Viel zu spät."

„Es ist nicht zu spät", tröstete ich sie auf einmal. Sie versuchte, meine Hand zu nehmen. Aber obwohl sie ansonsten täuschend echt und materiell aussah, beobachtete ich, wie ihre Hand durch meine hindurchglitt. Es sah irgendwie gruselig aus. Es war gruselig, zu fortgeschrittener Stunde allein unter einer nach Urin stinkenden Brücke zu sitzen, zusammen mit einer täuschend echt wirkenden Gestalt, die in Wirklichkeit eine Art Hologramm war. Ein Schauer jagte mir über den Rücken. Etwas in mir, was an all das immer noch nicht glaubte, wollte weglaufen.

„Du wirst einmal viel Macht haben, sehr viel Macht. Du ahnst noch nicht, wie viel in deiner Hand liegt. Aber Jerome ahnt es und er wird alles tun, um sich deine Macht zunutze zu machen."

Ich wollte sie so viel fragen, vor allem, warum sie zu mir Kontakt aufgenommen hatte, lange bevor sich bei mir diese Veränderungen zeigten, und ob Jerome von ihr wusste, ob er wusste, dass sie noch da war, dass der Geist von Clarissa noch keine Ruhe gefunden hatte, doch da hörte ich die Stimme von Jerome.

„Jerome“, entfuhr es mir.

„Still!“, flüsterte Clarissa.

Ich bekam Zweifel. Warum hatte sie mich zurückgebracht, hierher an den Durchgang? Ihr musste doch klar sein, dass Jerome hier auftauchen würde. Sie war Clarissa. Mein Gott! Wie konnte ich ihr um alles in der Welt trauen?!“

Sie schien an meinem Gesicht abzulesen, was in mir vorging und flüsterte kaum hörbar, eher so, dass ich sie wieder in mir hörte, so wie im Grünen Raum und in Jeromes Grotte: „Wir sind hier, weil er dich hier am wenigsten vermutet, verstehst du. Jeder hätte den Impuls loszulaufen, so wie du es getan hast, bevor ich dich wieder zurückholen konnte.“

Das machte Sinn. Clarissa war gerissen. Natürlich war sie das. Sie war Clarissa. Atropa war Clarissa und ich hatte keine Ahnung gehabt. Eine Clarissa, die bereute, was sie getan hatte. Dabei wäre ich noch vor Tagen vor Ehrfurcht in die Knie vor ihr gesunken. Die Stimme von Jerome kam näher. Ich presste mich an die furchtbar kalte Wand. Ich sah zwei Rauchsäulen neben ihm. Die Schatten. Sie begannen sich langsam zu materialisieren. Es waren Leonard und Igor. Leo hatte es also bereits voll drauf, sich in einen Schatten zu verwandeln. Sie wollten mich holen, einhüllen und einatmen, wie damals. Wenn sie wüssten, dass Clarissa bei mir war. Es war so unglaublich. Noch unglaublicher, als sich sowieso schon alles erwies. Bitte, lass sie umkehren, betete ich. Clarissa wurde immer durchscheinender neben mir. Ich sah sie kaum noch. Sie konnte sich gut verstecken. Und ich? Nein, bloß keine Kräfte ausprobieren. Nicht jetzt.

Sie bogen kurz vor der Unterführung in die entgegengesetzte Richtung ab. „Sie wird nach Hause gegangen sein, vielleicht nicht gleich zu Gregor, aber zu ihrer Freundin Luisa oder zu diesem Tim, falls sie es geschafft haben sollte, ihn hierherzubringen. Inzwischen müssen wir ihr alles zutrauen“, hörte ich Jerome sagen. Ich registrierte, wie vertraut er von Gregor sprach, und war mir auf einmal sicher, dass Tim sich nicht verhört hatte, als er nachts in das Büro meines Vaters geschlichen war.

Jerome, Leonard und Igor entfernten sich und verschwanden in die nächste Querstraße, die auf die Friedrichsbrücke führte.

„Atropa“, flüsterte ich. „Bist du noch da?“

Ich sah ein Schemen am Ausgang des Tunnels und hoffte, dass sie es war.

„Ja“, hörte ich sie wispern.

„Woher wusstest du von mir? Und warum weiß Jerome …“

Aber Atropa antwortete mir nicht. Sie flüsterte nur nervös: „Geh jetzt. Versteck dich. Irgendwo … am besten, wo du selbst noch nie gewesen bist. Nur diese Nacht. So werden sie dich nicht aufspüren. Morgen, wenn die Sonne aufgeht, komme ich wieder. Ich finde dich …“ Atropa, also Clarissa, wurde immer leiser, als wenn ihr das Sprechen immer schwerer fiel.

„… Und dann bringe ich dich in Sicherheit. Du musst für eine Weile weg. Ich kenne Leute in Indien …“

„Indien?“ Meine Stimme rutschte in eine höhere Tonlage ab. Jetzt also doch Indien.

„Du musst eine Weile fort. Es ist dein Alibi für die reale Welt. Niemand aus der magischen Welt wird deshalb so schnell darauf kommen, dass du dich nun tatsächlich dort versteckst. Du musst untertauchen … bis Gras über die Sache gewachsen ist. Dann kannst du ein neues Leben anfangen …“

Ich war perplex. Es war, als würde alles, was in mir stand, in sich zusammenfallen. Was Clarissa vorschlug, war wie ein Todesurteil. Gerade hatte ich mich an ein neues Leben gewöhnt und schon war es wieder vorbei. Gerade hatte ich den allergrößten Verlust hinnehmen müssen und Tim verloren. Und nun sollte ich alles zurücklassen. Alles. Um, wahrscheinlich nach Jahren erst, wieder ein freies Leben führen zu dürfen. Es war undenkbar. Und doch sah ich ebenfalls keine andere Lösung. Jerome und auch der Rat würden erst von mir ablassen, wenn sie mich für tot hielten.

„Sie müssen mich für tot halten", resümierte ich und es kam mir so vor, als wenn jemand anderes das sagte.

„Genau. Kira, ich muss gehen. Ich habe keine Kraft mehr. Ich bin eigentlich schon tot, weißt du …" Sie versuchte zu lachen, aber es kam nur ein Hauchen, als bliese jemand seinen letzten Atem aus.

„Ich muss … mich … ausruhen … Morgen bin ich wieder da … Mach … solange keine Dummheiten. Hörst du?!"

Ich schüttelte den Kopf. Ich wusste nicht, ob sie es noch mitbekam. Clarissa war verschwunden. Auf einmal verstand ich, warum sie nicht immer bei mir war. Sie musste sich immer wieder zurückziehen, vielleicht in ihr Grab. Ein Schauer lief mir über den Rücken. Wo war dieses Grab? Es machte alles noch unheimlicher, aber es ergab Sinn. Ich war wieder allein im Dunkeln, in einer zugigen Unterführung, an einem idealen Ort für Verbrechen. Ich setzte die Mütze meines Kapuzenshirts auf und war froh, mich beim Ankleiden dafür entschieden zu haben. Es hielt die Herbstkälte einigermaßen ab. Wenn ich einen leichten Laufschritt einhielt, würde mir nicht so schnell kalt werden. Ich lief einfach los, über die Friedrichsbrücke, die Bodestraße entlang, erst mal in die entgegengesetzte Richtung von Jerome, Leo und Igor.

# 47

Ich joggte an der Spree entlang und wusste nicht, wohin. Morgen würde Atropa wieder bei mir sein. Bis dahin musste ich meine Zeit vertreiben. Wie konnte man so viele besondere Kräfte haben und sich trotzdem so hilflos fühlen? Der Nieselregen lief mir in den Nacken. Ich machte eine kleine Pause auf einer Bank und starrte auf die beleuchteten Fenster der Häuser, die auf der anderen Seite des Flusses standen. Seit Jahren war ich mit einem Geist befreundet, der als gefährlich galt und deshalb sterben musste. Ich konnte das nicht erfassen. Es war einfach zu viel für mich. Clarissa, meine Beschützerin. Sie hatte mich ausgesucht, um für ihr eigenes Leben Buße zu tun. So war das also, wenn man starb und noch nicht fertig war mit der Welt.

Und ich war zu Hause, aber durfte nicht nach Hause. Was hatte ich nun davon? Auf einmal sehnte ich mich nach nichts mehr, als ganz normal, wie andere Kinder, mit den Eltern auf dem Sofa zu sitzen und einen Film im Fernsehen zu schauen. Etwas, was ich sonst immer verabscheut hatte, wo ich drübergestanden hatte, was ich einfältig und langweilig fand. Jetzt tauchte dieses Bild vor meinem inneren Auge auf. Gregor und Delia, ich in der Mitte, alles friedlich. Ich fühlte mich furchtbar einsam. Mir wurde klar, dass ich jeglichen Halt verloren hatte. Ich hatte nichts mehr, keine Familie, keinen Freund, keine Freundin, kein Zuhause. Nur noch einen Geist, der manchmal auftauchte. Ich spürte die Nässe im Nacken. Ich musste irgendwohin, wo es trocken war.

Ich stand auf und setzte mich wieder in Bewegung. Plötzlich vernahm ich dicht neben mir ein Stöhnen. Da, auf der Bank neben mir, lag jemand. Notdürftig zugedeckt mit einer alten Picknickdecke, deren wasserabweisende Seite nach oben zeigte. Es war eine Frau, klein und dünn. Sie trug einen zerschlissenen Regenmantel, der ihr viel zu groß war, drehte den Kopf und starrte mich an.

„Glotz nich so. Hast du kein Zuhause?“

Ich schüttelte den Kopf. Sie sah mich ungläubig an.

„Verarschen kann ick mich selba.“

Natürlich. Ich sah nicht aus wie jemand, der kein Zuhause hatte. Als ich sie so ansah, kam mir eine spontane Idee.

„Vaschwinde!“ Sie richtete sich auf und versuchte, bedrohlich auszusehen.

Ich blieb ungerührt.

„Ich möchte mit dir die Jacken tauschen“, erklärte ich.

Sie machte ein verdattertes Gesicht.

Ich zog meine Kapuzenjacke aus und hielt sie ihr hin. Meine Jacke war definitiv wärmer als das, was die Frau trug. Mit ihrer viel zu großen Regenjacke würde mich jedoch niemand, der mich kannte, so schnell wiedererkennen.

„Das ist wärmer. Gib mir deinen Mantel.“

„Bist du bekloppt?“, fragte sie, aber begann hastig, ihren Mantel auszuziehen. Ihre Hände zitterten, als sie ihn mir hinhielt und gleichzeitig meine Jacke an sich riss.

„Danke“, sagte ich, warf mir den viel zu großen Mantel über und zog die löchrige Kapuze tief ins Gesicht. Nach ein paar Schritten drehte ich mich noch einmal um. Die Pennerin hatte sich auf die Seite gedreht und betastete den weichen Fließstoff. Ich hatte ein gutes Werk getan und fühlte mich ein wenig besser, obwohl es durch alle Öffnungen des kaputten Mantels mörderisch zog.

Direkt neben mir hielt ein Nachtbus. Der Fahrer öffnete die Tür. Ich machte ihm Zeichen, dass ich nicht mitfahren wollte. Aber er sagte.

„Steig schon ein. Kannst de dich n bisschen aufwärmen.“

„Okay“, antwortete ich. Ich stieg ein und setzte mich auf die letzte Bank. Ich war tatsächlich eine Obdachlose. Jemand ohne

Ausweis und Geld und ausreichend warme Kleidung. Mehr war ich nicht, eine Pennerin, abhängig von einem Geist, dem ich vertrauen musste, dass er sein Versprechen hielt und mich morgen fand.

Der Bus fuhr die Prenzlauer Allee hoch, nach Hause. Hier irgendwo trieben sie sich herum, suchten mich. Meine Vernunft sagte mir, dass ich sofort wieder aussteigen und umkehren sollte. Aber mein Herz wollte nach Hause. Einfach nur nach Hause und erklären, dass alles nur ein böser Traum gewesen war, ausgelöst durch die Angst vor den Abi-Prüfungen. Die Abi-Prüfungen, unvorstellbar, dass das mal das große Ding gewesen sein sollte. Wenn ich jetzt einfach nur das Abi-Jahr vor mir hätte, wie easy wäre mein Leben. Ich spähte durch die verregnete Fensterscheibe. Wir fuhren an der Kneipe vorbei, in der ich oft heimlich mit Atropa gechattet hatte … Das war es!

„Halt“, rief ich dem Busfahrer zu, so laut ich konnte, sprang auf und musste mich an einer Stange festklammern, damit ich nicht hinfiel.

„Ich wohne hier. Würden Sie mich hinauslassen? Bitte …“

„Du wohnst hier … so, so.“ Natürlich glaubte er mir nicht. In der besten Gegend des Prenzlauer Bergs. Aber er stoppte seinen Bus trotzdem und öffnete mir die Tür. Ich zog die Kapuze tief in mein Gesicht und hielt sie unter dem Kinn fest zusammen.

„Danke!“, rief ich dem Busfahrer zu und stieg aus.

„Viel Glück!“, antwortete er in einem Tonfall, der nicht viel Hoffnung auf Glück erwartete.

Der Regen war kräftiger geworden. Ich schaute nach links und rechts. Kein Auto auf der Straße und auch kein Mensch. Eine Straßenuhr zeigte an, dass es kurz vor Mitternacht war. Ich betete, dass die Kneipe noch offen hatte und der Barkeeper, der nie dumme Fragen stellte, wie gewohnt hinter seiner Theke stand.

Ich huschte hinüber … und hatte Glück. Ich öffnete die schwer gehende Eingangstür und schob den Wintervorhang beiseite. Hinter dem Zapfhahn für Bier sah mir kurz das vertraute, verschlossene, ältliche Gesicht des Betreibers entgegen. Ich nuschelte ein „Hi.“ Er gab ein kaum merkliches Nicken zurück und putzte seelenruhig seine Biergläser weiter. An einem Tisch saß noch ein Pärchen und hinter einem der Monitore ein älterer Mann. Der Platz vor dem zweiten Bildschirm war frei. Ich setzte mich davor, nahm meine Kapuze ab, zog den muffig riechenden Mantel aus und hängte ihn über die Lehne. Der Barkeeper brachte mir eine Apfelschorle. Er hatte mich also wiedererkannt.

„Ich hab kein Geld mit“, wehrte ich ab.

„Nächste Mal“, sagte er nur und sah mich dabei kaum an.

„Danke“, murmelte ich und kam mir so vor, als hätte ich als vermeintliche Pennerin eine Welt betreten, die mir davor verborgen gewesen war. Ein heimliches Abkommen unterprivilegierter Menschen, die ohne viele Worte zusammenhielten. Ich war irgendwie dankbar.

Die kühle Apfelschorle tat gut. Ich sah mich um. Zum ersten Mal wurde mir bewusst, wie farblos die reale Welt gegen die intensive Realität der magischen Welt wirkte. Die Apfelschorle war blass und um Apfel herauszuschmecken, brauchte man Fantasie. Dabei hatte ich noch vor nicht allzu langer Zeit die reifen Äpfel an den Bäumen nahezu vor mir gesehen, wenn ich hier meine Apfelschorle trank, weil der Barkeeper sie nie zu sehr verdünnte.

Ich öffnete den Webbrowser. Als ich die Kneipe betreten hatte, war mir plötzlich klar geworden, was ich tun würde. Ich würde nicht in dieser Hilflosigkeit verharren, nein. Wenn ich morgen wegmusste für lange Zeit, wenn es wirklich keinen anderen Weg gab, dann wollte ich vorher noch einmal alle sehen, meine

Familie, meine Freunde, Tim … Und dafür musste ich meine Kräfte gebrauchen. Es konnte nicht sein, dass ich zu Hause war und nach allem, was ich gelernt und entwickelt hatte, so hilflos dastand wie am Anfang. Irgendwas musste darüber im Internet zu finden sein, irgendwas, auch wenn es unter Esoterik verbucht war. Ich suchte etwas Bestimmtes: wie man sich in der realen Welt gefahrlos unsichtbar machen konnte. So, wie Neve es tat. Von ihr wusste ich, dass es möglich war. Sie machte es immerzu. Und ich besaß Ätherfähigkeiten. In der magischen Welt hatten sie bereits funktioniert. Ich musste nur herausfinden, wie ich sie hier nutzen konnte.

Was hieß es in meinem Fall schon, erst die Ausbildung zu beenden? Es würde mich ja niemand ausbilden. Niemand konnte es. Es gab keine Erfahrungen damit. Stattdessen wollten sie mich auf eine Fähigkeit reduzieren oder inzwischen ganz meiner Kräfte berauben. Zwischendurch hatte ich das sogar als die beste Lösung empfunden. Wieder normal sein, vielleicht hin und wieder ein bisschen Malaria, aber dafür mit Tim zusammen sein. Bis Tim mir die Sache mit Minchin offenbarte … Ich würde Tim nicht aufgeben. Das wusste ich, seit ich es ohne die Hilfe von Jerome und ohne die Genehmigung des Rates allein nach draußen geschafft hatte. Ich war überzeugt, dass ich stärker werden würde als Minchin, das eherne Gesetz der Undinen brechen konnte, irgendwie, irgendwann. Ich brauchte meine Kräfte. Und ich musste sie in eine vernünftige Harmonie bringen. Hier draußen. War es nicht so, dass nur ich ganz allein einen Weg finden konnte?

Ich surfte durch das Internet und fand nichts von Belang. Die anderen Gäste gingen. Die Uhr unten auf dem Desktop zeigte bereits kurz nach zwei an. Der Barkeeper hatte mir wortlos zwei weitere Apfelschorlen hingestellt und einen Korb mit frischem Baguette.

Jetzt klapperte er mit einem Schlüssel. Ich wurde unruhig. Gleich würde er mich rausschmeißen und ich hatte noch nichts gefunden, was mich wirklich weiterbrachte. Er kam an meinen Tisch. Ich lehnte mich geschlagen zurück. Doch er warf mich nicht raus, sondern stellte mir stattdessen eine vierte Apfelschorle hin. Ich sah ihn perplex an.

„Ich geh hinten schlafen. Nimm die Couch in der Ecke, wenn du müde wirst." Er nickte zur Bekräftigung. Ich nickte zurück. Vor Dankbarkeit hatte ich einfach keine Worte. Ich sah, wie er die Eingangstür abschloss und die großen dunkelgrünen Jalousien vor den Fenstern eine nach der anderen im Boden einrasteten. Jetzt wusste ich, dass er im Anschluss an den Gastraum auch gleich seine Wohnung hatte. Ich fühlte mich hier sicher. Ich hatte ein hervorragendes Versteck gefunden. Ich war so dankbar.

## 48

Die Aufregung hielt mich wach, obwohl ich eigentlich hundemüde war. Eine halbe Stunde später fand ich endlich etwas auf der Seite eines kleinen Yogazentrums. Es waren Meditationsübungen, die ein Yogalehrer auf der Grundlage der Aufzeichnungen eines Arztes im 18. Jahrhundert entwickelt hatte, der oft nach Indien gereist war – schon wieder Indien. Sein Name war James Mortens und ließ keinen Zweifel, dass es sich um jenen Arzt aus England handelte, der die Macht über die drei Elemente Erde, Wasser, Luft, besessen hatte. Eine der Yoga-Übungen trug den Namen „reine Luft". Die Bezeichnung stammte von Mortens. Der Yogalehrer beschrieb dazu in Bild und Text eine ziemlich komplizierte Verrenkung, die der Übende fünf Minuten lang zu halten hatte. Ich war mir allerdings sicher, dass Mortens damit tatsächlich seine materielle Gestalt in Luft aufgelöst hatte.

Ich musste es versuchen. Ich rückte den Stuhl vom Tisch ab, vergewisserte mich, dass der Kneipenbesitzer schlafen gegangen war – und begann, mich zu versenken.

In der magischen Welt brauchte man sich seine Fähigkeiten nur wünschen. Hier jedoch musste man gegen alle ehernen Gesetze der Physik angehen. Sie waren wie ein Kraftfeld, das einen ordentlichen Widerstand bildete und keine Ausnahmen dulden wollte. Ich folgte der Meditation, wiederholte den Text immer wieder. Hier war auch die Rede von den Geistern der Elemente, dass man sie sich vorstellen musste, deutlich und genau, und sie dazu bringen musste, zurückzuweichen, um die wahre Natur allen Seins hervortreten zu lassen, die nicht fest, sondern ungreifbar war. Dieser Yogalehrer war entweder ebenfalls ein Eingeweihter oder er wusste nicht wirklich, wovon er redete, so wie viele Esoteriker.

Meine Hände verschwanden, aber sie wurden nach kurzer Zeit wieder sichtbar. Ich brauchte eine starke Suggestion, ein Ziel, einen gewichtigen Grund, warum ich unsichtbar sein wollte, nur dann konnte es gelingen. Es war seltsam Engel, Gnome, Sylphen, Salamander und Undinen in der realen Welt nicht zu sehen, ihre Gestik und Mimik nicht abschätzen zu können, nicht zu wissen, ob sie mitarbeiteten, nur an fehlenden Ereignissen zu bemerken, dass sie sich wehrten, oder an der Abwehr von Ereignissen, die in der realen Welt nichts zu suchen hatten.

Ich sah Tim vor mir. Ich wollte ihn unbedingt noch einmal treffen. Ich dachte so fest an ihn, bis ich glaubte, dass er vor mir stand. Ich befahl den Sylphen, mich umzuwandeln, den Engeln, nur noch ein Beobachter zu sein, eine innere Stimme von den Menschen, die ich aufsuchen wollte. Ich spürte wieder dieses Kribbeln in den Adern, aber diesmal war es viel feiner und fühlte sich geordneter an. Ich sah an mir hinab und bemerkte, dass ich durchscheinend wurde wie Pergamentpapier. Jetzt ruhig bleiben und keine Panik bekommen. Einige Augenblicke später war ich nur noch ein Schemen, so wie Atropa. Dann endlich saß niemand mehr auf dem Stuhl. Nur noch ein halb leeres Glas mit Apfelschorle stand auf dem Tisch und eine löchrige Regenjacke hing über der Stuhllehne. Der Kneipenbesitzer würde sich wundern, wie ich hinausgekommen war, ohne die Tür aufzuschließen, ohne ein Fenster zu öffnen und ohne Jacke. Aber er würde nicht fragen. Das war gut.

Erst blieb ich eine Weile auf dem Stuhl hocken. Dann lief ich durch den langgezogenen Raum. Ich blieb unsichtbar. Ich hatte die Elemente im Griff. Sie gehorchten mir, aus unerfindlichen Gründen. Erde, Wasser, Luft genügten eigentlich nicht für meinen Zustand. Wahrscheinlich hatte Mortens genauso viele Talente gehabt wie ich, es nur für sich behalten. Ich sah in den großen Wandspiegel über der Theke und entdeckte kein Spiegelbild. Alles war in Ordnung. Ich war eingerastet auf diesen Zustand und hoffte, diesem Gefühl trauen zu können. Mehr noch, mir war nicht wirklich klar, ob ich mich wieder reibungslos materialisieren konnte. Laut Dr. Mortens oder dem Yogalehrer, der das Ganze nur als ein Aufwachen aus der Meditation verstand, musste ich dafür den Elementen befehlen, zusammenzuarbeiten, so wie bei meinem Ausbruch aus dem Grünen Raum. Ich hoffte einfach, dass sich das Maß der Konzentration, die dafür nötig gewesen war, mit dem nötigen Maß in der realen Welt vergleichen ließ. Aber das würde ich erst ausprobieren, wenn es so weit war.

Jetzt bildeten nicht Straßen, sondern Gedanken meinen Weg. Ich stellte mir das Haus von Tim vor und stand im selben Moment in seinem dunklen Hausflur. Atropa würde erleichtert sein. So kamen wir schnell und ohne Probleme nach Indien. So war wohl auch Mortens gereist. Ich stand genau an der Stelle, wo mich die Schatten beinahe eingeatmet hätten. Alles war still. Es roch muffig, nach Kälte, nach Putz und nach Müll. Nein, das war kein Müll, das war der unangenehme Gestank, den die Schatten an sich hatten. Nur noch sehr abgeschwächt lag er in der Luft. Sie waren bereits hier gewesen. Ich stellte mir Tims Zimmer vor und fand mich vor seinem Bett wieder. Es funktionierte hervorragend. Ich fühlte mich stabil und schöpfte neue Hoffnung. Wenn sich dieser Zustand beliebig lange halten ließ, vielleicht musste ich dann nicht mal nach Indien, sondern konnte hierbleiben.

Tim lag auf die Seite gedreht. Minchin schmiegte sich an seinen Rücken und umklammerte ihn mit ihrem Arm. Es sah besitzergreifend aus. Und das war es auch. Wie hatte Tim das bloß seinem Vater erklärt? Ich hasste sie. Ein dunkler Gedanke zog auf. Warum tötete ich sie nicht einfach? Man würde mir nichts nachweisen können. Es würde keine Spuren geben. Die Idee machte theoretisch Sinn und würde in jedem Krimi oder Thriller an der Stelle umgesetzt werden. Aber ich konnte niemanden umbringen, auch nicht Minchin.

Ich hockte mich zu Tim, ganz dicht vor sein Gesicht, strich ihm mit meiner nicht vorhandenen Hand über die Stirn, horchte … und erfuhr, dass gerade etwas Wunderbares passierte. Tim träumte von mir. Er träumte von mir und ich konnte sehen, wie wir in seinem Traum durch einen klaren Fluss schwammen. Hand in Hand. Plötzlich riss uns etwas auseinander. Tim sah mich nicht mehr, tauchte auf und wieder unter und rief verzweifelt nach mir. Ich beobachtete seinen Traum und sprach in Gedanken zu ihm, dass ich bei ihm war und dass wir uns wiederfinden würden. Tim schwamm an der Oberfläche, schaute in den Himmel und lauschte. Er konnte mich in seinem Traum hören! Es war wie ein neuer Weg, der sich offenbarte. Wir konnten in Tims Träumen zusammen sein, ohne das Minchin es bemerkte. Ich sah, wie sich Tims Augäpfel schnell unter den geschlossenen Lidern bewegten. Sein Mund formte ein Wort, meinen Namen. Für diesen Moment vergaß ich alles und war einfach nur glücklich.

Plötzlich verschwand das Mondlicht aus dem Zimmer. Zuerst roch ich es. Einen Augenblick später zog eine dunkle Qualmwolke vor der Fensterscheibe auf. Einer von ihnen war zurückgekommen und hielt Ausschau nach mir. Wahrscheinlich hatten sie sich aufgeteilt und schoben Wache. Mit Sicherheit war es Leo, der vor Tims Fenster hockte und seinen guten Duft gegen diesen Brandgeruch eingetauscht hatte, oh Mann. Tim und Minchin schliefen ruhig weiter und atmeten regelmäßig. Wie es aussah, nahmen sie diesen Geruch gar nicht wahr. Ich durfte jetzt keine Angst haben, musste konzentriert bleiben, tief versunken im Zustand der Meditation. Ich dachte an Luisa, ganz fest und genau … und fand mich augenblicklich am Fußende ihres Bettes wieder.

Von Luisa guckte nur der Kopf unter der Bettdecke hervor. Sie schlief friedlich und sah irgendwie erwachsener aus. Obwohl es nur einige Wochen her war, dass wir uns das letzte Mal gesehen hatten, kam es mir vor, als wäre eine Ewigkeit vergangen. Wenn ich ihr doch nur sagen könnte, dass ich vor ihr stand! Für einen Moment war ich versucht, meine Gestalt wiederzuerlangen und sie zu wecken. Aber ich wusste ja, dass das absolut unvernünftig war. Jeden Moment konnte ein Schatten vor dem Fenster auftauchen. Vielleicht würde es in ein paar Wochen gehen, wenn sie mich aufgegeben hatten oder woanders suchten, meine Freunde nicht mehr rundum bewachten. Plötzlich sagte jemand meinen Namen. Ich fuhr herum.

Kira, du bist hier. Du musst weg, sofort. Sie suchen dich.

Luisas Vater stand in der Tür und sah mich an. Oh je. Wurde ich wieder sichtbar? Ich sah an mir herunter … und sah nichts. Ich war nicht da, aber er schaute mich an und redete mit mir!

Ich entdeckte, dass sich seine Lippen gar nicht bewegt hatten. Nein, seine Stimme war in meinem Kopf. Er hatte mittels Gedanken mit mir gesprochen. Luisas Vater! Dafür gab es nur eine Erklärung: Luisas Vater war einer von uns. Deshalb war er so gelassen gewesen wegen meiner Flucht nach Indien! Sein Element musste Äther sein, wenn er mit der Kraft der Gedanken kommunizieren konnte. Und die pragmatische Luisa hatte nicht die geringste Ahnung! Ich stand da und starrte ihn an.

Nimm einen Ort, den sie nicht kennen. Jetzt!, befahl er mir, während er an mir vorbeiging, als wäre ich nicht da und sich zu Luisa hinunterbeugte, als wolle er nur nach seinem schlafenden Kind sehen. Im selben Moment verstand ich, warum er sich so verhielt. Ein dunkler Rauchfaden hing plötzlich vor dem Fenster, aber verschwand sofort wieder, wahrscheinlich, weil er Luisas Vater im Zimmer entdeckt hatte. Jemand hatte hier Stellung bezogen, genau wie bei Tim. Jerome oder Igor.

Luisas Vater verließ den Raum, ohne mich weiter zu beachten. Ich versuchte, mir einen sicheren Ort vorzustellen und NICHT an meine Dachmansarde zu Hause zu denken, wo ich eigentlich als nächstes hinwollte. Sie hatten überall Wache bezogen und mit Sicherheit an erster Stelle dort. Aber der Wunsch, nach Hause zu gehen, war alles beherrschend. Dadurch, dass ich versuchte, ihn wegzudrücken und verzweifelt darum rang, an irgendwas anderes zu denken, wurde er nur noch stärker. Das Bild meines Zimmers, in dem ich die letzten zehn Jahre meines Lebens verbracht hatte, wurde mit jedem Bruchteil einer Sekunde plastischer und ließ sich nicht durch ein anderes ersetzen – und schon fand ich mich vor meinem Regal mit all meinen Lieblingsbüchern wieder.

Mein Bett war ordentlich gemacht, obwohl ich es so nicht verlassen hatte. Auf dem Schreibtisch stand mein Laptop mit dem leicht demolierten Bildschirm. Die Vorhänge waren zurückgezogen und das warme Licht der Straßenlaterne schien herein. Es roch so, wie es zu Hause roch. Eine Mischung aus Holz, Delias Parfüm und Espresso. Die Vertrautheit haute mich um. Damit hatte ich nicht gerechnet. Ich sank vor meinem Bett auf die Knie. Ich war zu Hause. Ich war wieder hier. Nichts hatte sich verändert. Mir wurde klar, wie sehr ich es vermisst hatte, wie viele gute Emotionen ich daran gebunden hatte, obwohl ich doch immer nur darauf herumhackte. Ich strich mit meinen nicht sichtbaren Armen über die rote Wolldecke. Ich wollte weinen, aber ich musste mich ja konzentrieren, um nicht aus meinem Zustand zu fallen.

Ich sah um mich. Niemand war hier, auch nicht vor dem Fenster. Ich versuchte weiter, die Sache mit Luisas Vater zusammenzusetzen. Warum wusste er, was die Schatten bedeuteten? Einer von ihnen konnte er nicht sein. Sonst hätte er mich nicht gewarnt. Also musste er sein Wissen aus einer anderen Quelle haben. Natürlich, auch er war zu der Versammlung an der magischen Akademie gekommen, weil ein Mensch lebendig die Durchgänge passiert hatte, und hatte dabei erfahren, dass es sich um Tim handelte. Und jetzt, nach Tims Flucht, musste er ihn bereits aufgesucht und mit ihm gesprochen haben. Nur so ließ sich alles erklären. Jerome kannte Luisas Vater, weil er jeden an der magischen Akademie kannte. Gerade deshalb würde er vorsichtig sein. Die Schatten zeigten sich nicht normalen Menschen. Aber noch mehr mussten sie auf der Hut vor Leuten sein, die der magischen Welt angehörten. Das war mir jetzt klar.

Oder würden Jerome und seine Leute unter gegebenen Umständen keine Rücksicht mehr nehmen? Es war nicht wirklich zu befürchten. Dafür war es zu früh. Jerome würde sich nicht verraten, solange er mich nicht auf seiner Seite hatte.

Ich atmete den Duft meiner Bettwäsche ein. Ich wollte hierbleiben. Ich musste nur immer jemanden in meiner Nähe haben. Dann konnte mir doch nichts passieren! Nein, ich würde nicht nach Indien gehen. Was sollte das alles?! Ich blieb zu Hause. Einfach so. Und dann würde ich weitersehen. Es würden sich Lösungen finden. Ich wollte nicht mehr weglaufen, nichts Besonderes sein, Jerome musste das begreifen. Vielleicht musste ich ihm das nur mit Nachdruck klar machen. Warum sollte ich ihm nicht auch von Clarissa erzählen, ihrer Wandlung und wie alles wirklich war?! Alles schien mir auf einmal ganz einfach. Ich brauchte nur zu Hause bleiben, bei Delia und Gregor, weiter nichts.

Ich richtete mich auf. Ich war immer noch allein. Irgendwo in der hintersten Ecke meines Gehirns regte sich Misstrauen: Warum bewachten sie nicht mein Zuhause? Aber ich hörte nicht darauf. Ich unternahm die nötigen Schritte, um aus meiner meditativen Konzentration zu erwachen. Hoffentlich klappte es ohne größere Probleme. Ich war emotional zu aufgelöst. Ich wollte weinen, ganz viel weinen, aber das durfte ich jetzt nicht, noch nicht. Ich befahl den Elementen, sich wieder zu vereinen und mich zu materialisieren, den normalen physikalischen Gesetzten wieder ihren Lauf zu lassen und den Stau aufzuheben. Ich musste mich beherrschen, sie nicht zur Eile zu drängen. Ich musste Nachdruck in meine Konzentration legen, der keinen Widerspruch duldete. So hatte es auch bei unserer Flucht aus dem grünen Gefängnis funktioniert.

Mein Wiedererscheinen war zwar holprig, aber die Elemente gehorchten mir. Ein paar Blumentöpfe knallten von den Fensterbrettern und machten einen mörderischen Lärm in der stillen Wohnung. Meine Nachttischlampe ging ein paar Mal an und aus. Die Deckenlampe schwankte, als wäre es draußen stürmisch und jemand hätte das Fenster aufgelassen. Dann fing der Wasserhahn im Badezimmer wie wild an zu fließen und machte ziemlichen Krach. Ich war wieder da. In meiner Zimmertür stand Delia und starrte mich ungläubig an.

„Kira!“, rief sie und stürzte auf mich los. Ich sprang ebenfalls auf und fiel in ihre Arme.

„Mama.“

Diesmal kam es aus tiefstem und ehrlichem Herzen. Tränen rannen mir über die Wangen. Dazu passte der strömende Wasserhahn im Bad hervorragend.

Wir standen eine Weile eng umschlungen mitten im Zimmer. Es war der innigste Moment mit Delia, an den ich mich erinnern konnte.

„Ich bin so froh, dass du wieder da bist. Ich hab mir solche Sorgen gemacht. Allein, in Indien. Wie konnte das nur alles passieren? Ich habe so viel falsch gemacht.“

„Nein, hast du nicht“, wehrte ich ab.

„Ich allein bin an allem schuld. Ich …“ Ich löste mich von Delia. Sie sah mich an. „Du bist braun geworden und …“

Vielleicht wollte sie „schön“ sagen. Aber stattdessen sagte sie: „Was ist da im Bad. Der Wasserhahn …“

„Nichts, ich hatte mir gerade die Hände gewaschen.“ Ich eilte zum Waschbecken, um den Wasserhahn auszumachen und hörte, wie Delia in der Stube die Scherben der großen Terrakotta-Töpfe einsammelte.

„Ich hab aus Versehen das Fenster im Bad und vom Balkon aufgemacht und dann gab es einen …“ Durchzug wollte ich sagen, als ich wieder ins Zimmer kam. Natürlich war das unglaubwürdig. Solche schweren Kübel fielen nicht von einem Durchzug einfach so vom Fenstersims. Aber Delia würde dem keine Beachtung schenken. Vor mir stand jedoch Gregor und sah mich ungläubig an. Am liebsten wäre ich ihm auch um den Hals gefallen, auch wenn ich das noch nie getan hatte. Aber etwas in seiner Haltung hielt mich ab.

„Kira, was machst du denn hier?!“

Er war ziemlich perplex. Das war an der Situation gemessen auch kein Wunder. Trotzdem schwang etwas in seiner Stimme mit, dass es seine Ordnung gehabt hätte, wäre ich nicht hier. Und dass mein Hiersein nichts Gutes bedeuten konnte.

„Ich … bin zurück. Ich … Es tut mir alles so leid. Ich … war einfach so verzweifelt. Aber jetzt geht es mir wieder gut. Wirklich."

„Ja, schau nur, wie braun sie ist. Sie sieht … gesund aus!" Delia zögerte einen Moment, aber dann flüsterte sie anerkennend: „Richtig schön. Unsere Tochter ist eine Schönheit."

Delia hatte sich überwunden. Es gab für sie als alterndes Model nichts Schwereres, als die Schönheit von jemand anders anzuerkennen. Das hatte ich schon ein paar Mal beobachtet. Aber ihre Freude war so unübersehbar groß und ihr Stolz, dass ich ihre Tochter war, siegte. Im Grunde eine Verlängerung von ihr. Das war was anderes. Ich merkte, wie sich schon wieder abfällige Gedanken über Delia einschlichen, obwohl ich das gerade überhaupt nicht wollte. Wahrscheinlich, weil ich es gewohnt war. In diesem Moment beschloss ich, auf Delia nicht mehr so herabzuschauen. Sie war auch nur ein Mensch mit Fehlern. Aber sie liebte mich. Und darauf kam es an. Und ich wollte mich nicht mehr abschrecken lassen von dem Panzer, den Gregor trug. Ich ging zu ihm hin und umarmte ihn.

„Ich bin so froh, dass ich wieder zu Hause bin."

Gregor stand regungslos da wie eine Laterne. Ich merkte, wie er sich versteifte. Ich konnte kein bisschen erahnen, was in ihm vorging. Seine Antwort auf meine Mail aus Indien war überraschend entspannt gewesen. Jetzt wirkte er auch nicht wütend, aber irgendwie so, als wäre es ihm nicht recht, dass ich zurück war. Wie sollte ich das verstehen? Dann hob er doch seine Arme und klopfte mir väterlich auf den Rücken. Mir kamen schon wieder die Tränen. Er schob mich von sich und musterte mich, als wenn ich zur Kur gewesen war und er sehen wollte, ob sie Erfolge gezeitigt hatte.

„Ich … bin auch froh …“

Er tätschelte auf einmal meine Wange. Das hatte er wirklich noch nie getan. Nebenher irrte sein Blick durch den Raum und blieb bei Delia hängen, die inzwischen mit dem Handfeger Blumenerde auffegte. Aber er sagte nichts dazu.

„Verrückte Tochter. Sie hat Energie.“ Er lächelte. Ich lächelte zurück, aber wurde das Gefühl nicht los, dass irgendwas nicht stimmte. Oder war er nur durch den Wind, weil ich ihn mitten aus dem Schlaf geholt hatte? Er holte tief Luft: „Okay, ich leg mich wieder hin. Ich bin hundemüde und morgen wird ein langer Tag.“

Das klang fast wie eine Ausrede. Gregor lief die Treppen runter, als hätte er es wirklich eilig, wieder ins Bett zu kommen. Delia schüttete mit der Kehrschaufel ein wenig Erde in einen Kübel, der ganz geblieben war. Ich nahm ihr die Schaufel ab.

„Ich mach das schon.“

„Ach, Kira, ich bin ja so froh“, sagte sie noch einmal und lächelte mich an.

Ich hätte niemals gedacht, dass sie mich so vermissen würde. „Kannst du bei mir schlafen?“, fragte ich sie. Sie freute sich sichtlich über meinen Vorschlag. Sie war mir nie wie eine Mutter vorgekommen, immer eher wie eine Schwester oder eine etwas unzuverlässige Freundin, die oft nicht da war, wenn man sie brauchte, aber wenn sie da war, dann mit ganz großen Gefühlen. Aber jetzt war sie einfach meine Mutter.

„Ja, natürlich. Das Bett ist frisch bezogen. Damit … wenn du zurückkommst.“ Sie schlug den roten Wollüberwurf zurück. Sie hatte unsere Haushälterin Rosa meine Lieblingsbettwäsche aufziehen lassen.

„Ach, und dein Lieblingspyjama. Er hängt hinter der Tür.“

Delia huschte ins Bad und holte ihn. Sie versuchte es nicht mit einem Nachthemd. Nein, sie holte meinen Pyjama.

„Oder willst du erst noch duschen?“ Delia war richtig nervös. Bestimmt war sie unsicher, ob sie jetzt alles richtig machte.

„Ich habe noch Hunger.“

Sie legte den Pyjama auf das Bett und eilte zur Tür.

„Ich mach dir was. Wir haben auch Steak.“

„Nein, nein“, hielt ich sie auf. „Bitte leg dich schon hin. Ich hole mir nur einen Joghurt. Was Leichtes.“

Delia strahlte. Ich verlangte kein Fleisch, sondern einen simplen Joghurt. Wahrscheinlich war das das endgültige Zeichen für sie, dass ich wieder rundum gesund war.

Ich lief die Treppen hinunter. Das vertraute orange Licht der Laternen fiel in die Wohnstube. Ich nahm das leise Summen des Kühlschranks wahr und lauschte Richtung Schlafzimmer. Dort war alles still. Gregor schien tatsächlich schon wieder zu schlafen. Ich öffnete den Kühlschrank, schaute hinein und fand einen Erdbeerjoghurt. Ich nahm ihn heraus. Eigentlich hatte ich überhaupt keinen Hunger. Ich hatte nur nach einem Grund gesucht, nach unten zu gehen, um zu sehen, ob alles in Ordnung war. Die Fenster waren blitzblank geputzt wie immer und davor lauerten auch keine Schatten. Vielleicht hielten sie sich gut versteckt, warteten bis Delia und Gregor wieder schliefen. Ich schrak zusammen, als ich Schritte auf der Treppe hörte.

„Ich hol mir nur meine Schlafmaske“, flüsterte Delia. Ich nickte. War es wirklich schlau, wieder hier zu sein und so zu tun, als wäre alles in bester Ordnung? Was würden sie unternehmen? Brachte ich Delia und Gregor vielleicht in Gefahr? Ich ging die Stufen hinauf. Delia kam hinterher.

„Von wegen schlafen. Gregor ist schon wieder in seinem Arbeitszimmer verschwunden. In letzter Zeit ist es wirklich extrem“, sagte sie, während sie sich hinlegte und ihr Kopfkissen zurechtschob.

Die Info gab mir einen Stich. Ich hatte im Arbeitszimmer gar kein Licht gesehen. Gregor und Jerome kannten sich. Ich wusste nicht, warum mir das keine Ruhe ließ, obwohl völlig klar war, dass Jerome mich beobachtet hatte, als meine Fähigkeiten erwachten. Und nichts lag dem näher, als bei meinem Vater offiziell als Coach aufzutreten. Schließlich war das sein Job. Unternehmensführer trafen sich oft am Wochenende mit ihrem Coach, weil unter der Woche keine Zeit dafür blieb. Das wusste ich schon lange, auch wenn ich inzwischen nicht mehr sicher war, ob es wirklich immer Coachs gewesen waren, mit denen sich mein Vater Samstagabend verabredet hatte. Nein, Jerome konnte Gregor nicht eingeweiht haben. Das ergab überhaupt keinen Sinn. Ich würde weiter abwarten müssen, was geschah. Zur Not konnte ich auf die geballte Kraft meiner Fähigkeiten zurückgreifen, von deren Umfang niemand was ahnte. Ich kroch zu Delia ins Bett. Sie löschte das Licht und nahm meine Hand.

„Du musst dich jetzt erst mal richtig ausschlafen", sagte sie fürsorglich. Dann zog sie sich die Maske über ihre Augen.

Ich versuchte zu schlafen, aber es war unmöglich. Ich war zu unruhig. Ich hatte Angst. Ich musste auf der Hut sein, auch mit Delia neben mir. Warum waren sie vor den Fenstern von Luisa und Tim auf- und abmarschiert und hier tauchte kein einziger Schatten auf? Ich sah auf die Uhr. Es war Halbsechs in der Frühe. In der magischen Akademie aßen sie jetzt Abendbrot im Café. Unvorstellbar, dass sich die Akademie ganz in der Nähe befand. Ich lauschte in die Nacht. Alles wirkte ruhig.

Trotzdem. Dass Gregor nicht wieder schlafen gegangen war … Ich brauchte einen Vorwand, um ihn in seinem Arbeitszimmer aufzusuchen.

# 49

Ich lauschte auf Delias Atemzüge. Sie wurden regelmäßiger. Vorsichtig entzog ich ihr meine Hand, die sie immer noch festhielt. Delia ließ es geschehen und rührte sich nicht. Ich blieb noch einige Minuten liegen. Dann schlug ich leise die Decke zurück und schlich mich nach unten. Eine Stufe knarrte. Ich versuchte zu schweben wie auf der Treppe bei Neve oder bei Leo.

Zwei Stufen lang funktionierte es. Dafür trat ich auf die dritte unsanft auf wie ein Pferd. Es polterte. Ich war einfach zu nervös. Ich lauschte. Oben blieb es ruhig. Unten auch. Unter der Tür zum Arbeitszimmer war ein Streifen Licht zu sehen. Ich erreichte die letzte Stufe und ging darauf zu. Ich würde Gregor sagen, dass ich nicht schlafen konnte, dass ich einen Jetlag hatte, ob ich ihm Frühstück machen sollte. Eine ganz normale und unverdächtige Frage. Ich hatte die Hand fast an der Klinke. Da bewegte sich etwas in meinem linken Gesichtsfeld. Ich drehte mich zur Seite und war verblüfft. In der Tür zum Gästeklo stand Neve, weiß gekleidet wie ein Engel.

„Hierher. Schnell! Geh nicht zu deinem Vater. Er hat dich verraten."

Sie griff nach meinem Arm, zog mich in die kleine Kabine und schloss lautlos die Tür hinter uns.

Neve wirkte aufgelöst. Ihre Stimme überschlug sich.

„Endlich bist du allein. Ich bin schon die ganze Zeit hier. Jerome muss jeden Moment hier sein. Dein Vater hat ihn alarmiert. Er scheint über alles Bescheid zu wissen. Ich habe ihn belauscht. Sie wollen dich mitnehmen, sobald deine Mutter aus dem Haus ist. Dein Vater will sie schonen. Der Rat vertraut Jerome. Sie haben ihn geschickt, um dich zu schnappen. Du musst hier weg! Wie konntest du nur herkommen? Du hättest auf Clarissa hören sollen. Warum tust du das alles? Warum hast du mir nicht gesagt, dass du lauter elementare Kräfte hast? Du hättest …“

Neve überschüttete mich mit Neuigkeiten und Vorwürfen. Woher wusste sie alles? Weil sie Gregor belauscht hatte. Und weil sie mir gefolgt sein musste.

„Heißt das, du folgst mir die ganze Zeit, ohne auch nur einen Mucks von dir zu geben? Wer sagt mir denn, dass DU nicht vom Rat geschickt wurdest?“

Neve machte ein entgeistertes Gesicht.

„Aber Kira, ich bin doch deine Freundin!“

Ihre Unschuldsmiene machte mich wütend, ich war immer noch sauer auf sie. „Eine feine Freundin, die behauptet, dass Tim mit Luisa zusammen ist und mir nicht sagt, dass Leo mich besucht hat und mir heimlich nachschleicht und mich belauscht …“

„Du verstehst nicht, ich will dich nur beschützen. Das ist meine Aufgabe.“

Sie senkte den Blick und machte ein trauriges Engelsgesicht, aber davon wollte ich mich diesmal nicht weichklopfen lassen.

„Beschützen! – Genau dieses Engelgetue, das geht mir völlig auf die Nerven! Du bist doch kein Engel über allem. Du bist ein Mensch wie ich, mit ein paar Fähigkeiten. Weiter nichts. Aber du, du spielst dich total auf! In deinen komischen Engelkostümen. Du lügst mich an, hältst Tim und Leo von mir fern, nur weil du dich selbst nicht verlieben kannst. Das ist es doch, was dahintersteckt! Wo wohnst du eigentlich? Wer sind deine Eltern? Sind sie dir peinlich oder was? Ich habe es satt, von allen Seiten immer nur belogen zu werden. Eine Lüge nach der anderen. Egal, wo man geht oder steht. Ich habe es einfach satt!“, zischte ich und hatte Mühe, dabei nicht laut zu werden.

Neve hatte sich auf dem geschlossenen Klodeckel zusammengekauert. Tränen liefen ihr über die Wangen. Ich hatte sie noch nie weinen sehen und bereute sofort die Härte meiner

Worte. Ich wusste ja, dass Neve jetzt alles abbekam. Sie musste büßen für alle, die mich permanent an der Nase herumführten. Neve hatte mich belogen, ja, aber genauso Atropa, die in Wirklichkeit Clarissa war, Gregor, der augenscheinlich mit Jerome unter einer Decke steckte, Leo, der schon lange mit Jerome zusammenarbeitete, ohne es mir zu sagen, und verknallt in mich war, seit er wusste, dass ich angeblich mal mächtig sein würde – das war mir inzwischen klar – und zu guter Letzt Tim mit seinem Geheimnis um Minchin, seiner grandios aussehenden Frau für den Rest seines Lebens. Und nun durfte ich nicht mal ausrasten deswegen, weil wir in einem Versteck festsaßen und leise sein mussten. Die zwei Zahnputzgläser auf der Ablage klirrten gegeneinander. Ich hielt sie fest und stellte sie ein bisschen auseinander. Das Wasser fing an, alleine aus dem Hahn zu laufen. Ich drehte den Hahn so fest zu, wie es ging. Ich musste mich beherrschen. Ich hockte mich neben Neve.

„Tut mir leid. Es ist ja nicht alles deine Schuld. Ich weiß doch, dass du es gut mit mir meinst. Ich weiß es doch. Aber …"

Neve wischte sich ein paar Tränen ab und machte ein gefasstes Gesicht.

„Du hast recht. Du hast ja recht. Mit allem. Ich bin kein Engel. Schließlich weinen Engel nicht", brachte sie unter leisem Schluchzen hervor.

„Es tut mir leid, was ich gesagt habe."

„Ich habe keine Eltern mehr. Ich hatte eine Großmutter, aber sie ist tot. Und mein Vater auch. Und unser Haus …"

Immer neue Tränen liefen ihr über die Wangen. Neve konnte nicht weitersprechen. Was hatte ich nur angerichtet?!

Ich nahm sie in den Arm. „Ich bin so ein Vollidiot."

„Nein, bist du nicht. Deine Mutter geht um neun zum Yoga. Bis dahin musst du weg sein", griff Neve den Faden wieder auf.

Sie erzählte mir, dass sie nach Hause gekommen war und durch Ranja von der Zerstörung des Gefängnisses erfahren hatte. Dann war sie mich sofort suchen gegangen, um mir und Tim zu helfen. Sie war sogar bei meinem Dom gewesen. Sie hatte keine Idee, wo ich sein konnte. Sie schwor, dass sie mich nicht dem Rat übergeben wollte, auch wenn Ranja sie deshalb in geheimer Mission losgeschickt hatte, weil sie Jerome nicht traute, der offiziell vom Rat beauftragt worden war. Neve wollte das mit Tim wieder gutmachen. Sie suchte den ganzen magischen Wald und die Durchgänge ab. Dann fand sie uns endlich am See, gerade als Tim mit Minchin abtauchte. Sie machte sich nicht bemerkbar, weil sie Atropa bemerkte und herausfinden wollte, ob man diesem Geist trauen konnte.

Neve flog zum Ätherausgang und stürzte sich in die Himmelstiefe, um uns am Wasserdurchgang zur Spree nicht zu verfehlen. Sie wusste, dass der Durchgang durch die Abwasserkanäle wegen Tims Verschwinden und der Polizei nicht passierbar war. Sie wartete lange und hatte schon Angst, uns verpasst zu haben. Aber dann kamen wir doch noch. Ich erzählte ihr von dem Kampf mit den Undinen, dass sie mit dieser Seuche kämpften, aber die Durchgänge trotzdem schützten.

Neve war genauso schockiert gewesen, als im Tunnel plötzlich Clarissa erschien. Aber sie glaubte Clarissa und hielt ihren Plan für das Beste. Ihre Intuition sagte ihr, dass Clarissa alles regeln würde. Sie beschloss, sich weiter im Hintergrund zu halten und nur einzuschreiten, wenn ich mich in Schwierigkeiten brachte. So würde sie Ranjas Vertrauen behalten, was in Zukunft von Wichtigkeit sein könnte. Das Versteck in der Kneipe war sehr gut. Wieder überlegte sie, ob sie sich zeigen und mit mir sprechen sollte. Aber als sie begriff, dass ich versuchte herauszufinden, wie man Äther-Fähigkeiten nutzte, hielt sie sich weiter versteckt. Schließlich war ich bereits sauer auf sie und sie hatte Angst, dass ich noch wütender werden würde, wenn sie mir ihre Hilfe für so ein gefährliches Unterfangen verweigerte, Tim, Luisa und mein Zuhause noch einmal aufzusuchen.

Sie vertraute darauf, dass es mir nicht gelingen würde. Doch dann fing ich an zu jumpen, eine Fähigkeit, die Neve nicht besaß. Sie konnte Zeit und Raum nicht in null Komma nichts überwinden. Also beschloss sie, in meinem Zimmer auf mich zu warten.

Und jetzt wollte sie mich in ein Haus von ein paar Freunden bringen, in dem sie seit einer Weile viel Zeit verbrachte. Neve und ein paar Freunde in der realen Welt? Das klang mehr als seltsam. Ich forschte in ihrem Gesicht, mir fielen ihre Andeutungen vom letzten Mal ein und auf einmal war ich mir ziemlich sicher: „Du hast dich verliebt. Ich seh's dir an", unterbrach ich ihren Bericht und Neve wurde rot bis unter die Ohren. Das hatte ich auch noch nie an ihr gesehen.

„Quatsch, überhaupt nicht ...", wehrte sie ab, während sie nervös auf einer Haarsträhne herumkaute und sofort wieder das Thema wechselte.

Die Idee mit dem Joghurt hatte SIE mir eingepflanzt, um mich im Wohnzimmer allein zu sehen. Doch Delia war zu schnell hinterhergekommen. Und dann belauschte sie das Telefongespräch meines Vaters. Er hatte mit Jerome telefoniert und ihm mitgeteilt, dass ich hier war, aber dass er erst nach neun Uhr kommen solle, damit Delia nichts mitbekam. Jerome hatte keine Eile. Der Rat vertraute ihm. Er sollte mich ausfindig machen, herausfinden, ob ich es geschafft hatte, Tim rauszubringen und mich vor den Rat führen. Natürlich würde Jerome diesen Auftrag nicht erledigen. Es war so weit. Die Situation hatte sich so zugespitzt, dass Jerome sich jetzt offiziell gegen den Rat stellen musste. Dazu brauchte er MICH. Und wenn ich nicht freiwillig seinem geheimen magischen Bund beitrat, dann eben mit Gewalt. Jerome hatte seine Mittel, versprach er Gregor. Mir würde keine Wahl bleiben. Und Gregor solle sich keine Sorgen machen. Auch wenn ich sie in Schwierigkeiten gebracht hatte, ihre Geschäfte würden nicht gefährdet sein.

Was für Geschäfte? Es klang ganz so, als hätte Gregor mich an Jerome verkauft wegen irgendwelcher Geschäfte, die sie miteinander machten. Sein ganzes Verhalten erschien mir in einem neuen Licht. Natürlich, er hatte gewollt, dass ich in die Klinik gebracht wurde, damit Jerome mich mit den Schatten holen konnte. Alles war geplant gewesen, alles ein abgekartetes Spiel. Wie konnte er mich nur so verschachern? Delia und ich hatten keinen Funken Ahnung gehabt. Ich war fassungslos.

Die Zahnputz-Gläser fielen wieder übereinander her. Ein Glas zerbrach auf der Ablage, genau, als ich hörte, wie sich draußen die Tür zum Arbeitszimmer öffnete. Neve fing mit einer Hand die zerbrochenen Scherben auf. Sie schnitten in ihre Hand, aber sie blutete nicht. Wir vernahmen Gregors Schritte auf dem Flur und hielten den Atem an. Aber er ging vorbei und schien nichts gehört zu haben. Kurze Zeit später brodelte die Espressomaschine. Er machte sich einen Kaffee.

Ich versuchte, ruhig zu bleiben. Neve legte die Scherben auf den Boden und packte mich erstaunlich fest an den Schultern.

„Du schaffst das noch mal mit dem Jumpen. Konzentrier dich. Wir müssen hier weg. Sofort! Wir treffen uns in deiner Kneipe wieder. Das ist ein sicherer Ort. Zumal du sonst Fragen aufwirfst bei dem Inhaber. Sobald er aufwacht, spazierst du dort ganz normal raus und ich bringe dich zu meinen Freunden. Sie wohnen ganz in der Nähe. Dort wird dich niemand vermuten."

Was Neve vorschlug, war das einzig Vernünftige. Ich versuchte, mich zu konzentrieren, aber ich konnte nicht. Meine Verzweiflung wegen Gregors Hochverrat ging mit mir durch. Niemand würde mich als sein Werkzeug benutzen. NIEMAND! Ehe Neve irgendwas unternehmen konnte, stürmte ich aus unserem Versteck.

# 50

Ich baute mich vor Gregor auf, der gerade einen Löffel Zucker in seinen noblen Kaffee tat, mich erschrocken ansah und die Hälfte verschüttete. Ich bebte. Ich loderte. Ich merkte, wie kleine Flammen über meine Haut züngelten. Ich hieb auf die Tischplatte und alles flog auf die Fliesen. Eine der mächtigen Glasscheiben, die den Blick auf Terrasse und Himmel freigaben, bekam einen Sprung. Der Wasserhahn über dem Spülbecken riss ab, knallte gegen eine Barlampe und zertrümmerte die Glasschüssel, die darunterstand. Wasser spritzte in den Raum wie bei einem Rohrbruch. Es gab kein Halten mehr. Er wusste eh längst über alles Bescheid. Gregor hielt schützend die Arme vor sein Gesicht. Ich hatte ihn noch nie so hilflos gesehen und auch noch nie ängstlich. Er hatte Angst vor mir. Das tat unerhört gut.

„Was für ein Spiel wird hier gespielt! Ich will eine Antwort!“, donnerte ich ihn an.

Das Wasser strömte über den Fußboden und sammelte sich unter dem Teppich.

„Kira, hör sofort auf mit dem Theater!“, brüllte Gregor. Aber ich konnte nur lachen.

„Theater? Ich spiele kein Theater. Wer hier die ganze Zeit Theater spielt, das bist du!!“

Auf einmal musste ich würgen. Ozeane von Tränen drängten heran. Der Mann da war mein Vater. Was machte er mit mir?

„Ich bin kein Gegenstand, kein Ding, dass man verschachern kann, mit dem man machen kann, was man will! Ich verlange eine Erklärung. Für alles! Auf der Stelle!“

Zwei Türen von den Hängeschränken krachten herunter. Spätestens jetzt war Delia wach.

„Stopp das Chaos hier und ich werde dir alles erklären.“

Gregor war inzwischen klitschnass. Der teure Teppich kokelte vor sich hin. Einer der Designerstühle fing Feuer. Es war mir eine tiefe Freude. Gleichzeitig fühlte ich mich unheimlich elend. Vor einigen Minuten war es noch das höchste Glück, wieder zu Hause zu sein. Und jetzt hatten sich alle Ahnungen zu einem üblen Knoten Gewissheit zusammengeballt und kulminierten in einer mächtigen Welle bitterster Enttäuschung. Ich hörte Delia die Treppe hinuntertippeln und einen hysterischen Schrei ausstoßen. Erst wegen des Infernos in ihrer Wohnstube, dann Neves wegen, die durchscheinend wie ein echter Engel hinter der Verglasung zum Flur stand und alles mit Entsetzen, aber ohne einzugreifen, mit ansah.

Gregor versuchte, sich seiner Autorität zu besinnen und stürmte auf mich los. Es war mir ein Leichtes, ihn im Zaum zu halten. Ich fauchte ihm einen eisigen Windzug entgegen, der ihm kleine Eiskristalle auf die Wangen zauberte. Schmerzverzerrt hielt er sich das Gesicht.

„Tja, was machst du nun mit dem Monster, das du hochgezüchtet und verkauft hast, hm?! Ich verachte dich. Und ich will dich nie wieder sehen. Niemand wird mich als Werkzeug benutzen. Auch nicht mein Vater. Vater! – was für eine unpassende Bezeichnung. Niemand, der so etwas tut wie du, sollte sich so nennen dürfen!"

Das Chaos war perfekt. Ich wollte mich abwenden und mit Neve verschwinden. Doch zu spät. Sie versperrten mir den Weg: drei Rauchsäulen, die sich im Handumdrehen materialisierten. Jerome, Leonard und Igor.

Ich konzentrierte mich auf mein Verschwinden, aber mir fehlte die Zeit. Leo sprang auf mich zu und umklammerte mich mit einem eisernen Griff. Der unangenehme Geruch verschwand mit dem Rauch. Widerwillig sog ich seinen Duft ein. Ohne dass ich es wollte, standen sofort die schönen Stunden vor mir, die ich mit ihm erlebt hatte. Leo war ein guter Typ, der sich mit den falschen zusammengetan hatte, das spürte ich immer wieder. Aber es war nicht das, was ich gerade spüren wollte. In diesem Augenblick gehörte er zu meinen Feinden. Und er war stark. Ich schaffte es nicht, mich aus seinem Griff zu befreien. Einer Blitzidee folgend, probierte ich eine durch und durch menschliche Strategie, und sie war erfolgreich. Ich presste meine Lippen auf Leos Lippen. Er war so überrascht, dass er ein wenig locker ließ. Als er begann, meinen Kuss zu erwidern, biss ich ihm mit aller Kraft in die Oberlippe. Er brüllte wie ein verletztes Tier und ich riss mich los.

„Niemand fasst mich an! Kapiert?!“

Leo fielen die Strähnen wild in die Augen. Ich stopfte mir meine unwirsch hinter die Ohren und nahm Angriffshaltung ein. Leos Gesicht war ein Mix aus Schmerz, tiefer Verletzung und Wut. Jerome griff nach seinem Arm und hielt ihn fest. Er hatte derweil den Wasserfall aus dem kaputten Rohr zum Stillstand gebracht, keine Ahnung wie, und wirkte erstaunlich gelassen. Durch die Scheibe sah ich, wie Neve sich um Delia kümmerte, die ohnmächtig am Boden lag. Ich war froh über Delias Ohnmacht.

„Kira. Ich weiß, ich bin dir eine Erklärung schuldig“, sagte Jerome mit einem betont ruhigen und bestimmten Ton.

„Eine Erklärung. Ihr seid mir ganze Kataloge mit Erklärungen schuldig. Alle!“

Ich hatte kein Interesse daran, ruhig zu sein, aber kam mir auch ein wenig lächerlich vor. Ich beherrschte die Elemente noch nicht vollständig und spürte, dass ich gegen drei Leute vom magischen Bund nicht viel ausrichten konnte. Später vielleicht, aber nicht jetzt. Jetzt fühlte ich mich unter den Blicken von Jerome schwer wie Blei und wusste, dass er mich mit seiner Kraft daran hinderte, einfach zu verschwinden.

„Also gut.“

Ich ließ mich im Schneidersitz auf dem verkohlten Teppich nieder. Mein Vater lehnte mit verschränkten Armen an der Wand und versuchte, ein chefmäßiges Gesicht aufzusetzen. Neben Jerome und sogar neben Leo wirkte er jedoch klein und machtlos. Igor hatte sich vor der Terrassentür platziert. Im Flur versperrte Delia den Weg. Die Fluchtwege waren also gesichert.

Leo blieb stehen und lutschte immer noch auf seiner blutenden Lippe herum. Jerome setzte sich mir gegenüber und schlug den belehrenden Ton eines Lehrers an, der einem ungezogenen Kind etwas klarzumachen versucht: „Kira, ich verstehe, dass du verwirrt bist. Dass es schwer ist für dich, in der neuen Welt anzukommen. Dass du Heimweh hast. Aber du musst deinen Weg gehen. Und du wirst deinen Weg gehen. Und um dich vor dir selbst und deiner Verwirrung zu schützen, werden wir auf dich aufpassen, bis du dich wieder stabilisiert hast."

Ich zerpflückte die verkohlten Teppichfransen vor mir, um meine innere Spannung im Zaum zu halten und antwortete: „Ich weiß, was du willst. Du willst MACHT. Und du kannst sie nur haben, durch mich. Für wie viel hat mich dieser Mann da, der sich mein Vater schimpft, verschachert, hm? Sag's mir. Vorher gehe ich nirgendwo hin. Ich habe ein Recht darauf, es zu erfahren."

Ich wies auf die mit Hauslatschen bestückten Füße von Gregor und würdigte ihn ansonsten keines Blickes. „Er hat dich nicht verschachert. Du verstehst das alles völlig falsch."

Jerome, der jetzt wie ein Therapeut klang, machte mich mit seinem überlegenen Ton rasend. „Ich verstehe mehr, als du denkst. Viel mehr."

„Er hat sich um dich gekümmert, dich großgezogen, dir ein gutes Leben ermöglicht, durch mich erfahren, was mit dir los ist und mit mir gemeinsam versucht, dich vor den Gesetzen an der Akademie zu bewahren."

Ich sprang auf. „Du lügst! Ich habe euer Gespräch belauscht. Ihr macht irgendwelche dunklen Geschäfte zusammen. Und dafür braucht ihr mich. Wenn's sein muss, mit Gewalt."

Jerome blieb weiter ganz ruhig. Er schaffte es, mich damit zu verunsichern. Vielleicht hatte ich ja wirklich alles falsch verstanden?

„Niemand hat je von dunklen Geschäften gesprochen. Wie kommst du darauf? Kira, der Rat sucht dich! Noch habe ich ihr Vertrauen. Die Zeit müssen wir nutzen, um dich zu verstecken. Im magischen Bund gibt es Leute, die dich fertig ausbilden können. Du hast in der realen Welt noch keine verlässliche Macht über deine Kräfte. Du hast keine Wahl."

„Ich werde keine zweite Clarissa werden. Ich will die Welt nicht beherrschen. Ihre Lehren waren falsch, egoistisch und tödlich. Sie selbst …" Ich war drauf und dran, davon zu erzählen, dass ich mit ihrem Geist befreundet war, einfach, um zu schockieren und damit Zeit zu gewinnen, aber im selben Moment sah ich sie.

Clarissa war hier. Sie stand hinter Jerome und allen anderen. Sie verschwamm ein wenig mit der Wand, aber ich konnte sie gut sehen. Sie schüttelte heftig den Kopf. Ich sollte auf keinen Fall etwas sagen. Ihr Gesicht war voller Sorge. Natürlich, ich hatte ja auch alles vermasselt. Es tat mir leid. Nicht meinetwegen sondern Clarissas wegen. Ich hatte sie enttäuscht.

„Sag ihr die Wahrheit", meldete sich Gregor auf einmal an Jerome gewandt.

„Sie hat ein Recht darauf. Sie soll wissen, dass ich nicht der egoistische Vater bin, für den sie mich hält." Das Wort Vater betonte er seltsam verächtlich, als wenn er damit ebenfalls nichts anfangen konnte.

„Nein, Gregor …", Jerome flehte Gregor nahezu an. Ich schaute von einem zum andern. Was kam jetzt? Irgendwas, was mich noch schocken konnte? Gregor sog tief Luft ein, richtete sich an der Wand auf und fixierte mich mit seinem stahlharten Geschäftsblick. Jerome fuchtelte mit seinen Armen in der Luft, als könnte er Gregors Worte damit noch verhindern.

„Ich bin nicht dein leiblicher Vater. Ich habe dich zu mir genommen und dich groß gezogen, weil deine Eltern gestorben sind. So sieht es aus. Und ich hoffe, damit geht's dir jetzt besser."

Sein Blick ruhte unerbittlich auf mir. Er war verletzt und wollte mir wehtun. Das war klar. Aber mit was für einem Schwachsinn? Jerome senkte geschlagen den Blick. Gregor sog erneut viel Luft ein und fuhr sich mit den Händen über den Kopf. Nein, es war kein Schwachsinn. Er sagte die Wahrheit. Die ganze Atmosphäre im Raum schrie mir zu, dass es die Wahrheit war und nichts als die Wahrheit. Weil deine Eltern gestorben sind, dieser Satzfetzen hallte wieder und wieder in meinem Kopf. Ich stand da, wie zu Eis erstarrt und konnte mich nicht rühren. Ich gehörte nicht hierher. Irgendwas tief in mir hatte es schon immer gewusst. Weil deine Eltern gestorben sind … hieß: Nicht nur Gregor war nicht mein Vater. Auch Delia …

Gregor fuhr fort: „Jerome hat dich zu mir gebracht. Wir sind alte Schulfreunde. Er hat dich gerettet, damals, als sie Alexander und Clarissa gejagt und getötet haben. Du wärst den Anhängern der magischen Akademie sonst genauso zum Opfer gefallen. Du bist das Kind von Alexander und Clarissa, mit den Zeichen mehrerer Elemente, schon bei der Geburt. Du trägst ihre Kraft in dir. Du wirst ihr Werk zu Ende führen. Du wirst dein Schicksal erfüllen. Das ist dein Weg. Der Rat hätte dich nicht überleben lassen. Doch sie haben nichts von dir erfahren. Niemand, außer ich und die Mitglieder des magischen Geheimbundes wissen, wer deine wahren Eltern sind. Nicht mal Delia. Und jetzt geh mit Jerome. Und vergiss nicht, dass ich trotz allem dein Vater bin, der es gut gemeint hat mit dir."

Meine Muskeln wollten mir nicht mehr gehorchen. Jede Struktur schien sich in mir aufzulösen. Es war, als hätten alle Naturgesetze plötzlich keine Gültigkeit mehr. Ich wandte mich von Gregor ab. Jerome und Leo verschwammen vor mir. Ich blickte über ihre Köpfe hinweg, zu Clarissa, die hinter ihnen an der Wand stand. Sie war vollständig materialisiert. Ich musste die Worte mit Gewalt aus mir herausziehen. Sie schienen mit schweren Magneten am Boden meines Seins festzukleben. Ich flehte sie an:

„Sag … dass … das … nicht … wahr … ist!"

Clarissas Gesicht war schmerzverzerrt. Und ich sah Tränen. Tränen bei einem Geist. „Doch", antwortete sie. „Es ist wahr."

Alle folgten meinem Blick. Neve konnte Clarissa sehen. Das wusste ich bereits. Jerome, Leo und Igor hörten sie, aber sie sahen sie nicht. Das war eindeutig. Gregor glotzte verständnislos auf die Wand.

„Clarissa. Ihr Geist. Er ist hier", übersetzte Jerome für Gregor, ohne aufzuhören, an der Stelle ins Leere zu starren, wo ihre Stimme herkam.

In allen Gesichtern las ich Ehrfurcht, selbst in dem von Gregor, obwohl er sie nicht wahrnahm. Er hatte Clarissa damals kennen gelernt, keine Frage. Sie waren alle mit ihr vertraut. Ich fühlte nichts mehr. Ich war völlig abgekoppelt von meinen Gefühlen. Ich war eine reine Beobachterin, die das alles nichts anging. Irgendjemand im Raum hatte plötzlich andere Eltern.

Clarissa tat ein paar Schritte in meine Richtung. Igor, Jerome und Leo wichen ehrfürchtig zur Seite. Sie blendete alle anderen aus und sprach nur mit mir, als wären wir allein: „Ja, ich bin deine Mutter. Und ich werde nicht eher ruhen, bis du in Sicherheit bist und dich niemand mehr für seine Zwecke missbrauchen kann. Ich hoffe, du verstehst jetzt, warum ich dir so Vieles nicht sagen konnte. Ich wünschte, alles wäre leichter gewesen und hätte sich entwickelt, ohne dass deine Welt so aus den Fugen gerät. Du hättest dein Zuhause behalten, deine Eltern, mich als Freundin, bis du deinen Weg gefunden hast …“

Ich sah Clarissa an und sah durch sie hindurch. Meine Chatfreundin, sowas, was ganz viele Leute hatten, war erst ein Geist, dann eine magische Terroristin und nun meine Mutter. Ich empfand diese große Vertrautheit mit ihr, so wie ich sie mit Delia nicht kannte und natürlich auch nicht mit Gregor. Gleichzeitig war es ein Schock. Sie war ein Geist. Sie lebte irgendwie und irgendwie nicht. Sie hatte Menschenleben auf dem Gewissen und irrte herum, weil sie nicht wollte, dass ich so wurde wie sie. Und zu allem Überfluss war sie ungefähr so alt wie ich.

Ich ließ alles auf mich niederprasseln, die ganze Situation. Delia stand plötzlich im Türrahmen, gestützt auf Neve, und sah verwirrt in die Runde. Es war ihr eindeutig anzusehen, dass sie keinen Schimmer besaß, was hier vor sich ging. Gregor hatte es nicht für nötig befunden, sie einzuweihen. Er hatte sie einfach benutzt. Ich konnte mir vorstellen, wie das mit der Adoption abgelaufen war. Ich hatte mich schon immer gefragt, wie Delia überhaupt ein Kind bekommen konnte, bei ihrer enormen Sorge um ihren makellosen Körper. Wahrscheinlich war ich ein Unfall gewesen und sie hatte ihre Schwangerschaft zu spät bemerkt, so lautete für mich die bisherige Erklärung meiner Existenz.

Aber nun stellte sich heraus, dass ich ein Adoptivkind war. Es passte hervorragend. Warum war ich nicht selbst darauf gekommen? Ich konnte mir vorstellen, wie Gregor Delia eingeredet hatte, was für eine großartige Idee eine Adoption darstellte, weil damit ihr Körper keinen Schaden nahm. Vielleicht hatte Delia die Idee sogar richtig gut gefunden. Vielleicht auch nicht. Das konnte ich nicht einschätzen.

Fakt war, ich gehörte in Wirklichkeit nicht zu diesem übersatten Leben in einem Prenzlberger Dachgeschoss. Das war eine

Erleichterung und gleichzeitig zog es mir den Boden unter den Füßen weg. Ich wollte weg, nur weg, sofort. Ich hatte so viele Fragen, besonders an Clarissa. Aber ich musste zuerst raus aus dieser Situation. Irgendwohin, zu Tim … der nicht mehr für mich da sein konnte. Der Gedanke war entsetzlich. Plötzlich spürte ich eine unbändige Lust, einfach das zu sein, was so viele von mir erwarteten: böse. Ich war die Tochter eines Terroristen und einer Terroristin. Ich würde Minchin töten, die magische Welt zerstören, die reale Welt, Jeromes Geheimbund, Gregors Werk, einfach alles und dann mit Tim fliehen. Ich konnte das. Doch ich rührte mich nicht von der Stelle.

Jerome starrte Clarissa an, auch wenn er sie nicht sehen konnte. Dann sagte er ganz langsam: „Du hast alles verdorben. Dafür habe ich deiner Tochter nicht das Leben gerettet. Alexander hatte recht. Frauen sind zu schwach."

„Natürlich hast du ihr nicht aus Nächstenliebe das Leben gerettet, sondern um ihre Macht zu nutzen. Deshalb bin ich noch da. Um das zu verhindern. Ich hätte sie dir nie anvertraut, wenn ich eine andere Wahl gehabt hätte", gab sie zurück.

„Ich habe dich einmal verehrt, Clarissa. Du warst mein größtes Vorbild."

„Aber nur solange, wie ich mit deinen Machtfantasien im Einklang war. Nur solange hast du auch Josepha, deine Freundin, beschützt … und sie dann in eine Anstalt gesteckt, als sie nicht mehr so wollte wie du."

„Das ist nicht wahr", brauste Jerome auf. Seine donnernde Stimme jagte mir eine Gänsehaut über die Arme. Delia flüsterte: „Mit wem spricht er denn?" Niemand beachtete sie. Clarissa reagierte mit gelassener und klarer Stimme: „Das hatte ich auch gehofft. Eine Weile sah es so aus, als hättest du dich eines Besseren besonnen. Du warst im Rat. Ich dachte fast, dass du wirklich besorgt wärst um Kira. Aber du hast dich sehr gut getarnt."

Auf einmal wechselte Jerome seinen Gesichtsausdruck. Ein hämisches Grinsen machte sich auf seinem Gesicht breit. „Wie dem auch sei, Clarissa. Du bist ein Geist, der keine Ruhe findet. Du kannst nicht wirklich was ausrichten, nur ein bisschen herumspuken und große Töne spucken. Kira ist nicht nur deine Tochter. Sie ist auch die Tochter von Alexander. Sie ist stark und wild. Wir werden sie jetzt mitnehmen und niemand im Raum kann irgendwas dagegen tun."

Clarissa schwieg. Ich spürte, wie Angst in mir hochkroch. Jerome hatte recht. Jerome wusste, was er tat. Ich wollte auf Clarissa losstürzen und sie umarmen. Sie war meine Mutter! Langsam kam es bei mir an. Delia nahm ein Sprudelwasser aus dem Schrank und goss sich mit zitternden Händen ein Glas ein. Sie flüsterte Gregor zu: „Spricht er etwa mit der Mutter von … Kira … Ach Gott … Aber wo hat er denn sein Handy?"

Wieder bekam sie keine Antwort. Arme, naive Delia, dachte ich nur, obwohl ich nie wieder so über sie denken wollte. Leo machte ein paar Schritte auf mich zu und nahm meine Hände. Ich ließ es geschehen. Ich spürte, dass es zwecklos war, sich zu wehren. Vielleicht sollte ich mich meinem Schicksal ergeben. Erst mal. Ich sah zu Clarissa. Sie nickte. Sie fand richtig, wie ich handelte. Ich sollte keinen Aufstand machen. Ich wollte auf sie hören. Sie war klug. Sie war meine Mutter.

„Ich glaub an dich", flüsterte sie mir zu.

„Du bist … meine Mutter", sagte ich. Meine Stimme gehorchte mir nicht richtig. Aber ich wollte ihr unbedingt sagen, dass ich die Tatsache anerkannte.

Leo führte meine Arme um seine Taille.

„Es tut nicht weh. Du musst nur ganz stillhalten, damit ich dich vollständig einhüllen und mitnehmen kann. Dann ist es nicht gefährlich, hörst du?!"

„Ist das ihr Freund?", hörte ich Delia fragen. Natürlich bekam sie keine Antwort.

Das Unvermeidliche geschah. Jerome schaltete das Licht aus. Dann begannen er, Leo und Igor, sich in Rauch aufzulösen. Ich roch den vertrauten Gestank. Die alte Angst war sofort wieder da, auch wenn ich jetzt wusste, was hinter den Schatten steckte. Es roch nicht gut. Es war nicht gut. Ich hustete. Leo hielt mich fest. Ich vergrub meine Nase in seiner Armbeuge und atmete Leos Geruch. Ich suchte nach Hoffnung in der allumfassenden Leere und Schwärze, die in mir war, und die sich um mich ausbreitete. Vielleicht sollte ich still sein, mich anpassen, mich ausbilden lassen, so, wie es Jerome getan hatte. Und wenn ich soweit war, dann konnte ich mich befreien.

Ich dachte an Jane Eyre. Ich hatte es gehasst, als wir dieses altmodische Buch von Charlotte Brontë, das die Geschichte eines Waisenkindes erzählte, im Deutschunterricht lesen mussten. Es war todlangweilig. Wie sollte man verstehen, dass es immer noch das meist gelesene Buch in der Weltgeschichte war? Für unsere Generation würde das bestimmt nicht mehr gelten. Trotzdem erinnerte ich mich jetzt an ihre unverbrüchliche Stärke, an die vielen Verletzungen und Verluste und dass sie durch ihre stählerne Kraft am Ende doch noch das Glück gefunden hatte. Vielleicht konnte ich Leo auf meine Seite bringen. Vielleicht würde er dann mit mir gehen. Tim musste ich vergessen. Das war das Vernünftigste. In den seltensten Fällen kam jemand mit seiner ersten, großen Liebe zusammen. Nur bei uns war so schlimm, dass wir unsere Liebe nie leben konnten, dass sie uns weggenommen worden war, bevor wir sie überhaupt hatten.

Ich war von dem Rauch völlig eingehüllt. Ich konnte niemanden mehr sehen. Wo war Clarissa? Würde sie mit mir kommen? Es blitzte und donnerte, als würde plötzlich ein gewaltiges Unwetter aufziehen. Gehörte das zu dem Prozess dazu? Bis jetzt hatte ich ihn mir immer lautlos vorgestellt. Der dicke, unangenehme und in den Augen ätzende Qualm verzog sich etwas. Ich sah, wie Regen gegen die Glasscheiben der Terrasse prasselte. Es waren kleine weiße Eisklumpen, Millionen. Ein Ruck ging durch den Boden. Ich sah in Leos Gesicht, dann in Jeromes. Sie wirkten alarmiert. Irgendwas schien auf einmal schrecklich schiefzugehen.

Der Fußboden vibrierte wie bei einem Erdbeben. Dann ging die angeknackte Terrassenscheibe in einem mörderischen Lärm zu Boden und zerfiel in tausend Scherben. In dem Moment wunderte ich mich, dass die Nachbarn noch nicht vor der Tür standen oder die Polizei alarmiert hatten. Delia schrie wie am Spieß. Gregor packte sie und hielt ihr unsanft den Mund zu. Er nickte Jerome zu und bugsierte sie aus dem Raum. Es sah so aus, als wäre er froh, endlich einen Grund gefunden zu haben, die Szenerie zu verlassen. Das war Jeromes Baustelle. Schlimm genug, dass sie in Gregors Wohnstube aufgemacht worden war. Ich sah seinen Ärger an seinem verbissenen Gesichtsausdruck.

Sturm fegte herein. Neve stand immer noch ungerührt hinter der Scheibe im Flur. Sie wich nicht von meiner Seite. Auch wenn sie nichts tun konnte. Das ist meine Aufgabe, hörte ich sie innerlich sagen. Vielleicht wartete sie auch auf einen günstigen Moment, an dem sie irgendwas unternehmen konnte. Leo ließ mich ein wenig los. Clarissa flirrte um mich herum wie ein Schleier aus Phosphor und zischte in mein Ohr: „Jetzt! Flüchte! Nimm den Wind. Du kannst das!“ Ich war unschlüssig. Ich hatte keine Kraft für komplette Planänderungen in jeder Minute. Hatte Clarissa für dieses Sauwetter gesorgt? Die Frage wurde mir im Handumdrehen beantwortet, ehe ich überhaupt den Entschluss fassen konnte, mich auf das Element Wind zu konzentrieren und mich vielleicht wieder in einen steuerlosen Kaugummi zu verwandeln. Ich starrte in den aufgewühlten Himmel und sah, dass der Rat der magischen Akademie im Anmarsch war.

Ranja stürmte wie ein Kugelblitz herein, tauchte den Raum für einige Momente in gleißendes Licht und sog den verbleibenden Qualm auf, der Jerome und Leo noch bis zu den Knien aufgelöst hielt. Igor konnte ich nicht mehr ausmachen. Er schien bereits verschwunden, weil er niemanden mitnehmen musste und dadurch Zeit sparte. Jerome dagegen hatte gewartet, um zu sehen, dass Leo alles richtig machte. Jerome und Leo knallten auf den Boden. Sie waren nur bis zu den Knien vorhanden und ohne Waden und Füße völlig hilflos. Sie sahen grässlich aus und hatten Schmerzen. Ich erkannte es an ihren Gesichtern.

Der alte, aber unglaublich wendige Jolly brachte eiskalte Luft mit hinein, zog mit einem pfeifenden Geräusch an mir vorbei in den Flur und versetzte Neve in eine Starre, die sie wie eingefroren aussehen ließ. Kurz hinter ihm erschien Sulannia in ihrem langen, tiefblauen Kleid. Ihre fließenden Haare griffen nach mir und schlangen sich um alle meine Körperteile, sodass auch ich hinfiel. Zuletzt wurde Kim, der schwarze Engel, neben Sulannia sichtbar, warf mir einen zornigen Blick zu und sah sich um. Ihre Gesichtszüge entgleisten, als sie Clarissa erblickte. Natürlich konnte Kim sie wahrnehmen.

„Ich fass es nicht. Sie haben einen Geist hier. Und was für einen! Das ist ja eine ganz feine Verschwörung!"

Kim spreizte ihre Finger und richtete sie auf Clarissa.

„Clarissa. Der Geist von Clarissa. Er steht vor mir."

In Bruchteilen von Sekunden ließ sie einen blauen Lichtbogen um die Konturen von Clarissa schießen. Das Licht strömte aus ihren Fingerspitzen.

„Clarissa. Tatsächlich. Ich sehe sie", erklärte Jolly. Ranja nickte bestätigend.

Clarissa wand sich in dem blauen Lichtrahmen, in den Kim sie eingeschlossen hatte. Zum ersten Mal erlebte ich, was für Mächte der Rat besaß. Ich hatte keine Ahnung gehabt. Clarissa stieß quälende Laute aus. Kim tat ihr augenscheinlich weh.

„Nein!", schrie ich. Sulannia knotete mir eine dicke Haarsträhne um den Mund. Sie rührte dabei keinen Finger. Sie sah mich nicht mal an. Ihr Haar duftete nach irgendeinem Lagunenshampoo. Mir wurde schlecht davon.

Jerome, Leo und ich lagen am Boden. Clarissa flimmerte in einer Ecke. Jerome und Leo starrten sie an. Jetzt konnten auch sie sie wahrnehmen. In ihre schmerzverzerrten Gesichter mischten sich Ehrfurcht und Staunen. Neve kauerte neben Jolly. Er hatte sie scheinbar aus der Starre entlassen. Neve war zu sanft und ergeben, um sich gegen irgendwas zu wehren.

Sie schlossen uns alle in ihrem Kreis ein, mitten im Wohnzimmer meiner Eltern, die nicht meine Eltern waren. Mein Kopf fühlte sich an, als wenn er auch ein paar Sprünge abbekommen hatte.

Ranja löschte die letzten Flammen auf ihrem langen Rock und baute sich vor uns auf: „Das ist ja eine delikate Gesellschaft, die wir hier haben. Ich wusste, dass man dir nicht trauen kann, Jerome. Ich wusste es. Schon immer."

„Du dumme, alte, mittelalterliche Hexe. Wegen solchen wie dir schaffen es wichtige Entwicklungen einfach nicht aus dem Mittelalter heraus", keuchte Jerome.

Da war wieder dieser fiese, garstige Ton, der ihm manchmal herausrutschte. Die Seite in ihm, die er meist so gut zu verbergen verstand.

„Hör endlich auf!", brüllte ich Kim an. „Es ist nicht so, wie ihr denkt. Clarissa ist auf unserer Seite. Sie hat mit Jerome nichts zu schaffen. Genauso wenig wie ich."

„Ja, genauso sieht das hier auch aus", feixte Kim.

„Es stimmt", schaltete sich Neve ein. „Kira ist ihre Tochter."

Jolly hob die Augenbrauen. Sulannia machte ein erstauntes Gesicht und sah zu Ranja. Ranja zog ihre Augenbrauen zusammen.

„Das ist nicht unwahrscheinlich. Ich habe mir sowas bereits gedacht. Genau deshalb …“ In dem Moment sprengte Clarissa ihre Fesseln und wuchs zu übermenschlicher Größe heran.

„Vernichten!“, schrie Jolly. Und Kim erzeugte irgendeine Armee aus unzähligen schwarzen Flecken, die auf Clarissa zuflogen und sie dort, wo sie ihre Gestalt berührten, zum Verschwinden brachten. Verflucht noch mal. Sie töteten Clarissa. Meine Mutter. Vor meinen Augen!

„Aufhören!“, schrie ich. „Ranja, du musst mir glauben. Du musst das stoppen! Sie beschützt mich, seit Jahren. Sie hat mich durch den magischen See gebracht, um mich vor Jerome zu retten. Sie hat mich vor ihm gewarnt. Sie findet keine Ruhe, weil sie ihre Taten bereut. Sie ist da, um alles wieder gutzumachen. Ihr dürft sie nicht zerstören!“ Kim sah mich nur kalt an. Ich verabscheute sie. Ich hatte sie noch nie gemocht. In Ranjas Gesicht arbeitete es.

„Es ist zu spät.“ Clarissas Stimme klang ganz sanft. Ihr Gesicht war auf einmal dicht vor meinem. „Aber es ist gut so. Ich gebe dir meine letzte Kraft und dann finde ich meinen Frieden. Endlich. Ich liebe dich. Und jetzt steh auf und tu das Richtige.“

Clarissas Arme und Beine waren von schwarzen Flecken zerfleddert und begannen sich, auf ihrem Hals auszubreiten. Ihr Gesicht stürzte auf mich zu und es war, als würde es eins mit mir. Ihre Gestalt verschwand in meiner, als würde sie durch mich hindurchfliegen wollen, aber sie ging in mich ein und kam nicht wieder hinaus. Armeen schwarzer Flecken prallten von mir ab wie Konfetti und segelten lautlos zu Boden. Kim stürzte auf mich zu. Ranja riss sie zurück.

„Nein, dann tötest du Kira!“

„Warum nicht? Wir müssen sie unschädlich machen. Alle beide. Und das weißt du.“ Doch Ranja hielt Kim fest. Jolly und Sulannia wirkten unschlüssig. Ich spürte eine ungeahnte Energie in mir. Die Energie, die mir Clarissa gegeben hatte. Clarissa war fort. Sie hatte sich für mich geopfert. Der Schmerz war unerträglich. Die Stimmen um mich verschwammen. Der Raum um mich verschwamm. Sie machten mir alles kaputt, mein Leben. Sie hatten mir meine Mutter weggenommen, einfach so, ohne Vertrauen, ohne nichts.

## 51

Erst dachte ich, ich würde ohnmächtig werden, aber das Gegenteil geschah. Das war der Moment, in dem der letzte Schutzwall in mir brach, der mich bis jetzt davor bewahrt hatte, aufgrund all dieser Entwicklungen komplett durchzudrehen. Ich wollte nur noch Asche sehen, alles um mich kurz und klein schlagen. Niemand, der mir etwas angetan hatte, sollte entkommen. Ich spürte eine Kraft in mir heranrauschen wie ein Tsunami. Die Dinge würden sich ein für alle Mal ändern – JETZT!

Im Handumdrehen war der Fußboden mit Büscheln von Sulannias Haaren übersäet, die sie um mich geschlungen hatte. Sulannia hielt sich den Kopf. Ich war frei. Ehe jemand etwas tun konnte, krachte die Zimmerdecke, über der sich meine Dachmansarde befand, herunter. Ich kümmerte mich nicht um Jerome, aber ich riss Leo in den Flur. Dort griff ich Neve unter die Arme, trat die Wohnungstür ein und brach mit ihr durch die Fensterscheibe im Treppenhaus. Neve war ein Engel. Ich hatte gesehen, dass ihr Schnitte nichts ausmachten. Um mich selber machte ich mir keine Sorgen. Mir konnte die Welt nichts mehr anhaben, weil sie mir bereits alles angetan hatte, was möglich war.

Wir rasten im Sturzflug dicht an der Hausfassade hinab. Der Asphalt kam auf uns zu. Neve schrie irgendwas, aber ich konnte sie nicht verstehen. Sie würde sich schon abfangen. Mir dagegen war alles egal. Kurz vor dem Aufprall verlangsamten wir. Okay, ich wollte nicht von irgendeinem unbeteiligten Asphalt zerschmettert werden. Ich hatte noch zu tun. Ich landete auf allen vieren. Neve stand neben mir, als wäre sie gerade bequem aus einem Flugzeug gestiegen. Sie stemmte die Arme in die Seiten und setzte dazu an, auf mich loszuschimpfen. Aber für sowas hatte ich jetzt keine Zeit. Ich richtete meine Konzentration auf den Hauseingang. Er sollte brennen. Obwohl, eigentlich war das Zeitverschwendung. Ich wollte ganz andere Orte viel dringender brennen sehen, brennen und untergehen …

Irgendwas Dunkles tauchte in meinem Blickwinkel auf. Es war Kim in ihren ewig schwarzen Anti-Engel-Klamotten. Sie rechnete nicht damit, dass ich sie sah. Ich warf Neve einen Blick zu, der keinen Widerspruch duldete. Wenn sie mich wirklich beschützen wollte, dann war das jetzt der Moment, nicht immer nur im Hintergrund zu bleiben, sondern etwas für mich zu tun und Kim aufzuhalten.

Ich verließ mich auf meine Beine und raste los. Ich flitzte an zwei Feuerwehrwagen und einer Polizeistreife vorbei, die mit lautem Sirenengeheul in die Richtung meines Hauses fuhren. Ihr Ziel war klar. Ich fegte um die Ecke. Ich merkte nicht, wie ich mich in eine ziemlich heftige Windböe, angefüllt mit feinem Sand, auflöste. Ich hatte keine Ahnung, warum das gerade klappte. Auf jeden Fall ging es so von allein, dass mir meine Ängste vom Anfang, ich könnte mich irgendwann in irgendwas verwandeln, lächerlich vorkamen.

Da, wo ich langfegte, fielen Äste von den Bäumen, kippten Fahrräder auf den Gehweg oder wurden auf die Fahrbahn geschleudert, Ziegel polterten vom Dachgesims, Plakate rissen von den Litfaßsäulen und Wänden ab. Als ich in der Friedrichstraße ankam und das Lafayette erreichte, krachten mal wieder zwei Glasscheiben auf die Straße, obwohl die Fassade inzwischen als sicher galt. Schreie des Entsetzens drangen vom Bürgersteig herauf, aber ich drehte mich nicht um.

Ich schwang mich auf zu den obersten Etagen des Gebäudes, was jetzt vor mir aufragte. Arrogant, protzig, unbesiegbar. Aber das Gebäude hatte sich getäuscht. Zuerst fegte ich das Geländer mitsamt den Stehtischen vom Dach der Terrasse von H2Optimal. Dann zog ich einmal um jede Etage. Hinter mir rissen die bodentiefen Glasscheiben aus den Verankerungen. Tausende Bögen Papier flogen durch die Luft wie Flugblätter. Im Archiv half ich ein wenig nach, jagte einmal durch die Aktenregale und wirbelte alles auf. Ich wollte das Archiv eigentlich in Brand stecken, aber das Papier in die Stratosphäre flattern zu sehen und dann am besten gleich ins All, war befriedigender. Die Flügeltür des Büros von Gregor sprang knallend auf, als ich mit meinem Atem dagegenhauchte. Gregors Sekretärin Frau Meyer saß brav am Empfang. Der Wirbel, den ich um mich verursachte, zerzauste ihr Haar. Sie hielt sich an ihrem Schreibtisch fest und starrte auf die Flügeltür. Schade, dass sie nicht ahnen konnte, dass ich es mal wieder war, die sich unerlaubt Zutritt zum Heiligtum ihres Chefs verschaffte.

Ich fand mich im Konferenzraum wieder und sah vor mir, wie Gregor diese Asiatin begrabscht hatte. Mir wurde übel vor Wut. Ich musste nichts planen und mich kein bisschen konzentrieren. Die Flammen kamen von allein. Die Auslegware brannte im Handumdrehen und der protzige Mahagonischreibtisch auch. Die Rauchmelder schlugen Alarm. Dann fing es an zu nieseln. Sogar eine Sprinkleranlage gab es. Das hatte bei einer Firma, die mit Wasser zu tun hatte, sogar seine Logik. Dann konnte es ruhig auch doller regnen. Ich sorgte dafür, dass ein Platzregen in den Büros niederging. Patschnasse Büroschnepfen kreischten und rannten durch die Gegend, drängten sich Richtung Fahrstuhl, obwohl man Fahrstühle in so einer Situation nicht mehr benutzen sollte. Ich wandte mich mit Genugtuung ab, warf die Teile des Konferenztisches durcheinander, bis sie ein einziger Trümmerhaufen waren, und verließ diesen Ort des Betruges. Ich war noch nicht fertig. Mein Hauptwerk hatte ich noch vor mir.

Die ersten Feuerwehrleute trafen ein. Sollten sie übernehmen. Ich rauschte davon. Hoch über die Dächer von Berlin, in Richtung Norden. Ich würde nie wieder eine U-Bahn brauchen. Ich war frei und mächtig. Ich konnte tun und lassen, was ich wollte. Der Rat würde mir auf den Spuren sein, aber er hinkte immer einen Schritt hinterher.

Es dauerte nur ein paar Minuten. Dann kam das glänzende Rohrgebilde der Wasseraufbereitungsanlage von H2Optimal in Sicht. Schade um das futuristische Gebäude. Es hatte nur eine kurze Zeit geglänzt.

Erst wollte ich mich auf den Wald aus Rohren stürzen und alles wahllos zerkleinern, wie ich es bisher getan hatte. Doch dann kam mir eine andere Idee.

Ich würde hineinspazieren. Ganz normal. Als die Tochter von Gregor Wende. Die ich in Wirklichkeit nicht war. Die Ohnmacht kochte in mir, bitter wie Galle. Doch wenn ich meinen Rachefeldzug beendet hatte, würde ich frei davon sein.

Ich ließ mich vor dem Eingang nieder. Ich hatte meinen Spaß daran, alle Blätter, die im Herbst auf den Boden gesegelt waren und noch immer zu Haufen zusammengefegt herumlagen, wieder auf die Bäume zu schicken.

Ein junger Typ, wahrscheinlich ein Assistent oder Student, rannte an mir vorbei, als ich langsam meine Gestalt wiederfand. Erst nahm er keine Notiz von mir. Dann signalisierte sein Gehirn, dass da was war. Er hatte die Kopfhörer eines iPods in den Ohren, drehte sich um, schnappte meine Hand und riss mich mit sich in die Vorhalle.

„Komm, Mensch. Hier draußen ist's lebensgefährlich. Wir haben Windstärke 10. Das ist fast ein Orkan!"

Er starrte ungläubig zu den Bäumen hoch, die wieder voller Blätter waren, allerdings dunkelbraun verwelkter, beschloss aber, das nicht zu verarbeiten und musterte mich.

„Bist du nicht …?“

Ich lächelte. Meine Gelassenheit schien ihn ziemlich zu irritieren. Vielleicht auch mein Äußeres. Ganz sicher auch die Gelegenheit, ein hübsches Mädchen anzubaggern.

„Los, ich weiß einen sicheren Raum unten im Keller. Da kann uns nichts passieren.“ Er wollte mich schon wieder an die Hand nehmen, aber ich entzog sie ihm.

„Wenn du sicher sein willst, dann verlasse dieses Gebäude, so schnell du kannst“, sagte ich in aller Ruhe und ließ ein bisschen Putz von der Decke rieseln, genau über seinem Kopf.

„Wir müssen hier raus!“, rief er entsetzt, ließ mich stehen und rannte aus der Vorhalle. Ich wandte mich von ihm ab und stolzierte in das Innere des Prachtbaus.

Ich ließ es mit einem leisen Beben beginnen, während ich auf dem Weg in die Schaltzentrale war, von wo aus die ganze Anlage überwacht wurde. Das würde das erste, nennenswerte Erdbeben in der Geschichte von Berlin werden.

Bürotüren öffneten sich links und rechts wie von Geisterhand. Die Leute stellten sich unter Türrahmen oder flüchteten durch ihre Terrassentüren nach draußen. Von überall waren aufgeregte Stimmen zu hören.

„Erdbeben … mein Gott, hier fliegt irgendwas in die Luft … Raus hier! … Schnell! … Wo ist meine Handtasche? … in den Keller!“

Ich ließ ihnen etwas Zeit. Das war nur fair.

Das Beben fühlte sich gut an unter meinen Füßen. Mächtig. Gregor war in meiner Vorstellung nur noch ein kleines, hilfloses Männchen in meiner riesigen Faust.

„Schluss mit der Angeberei!“, zischte ich vor mich hin, als hockte er tatsächlich in der Kuhle meines Handtellers und könnte mich hören.

Da, wo ich ging, brachen links und rechts in den Büros Aktenschränke in sich zusammen. Ich fühlte mich wie eine Superheldin aus einem Blockbuster. Das Element Erde hatte ich definitiv im Griff. Es gehorchte mir aufs Wort. Auch hier. Und mit feinen Nuancen. Ich spielte ein bisschen damit herum. Ich ließ das Erdbeben aufhören … und wieder anfangen. Was sollte ich überhaupt in der Schaltzentrale? Ich warf einen Blick auf die Rohre draußen, die auf der linken Seite mit sauberem Stadtwasser aus dem Boden wuchsen, während rechter Hand die großen Becken mit dem verschmutzten Wasser ruhten, und machte kurzen Prozess.

Der Asphalt riss auf und türmte sich mit seinen schroffen Kanten gegeneinander, als wäre in seinem Innern eine Bombe geplatzt. Erdbrocken und Steine flogen umher. Die Rohre barsten. Riesige Teile davon wirbelten durch die Luft. Die Becken mit dem Schmutzwasser schwappten über wie gigantische Badewannen. Das Wasser umspülte das Hauptgebäude. Der Wasserpegel stieg in Bruchteilen von Sekunden. Sauberes Wasser, das in mächtigen Fontänen aus den kaputten Rohren schoss, mischte sich wieder mit der Brühe aus den Becken. Sollte der ganze Laden in seinem Dreckswasser ersaufen.

Überall tönte jetzt die Alarmanlage. Ich trat eine Fluchttür nach draußen auf, als wäre sie aus Lego. Ein dicker Büroangestellter stand mit offenem Mund neben mir. Er hatte versucht, das Schloss zu öffnen.

„Hier lang!“, schlug er mir vor. Aber ehe er kapieren konnte, wo ich abgeblieben war, kletterte ich über seinem Glatzkopf bereits eine Feuerleiter hoch. Ich wollte das Ganze von oben sehen. Das Machwerk meines Vaters startete nicht wie die Enterprise, sondern ging unter wie die Titanic. Ich wartete auf das große, befreiende Gefühl der Genugtuung, aber es wollte sich nicht recht einstellen. Irgendwas Sperriges, Schweres saß weiterhin in mir fest und verstopfte alle Kanäle. Plötzlich hörte ich meinen Namen. Mehrmals und laut. Die Stimme kannte ich. Ich sah mich um, versuchte herauszufinden, wo sie herkam. Das konnte nicht sein! Es war die von Tim.

Ich traute meinen Augen nicht. Er kletterte hinter mir die Feuerleiter hoch und trug einen Taucheranzug. Ein schweres Teil der Rohrkonstruktion flog mit aller Wucht gegen die Sprossen, die Tim vor Sekunden noch erklommen hatte. Schockiert schaute ich auf das Schauspiel. Tim war in Lebensgefahr. Ich musste das Inferno beruhigen. Ich musste mich irgendwie beruhigen. Ich eilte zu ihm, streckte ihm meine Hand entgegen und konzentrierte mich auf die Elemente. Aber nichts geschah. Der Wind blies weiter mit über 100 Stundenkilometern. Die erste Etage stand bereits vollständig unter Wasser und die Erde vibrierte. Das Inferno hatte sich verselbstständigt. Ich spürte die Ohnmacht eines Kleinkindes, das im Supermarkt die unterste Ananas-Büchse aus einer mannshohen Pyramide gezogen hatte.

Tim stolperte auf das Dach.

„Bist du wahnsinnig? Du musst das stoppen. SOFORT!“, schrie er mich an. Der Wind pfiff uns um die Ohren.

„Ich kann nicht. Wir müssen hier weg. Ehe der ganze Bürokomplex einstürzt.“

„Wie, was heißt, du kannst nicht?! Das ist komplett idiotisch, was du machst. Da unten gibt es bereits Verletzte, vielleicht auch Tote! Was soll das alles?“

Tim war extrem wütend.

„Du kapierst das alles nicht. Du kapierst gar nichts!“

„Nein, DU kapierst nichts!“, brüllte er mir entgegen. Ich sah, wie er den Halt verlor. Eine Windböe ergriff ihn und war dabei, ihn vom Dach zu schleudern. Ohne zu überlegen, warf ich mich in den Sog hinein, stolperte mit über das Dachgesims, bekam Tim im freien Fall zu fassen und schwang mich mit ihm auf in Richtung Wald. Ich hatte keine Ahnung, ob es klappen würde, aber es klappte. Wir taumelten in der Luft, wurden auf- und abgetrieben wie ein Blatt im Wind. Ich registrierte, dass ich mich an Tim festhielt und nicht umgekehrt. Tim wehrte sich gegen mich, obwohl die Alternative sein sicherer Tod war. Ich hatte keine Gewalt über meine Kräfte. Ich war völlig durcheinander. In mir tobte ein größeres Chaos, als um uns herum. Ich wollte nur eins, auf den Boden zurück und überleben. Ich merkte, dass wir abstürzten. Wir trudelten in die Baumwipfel hinein. Die Nadeln und Äste stachen und piekten. Mit unzähligen Tannennadeln bedeckter Waldboden raste uns entgegen. Eine ähnliche Situation war noch gar nicht solange her. Ob das besser war als Asphalt? Ein sinnloser Gedanke. Gleich würden wir aufschlagen. Gleich.

## 52

Um mich herum wurde alles Weiß. Weiße Wattewolken hüllten uns ein. Diesmal konnte das kein Übergang in irgendeine magische Welt sein. Diesmal war es wirklich der Himmel. Wir starben und spürten nicht mal den Schmerz. Unsere Seelen verließen kurz vor dem Aufprall den Körper. So endete das Ganze also. Irgendwie kam es mir folgerichtig vor, nach allem, was geschehen war. Wie sollte man so ein Leben auch weiterleben, besonders, nachdem ich am Ende Amok gelaufen war? Ich hatte Tim an den Handgelenken festgehalten. Als wir stürzten, konnte er sich nicht mehr wehren. Jetzt waren meine Hände leer.

Wo war er? Ich wagte es nicht, mich umzusehen. Ich wünschte, dass er hier war, mit mir im Himmel, jenseits des

Lebens. Gleichzeitig war dieser Wunsch egoistisch. Ich wollte nicht schuld an seinem Tod sein, auch wenn er sein Leben mit Minchin verbringen würde. Eine andere Hoffnung durchfuhr mich. Vielleicht würde ich meiner Mutter wiederbegegnen. Schneller, als gedacht. Aber sie würde enttäuscht sein. Sie hatte sich gewünscht, dass ich mit meinem Leben was anfing. Und mit meinen besonderen Fähigkeiten. Ich hatte nichts dergleichen versucht. Stattdessen nach ihrem Tod sofort verrückt gespielt und einige Leute mit in den Untergang gerissen. Ich hatte versagt.

Ein alles durchdringender Schmerz meldete sich plötzlich. Gleichzeitig vernahm ich ein Stöhnen in meiner Nähe, das nicht von mir kam. Und dann eine helle, klingende Stimme, die nur von einem Engel stammen konnte. Ein durchscheinendes Gesicht mit großen blauen Augen und braunen Locken erschien in meinem Blickfeld. Das hatte ich schon mal erlebt. Und ich kannte den Engel. Es war Neve. Sie stemmte die Hände in die Seiten, als hätte sie die ganze Zeit nichts anderes getan, und schüttelte vorwurfsvoll den Kopf. In ihrem Blick lagen Kummer und aufrichtige Sorge.

„Das war diesmal im allerletzten Moment."

„Tim …", brachte ich mühsam hervor und versuchte, mich aufzurichten. Aber es gelang mir nicht. Alles tat mir furchtbar weh.

„Bleib liegen. Tim lebt, auch wenn er sich wahrscheinlich alle Knochen gebrochen hat. Ich hätte eine Minute länger gebraucht, um den Wolkennebel weicher und konsistenter hinzubekommen."

Das war zum wiederholten Mal nicht der Himmel. Neve hatte uns gerettet, abgefangen mit Daunenwolken, die um uns herum über den Waldboden waberten. Ich lebte. Meine Chance war noch nicht verspielt. Gleichzeitig lagen alle Last und alle

Probleme schwer auf mir und ich hatte es mit meiner Wüterei nur noch schlimmer gemacht.

Ich begann, die Kühle des Waldbodens unter mir zu spüren. Die Baumwipfel über mir standen still. Der Sturm war vorbei. Ich hörte nichts. Allerdings auch kein Vogelzwitschern. Der Absturz hatte mich zur Ruhe gebracht. Ich spürte etwas Kühles an meiner Hand. Eine andere Hand, die nach mir griff. Die Hand von Tim. Ich drehte den Kopf und sah ihn neben mir. Sein Gesicht war zerschrammt und etwas blutverschmiert, aber er versuchte, mich anzulächeln. Auf einmal löste sich der mächtige Pfropf in mir, der alles verstopfte. Jetzt kamen die Sturzbäche von innen und wollten raus. Ich begann hemmungslos zu weinen, ohne dass ich irgendwas dagegen tun konnte. Es gelang mir, mich aufzurichten. Ich hockte im Schneidersitz auf dem Boden, den Kopf zwischen den Knien und ließ den Tränen ihren Lauf. Ich spürte eine Hand auf meiner Schulter. Aber ich konnte nicht darauf reagieren. Ich konnte nur weinen.

„Lass sie“, hörte ich Neve. „Es wird sie befreien. Zeig mal deine Schrammen her. Sie müssen sauber gemacht werden. Mit dem Taucheranzug hattest du Glück. Der hat einiges abgefangen.“

„Taugt also auch zum Fliegen“, antwortete Tim. Seine Stimme klang recht gesund. Ich weinte nur noch mehr.

Irgendwann waren die Tränen alle, das anbrandende Meer in mir versiegt. Seine bleierne Schwere verschwand. Ich fühlte mich unendlich erleichtert und war gleichzeitig unendlich erschöpft. Der Himmel über mir hatte sich beruhigt und zeigte ein blasses Blau. Tim und Neve saßen mir gegenüber an einen Baum gelehnt. Die Wolkenschwaden, die Neve erzeugt hatte, umgaben uns immer noch und wärmten. In Wirklichkeit waren es sicher nicht mehr als fünf Grad.

Tim erhob sich. Seine Knochen waren alle heil. Dank Neve. Ich hatte ihr so viel zu verdanken. Mein Leben, schon drei Mal. Und das von Tim. Wie hatte sie Kim abgeschüttelt?

Tim hockte sich zu mir und nahm mich in seinen Arm. Es fühlte sich so gut an. Hier war der richtige Platz für mich auf der Welt. Die Welt lag in Trümmern. Trotzdem war ich mir auf einmal sicher, dass wir Lösungen finden würden, für alles. Wirkliche Lösungen. Ich wusste nicht, wo ich meinen neuen Optimismus hernahm. Vielleicht war es Tims Hoffnung, die auf mich überging.

Neve hatte ihm erzählt, was passiert war. Er wusste Bescheid, über Gregor, über Jerome und meine Mutter. Ich sah noch einmal vor mir, wie er plötzlich mitten in dem ganzen Inferno im Taucheranzug an der Feuerleiter aufgetaucht war.

„Warum warst du da?", fragte ich ihn.

Was er mir jetzt eröffnete, waren die letzten Puzzleteile, die noch fehlten. Tim hatte herausgefunden, dass Gregor und Jerome in Geschäfte verwickelt waren, die nichts mit mir zu tun hatten. Sie steckten gemeinsam hinter der Verschmutzung der magischen Wasser. Sie waren es, die die Seuche unter den Undinen zu verantworten hatten. Natürlich gab es auch bei H2Optimal Abfallprodukte. Alles, was an Phosphor, Ammoniakstickstoff und Klärschlamm nicht mit herkömmlichen Technologien herausgefiltert oder kostengünstig zur weiteren Energiegewinnung verwendet werden konnte, wurde einfach in die magischen Gewässer abgeleitet. Mit Hilfe von Jerome und der magischen Welt hatten sie einen Weg dafür gefunden. Gregor verdiente damit ein horrendes Geld und Jerome arbeitete an der Durchlässigkeit des ersten Durchgangs.

Doch das war nicht alles. Minchin war in diese Machenschaft verstrickt und Tim war durch sie dahintergekommen. Jerome hatte ihr versprochen, einen Menschen aufzutreiben, den sie lieben konnte und der sie zum Menschen machen würde.

Dafür sollte Minchin die unterirdischen Filtersysteme in den Durchgängen anbringen, unbemerkt von allen. Jerome gab ihr Medikamente, die sie gegen die Giftstoffe immun machten. Ich sah Tim entrüstet an: „Sie hat ihr Volk damit dem Untergang geweiht! Wie kann man so skrupellos sein?“

„Nein, ganz so skrupellos war sie nicht.“ Tim nahm Minchin in Schutz. Ich wusste nicht, ob mir das gefallen sollte, aber ich beschloss, still zu sein und weiter zuzuhören.

„Man hatte ihr gesagt, dass der eine oder andere krank werden würde wegen der Umstellung. Aber dass Undinen daran starben, war auch für sie ein Schock. Sie plagte sich mit schrecklichen Schuldgefühlen deswegen. Sie bekam mit, dass ich Gregor bereits auf der Spur war, und hat sich mir anvertraut.“

Deshalb trieb sich Tim an der Aufbereitungsanlage herum. Als ich meinen Rachefeldzug gegen das Werk richtete, war er gerade dabei gewesen, die Filter auf der realen Seite der Welt ausfindig zu machen und zu zerstören. Ich begriff, wie kopflos meine Aktion gewesen war, weil sie nur Chaos über die Stadt brachte und das eigentliche Problem nicht im Ansatz löste. Luisas Nachforschungen in den Akten, die sie sich von Gregors Sekretärin bringen ließ, hatten bereits ergeben, dass irgendwas mit den Filtern nicht stimmte.

„Was weiß Luisa inzwischen?“, wollte ich wissen.

„Nichts. Sie weiß immer noch nichts. Alles, was mit einer magischen Welt in Zusammenhang stehen könnte, habe ich für mich behalten. Es hätte nur Streit gegeben.“

Ich erzählte Tim, dass ihr Vater auch zur magischen Welt gehörte. Tim machte große Augen.

„Das wird ein Schock für sie sein. Sie wird nichts davon glauben, solange sie es nicht gesehen hat“, überlegte er.

„Sie wird es nicht sehen“, gab ich zurück. Ich wollte nur noch eins. Dass die Dinge wieder ins Gleichgewicht kamen beziehungsweise dass niemand mehr versuchte, sie aus den Fugen zu bringen. Menschen, die den Zugang zur magischen Welt hatten, würden damit auch umgehen können. Und Menschen, die ihn nicht hatten, würden nie Verständnis aufbringen. Es war, als würde jemand mit seiner Religion jemand anders mit einer anderen Religion zwingen, sie auszuüben. Es wäre immer nur ein Akt der Gewalt und des Zwangs, denn die Menschen waren unterschiedlich, lebten in verschiedenen Universen. Und das war gut so. Es stellte eine Ausgewogenheit her. Es machte die Welt vielfältig und lebendig. Es gab kein Richtig und kein Falsch.

Ich verstand, warum Luisas Vater seiner Tochter nichts von der magischen Welt erzählte. Und ich verstand, warum Tim davon erfahren konnte, auch wenn er selbst keine magischen Fähigkeiten besaß. Ich verstand diese Dinge alle auf einmal und bereute zutiefst, dass ich dafür zuerst so folgenschwere Fehler begehen musste. Genau wie Clarissa. Genau wie meine Mutter. Ich bemerkte, dass Neve mich beobachtete und mir mal wieder in mein Herz sah: „Kira, du wirst nicht wie Alexander und Clarissa. Klar, du bist heute ausgeflippt. Aber das ist nicht vergleichbar. Clarissa wird noch stolz auf dich sein, glaub mir. Und sie wird dich verstehen, wo auch immer sie jetzt ist."

Neves Worte taten so gut. Ich sah verlegen zu Boden. Ich bereute, dass ich immer wieder an ihr gezweifelt hatte. Ich reckte mich ein wenig und rieb mein Gesicht, als müsste ich die Reste eines falschen Gesichtes noch los werden.

„Was wirst du jetzt tun?" In Neves Frage lag ein wenig Sorge. Ich antwortete nicht gleich. Am liebsten hätte ich zuerst die Sache mit Minchin gelöst. Sie hatte sich schlimme Dinge zuschulden kommen lassen. Sie musste bestraft werden. Ich hoffte irgendwie, dass sich dadurch ein Weg fand, Tim frei zu bekommen. Tim, in dessen Arm ich jetzt saß, in einem Wald mit warmen Wolken, als wären wir irgendwo in einem Ferienlager und dachten uns im Nebel fantastische Geschichten aus. Aber ich hatte ebenfalls Fehler gemacht, große Fehler. Vielleicht sollte ich wie geplant untertauchen. Ich hob eine Handvoll Tannennadeln auf und ließ sie von der einen in die andere Hand rieseln. Nein, untertauchen wollte ich nicht. Ich wollte klare Verhältnisse. Auch wenn das hieß, dass sie mir Fähigkeiten löschen würden, mit allen bekannten Folgen. Ich wollte Verantwortung übernehmen für das, was ich war und was ich getan hatte. Ich war bereit, für meine Fehler einzustehen. Ich sah Neve an und versuchte, so viel Festigkeit wie möglich in meinen Blick zu legen.

„Ich werde … vor den Rat treten."

Neve wirkte erleichtert und lächelte mich an.

„Das hatte ich gehofft."

Ich war erleichtert. Neve bestätigte, dass ich die richtige Entscheidung getroffen hatte. Ich hatte Einiges wieder gutzumachen. Und dann würde ich das Richtige tun, etwas, worauf meine Mutter stolz sein konnte: „Vielleicht könnte ich heilen, so wie dieser Arzt im 18.Jahrhundert", überlegte ich laut.

„Oh, ich bin sicher, dass du das könntest. Ich sehe es schon lange vor mir."

„Tatsächlich?!"

„Ich bin mir sicher", bekräftigte Neve.

Auf einmal spürte ich die tiefe Gewissheit, dass genau das meine Aufgabe war. Dass ich gut sein würde als Ärztin, mit meiner Begabung vielleicht sogar außergewöhnlich. Ich musste sie überzeugen, dass sie meine Fähigkeiten nicht löschen durften!

Allerdings … Von Ferne drang das Heulen von Sirenen in mein Bewusstsein. Innere Bilder zogen an mir vorbei, wie die Friedrichstraße voller Scherben lag und die Büros der Aufbereitungsanlage unter Wasser standen, während sich Sanitäter um die Verletzten kümmerten. „Hoffentlich ist es für diese Erkenntnis nicht zu spät."

„Warum sollte es?"

„Wenn durch mich bereits Menschen ums Leben …"

Ich konnte nicht weitersprechen.

„Der Rat hat die Situation gut im Griff. Du unterschätzt ihn immer noch."

Neve behauptete das mit erstaunlicher Sicherheit. Ich forschte in ihrem Gesicht und erinnerte mich an die rätselhaften geistigen Verbindungen, die es zwischen ihr und den Mitgliedern des Rates geben musste und die die Mitglieder des Rates auch untereinander verband.

„Ich habe Angst, dass sie mir nicht glauben werden. Die wahre Geschichte klingt zu verrückt."

„Mach dir darüber keine Sorgen. Sie wissen über alles Bescheid. Sie haben es kapiert. Ich habe Kim den Ablauf meiner Gedanken sehen lassen." Neve schüttelte sich ein wenig. Ich verstand nicht ganz, was sie mir sagen wollte. Neve fuhr fort: „Ich mag sie nicht, weißt du. Bisher hätte ich mir jeden vorstellen können, jeden, außer Kim, der in meinen Gedanken herumwühlen würde. Aber es musste sein. Dadurch konnte sie sehen, was wirklich geschehen ist. Die Bilder, die Dialoge im Wohnzimmer mit …" Neve stockte.

„… meiner Mutter", beendete ich den Satz. Das letzte Gespräch mit ihr war der schlimmste Schmerz, aber es half nichts, ihm aus dem Weg zu gehen. Neve schluckte kurz, dann fuhr sie fort: „Kim ist zwar ein Eisengel, aber sie würde nie die Wahrheit verzerren, auch wenn sie jemanden nicht mag. Der Rat weiß jetzt, was in dir vorgeht. Aber das heißt noch lange nicht, dass sie alles entschuldigen werden. Andererseits, sie haben ebenfalls Fehler gemacht. Sie haben zu schnell geurteilt. Und das ist ihnen klar."

„Sie wissen auch, dass ich bei dir bin, nicht wahr?!"

Neve sah mich nur an.

„Und sie wissen, wo wir stecken“, forschte ich weiter und versuchte, ihren Blick zu deuten. Ich verstand ihn. Ich hatte recht und analysierte weiter: „Sie wollen sehen, wie ich mich entscheide. Ob ich weglaufe oder mich stelle.“

Neve nickte mir zu und lächelte mich an. Dann erhob sie sich.

„Ich besorge Tim ein paar trockne Sachen. So kann er ja nicht nach Hause …“

„Nicht nötig“, sagte ich. Tim sah mich an und ich betrachtete die kleinen goldenen Flecken, die immer so schön in seiner dunkelgrünen Iris glitzerten. Ich schlang meine Arme um Tim und fuhr ihm mit den Fingern durch seine nassen Haare. Es knisterte. Im Nu waren sie trocken. Auch seine Haut und der Taucheranzug knisterten überall da, wo ich ihn berührte. Der Stoff trocknete in Windeseile. Neve zog sich hinter einen Baum zurück und war nicht mehr zu sehen. Solche Szenen waren ihr furchtbar peinlich. Tim lächelte.

„Ich glaube, es hat zwischen mir und jemand anders noch nie so geknistert wie bei uns“, witzelte er. Wir mussten lachen und hielten uns eng umschlungen. Er flüsterte: „Ich glaube an dich. Ich habe immer an dich geglaubt.“

„Ich weiß. Ich werde nicht zulassen, dass Minchin …“

„Ich weiß.“

Er überspielte seine Traurigkeit mit einem Lächeln. Es machte nicht den Eindruck, als wenn er einen Ausweg sah.

Tim gab mir einen Kuss auf die Stirn. Er duftete wie frisch gebügelt.

„Mit dir braucht man im Winter nicht in die Südsee fahren.“

Ich seufzte. Am liebsten wäre ich noch viele Stunden mit Tim hier im Wald geblieben, fern von unseren vielleicht unlösbaren Problemen.

„Ich muss gehen." Tim ließ mich los und sah mich sehr feierlich an. Er knüpfte sein schmales Halstuch aus dunkelblauer Seide ab, das er immer trug, und band es mir um.

„Ich liebe dich." Seine Stimme war aufrichtig, fest und klar. Es war das erste Mal, dass jemand diese drei Worte zu mir sagte. Sie gingen mir durch und durch. Es war ein Versprechen, trotz allem. Und ich glaubte ihm, dass er es hielt. Ich senkte den Blick, damit er nicht bemerkte, wie verlegen ich war. Plötzlich war mir der Unterschied meiner Beziehung zu Tim und der Anziehungskraft von Leo klar. Leo, das waren Gefühle des Überschwangs, aus bestimmten Momenten heraus, die ganz gewöhnlichen und flüchtigen Gefühle von Verliebtheit. Mein Gefühl für Tim dagegen war … tiefer, ernster, umfassender, erhaben, sodass ich den Eindruck hatte, ich musste noch hineinwachsen. Ich wollte hineinwachsen. Ich wollte mich nicht mehr mit weniger zufriedengeben, nur weil die Umstände es verlangten. Ich wäre unehrlich gegenüber mir und Leo. Es wäre unfair, mit Leo zusammen zu sein, nur weil ich es mit Tim nicht konnte. So eine Lebenslüge durfte ich nicht leben. Lieber würde ich mein Leben lang allein bleiben. Diesen Beschluss fasste ich, während sich Neves Wolken langsam um uns herum auflösten.

Tim erhob sich und zog mich an der Hand mit hoch. Gerade waren wir noch allein gewesen. Jetzt standen wir mitten in einem Halbkreis, den Jolly, Sulannia, Ranja und Kim bildeten. Ich hatte kein bisschen bemerkt, wie sie gekommen waren. Oder waren sie die ganze Zeit schon anwesend? Ob sie Tim und mich beobachtet hatten? Darauf kam es jetzt auch nicht mehr an. Auch Neve war noch da. Sie wartete etwas abseits auf einem Waldpfad, der Richtung Sonnenuntergang führte. Ich registrierte, dass der Himmel sich inzwischen wunderschön rosa gefärbt hatte und zwischen den Baumstämmen in zartes lila überging. Ich hörte auch wieder Vögel. Mir kam das Bild vor Augen, als ich am ersten Schultag der zwölften Klasse aus dem Fenster meines Zimmers geblickt hatte. Das Gefühl, in meinem Dachzimmer über allem zu thronen, aber trotzdem gefangen zu sein, während die Vögel in der Tiefe des Himmels verschwanden und nach Süden flogen, in eine unbekannte und warme Welt. Ich spürte das gleiche Gefühl. Ich war frei, den Vögeln ein bisschen näher und doch noch gefangen. Ich wusste, was vor mir lag und wusste es nicht. Ich hatte Angst, nur dass die Angst irgendwie elementarer war als die vor den Abi-Prüfungen, im wahrsten Sinne des Wortes.

„Komm, folge mir. Ich bringe dich zur U-Bahn", richtete sich Neve an Tim. Wir sahen uns ein letztes Mal in die Augen. Ich staunte, dass der Rat ihn gehen ließ. Das gab mir ein bisschen Hoffnung.

Ich blickte ihnen nach, Tim in seiner schwarzen Taucherausrüstung und neben ihm ein zarter Engel in einem weißen Kleid. Neve war mindestens zwei Köpfe kleiner als er. Sie würden eine Menge Aufmerksamkeit bekommen in der U-Bahn.

Die vier standen immer noch wortlos um mich herum. Vielleicht warteten sie, dass ich etwas sagte.

„Es tut mir leid", brachte ich hervor und wusste, dass dieses Eingeständnis furchtbar dünn klang. Ich starrte dabei Sulannia an. Ihre Haare hingen ihr kurz und zottelig bis knapp über die Ohren und standen in alle Richtungen ab. Ehe ich selber verstand, was ich tat, ging ich auf die zu und legte ihr beide Hände auf den Kopf. Sie hatte Wunden an der Kopfhaut und kleine Stellen, die blutverkrustet waren. Ich wollte, dass sie wieder in Ordnung kam, dass sie keine Schmerzen mehr hatte, dass sie ihre alte Haarpracht zurückerhielt. Erde war Haut, Wasser war Blut, Luft war Sauerstoff, Feuer heilende Wärme und Äther der Geist, der aus allem eine neue Qualität hervorbrachte. Ich dachte an Sulannias Schönheit, sah sie mit ihrem langen fließenden Haar vor mir, wie an meinem ersten Tag in der magischen Welt und spürte, wie sich ihr Haar unter meinen Händen bewegte. Sie stand ganz still, niemand sagte etwas. Mir kam es wie lange Minuten vor, aber wahrscheinlich waren es in Wirklichkeit nur Sekunden. Sulannias Haar begann, wieder über ihre Schultern zu fließen. Die Wunden an ihrem Kopf schlossen sich. Es war ein wunderbares Gefühl, ihr ihre Unversehrtheit und Schönheit wieder zurückzugeben.

„Ich würde so gern Ärztin werden", flüsterte ich.

## 53

Draußen war es dunkel und still. Die Sterne glitzerten herein. Die frische Bettwäsche duftete. Neve hatte sie neu für mich aufgezogen. Ich lag in meinem Zimmer. Es war jetzt das einzige Zimmer, das ich besaß. Ich hatte nicht nur meine Eltern verloren, alle, die biologischen und die nicht biologischen. Die Wohnung, in der ich aufgewachsen war, gab es ebenfalls nicht mehr. Aber über all das in mir hatte sich eine dicke, beruhigende Decke gelegt. Ich spürte keinen Schmerz mehr. Ich würde darüber hinwegkommen. Ich wohnte in diesem Zimmer, in dem ich mich zu Hause fühlte, und ich hatte einen neuen, tiefen Lebenssinn gefunden. Ich wusste endlich, wofür ich geboren war und wofür ich die Ausbildung machen würde. Das schönste Gefühl gab mir jedoch der Umstand, dass mir meine Fehler verziehen worden waren. Ich wusste endlich, wem ich vertrauen konnte.

Dank des Rates hatte es keine Toten gegeben. Das Gebäude von H2Optimal war für den Wiederaufbau der obersten Etagen gesperrt worden. Die Wiederaufbereitungsanlage hatte einen Totalschaden erlitten. Einige Verletzte mussten vorübergehend in Krankenhäusern behandelt werden. Doch die vier verbliebenen Mitglieder des Rates hatten sich aufgeteilt und Menschen vor dem Schlimmsten bewahrt. Natürlich war ihnen klar gewesen, was ich vorhaben würde. Ihnen war es nicht gelungen, mich aufzuhalten, aber sie hatten sofort hinter mir aufgeräumt.

Inzwischen kursierten wilde Theorien, warum es ausgerechnet den Chef von H2Optimal so schwer getroffen hatte. Verschwörungstheoretiker liefen im Internet auf Hochtouren. Aber es gab nichts, womit man ihre Thesen auf feste Füße stellen konnte. Niemand war in der Lage, Stürme und Erdbeben auf Bestellung zu erzeugen. Nur ein paar Esoteriker gingen einige Schritte weiter und sprachen von Leuten mit magischen Fähigkeiten, von Gestaltwandlern und Lykanthropen, aber niemand nahm sie ernst. Geologen erforschten eifrig die mögliche Verschiebung von tektonischen Platten in Europa, bisher ohne Ergebnis.

Das Eigentumsloft von Delia und Gregor war nicht mehr bewohnbar. Wahrscheinlich waren sie in einem Hotel untergekommen und würden sich erst mal eine Wohnung mieten. Ich wusste nicht, ob und wann ich die Leute, die mich aufgezogen hatten, wiedersehen wollte. Ihre Motive ergaben ein kompliziertes Gemisch aus Egoismus und Liebe, die vielleicht trotzdem gewachsen war, aber das interessierte mich derzeit reichlich wenig. Ranja riet mir, alles erst mal ruhen zu lassen. Die Zeit würde dafür sorgen, dass der aufgewühlte Sand sich setzte und die klaren Konturen der Wahrheit zum Vorschein kamen. Sie hatte recht, abgesehen davon, dass ich kein bisschen Kraft verspürte, weiter in irgendwelchen Wunden zu bohren.

Ich war mit Sulannia durch den Wasserdurchgang geschwommen, während die anderen Mitglieder ihre eigenen Durchgänge nutzten. Das Wasser war trübe gewesen, man konnte seine Hand vor Augen nicht sehen. Nirgends trafen wir eine Undine. Das Ganze musste mit der Zerstörung der Anlage zu tun haben.

„Und alles ist meine Schuld", flüsterte ich reumütig.

Sulannia ging auf die Selbstanklage nicht ein.

„Sie kümmern sich drum", sagte sie nur. Die Spitzen Ihrer langen Haare verschwammen am Ende mit dem Wasser.

Trocken und unversehrt stiegen wir aus dem magischen See und liefen schweigend in Richtung Akademie. Es tat gut, wieder in dieser farbintensiven und friedlichen Welt zu sein. Die verbliebenen drei Mitglieder des Rates hatten sich bereits um das blaue Feuer auf der Wiese versammelt, als wir eintrafen.

Ich erwartete schwere Vorwürfe und rechnete mit dem Schlimmsten, aber zuerst trat Ranja auf mich zu und nahm mich in ihren Arm. Ich sog ihren mittelalterlichen Duft aus Weihrauch und Räucherstäbchen ein. Sie drückte mich fest an sich, als wollte sie meine großen Verluste auf sich nehmen und unschädlich machen. Ich kämpfte gegen aufsteigende Tränen. Aus den Augenwinkeln sah ich, wie Kim die Augen verdrehte und die Luft verächtlich durch die Nase sog. Ranja ließ mich wieder los, hielt mich für einige Augenblicke fest an den Schultern und lächelte mich an. Dann setzte sie sich und wies mir einen Platz neben sich zu.

Jolly fixierte mich mit seinen stechenden, schwarzen Augen. Sulannias Miene blieb unbewegt und undurchschaubar. Sie sprach mit sachlicher Stimme wie eine Nachrichtensprecherin. Zuerst zählte sie alles auf, was ich falsch gemacht hatte, meine Wutausbrüche in der magischen Welt, dann die Dinge, die ich dem Rat hätte berichten müssen, die ich aber für mich behalten hatte. Ich hatte verschwiegen, dass ich Kräfte besaß, die mehrere Elemente betrafen, und dass ich über Pio mit einem Geist kommunizierte, der mich in die magische Welt geholt hatte. Ich hatte eigenmächtig in Bezug auf Tim gehandelt. Ich war unerlaubt aus der magischen Welt ausgebrochen und ich hatte in Berlin ein schlimmes Chaos angerichtet.

„Das ist wie mit Außerirdischen, verstehst du das denn nicht?!“, platzte Kim mitten in die Aufzählung von Sulannia: „Sobald einer auf den Trichter kommt, dass da mehr hintersteckt als ein ungewöhnliches Erdbeben, dass die „Außerirdischen“ nicht in den Tiefen des Alls lauern, sondern unter ihnen sind, stehen plötzlich Panzer an den Durchgängen. So sind gewöhnliche Menschen. Sie zerhacken blindwütig den Ast, auf dem sie stehen. Das muss doch jedem Kind klar sein!“

„Beruhige dich, Kim“, befahl Jolly mit seiner schnarrenden Stimme.

„Sie hat ja völlig recht“, gab ich dazu.

„Und Selbstanklage hilft auch nicht weiter. Damit versucht der Betroffene nur Milde zu erzielen“, fuhr Jolly mich an. Ich zuckte zusammen. Es traf mich, was er sagte, weil ich nicht so empfand. Aber es stimmte trotzdem. Das wurde mir in dem Moment klar. Ich verkniff es mir zu antworten, dass auch er recht hatte. Kim verschränkte die Arme. Wir würden uns nie mögen. Zum ersten Mal fragte ich mich, was eigentlich ihre Geschichte war. Warum war sie so? So hart und kalt. Sulannia fuhr fort: „Aber es gibt Gründe für Kiras Verhalten. Wir alle kennen sie inzwischen und ich möchte sie nicht noch mal wie Schwerter durch die Luft sausen lassen.“

Darüber war ich unendlich froh und amüsierte mich insgeheim über ihre poetische Wortwahl. An der Sprache merkte man am meisten, dass der eine oder andere schon so einige Zeiten miterlebt hatte.

„Das sehe ich anders“, fiel Kim wieder ein, „Die Weisung lautete, dass weitere Fähigkeiten und besondere Vorkommnisse dem Rat berichtet werden müssen.“

„Jerome war im Rat. Ich habe ihn über meine Affinität zu Feuer in Kenntnis gesetzt“, verteidigte ich mich.

Kim war einen Moment aus dem Konzept. Dann gab sie zurück: „Er hat dir von Clarissa und Alexander vorgeschwärmt. In dem Moment hättest du ihm nicht mehr trauen dürfen und zu uns kommen müssen. Aber das tatest du nicht. Du warst begeistert. Und hast dich sogleich an den Hals von Jeromes erstem Jünger – Leo – geworfen. So sieht es aus."

„Das habe ich nicht. Zumindest nicht gleich …" Leider hatte Kim nicht ganz unrecht. Natürlich hatte es eine Phase gegeben, in der ich begeistert gewesen war. Ich schwieg. Ich wollte mich nicht herausreden. Trotzdem …

Ranja verteidigte mich: „Es war vorübergehend. Du müsstest doch am besten wissen, wie das ist … Kim", sagte sie mit Nachdruck. Ich verstand nicht ganz.

„Das kann man nicht vergleichen. Es hatte nicht diese Hintergrundgeschichte!", brauste Kim auf. Die Wipfel der umstehenden Bäume rauschten auf einmal.

„Weil du nicht die Tochter von Clarissa und Alexander warst, aber vor allem, weil er dich nach einem Wochenende wieder fallen gelassen hat", zischte Ranja. Ich sah zu Kim. Sie sah über mich hinweg, reckte das Kinn stolz nach vorn und sagte nichts mehr. Wenn ich alles richtig verstand, hatte sie mal was mit dem Frauenschwarm der magischen Akademie gehabt. Das erklärte einiges.

Ranja ergriff noch einmal das Wort: „Wir alle tragen einen Teil der Schuld. Ich habe Jerome misstraut, ich hatte den Verdacht, dass Kira etwas verbirgt, aber ich bin dem nicht konsequent nachgegangen. Kim hat sich aus ihrer Eifersucht heraus verschlossen. Warum sollte ihr Kira etwas anvertrauen? Jerome war Kiras Ansprechpartner. Ich weiß am besten, wie warmherzig und einnehmend er sein kann. Ich war blind, weil ich ihm aus meiner eigenen Geschichte mit ihm nicht misstrauen wollte. Das war eine schwerwiegende Fehleinschätzung."

Oh je, dahinter steckte wohl auch eine Art Beziehungskiste, die an die Wand gefahren war. In diesem Moment kamen mir all diese Leute mit den besonderen Kräften wieder wie sehr normale Menschen vor.

„Kira hat geschwiegen und sich den falschen Kreisen zugewandt, weil sie unsere angeblichen Gesetze gefürchtet hat. Und wir sind auf sie losgegangen, ohne die genauen Hintergründe der Geschichte zu kennen. Es ist Neve zu verdanken, dass sie uns vor einem großen Fehler bewahrt hat."

Mir wurde klar, wie nah ich der Gefahr einer Löschung gewesen war, als der gesamte Rat in meinem ehemaligen Wohnzimmer auftauchte. Sie waren gekommen, um uns alle unschädlich zu machen. Mein völliges Ausrasten hatte meine Löschung verhindert. Darüber hinaus erfuhr ich, dass Jerome mich einmal mehr belogen hatte: Noch nie hatte der Rat Fähigkeiten von Schülern gelöscht, nur weil sich eine Doppelbegabung zeigte. So etwas wurde nur beschlossen, wenn sich Leute mit Doppelbegabungen schwere Dinge zuschulden kommen ließen. Aber das betraf nicht nur doppelt Begabte, auch Menschen, die die Macht über nur ein Element besaßen. Sie mussten unschädlich gemacht werden, sobald sie zur Gefahr wurden. Jerome hatte das falsch dargestellt, um zu verhindern, dass ich Vertrauen zu jemandem im Rat aufbaute.

Wie infam das war! Warum hatte ich das alles nicht durchschaut? Andererseits, wie sollte ich? Die Mitglieder des magischen Bundes waren keineswegs unschuldige Opfer des Rates. Sie waren eine Bande von kleinen Verbrechern, die mit Recht ihr Schicksal trugen. Sulannia nannte einige Beispiele. Ihre Geschichten konnte man nachlesen in einer von Pio verfassten Chronik.

Ranja spürte meine Wut auf das alles.

„Er hat nicht nur dich reingelegt. Er hat uns alle reingelegt. Ich selbst muss mir die größten Vorwürfe machen“, versuchte Ranja, mich zu beschwichtigen.

Jerome reihte sich nur ein in eine längere Kette von Leuten, die mich tief enttäuscht hatten. Ich wollte nicht über ihn nachdenken. Ich wollte ihn aus meinem Kopf haben. Er war es nicht wert. Trotzdem bedrängte mich die Frage, was aus ihm geworden war? Aus ihm und Leo. „Ist er …“

„Wir haben Jerome unschädlich gemacht. Er liegt in einem Krankenhaus in Neukölln. Einer unserer Ärzte kümmert sich um ihn. Er hat keine Fähigkeiten mehr … und auch keine Erinnerungen.“

Es rieselte mir kalt den Rücken hinunter.

„Und … Leo …“ Ich flüsterte fast.

„Leo ist hier. Wir haben entschieden, dass er eine weitere Chance bekommen sollte.“

„Ich halte diese ganzen Fehlentscheidungen nicht mehr aus. Ich werde den Rat verlassen. Und zwar sofort!“, platzte Kim plötzlich dazwischen. Ihre Stimme war viel zu hoch und klang verzweifelt. Sie hatte definitiv nicht für Leos zweite Chance gestimmt. Sie stand auf, drehte sich um und rannte in den Wald.

Für einen Moment herrschte Stille. Alle starrten ihr hinterher. Nur das blaue Feuer loderte auf und knackte.

„Sie wird sich wieder einkriegen“, beschloss Ranja.

„Das wird sie nicht“, war die Meinung von Jolly.

Sie tat mir leid. Ich fühlte mich schuldig an ihrem Verhalten. War nicht alles, was passierte, auf mein Erscheinen in der magischen Akademie zurückzuführen?

„Leo hat sie für mich verlassen?“ Diese Frage schoss mir mit einem Mal durch den Kopf und ich kannte im selben Moment die Antwort.

„Ja, das hat er", sagte Sulannia. „Jeromes Macht über ihn war bereits zu groß. Allerdings gibt sie dir die Schuld daran, auch, wenn du es nicht bist."

„Ich muss mit ihr reden", überlegte ich.

„Lass sie erst mal. Das hat Zeit", hielt Sulannia mich zurück.

Es pikte, bewiesen zu sehen, dass Leo mich nur aus Berechnung umworben hatte. Sein Wandel im Verhalten mir gegenüber war einfach zu plötzlich gekommen. Nur, um berühmt und mächtig zu sein, hatte er die Frau sitzen lassen, in die er vielleicht wirklich verliebt gewesen war. Vielleicht war er doch kein so guter Typ und Kim lag richtig damit, ihm keine weitere Chance einzuräumen. Aber der Rat hatte anders entschieden und vielleicht war das weise. Ich war wütend auf ihn, Kims wegen und meinetwegen. Ich wusste, wie viele Fehler man machte, wenn man sich ausschließlich von verletzten Gefühlen leiten ließ.

Die Offenbarung, dass der Rat überhaupt nicht nach radikalen Methoden handelte, blieb jedenfalls nicht die letzte Überraschung.

Der Rat hatte nicht nur beschlossen, dass sie mich in allem ausbilden würden, sondern dass ich nach erfolgreichem Abschluss an der Akademie und meinem Studium in der realen Welt in den Rat aufgenommen werden würde. Sie hatten dreistimmig entschieden. Wer seine Stimme verweigert hatte, stellte kein Rätsel dar.

Ich, in den Rat? Ich fand keine Worte. Mein Mund öffnete sich, aber blieb stumm. Sulannia erklärte, dass sie der Hergang der Ereignisse, auch wenn er mit Fehlern gespickt war, zu dieser Entscheidung gebracht hatte. Ich hatte Clarissa vertraut, obwohl ich nicht wusste, wem ich vertrauen konnte. Ich war meiner Intuition gefolgt und hatte den richtigen Weg eingeschlagen, schon lange, bevor ich die wahren Zusammenhänge erkennen konnte. Mein Herz hatte mich geführt und das war das Entscheidende. Der Satz mit dem Herzen kam ausgerechnet von Jolly. Ich würde mich daran gewöhnen müssen, dass er mich immer wieder überraschte. Noch konnte ich mir nicht vorstellen, dass ich mit diesen beeindruckenden Persönlichkeiten irgendwann auf einer Stufe stehen würde. Mir fiel das Bild von den großen Schuhen ein, in die ich noch hineinzuwachsen hatte. Nun musste ich erst recht einen Weg finden, mit Kim klarzukommen.

Das alles bedeutete, mir würde nichts geschehen und sie setzten ein sehr großes Vertrauen in mich. Ich fühlte mich unglaublich erleichtert und glücklich. Ich war auf einmal so dankbar. Am liebsten wäre ich jedem um den Hals gefallen. Auch Jolly.

„Jetzt geh dich ausruhen, Kira. Du hast eine harte Ausbildung vor dir. Sie wird länger dauern als eine gewöhnliche Ausbildung. Und später ein anstrengendes Medizinstudium in der realen Welt. Davor musst du noch dein Abitur ablegen."

Ranja nahm mich an der Hand und führte mich aus dem Kreis.

„Danke", flüsterte ich und sah sie an. Sie umarmte mich noch einmal. Vor meinem inneren Auge erschien Clarissa. Und auch wenn es in Wirklichkeit Ranja war, ich fühlte mich geborgen. Ich hatte eine Familie, eine neue, irgendwie. Mich schockierte auch nicht mehr die Länge meiner Ausbildung. Ich war jetzt hier zu Hause und nicht mehr da draußen. Nur zwei Menschen würden mir sehr fehlen, Tim und Luisa. Am Rande der Bäume stand Neve, in einem himmelblauen Kleid mit bunten Blümchen darauf. Sie wartete auf mich, um mich in mein Zimmer zu bringen. So wie am Anfang. Sie war eine echte Freundin, die im richtigen Moment das Richtige tat. Ich würde es noch eine ganze Weile bereuen, aufgrund meiner Unausgeglichenheit immer wieder an ihr gezweifelt zu haben.

Ich schmiegte meine Wange an das kleine, blaue Seidentuch von Tim. Ich durfte nicht mehr nachgrübeln. Ich musste ein wenig schlafen, auch wenn noch so viele Fragen offen waren. Wie ging es den Undinen? Waren sie gerettet? Und Minchin? Sie lebte jetzt als Mensch in der realen Welt. Würde sie dadurch davonkommen? Neve hatte mir erklärt, das Volk der Undinen besaß keine Macht über Minchin, solange sie keinen Fuß in ihre Gewässer setzte. Aber das war ungerecht. Vielleicht sollte ich mit Ranja reden, ob es nicht doch irgendeinen Weg gab. Ob es nicht irgendwas gab, was Tim und Minchin wieder auseinander brachte, ohne das Tim deshalb sterben musste.

Tims Tuch roch so gut. Meine Reise durch das magische Wasser hatte nichts von seinem Duft fortgenommen. Ich stellte mir vor, dass er gerade von mir träumte. Ich dachte an den morgigen Tag. Neve wollte mir das Grab meiner Eltern zeigen. Es befand sich hier, in der magischen Welt. Ich fürchtete mich ein wenig, bestimmt würde es schmerzhaft werden, aber ich wollte es sehen.

## 54

Ich zog mir ein schlichtes schwarzes Sommerkleid an und band meine braunroten Locken mit einem roten Gummi zurück. Die Frau, die mir im Spiegel entgegen sah, war jung und schön. Vor allem sah sie ganz harmlos aus, nicht wie eine, die in der Lage war, eine ganze Stadt in Schutt und Asche zu legen, wenn sie wollte. Es kam mir verrückt vor. War das wirklich alles passiert? Würde ich mich je an die Dinge gewöhnen, die aus meinen Märchenbüchern in die Wirklichkeit geplatzt waren und mein Leben in einen völlig anderen Kontext stellten? Vielleicht, über die Jahrhunderte … Der Gedanke jagte mir einen Schreck ein. Entschied ich mich für ein Leben in der magischen Welt, dann würde ich irgendwann am Grab von Tim stehen. Unvorstellbar. Das wollte ich auf keinen Fall. Ich schüttelte das Bild ab. Über sowas musste ich jetzt wirklich nicht nachdenken.

Ich verzichtete auf Schuhe, lief barfuß hinaus in den Wald und pflückte ein paar Blumen. Sie waren hier so einmalig schön, zart und bunt.

Warum konnte meine Mutter nicht hier sein, jetzt, wo alles gut war?! Ich wollte mit ihr sprechen, mich über alles mit ihr unterhalten, ich hatte so viele Fragen, aber sie war mir weggerissen worden. Weil Kim sie mit irgendeinem tödlichen Ätherzauber vernichtet hatte. Der irrationale Teil in mir hasste sie dafür. Gleichzeitig wusste ich, dass meine Mutter schon vor siebzehn Jahren gestorben war und seitdem nur als unruhiger Geist in meiner Nähe bleiben konnte, bis ich zu mir gefunden und den richtigen Weg eingeschlagen hatte. Nur, solange. Dann wäre sie sowieso in den ewigen Frieden eingegangen. Trotzdem machte ich mir Vorwürfe. Ein wenig mehr Zeit wär uns geblieben, hätte sich nicht plötzlich alles überschlagen. Hätte ich mich an meine Verabredung mit ihr gehalten und wäre nicht nach Hause gegangen, zu Gregor und Delia. Ich war schuld daran, dass sie viel zu schnell von mir gerissen wurde, dass sie sich für mich opferte, damit ich fliehen konnte, dass …

„Du bist nicht schuld“, hörte ich Neve sagen und sah erschrocken zu ihr auf. Dabei fiel mir ein Stoß Blumen aus dem Arm. Neve bückte sich in Windeseile und fing sie auf.

„Das sind so viele, da muss ich dir ja tragen helfen“, scherzte sie. Ich hatte mich völlig in ‚Wenns‘ und ‚Hättes‘ verloren und dabei nervös ganze Stauden ausgerissen, ohne zu merken, wie schwer mein Arm inzwischen mit Blumen war. Ich erhob mich. Neve nahm mir die Hälfte ab.

„Wenn sie doch nur wüsste, dass es mir jetzt gut geht.“

„Sie weiß es. Ich bin mir sicher", tröstete Neve mich.

Wir spazierten durch den Wald. Er kam mir grüner, duftender und voller mit bunten Vögeln vor, als je zuvor.

„Es gibt gute Neuigkeiten", begann Neve. „Die magischen Wasser sind wieder klar. Man hat alle von Minchin angebrachten Filter gefunden, die das Abwasser der Aufbereitungsanlage in den See der Undinen leiteten. Das Volk der Undinen ist Tim außerordentlich dankbar. Dadurch, dass er die Filter auf der Seite der Aufbereitungsanlage zerstört hat, wurden sie im magischen See erkennbar, weil das komplette Wasser von draußen hineinströmen konnte. Es hat eine andere Farbe, weißt du. Es ist viel blasser. Die Undinen mussten nur die Quelle der Zuflüsse finden und sie schließen."

„Oh, das ist wunderbar."

Mehr Worte fand ich nicht, obwohl das die beste Nachricht war, die Neve mir eröffnen konnte. Schließlich fiel die Schuld daran wegen Gregor auf mich zurück. Trotzdem fühlte ich mich gleich wieder niedergeschlagen. Wie lange noch würde es mir so schwer fallen, von Dingen zu hören, die mit Tim zu tun hatten? Tim, der zwar keine Superkräfte besaß, aber trotzdem stärker war als ich, weil er seinen Kopf benutzte, während ich bisher nur wild um mich geschlagen hatte. Meine Ängste, zu stark für ihn zu sein, waren immerhin unbegründet. Wenigstens ein kleiner Trost.

„Gibt es noch kranke Undinen?", fragte ich sie, um dem Tim-Gedankenkarussell zu entkommen.

„Ich glaube, ein paar."

„Ich muss zu ihnen", entschied ich spontan. Wenn ich ebenfalls konstruktive Dinge bewirken wollte, dann sollte ich jetzt damit anfangen. Ich durfte meinen Groll auf Minchin nicht auf das ganze Undinen-Volk übertragen.

„Klingt nach einer guten Idee", bestätigte Neve und lächelte mich an, als hätte sie schon wieder meine Gedanken gelesen.

Ja! Ich wollte etwas für die Undinen tun, auch wenn ich noch keinen Schimmer hatte, was. Ich dachte an Sulannia und wie ich ihre Haare wieder in Ordnung gebracht hatte. Ich würde die Undinen besuchen, mich für das Unterseebeben während meiner Flucht entschuldigen … vielleicht etwas über Minchins Familie erfahren. Ob sie überhaupt eine hatte?

„Wir sind da“, unterbrach Neve meine Gedanken.

Vor uns öffnete sich ein kleines Tal, an dem ich noch nie vorbeigekommen war. Es war mit halbstämmigen Bäumchen übersät. Sie waren nur so groß wie Neve oder ich, und besaßen recht dünne Stämme und zarte Äste. Ihre Blätter und Blüten oder Früchte leuchteten in unterschiedlichen Farben. Jedes dieser Bäumchen war mit einem Ring aus großen sandfarbenen Steinen umlegt und bildete den Mittelpunkt einer Grabstelle. Manche dieser kleinen Beete um den Baumstamm herum, waren mit gepflegtem Gras bewachsen, manche mit Kies gefüllt, andere wieder mit kleinen Steinen. Der Baumstamm trug die Namen und Daten des Verstorbenen. Hin und wieder war auch ein Schild angebracht.

Mir fielen die kleinen, ganz unterschiedlich gestalteten Holzkästchen auf, von denen jeweils eins im Geäst der Bäumchen ging.

„Darin befinden sich lose Blätter oder manchmal auch ein ganzes Buch mit der Lebensgeschichte des Verstorbenen“, erklärte mir Neve.

Es war ein sehr stiller und freundlicher Ort. Er hatte etwas nahezu Paradiesisches. Wir gingen die kleinen, verschlungenen Wege entlang. Auf den Wegen zwischen den Baumgräbern standen Holzbänke in verschiedenen Farben.

„Kennst du jemanden von ihnen?“, fragte ich Neve. Neve schüttelte den Kopf.

„Nicht direkt.“

Ich sah sie fragend an. ‚Nicht direkt' war eine seltsame Aussage.

„Ich bin noch nicht lange genug hier. Und in der magischen Welt sterben die Leute selten. Eher in der realen Welt, aber hin und wieder werden sie hierhergebracht. Wenn ihr Zuhause eigentlich hier ist. Oder …" Sie machte eine Pause. Ich sah ihr an, dass etwas aus ihr hinauswollte. Sie zögerte noch, aber dann ließ sie es zu.

„… Ich möchte auch einmal hier liegen. Neben meiner Oma. Sie hatte keine magischen Fähigkeiten. Aber sie haben sie hier begraben. An diesem wundervollen Ort. Für mich."

„Deine Oma, sie ist hier?"

Ich wusste nicht, worüber ich mehr erstaunt sein sollte: Dass Neve mir etwas aus ihrem Leben erzählte oder dass ein ganz normaler Mensch in der magischen Welt begraben lag.

„Komm, ich zeig es dir."

Neve zog mich einige Pfade weiter zu einem kleinen Bäumchen, dessen Stamm und Äste himmelblau waren. An seinen Zweigen öffneten sich gerade unzählige weiße Blüten, die aussahen wie Kirschblüten. Dazwischen hingen bereits grüne Früchte, aber auch dunkelrote, die schon richtig reif waren.

„Das sieht aus wie ein Kirsch…" Neve pflückte ein Kirschenpaar und reichte es mir. „Hier, probier mal. Es sind tatsächlich Sauerkirschen. Sie blühen das ganze Jahr und tragen zwischendrin auch Früchte. Alles gleichzeitig. Meine Oma hatte immer herrliches Kompott aus Sauerkirschen gemacht … und rote Grütze … und Kuchen."

Die Kirschen schmeckten köstlich, saftig, erfrischend säuerlich und trotzdem süß. Im Baum hingen lauter aus Papier gefaltete Sterne und Figuren und viele, viele Briefe. Ich berührte einen.

„Ich habe sie ihr geschrieben. Ich schreibe immer noch welche. Die Papiersachen, sie hat immer so viel mit mir gebastelt. Sie war so lustig."

Neve strahlte. Dann wurde ihr Gesicht plötzlich traurig.

„Alle sagen, ich wäre nicht schuld an ihrem Tod. Aber, ich glaube es immer noch … Hätte ich … Ach, egal …"

Diesmal war es an mir, ihr zu versichern, dass es überflüssig war, sich mit Schuldgefühlen herumzuschleppen. Ich bat sie, mir zu erzählen, was geschehen war. Ich wollte endlich wissen, was Neve in ihrem Innern so tief verschloss. Ich wollte, dass keine Geheimnisse mehr Abstand zwischen mir und den Menschen hielten, die mir nahestanden. Neve setzte sich auf eine kleine bunte Bank, die genau gegenüber des blassblauen Kirschbaums stand, und legte die Blumen neben sich ab. Ich legte meine dazu und setzte mich neben sie. Neves Stimme war ganz leise, sodass ich meine Ohren ziemlich spitzen musste.

„Immer, wenn ich nachts in das Zimmer meiner Omi kam, weil ich mich gruselte – wir wohnten in einem alten Forsthaus, mitten im Wald. Mein Vater war Förster gewesen, weißt du – dann fuhr sie erschrocken aus dem Schlaf hoch und sagte: „Kind, hast du mich erschreckt. Du bringst mich damit noch ins Grab!" Erst machte sie ein Gesicht, als sei sie vom Donner gerührt worden, aber kurz darauf lächelte sie, winkte mich heran und ich durfte mich in ihr warmes großes Bett kuscheln und bei ihr schlafen. Ich glaube, in Wirklichkeit hatte sie in der Nacht genau solche Angst wie ich. Besonders, seit wir allein in dem Haus lebten, weil mein Vater nicht mehr aus dem Wald zurückgekommen war."

Neve begann, ein bisschen lauter zu sprechen. Ich erfuhr, dass ihre Mutter starb, als Neve gerade mal ein Jahr alt war. Neve besaß keine Erinnerungen an sie, aber ihr Vater war seitdem in völlige Sprachlosigkeit und Depression versunken. Neve konnte sich nicht an seine Stimme erinnern und ob er überhaupt jemals mit ihr gesprochen hatte. Als sie acht wurde, kam er eines Tages nicht mehr zurück aus dem Wald. Man hat ihn nie gefunden. Von da lebte sie allein mit ihrer Großmutter – der Mutter ihrer Mutter – in dem großen alten Forsthaus. Sie brachte Neve jeden Tag runter ins Dorf zur Schule und holte sie auch wieder ab. Solange bis Neve eines Nachts, sie war gerade fünfzehn geworden, vor dem Bett ihrer geliebten Oma stand, weil sie nicht einschlafen konnte. Doch diesmal fuhr sie nicht hoch wie sonst. Sie blieb einfach liegen und rührte sich nicht, als Neve die Tür zu ihrem Zimmer mit lautem Knarren öffnete. Sie wachte nicht mehr auf, weil sie im Schlaf gestorben war. Neve war sich sicher, dass sie ihre geliebte Omi, den einzigen Menschen, den sie hatte, diesmal wirklich zu Tode erschreckt hatte. In diesem Moment legte sich ein Schalter in ihr um.

Sie war nicht fähig, die Realität an sich heranzulassen. Stattdessen ergriff sie eine fixe Idee und nahm ihr ganzes Denken ein. Neve flüchtete aus dem Haus, rannte in den baufälligen Schuppen, schnappte sich ihr Fahrrad und raste in den Wald hinein. Die düstere Nacht war ihr auf einmal egal. Sie verspürte keinerlei Angst. Sie musste ihre Oma einholen, die sich auf den Weg in den Himmel befand. Neve trug nur ihr Nachthemd. Es verfing sich in den Pedalen. Sie fiel einige Male hin, riss immer wieder Fetzen des Stoffes aus der Fahrradkette und fuhr die ganze Nacht. Sie wusste nicht, wohin. Sie hatte nur ein Bild vor Augen, einen Ort, der hoch genug war, um von ihm zu springen und in den Himmel zu fliegen.

Das Bild war stark und mächtig und verdrängte jeden vernünftigen Gedanken. Neve irrte durch den Wald. Waren es Tage oder Wochen? Sie wusste nicht, wie lange. Sie spürte keine Kälte, keinen Hunger, keinen Durst. Sie brauchte nichts. Sie war sich sicher, dass sie dabei war, ein Engel zu werden. Ihre

Großmutter hatte das immer gesagt. Und jetzt wollte sie zu ihr. Sie würde sie finden.

Irgendwann stellte Neve fest, dass sie im Kreis herumgeirrt war, und fand sich vor dem alten Forsthaus wieder. Eine Frau aus dem Dorf trat gerade aus der offenen Eingangstür und stieß einen Schrei des Erstaunens aus, als Neve plötzlich vor ihr stand, zerzaust, verdreckt, zerrissen, aber lebendig. Neve erfuhr, dass man ihre Oma in eine Urne getan hatte und sie begraben wollte, sobald es keine Hoffnung mehr gab, dass Neve wieder auftauchte. Neve drängte die Frau, ihr die Urne zu zeigen. Sie stand im seit vielen Jahren nicht mehr genutzten und verstaubten Arbeitszimmer von Neves Vater auf dem Schreibtisch.

Während die Frau aus dem Dorf die Polizei anrief, schnappte Neve sich die Urne und floh abermals. Sie musste endlich den Ort finden, den sie so verzweifelt suchte. Es war eine weiße Plattform aus Beton, die ganz von Himmel umgeben war, oben, an den Seiten und unten. Neve wusste nicht mehr, wie sie das Hochhaus gefunden hatte. Es befand sich mitten in Berlin, der riesigen und ihr völlig unbekannten Hauptstadt. Die Erinnerung an den Weg dorthin war komplett gelöscht. Hatten ihre Gedanken sie hingetragen oder war sie geflogen? Alles schien möglich. Sie wusste nur noch, wie sie mit einem Fahrstuhl viele Etagen hinauffuhr, durch eine Eisentür auf das Dach stieg, die Plattform aus ihrer Fantasie wiedererkannte und ohne zu zögern in die Tiefe sprang.

Ich schluckte. Das war eine heftige Geschichte, mit Abstand die heftigste aller Geschichten vom Drang, den Durchgang zu finden, die ich bisher gehört hatte.

„Das Seltsame war, ich sah gar keine Straße unter mir. Ich sah blauen Himmel, obwohl es Nacht war. Blauen Himmel und weiße Schäfchenwolken. Und ich wusste, da muss ich hin. Dort ist es. Dort leben die Engel.“

Ich beobachtete die weiß glitzernden Punkte in Neves blauen Augen und schluckte erneut gegen die Trockenheit in meinem Hals.

„So bin ich hierhergekommen. Es war Kim, die mich am Ätherdurchgang gefunden hatte. Sie machte mir gleich klar, dass ich bloß nicht glauben sollte, im Himmel zu sein, wo verstorbene Angehörige herumlungern. Naja, du kennst sie. Mit der Wahrheit ist sie schonungslos. Es war ein Schock. Alles war ein Schock. So wie für dich. Aber sie hat es wieder gutgemacht. Sie war es, die dafür gesorgt hat, dass meine Oma auf diesem Friedhof begraben wird. Meine Oma sagte immer zu mir, ich wär ein Engel. Inzwischen glaube ich, sie hat von dieser Welt hier gewusst, weißt du."

Neves Schicksal ging mir unter die Haut. Man glaubte immer, man würde nur allein schlimme Dinge durchmachen. Ich verstand endlich, warum Neve ein Engel sein wollte, warum sie glaubte, dass sie einer war. Ich bereute es, sie beschimpft zu haben. Ich bereute so vieles. Neve stand auf, streckte sich und strich ihr Kleid glatt, so als klebte daran der alte Kleister der Vergangenheit.

„Aber was rede ich so viel über mich. Es ist inzwischen viele Jahre her, während bei dir … Ach, ich bin unsensibel."

Ihre Stimme klang wieder klar und heiter wie immer. Ich stand auch auf und erklärte: „Du weißt genau, wer von uns beiden unsensibler ist …" Neve lächelte mich an und schüttelte den Kopf. Sie wirkte immer so geläutert und ausgeglichen. Wie hatte sie das nur geschafft?! Sie hatte ihren tiefen Lebenssinn und ihre Aufgabe gefunden, beantwortete ich mir die Frage selbst.

In gemächlichen Schritten liefen wir die kleinen Pfade zwischen den Gräbern entlang und schwiegen. Jeder hing seinen Gedanken nach. Ich bemerkte, dass Neve mich an den Rand des Friedhofes führte, dorthin, wo die hohen Bäume des Waldes ringsherum lange Schatten auf die Lichtung warfen. Neve blieb vor zwei Bäumchen stehen, die ich fast übersehen hätte, weil sie kahl waren, weder Blätter trugen noch Blüten noch hingen Holzkästchen mit Lebensgeschichten in ihren Zweigen. Die Grabeinfassungen aus weißen Felssteinen waren mit Unkraut überwuchert. Die in die Baumstämme nachlässig eingeritzten Namen waren fast nicht zu erkennen: Alexander Starick und Clarissa Starick.

Ich hockte mich in den Sand und berührte mit meinen Händen das Unkraut. Hier lagen meine Eltern und niemand war in den letzten siebzehn Jahren hierhergekommen, um an sie zu denken. Natürlich gab es anständige Gründe dafür. Trotzdem. Es waren meine Eltern, meine richtigen Eltern, die man vergessen wollte, die ein dunkles Kapitel der Geschichte darstellten und deshalb in dieser verwahrlosten Ecke ruhten. Die Tränen kamen und schüttelten mich. Ich konnte es nicht verhindern. Neves kleine Hand lag auf meiner linken Schulter. Ich spürte sie, ein winziger Halt im Meer, das sich in dem Moment um mich auftürmte. Dieser trostlose Ort war es also, an den Atropa immer wieder zurückgekehrt war, um sich auszuruhen. Hätte ich das alles doch bloß gewusst! Aber woher? Ich konnte nicht die geringste Ahnung haben. Und selbst wenn, ich hätte nichts ändern können. Gar nichts.

Ich beruhigte mich ein wenig und atmete tief durch. Mein Vater blieb abstrakt und weit weg. Aber meine Mutter, sie war seit drei Jahren meine Freundin, sie hatte mich beschützt, ein Leben lang begleitet, ihre Fehler bereut und sie wieder gut gemacht. Sie hatte mich gerettet. Ich weiß nicht, was ohne sie aus mir geworden wäre. Ich wischte mir mit dem Ärmel das Gesicht trocken und richtete mich auf. Ich würde dafür sorgen, dass sie ihr Ansehen zurückerhielt. Niemand sollte sie mehr hassen oder vergessen. Dazu war ich fest entschlossen.

Ich legte die Blumen neben mich auf die Erde und begann, das Unkraut unter den Bäumen zu entfernen. Neve hockte sich neben mich und half mir. „Es wird schön werden. Wir machen es ganz schön“, bestärkte sie mich.

„Ja, das machen wir.“

Wir untersuchten die Bäumchen. Wenn man genauer hinsah, zeigten sich winzige grüne Blätter an den wie abgestorben wirkenden Zweigen. Sie lebten noch. Sie benötigten nur Zuwendung und Pflege. Wir bedeckten die dunkle Erde mit den vielen bunten Blumen und betrachteten unser Werk. Ich stellte mir vor, wie Clarissa mir zusah, von einem anderen Ort hoch oben, aus der Tiefe des magischen Himmels, wo es schön war und hell, während ich hier unten einen Platz schuf, an dem ich an sie denken konnte.

Ich würde ihre Geschichte aufschreiben und sie an den Baum hängen, so wie sie auch an allen anderen Bäumen hing. Die Geschichte, die ich zuerst mit Atropa hatte, dann mit Clarissa und am Ende mit meiner Mutter. Wieder wurde mir bewusst, wie viel ich noch nicht wusste und was ich sie alles noch gern gefragt hätte. Wie immer passte das, was Neve tat, zu meinen gegenwärtigen Gedanken. Sie zog einen Briefumschlag aus ihrem weiten Kleid und reichte ihn mir.

„Den soll ich dir geben. Von Pio. Er ist von deiner Mutter. Sie hat ihn an seinem PC geschrieben. Und Pio hat ihn ausgedruckt. Ich weiß nicht, wie sie ihn dazu gebracht hat.“

„Mit Murmeln natürlich …“, sagte ich geistesabwesend und griff aufgeregt nach dem Brief.

„Ich dachte, es ist der richtige Ort, deshalb habe ich ihn erst jetzt …“

Ein Brief von meiner Mutter. Ich hielt ihn fest in beiden Händen, als könnte er sonst davonfliegen. Ich war so überrascht und so dankbar. Ich umarmte Neve und strahlte.

„Sie hat mir einen Brief hinterlassen!", rief ich aus, als müsste ich es noch mal in Worte fassen, damit es auch wahr blieb. Neve nickte verständnisvoll.

Ich setzte mich auf den steinigen Rand des Grabes, was jetzt nicht mehr ganz so traurig aussah, und öffnete den Umschlag. Es war ein simpler Tintenstrahl-Ausdruck. Trotzdem war es das Persönlichste, was ich von meiner Mutter je bekommen hatte.

Meine liebe Kira,
wenn du den Brief liest, bin ich wahrscheinlich nicht mehr da. Trotzdem sollst du wissen, dass ich immer bei dir sein werde. Ich möchte, dass du deine Geschichte kennst, so viel wie möglich davon. Ich schreibe diesen Brief, falls ich nicht mehr dazu kommen sollte, dir selbst alles zu erzählen.
Aber zuerst: Egal, was geschehen wird oder geschehen ist, ich habe einen großen Wunsch: Bitte sei nicht traurig oder zürne jemanden. Dass ich so lange bei dir sein konnte, obwohl ich seit deiner Geburt nicht mehr unter den Lebenden weile, ist ein großes Geschenk. Viel größer, als ich es mir erträumt hatte. Ich habe dadurch eine weitere Chance erhalten, obwohl mein Leben bereits verpfuscht war. Obwohl ich alles falsch gemacht hatte, was ich falsch machen konnte. Durch mich sind Menschen gestorben, nicht wenige Menschen. Trotzdem durfte ich bei meinem Kind bleiben und alles tun, damit es vielleicht einen anderen Weg einschlägt. Das ist Gnade und das größte Glück, was wir hatten. Du ahnst nicht, wie euphorisch ich war, als sich durch das Chatten plötzlich eine Möglichkeit auftat, mit dir zu reden, ganz normal, auch über ganz banale Dinge, deine Langeweile in der Schule, deinen Ärger mit Luisa, deinen Liebeskummer … Aber von vorn.

Ich habe deinen Vater sehr geliebt, weißt du. Er war so stark und er interessierte sich für mich! Das konnte ich gar nicht glauben. Ich war nicht sehr selbstbewusst. Ich habe ihm blindlings vertraut. Ich habe alles getan, was er wollte. Es hat zu lange gedauert, bis ich erkannt habe, was für einen dunklen Weg er geht. Ich habe mich vor der Wahrheit verschlossen. Das ist nicht zu entschuldigen. Erst als ich mit dir schwanger war, hat sich etwas geändert. Vielleicht durch das neue, zerbrechliche Leben in mir, für das ich Verantwortung spürte. Ich lernte eine Frau kennen, die ebenfalls schwanger war und ihr erstes Kind durch meine und Alexanders Aktionen verloren hatte. Erst da konnte ich nicht mehr wegsehen, was wir taten.

Dass wir willkürlich Menschen opferten, dass diese Menschen keine gesichtslose Masse waren, sondern Einzelschicksale, Menschen mit einem Namen, deren Leben zerstört wurde. Alexander hielt mich für sentimental und überemotional, weil die Hormone verrücktspielten. Er war aufgebracht wegen der Schwangerschaft. Sie passte nicht in sein Konzept und kam viel zu früh, bis er auf den Gedanken kam, dass das Kind unsere Kräfte ineinander vereinen könnte. Ab da hatte er Interesse daran.

Trotzdem stritten wir nur noch. Aber ich war abhängig von ihm. Ich sagte mich bis zum Schluss nicht los. Er war dein Vater und ich sah bis zum Ende das Gute in ihm. Ich hoffte, ihn umstimmen zu können, dass sein Kind ihn weich machen würde. Im Nachhinein habe ich mir was vorgemacht. Ich war zu schwach.

Und dann wurden wir in die Enge getrieben, kurz vor deiner Geburt. Es war Jerome, der uns versteckte, bei seinen Eltern. Jerome war relativ neu an der Akademie. Er war wendig und geschickt wie eine Schlange. Er vergötterte uns, besonders Alexander. Wir waren seine Idole. Als der Rat uns aufspürte, verstand Jerome es, die Dinge zu drehen und behauptete, uns in Gewahrsam genommen zu haben. Aber wir waren tot. Und das ist das, was du erfahren sollst. Die genauen Umstände. Die Mitglieder des Rates hätten unsere Fähigkeiten gelöscht, aber sie hätten uns nicht getötet. So etwas würde der Rat nie tun. Ich selbst entschied mich dafür, als ich sicher war, dass es keinen anderen Ausweg mehr gab. Ich wollte nicht, dass Alexander dich für seine neuen Pläne benutzte, wenn es ihm gelang, dem Rat zu entkommen.

Seine Visionen waren größenwahnsinnig und würden ein ernstes Problem für die Welt bedeuten. Als Erstes wollte er Europa mit einem fürchterlichen Beben dem Erdboden gleichmachen. Er wollte die Länder, die zu viel Macht besaßen, einfach vernichten. Er wollte nicht warten, bis sich Entwicklungen mühselig durchsetzten. Er wollte mit niemandem diskutieren. Er hielt eine Demokratie für den größten Schwachsinn überhaupt, weil jeder mitreden durfte und dadurch nie Entscheidungen fielen. Das war für ihn der schlimmste Stillstand überhaupt. Er hatte eine furchtbare Unruhe in sich. Er war sich sicher, dass die Welt in Glanz und Glimmer erstehen könnte, wenn nur der Richtige an der Macht wäre. Er hielt sich für den Richtigen. Ich musste natürlich an seiner Seite sein. Er war Erde und Feuer und ich Wasser mit einigen Äther-Talenten. Vielleicht würde unser Kind haben, was uns noch fehlte. Darauf hoffte er. Du kamst auf dem Dachboden von Jeromes Eltern zur Welt. Es waren einfache Leute, die sich durch uns erhofften, einen Ehrenplatz in der Geschichte zu erhalten. Kaum warst du zwei Stunden alt, erhielten sie die Nachricht, dass man auf unsere Spur gekommen war. Alexander hatte Fluchtpläne, die wir innerhalb von vierundzwanzig Stunden umsetzen mussten. Aber ich wollte das nicht. Ich hatte einen

Entschluss gefasst. Ich hatte solange gezögert. Jetzt musste ich mutig sein, für dich, für die Frau, die ihr Kind verloren hatte, für die Zukunft vieler Menschen.
Vielleicht ist es etwas, was du noch nicht weißt, aber wenn man Äther-Fähigkeiten besitzt, hat man auch eine gewisse Macht über den Tod. Du kannst ihn beschleunigen oder verzögern. Du kannst seiner Energie etwas entgegenhalten. Äther ist der Atem. Manche Menschen mit Äther-Fähigkeiten können anderen Menschen den Atem nehmen. Das ist, was ich tat: Ich nahm Alexander den Atem, im Schlaf, in der Nacht, bevor wir unerkannt ein Flugzeug nach Indien bestiegen hätten. Und mich selbst habe ich vergiftet, mit einem Kraut aus dem magischen Wald, das wunderschön aussieht. Ranja hat mir einmal von seiner Wirkung erzählt, als ich neu an der Schule war. Man starb davon, aber manche Menschen mit Äther-Fähigkeiten konnten ihren Geist so lange an ihre vergangene Persönlichkeit gebunden halten, bis sie eine Aufgabe erfüllt hatten, die sie noch mit ihrem bisherigen Leben verband.
Das wollte ich versuchen. Ich sah darin den einzigen Weg, noch etwas zu verändern. Ich hatte nicht den Mut, nur Alexander zu töten und mit dir zu fliehen. Ich war mir sicher, dass ich das nicht schaffen würde. Vielleicht wird es dich wütend auf mich machen, dass ich so schwach war. Aber ich konnte nicht anders. Vorher schrieb ich Jerome einen Brief. Er sollte dich in Sicherheit bringen. Er hatte von einem ehemaligen Schulkameraden erzählt, der ein paar Klassenstufen über ihm gewesen war, mit dem er Geschäfte machen wollte und der schnell durch ein reiches Model zu Wohlstand gekommen war: Gregor und Delia. Und dass Delia sich ein Adoptivkind wünschte, weil sie ihren Körper schonen wollte. Ich wusste nicht, was aus Jerome werden würde. Ich hoffte einfach nur das Beste. Jerome war schlau.

Er erweckte in mir den Eindruck, als hätte er sich auf meine Seite geschlagen. Erst später durchschaute ich, dass er einen Handel mit Gregor getroffen hatte. Dass sie in dir großes Potential zur Macht sahen. Dass es natürlich absurd war, dass ein Pärchen von Anfang zwanzig sich bereits sehnsüchtig ein Kind wünschte.
Ich hätte das viel mehr hinterfragen und erforschen müssen, aber die Zeit drängte, ich hatte keine Wahl. Ich würde nicht mehr sein. Niemand würde mich kriegen. Mich nicht und dich nicht. Aber ich würde durch die besondere Mischung des Krautes, wenn Ranja mir keinen Bären aufgebunden hatte und ich es richtig anstellte, bei dir sein können. Und du bekämest ein normales Leben. Im besten Fall würden sich keine magischen Fähigkeiten bei dir entwickeln. Das war meine Hoffnung. Auch wenn sich bei der Geburt Zeichen gezeigt hatten. Allerdings waren sie recht verschwommen.
Jetzt weiß ich, warum: nicht, weil du keine Talente geerbt hattest, sondern weil du alle Elemente in dir vereinst. Du bist was ganz Besonderes, Kira. Ja, das sagt jede Mutter von ihrem Kind. Aber du trägst eine große Verantwortung. Ich wünsche mir nichts mehr, als dass du sie tragen kannst, und dass du es bist, die die Welt ein Stück besser machen wird. Dann habe ich erreicht, was ich wollte und werde meinen Frieden finden.
Vielleicht kannst du deinem Vater irgendwann verzeihen. Er hatte auch seine guten Seiten. Du hast das Feuer von ihm, das Temperament, den Eigenwillen und die Durchsetzungskraft. Alles Talente, die man auch anders einsetzen kann. Ich liebe dich und werde dich immer lieben.
Deine Mama

Ich las den Brief noch mal und noch mal. Ich hatte alles um mich herum vergessen. Schon wieder liefen Tränen über mein Gesicht. Würde das denn nie mehr aufhören? Die letzten zwölf Jahre hatte ich nicht mehr geheult und jetzt kam es fast jeden Tag vor. Es tat so gut zu wissen, wie die Dinge sich ereignet hatten, meine wahre Geschichte zu erfahren. Gleichzeitig war es schmerzhaft. Ich hatte mich immer für jemand anders gehalten und nun erfuhr ich nach und nach, wer ich wirklich war. Wie sollte ich es schaffen, meinem Vater, der meine Mutter in den Tod getrieben hatte, je zu verzeihen? Wie sollte ich meinen Hass auf Gregor und Jerome überwinden? Neve hatte sich die ganze Zeit irgendwo im Wald zurückgezogen oder war vielleicht noch einmal am Grab ihrer Oma gewesen, um ihren Erinnerungen nachzuhängen. Jetzt hockte sie sich neben mich und reichte mir ein lindgrünes Blatt, was weich war wie ein Zellstofftaschentuch, damit ich mir die Nase putzte.

„Ich kenne jetzt meine Geschichte", schluchzte ich.

Sie nahm mich in den Arm.

„Das ist schön … und wichtig."

Ich reckte mich ein wenig.

„Irgendwann muss aber auch mal wieder Schluss sein mit der Heulerei", versuchte ich einen kleinen Scherz, aber schluchzte dabei weiter.

„Das wird es … das wird es … Sieh mich an. Die Zeit heilt alle Wunden."

Ich umarmte Neve.

„Was wäre ich ohne dich?! Was wäre die Welt ohne Engel!"

Neve strahlte. Sie war einfach glücklich, wenn man sie als Engel bezeichnete. Was war nur so schwer daran gewesen, es nicht zu tun?! Wozu auf die genaue Wahrheit bestehen, wenn sie nichts weiter brachte, als den anderen unglücklich zu machen?!

Wir erhoben uns und gingen Hand in Hand zurück. Ich mit meinen viel zu großen Fähigkeiten, über die ich Herr werden musste und meinem Engel, der mich beschützte.

Gleich heute Abend nach meinem Ausbildungsnachmittag mit Ranja, würde ich beginnen, ein schönes Kästchen aus Holz zu bauen, für die Geschichte meiner Mutter. Ich würde Ahorn verwenden. Ahorn war hell und freundlich.

## 55

Ranja machte mir in unseren ersten Übungsstunden mehr als klar, dass ich noch eine Menge zu lernen hatte, dass ich meine Kräfte noch kaum im Zaum halten konnte, dass ich bei meinem Ausbruch weit mehr Glück als Verstand gehabt hatte. Sie war ungehalten über meine fehlende Konzentration. Ich erzählte ihr von dem Brief, den Clarissa an mich verfasst hatte. Ranja hatte kein gutes Verhältnis zu meiner Mutter gehabt. Sie hatten sich vom ersten Tag an gehasst. Ranja hatte sie durchschaut und auch allen Grund zu den negativen Gefühlen in Bezug auf Clarissa. Trotzdem sprach sie ruhig und sachlich und ohne Groll von ihr. Es berührte sie, als ich ihr gestand, dass Clarissa mir geraten hatte, Ranja zu vertrauen.

„Da sieht man mal. Ich hatte sie von Anfang an durchschaut und trotzdem habe ich sie unterschätzt. Du kannst stolz sein auf deine Mutter."

Oh ja, das war ich. Ich gestand Ranja meine schwere Sorge, dass ich meinen Hass gegenüber Gregor und Jerome nie überwinden würde, dass ich es immer noch kein bisschen bereute, Gregors Unternehmen zerstört zu haben und mich deshalb nicht als würdig empfand, in den Rat einzutreten, weil ich mir nicht vorstellen konnte, jemals so beherrscht und weise wie Ranja zu werden. Ranja lachte einfach nur lauthals und herzlich los. Darum solle ich mir nun wirklich keine Sorgen machen, ich hätte noch so viel Zeit „weise“ zu werden. Außerdem fand sie sich nicht viel weiser. Sie gestand mir, dass sie einmal in Jerome verliebt gewesen war, kurz bevor Josepha an die Schule kam. Jerome hatte Ranja wegen Josepha sitzen gelassen und danach sogar seinen Seelenort an einen anderen Platz verlegt. Mir fiel sein Zögern ein, als ich ihn gefragt hatte, ob jemand aus dem Rat seinen Seelenort kannte. Ranja war es also und sie wusste nicht, ob sie ihm diesen Verrat je vollkommen verzeihen konnte beziehungsweise sich selbst je verzeihen würde, dass sie einmal so einen Verräter geliebt hatte.

„Aber was soll's, schließlich sind wir nur magisch begabt und keine Götter!“

Ranja holte ihren kleinen Besen hervor und zeigte mir damit ein paar feurige Kunststückchen. Wir alberten den Rest des Nachmittags herum. Sie verstand es, mich aufzuheitern. So leicht und unbeschwert hatte ich mich ewig nicht mehr gefühlt.

Es war schon fast dunkel, als ich mich auf den Weg nach Hause machte. Ich spazierte die gewundenen Wege lang. Der glitzernde Sternenhimmel und die Ruhe, in der sich lautlos die leuchtenden Blüten bewegten, tauchten alles in eine herrlich friedliche Atmosphäre. Wie gern wäre ich jetzt noch ins Akademie-Café gegangen. Ich wollte meine Studienkollegen wiedersehen, Marie, Fabian, Cynthia, Dave, Jonas und auch Kay, endlich ein ganz normales Studentenleben führen. Aber ich fürchtete, Leo zu treffen. Ich fühlte mich noch nicht bereit dazu.

Also entschied ich mich, mir Zuhause einen großen warmen Pflaumensaft zu machen und freute mich darauf. Ich lief einen kleinen Umweg, um nicht zu nah an Leos Haus vorbeizukommen. Klar, irgendwann würden Leo und ich nicht umhinkommen, miteinander zu sprechen. Aber ich wollte es vermeiden, solange es erst mal ging. Ich wusste nicht genau, warum. War ich zu wütend auf ihn? Zu enttäuscht? Zu stolz, weil er mich aus reiner Berechnung umworben hatte und ich fast darauf reingefallen wäre? Weil ich darauf reingefallen war? Weil ich mich noch nicht wieder stark genug fühlte, mein Gesicht zu wahren? Oder hatte ich Angst, ich würde noch etwas von seiner Anziehung spüren? Trotz allem? Dass irgendwas in mir doch nicht so stark war, wie ich gerne wollte? Dass irgendwas in mir Tim aufgegeben hatte?

Ich schüttelte die Gedanken ab. Besonders, weil sie mich unweigerlich zu Tim führten. Ich hatte mir geschworen, an jeden kleinen nächsten Schritt zu denken, an das Hier und Jetzt und nicht dauernd an Tim, weil das sofort ein Gefühl von Lähmung und Ohnmacht verursachte. Ich fühlte den Schlüssel in der Tasche meines Kapuzenshirts. Es war der Schlüssel zu meinem eigenen Häuschen, was ich selbst wieder in Ordnung gebracht hatte – das mit den sonnengelben Wänden, nicht das, was Leo gestaltet hatte. Ich konnte mir nicht mehr vorstellen, die Wahl von Leos Haus überhaupt in Betracht gezogen zu haben. Als wenn ich zu der Zeit ein anderer Mensch gewesen war. Dabei war es erst zwei Wochen her. Mein Leben kam mir vor wie eine Aneinanderreihung von mehreren Leben im Zeitraffer. Ich hätte gern den Ausblick aus meinem Fenster bei Neve geändert, das Haus von Leo ausradiert. Schon wieder waren meine Gedanken bei Leo. Ich räusperte mich, als könnte ich ihn wegräuspern wie einen Halsfrosch.

Ich wollte noch eine Weile bei Neve wohnen bleiben. Zwei bis drei Wochen. Vielleicht konnte ich mir dann vorstellen, allein zu leben und mir mein eigenes Reich zu schaffen. Zu spät registrierte ich, dass hinter mir Schritte waren. Dann hörte ich meinen Namen.

„Kira.“

Ein leises Beben ging durch meine Brust. Es war die Stimme von Leo. Ich drehte mich nicht um, ging instinktiv schneller. Ich konnte einen Zauber anwenden, mich als Windhauch verdünnisieren.

„Kira, bleib stehen. Ich muss mit dir reden."

Regel die Sache. Jetzt! Dann kannst du ab morgen mit den anderen entspannt in das Café gehen, befahl ein Teil in mir, der immer die Führung zu übernehmen versuchte, wenn ich mich einer Situation nicht gewachsen fühlte und mich einfach verdrücken wollte. Flucht nach vorne – eine typische Gregor-Strategie. Schon wieder ein Gedanke an eine Person, an die ich jetzt eigentlich nicht denken wollte.

Jeder hat was Gutes zu bieten. Jeder. Auch wenn er noch so schlechte Seiten hat. Jetzt sprach ein anderer Teil in mir. Der, der mir manchmal einfach zu versöhnlich war.

Ich blieb stehen und drehte mich um. Ich schaute in Leos Augen und erschrak, wie traurig sie aussahen. Ich hatte sein strahlend schönes Aussehen erwartet. Aber ich sah kein Strahlen. Leos Schultern hingen herab, er wirkte ganz eingefallen und grau.

Ich hatte bisher nur an seine Verfehlungen gedacht, aber nicht daran, dass auch er enttäuscht worden war. Sein Weltbild war zusammengebrochen. Seine Vision war zerstört. Seine Vaterfigur war ihm genommen worden. Warum hatte er sich überhaupt so an Jerome gehängt? Mir fiel auf, dass ich nur sehr wenig von seiner Geschichte wusste. Wie er da so stand, gebeugt wie ein alter Mann und Reue ausstrahlend, vermischt mit dem Bewusstsein, dass er nichts mehr wieder gut machen konnte, fühlte ich statt Verachtung plötzlich Mitleid.

Und statt Wut auf einmal irgendwie Verständnis. Vielleicht war er, der der Nachkomme meines Vaters sein wollte, an einen Punkt gekommen, an den mein Vater nie kommen konnte. Vielleicht war er ganz unten angelangt und hatte deshalb eine

Chance. Die zweite Chance, die ihm der Rat gegeben hatte. Ich holte tief Luft, obwohl ich noch gar nicht wusste, was ich sagen wollte.

„Sag nichts. Ich weiß, was du denkst. Du denkst, ich habe dir alles nur vorgespielt, um der Rolle gerecht zu werden, die Jerome für mich vorgesehen hatte, und um mehr zu sein, als ich eigentlich bin.“

Er bemühte sich um Festigkeit in seiner Stimme. Aber sie flatterte und ließ keinen Zweifel offen, wie mitgenommen er war.

„Das denke ich nicht.“

„Es stimmt aber, zumindest für den Anfang. Ich war eigentlich mit Kim zusammen, aber …“

„Ich kenne die Geschichte …“, sagte ich ganz ruhig, wobei ich mir Ranjas weise Gelassenheit zum Vorbild nahm. Er war irritiert darüber, dass ich Bescheid wusste und trotzdem so ruhig blieb. Sein Gesichtsausdruck wurde noch trauriger. Vielleicht dachte er, dass ich ihn genauso benutzt hatte. Aber das hieß …

„… dann habe ich mich in dich verliebt.“

Leo sah mir in die Augen und ich erkannte, dass er die Wahrheit sagte. Sein Geständnis gab mir einen kleinen Stromschlag. Ich schlug die Augen nieder und suchte nach einer passenden Erwiderung.

„Ich weiß, dass wir keine Chance haben. Du gehörst zu Tim, auch wenn …“ Er brach den Satz an.

„Es ist mir nur wichtig, dass du weißt: Ich habe dich nicht die ganze Zeit belogen und betrogen.“

Ich wollte ihm eigentlich dasselbe sagen. Aber ich wollte ihn auch nicht so einfach davonkommen lassen. „Du wolltest mich gegen meinen Willen wegbringen, als ihr mir zu Hause aufgelauert habt. Ist das etwa Liebe?“

Ich spürte wieder die tief sitzende Wut in mir aufsteigen und machte eine wegwerfende Geste. Vielleicht war er nur deshalb so reumütig, weil ihm jede Grundlage genommen war und er nur einen neuen Weg suchte, um sich in meinem Dunstkreis bewegen zu dürfen. Ich vergaß immer wieder, was für eine Karriere mir bevorstand. Aber Leos Antwort war überraschend und aufrichtig: „Nein, das war keine Liebe. Da war es Rache. Weil du mich zurückgestoßen hattest. Weil ein anderer besser als ich sein sollte. Weil … Ich bin vielleicht kein guter Mensch. Ich bin nicht sicher, ob ich die Chance verdient habe, die mir der Rat noch einmal gegeben hat. Aber als wir bei mir waren und ich das Häuschen für dich hergerichtet hatte, da war es Liebe. Da dachte ich, dass es passt und dass alles andere unwichtig sein würde. Da wollte ich noch nicht wahrhaben, dass ich gegen Tim niemals eine Chance hatte."

Ohne nachzudenken ging ich einen Schritt auf ihn zu und legte ihm eine Hand auf die Schulter. Er zuckte kaum merklich zusammen.

„Hör auf. Es ist nicht alles deine Schuld. Ich habe mich auch nicht fair verhalten. Ich habe dich verletzt und es tut mir leid."

Leo strich mir sanft eine Locke hinter das Ohr und es war völlig okay.

„Vielleicht bist du meine Meisterin, die erste Frau, die ich nicht haben kann." Er versuchte ein Lächeln.

Ich lächelte zurück, nahm seine Hand und drückte sie.

„Lass uns Freunde sein." Mein Anliegen klang schlicht.

„Okay", antwortete er. Er sah immer noch nicht glücklicher aus, aber immerhin erleichtert. Er erwiderte meinen Händedruck. Dann ließ er meine Hand mit einem Seufzer los und sagte: „Und noch was … Ich habe Jerome nicht verraten, dass du auch Element Wind bist."

Er forschte in meinem Gesicht, wie ich darauf reagierte.

„Ich glaube dir“, antwortete ich und war mir sicher, dass er mich nicht anlog. Einige Augenblicke standen wir verlegen voreinander und sagten nichts. Dann räusperte Leo sich und fragte: „Gehst du auch gerade nach Hause?“ Ich nickte, obwohl es offensichtlich war, und wir setzten uns gemeinsam in Bewegung.

„Der Rat hat mir aufgetragen, mich um Jerome zu kümmern. Er hat sonst niemanden da draußen“, sagte Leo im Plauderton wie Freunde ihn anschlugen.

„Oh“, entfuhr es mir. Das war bestimmt nicht leicht für ihn. Ich hatte mich schon gefragt, welche Aufgabe der Rat für Leo ersonnen hatte, damit er seine Verfehlungen wieder gut machen konnte. Sie gaben Leo die Chance, mit seiner Vergangenheit aufzuräumen. Wieder einmal fragte ich mich, ob ich auch irgendwann auf solche weisen Entscheidungen kommen würde.

„Er weiß gar nichts mehr. Ich erfinde eine harmlose Geschichte über sein Leben. Ich bin darin der Sohn seines Bruders. Sonst hat er keine Familie.“

„Das ist okay“, bestärkte ich ihn und merkte, wie sehr Leo das Bedürfnis hatte, darüber zu sprechen.

„Nur eins lässt ihn nicht los: eine Anlage, die er bauen wollte und die das C02 aus der Luft filtert, ohne Rückstände. Er betont immer, dass es ohne Rückstände ist. Er verzweifelt daran, dass ihm nicht mehr einfällt, wie er das eigentlich anstellen wollte. Seiner Erinnerung fehlt die ganze magische Welt, weißt du.“

Das war also das neue Projekt, was Jerome bereits im Anschlag gehabt hatte. Und wahrscheinlich wäre Gregor wieder daran beteiligt gewesen. Die Atmosphäre der magischen Akademie wäre als Nächstes mit C02 vergiftet worden. Oder die Welt selbst? Irgendein bestimmtes Land? Europa? Amerika?

Durch Durchgänge, deren Quelle niemand finden konnte? Irgendsowas.

„Aber niemand nimmt sein Gefasel ernst. Es ist zusammenhangslos. Ich sage ihm immer wieder, dass er Elektriker ist. Dann nickt er und versucht, sich zu erinnern. An den Unfall. Mit einem offenen Stromkabel … Nur die Malariaanfälle, die sind schlimm. So etwas möchte niemand erleben. Ich wünschte, niemand müsste sie haben, auch wenn sein Vergehen noch so groß war …"

Für einen Moment war ich unruhig. Wollte Leo wieder auf die alten Theorien hinaus? War er doch nicht der Meinung, dass …

„Ich würde dagegen gern was tun, weißt du. Es ist schwer, das mit anzusehen", schob er hinterher und ich wollte in dem Moment auf keinen Fall die Last tragen, die er zu stemmen hatte. Leos Gesicht war voller Schmerz. Ich verstand, dass er es für richtig hielt, Jerome unschädlich zu machen. Aber dass ihm die Nebenwirkungen wehtaten, als wäre Jerome sein Vater. Wahrscheinlich war er das, ein Vater-Ersatz. Irgendwann würde ich die Hintergründe besser verstehen.

Ich dachte an all die anderen Betroffenen, die diese Malariaanfälle hatten. In dem Moment wusste ich, dass ich diejenige war, die dieses Problem zum Thema ihres Studiums machen würde. Das würde ich! Sofort fielen mir die Mitglieder des magischen Geheimbundes ein.

„Weißt du denn, was jetzt mit Jeromes Leuten wird? Was werden sie tun? Sind sie gefährlich? Auch ohne Jerome? Wird jemand anders ihre Führung übernehmen?"

Ich rechnete damit, dass Leo immer noch Kontakt zu ihnen hatte. Die Frage war nur, in welcher Form? Und ob er mir davon überhaupt erzählen würde. Seine Antwort überraschte mich.

„Sie wurden abermals gelöscht. Allesamt."

„Was?“ Ich musste stehen bleiben. „Sie haben sie gefunden? So viele Jahre nicht und dann so schnell?“

Leo ging einfach weiter. Ich setzte mich in Bewegung, um ihn wieder einzuholen.

„Ich habe sie hingeführt.“

Leos Geständnis hieb mich um. Ich blieb erneut stehen.

„Du? Du hast sie verraten?“

Diesmal blieb Leo auch stehen.

„Du hast mich zurückgewiesen. Aber ich habe darauf vertraut, dass du diejenige bist, die das Richtige tut. Das hat mich geleitet.“

Jetzt war ich noch überraschter und wusste nichts zu sagen. In einer unübersichtlichen Situation versagen Strategie und Berechnung. Und auch wenn er fast anbiedernd klang, was er getan hatte, zählte. Leo hatte nach seinem Herzen gehandelt. Und darin war ich.

„Das … tut … mir leid.“

Ich wich Leos Blick aus und wusste nicht, wo ich hinschauen sollte.

„Was tut dir daran leid? Dein Herz ist vergeben, auch wenn …“

Er seufzte und zwang sich, den Satz nicht zu beenden.

„Dein Herz ist vergeben. Punkt.“

Leo lief wieder los. Ich folgte ihm und verstand, dass er mit seinem Hass auf Tim wohl auch noch eine Weile zu kämpfen haben würde. Auf einmal fühlte ich eine ganz neue Art von Zuneigung zu Leo. Leo war in Ordnung. Ich hatte mich nicht in ihm getäuscht und war irgendwie erleichtert, dass meine Leidenschaft für ihn nicht durch und durch dunklen Mächten gegolten hatte, sondern jemandem, der einfach genauso unfertig und verwirrt war wie ich. Ich wollte irgendwas Tröstliches sagen: „Und wenn schon, er ist mit Minchin zusammen, für immer.“

„Für immer? Quatsch. Das wird schon noch." Es klang kein bisschen verächtlich oder ironisch. Leo klang ernsthaft überzeugt und wollte mir Mut machen. Und das schaffte er. Wie gern wollte ich seinen Worten glauben.

„Siehst du, jetzt lächelst du sogar mal wieder." Er boxte mich verschwörerisch in die Seite, als wären wir schon lange alte Freunde.

Wir kamen an dem Abzweig zu seinem Haus an. Die kleinen roten Lampionblumen schimmerten durch die Büsche. Ich war Leo so dankbar, stolz auf ihn, auf mich, auf uns, weil wir es packen würden, und umarmte ihn einfach. Ich atmete wieder seinen Duft. Ich brauchte mich nicht mehr dagegen sträuben, weil ich jetzt wusste, auf welche Art ich ihn mochte.

„Schlaf gut", sagte ich. Er drückte mich einmal kurz und fest.

„Du auch."

## 56

Ein herrlicher Morgen begrüßte mich, als ich die Augen aufschlug. So gut geschlafen hatte ich schon lange nicht mehr. Ich fühlte mich ausgeruht, irgendwie wie neu, sprang aus dem Bett, zog die Vorhänge zurück und betrachtete die wunderschöne Märchenbuchlandschaft, die sich unter meinem Fenster ausbreitete. Leos Haus war darin nun überhaupt kein Störfaktor mehr. Ein Glück, dass er auf mich zugegangen war. Alles in meinem Leben war mächtig durcheinandergewirbelt worden, aber zum ersten Mal empfand ich eine tiefe Zuversicht, dass die Dinge in eine neue Ordnung kamen, auch wenn ich über vieles noch eine ganze Weile traurig sein würde.

Ich dachte mit einem leichten Unwohlsein an mein heutiges Vorhaben und wählte aus meinem gut gefüllten Kleiderschrank ein schlichtes, weißes T-Shirt und eine weiße Kniehose aus Baumwolle, leichte Sachen, die mich nicht behindern würden.

Unten in der Küche wartete ein Bananen-Kakao-Shake auf mich, den Neve mir hingestellte hatte. Sie war schon in aller Frühe nach Berlin aufgebrochen, zu ihrem Pianisten, der Tom hieß und in den sie sich verliebt hatte. Er lebte in einem heruntergekommenen, alten Haus, mitten im schicken Prenzlauer Berg, das die sanierungswütigen Immobilienhaie der Nachwendezeit vergessen zu haben schienen. Immer zu Mitternacht, nach seiner Arbeit am Tresen einer Eckkneipe, suchte er seinen Flügel auf, den er in einem Raum schalldicht eingemauert hatte, damit ihn niemand hörte, und komponierte an einem Stück. Eine wunderschöne Melodie, erzählte Neve, aber ihm schien das Zutrauen zu fehlen, es jemals fertigzubekommen oder irgendwann an die Öffentlichkeit zu gehen mit seinem Talent. Das Ganze klang nach einer komplizierten Geschichte und ich war mir nicht sicher, ob Neve es überhaupt jemals wagen würde, sich ihm zu zeigen. Denn bisher geisterte sie nur unsichtbar um ihn herum und belauschte ihn beim Komponieren.

Ich hatte sie gebeten, mir ein dickes großes Tagebuch mitzubringen. Ich wollte beginnen, alles aufzuschreiben – solange, bis wieder Ordnung in mir herrschte. Meine Geschichte und die meiner Mutter. Ich trank die letzten Schlucke meines Shakes aus, stand entschlossen auf und machte mich auf den Weg zu den Undinen.

Ich lief den Waldweg entlang, den ich bei meiner ersten Ankunft in der magischen Welt mit Neve gekommen war. Inzwischen war er mir lieb und vertraut geworden. Die Blüten in der Luft klangen, als hingen überall feine Windspiele an den Ästen. Kleine weiße Vögelchen schwirrten mir über dem Kopf und begleiteten mich zum See. Ich sah mir die Kräuter am Wegesrand näher an. Ob Ranja mir irgendwann verriet, welches Kraut das Geisterkraut war, von dem meine Mutter genommen hatte? Oder verschloss sie dieses Wissen seitdem und würde es nicht noch einmal preisgeben?

Die Oberfläche des Wassers lag ohne jede Rührung da, ein riesiger glitzernder Spiegel, geschmückt mit vielen kleinen, weißen Blüten. So, wie immer. Vielleicht war das nach meinem Dom der schönste Ort, den ich kannte. Ich freute mich bereits wieder auf meine glitzernde Kirche in Miniaturausgabe, in der ich mein Tagebuch schreiben würde.

Ich sah mich um. Niemand weit und breit zu sehen. Ich befand mich völlig allein am Strand. Die ersten Schritte in das kühle Nass kosteten mich wie immer ziemliche Überwindung. Aber seit ich wusste, dass ich im Wasser nicht mehr ersticken konnte, jagte es mir keine Angst mehr ein. Endlich konnte ich es genießen. Am Anfang spürte ich die unangenehme Kälte. Doch wenn ich hineintauchte, verschmolz ich mit dem Element, schien mit ihm eins zu werden und genoss seine samtene Weichheit. Ich war das Wasser. Ich glitt dahin, wand und schlängelte mich mit einer Leichtigkeit, die ein wohliges Gefühl im ganzen Körper erzeugte. Das Atmen von Wasser kam mir sogar fließender und natürlicher vor, als das Atmen von Luft. Vor einiger Zeit hätte ich jeden verspottet, der behauptete, dass Wasser einmal mein Lieblingselement werden würde. Aber inzwischen war es das. Das Element meiner Mutter.

Unter mir zogen wunderschön glitzernde Korallenriffe vorbei. Sie sahen nicht aus wie gewöhnliche Korallen, eher wie eine riesige Ansammlung von Rubinen, Topasen und Smaragden. Ein Funkeln unter einigen glänzenden langen Blättern erregte meine Aufmerksamkeit: Ich hatte eine besonders schöne Murmel entdeckt, die zwischen weißem Gestein im Sand ruhte. Ich tauchte hinab und holte sie mir. Die würde ich Pio bringen, als Dank für den Brief von meiner Mutter. In diesem

Moment empfand ich eine besondere, fast sentimentale Dankbarkeit – für das Leben, für das, was ich war, was ich erleben durfte und was ich werden würde. Auch, wenn so viel Schmerz dazugehört hatte. So war das Leben eben. Ein kompliziertes Netz aus Liebe und Schmerz.

Die wunderschöne Unterwasserlandschaft, durch die ich schwamm, erinnerte mich an meinen Traum. Der Traum, an den ich öfter dachte und den ich wohl nie vergessen würde. Er war das Idealbild für mein Leben. Der Traum, in dem ich mit dem Jungen dahinglitt und dieses Vibrieren zwischen uns war, das Gefühl von tiefer, umfassender Liebe. Ich hatte keinen Zweifel mehr, wer es war. Es war Tim. Es war nie jemand anderes gewesen. Ich wünschte mir, dass der Traum wahr werden könnte, wenn ich nur oft genug daran dachte.

Das Wasser veränderte in Abständen unmerklich seine Farbe, von Tiefblau auf Lagunengrün, auf Himmelblau und dann wieder lindfarben, als wären am Grund der magischen Wasser unzählige LED-Lämpchen angebracht, die ihre Farbe wechseln konnten. Ich wusste nicht, wie lange ich schon unterwegs war. Von den Undinen war nirgends eine Spur zu entdecken. Dabei hatte ich die ganze Zeit fest an sie gedacht, genauso hatten wir damals den Durchgang gefunden, als ich mit Atropa auf der Flucht war. Die Gedanken übertrugen sich auf das Wasser und eröffneten den Weg, erklärte Atropa mir später. Deshalb erfuhren auch die Undinen davon, wann immer jemand auf dem Weg zu den Durchgängen war. Wahrscheinlich war das die Lösung, schoss es mir durch den Kopf: Ich durfte nicht nur an die Undinen denken, sondern musste mir den Durchgang zum Ziel setzen.

Kurze Zeit später entdeckte ich das blaue Licht vor mir, als flösse all das Wasser auf einen tiefblauen Himmel zu und vereine sich in diesem Punkt. In die Wassermassen um mich kam eine leichte Bewegung. Ich spürte, ich war nicht mehr allein. Dann sah ich die Schatten der ersten Undinen.

Wie beim ersten Mal schwammen sie erst mit großem Abstand, dann immer näher neben mir her, während ihre Anzahl größer wurde. Ich hörte auf, auf das blaue Licht hinzuschwimmen und ruderte auf der Stelle. Die Undinen verlangsamten sich und schienen irritiert. Sie wirkten nach wie vor atemberaubend schön und zugleich sehr fremd auf mich. Aber sie schienen allesamt gesund. Ich richtete das Wort an sie und staunte, wie hoch und dünn meine Stimme unter Wasser klang: „Ich bin Kira und weiß, dass ich den Durchgang nicht passieren darf. Aber das will ich auch gar nicht. Ich bin hier, weil ich euch finden wollte, um mich zu entschuldigen wegen des Seebebens und meines Ausbruchs, und weil ich wissen wollte, ob es noch kranke Undinen gibt und ob ich helfen kann."

Nichts geschah. Niemand antwortete mir. Die Undinen glitten um mich herum. Das blaue Licht hinter ihnen ließ sie wie Schatten erscheinen, sodass ich ihre Gesichter nicht erkennen konnte. Vielleicht sprachen sie mit niemandem, der nicht ihresgleichen war. Oder verstanden sie mich nicht? Aber das konnte nicht sein. Minchin hatte mich auch verstanden und mit mir gesprochen. Das Wasser schien sich zu verdunkeln. Leise Angst kroch in mir hoch. Ich versuchte, mich weiter auf der Stelle zu bewegen und dabei keine schnellen Bewegungen zu machen. Sie vertrauten mir nicht. Ich versuchte es noch einmal: „Ich komme in friedlicher Absicht. Es tut mir leid, was damals passiert ist. Aber ich musste …"

Plötzlich tauchte ein Gesicht vor mir auf. Es war eine männliche Undine mit fließenden, weißen Haaren bis zu den Schultern. Seine Augen waren tief und blau. Die durchscheinende Schönheit dieser Wesen nahm mir immer wieder den Atem. Ich verstand einmal mehr nicht, warum Minchin nicht mit Ihresgleichen zufrieden war.

„Es gibt keine Undinen mehr, die krank werden. Aber es gibt Undinen mit Verletzungen …" Seine Stimme war glockenhell, sodass ich unwillkürlich die Hände gegen meine Ohren hielt, um sie etwas zu dämpfen. Ich verstand nicht sofort. Aber dann war es klar. Bei dem Beben hatte es Verletzte gegeben.

„Ich …" Ich verschluckte mich ein wenig beim Atmen. Mein Herz hämmerte gegen die Brust. Ich hatte die Undinen gegen mich aufgebracht. Ich wusste, dass sie Menschen in den magischen Wassern ertrinken ließen, ohne dabei irgendeine Empfindung zu haben. Vielleicht war es einfach dumm von mir gewesen, sie so schutzlos und naiv aufzusuchen. Undinen waren keine Menschen. Sie dachten und fühlten anders.

Reiß dich zusammen, sie kennen deine Macht, befahl der Gregor-Anteil in mir. Oder vielleicht war er auch von Alexander. Was für blödsinnige Luisa-Gedanken. Ich war es einfach selbst! Ich erhob meine Stimme und staunte, wie hell auch sie unter Wasser klang, wenn ich mich bemühte, lauter zu sprechen: „Ich weiß, dass ich mich schuldig gemacht habe. Bitte gebt mir die Möglichkeit, mein Vergehen wieder gutzumachen und bringt mich zu den Verletzten."

Das schöne Gesicht vor mir verschwand. Die Undinen um mich wurden unruhig. Der Undinen-Mann hatte ihnen irgendein Zeichen gegeben. Sie wanden sich immer enger um mich, als wollten sie mich ersticken. Ich zitterte. Eine neue Panik ergriff mich, dass ich unter Wasser plötzlich doch nicht mehr atmen konnte, dass die Angst mir die Fähigkeit nahm, dass auf meine Fähigkeiten noch kein Verlass war. Wie konnte ich mich nur erneut unerlaubt einem der Wasser-Durchgänge nähern? Nichts war leichtsinniger.

Doch sie erstickten mich nicht. Sie zogen mich mit sich fort. Und mein Wasser-Atem versagte nicht. Für eine Weile sah ich nichts weiter als die dunklen Schatten um mich. Dann stoben sie auseinander und gaben einen Ort frei, der noch märchenhafter wirkte als alles, was ich bisher in der magischen Welt gesehen hatte. Es war eine riesige Wurzel mit unzähligen Verästelungen. Aus dem Geäst heraus leuchtete helles weißes Licht. Der Boden war vollständig bedeckt mit einem dichten weichen Moos, auf dem kleine weiße Blümchen blühten. Lauter Undinen glitten durch die Öffnungen zwischen dem Wurzelwerk hinein und hinaus. Jede schien hier eine Wohnung zu haben. Das Ganze wirkte so friedlich, hübsch und lieblich wie eine heile Welt, an der es nie ein Unglück geben konnte. Die Undinen zogen mich hinein in das Innere der Wurzel. Wir tauchten durch gewundene Gänge aus Wurzelarmen, die sich plötzlich zu einem riesigen Hohlraum öffneten, der von vielen glitzerweißen Punkten an den Wurzelwänden beleuchtet war.

Hier schliefen Undinen in kleinen, fast unsichtbaren Netzen, die in ihrer Feinheit Ähnlichkeit hatten mit Spinnenweben. Der Undinen-Mann mit dem wunderschönen jungen Gesicht glitt wieder auf mich zu.

„Hier pflegen wir die Kranken."

Er gab mir ein Zeichen, ihm zu folgen. Die anderen Undinen, die mich herbegleitet hatten, blieben zurück und verschwanden wieder in den Gängen der Wurzel. Ich glitt hinter ihm her.

Die kranken Undinen hingen regungslos in ihren Netzen, wie Nixen, die man mit Fischernetzen eingefangen hatte. Sie wirkten wie schleierhafte Wesen, die unvollständig gezeichnet waren. Der einen fehlten die langen weißen Haare, der anderen Arme, Beine oder Hände. Die unvollständigen Körperteile wurden an den Enden blass und verflossen mit dem Wasser. Darin befanden sich kleine dünne Blutfäden, die sich bald ganz verloren. Ich erinnerte mich an die kranke Undine, die sie damals weggebracht hatten. Nur dass das Blut bei ihr aus dem Mund gekommen war. Das hier waren alles Opfer des Unterseebebens. Ich fühlte mich bei dem schrecklichen Anblick furchtbar elend und nur ein Gedanke beherrschte mich: Und wenn es doch zu spät dafür war, nicht wie die alte Clarissa und mein Vater zu werden?!

Ich bewegte mich nicht mehr, hatte die Arme um mich geschlungen und verharrte so im Wasser, abgewandt von den verletzten Undinen, damit ich sie nicht mehr ansehen musste. Der Undinen-Mann drehte eine Runde um mich. Dann nahm er meine Hand und zog mich fort. Ich erschrak, wie kühl seine Hand war.

„Was habt ihr jetzt mit mir vor?"

Meine Frage war nur ein Flüstern.

„Wir möchten dir danken."

„Was?" Ich verstand nicht recht. Ich verstand überhaupt nichts. Ich musste mich komplett verhört haben.

„Tim, der Menschenmann. Er hat uns von der Seuche befreit. Aber er sagt, dass er es ohne dich nicht geschafft hätte."

„Aber …"

Ich drehte mich zurück zu den verletzten Undinen und versuchte, mich gegen seinen Griff zu wehren. Aber obwohl die Hände der Undinen zart und durchscheinend waren, waren ihre Kräfte eisenhart.

„Für Menschen sieht es schlimmer aus, als es ist. Keine von ihnen befindet sich in Lebensgefahr. Sie schätzen es sehr, dass du gekommen bist. Sie werden wieder gesund."

Er zog mich mit sich, während ich darüber nachgrübelte, was er gesagt hatte: Tim hatte mit den Undinen gesprochen? Aber wie?

Wir schwebten von oben in ein monumentales Gewölbe. Hier leuchtete alles in grün, glitzernd vom Licht filigraner Algen, die an dem komplizierten Wurzelwerk wuchsen. Unten hatten sich unzählige Undinen versammelt. Sie saßen ganz still im Halbkreis auf dem moosigen Boden, der auch hier weiße Blüten trug. Ich erkannte Sulannia unter ihnen. Sie hob sich ab von allen mit ihrem intensiv blauen Gewand und den dunklen, fließenden Haaren. Vor ihnen ragte der dicke Arm einer Wurzel im Halbbogen aus dem Moos und bildete so etwas wie einen Podest. Und darauf stand Tim. In seinem Taucheranzug. Die Blasen seiner Sauerstoffflasche stiegen nach oben. Es sah unwirklich aus: ein Mensch mit so schwerfälligen Geräten zwischen all diesen wendigen Wasserwesen.

Er blickte zu mir hoch, als wenn er mich erspürt hatte. Aber ich konnte seinen Gesichtsausdruck hinter der Taucherbrille nicht erkennen.

Ich starrte ihn perplex an. Warum war er hier? Warum war ich hier? Mein Gehirn schien vorübergehend seinen Dienst einzustellen. Ich verstand die ganze Situation nicht. Plötzlich erschien Minchin aus dem Geäst der Wurzeln hinter ihm und nahm seine Hand. Mein Körper machte einen Ruck nach vorn. Etwas wollte sich blindlings auf sie stürzen. Da stand meine Feindin, die nicht nur ihr Volk fast vernichtet hatte, sondern mir auch meine Liebe nahm.

Die Fragen in meinem Kopf überschlugen sich. Hatten sie ihr etwa verziehen? War sie gerade dabei, Tim ihrer Familie vorzustellen? Wurde Tim darin als Held gefeiert? Wussten die Undinen vielleicht gar nicht, dass Minchin an der ganzen Katastrophe beteiligt war? War Tim längst in sie verliebt? Mein Herz hämmerte. Ich spürte die altbekannte Hitze. Jetzt nur keinen Feueranfall bekommen und alles schlimmer machen. Oder doch? Vielleicht konnte ich ja nicht anders und war zu sehr das Blut von Alexander und Clarissa, der früheren Clarissa. Vielleicht war ich einfach nicht dafür geschaffen, die mir gegebenen Energien positiv zu nutzen. Irgendeine kleine Stimme schrie in mir, mit diesen fatalen Gedanken aufzuhören.

Ich schlang erneut die Arme um mich. Diesmal, um mich im Zaum zu halten. Neben Minchin tauchte jetzt eine auffällig große Undine auf. Wieder ein wunderschöner Undinen-Mann.

Es machte den Eindruck, als wenn sie immer in ihren schönsten Jahren blieben. Hatte Minchin diese Zeitlosigkeit etwa aufgegeben, nur um ein Mensch zu werden? Warum?

Die Stimme dieses Undinen-Mannes klang jedoch nicht so jung und glockenhell wie die meines Begleiters. Er begann mit einem Bass zu sprechen, der machtvoll war und weniger wehtat in den Ohren.

„Minchin ist zu uns zurückgekehrt. Zu ihrer Familie. Sie hat uns großen Schaden zugefügt und sie hat uns den Menschen-Mann gebracht, der uns gerettet hat."

Okay, sie wussten Bescheid über Minchins Vergehen. Der Undinen-Mann fuhr fort: „Das ist eine sehr schwierige Situation. Die Versammlung wurde einberufen, um über das weitere Schicksal von Minchin abzustimmen. Ich bin das Oberhaupt der Undinen und Minchin ist meine Tochter. Trotzdem verpflichte ich alle Undinen, diesen Umstand ins Gegenteil zu verkehren. Sie hat keine Schonung verdient, sie hat als meine Tochter eine größere Verantwortung als wir alle. Aber sie hat sie mit Füßen getreten und große Trauer unter Familien von uns verursacht. Doch zuerst wollen wir ihren Menschenmann sprechen lassen, der uns vom dunkelsten Kapitel unserer ganzen Geschichte befreit hat."

„Ihren Menschenmann …" Ich kämpfte gegen die aufsteigende Hitze. Sie durfte nicht in meinen Kopf gelangen. Dann war es aus. Außerdem wollte ich nicht wissen, was Tim zu sagen hatte. Ich wollte keinen wässrigen Dank, weil ich zufällig vorbeigekommen war. Das war das Allerletzte.

Minchin tat etwas, was bei mir die letzte Sicherung durchbrennen ließ. Sie hob die Taucherbrille von Tim an. Sein Gesicht verschwand hinter ihren weißen, sich in alle Richtungen ringelnden Haaren aus meinem Blickfeld. Ich sah nur noch, wie Tim die Augen schloss und … sie ihn küsste. Das tat sie meinetwegen! Diese infame Seekuh! Es konnte keinen anderen Grund geben.

Ich wollte mich einfach nur auf sie stürzen, aber ich tat das Gegenteil. Ich ergriff die Flucht und schoss davon. Im Blickwinkel registrierte ich noch das überraschte Gesicht der Undine, die mich hierhergeführt hatte. Doch es war die Feuerenergie, die mich antrieb wie eine Raketenturbine, und die niemandem die Chance gab, mich aufzuhalten. Ich flitzte durch das Geäst der Wurzeln, einfach dem veränderten Licht nach, was hier und da durch kleine Lücken im Wurzelgeflecht von draußen hereinschimmerte. Und dann war ich draußen. Ich wollte nur eins, so viel Abstand zwischen die unselige Wurzel und mich bringen wie möglich, um sie vor mir selbst zu schützen. Ich schoss wie ein Torpedo in das tiefe Blau hinein. Ich visualisierte vor meinem inneren Auge das Ufer des magischen Sees, um nach Hause zu finden. Ich wollte nie wieder in die Realität, wo es fast nichts mehr gab, was mich noch an Heimat erinnerte. Sondern nach Hause, in die magische Welt.

Ich schleppte mich an das Ufer, ließ mich auf den von Blüten bedeckten Strand fallen und blieb einfach liegen. Unter einem Baum, im Blütenmeer. Ganz so wie am Anfang. Über mir der Himmel, unermesslich tief scheinend und doch nur eine Ausstülpung innerhalb der realen Welt. Oder war es umgekehrt? Die reale Welt nur eine Ausstülpung der magischen? Ich wusste noch so wenig. Ich fühlte mich hingeworfen wie ein Samenkorn, von dem keiner sagen konnte, ob es überhaupt keimen oder was aus ihm wachsen würde. Immerhin gab es einen winzigen Trost. Ich hatte mich nicht auf Minchin gestürzt und damit eine weitere Katastrophe vom Zaun gebrochen. Ich hatte auf die kleine, aber wohl durchsetzungsstarke Stimme in mir gehört und war geflohen. Ich war anders. Etwas in mir war anders geworden, auch wenn ich dem noch nicht vertraute. Ja, es gab Rückfälle. So wie der heute. Es gab noch all diese Wunden, aber ich ging nach vorn. Ich folgte meinem Ziel. Wieder hatte ich eine Prüfung bestanden. All das war wichtiger als … Ich wollte weder an ihn noch seinen Namen denken. Vielleicht war das die wichtigste Aufgabe für die nächste Zukunft. Darauf musste ich mich jetzt besinnen.

Ich erhob mich. Ich musste fort von dem See, fort von den Undinen. Vielleicht war Wasser doch nicht mein Lieblingselement. Ich spazierte in den Wald. Die aufkommende Dämmerung verzauberte ihn mit ihrem einzigartigen Licht aus Gold, Purpur, Azurblau und Silber. Ich ging und versuchte, meinen Kopf leerzuhalten. Bald kam ich an die mir vertraute Wegbiegung. Ich betrat den kleinen krautigen Pfad und fragte mich, ob dieses tiefgrüne Gewächs mit den hellblauen Blüten das Geisterkraut war? Ich pflückte davon einen kleinen Strauß, der verführerisch süß duftete. Dann tauchte er vor mir auf. In der Abendsonne. Mein kleiner, bunter, verspielter Dom. Still und treu und immer vorhanden. Einzig und allein für mich. Ich ließ mich auf der steinernen Bank davor nieder, die noch vom Tag gewärmt war. Als es dunkler wurde, ging ich hinein. Ich besaß noch kein Tagebuch, aber auf der ersten Kirchenbank ganz vorne hatte ich bereits ein paar Bögen Papier und einen Stift deponiert. Ich nahm mir einige der schlichten flachen Schaumstoffkissen und breitete sie auf der Bank aus. Dann legte ich mich darauf und begann zu schreiben:

> Ich bin Kira. Und das ist meine Geschichte. Es ist nicht die, die Pio aufschreiben wird. Es ist meine Eigene …

Ich ließ die Gedanken schweifen. An welcher Stelle meines Lebens sollte ich beginnen? An diesem Abend kam ich noch nicht weit und schlief nach den ersten zwei Zeilen müde und erschöpft ein.

## 57

Ich sah orangefarbenes Licht durch meine geschlossenen Lider und spürte Wärme in meinem Gesicht. War das etwa die Sonne? War es schon wieder Morgen? Ich versuchte, mich zu rühren, aber meine Knochen taten mir alle weh. Augenscheinlich hatte ich die ganze Nacht auf der Kirchenbank verbracht. Ich blieb noch eine Weile so liegen. Bis mich ein Schreck auffahren ließ. Etwas Dunkles hatte sich vor die Sonne geschoben. Ich blinzelte und versuchte die Schattengestalt im Gegenlicht zu erkennen. Die Sonnenstrahlen, die von hinten durch die Fenster schienen, ließen ihre Haare golden schimmern. Vor mir stand Neve und sah mal wieder aus wie ein echter Engel. Ihr langes dünnes weißes Kleid und die sakrale Umgebung verstärkten den Eindruck noch. Im ersten Moment war ich erleichtert. Natürlich, sie hatte mich gesucht, weil ich die Nacht nicht nach Hause gekommen war. Aber dann trat ein zweiter Schatten neben sie. Wie konnte Neve jemanden hierher mitbringen? Es war mein ganz persönlicher Ort. Niemand sonst hatte Zutritt dazu! Und dann erkannte ich ihn.

Es war kein geringerer als Tim. Mir fiel ein, dass ich die ganze Nacht von ihm geträumt hatte. Irgendwas Schönes. Mein erster Impuls war, ihm um den Hals zu fallen. Aber ich besann mich, dass der Traum ausgeträumt war und die Realität anders aussah. Ich hätte mir denken können, dass er mich nach dem gestrigen Erlebnis aufsuchen würde, um alles zu erklären. Augenscheinlich konnte er sich in der magischen Welt jetzt alles erlauben.

„Siehst du, ich dachte mir, dass sie hier ist“, sagte Neve zu Tim.

„Warum hast du ihn hergebracht?“, fuhr ich sie an und Neve schrak zusammen, als hätte sie überhaupt nicht mit so einer Reaktion gerechnet. Sie verstand wirklich nichts von Liebesdingen. Das da mit ihrer Liebe zu diesem Komponisten würde wohl ein langer Weg werden.

„Das ist MEIN persönlicher Ort. Die Regel sagt, dass ICH bestimme, wer ihn aufsuchen darf!“ Ich sprang auf und kam dicht vor Neve zum Stehen. Ich war ein Stück größer als sie, während sie jetzt noch ein wenig mehr zusammenschrumpfte. Tim, der neben uns stand, beachtete ich überhaupt nicht.

„Ich will keine blöden Entschuldigungen. Ich will, dass ihr verschwindet. SOFORT!“

Der ganze kleine Dom hallte von meinen Worten wieder. Wie sollte ich je meinen inneren Frieden finden, wenn nicht mal hier Ruhe war?!

„Aber …“, begann Neve. Doch Tim schob sich zwischen uns. Er trug eine Shorts aus Jeans und ein eng anliegendes, weißes T-Shirt. Neve hatte ihn wohl eingekleidet. Das machte sie ja am liebsten.

Tim umschloss mich mit seinen Armen, sodass ich mich kein bisschen rühren konnte. Ich staunte, dass es diese Momente gab, in denen all meine Superkräfte völlig unbrauchbar wurden. In denen Tim als normaler Mensch trotzdem mächtiger war. Warum umarmte er mich? Warum tat er das? Meine Fäuste stemmten sich gegen seine Brust. Mit jedem Atemzug, mit dem ich den Duft von Tim einsog, wurden sie allerdings unentschlossener. Tim duftete nach Wärme, Sonne, Meer und Sommer. Das war ein kitschiges Bild. Aber das symbolisierte er für mich: Frieden und das Glück, wonach ich mich sehnte.

„Alles ist gut. Ich bin frei. Wir können zusammen sein. Endlich!“

Ich hörte seine Worte, die er mir in meine Haare flüsterte. Aber das war doch Blödsinn. Ich musste mich verhört haben.

Er ließ ein bisschen locker und versuchte, meinen Blick zu finden. Ich wagte es nicht, ihn anzusehen.

„Kira, hörst du mich?“

„Ist das wahr?“, flüsterte ich.

„Ja, das ist es.“ Ich verstand zwar überhaupt nichts, aber ich spürte, dass er die Wahrheit sagte. Es war einfach so unwirklich. Tim in der magischen Welt, in Sommerkleidung und Sommerlaune und alles sollte rundum in Ordnung sein?!

„Ja, es ist wahr!“, rief er noch einmal, hob mich hoch und wirbelte mich herum. Mitten auf dem Altar. Dann gab er mir einen ganz sanften Kuss und ich beschloss, nicht mehr herausfinden zu wollen, wo Träume, Realitäten und magische Welten begannen oder wieder aufhörten oder ineinander übergingen. Neve schien sich wie immer in solchen Momenten zurückgezogen zu haben. Er zog mich auf den kühlen Steinfußboden, genau in den Kreis der Sonne, den sie dorthin malte, und nahm meine Hände. Ich sah in seine strahlenden Augen. Wir lachten uns an, ich schüttelte den Kopf, er schüttelte den Kopf, wir konnten es kaum glauben. Ich fand zuerst meine Worte wieder:

„Wie … Wie hast du es geschafft?“

„Minchin hat mich freigegeben.“

„Freigegeben? Ohne dich zu töten? Aber …“

„Sie hat ein Opfer dafür bringen müssen, ein großes Opfer. Aber am besten von vorn.“

Tim seufzte und umarmte mich noch einmal. Wir konnten nicht aufhören, uns gegenseitig anzustrahlen. Dann fing er an zu erzählen:

„Weißt du, die Tage mit Minchin in meinem Zimmer gehören wohl zu den schrecklichsten meines Lebens. Jemandem so nahe zu sein, den man nicht liebt. Gezwungen zu sein und das für immer … Sie war furchtbar launisch, sie war es nicht gewohnt, dass jemand immun gegen ihr Äußeres blieb …"

„Selbst unter den Undinen sticht sie ja mit ihrer Schönheit hervor." Ich konnte mir eine Bemerkung, die ihre beneidenswerte Schönheit noch unterstrich, nicht verkneifen. Tim machte nur eine wegwerfende Bewegung und antwortete: „Minchin ist vielleicht die Schönste im ganzen Land, aber hinter den Bergen, bei den magischen Hexen, Engeln und Feen …"

„Ja, ja … schon gut!", unterbrach ich ihn, während er meine Hand zu seinem Mund führte und sie küsste. Ich spürte ein Kribbeln auf meiner Haut. Wahrscheinlich würde ich noch ewig verlegen sein in Tims Gegenwart.

„Was hast du deinem Vater erzählt?", fragte ich ihn schnell.

„Ach, dass es Liebe auf den ersten Blick war und wir zusammenziehen wollen. Aber er hat es mir nicht richtig abgenommen und versucht, mir ins Gewissen zu reden, ich solle nicht nach Äußerlichkeiten gehen, er merke, dass ich doch gar nicht von ihrem Wesen berührt sei. Trotzdem musste er Minchin dauernd anstarren. Sie hat ihn verwirrt, trotz seines Schwurs auf innere Werte. Anstrengend jedenfalls, dauernd auch noch von meinem Vater beobachtet zu werden. Meinetwegen sollte Minchin schnell eine Wohnung finden. Jeden Tag sahen wir uns neue Lofts oder Villen an. Aber nichts war ihr gut genug."

„Lofts oder Villen? Aber wie wollte sie das denn finanzieren?"

„Undinen sind unerhört reich. Wusstest du das nicht? Ihnen gehören Steine und Korallen, die nur im magischen See vorkommen und in der realen Welt unvorstellbar wertvoll sind. Natürlich bewachen die Undinen diese Schätze, sodass sich niemand aus der magischen Welt daran bereichern kann. Trotzdem sind über die Jahrhunderte immer wieder Steine und Korallen in die reale Welt gelangt, wurden dort für hohe Preise gehandelt, während sich um ihre Herkunft Geschichten und

Legenden ranken und es nicht wenige Taucher gibt, die in den Meeren und Seen der Welt danach suchen."

„Sie ist unerhört schön und unerhört reich … trotzdem ist ihr Leben so … schwierig …", überlegte ich.

„Das reicht eben nicht aus, um aufrichtig geliebt zu werden. Meist ist es sogar kontraproduktiv", resümierte Tim. Ich nickte, für den Moment tat mir Minchin fast leid, obwohl ich sie gleichzeitig verabscheute.

„Und wie ging es weiter, hat sie denn was gefunden?"

„Ja, ein Schloss in Brandenburg. Aber als es so konkret wurde, war mir klar, ich würde dort niemals mit ihr einziehen. Ich wollte nirgendwohin ziehen mit Minchin. Ich wollte das alles nicht. Jedes Mal, wenn ich die Beherrschung verlor wegen der ganzen Situation und Minchin spürte, dass sie meine Liebe nicht erringen würde, bedrohte sie mich mit dem Tod. Irgendwann war mir das einfach egal. Wahrscheinlich würde es besser sein zu sterben, als sein Leben mit jemandem verbringen zu müssen, den man nicht liebt." Tim führte meine Hände zusammen und umschloss sie mit seinen großen, warmen Händen.

„Ich habe ihr das gesagt. Ich habe ihr gestanden, dass mir ein Leben mit ihr einfach nicht möglich ist. Dass mein Herz dir gehört. Und dass das immer so sein wird. Dass man Liebe nicht erzwingen kann. Dass sie keiner noch so großen Macht gehorcht, selbst wenn es der Tod selbst ist. Ich brachte diesen abgedroschenen Spruch, dass Liebe stärker ist als der Tod. In diesem Moment verstand ich ihn zum ersten Mal in seiner wahren Bedeutung. Denn das ist sie wirklich! Ich wäre lieber gestorben, als mit jemandem zusammen sein zu müssen, den ich nicht lieben kann.

Minchin wurde fuchsteufelswild, weil sie begriff, dass der Tod kein Druckmittel in ihrer Hand war. Sie fegte durch die Wohnung, knallte die Türen und verschwand für zwei Tage. Ich hatte keinen Schimmer, was als Nächstes passieren würde.

Hatte ich mit meinem Geständnis bereits mein Schicksal besiegelt? Wie würde das alles ablaufen? Und wann? Manchmal hielt ich mich an der leisen Hoffnung fest, dass sie mich einfach in Ruhe lassen würde. Aber, ich wusste ja: selbst, wenn sie es gewollt hätte, auch sie war an das Gesetz der Undinen gebunden. Hatte sich eine Undine auf einen Menschen fixiert, musste er sterben, wenn sie seine Liebe nicht errang.

Wie lange noch würde sie weiter um mich kämpfen? Ich war unruhig und schlief schlecht. Ich saß meinem Vater gegenüber, erzählte ihm irgendwas von Beziehungsstress und fragte mich, wann wir uns das letzte Mal in die Augen sehen würden."

Tim seufzte tief bei all den Erinnerungen. Ich entzog ihm meine Hände, weil ich vor Aufregung nicht mehr stillsitzen konnte, richtete mich ein wenig auf, strich mir die Haare aus dem Gesicht und atmete ebenfalls durch.

„Und weiter?"

Tims Stimme klang jetzt ein wenig belegt.

„Am Morgen des dritten Tages saß sie auf meiner Bettkante vor mir und weckte mich aus irgendeinem quälenden Traum. Sie hatte beschlossen, ein anderer ‚Mensch' zu werden und fragte mich, was sie alles tun und wie sie sein müsste, damit ich sie lieben könnte. Zum ersten Mal beschlich mich das Gefühl, dass sie es tatsächlich ernst mit mir meinte. Deshalb überließ sie mich nicht einfach meinem Schicksal und suchte sich ein neues Opfer."

„Sie hat dich aus Liebe gerettet …", deutete ich und empfand dabei sehr gemischte Gefühle. Tim ging darauf nicht ein und erzählte weiter:

„Sie war ein paar Tage recht schweigsam. Sie kam nicht mehr mit dem Schloss an und auch nicht mit neuen Immobilienangeboten. Sie ging meinem Vater aus dem Weg. Wohl, weil sie sich schuldig fühlte. Sie wusste, dass neben all dem Persönlichen auch das zwischen uns stand, was sie ihrem eigenen

Volk angetan hatte. Nach diesem Schweigen kam eine Phase der Selbstanklage, dass sie eine schlechte Undine sei, nicht wert, geliebt zu werden. Sie sprach nicht mal mehr davon, als Mensch leben zu wollen, obwohl das ihr sehnlichster Wunsch war. Sie hatte das Bild einer Prinzessin vor sich, die in einem Schloss wohnte und nicht in einer Wurzel unter Wasser. Das war ihr ganzer Antrieb. Sie spürte meine Verachtung für das, was sie getan hatte. Und es stimmte, ich verachtete sie wirklich dafür, auch wenn sie mir leidtat. Gleichzeitig war sie mein Todesurteil. Es war schwer, mit all diesen Gefühlen klarzukommen."

Tim machte eine Pause und schaute aus dem Fenster. Er war aufgewühlt. Ich sah, dass seine Hände zitterten, nahm sie und lächelte ihn an.

„Es ist überstanden."

„Ich weiß." Tim lächelte zurück und beruhigte sich.

„Wir könnten auch einen Spaziergang durch den Wald machen und du erzählst mir später …", schlug ich vor.

„Nein, du sollst die Geschichte erfahren. Jetzt", unterbrach mich Tim.

„Okay", flüsterte ich.

„Und dann kam der gestrige Tag. Ein Sonntag, an dem sie fertig bekleidet in ihrem langen filigranen Undinen-Kleid schon um sieben vor meinem Bett kniete. Ich staunte, dass sie das Kleid überhaupt aufgehoben hatte. Minchin hatte einen Entschluss gefasst. Sie wollte ihr Volk aufsuchen und sich ihrer gerechten Strafe stellen. Und da ich derjenige war, der ihre Schandtat wieder gutgemacht hatte, sollte ich sie begleiten. Sie war sich auf einmal sicher, dass ihr Vater und das Volk der Undinen dafür sorgen konnten, dass weder sie noch ich das Leben verlieren mussten.

Natürlich klang das hervorragend, aber bei mir stellte sich keine Euphorie ein. Schließlich war es nicht leicht, jemandem wie Minchin zu trauen. Woher sollte sie plötzlich so eine Möglichkeit zaubern? Das Ganze konnte einfach ein Trick sein, um mich ins Wasser zu bringen und zu töten. Andererseits ließ ihr Verhalten der letzten Tage auch ein bisschen Hoffnung zu.

Daran hielt ich mich trotz allem fest, als ich meine Taucherausrüstung zusammenpackte und mich von meinem Vater verabschiedete. Ich erzählte ihm, dass ich mit Minchin ein Wochenende an einen See rausfahren und ihr das Tauchen beibringen wollte. Ich versuchte, fröhlich und unbekümmert zu klingen, als wenn zwischen mir und Minchin wieder alles in bester Ordnung wäre. Es war schrecklich, meinen Vater so anlügen zu müssen. Vielleicht sah ich ihn das letzte Mal. Ich wusste, dass ich ihn in ein bodenloses Loch reißen würde, sobald er erfuhr, dass ich ertrunken und verschollen war. Aber was sollte ich anderes tun? Ich hatte keine Wahl."

Ich schluckte. Mir wurde klar, was Tim für Ängste in den letzten Stunden durchgestanden hatte. Was für ein Wunder, dass er mir gerade gesund und unversehrt gegenübersaß. Es war kaum zu glauben.

„Wie um alles in der Welt hast du es geschafft?", rief ich und versuchte mir irgendeine Auflösung vorzustellen, aber ich hatte nicht die geringste Idee.

„Minchin hatte mich nicht angelogen. Sie hat ihr Wort gehalten. Aber der Reihe nach. Gegen Abend machten wir uns also auf den Weg. Minchin trug einen langen Mantel über ihrem Undinen-Gewand, in dem sie ziemlich durchscheinend und wenig menschlich wirkte. Sie sprach kein Wort mit mir, während wir mit der Straßenbahn zu den Hackeschen Höfen fuhren und von dort Richtung Friedrichsbrücke liefen. Ich starrte auf das träge dahinfließende Wasser der Spree, während wir unter dem Brückenbogen warteten, dass kein Mensch in der Nähe war. Schwer vorstellbar, dass sich unter der schwarzen Oberfläche des Flusses ein leuchtendes, lagunengrünes Gewässer verbergen sollte. Es war zu verrückt. Aber es war so. Ich tauchte in tiefes Schwarz, aber statt irgendwann den Grund der Spree zu spüren, ging das Schwarz langsam in ein tiefblaues und dann grünes Glitzern über …“

Was Tim dann berichtete, ließ mir den Atem stocken. Ja, es gab eine Möglichkeit, eine Undine vom Herzen eines Menschen zu lösen und Minchin hatte darum gebeten. Das war es, worüber das Volk der Undinen im Gewölbe der riesigen Wurzel gerade abstimmte, als ich dazugekommen und dann gleich wieder geflüchtet war.

Um einen Menschen, dessen Liebe sie nicht erringen konnte, am Leben zu lassen, ohne selbst zu sterben, musste sie sich ihr Herz herausreißen und gegen das fremde Herz einer verstorbenen Undine eintauschen lassen. Minchin war entschlossen, diese Operation auf sich zu nehmen, damit Tim, der ihr Volk gerettet hatte, wieder frei war und ihr Volk ihr verzieh. Und die Undinen hatten abgestimmt und ihrem Wunsch nachgegeben. Ich spürte an meinem ganzen Körper Gänsehaut. Ich rückte nahe an Tim heran und legte meine Arme um seinen Hals. Er zog mich eng an sich. Einige Augenblicke saßen wir schweigend da. Ich war so froh und konnte es kaum glauben, dass es nichts mehr gab, was zwischen mir und Tim stand. Gleichzeitig war ich erschüttert, was Minchin bevorstand, trotz all ihrer Vergehen.

„Wann ist diese Operation?“, flüsterte ich.

„Sie haben vor einigen Stunden begonnen. Ich denke, inzwischen …“

„Wie hoch sind ihre Chancen, zu überleben?“

„Normal hoch, so wie bei den Menschen.“

Ich empfand Respekt vor Minchin, die bereit war, für ihre Fehler so einen großen Preis zu bezahlen. Niemals hätte ich ihr das zugetraut. Tim gab sich einen Ruck, stand auf und zog mich mit hoch. Er lächelte mich an und strich mir einige Locken aus der Stirn, als könnte er damit auch all meine Nachdenklichkeit fortwischen.

„Und jetzt lass uns hinausgehen. Draußen ist es so herrlich sonnig und warm. Ein Luxus-Ort, den du dir zum Studieren ausgesucht hast!“, versuchte er die schwere Stimmung zu vertreiben.

Ich probierte, ihn anzulächeln.

„Sie schafft es“, sagte er.

„Ja“, antwortete ich.

Hand in Hand gingen wir nach draußen. Dort saß Neve auf der Steinbank in der Sonne. Ich hockte mich vor sie und legte meine Hände auf ihre.

„Entschuldige bitte, wegen vorhin. Es ist immer dasselbe mit mir: Ich muss endlich aufhören, daran zu zweifeln, dass du mein Glücksengel bist und immer das Richtige tust.“

„Immer das Richtige, das tue ich bestimmt nicht.“

Neve lächelte mich an mit ihrer kindlich reinen Unschuldsmiene. Sie war zum Verlieben. Hoffentlich verstand der Kerl das, den sie sich da ausgesucht hatte. Sie erhob sich.

„Wir müssen zum Rat. Sie wissen bereits, dass wieder ein Mensch eingedrungen ist.“

Neve machte ein ernstes Gesicht, aber ich sorgte mich nicht. Die schwierigen Zeiten waren vorbei. Ich wusste es einfach.

# Epilog

Wie ein Pfeil schieße ich dicht unter der Wasseroberfläche dahin. Das Wasser über mir breitet sich aus wie eine glitzernde Decke. Ich sehe die Strahlen der Sonne wie aus einer anderen Welt. Ich fühle mich wunderbar. Ich bin so leicht. Ich bin frei. Im Augenwinkel nehme ich einen Schatten wahr, der sich lautlos auf mich zubewegt – es ist Tim, groß und anmutig, mit goldenen Glitzerpunkten in seinen meergrünen Augen.

Er schenkt mir ein bezauberndes Lächeln. Seine Seite schmiegt sich an meine. Ich spüre, wie mein Herz freudig erregt gegen meine Brust schlägt. Unsere Hände finden sich. Gemeinsam gleiten wir noch schneller dahin, lachen, trudeln umeinander und küssen uns, tauchen immer mal auf, um Luft zu schnappen, auch wenn das für mich nicht unbedingt nötig wäre. Diesmal ist es kein Traum. Es ist wahr. Alles ist wahr.

Vor uns schimmert der helle Punkt im tiefen Blau des Wassers. Der blasse Himmel der realen Welt. Ich bringe Tim nach draußen. Er soll Luisa grüßen. Schließlich war er die letzten drei Wochen ebenfalls offiziell in Indien, um mich zu suchen. Und er hat mich gefunden. Luisa wird alles genau wissen wollen. Tim muss sich eine Geschichte überlegen. Wir haben schon ein bisschen angefangen damit. Vielleicht kann sie eines Tages sogar die Wahrheit erfahren, von mir, von Tim oder ihrem Vater. Vielleicht aber auch nicht. Denn das würde ihre Welt genauso umkrempeln, wie es mit meiner passiert ist. Ob das gut ist oder schlecht? Ich weiß es nicht. Aber vielleicht ist es manchmal einfach nicht nötig.

Tim wird sich auch mit Delia treffen, die ihn sogar besucht und nach mir gefragt hatte. Ich weiß, dass Delia mich liebt. Was wirklich passiert ist, hat sie verdrängt oder einfach nicht verstanden. Und Gregor? Ich spüre, dass ich noch nicht fertig bin mit ihm. Aber das hat Zeit. Erst mal ist er so hoch verschuldet, dass er ganz von vorn beginnen muss. Sich beweisen muss ohne einen Geschäftspartner mit Zauberkräften. Es war nicht so gekommen, wie ich befürchtet hatte, dass Gregor eines Tages die hilflose Delia verlassen würde. Delia hat ihn verlassen. Vielleicht wegen des Geldes, was er nicht mehr hatte. Vielleicht aber auch aus anderen Gründen. Wie auch immer, ich würde nicht mehr abfällig über sie denken und gestand mir ein, dass ich sie liebte. Auch wenn sie so anders war als ich, sie war ein guter Mensch.

Tim und ich umarmten uns im Wasser, schwammen zusammen, bewunderten die herrliche, magische Unterwasserwelt. Ich fand eine neue Murmel für Pio. Über die letzte hatte er sich riesig gefreut. Mein Traum war wahr. Die erste Hälfte des Traumes. Die zweite war nur noch Vergangenheit.

Tim war der erste Mensch, der die magische Welt besuchen durfte. Das hatte es vorher noch nicht gegeben. Aber es war eine Regel der magischen Akademie, dass Ausnahmen und Sonderfälle möglich sein mussten. Denn gerade durch sie blieben die Dinge in Fluss.

Wir tauchten noch einmal auf und küssten uns lange. Tim musste sich jetzt ranhalten, um sein Abitur dieses Jahr noch zu schaffen. In den Sommerferien würde er herkommen und drei Wochen mit mir in meinem sonnengelben Häuschen verbringen. Er legte seine Taucherausrüstung an. Ich sah zu, wie er auf das Licht des blassblauen Himmels zuglitt und bald darin verschwand.

Ich freute mich schon jetzt auf den Sommer. Bis dahin würden wir mailen, jeden Tag einmal bei Pio, auch wenn ich keine Glasmurmel dabeihatte.

# Danksagung

Zuallererst danke ich Karla – Autorin und Freundin –, ohne die es Himmelstiefe bestimmt nicht gegeben hätte. Seit vielen Jahren sind wir gemeinsam unterwegs im unberechenbaren Schreiber-Dschungel voller Hinterhalte und Fallen – durch dick und dünn, mit düsteren und glanzvollen Erfahrungen. Danke für all deine tollen Ideen, die mit in das Buch einfließen durften. Ohne dich hätte ich das Schreiben bestimmt irgendwann schon aufgegeben. Aber mit dir geht das Feuer der Schreibleidenschaft nie aus.

Ein weiterer großer Dank geht an Mig – meinen Traummann –, der mit jeder Faser an Himmelstiefe geglaubt hat, immer wieder drängelte, ich solle den Roman endlich zu Ende schreiben, mir an grauesten Tagen die Sonne hervorholt und überhaupt, sich bis zur Besessenheit für meine Bücher einsetzt, sich bis zum Umfallen die ganzen Details und Widrigkeiten des Autorenalltags anhört und mich trotzdem liebt, auch wenn ich mal wieder tagelang in meinen Geschichten abtauche und nicht zu erreichen bin, weil alle Telefone ausgestellt sind.

Danke Toni – bester Sohn –, du hast nie angezweifelt, dass ich das Richtige tue, auch als wir, während ich Himmelstiefe schrieb, ziemlich arm waren und ich oft krank. Du fandest Kartoffeln mit Quark immer super und du hast mich früh morgens öfter noch ein bisschen schlafen lassen und bist ganz leise zur Schule gegangen.

Die nächsten Worte sind für Robin, der mich viele Jahre rundum unterstützt und mir den Rücken freigehalten hat, damit ich eine „richtige Autorin“ werden kann. Zwischendrin hat er mich deswegen sogar geheiratet. Lange hat es gedauert und du hast eine Menge Geduld und Glauben für mich aufgebracht, aber nun ist es soweit: Jetzt kann ich dich endlich zum Essen einladen und nicht du musst immer die Rechnungen bezahlen.

Ein ganz besonderer Dank geht an meine Eltern Barbara und Gerhard. Ihr Verdienst reicht wohl am weitesten zurück. Ohne euch und euren ungebrochenen Zuspruch, in dem nie der kleinste Zweifel mitschwang, wäre ich niemals so weit gekommen. Denn nichts ist wertvoller und notwendiger, als dass man in seinem großen Traum ernst genommen wird, auch wenn er noch so unvernünftig erscheint. Ohne eure Briefkuverts mit bunten Scheinen drin – immer wieder auftauchend unterm Weihnachtsbaum oder im Osterhasennest – wäre ich längst wie Spitzwegs armer Poet unter einer undichten Dachschräge gelandet.

An der Stelle danke ich auch meinen liebsten Freunden und Freundinnen: Melanie, Gisa, Bigi, Claudia, Michael, Dirk und Jonny. Ihr habt mich so oft bestärkt und mir nach den unglaublichsten Erfahrungen, die man so einsammelt da draußen als Autorin, immer wieder neuen Mut gemacht. Dazu gehört auch Uta, mein Schwesterchen und Marco, mein Schwager. Was hab ich für ein Glück mit euch!

Nicht zuletzt gilt mein Dank allen LeserInnen und Bloggerinnen der ersten Stunde, die Himmelstiefe in die Welt gebracht und mitgeholfen haben, dem Buch den letzten Schliff zu verpassen. Denn gerade als unbekannte Independent-Autorin, die sich keine drei bis vier Lektorate und Korrektorate leisten kann, ist diese Hilfe einfach unschätzbar. Das Buch ist durch euch erst zur vollen Blüte gelangt!

M – E – R – C – I

# Weitere Bücher

**Himmelstiefe**
**(Zauber der Elemente 1)**
das Hörbuch

**Schattenmelodie**
**(Zauber der Elemente 2)**

**Seerosennacht**
**(Zauber der Elemente 3)**
Erscheint Herbst 2014

**Blütendämmerung**
**(Zauber der Elemente 4)**
Erscheint 2015

**Zauber der Elemente**
**Flammenspiel**
Kurzgeschichten
(erscheint 2015)

**Traummann aus der Zukunft**
heiterer Frauenroman
Pseudonym: Merelie Weit

Magst du Katzen? Dann besuche die einäugige rote Katze aus *Schattenmelodie* auf Facebook.
Ja, sie gibt es wirklich! Ihr Name ist Mini und sie veranstaltet öfter ein Gewinnspiel, bei dem du ein Taschenbuch aus der Zauber der Elemente-Reihe gewinnen kannst.

**facebook.com/mini.unruh**

Übrigens, wenn dir Himmelstiefe gefallen hat, schreibe mir gern eine Rezension auf Amazon. Ich freue mich, sie zu lesen!

*Blütentanz im magischen Wald*
**www.youtube.com/catlantisworld**

Besucht mich auch auf:

**daphneunruh.blogspot.com**
**twitter.com/daphneunruh**
**facebook.com/zauberderelemente**

Hier erfahrt ihr Neues rund um die magische Welt.

Daphne Unruh wurde in Berlin geboren und studierte dort Kunst, Kreatives Schreiben und Drehbuch. Sie illustriert Bücher, zeigt ihre bunten Wimmelbilder in diversen Ausstellungen in Berlin und Brandenburg und denkt sich fantastische Geschichten aus. Die Ideen dazu begegnen ihr in Catlantis. Das ist ein magischer Ort in der realen Märkischen Schweiz, wo die Autorin mit ihrer Familie zu Hause ist.